國家古籍整理出版專項經費資助項目

閩海文獻叢書
叢書主編 陳慶元

崔世召集

〔明〕崔世召 著
陳慶元 點校

廣陵書社

圖書在版編目（CIP）數據

崔世召集 / (明) 崔世召著 ; 陳慶元點校. -- 揚州:
廣陵書社, 2020.12
（閩海文獻叢書 / 陳慶元主編）
ISBN 978-7-5554-1629-6

Ⅰ. ①崔… Ⅱ. ①崔… ②陳… Ⅲ. ①中國文學－古
典文學－作品綜合集－明代 Ⅳ. ①I214.82

中國版本圖書館CIP數據核字(2020)第254155號

書　　名　崔世召集
著　　者　〔明〕崔世召
點　　校　陳慶元
責任編輯　陶鐵其　方慧君
出 版 人　曾學文

出版發行　廣陵書社
揚州市維揚路 349 號
郵編　225009
電話（0514）85228081（總編辦）
85228088（發行部）
http://www.yzglpub.com
E-mail:yzglss@163.com
印　　刷　無錫市海得印務有限公司
裝　　訂　無錫市西新印刷有限公司

開　　本　889 毫米 × 1194 毫米　1/32
印　　張　21.625
字　　數　450 千字
版　　次　2020 年 12 月第 1 版
印　　次　2020 年 12 月第 1 次印刷
書　　號　ISBN 978－7－5554－1629－6
定　　價　120.00 元

操守峻而詩文潔

——《崔世召集》點校前言

研究地域文學，不能不關注地域歷史地理。學界研究明代閩詩者，時或將泉、漳等地的詩人納入閩中詩派或晉安詩派加以論述，把泉、漳詩人視作閩中詩人或晉安詩人中的一員。秦始皇分天下爲三十六郡，閩中爲其一；晉太康中，建晉安郡。閩中郡、晉安郡，治所在福州。閩中或晉安，在明代指的都是福州府，閩中詩人或晉安詩人，指的是福州的詩人（含福州籍或移居福州者）。今人有所不明，或者爲了論述的方便，遂以爲明代閩中詩派、晉安詩派就是整個福建的詩派；明代的泉、漳詩人，也可以稱作閩中詩人或晉安詩人。今人産生這種誤解，可以理解，因爲明代三百年，閩中詩派即晉安詩派過於强大，整體上力壓泉、漳及福建其他府州，不明歷史地理，故産生錯覺。

其實，即便是明代的讀書人，有時也弄不太明白。徐熥選輯《晉安風雅》，未收長溪游朴詩，游朴子仲卿及一些朋友爲之鳴不平，徐熥弟徐𤊹致仲卿書云：『其所選《風雅》一書，但限以福州十邑，而秦川例在鄰□[一]，故弗録，非弗知而弗録也。』[二]秦川，指福寧州，明代福寧州治所在長溪（今霞浦）；福寧爲福州之鄰州，《晉安風雅》一書爲福州十邑詩人之詩歌總集，游朴是福寧州人，其詩雖佳，礙於體例，不能入選。

崔世召（一五六七—一六三九）是福寧州的另一位詩人，就輩分而言，要晚游朴一輩，而詩名高過游氏。崔世召其籍寧德縣，雖然與閩中詩人關繫甚密，但是他不是福州籍的詩人，也未移居福州。我們在論述他的經歷時，將注意到他與閩中或晉安的地域及詩歌的聯繫，而更重要的則是立足於福寧州之山川地理歷史，加以觀察討論。

一

崔世召，字徵仲，號霍霞，又號半曮居士，別號西叟，福寧州寧德縣（今福建寧德市）一都人。崔氏是寧德大族之一，當地舊有『崔彭陳林左』之稱，崔居首。其族稱『博陵崔氏』。崔氏在漢唐爲一大姓，唐代有『五姓七望』之説，崔爲五姓之一，清河、博陵爲七望中的兩個郡望，也即清河崔氏和博陵崔氏。博陵崔氏漢唐時在中國北方具有很高的地位。寧德博陵崔氏始祖爲宋代崇安（今福建

[一]『□』，疑爲『州』字。

[二]徐𤊹《寄游文學書（仲卿）》，《紅雨樓集　鼇峰文集》冊七，《上海圖書館未刊古籍稿本》第四四冊，復旦大學出版社，二〇〇八年，第一一二頁。

武夷山市）的一位提舉。這位提舉來到感德場，遂卜於鶴峰東井境，傳至崔世召已經十八世。樂史《太平寰宇記》卷一百《江南東道》十二《福州》『寧德縣』條：『唐開成年中，割長溪、古田兩鄉，置盛德場，續改爲縣。』開成，唐文宗年號，公元八三六至八四〇年。《太平寰宇記》爲宋初太平興國年間（九七六—九八四）所修，此時距宋代建國祇有十餘年的時間，樂史不言我朝改爲縣，説明改感德場置寧德縣在宋代建國之前。所謂『續改』，應當距開成間年代不遠。梁克家《淳熙三山志》卷三《叙縣》『寧德縣』條：『唐開成中，析長溪、古田二縣地，置感德場。僞閩龍啓元年升爲縣。』龍啓元年，即公元九三三年，《淳熙三山志》所記當有據。這樣看來，崔姓提舉由崇安遷徙到寧德縣的前身感德場的時間似應上溯到唐末五代。但是，『提舉』又是宋代職官名，提舉鹽公事，或者提舉茶鹽公事，也符合宋代事典，不是唐末五代之事。黄興朝輯《寧德博陵崔氏宗譜》：『時寧德在宋初有感德鹽場，公於宋明道元年壬申自崇安來巡是場，居延日久，樂其風俗之醇，甘其土宜之贍，遂卜於鶴峰東井境居焉。故世稱曰崇安提舉公，是爲崔氏之鼻祖也。』明道元年，爲公元一〇三二年，此時距《太平寰宇記》修纂又過了半世紀，寧德縣無再稱感德場之理。而且，提舉鹽公事或提舉茶鹽公事之職官，祇存於北宋末年至南宋初期一段時間，北宋明道間尚無此官名。明道提舉公來巡感德場之説存在許多疑點。再説，提舉祇是個官名，他的名字寧德博陵崔氏自修譜以來，没人知道。年代久遠，譜牒中始祖以及始祖以下若干代無可考，這種情況在許多族譜中很常見。崔世召曾經努力過，親到崇安縣勘訪始祖遺踪遺迹，結果一無所獲，所作《至崇安求先族，杳無知者，愀焉志感》

云：『遥遥家傍武夷宫，有宋鹽官住霍童。先乘三朝傳故梓，聞孫千里拜遺弓。雲迷荒壟無人識，路隔仙源秖夢通。今古興衰何足恨，吾儕誰許亢門風。』[一]不過，《宗譜》所記博陵崔氏宋代遷至寧德，口耳相傳，細節未必準確，但也不必過於懷疑。

崔氏自二世至十二世，經歷宋、元，至十三世崔鑒始有功名，這時已經到了明宣德年間，崔鑒於宣德九年（一四三四）入貢太學，正統九年（一四四四）授河南都司經歷，景泰六年（一四五五）陞任鎮江府同知，致仕，名家贈序贈詩。《寧德縣志》博陵崔氏有傳自崔鑒始。

崔鑒有五子。次崔昱（一四三七—一四八三），字用彰，即世召高祖，『賦性剛毅，天資明敏。幼時長於巧對，林少保、龔參議、褚公以奇才目之。著《詩集》《易解》，今遺失無存。公裕於財，置田五百餘畝，白手成家』[二]。《崔氏宗譜》所載，有兩點值得注意。一是崔昱能詩，善解《易》，又善巧對。崔世召善對，或有祖上遺風。二是精於理財置産，因而致富；富裕之家，爲子孫讀書、攻舉子業提供了經濟條件。崔昱三弟崔昌，成化十年（一四七四）舉人。崔昌爲寧德崔氏族人中舉之第一人。昌，字用吉，爲河源知縣，甫三年乞歸，作詩曰：『此心原不爲官縻，當道云胡不允辭。貪餌游魚隨釣去，知還倦鳥傍巢飛。除凶幸喜韜戈甲，拯溺還須緩蠶絲。幾度欲歸歸未得，故園松菊繫遐

[一] 崔世召《問月樓詩二集》，萬曆刻本，日本宮内廳書陵部藏。

[二] 黄興朝輯《寧德博陵崔氏宗譜》，鈔本。

思。』[一]詩雖然不一定很好，尚可看出崔氏家聲。

曾祖備（一四七九——一五五三），字希弼，號會源，寧德博陵崔氏十五世。嘉靖二十五年（一五四六）歲貢，任安吉州學正，不久拂袖而歸。構亭於寧德小東門外，優游林下廿餘年。樂琴書而娛賓客，謝塵事而享遐齡。自奉勤儉，祭祀惟豐，屢修祖墓。買祭田四十五畝。積衆財數十兩以防不虞，置良田廿五畝以助催徵。著有《會源詩賦》。

祖廷益（一五一六——一五六二），字自裕，號瞻源。寧德博陵崔氏十六世。嘉靖二十四年（一五四五）除本縣醫學訓科。天性純孝，執禮尚義。嘗用力督修東山祖墓。

父允元（一五三五——一六一八），號陵谿，寧德博陵崔氏十七世。由庠生授儒官。允元長子、世召之兄世聘（一五六四——？），字徵伯，號霍岳，邑庠生，能詩。

崔世召之家世大抵如此。一個家族科舉功名的積纍，往往需要經過漫長的歲月，崔氏家族如果從宋代遷徙到寧德算起，稍有起色已經到了第十三世，時間則在明代宣德之後。這個家族在世召之前，官職最高不過州同知，科名也衹出過一位舉人。不過，崔世召説『崔氏世以詩書起家』[二]，當是實事。崔氏努力培養子弟讀書，攻舉子業，數代能詩。崔氏重孝睦族，尤其傾注於祖先墓廬的修葺，一部《宗譜》記載的墓廬的位置地點、修葺經過，尤其詳細。世召天祖崔鑒（一三九九——一四

[一] 盧建其修（乾隆）《寧德縣志》卷七《人物志·博聞》『崔昌』條。
[二] 崔世召《從大母阮孺人九十叙》，《問月樓文集》，萬曆刻本，日本宮内廳書陵部藏。

七六)生於洪武,卒於成化,墓廬在嘉靖間由世召祖父輩崔備等擴建,萬曆間,子孫又擴建重修,由各房輪流祭祀。高祖崔昱成化間卒,嘉靖間砌石爲墓,一九九四年改葬南門外美女山右側,過坑仔山頂。世召墓在寧德遵化門外西山,今尚存。經營祖先墓廬數代、十數代,合族祭拜,呈現出的不僅是這個家族的巨大、强盛,而且和睦。崔氏人丁興旺,世代讀書,不時有子弟謀個一官半職,又善經營家業,在寧德無疑成爲聲望甚著之一族。崔氏族人有不少長壽者,享年在七八十者不乏其人,崔世召卒年七十三,古代寧德博陵崔氏或在壽列。

二

明嘉靖中葉,倭寇騷擾中國沿海,大致由北往南,由山東、江蘇、浙江而至福建。到崔世召出生前數年,福建沿海幾乎達到難以收拾的地步。寧德地處福建東北,東臨滄海,福寧州與日本國的距離,比起福建其他府州更近。崔世召出生前十來年,倭寇不斷騷擾寧德縣。嘉靖三十五年(一五五六),倭至寧德城北,見有備,燒陳廉使屋而去。嘉靖四十年(一五六一),即崔世召出生的前六年,寧德縣甚至被倭寇攻陷,知縣、參將、訓導俱死之,男女被殺戮及赴水而死者不可勝算,官舍、民居、庫房及所藏宗卷、器物、載籍,悉化爲灰燼。次年春,倭寇駕大樓船數十艘回還日本,擄去男女多達千人。這批倭寇歸回,另一批新倭繼至。舊倭劫掠縣城,新倭巢於五都横嶼,連深山窮谷都不放過,擄掠殆盡。直到這年八月,戚繼光率浙兵浙將八千人入閩,殲倭衆於横嶼,釋放被虜掠的寧德縣男女總計五百多人。嘉靖四十二年癸亥（一五六三），又有倭寇千餘人從流江陷壽寧縣、政和縣（以上二縣明屬建州府），屯於寧德縣東洋鄉，戚繼光追擊，盡殲之。至此，倭患基本平息，没想到寧德莒州東洋鄉人却乘機作亂，爲僞倭，劫掠焚殺不減真倭，尤其慘烈。這年五月，知縣林時芳莅任，按法誅之。史稱『計自丙辰迄癸亥，城郭鄉村爲荒墟者將十年』[一]。

在倭亂過程中，崔世召諸集没有家族具體受到傷害的記載，其實這個家族也很難幸免。寧德縣第一次遭到倭寇騷擾是嘉靖三十五年（一五五六），《寧德縣志》載住在城北的陳廉使屋被燒。陳廉使，即陳褒，字邦進，嘉靖二年（一五二三）進士，官至廣西按察司僉事。〔乾隆〕《寧德縣志》卷二《建置志》：『一都四圖，在縣城内外。城内分四隅……北曰韓厝下、金嶠陳（原注：進士陳褒居焉）、趙厝坪（原注：同科三進士趙希偉、希龔、希諶居焉）、進士衕（原注：進士林日熠居焉）、總爺下（原注：知州崔世召居焉）。』這一年，距崔世召出生還有十一年，世召之父可能已經住在那里，城門失火殃及池魚，里鄰遭焚，崔家焉有不驚悚之理？嘉靖四十一年（一五六二）春，倭寇擄掠寧德男女數千人前往日本爲奴，雖讀書人也不能免，秀才蔡景榕因爲交不起贖金，亦在被擄之列。倭患給寧德帶來的災難是難以估量的，女人的命運更加悲慘。〔乾隆〕《寧德縣志》卷八《人物志·義烈》記載了崔允約妻的悲劇。崔允約，與世召父允元同輩，係世召之族父。嘉靖四十年（一五六一），倭

〔一〕盧建其修〔乾隆〕《寧德縣志》卷十《拾遺志》。

陷寧德城，允約妻薛淑鸞不受污而死。第二年，復遭倭變，允約繼室亦不受污而死。崔氏女嫁到他姓者，同樣不能幸免：『崔氏，生員林鴻漸妻。擄於倭，不受污見殺，已而屋毀身焚。天陰雨，其形宛然在地，莆人大尹歐志學有詩，其略云……』[一]《縣志》所記，九牛一毛。《寧德博陵崔氏宗譜》没有這方面的記載，但是完全可以相信，包括崔氏族人在内的寧德民衆内心深處的創傷也不是一時能够治愈的。

萬曆後期，倭仍然騷擾閩江口海域，甚至犯大金所（在連江縣）。萬曆四十四年（一六一六）五月，日本明石道友船二艘停泊羅源外海東湧島（今稱東引），内地不知情，争奔入省城，城門晝閉，無一敢出。巡撫遺閩縣人董伯起往東湧偵之。後倭船離去，省城解嚴。羅源爲寧德鄰縣，知縣郭用賓作有海捷詩，世召三下第南下，途中讀到郭詩，用其韵和之云：『連天梅雨閉塵羅，絶代風流領碧蘿。新水橋通花縣邇，亂峰雲護草堂多。樓頭噴玉聞仙樂，海上飛濤挾凱歌。誰傍宓琴翻擊壤，半簾斜月卧山阿。』[二]稱此役奏凱歌傳捷報，或有誇大之嫌，但反映了寧德及周邊州縣苦倭的記憶没有消失，民衆仍然在惶惶恐恐中度日。

本來，寧德衹能算得上一個『中縣』，經濟文化遠不如閩縣、侯官，也比不上古田、連江。世召剛出生，被倭洗劫一過的寧德縣，百廢待舉，文教復蘇需要時間。年幼時，崔世召在寧德受教育，八

[一] 盧建其修（乾隆）《寧德縣志》卷八《人物志·義烈》。

[二] 崔世召《郭明府集溪雲閣，適海倭捷至，用韵賦》，《問月樓詩集》，萬曆刻本，日本宫内廳書陵部藏。

歲入塾，九歲粗通舉業，到了十一歲就縣試無望，父親覺得寧德教育環境不夠好，毅然帶他到省城福州求學。世召二十歲補諸生。從二十歲到萬曆三十七年（一六〇九）四十三歲，經過二十三年的等待，以及不知多少回的鄉試，世召才中了舉人。此後，世召三次北上春官，第三次省試，世召已經五十歲，還是鎩羽而歸，其中艱辛可想而知。萬曆四十六年（一六一八），在世召第四次整裝北上前夕，以父卒取消行程。直到天啓五年（一六二五），崔世召得以授江西崇仁縣知縣，這一年他已經是五十九歲的老人。

從天啓五年（一六二五）至崇禎九年（一六三六），也就是説五十九歲至七十歲這十一二年間，崔世召由崇仁知縣，轉湖南桂東知縣，陞調浙江鹽運副使、廣東連州知州。

崇仁縣，又名巴陵，明屬江西撫州，是個人口稀少、土地貧瘠的小縣。『滌煩苛，剔奸蠹，邑人德之』[一]，崔世召在崇仁縣的時間不是很長，獲得邑人這樣的評價，實屬不易。不過，拜迎長官也耗費掉他不少時間：『崔令君自元旦至今，走撫州者四次，明後日又將走建昌，參道尊，坐堂皇，視民事之日少。』[二]這是天啓七年（一六二七）元旦之後五十來天的事，崔世召可能也是出於無奈。

[一] 盧建其修（乾隆）《寧德縣志》卷七《人物志·忠義》。

[二] 徐𤊹《寄安仁》：『崔令君自元旦至今，走撫州者四次，明後日又將走建昌，參道尊，坐堂皇，視民事之日少……弟寓此五十日，無一日晴，亦大怪事。』（《紅雨樓集　鼇峰文集》册八，《上海圖書館未刊古籍稿本》第四四册，第二八一—二八三頁）

世召在崇仁值得注意的有三件事。一是天啓六年（一六二六）修北門，事成作《夏日，登凌霄樓，喜北門新成》，略云：『吏態牛馬勞，片晷成孤吟。好風自南來，直北吹我琴。慰此綢繆願，胡爲戀華簪。故園渺霄漢，猿鶴應招尋。』[一]

第二件，是修纂《華蓋山志》，時間在天啓七年（一六二七）春，徐𤊹協修，或者説此《志》以徐氏貢獻更大。[二]天啓六年除夕前，徐𤊹應世召之邀來到崇仁，次年三月徐氏離崇仁歸閩前書已經編好、刻好，速度極快。華蓋山，又名大華山，是座歷史悠久的道教聖山，唐代以降，備受名家垂青，萬曆間湯顯祖還曾爲舊《志》撰過序文。崔世召所修天啓《志》，卷首有湯顯祖之舊序。

第三件事，魏璫欲立生祠，索詩崔世召爲其頌德，世召峻拒之，被逮。世召寧可自己獲罪，也不願連累邑人：『丙、丁之際，以虐璫董漕政，其于江右之屬縣，若風馬牛之不相及。令不意誤觸其鋒，陰怒毒螫，取旨如寄，而令之身不免，寧僅解邑云爾。然根批株連，爲禍未已。令曰：「寧斃我，毋累崇人。」乃速身就道，以聽處分。』[三]解遞至淮上，璫敗，崔世召被釋放歸。陳繼儒稱贊崔世召

[一]　崔世召《秋谷集》上，崇禎刻本。
[二]　崔世召纂《華蓋山志》八篇：《靈區志》第一、《傑構志》第二、《仙真志》第三、《顯異志》第四、《栖賢志》第五、《宸翰志》第六、《藝文志》第七、《紀詠志》第八。徐𤊹爲作《靈區論》《傑構論》《仙真論》《顯異論》《栖賢論》《宸翰論》，見其《華蓋山志（代）》，《紅雨樓集　鼇峰文集》册九，《上海圖書館未刊古籍稿本》第四四册，第四三五—四四二頁。
[三]　曹學佺《送崔徵仲歸秋谷序》，《石倉三稿·文部》卷之三《序類》下，崇禎刻本。

『操守峻而詩文潔』[一]，『操守峻』，主要是指嚴拒璫不屈被逮這件事。

崔世召由淮上回江西，又由江西歸閩。崇禎元年（一六二八）元旦，在福州與友人徐𤊹等聚首後回寧德西谷。六月，北上補官。徐𤊹曾致書在吏部任職的閩人邵捷春，請求給世召補江浙較富庶的縣職，結果未能如願。次年，即崇禎二年（一六二九），崔世召補郴州桂東知縣。桂東在湖南南部萬山叢中，崔世召自閩赴桂東前夕，社友有詩送之。陳一元《送崔徵仲之官桂東》略云：『郴山奇變連仙嶺，程醖清甘出桂陽。邑小官閑堪嘯咏，可無佳句動三湘。』[二]陳鴻《送崔徵仲起補桂東令》略云：『移官東向桂江隅，歷盡風波若有無。事往誰知同塞馬，時清寧復患城孤。』[三]地僻邑小官閒，何妨吟嘯自樂，不無慰藉之意。《桂東縣志》載《崔世召傳》云：『（世召）持身清白，疏通明敏，勤於治理，培植士子，撫字黎民，以實心行實政。見八面山鳥道崎嶇，捐俸闢途，至今人呼爲崔公路。喜讀書，公餘吟詠不輟。杖策遊山，所在留題。《湖廣通志》稱其文學、政事兩擅其優。祀名宦。』[四]八面山，在縣西北，鳥道崎嶇，『青天難上千盤路』[五]。崔世召捐俸修路。道成，世召又建憩庵供過

[一] 陳繼儒《放鶴亭記》，黃宗羲《明文海》卷三百三十九，中華書局一九八七年景印涵芬樓藏鈔本。
[二] 陳一元《漱石山房集》卷五，崇禎刻本。
[三] 陳鴻《秋室編》卷六，順治刻本。
[四] 劉華邦、郭岐勳纂（同治）《桂東縣志》卷十四。
[五] 崔世召《書憩庵壁二首》其二，《秋谷集》下。

往行人歇腳，題詩題聯其上。〔同治〕《桂東縣志》又云：『此山危險，故延袤二百里。登之，則郴、衡、贛、韶諸山皆可見……邑令崔世召修路，題庵聯云：「峰高八面路何崎，鷲嶺中分一壑；佛在寸心修即是，普陀遥指諸天。」兩邑行者咸佩德，鎸石於爛柴坑，顔曰「崔公路」。』[一]崇禎四年（一六三一）秋，世召遷浙江鹽運副使。

崔世召的詩文集，現存的《秋谷集》，時間下限衹到離開桂東爲止。崔世召浙江鹽運副使和連州兩段仕歷可供考證的素材很少。西湖吴山，三竺六橋，杭州的湖光山色，讓崔世召的文人雅致發揮到極至。世召又在西湖建湖心亭，在孤山重建放鶴亭。世召文友陳繼儒爲作《放鶴亭記》，有云：『崔使君重建放鶴亭於暗香、疎影之内，直將湖山邇年之遺穢，蕩滌而祓除之。雖謂崔使君爲和靖招魂可，爲和靖招隱亦可，爲和靖起懦而廉頑亦可。如此韵事，豈容復留以遜後人也……和靖快心於使君，將無邀蘇、白諸公，拍肩把袖而還，嬉於此亭之上下乎！』[二]世召時與文人騷客悠游湖心、孤山，予倡汝和。〔乾隆〕《寧德縣志》存其《留别林和靖處士》詩一首，詩云：『十錦塘坳處士家，擬將栖托老烟霞。一官難繫登山屐，萬里終歸泛漢槎。無復清緣過鶴塚，不禁寒夢到梅花。獨吟短句留亭子，付與閑雲懶月遐。』[三]林和靖，即林逋，宋代詩人，居孤山。崔世召訪孤山，離去時

[一] 劉華邦、郭岐勳纂〔同治〕《桂東縣志》卷二《山川》。
[二] 陳繼儒《放鶴亭記》，《明文海》卷三百三十九。
[三] 盧建其修〔乾隆〕《寧德縣志》卷九《藝文志》。

作此詩與林逋『道別』，似乎林逋是仍然在世的一位好友，詩別具一格。世召仕浙所作詩，結集爲《湖心亭別集》，今佚，非常可惜。

崇禎六年（一六三三），崔世召陞連州知州，次年到任。臨行，曹學佺、徐𤊹、陳鴻等社友有送行詩。徐𤊹詩云：『新典名州到嶺西，參差五馬躍霜蹄。兩崖束峽危難棹，四面環山峻可梯。前守風流追夢得，古碑零落問昌黎。此邦過化多詞客，公暇詩成處處題。』[一]知州品級雖然高於鹽運副使，但是連州僻在廣東西北部，離廣州足有八九百里之遥。曹學佺安慰他，唐朝劉夢得到連州，遭貶斥而往，你則是陞職，没有什麽可以遺憾的，進一步用『參差五馬』形容之，畢竟身份已經不同。世召任連州時，『猺蠻』洶洶，地方不平静，世召臨之以德，猺衆帖服。世召在連州重視教化，重修學宫，並作《重修連州學記》，他認爲作爲地方長官，州學破損，影響學子的學業，自己有不可推卸的責任：『殿前楹檐俄焉摧毁。雖先余吏者，聊且傳舍，以至今日而失。今不修，余何所逃罪？』[二]於是，世召捐出自己的俸禄，聚土石，具畚鍤，夙夜奔走，修葺靡懈。『是役也，不動官帑一錢，不虚役民間一力，未數月而告竣事。』[三]再次，世召在連州疏浚天澤泉，在泉旁建『觀瀾亭』，並作詩記

[一] 徐𤊹《送崔徵仲守連州》，鈔本《鼇峰集》。
[二] 崔世召《重修連州學記（明崇禎八年）》，袁泳錫、單光詩纂（同治）《連州志》卷十《藝文志·記》。
[三] 崔世召《重修連州學記（明崇禎八年）》，袁泳錫、單光詩纂（同治）《連州志》卷十《藝文志·記》。

其事：『誰鑿清泓瀉碧崖，尋源不用泛張槎。自標天澤存千古，乞取瓢樽汲萬家。』[一]世召在連州所作詩結集爲《連嘯》，今佚，連州所作詩僅《連州志》存留這一首，特別難得。世召致仕，民爲之立碑：『（世召）清廉自守，嘗浚天澤泉，引爲溉田之利。去後州人於泉傍築亭，碑之曰「崔公清德泉」。』[二]崔世召致仕離連州歸，『連民遮道涕泣，如失怙恃。崇祀連之四賢祠、名宦祠。』[三]一個官員，在兩三年的任上，爲民做了些實事、好事，民衆是不會忘記他的。

出知崇仁之前，崔世召已作終老計，規劃在寧德買山。到崇仁不久，遂囑兒輩施行他的規劃：

乙丑冬，敕兒輩買山一區，預作菟裘，爲終老計。去邑西僅一里許，饒有泉石之致。引泉鑿池半畝，構亭其間，顏曰『秋谷』。蓋秋屬西，又取秋成之義，爲主人抽簪凑趣也。[四]

西山買就，世召爲之取名『秋谷』，又名『西谷』。秋谷有『聽松』『雲扃』『懸虹』『泉屋』『鶴巢』『鶴巖』『煮石齋』和『醉香谷』諸勝。世召掩飾不住自己欣喜的心情：『聞道西垌已買山，小溪危石曲潺湲。古雲碧抱半巖影，朝海青分衆壑顔。地亦有緣知己遇，天將留意放人閑。菟裘老足千秋事，

[一] 袁泳錫、單光詩纂〔同治〕《連州志》卷十一《藝文志·詩》。
[二] 袁泳錫、單光詩纂〔同治〕《連州志》卷五《名宦》。
[三] 盧建其修〔乾隆〕《寧德縣志》卷七《人物志》。
[四] 盧建其修〔乾隆〕《寧德縣志》卷九《藝文志》。

好種桃花待我還。』[一]又作《秋谷乞言》，乞友人贈文贈詩。萬曆、崇禎間，閩人好買山開山或於郊垧造景、興造園林，著名的如葉向高在福清開福廬山，董應舉在連江開百洞山，曹學佺在福州洪塘經營石倉園，林堯俞在莆田經營南溪別業，劉中藻在福安開洞山九潭，不一而足。山潭林池，大多『長在深閨人未識』，一經開闢，一經點染，境界疊出。詩人文友，紛至沓來，或作遊記，或雅集賦詩，亦成爲一道風景。崔世召的秋谷，數百年來，亦爲寧德士民津津樂道。

崔世召歸後三四年，崇禎十二年（一六三九）卒，年七十三，葬西山。葬處當在西谷舊地或其臨近。世召及夫人黃氏墓，崇禎十五年（一六四二）由其子嶤、崑、岑造並立碑。清道光間劉家謀曰：『道光初，有優人寓遵化門外，夜見豪僕數人招之，行數里，高堂廣廈，列炬如晝。上坐貴官，命之唱，天迄不得曉，皆倦睡矣。旦視之，則西山也。崔刺史世召墓在焉。烏虖，刺史風流數百年未泯耶！』[二]事雖近小說家言，亦寧德一樁風流盛事。四百年來崔世召夫婦墓廬墓碑，基本完好，可謂天佑善人。

世召五子：崑、崙、嶤、岑、嵷。崔崑生於萬曆十五年（一五八七）。崇禎十五年（一六四二）葬父母時，崔崙可能已卒，墓碑落款没有他的名字。兩年後，明亡。入清之後，崔氏在寧德依舊是一個有影響的家族。崔世召後人的文學成就，留待下文論述。

[一] 崔世召《聞買西山，喜賦》，《秋谷集》下。

[二] 劉家謀《鶴場漫志》卷下，道光刻本。

三

崔世召詩文創作走向成熟，有兩個方面的成因。一是家學，一是參與閩中的文學活動。

崔世召説，其族起家於詩書，這裏的詩書指的是讀書作詩，而非舉業中的《詩經》和《尚書》專門學問。天祖崔鑒致仕，翰林學士等贈以詩，崔鑒當能詩。高祖崔昱長於巧對，著有《詩集》。曾祖備著有《會源詩賦》。世召之兄世聘亦能詩。世召在崔氏這個家族中成長，打下較好的文學功底。

崔世召十一歲到福州求學，對閩中萬曆初年的詩壇可能已經有所瞭解。崔世召諸集中，最早的記載是參加瑶華社的活動，且在詩社的活動中認識莆田詩人黄光，其《同黄若木集吉甫齋頭贈》自注云：『若木與余結社瑶華二十年往。』[一]萬曆三十一年（一六〇三）七、八月間，林世吉主瑶華社集。趙世顯有《瑶華社集，得巵字》，其《序》云：『是日，全閩詞客四十餘人皆來會，而四明屠緯真、新安吴非熊、邵陵唐堯胤亦與斯盟。』[二]龍溪鄭懷魁作《瑶華社大集詩序》。參與詩社活動的有來自福建各地的有聲望的詩人四十餘人，崔世召亦在其中，或許來自福寧州的詩人祇有他一位。新知舊雨，很多詩人都比他出道早，詩作得比他好。社主林世吉（？—一六一七），字天迪，瀚曾孫、庭機孫、燫子，閩縣人。林浦林氏爲福州很出名的官宦世家和文學世家，世吉有《叢桂堂集》。這

[一] 崔世召《問月樓詩二集》。

[二] 趙世顯《芝園稿》卷十三，萬曆刻本。

次活動可考者有福州的趙世顯、徐㶿、曹學佺、林光宇、陳益祥，莆田黄光，龍溪鄭懷魁，邵武謝兆申等；來自外省的詩人有浙江四明屠隆、安徽新安吴兆和懷寧阮自華等。

繼瑶華社之後，時任福州推官的阮自華緊接着又辦了一場人數更多、聲勢更加浩大的神光大社，地點是在露天的烏石山頂凌霄臺，故又稱作凌霄大社，來自全閩詩人有百人之多。設鼓吹二部，天上明月與山上火炬相映射，長歌短制，五七言雜篇，隨意揮灑。時間在八月中秋，與上一場瑶華社集時間幾乎緊挨相接，瑶華四十多人應是大社的班底中堅，上一場參與者崔世召當不會坐失良機，參與其中也屬正常。

另一位與崔世召關係較密的詩人謝肇淛，這一年遊宦在外，未參與盛會。謝肇淛，字在杭，長樂人，居福州，與崔世召同年同月生。肇淛萬曆十六年（一五八八）舉人，這一年二十二歲，萬曆二十年（一五九二）進士，天啓間官至廣西左布政使，有《小草齋集》《小草齋詩話》等，著述甚富。謝肇淛論閩中詩人，列了一個長長的名單，除上文提及者之外，還有前輩郭文涓、林鳳儀、袁表，同輩林章、陳椿、徐熥，這些詩人在林世吉舉瑶華社時已卒。此外還有鄧原岳、陳仲溱、陳价夫、陳薦夫、袁敬烈、陳鳴鶴、王毓德、馬歘、陳宏已、鄭琰等，謝肇淛認爲他們是嘉靖、隆慶以來『南方精華』『正始之音』的代表詩人。〔一〕我們知道，明初洪武、永樂之世，閩中林鴻、高棅等十才子興起閩中，號稱

〔一〕 謝肇淛《小草齋詩話》卷三，日本天保二年（一八三一）據明林氏舊藏讀耕齋刊本摹刻本。

閩中詩派，二百多年來，可以與中原爭旗鼓的詩人，有鄭善夫等人。明代中葉以來，『前七子』『後七子』稱霸詩壇數十年。萬曆十八年（一五九〇）『後七子』代表詩人王世貞卒。此時或稍後，閩中一批年輕詩人鄧原岳（一五五五—一六〇四）、徐熥（一五六一—一五九九）、謝肇淛（一五六七—一六二四）、徐𤊹（一五七〇—一六四二）、曹學佺（一五七四—一六四六）[一]相繼崛起，結詩社，編詩選（鄧原岳有《閩中正聲》、徐熥有《晉安風雅》、曹學佺有《石倉十二代詩選·社集》），探討詩歌創作技巧和理論（謝肇淛有《小草齋詩話》，徐𤊹有《筆精》《榕陰新檢》），他們提出『重振風雅』的口號，與中原、吴楚爭詩壇一席之地。就在這個時候，崔世召從寧德來到福州，感受閩中重振風雅的氣氛，並參與了文學活動的實踐，成爲閩中詩社的社友，崔世召的詩名、詩望隨之提高。

謝肇淛是崔世召較早交結且關係較密的閩中詩人之一。萬曆三十七年（一六〇九）正、二月間，謝肇淛往遊太姥山，經寧德，崔世召到旅舍訪之。謝肇淛作《贈崔徵仲茂才》勉勵世召（世召是歲秋成舉人），崔世召陪謝肇淛遊太姥山。謝肇淛云：『余嘗登霍林，歷四十八峰，愛其山川紆環峭絶，意其下必有詼奇骯髒隱君子焉。入闤闠而訪之，果得徵仲。徵仲方困諸生，籧樞甕牖，卧牛衣中，妻孥鵠伏，至不能庀饔飧，不問也。顧益咿吾丙夜，攻聲詩、古文詞不輟……己酉之春，余與徵仲策杖太姥絶頂，憑虚望遠，雲氣英英起足下，嗒然長嘯，有遺世獨立之想。』[二]謝肇淛頗識世召之爲

[一] 曹學佺生於萬曆二年閏十二月，公曆已入一五七五年。此處采用傳統紀年。

[二] 謝肇淛《崔徵仲〈半虁稿〉序》，《小草齋文集》卷五，天啓刻本。

人，也理解世召刻苦攻聲詩、古文詞之用心。太姥山道中，他與崔世召一路酬倡，兩人同時都作有《一綫天》《墜星洞》《小巖洞》《太姥墓》《午所庵》等詩。謝肇淛遊山歸來，作《遊太姥記》記與世召遊山，之龍井一段云：『未至百武而路窮，人以繩自縋而下。余不能也，踞而俯視，徵仲等三人纍纍相接若獮猴。』『復由（摩霄）庵左渡澗觀洗頭盆、仙人足而返。夜宿夢堂，徵仲、憲周各默有所禱，余笑謂：「塵夢到此，當應盡醒，奈何復求夢乎？」』[一]謝肇淛成進士授官已經十七八年，時官職爲南京兵部職方司主事，世召還是一名屢試不第的諸生，而兩人儼然舊友。世召秋試中式，然而次年春試落第，謝肇淛作詩慰之。崔世召編就自己一部詩集，名《半囈稿》，謝肇淛序之，以爲世召不僅工文，而且工詩：『禘漢而宗唐，才情宛至，非驚人語不出口也。』[二]謝肇淛爲之鼓吹延譽，評價也符合實際。

謝肇淛爲世召作《崔徵仲像贊》，預祝『青雲獨上』[三]。崔世召年近六十入仕，遭璫難，直到近七十歲才陞連州知州，這時謝肇淛已經去世近十年。謝肇淛雖然官至一省方伯，而兩袖清風，難於惠及家人。二弟肇湘物故，三弟肇澍無以爲生，世召任連州知州，雖然州小地偏，還是想辦法接濟謝肇澍。徐𤊹《答崔徵仲》略云：『謝在杭往矣。歷官三十餘年，宦槖如水，諸郎僅僅餬其口，而仲

[一] 謝肇淛《遊太姥記》，《小草齋文集》卷八。
[二] 謝肇淛《崔徵仲〈半囈稿〉序》，《小草齋文集》卷五。
[三] 謝肇淛《崔徵仲像贊》，《小草齋文集》卷二十三。

甥肇湘不幸物故，獨季甥肇澍猶能振家風以不墜。年來爲其姊丈所累，盡罄田屋，□償夙逋，今賃屋以居，貸粟而炊，情甚可憫。舊冬弟已面托尊兄濡沫之，曾承許可……知尊兄篤念在杭，必不薄于其愛弟。倘鋏中有魚，即弟身被之，豈獨在杭結草于九地哉！』[一]詩云：『貧來無有薄田畊，漂泊依人粵嶠行。孤嶂刺天梅嶺路，一州如斗桂陽城。旅途作客同良友，仕路何人念阿兄。知有博陵崔子玉，不將生死替交情。』[二]一生一死，交情乃見，崔世召爲人磊落峻潔，由此也可見其一斑。

另一位與崔世召交情甚密的閩中詩人，就是徐𤊹。徐𤊹稿本《紅雨樓集　鼇峰文集》存徐𤊹尺牘七百三十九通，尺牘接受者二三百人，而其中五通以上者，只有三十二人，崔世召在五通以上者之列，是較多的一位。[三]崔世召訪徐𤊹，有詩可證，最早爲萬曆三十年（一六〇二）。泰昌元年（一六二〇），徐𤊹往福安修《縣志》，過崔世召問月樓，相見甚歡，互有贈答，世召詩略云：『似約月同到，疑添山數峰。燒鐙翻近草，不管暮烟鐘。』[四]徐𤊹詩略云：『肅客開三徑，推窗納衆峰。把杯同問月，露坐及晨鐘。』[五]崔世召正在刻《問月樓詩二集》，趁便請徐𤊹爲之序。徐𤊹序略云：『當其

[一] 徐𤊹《紅雨樓集　鼇峰文集》册三，《上海圖書館未刊古籍稿本》第四二册，第三七六頁。

[二] 徐𤊹《送謝在梓同陳生白之連州訪崔徵仲》，鈔本《鼇峰集》。

[三] 參見陳慶元《徐𤊹尺牘稿本考論》（《文獻》二〇一七年第二期）。考慮到尺牘散佚的原因，統計不可能絶對準確，但從尺牘時間之長短以及篇數之多寡，仍然可以作爲參考依據。

[四] 崔世召《喜徐興公至小樓》，《問月樓詩集》。

[五] 徐𤊹《望夜，過崔徵仲問月樓次韵》，《鼇峰集》卷二十一，天啓刻本。

爲諸生時，名大譟，與予結瑶華社於三山，詩筒往還無虚歲。既而舉孝廉，蓋工古文辭，又有《半囈集》行于世，海内争傳誦之。徵仲所居在寧陽城東後扆鶴峰，而前際鯨海，皓魄初上，委波如金。徵仲構一樓，洞開八闥，坐卧其中，每抽毫賦詠，輒把酒問月，大類李謫仙豪舉。凡騷人墨客過寧陽，無不邀登斯樓而賡和焉。』[一]徐𤊹云自結識之後，兩人詩書往來不絶；又云世召《半囈集》印行，海内傳誦，詩名大振。《半囈集》謝肇淛作序，徐𤊹極喜世召『似月』二句，以爲『真境逸情溢於毫素』[二]，爲其鼓吹，崔世召詩名自然不限於寧德一邑、福寧一州，天下知之者越來越多。

天啓五年（一六二五），崔世召授江西崇仁知縣，遂邀徐𤊹前往。明代官府中常常有就食者，或稱『食客』，這些人離開官府時，至少能得些盤纏銀兩。有時『食客雲集，望風而至』，爲官者也苦不堪言。當然，官員的親戚，或者要好的朋友，另當别論。萬曆三十四年（一六〇六），曹學佺爲南京大理左寺正，徐𤊹曾在他的官府中度過大半年。曹學佺爲蜀藩、爲廣西副使，都邀請徐𤊹前往，因爲道途遥遠等原因未能成行。崇仁之行，徐𤊹拖了好長時間，終於在天啓六年除夕之前莅崇。次年三月離崇歸閩。徐𤊹在崇仁與崔世召多有酬倡，還協助世召編纂一部《華蓋山志》。此書今存，卷首有崔世召序。各志中的『論』，都出自徐𤊹手筆。徐𤊹在崇仁的意義，還在於他將崔世召介紹給江西的詩友。朱統鉷，字安仁，是明宗室中著名的詩人。徐𤊹到崇仁之後，朱統鉷專程來看望他；徐

[一] 徐𤊹《〈問月樓集〉序》，《問月樓詩二集》卷首。
[二] 徐𤊹《〈問月樓集〉序》，《問月樓詩二集》卷首。

𤊹將其介紹給世召。徐𤊹致江西另一朋友喻應夔尺牘云：『惟有崔令君恨把臂之晚，今已結爲相知矣……崇仁令，我輩人，若到省日，兄不可不一把臂也。』[一]崔與朱把臂恨晚，由於徐𤊹的關係，已經結爲知交。喻應夔，字宣仲，江西新建人。徐𤊹再次致書喻應夔：『崇仁令崔君徵仲，博雅名流，非作吏風塵俗品。』[二]他説，像崔世召這樣的低層官員，很容易被高雅的文士視爲俗吏，徐𤊹把他推薦給喻氏，説世召『博雅名流』，爲我輩中人，切不可輕視之。徐𤊹還有位朋友叫彭次嘉，南昌人，太學生，輯有《明詩輯韵》，崔世召《彭次嘉過訪，用筆頭韵和答》，略云：『採風空憶中牟異，譜雪慚編下里巴。次嘉彙《明詩輯韵》，多採余詩。』[三]崇禎三年（一六三〇），世召出任桂東知縣，次嘉還專程前往拜望，並相互酬倡。次嘉《明詩輯韵》多採世召詩，爲之推廣，讓天下詩人認識崔世召，其中也有徐𤊹的一份功勞。

清末閩人謝章鋌論晚明詩壇，以爲徐（徐𤊹及其兄熥）、曹（學佺）和謝（肇淛）三家鼎立，而曹略勝一疇。徐熥早卒，且不論。萬曆四十一年（一六一三），曹學佺歸自蜀之後，經營石倉園超過十年，天啓間復起西粵，四五年後遭璫難，被譴歸，直到唐王隆武二年（一六四六）卒，都在福州著書立説。

[一] 徐𤊹《寄喻宣仲》，《紅雨樓集　鼇峰文集》册八，《上海圖書館未刊古籍稿本》第四四册，第二八九—二九一頁。

[二] 徐𤊹《寄喻宣仲》，《紅雨樓集　鼇峰文集》册八，《上海圖書館未刊古籍稿本》第四四册，第二八六頁。

[三] 崔世召《秋谷集》下。

他是天啓、崇禎間福州詩社最重要的組織者和詩壇的領導者。曹學佺平易近人，創石倉社，門前履長滿，雅集不斷，崔世召也是石倉園的熟客。萬曆四十七年（一六一九）中秋之夜，曹學佺與諸子泛舟山池，夜宿夜光堂，作《中秋夜，招集諸子泛舟山池，因宿夜光堂，分得五言排律體，四豪韵》題下自注：『客爲陳汝翔、陳振狂、王粹夫、張維成、崔徵仲、徐興公、高景倩、陳叔度、趙子含、李明六、吴明遠、張粵肱、爾瘖上人。』[一]這次石倉詩社社集有詩人十數人，崔世召亦在其中。世召作《中秋，曹能始招集石倉池泛舟，因憩聽泉閣，分得從字，七言律》。數日之後，再次社集於高景宅，談時事，曹學佺作《社集高景倩齋頭，談及遼事志感》，世召作《再集高景倩松雲齋，席上譚遼左事，分得八齊》。石倉社送往迎來及其他活動，世召參與的次數不少。

崇禎十年（一六三七），曹學佺又倡『三山耆社』，與會者九人：王伯山八十四、陳仲溱八十三、陳宏已八十三、董應舉八十一、馬歘七十七、楊載萼七十六、崔世召七十一、徐𤊹六十八、曹學佺六十四，首次社集由曹學佺值社，地點在福州芝山龍首亭。兩年後世召卒，三年後九人中連同世召已有五人卒，曹學佺作《耆社五老挽詩》五首，其《崔徵仲》一首云：『方州刺史遂初衣，秋谷盤桓賦采薇。七袠生雛如歲壯，三山跨鯉入雲飛。霍童地勝今誰主，禹錫詩豪也息機。莫是預知將永訣，臨行堅索序文歸。』[二]曹學佺非常惋惜，崔世召家寧德，友朋往遊霍童山支提寺、太姥山，世召都盡

[一] 曹學佺《夜光堂近稿》，天啓刻本。
[二] 曹學佺《西峰六七集·詩》，崇禎刻本。

地主之誼，熱情款待。曹學佺説，世召任知州的連州，正好是唐代劉禹錫遭貶斥之地，世召詩具有劉禹錫的才情。崔世召告辭，堅索曹學佺序文而去。這也是崔世召與曹學佺的最後一次會面。

世召臨行，曹學佺爲之作的序文，即《崔徵仲詩序》。曹學佺爲崔世召作的送行序、賀序，連同這篇詩序，共有三篇；曹學佺的文集多達五十餘卷，爲同一人所作序文多達三篇者，恐怕祇有崔世召一位。早在天啓七年（一六二七），世召忤璫歸，將隱于西谷，曹學佺作《送崔徵仲歸秋谷序》引導之。此時，曹學佺也剛從粵西遭璫難罷歸，故對世召峻潔操守特別賞重，序文假托秋谷之言導世召：『爾谷曰：「子之歸也，其不我辱也。吾谷之喬然者，松也；冽然者，泉也；蓊然者，雲也；嵬然者，石也。其不爲子辱也。」』[一]九年之後，即崇禎九年（一六三六），世召自連州致仕歸，曹學佺作《賀連州守崔徵仲致政歸西谷序》，世召昔日强起就連州，曹學佺與同社有詩送之，説劉禹錫是遭貶斥去連州的，你是陞遷前往的，身份背景不同。『其歸也，無憾于心，而後即安』；『是固「閉門造車，出門合轍」之道也，可不謂之智乎？歲功歷西而萬物成，天德利貞而性情合。公于是而始得自稱其爲西叟矣，是固熙朝之盛事，而吾黨之有光也』。[二]崇禎十年（一六三七），崔世召與『三山耆社』歸，曹學佺應世召之請作《崔徵仲詩序》，序文結云：『叟謂何？西谷之主人崔徵仲也，其以書

[一] 曹學佺《石倉三稿·文部》卷三《序類》下，崇禎刻本。

[二] 曹學佺《西峰六三文·序》上，崇禎刻本。

與奕而通于禪。以序西叟之詩者，曹子學佺也。』[一]『序西叟之詩』，疑此文爲《西叟全集》的序言，《西叟全集》爲世召七十歲及之前的詩歌全集，故世召臨回秋谷之前堅請曹學佺序之。

崔世召參與閩中詩社的活動，以上我們衹舉謝肇淛、徐𤊹、曹學佺三人爲例。謝、徐、曹是晚明閩中的代表詩人及詩壇領袖人物，他們在復振閩中風雅的進程中都起了很大的作用。閩中詩壇在明代詩歌發展史上有一席地位，和他們有着密切的關係。二十年間，謝、徐、曹不約而同，前後爲世召的詩集作序，説明世召之詩不僅爲他們個人所重，也爲閩中詩壇所重，爲閩詩壇所重。儘管崔世召詩在其爲諸生時已有聲名，但是，如果他不參與閩中詩人的社集、活動，不與閩中詩人相與切磋討論，他的詩歌恐怕也很難取得更高的成就。

崔世召與閩中詩人酬倡的還有葉向高、陳惟秦、施三捷、馬欻、王崑仲、陳一元、高景、王宇、陳鴻、鄭邦泰、鄭憲、林叔學、王繼皋、林古度、商梅、超宗上人等。其中商梅是關係更爲密切的一位詩人，我們將在下節作討論。

四

商梅（一五八七—一六三七），原名家梅，字孟和，號那菴，福清籍，閩縣人。少爲詩饒有才調，

[一] 曹學佺《西峰六四文》，崇禎刻本。

南國子監生，與鍾惺、錢謙益交好，尤其善畫。有《彙選那菴全集》《那菴古詩解》。我們在論述崔世召詩歌創作時不能不特別提及這位詩人，他與崔世召多有交往，至遲在萬曆三十八年（一六一○），世召上春官落第，過南京，他們已經有詩筒往來。天啓二年（一六二二），商梅往浙江天台，過寧德，於問月樓逗留信宿。天啓七年（一六二七），商梅往崇仁訪世召，正值世召初度，商梅畫松並題詩相賀。崇禎七年（一六三四），商梅往連州依世召，曹學佺有詩送之，略云：『更急於飢寒，因之役道路。炎海饒鬱蒸，跋涉歎深阻。所賴連州牧，鳴琴有地主。地主今之人，却與古人伍……閩粵東南陬，相宜自風土。唱和新詩篇，更收諸圖譜。』[一]商梅迫於生計，暫時投靠世召，曹學佺説，世召心懷古道，是一位可以依托的朋友。曹學佺還説，你們在粵，相唱和，會有更多的新詩問世。商梅歸，將連州之行之詩結集爲《粵詩》二卷，可惜已佚。

崔世召于崇仁知縣任上因抗拒魏璫被逮，這是世召一生中最重要的事件。世召詩最值得注意的也是拒璫詩。而世召在崇仁遭難，商梅正好造訪崇仁，商梅是閩中諸友中唯一一位目擊世召遭難的詩人。世召被逮，商梅登舟歸閩，作《巴陵登舟二首》，有『晨昏看變態，能免客魂驚』『忍對風波事，那知天地心』『最是堪悲處，江城已暮砧』[二]之句，『變態』『魂驚』『風波』『堪悲』，皆世召罹璫禍之辭。商梅又作《江水十章有序》，《序》云：『江水，唁崔令也。崔在巴陵得民也，遇謗出城，

[一] 曹學佺《送商孟和之連州》，《西峰六一草》，崇禎刻本。
[二] 商梅《彙選那菴全集》卷三十六《西懷草》，崇禎刻本。

江上民望而哭之。商子感焉，述民之言，爲之賦《江水》。』其十云：『江之水，望迢迢兮，聞蕭蕭兮。葉且凋兮，不似昔時。而江上乎逍遥兮，福昨日而禍今朝兮。天乎天乎，鑒賞者之劬勞而尾燋燋兮，庶昏昏者而昭昭兮。』[一]借崇民之口爲世召申冤。

崔世召忤璫，曾奔福建邵武避之，璫追至邵武逮之。世召作《中秋昭武客舍紀事時以忤璫被逮》，有云：『一夜西江影，流沙迸泪時。』[二]又作《將發昭武呈丘冏卿》，有云：『北闕天高寬論死，西風秋老唱招魂。從來多難皆文士，愁説邗溝怒水渾。』[三]世召先被解往豫章，又由豫章解往淮上，一路有詩。《過鄱陽湖》略云：『寒烏渺渺愁予落，陽鳥凄凄嬲客呼。烟暝天窮何處泊，無情漁火出前蕪。』[四]時值杪秋，景物蕭疏，加倍凄凉。天啓間，魏璫擅權，稍與其意不合，便隨意加害。在崔世召之前，蘇松巡撫海澄人周起元，因東林事，緹騎追至他的家鄉逮之，杖斃於獄。曹學佺在粵西，撰《〈野史紀略〉序》，與璫意不合，幾遭不測。崔世召僅僅是不配合，不爲之作諛詩，也不能幸免。世召當然知道不作諛詩後果極爲嚴重，『從來多難皆文士』，絶不是一句泛泛之語。行至淮上，有詔獲

[一] 商梅《彙選那菴全集》卷三十六《西懷草》。
[二] 崔世召《秋谷集》上。
[三] 崔世召《秋谷集》下。
[四] 崔世召《秋谷集》下。

釋，作《淮上喜接新詔》，歸途過南京燕子磯，詩云：『認得昔來遊客否，相看眉眼較飛揚。』[一]有如釋重負之感。

崇禎元年（一六二八），崔世召北上，次歲補桂東知縣，南下道經蘇州，謁五人墓，作《五人墓二十韵》，其《序》云：『禧［熹］廟年，權璫告密，有詔逮周銓部，姑蘇五人率衆撲殺緹騎，遂死之。鄉縉紳及里父義而合葬於此。五人得死所矣。余過而傷焉。傷乎余之被璫難時，不得五人之一憤也。然余幸以璫敗不死，歸而弔五人，凄楚交頤，低徊不能去，因作詩哭之。』詩云：

忍說吴儂血，牽衣化碧年。斯民三代也，有友五人焉。焰煽貂璫虐，罔焚玉石連。頻與無間獄，欲墜不周天。博浪椎爭下，要離劍作緣。輕身拋一死，含笑入重泉。勁骨埋荒草，幽魂共墓田。酸風青女嘯，堤月白公妍。相伴遊長夜，如聞快拍肩。騷朋追贈句，過訪竟焚錢。一曲些歌壯，千秋郡史傳。憐余蒙難者，對爾倍潸然。觸鼻捫豐碣，傷心羅穢膻。微官曾被逮，薄命幾沉淵。憶昔驚當局，誰爲解倒懸？英雄難出世，頂項幸生全。以此悲秋泪，難禁弔古泫。牛羊坡下没，狐兔塚間眠。死者如可作，吾將願執鞭。寸衷存骨鯁，庶可質前賢。[二]

天啓七年（一六二七），蘇州義士顔佩韋等五人被魏黨殺害，民衆收其屍建墓立碑，張溥作《五人墓

[一] 崔世召《秋谷集》下。
[二] 盧建其修［乾隆］《寧德縣志》卷九《藝文志》。

碑記》叙其始末緣由，愛憎强烈，天下士人無不知五人之事及五人墓者。世召遭璫難，與五人赴死同一年，而歲序稍晚，世召弔五人，爲五人的義舉及赴死不辭的凛然正氣所感動。世召不聽命於魏璫，不作諛詩，在當時得到士人的尊重[一]，而世召之弔五人，不僅弔五人之死，亦自弔遭璫難不能如五人憤而就義。這是世召操守品性的過人處，也是此詩感動人之處。《五人墓二十韵》與張溥《五人墓碑記》一詩一文，文已爲世人所重，詩却少爲世人所知，故亟拈出。這是一首另一遭璫難者弔五人死之詩，詩人與就義者聲氣相通，更有直接的感受，難能可貴。

其次，崔世召的詩，對福寧州的山川、歷史人物有較多的書寫。從省城福州往返南京、北京，宋、明有三條路綫或供選擇，一是由閩江水路西溯，到延平（今南平）上溯建溪，或從崇安分水關（便道可游武夷山），或從浦城仙霞關越嶺到江西或浙江；第二條是到延平上溯富屯溪到光澤越彬關進入江西（過九江可遊廬山）；第三條是陸路到寧德，經福鼎越分水關到浙江。往來二京的士子、官員，如果不是有意便道遊雁蕩、天台，出入閩地大多選擇水路（前兩條綫路），行旅比較輕鬆。這樣，儘管福寧有太姥烟霞之勝，霍童洞天之窟，心嚮往者多，足履者少，號爲『今代文章伯，前代山水仙』的曹學佺時常叨念太姥、霍童，最終也未能成行。因此，把福寧山川、歷史人物用文學的形式推介

[一] 寧德諸生蔡世寓聞世召被逮，有《崔徵仲以逆璫被逮秣陵，懷賦》詩，云：『我友豪吟客，西江吏治新。可堪沙射影，遂作浪游人。聖代恩無限，天涯德有鄰。秣陵何日返，凝望欲沾巾。』（盧建其修（乾隆）《寧德縣志》卷九《藝文志》）

給世人，是本地作家、詩人不可推卸的責任。福寧的詩人、作家又比較少，修養高的更少，因此接受閩中詩壇熏陶和洗禮、創作水準大體不遜色於閩中詩人的崔世召，便承擔起這份責任。

福寧山川首推太姥，萬曆三十七年（一六〇九），世召陪謝肇淛登太姥山絕頂，一路作詩酬倡，難分伯仲，以生花之筆，爲太姥留下許多優美的詩篇，已詳上文。福寧州與太姥齊名的是霍童山支提寺。道家三十六洞天，霍童天下第一，崔世召關於霍童山支提寺的詩文近二十篇。在他的拜迎長官的啓文中，也每每以福寧有霍童支提寺爲傲。崔世召有《霍童山歌》，云：

君不見，山川湧湧東南奔，白鶴峰前雲氣屯。碧海微茫望蓬島，清都隱約桃花村。桃源十里記津口，霍童高突衆山走。三三溪水繞其根，六六洞天此居首。松撼寒濤隔浦秋，蓮開太華如船藕。無數名峰拂燭龍，有時仙子呼茅狗。當年駐藥誰者名？華陽籍滿仙魂輕。丹成九轉留金鼎，霞起千秋接赤城。鷄犬雲中應不返，瑤華洞口空相生。仙家縹緲已如此，世態莽蕩殊難平。憐余夙抱烟霞癖，骨法犖犖眼雙白。囊裏長無買賦金，擔頭贏有登山屐。以兹短杖凌嵯峨，一望靈區轉空碧。三千世界興可收，四十亂峰青堪摘。嗚呼，霍童之山何崔嵬！海風颯颯彤雲堆。洞天既已名先播，大地何當脉不回！君且飲盡手中杯，聽我歌罷愁顏開。與君試卜東南美，白日呼鷹臨高臺。［一］

［一］崔嵸《支提寺志》卷五，清同治刻本。

霍童支提有兩個特色，一是道家第一洞天，即便武夷、武當亦祇能遠望其項背；二是瀕海，三山蓬島，更帶有神話迷茫的色彩。三千世界，四十亂峰，律絕難以充其任，惟有長歌可以當之。一部《支提寺志》，以此篇最具代表。

福寧山川，除了太姥、霍童，崔世召寫及的還有龜湖、靈溪寺、瑞迹寺、竹林寺以及韓陽（今福安）月桂峰、青蓮座、墨池、枕流石、懸蘿壁諸勝。崔世召在家鄉開發秋谷建別業，有秋谷勝景十處。由於世召歸山之後的《湖隱吟》《腋齋遺稿》諸集已佚，我們祇能從《秋谷集》中窺探其中一二。崇禎元年（一六二八），崔世召遭璫難還山，作《喜從兒偕石懶入秋谷讀書，用翁壽如韵》、《鶴巢初構》、《水樂》、《翁壽如之兄壽承復至，訪余秋谷，以詩見投，用韵答之》（二首）。其《鶴巢初構》云：

> 一區栖鶴地，經始爲營巢。飛革深松護，盤菌苦竹交。芝田鋪砌曲，緱嶺枕岩坳。寄語乘軒者，山中有客嘲。[一]

鶴巢是十勝之一，此詩中二聯及《水樂》中二聯『暗流通地肺，清響遏溪雲。帶雨穿花切，敲風落葉分』[二]，頗具中晚唐格調。

今天寧德市的區劃，包括明代福寧州（治所長溪，今霞浦縣）的福安縣、寧德縣和屬於福州府的

[一] 崔世召《秋谷集》上。
[二] 崔世召《秋谷集》上。

古田縣，屬於建寧府的壽寧縣等。福寧州的歷史名人、文學家的人數當然比不上福州、泉州、興化這些發達州府，但是薛令之則是福建的第一個進士，謝翱是很著名的宋朝遺民。薛令之（六八三—七五六），字君珍，號明月，長溪（今福安）人，唐神龍二年（七〇六）進士。纍遷右補闕兼太子侍讀，受冷落，歸。有《明月集》，今佚。謝翱（一二四九—一二九五），字皋羽，一字皋父，號晞髮子，長溪（今福安）人[一]。咸淳間應進士舉，不第；文天祥開府延平，任諮議參軍；文天祥兵敗，謝翱避地浙東。謝翱有《晞髮集》，其《登西臺慟哭記》爲千古名篇。侯官人曹學佺有詩云：『無諸詘漢士，唐宋纔辟舉。前有薛令之，後有謝皋羽。薛君著耿介，苜蓿堆盈盤。謝子負慷慨，長嘯嚴陵灘。』[二]即使在今天，薛令之、謝翱仍然受到人們的敬仰。崔世召有樓名『問月』，集也名『問月』，或受薛令之《明月集》影響。世召集中有二首詩詠薛令之，有句云：『對爾衹堪明月夜，何人能識歲寒心。請看故里廉溪畔，山自孤懸水自深。』[三]謝翱《晞髮集》，明有嘉靖三十四年（一五五五）刻本，又有萬曆二十六年（一五九八）刻本。後一種本子，爲福安繆一鳳所録，其子邦珏刻。一鳳，字朝雍，號丁陽，福安縣穆陽人。嘉靖三十一年（一五五二）舉人，任江西石城知縣。過了二十年，閩縣徐𤊹往福安纂《福安縣志》，與知縣張蔚然（字維誠）重校一過。福安郭鳴琳（字時鏘），『生平尤慕謝皋羽

[一] 薛令之所居廉村，在今福安市。

[二] 曹學佺《送吴光卿廣文北上》，《聽泉閣近稿》，萬曆刻本。

[三] 崔世召《朝旭堂謁薛明月先生二首》其一，《問月樓詩集》。

之爲人，而力贊張公維成，爲刻其集』[一]。萬曆四十六年（一六一八），徐𤊹和崔世召分別爲之序，郭鳴琳爲刻之。世召序云：『余少小弄韵語，即喜誦謝皋羽詩，輒大叫稱佳……戊午秋，余刺棹入韓陽，訪張令公，客時鏘齋頭，相與探討今古。隨意抽庋上帙，日翻閱一過，每朗誦罷，呼童浮一大白賞之。庶幾簪花砌草、淡月微飈之餘，恍惚若見謝遺民僊僊歸來，因賦短章二律，以寄憑吊焉。嗟夫！先生生於吾長溪而屐迹滿四方……其從信國也，又或於漳泉、於粵洲五坡間，而結局埋玉，則在釣臺白雲之壑。即使死者有知，其遊魂淼宕，何處可招？而千載而下，徒想先生之哭聲，謂其欷歔知己，一腔熱血直爲文山傾灑，嘻，亦甚矣！』[二]『二律』，即《讀謝皋羽集二首》，其一云：『俠骨奇踪世所稀，遺編讀罷泪沾衣。魂隨宋寢冬青樹，墓傍嚴陵古釣磯。天地衹餘身可漆，江湖何處髮堪晞。寄言精衛休填海，一哭西臺事已非。』[三]《晞髮集》自嘉靖中期至萬曆末年，六七十年凡六刻，不斷校讎，越刻越精，福寧當地的文士功莫大焉。一個地區文化的精髓，靠的就是一代又一代地方精英和具有遠見卓識者（如地方官員）的共同努力而傳承的。崔世召在傳承謝翱報國思想及《晞髮集》的過程中，起了他的歷史作用。

萬曆三十八年（一六一〇），崔世召入京應試，結識鍾惺，爲之傾倒。萬曆四十四年（一六一六），

[一] 曹學佺《靖藩長史長溪郭公墓誌銘》，《西峰六二文》卷四，崇禎刻本。
[二] 崔世召《謝皋羽〈晞髮集〉序》，《問月樓文集》。
[三] 崔世召《問月樓詩集》。

崔世召下第出都，臨別，作《出都門留別鍾伯敬》，有云：『故人况建詩中麾，大巫恢張小巫沮。濟南公安去不靈，楚些唐音調誰許。千秋復生鍾子期，天下文章屬機杼。』[一]把鍾惺視爲旗幟性的人物，天下文章之所歸屬。其評價不可謂不高。竟陵詩派掀起一波波浪潮，《詩歸》刊行，幾乎到了家置一編的地步，對見識不是特別廣的崔世召來説，一時的擁戴也屬正常。但是，從崔世召的學詩經歷及作品的全局看，他還是屬於晉安一派，劉家謀云：『世召交吾郡曹能始、謝在杭、徐惟起諸公。詩亦沿「晉安風雅」派，與竟陵遊，不染楚氛，可稱矯矯。録其《發江口大雪》一絶云：「別酒盈盈照客顔，閲人江水浪兼山。白頭已絶重來夢，不似靈潮日往還。」』[二]劉家謀又云：『披蓁采蘭，足充紉佩。《過分水關》云：「山勢中天斷，溪流兩地分。遥看蒼靄處，祇隔一重雲。」《蠶婦吟》：「西隴漫持筐，桑條葉未長。妾飢寧自忍，夜半爲蠶忙。」《藕居》云：「結廬傍幽池，貪香不知暑。夜半明月中，荷花作人語。」《暮行道中》云：「秋山寂寂暝雲深，立馬斜陽澤畔吟。歸鳥不知行客恨，數聲殘響落空林。」《河口開舟暮至貴溪》云：「南風如箭逐輕帆，一刻飛過十里巖。纔聽弋陽聲未了，貴溪山影已斜嵌。」』[三]劉家謀的論述應當較符合崔世召詩的實際，其作品的確未沾染竟陵『幽深孤峭』之習。

[一] 崔世召《問月樓詩集》。

[二] 劉家謀《鶴場漫志》卷下。

[三] 劉家謀《鶴場漫志》卷下。

陳繼儒評崔世召云：『今皇帝賜環未久，分司浙中，操守峻而詩文潔。』〔一〕朱彝尊評云：『崔君令巴山，有爲魏璫祠請頌德詩者，峻拒之，遂被逮入都下獄。崇禎初，釋還，補官桂東，尋司浙中鹺務。詩頗清澈，無塵坌氣。』〔二〕無論是當時人還是後人，對崔世召的評價，一是人品操守的高峻，二是詩文潔清。詩文潔清，不染塵氛，也就是不雜染楚習的意思。

所謂晉安詩派，是指萬曆中期由鄧原岳、陳薦夫、徐熥、謝肇淛等人倡導的閩中的一個詩歌流派，徐熥選輯的《晉安風雅》可視爲此詩派的標幟。陳薦夫《〈晉安風雅〉叙》略云：『但取其情采適中，聲調爾雅，詞足千古，體成一家者，得二百餘人，詩若干首，名曰《晉安風雅》。』〔三〕此詩派遠祧盛唐，近禰明初『閩中十子』，重情采而强調聲律，特别看重七律這種詩體。比較諸種詩體，崔世召也以七律作得最多，律句也特别出色。徐𤊹云：『崔孝廉徵仲貽余新梓《問月樓詩》，中多儁語。贈《州同王九皋》云：「笑我無魚歌幸舍，憐君有蟹領監州。」《送劉之罘將軍》云：「射虎功高偏不賞，雕龍才老竟如斯。」《贈陶嗣養》云：「鳥留書法皆成篆，龍是文心不用雕。」《贈王藎卿再舉子》云：「搗盡玄霜原得偶，捧來明月本成雙。」《弔謝皋羽》云：「魂隨宋寢冬青樹，墓傍嚴陵古釣磯。」

〔一〕陳繼儒《放鶴亭記》，黄宗羲《明文海》卷三百三十九。
〔二〕朱彝尊《静志居詩話》卷十七，人民文學出版社，一九九〇年，第五〇六頁。
〔三〕徐熥《晉安風雅》卷首，萬曆刻本。

煆煉工巧，詞壇之射鵰手也。』[一]七律作得好，崔世召的聯語也常常受人稱道：『刺史有《滕王閣楹聯》云：「閣中帝子安在哉？祇留些孤鶩落霞點綴，江山萬里，文章歸故郡；此地閱人亦多矣，要惟是閑雲潭影迢遥，冠蓋一時，談笑付春杯。」邑人喜誦之。然不若其《五人墓詩》云：「斯民三代也，有友五人焉。」當時亦取爲聯，尤簡當。』[二]

作爲一個詩人，崔世召的貢獻主要的不是在晉安詩派方面，而是在福寧當地。福寧雖然産生過薛令之、謝翱、陳普等詩人，但總體上説，唐宋元明時，福寧詩歌並不是特别發達，詩壇也不是特别活躍。崔世召對福寧詩歌的貢獻，除了自己的詩歌，重要的還有組織溪雲社。詩社結社的時間是萬曆四十七年（一六一九），地點在世召從弟崔世棠的溪雲閣，崔世召嘗讀書於此。詩社參與者先後有張大光、崔世棠、王崑仲、陳大經、陳克勤等十七人。倡導者爲崔世召，詩社以張大光爲長。大光，字叔弢，長溪（今霞浦）人。萬曆十三年（一五八五）舉人，授廣東長樂縣，尋爲饒州通判，忤權璫，後遷普安州知州。大光離去後，則以王崑仲爲長，崑仲（一五五一——一六三〇之後），字玉生，閩縣人。萬曆中禮部儒士。好遊覽，尤善繪畫，與徐熥、徐𤊹、曹學佺等酬倡。邑人陳大經云：『萬曆己未三月三日，修禊溪雲閣。蓋是修禊起於西晉……吾邑崔孝廉徵仲同有此癖，讀《禮》中，步履艱出，欲仿芳躅爲善步，語余曰：「白鶴可以山陰，溪雲可以蘭亭。」遂走蒼頭，飛刺竿牘多通。適

[一] 徐𤊹《筆精》卷四『問月樓集』條，福建人民出版社，一九九七年，第一四六頁。
[二] 劉家謀《鶴場漫志》卷下。

夜郎守秦川張叔弢屏蓋蠲輿，慕霍童之靈而至，悉爲大會。越五日，三山王玉生始至。先是發書郵之明日，一遭颶潦，無諸隔敝地，險峻阻絶，兼之溪流暴漲，故驂止不前，後先共得一十七人。溪雲閣者，文學崔徵仲愛讀書處也。雖無崇山峻嶺他固，然自溪雲一倡，塵襟俗氛易以騷雅，一時都人士彬彬乎有古意矣。是皆崔孝廉渡之慈航也。』〔一〕『塵襟俗氛易以騷雅』，福寧崇山峻嶺，東鄰滄波，封閉隔絶，溪雲一倡，以騷雅易俗氛，詩歌創作跨進了一個新時代，而崔世召則是這一詩社和地區詩歌活動的領航人。

崔世召的出現，其意義還在於他帶出了一個福寧州的詩歌世家。崔世召詩，當然也有他的家學，從崔鑒至世召六世，或官或吏，然代代都是讀書人，然而家族的詩歌成績還是非常有限。伯兄世聘（一五六四—？），字徵伯，號霍岳，邑庠生，世召有《署中初見霜，懷徵伯老兄》《和徵伯兄寄懷韵》，知世聘能詩。世棠，世召之從弟，字仲愛，溪雲閣主人，也是詩社重要參與者，〔乾隆〕《寧德縣志》卷九《藝文志》録其《溪雲社修禊》一首。世召五子，以五子崔嵸最有名，劉家謀云：『崔明經嵸，字殿生，一字五竺，自號西竺村童，世召五子〔二〕也。少負異才，名列「雲間社十八子」中。寒山陳函輝爲賦《驚崔篇》。《邑志》所撰有《竺庵集》《洞庭》《秋耕集》《衡廬合詠》《西莊集》。《通志》載《瑶光草》，《郡志》載《瑶光集》《秋耕集》，與此異。版俱燬。其從孫挺新以所藏《七夕題帳詩》二十首示

〔一〕陳大經《溪雲社修禊記》，盧建其修〔乾隆〕《寧德縣志》卷九《藝文志》。

〔二〕崔嵸爲世召五子，劉家謀所記誤作四子。詳見本書後附《崔世召年譜》。

余……録其一云：「今夕何夕烏鵲飛，花枝無數照冰幃。更思瑶圃風光好，劇上春駒較獵歸。」』[一]明清之際，崔嵸廣交遊，結詩客，名聲可能還在世召之上。崔嵸之子崔衍湄，有《嘯谷草》、《縣志》記載：『崔衍湄，字星野，嵸子。少承家學，工吟詠。嘗嘯傲於其祖世召所建問月樓中。著述積成卷軸，以一衿終，年八十三。』[二]崔世召另一個孫子，即次子崔堯之子海麒，號神童，早歲能詩。崔家女子亦能詩，崔堯之女崔宜端就是其中一位，《寧德縣志》卷八《人物志》：『崔氏宜端，字繡天，連州刺史崔世召公女孫也。長適增廣生彭如璠。氏生質聰慧，詩字俱工，尤精水墨，好畫羅漢大士等像，細若毫髮，當時名重雲間。凡文人韵士，每得一畫，如獲珍寶焉。』世召有詩記其繡大士相，云：『少小能於筆硯親，休將道藴等閨人。黄庭細撿長生帖，翠竹恭摹不壞身。鸎鵡曉喧天是繡，旃檀夜爇月如銀。阿翁爲供軍持水，官舍纓幢一倍新。』[三]崔世召第四子崔岑之子衍江，字墨農，邑庠生，草書遒勁。衍江女，即世召曾孫女，其名佚，『幼時取其父書藏之篋衍。及嫁，以自隨。秀才殁，邑人争購之』[四]。亦非等閑之輩。崔氏子孫瓜瓞，至近代，其裔孫秀才崔挺新，以詩人、詞家劉家謀爲師。回顧福寧一州數百年歷史，博陵崔氏算不上地位很高的世宦之家，但是文學傳承却

[一] 劉家謀《鶴場漫志》卷下。按：『秋耕集』原文作『秋耕秋集』，下一『秋』字疑衍。
[二] 〔乾隆〕《寧德縣志》卷七《人物志》。
[三] 崔世召《女孫繡天十五能作佛相，爲描大士一幅遺余，携供楚署中，賦詩一律》，《秋谷集》卷下。
[四] 劉家謀《鶴場漫志》卷下。

相當久遠。比起福州、莆田的文學世家、詩歌世家，崔氏也不那麽顯赫，但是一地有一地的文學傳統，一族有一族的文學傳承，當我們回顧、審視福寧一州的文學，研究福寧一州的家族，我們看到了以崔世召爲代表的福寧州崔氏在歷史上的光輝。當我們整理《崔世召集》時，對崔氏，對崔氏家族充滿着敬意。

本書整理的底本等事項，見《整理凡例》。

陳慶元

二〇一九年七月五日於福州藤山華廬

整理凡例

一、此次點校，《問月樓詩集》《問月樓詩二集》《問月樓文集》《問月樓啓集》，以萬曆刻本（日本宫内廳書陵部藏本）爲底本，《秋谷集》以崇禎刻本爲底本。崔世召諸集衹有一刻，無參校本，故酌用本校、理校。

二、不常用異體字如『窓』『皷』『恠』等，徑改爲『窗』『鼓』『怪』等。

三、『己』『已』『巳』，『戊』『戍』『戌』相混，據文意酌定，不另出校；『楊州』之『楊』，徑改爲『揚』；『候官』之『候』徑改爲『侯』等，不另出校。

四、俗字如『斈』等，徑改爲『學』等，不另出校。

五、詩題衹用逗號、頓號兩種標點符號。

六、附録六種：詩文拾遺，諸家序，傳記、祭文，徐𤊹尺牘，集評，崔世召年譜。

七、崔世召《問月樓集自叙》及諸家《問月樓詩集》《秋谷集》序，一并作爲附録。曹學佺兩篇送行序，亦收入諸家序。

八、徐𤊹尺牘，爲徐𤊹致崔世召尺牘，有關世召生平，故録出作爲附録。

九、《崔世召年譜》爲整理者所撰。

目録

律詩五言 …… 一四

問月樓詩二集……五一

附録二　諸家序……三五三

附録三　傳記、祭文……三六三

問月樓詩集

霍童崔世召徵仲甫著
晉安商家梅孟和甫校

古體四言五言

三月三日，集溪雲社，分得對字

遵彼郊谿，春雲晻曖。睠言勝遊，穿芳逐隊。危檻鄰霄，倚樓寄慨。千古蘭亭，風流如在。把臂入林，正須我輩。天運不積，佳辰難再。當筵喧歌，鳥聲交碎。我則嘿然，抗心玄對。

駘蕩晨光浮，出郭少塵礙。飛閣一何敞，清溪抱蒼藹。隔檻數橋横，開牖群峰對。西堂發我夢，池草生蓊薆。况值艷嘉天，禊事步前代。有客來信信，遠棹懷訪戴。風期洽投歡，贈我以蘭佩。因之酬宿盟，結社集時輩。鮮雲幕綺筵，香霧散花隊。觥籌款交馳，巾舄媚生態。豈無竹與絲，玄賞盪濁穢。永言德不孤，所欽舌尚在。四座足千秋，片語入三昧。燒鐙夜何其，鬮題詩賡載。短腔慚續貂，頹焉忽自廢。但得長逍遥，成虧任大塊。抱琴以爲期，芳樽莫辭再。

古意二首

其一

長安車馬喧，甲第紛馳道。連甍曲水房，疏綺浣花澳。纓緌爛輝光，七貴相加勞。彼美俠少年，結駟備賓佐。哀箏激銀璫，芳橑壓花帽。一以度千秋，不復譏息耗。寧念大化遷，世態轉糠莝。三月咸陽烟，烏衣燕西播。豪華安在哉，午夢殊未課。躑躅遊子心，悠悠寫悲號。山水有餘情，絲竹藴清操。撫之不盈握，飄然出網邏。沉景詎足揮，潛情洵可寶。豈不畏拙嗤，聊以從吾好。守此右座銘，寄於南窗傲。逝者已如斯，曲高彌寡和。

其二

雲物緬含姿，關山阻且脩。長河邈靈駕，孤泪零女牛。中閨怨何極，宛轉牽鳴啾。妾身非車轍，安得隨驅輈。眷此白髮心，夜夜枕中遊。所憂在無衣，歲晏懔嚴飀。欲寄不敢擣，恐生藁砧愁。明月照蕙帳，歸雁嘹芳洲。豈伊千里别，棄擲不可求。終爾返輪鞅，臨風睋高樓。

贈張維誠明府誕日三首

其一

憶昔遠行邁，馳志結玄賞。朝聽東海潮，夕盪西湖槳。吴峰何欝葱，神秀鍾吾黨。有美文在兹，矯矯松溪長。鞭弭走中原，玄黄抽罔象。廣輪有餘暉，高山激崇仰。何當抱素弦，對之發清響。

其二

一棹長溪水，湛湛東南遵。瀼瀾清且漪，餘波來照人。君令扆之陽，我家鶴海濱。河潤及九里，締好亦相因。澮交酬宿夢，奇論破垢塵。加餐各努力，行樂當芳辰。仰視扶桑巔，爲君賦大椿。

其三

鉅株有春秋，一萬六千歲。物理渺難參，精芒神所衛。至人亦若斯，生天縱靈慧。氣自淩罡濛，根豈儕柔脆。金風扇平楚，玉魄轉寒砌。仙吏宴佳時，皇覽初度世。采兹耕鑿歌，譜作崗陵偈。摇手但無言，不朽以爲契。

爲張侗予大行二尊人壽

扶輿結靈氣，神界栖至人。幔亭虹爲梁，千載墟猶新。大澤産龍蛇，周郊遊鳳麟。誓行日月揭，掃箠風雷震。小戰無前轍，奇踪誰後塵。既號冠軍勇，將爲大廷賓。有子揚其烈，早致青霄身。白雲天際横，淼淼建水濱。冬日洵可愛，霞觴流遠神。南極一何爛，北蘐復長蓁。海籌子無限，天樂世所珍。睠彼黄華峰，紫氣相璘珣。願言飽玄液，八千以爲春。王事正靡盬，仙齡兹始晨。寄語輶軒使，努力馳天津。

送郭于王明府入覲

十月天氣枯，風雪滿林薄。置酒北郊坰，攀條感瀟索。悠悠行者心，臨岐訴今昨。神君有奇聲，下士空落魄。君病爲蒼生，余貧泣白璞。所貴相知音，騷壇交酬錯。君唱余能賡，病瘥貧亦樂。計吏無違程，征車一何速。前路多風塵，握袂重躑躅。贈遠欽訣言，而余獨諾諾。獻最豈不珍，駐顔在靈藥。更盡杯中酒，請看頭上髮。仰視棠之陰，悲歌爲君作。

飲高景倩席上，賦得浮雲如車蓋，同曹能始、張維誠、陳汝翔、王粹夫、徐興公、陳叔度，分韵得八齊

秋氣肅林薄，碧空浄玻瓈。客懷曠以嘉，積眺萬感齊。上淩群峰巔，下瞰千仞谿。高深匪所憚，物情虞乖睽。仰視天河末，靉靆白日迷。亭亭蓋垂幰，蔽虧聳復低。素衣與蒼狗，倏欻難端倪。三復蜀道篇，之子慎攀躋。曲肱樂在中，聖言良足稽。達化既無礙，幻影安所栖。但得酒盈樽，坐令醉如泥。短劍吼中夜，長腔唱大堤。寢食聊復爾，浮雲任東西。傾蓋誰同論，悠悠姍醯鷄。

博陵橋感賦

棲烏[一]戀故林，老婦悲亡簪。撫景傷我懷，紓欝居者心。青陽匪停軌，白日忽西沉。逝理睽宿夢，物候亦難諶。驅杖出東門，延睇春谿陰。垂虹半危側，古樹空蕭森。頹墻埒蓧根，茀逕嚙水潯。何以寄所思，踉蹌讀遺音。先澤邈以晞，形影在層岑。寂歷散疇想，陟高復履深。豈不畏多露，噫咽良吞瘖。營魄勞遠運，我生嗟滯淫。淙淙橋西瀑，對爾成孤吟。櫛髮任造物，曠焉忘昨今。

[一] 烏：原文作『烏』，據詩意改。

古體七言

河西務舟中觀施長孺農部古卣，賦贈

風雨颼颼河西口，龍不得眠夜深吼。司農帳裏寶氣浮，携來三代古花卣。古花陸離五色文，塵埋未識何年久。瑂瓔精巧卧宗彝，款識微茫辯科斗。世間靈物合有緣，千劫應落張華手。摩挲忽訝光怪生，措大乍觀驚狂走。見慣司農雙青瞳，笑殺眼孔小如藕。所幸雄心老未灰，對之擊劍呼秦缶。劍兮亦是千年之精靈，羞澀腰中胡不偶。今日新磨持向君，願君酹以中尊酒。中尊酒盡歌復賡，旦暮升沉竟何有。請看斗畔妖魂青，長嘯一聲君知否。

憶昔行，送龔爾敬之東粤陳明府幕中

憶昔逢君長安市，貂帽籠頭雪花墜。君今别我各之南，廣陌燒天炎風熾。吁嗟光陰疾轉轂，烟沙滿眼送朝昏。痴纏汗漫遊人夢，消盡豪華壯士魂。夢魂半逐王孫草，有客凄凉向余道。十年落落馬頭芒，兩鬢蕭蕭鏡中老。曾驅短策入羅浮，曾曳長裾遊中州。馮鋏齊竽不可遇，野鶴孤雲何處留。以兹飄萍空垂橐，仰天大笑眼雙白。羞殺依人王仲宣，誰其知己郭翁伯。嗚呼！乾坤逼仄行路難，前有猛虎後有萬仞之危湍。漂母淮陰唤不起，步兵窮途涕未殘。勸君出門莫於邑，勸君且下

陳蕃榻。毗居既屬枌榆歡，好友况作芝蘭合。從此龍門試一登，幕中曲檻隨所憑。不問分俸薄於水，但願有酒醉如澠。世間况味如此耳，世路行行休且止。頭臚那能再化青，斗牛豈復遥占紫。吁嗟君家有妻孥，亦有半畝不葺之荒廬。粗食賦詩固足樂，浪迹長往胡爲乎？君不見，隙駒駃駃寒復暑，感此流光泪如雨。送子唏嘘不能言，記取憶昔長安語。

曉起，几上鼠迹作梅花狀，見而樂之，戲賦鼠迹行

夜來研朱點奇字，剔盡銀缸不肯寐。稚子怕寒趣主眠，報道城頭更已四。强脱寒衣掩卷闌，一片殘朱研猶漬。蒙頭擁被稍稍酣，桀鼠跳躍相尾至。翻床弄几何憑陵，似惜硯中朱色媚。齊將亂趾印紅鮮，點點案頭琥珀碎。呼童逐鼠鼠不驚，鼠兮何意驕縱横。曉起開牕拂净几，繽紛忽訝梅花生。風前萬點真錯落，雨中五瓣殊分明。物類能知氣先候，歲晏翻憐春有情。爲我貌成春色好，酒興詩腸當與并。我聞會心不在遠，恍惚梅花手可撚。合是奇香物亦猜，不然消息憑誰見。從兹囑鼠莫機心，愛爾風流偏婉孌。今夜滿研朱一池，飽取爾曹共遊衍。

殷刺史穉堅以先大人行略見示，爲賦敬亭山長歌

敬亭山，何崭嵂。宛水東迴，萬松如櫛。烟霞捷木相蔽虧，上有雲封現其霱。雲意漫山疑有神，精靈往往化爲人。殷夫子，洵國珍。胸盤元氣於掌上，筆走河漢於天津。雙幡五馬照青春，寶婺之

墟澤四屯。帝命嘉哉社稷臣，一朝焚魚同灰塵。君不見，敬亭山前倦飛鳥，謝公臺畔雲矯矯。拂衣綠野安所營，惟有左史右圖，青縈與白繚，倚杖閒吟亂峰曉。六一居士益將三，五千玄言發其玅。祇今遺書家誦而户傳，猶聞令威歸華表。吁嗟乎！敬亭山，何壘壘，南有橋，北有梓。漢室風高萬石君，墨莊佳氣鬱隆起。秦川擁傳東諸侯，一派清白源從瀫陽水。部民家住秦川傍，親領浩蕩無垠之波光。美人贈我枕中寶，讀君先略當羹墻。恍惚與敬亭，雲鳥相翱翔。我歌欲罷意慨慷，敬亭之山猶有極。君家世德高且長，安得不令到處歌甘棠。嗚呼！請聽到處歌甘棠。

壽郭于王明府誕日

去年臘月都門客，寒風如刀雪花白。今年還家臘正中，暖氣烘烘滿阡陌。小兒攔街笑啞啞，我有神君飽玄液。趙家冬日藹可親，漢室歲星仙再謫。歲星斗大烔日邊，十九佳辰弧正懸。騎來五羊分紫氣，飛上雙鳧淩蒼烟。蒼烟紫氣鬱葱起，八百仙班祝華祉。敞筵跪進麟脯餐，瓊漿新剪鸞江水。君不見，人倫師表漢林宗，高潔仙舟孰與同。又不見，二十四考中書令，千古汾陽何太盛。由來郭氏產至人，清光散作江城春。以兹秘枕窺鴻寶，單父聲中天地老。請看河陽一片霞，滿城都種蟠桃花。

出都門留别鍾伯敬

炎風簸沙罩平楚，戲居如藕舌如煮。何堪臨岐别故人，握手依依那得語。故人况建詩中麾，大巫恢張小巫沮。濟南公安去不靈，楚些唐音調誰許。千秋復生鍾子期，天下文章屬機杼。我今抱鼓雷門撾，八韵既成手仍叉。但有袖中三尺之莫邪，君其許我謬見嘉。感此知音行路賒，欲别不别空咨嗟。聽我短歌衆莫譁，人生聚散如飛花。明朝分袂在天涯，天涯惜别洵超忽。潞水東奔子規歇，流光冉冉春事闌，赤日偏銷離人骨。嗚呼！當今詩道辛苦如夏畦，對君新聲清風發。吾舌尚存安能瘖，驪駒在門歌喉滑。八千里外戀故人，我心則否有如月。

題曾元贊太史贈公卷

蘭陂高湧壺山碧，大峰峩峩小峰岩。八面雲霞常五色，中有仙人坐愛之。六十餘年飽玄液，横吹鐵笛雲間眠。何氏九君相對奕，望氣遥占岳降神。夜半麟生胞其駱，麟駱漸叉春漸綺。膝下憑陵筆花紫，春秋獻賦等笑譚，一朝貴却長安紙。木蘭水勢濺天明，壺公山光拔地起。此時仙人去不還，九原拍掌歌麟趾。瞻翁遺像宛矍鑠，讀翁素狀殊磊落。但看手植三槐堂，金馬詞臣儲巖閣。我歌一曲雲氣清，華表欲下令威鶴。

爲程民章太學題椿萱卷

齊雲峰高碧霞繞，仙人東度騎青鳥。一雙彩幢拂天門，日華浮動扶桑杪。我聞莊生紀大椿，八千爲秋八千春。又聞樹藼堂之背，掀風餐露看蓁蓁。安得人生有如此，待河之清能幾許。有客大笑揮雲箋，繪圖頌其父若母。程君之父東木公，坐對金母居瑶宫。仙椿盤菌萱華紫，堦前玉樹明菁葱。或言親授仙人訣，鼉鼓催花鼎光凸。或言能訓惟永年，海屋有籌輿有舌。之子挾圖走四方，丐言持歸媚高堂。我醉縱横寫其尾，恍如瞻拜神飛揚。請看朝陽正杲杲，當門三尺金光草。瀝酒酹向齊雲神，共爾崧高天地老。

戊午九月，有氣孛於東南，時方有遼東之儆，對酒不樂，賦志杞憂

凍雲翳日海波黑，蝦蟇夜走天河泐。歲在敦牂月無射，酸風發發埽枯魄。四更起視天東南，一道妖魂十丈直。銀刀出室白練横，天鷄喔喔方避匿。白頭老翁相對驚，怪事殘年何逼仄。屈指龍飛初紀元，欃搶西現殊孔棘。爾時天子尚垂裳，下詔傳呼退熒惑。天驕北遁海東恬，四十餘年遊化國。走馬深宫樂事多，九閽茫茫無消息。客星太白歲經天，天若不聞黯嘿嘿。傳來殺氣滿遼海，胡兒跳躍長城側。羽書飛遞赤白奔，長袖將軍面無色。草莽微臣夜不眠，仰看明河泪沾臆。長星勸爾一杯酒，角宿將旦莫相逼。聞道君王新御朝，誓將禡旗奄戮力。安得長矢射天狼，姑剪

滅此後朝食。

題陳伯恒一樂圖

十年聚飲孟公宅，主人投轄苛留客。有客大醉甕裏眠，丙夜糟櫝盡一石。爾時珠履歌聲款，堂南堂北風光滿。侍兒行炙賓初筵，琥珀深黄流玉瓚。經今更閲幾星霜，巋然長峙魯靈光。壚頭豈有神仙九轉藥，天邊祇見極婺雙寒芒。阿翁胸中抱丘壑，扶鳩市肆亦行樂。阿母西度瑶池雲，時呼青鳥伴玄鶴。羨爾年年領物華，春風爛熳蟠桃花。行追夸父鞭前影，手劈安期海上瓜。人間樂事孰如此，快煞佳兒祝遐祉。親剪雲霞作舞衣，更裁月露明雕几。君莫歆，東家纍纍多黄金，金多不買椿萱老，樹古其如霜雪侵。君莫嘆，四壁蕭蕭空扼腕，簞[一]壺菽水歡有餘，一日寧許三公换。余也年來失所天，披圖對爾重凄然。白日西奔無返理，拭泪題緘一樂篇。請君且辦雕龍手，唾取金章大如斗。板輿鳳誥百齡新，座客高獻長生酒。君不見，十年投轄應記否。

三友墓有序

三山徐振聲、吴叔厚、林世和，成化間隱君子也，三人盟死友。徐、林先殁，叔厚鳩金買山

[一] 簞：原本作『簞』，據詩意改。

城東桑溪，乃聞越王流觴故址，共營宅兆，同穴而葬，時呼『三友墓』云。徐公之曾孫興公索詩於余，爰筆率爾賦此。

海雲抱樹桑溪口，越王輦路舊行酒。莎草茸茸曲水枯，烏鴉亂叫狐狸走。聞說當年三友墳，糢糊碧血埋秋原。髑髏夜半作人語，淅瀝空山白日昏。道傍樵叟步蹴踖，自言猶能記其略。三人刎頸盟鬼神，生共一心死一壑。生前尚恐有別離，死後應慰於生時。人生骨肉不得聚，吾儕含笑當勝之。吁嗟千古奇公案，一片烈腸薄霄漢。歲寒化作竹松梅，九死精靈長不散。至今春秋薦蘭茝，招魂黯黯陰風起。聞孫羅拜滿墳頭，誰其譜者南州士。南州高士好奇服，世態波瀾悲反覆。論交擊筑髪指冠，手持先狀向人哭。大哭秋原烟草深，凄酸鬼火明空林。人間舊事翻新話，三友傳奇說到今。嗚呼！富貴繁華空嚷嚷，越王行宮已榛莽。惟有石交心不灰，萬歲千秋堪抵掌。我今吊古重徘徊，楚些一闋天風來。請看夜夜桑溪月，獨照孤墳土一堆。

醉歌行

坐愛城東雲水鄉，迴波截溆開竹房。青山爲榻雲爲床，幽栖何必輞川莊。倦來只合卧羲皇，客至便與倒壺漿。爛醉大叫酒壚傍，吁嗟坐客且停觴。聽我歌罷争彷徨，人生回首總茫茫。君不見，亂鴉叫斷北山邙，西風慘慘飛白楊。古來英雄誰存亡，達者惟有籍與康。何不朝朝貰酒喚我嘗，醉呼天地真粃糠。我身事業難斗量，掀天動地一笑塲。生不願黄金垂千箱，但願五斗供徜徉。乾坤吾意在滄浪，恰有一池白水堪洋洋。相期清秋孤月光，買舟載酒夜鳴榔。與爾沉醉眠中央，嗚呼，安得沉醉眠中央！

律詩五言

問月

無山無有月，對爾獨超然。爲問林端照，何如樓際懸。孤高誰並者，神理或存焉。相約幽光到，當牕夜夜先。

代月答

山能供點綴，余亦愛清真。正好開雙眼，何曾著一塵。無言參曖理，有魄傍吟身。除却升沉影，君其問水濱。

再集白元升山雨樓，得鹽字

秋水白於鹽，樓頭暮色纖。月浮林影换，風罥野帆黏。雜謔杯無算，闖題筆屢拈。但須長命醉，吾興豈能厭。

北途遇雪，賦呈劉汝立、任惟虚二丈

風塵嗟遠道，匹馬又黄昏。地苦林先皓，天低柳盡髠。鄉愁寒意凑，野色晚烟渾。賴有同心者，詩成共一尊。

客中紀悶二首

其一

可可春前意，梅花欲發生。剛來一百日，怕算八千程。夜怪更添閏，朝驚雪數莖。惱人何等物，月色與鷄聲。

其二

不無悲作客，聊且過經冬。夢與雲俱遠，愁看月亦慵。天遥鴻到晚，歲晏酒呼重。所戀家中事，門前有老松。

夜讀鍾伯敬隱秀軒詩却寄

新様攻吾短，痴狂爲爾降。忽聞歌郢雪，所見媿吴江。把玩翻成癖，微吟或改腔。一燈忘索枕，殘月上疏牕。

都門送張賓竹入闈三首

其一

麋聚經三序，星分忽一時。似嫌交太密，轉覺恨難支。亂柳藏鶯老，炎風逐馬疲。所嗟留滯者，揮泪數行詩。

其二

風波沉世眼，垂橐爲君愁。作祟將無俠，銜恩未必酬。客程來往夢，生計短長謀。俗話聊敦復，重逢更晚秋。

其三

以兹方落魄，惜别倍傷心。况復遊吾土，因之想故林。燕臺楡月迥，鶴嶺樹雲沉。無限斜陽思，勞君一寄音。

送程民章

岸幘曳長裾，臨風玉不如。看花迷楚袖，擲菓滿潘車。磊落懷難寫，低回意有餘。亦知兹别後，何日可烹魚。

用韵送吴仲聲之永春廣文

握手雄心在，行藏未可悲。憑將千古意，且聽一官爲。署對青山好，詩稱白雪宜。春來還憶我，應寄隴頭枝。

送翁壽承之通河

不謂分携暫，其如去住難。余交存古淡，君意薄慳酸。漢篆通侯印，燕歌壯士冠。潞河衣帶水，悵望遠漫漫。

用韵答林茂之并留别

憐余愁拓落，對子倍酸辛。大雅推知己，高情見古人。士如能自貴，天豈必私貧。易水遺風在，悲歌意可申。

蛛網

絡婦當牕畫，遊絲挾雨微。壁文高下落，簷影有無飛。巧掇蠅頭緑，忙分蝎子肥。轉愁人世網，何物可忘機。

題黄山人山水清音卷

斯世多懷土，而君慣遠遊。青山歸指顧，赤水費冥搜。夜雨狂呼劍，寒霜醉典裘。拈來清玅旨，絲竹任西樓。

王景聖廣文招同郭環洲、沈中如、戴吉甫、陶汝觀集龍山草堂，得長字

曲浦圍姑水，遥波迸女墻。人烟低夾岸，棹影亂斜陽。柳亦傷秋暮，風應趁客狂。一尊澆俗恨，嘯咏意何長。

同李五雲廣文南還，用馬季聲扇頭韵

浮天新水漲，計日片帆歸。野色挑鄉夢，波光浣客衣。神駒超乘早，老驥放歌微。傍爾官吾土，春風共樂飢。

有感

説俠何容易，當求之古人。時危防蜮鬼，士賤聽錢神。道豈才名合，交誰臭味真。英雄須睁眼，未便發悲嗔。

發白下，同王元直舟中賦

君行真孟浪，而我亦淹留。九月菊花候，一江蘆荻秋。尊前悲笑換，天外髮膚愁。好友能朝暮，寧勞嘆敝裘。

客壽陽，黃道孝廣文過訪，投贈余詩，和答，是日余初度也

秋風欺短鬢，古刹冷繩床。雲懶黏低渚，霞殘逗夕陽。弧懸天外樹，酒典客中裳。詩興因君發，頻添故態狂。

建溪贈王息父山人

知君長作客，建水寄栖遲。雷喚龍爲劍，王維畫有詩。逢人雙白眼，玩世一攢眉。學得全身法，狂來但酒巵。

又和息父扇頭詩

我愛王猷子，超超世外人。江湖供短屐，烟水滯修鱗。揮灑衆山響，酣歌千仞振。北來猶可語，莫問鬢間塵。

夜泊

盡日風波競，黄昏薄古塍。電光窺鷁彩，泡影雜漁燈。欹枕魂難定，敲詩氣轉增。鷄鳴披劍起，恍惚有霜稜。

喜徐興公至小樓

一逕緑苔封，高朋過短筇。榻惟懸孺子，樓豈傲元龍。似約月同到，疑添山數峰。燒鐙翻近草，不管暮烟鐘。

秋日，同龔武陵、趙宗卿、陳延祖、月浪上人遊瑞迹寺賦二首，用月浪韵

其一

秋色望霏微，山山盡逗機。鳥拖花氣入，蟬亂磬聲飛。落日凄清恨，寒房信宿依。所欣支遁侣，拍掌虎谿歸。

其二

我輩俗情微，誰拈第一機。半崖容鶴老，雙袂逐雲飛。詩料峰紋掇，愁魂樹影依。同參功課罷，真可澹忘歸。

新種紫竹數竿

便覺入門好，翛然一徑幽。蕭森堪辟俗，疏遠更宜樓。紫氣分函谷，清朋過子猷。從兹閑倚咏，長伴此君遊。

送林子攀年兄北上

何堪作寂寂，送爾倍凄然。名耻居王後，鞭應著祖先。凍梅官路放，春柳御河鮮。好事還吾黨，臨岐囑勉旃。

送陳子教北上

摇落驚時序，悲歌送所親。誰憐和氏璞，偏積漢庭薪。雪滿黄河路，天迴紫陌春。爲君遥瀝酒，走馬帝京塵。

送李念慈北上

射策宜年少，淵源况一家。行行避驄馬，隱隱合龍沙。春隊人如玉，晴軒筆有花。南山橋百尺，藉爾重温麻。

寄都下安公

記索長安米，銜恩説到今。有如譚俠骨，無乃累禪心。雁帛隔年杳，燕雲何處吟。但將天外夢，飛越遠公岑。

送潘尉入覲

何必論官况，清高在所爲。酒澆三尺律，判引數行詩。鶴岫關情處，螭班奏最時。沙頭雙瑞鳥，藉此慰相思。

鄭廷載武試

以子工柔翰，而能挽壯弓。陰符分尚父，真氣老壺公。馬躍晴空外，鵰鳴碧海中。請纓吾黨志，握别意何雄。

陳永烈文學北郭亭

愛爾林園勝，招歡喜暫過。緑堆三徑竹，香醉一池荷。露杪窺翻鳥，晴沙浴鬭鵝。登樓無限興，徙倚嘯當歌。

中秋永烈亭中待月

塵羅飛滾滾，出郭便能清。張我彌天口，同君待月明。打魚供酒品，移席就花棚。即此微光好，闌珊踏草行。

題林元舉可亭

地靳數弓小，亭標一字奇。避喧斯可矣，結伴欲從之。屋貯霞千片，花圍月半規。客懷殊懶散，爲汝乍留詩。

寄曹能始

苦憶浮山月，銜杯已隔年。舟行林影裏，客嘯水聲邊。雨屐虛殘醉，春吟趁假眠。知君多韵事，歷亂養花天。

寄商孟和

十載秦淮水，鷄盟事亦豪。衹爲情所累，未免夢相勞。吴楚君雙足，星霜我二毛。樓居聊近况，花竹自周遭。

律詩七言

暮春，同諸詞客遊天壇，分得花字

莽蕩圓丘覆彩霞，古壇香冷上清家。凄凄圃露溥蔹草，寂寂堤風散柳花。天聽九閽高仗馬，春容千樹亂宫鴉。猶聞三十年前事，六蹕曾來駐翠華。

郭星陽明府小集家弟叔絅涵影亭，和韵二首

其一

飄然仙棹到山陰，一徑炎歊晝不侵。踏遍緑苔深淺屐，敲來紅雨短長吟。令疑九轉成勾漏，人在千秋擬竹林。從此西堂芳草滿，夢回松月正當襟。

其二

孤亭掠盡萬峰陰，竹色霞踪每見侵。天畔忽驚雙舄下，尊前應對一池吟。憐才有客欣留轄，把臂何人更入林。願借山南千丈瀑，笑將浮世洗塵襟。

張叔弢南山弊廬

天然靈瀨與奇峰，布置如爲悦己容。花塢月明驕老鶴，石床雲懶卧痴龍。紅泉細繞三珠洞，翠壁斜撑五粒松。我亦烟霞成痼疾，願隨杖屨賞心濃。

臘月，何和陽將軍招同張叔弢集燕水雲亭，分得開字，時將軍有瓊海之命

危亭寒色水中開，歲晏元戎載酒來。寶馬行穿深岸竹，玉箏吹透古株梅。千秋詞賦名堪老，四海兵戈首重回。鎖鑰東南公等在，請纓何自附長才。

客中紀懷

轉眼浮雲刻刻更，風前乾鵲意難明。呼來麯友澆長恨，猜得詩魔罥遠程。野水天低孤雁杳，暮山烟暝亂蟬鳴。等閒亦復關何事，癡客顛狂忒有情。

題王封君卷，封君合州人，爲廣文，其子若孫皆進士

巴水東縈世德門，天風寒護一池鯤。文行絶域南金重，道在千秋北斗尊。絳帳傳經多弟子，青箱纘業有兒孫。到來未了弓箕事，鍾鼎勛名待爾論。

對月有懷

途窮莫效步兵嗟，醉裏陶然度歲華。自分卑飛同鳩鷃，敢言大道在龍蛇。半簾斜日黄庭帖，一曲薰風白墮家。今夜月明加倍好，不妨呼伴倚琵琶。

王藎卿再舉子

朝雲如綺撲西牕，坐客喧闐羯鼓鏠。搗盡玄霜原得偶，捧來明月本成雙。青箱辟蠹傳堪永，寶氣連牛夜不降。醉裏鬮題詩欲遍，莫辭呼酒倒千缸。

題戴吉甫母氏節卷

蘭陂水滿柏爲舟，逆浪孤撑到盡頭。鳳侶已摧難比翼，萱花雖老不忘憂。凄凉茹蘗丁年泪，辛苦和丸丙夜謀。勉矣佳兒將母意，碧桃花下板輿遊。

爲李澮陽司馬封君壽

中嵩山下碧霞鮮，分外催花鬧綺筵。後裔當如唐亞子，前身合是老聃仙。千秋洛社齊名老，一榻羲皇自在年。鐃曲椎牛司馬宅，因風遥送白雲邊。

丙辰下第，用吴仲聲韵感賦

雙足勞勞廣陌塵，厭看世態逐時新。霜蹄未必能千里，天意何曾悮一人。好酒名香消送日，濃花淡柳可憐春。年來怪事傷心甚，耐得貂裘季子貧。

北途遇雪

同雲故故媚征轀，馬上微吟興可償。舞絮乍疑春色滿，飛花偏逐客衣忙。裁成世界千山玉，壓净沙塵萬里黄。寒骨不勞嗟蹭蹬，狂來正好佐清觴。

郭明府集溪雲閣，適海倭捷至，用韵賦

連天梅雨閉塵羅，絶代風流領碧蘿。新水橋通花縣邇，亂峰雲護草堂多。樓頭噴玉聞仙樂，海上飛濤挾凱歌。誰傍宓琴翻擊壤，半簾斜月卧山阿。

題家侄二室培萱所

一榻蕭森水石憨，不栽凡草種宜男。編籬未許霜侵砌，對檻閒看月到龕。座客填詞供半部，侍兒傳酒進雙柑。白雲聞奏瑶池曲，歲歲花壇緑影毿。

采石磯題李太白祠二首

其一

何年鯨背此高騫，天際真人采石存。拖雨老松描酒態，濕雲衰草帶詩魂。荒臺暝合疏鐘寺，遠水秋連落葉村。自古英雄多坎壈，對君長嘯坐黄昏。

其二

深秋兩岸草凄凄，日落青蓮古廟低。朗月不歸華表鶴，澄江猶照太真屣。山爲韵客增聲價，屐滿遊人怯品題。賦得招魂慚宋玉，因風吹送夜郎西。

又和駱侍御韵二首

其一

尋真何必訪蓬萊，瀝酒空林薦一杯。埋玉青山曾否在，乘鯨白浪有無迴。長江滚滚通靈氣，驄馬行行弔異才。一曲浩歌纖月冷，仙魂如迓夜深來。

其二

雲閉空祠半草萊，西風吹鬢且銜盃。蟬聲暮咽吟魂醒，犀影寒推素魄迴。丘壑生前宜置子，汨羅騷後豈無才。清時休説投荒事，會有仙人擁節來。

送舒德先還新安

纔説將歸慘不歡，柳條何計繫征鞍。鷄壇皎日交情老，馬首炎風客路難。夢裏能無疑捉臂，尊前惟有勸加餐。齊雲南望天如赭，一片飛霞托羽翰。

翁壽承尊人六十寄贈

家在黄華雲水鄉，半生雙屐寄清狂。杯盤樂地常中聖，弧矢懸天是小陽。九曲仙班丹欲就，一函女史意偏長。憑君北梓通新誼，遥進流霞第幾觴。

客采石，同張彦先文學、仲和、白元升山人集山雨樓，分得華字，七言律

危樓寂寂掩青霞，忽漫開牕繫漢槎。萬里風塵悲失路，一時騷雅擅當家。樽前客袂生雲氣，松際秋空試月華。祇恐謫仙驚夢醒，微吟輕剔燭光斜。

九日，何玉長招同郭聖僕、畢撝之、王元直、畢康侯集雨花臺，同得山字

客裏萸觴一破顔，短筇呼伴豈辭艱。臺空花雨何年蹟，人踏秋烟第幾灣。亂吹濃鋪高下幕，殘陽淡抹有無山。浮踪去住應難定，莫厭留連醉月還。

同安仲逸采石舟中賦

牛渚磯頭秋色慳，扁舟風雨共君還。江濤鵡首魂雙斷，客路羊腸鬢俱斑。吟罷恣情呼白墮，狂來隨筆貌青山。不須更説干時策，往事凄凉盡可删。

集陶嗣養、嗣哲繡玉齋，同王息父、劉心太、黄爾瞻、翁壽昇分賦，得雕字

寒霜高館對逍遥，滿座清狂酒態驕。花下草玄人繡玉，竹邊呼白客吹簫。鳥留書法皆成篆，龍是文心不用雕。更上層樓山色好，溪頭凉月正含橋。

冬至前一日，陶重父先生席中賦得山意沖寒欲放梅

三徑蕭騷夜雨扃，擁爐呼酒看前汀。幽香似傍葭灰動，寒色應隨雪瓣靈。庾嶺馬蹄春漸透，孤山鶴影夢初醒。明朝况是新陽候，對爾疏枝眼倍青。

贈嚴汝擎

生事差池奈爾何，雲山强半客中過。寒花滿眼勞清夢，芳草明春又緑波。玩世且携三尺律，度關休唱《五噫歌》。胡琴博得詩名起，到處歡塲醉叵羅。

淮陰別張光禄先歸永陽

秋風滯棹路三千，對局探鬮度小年。人自尚方分玉食，舟從淮口隔蒼烟。稱觴好理培萱圃，課酒多耕種秫田。待得雪飛新釀熟，鯤湖應結剡溪緣。

賦得出自北門

閒呼藤杖踏郊坰，野意山情處處靈。石溜雲淙成懶癖，樹摇風杪作顛形。詩窮欲罷屠龍技，世混誰工相馬經。一派湖光環目送，無勞俗眼笑伶仃。

齋頭梅花用袁石公韵三首

其一

霜落幽齋老幹斜，方池纖水坐高華。半簾香度孤山月，乍眼光眩六出花。抹撥穠芳俱後輩，分明逸韵屬仙家。對君事事成佳況，展卷燒燈自煮茶。

其二

天然清絶亞枝斜，瘦骨粼粼傲歲華。露竹霜松呼老友，青谿白月照疏花。巡檐先寫宜春帖，凑趣惟應賦雪家。一段丰神差得似，玉蘭香畔雨前茶。

其三

標格飄然倚月斜，主人幽意共清華。天其命爾開春令，雪亦憐予放晚花。縱使羶情迷俗眼，更無清品賽當家。小樓乍醒羅浮夢，八韵詩成七碗茶。

送劉之罘將軍還東嘉

春山無色鳥聲悲，世路盤跚夢亦危。射虎功高偏不賞，雕龍才老竟如斯。歸帆好泛江心月，公論差存峴首碑。擊罷唾壺詩欲就，送君且盡掌中巵。

贈王九皋郡丞誕日，二月十六

相看意氣總横秋，春雨深杯破客愁。笑我無魚歌幸舍，憐君有蟹領監州。懸弧日近花朝艷，憑軾風和柳陌柔。可是歲星明夜夜，藍溪東指海霞流。

吴光卿廣文招同張維誠明府讌集陳氏園亭，分得樓字

小橋曲沼野雲稠，竹裏燒燈散客愁。苜蓿一樽呼勝伴，芙蓉千樹媚高秋。霞黏几几王喬舄，月到層層庾亮樓。滿座清狂歡不住，人生能得幾回遊。

張明府龜湖書院，用前樓字山中發之，皆花紋石，奇甚

憑陵飛構控高丘，之子横經最上頭。勾漏當年成九轉，皋比吾道屬千秋。山藏寶氣朝霞起，樹擁湖光夜月流。遂有老人來乞火，滿城分熖讀書樓。

朝旭堂謁薛明月先生二首

其一

補闕清班翰墨林，蕭蕭苜蓿想遺音。唐家舊事傳猶昨，韓坂高風説到今。對爾祇堪明月夜，何人能識歲寒心。請看故里廉溪畔，山自孤懸水自深。

其二

草滿空階露色纖，千秋靈爽斗山瞻。堂因朝旭長留照，村爲先生亦賜廉。精舍近依幽頖址，詞壇高並遠峰尖。臨風憑弔思無限，寂寂寒花護短檐。

讀謝皋羽集二首

其一

俠骨奇踪世所稀，遺編讀罷泪沾衣。魂隨宋寢冬青樹，墓傍嚴陵古釣磯。天地祇餘身可漆，江

湖何處髪堪晞。寄言精衛休填海，一哭西臺事已非。

其二

生平一劍許難忘，慟哭高原夢未央。姓字短碑題百粤，悲歌長恨寄三湘。文拈太姥金光草，詩逼奚奴古錦囊。南國騷人君獨唱，少微千古拜寒芒。

重陽前一日，留别張明府

短劍飄零客鬢羞，百年知己對淹留。神仙作令花爲縣，國士銜恩麥一舟。衰草連天催去路，丹楓夾岸照歸裘。明朝況是登高會，風雨懷人獨上樓。

送殷太滁州守入覲併寄懷唐君淳、湯季主、郭環洲諸盟兄

連翩五馬漢循良，捧玉隨鐘入建章。東海政成天外最，西山朝罷雪中望。囊携藍水半溪月，傳擁蒼熊一路霜。過里若逢知己問，爲言憔悴老長楊。

送吴光卿北上春試

莫爲行藏發永嘆，擔頭霜擁一氈寒。十年賦草青箱重，滿路梅花錦轡看。易水風高聞擊筑，蘆溝春曉慶彈冠。兵戈眼底勞宵旰，好向承明策治安。

題黃碧潭翁萬花谷

野橋花塢水平畦，紅藿當門路轉迷。寒影壓池看處處，細香飛蓋故低低。鶴鳴華表仙魂返，鳳起河東壯翮齊。度曲吹笙無不可，結居何必在青泥。

己未清明日，同張叔弢、陳伯禹、延祖、倚玉、趙宗卿集飲靈谿寺，分得虞韵

勝伴探春興不孤，獨憐吾道屬艱虞。行隨勸駕烏藤杖，坐嘆當筵玉唾壺。石广懶雲團藉草，僧厨新火出鑽榆。南阡北塚闗愁恨，破涕長吟到日晡。

立秋後一日，集古佛庵分賦，限七言律，得歌字二首有序

古佛者，石像善財童子也。款製工古，座有『淳熙四年四明』數字，餘俱漫滅不可讀，當是落伽山中物。相傳世廟年從海上漂至，鄉人群奉祭賽，香火甚盛。余弟仲愛航而得之於溪雲閣，後纍石爲山，結龕其上。已未立秋後一日爲善財降辰，迎入庵中。是日社集，各頂禮畢，遂分賦焉。

其一

春來禊事恣歡歌，轉眼流光嘆逝波。忽報新秋飄夜葉，行參古佛入烟蘿。靈傳泛海鐫題舊，賦

就登臺感慨多。願得從君皈大士，相將丈室老維摩。

其二

海上何年别補陀，溪雲擁爾住巖阿。佛容酒伴參蓮社，天設星龕擬鳥窠。十笏浮來香作霧，四聲拈去偈當歌。炎凉人代須臾事，不管金風試井柯。

寄莆郡守張海老座師

十年函丈夢差池，愁對寒潮舞柘枝。雪棹久虚長水夜，星槎閒望曲江湄。雙熊刺史褰帷至，九鯉仙人擁篲隨。河潤終焉濡涸鮒，臨風先寄數行詩。

中秋，曹能始招集石倉池泛舟，因憇聽泉閣，分得從字，七言律

佳節追歡客興濃，碧天秋水浸芙蓉。但逢選石波光媚，到處移舟月影從。佛火半林明露棹，泉聲雙耳答昏鐘。拍浮此夜還搔首，坐愛凄清一壑松。

再集高景倩松雲齋，席上譚遼左事，分得八齊

松牕雲榻足幽栖，詞客清尊共品題。毛竹烟深秋月澹，羽書風急暮山低。席前有客諳籌箸，海上何時罷鼓鼙。見説聖明將耀武，不妨暫醉白銅鞮。

己未六月，熊良孺觀察遊支提寺，風雨大作，留詩一章，亦復響遏林木，用韵恭和

亂峰擁傳扣空王，急雨隨車灑夕陽。勝地千秋歸嘯詠，炎天一夜變清凉。猶疑青瑣披霜簡，似挾緇衣過雪堂。壁上新題紗罩處，罡風長帶水聲香。

喜鄒明府初莅邑

鱣堂久兆漢真儒，新握山城百里符。汝水三春過彩鷁，郎星五夜照飛鳧。家傳碣石譚天事，衙近滄溟浴日圖。豈曰無衣還好我，對君携手坐冰壺。

吴朝彬大行出使趙藩還家

皇華萬里使星明，水繞中都錦纜輕。四牡寒沖飛雪去，雙魚天杳素書烹。關心漆室烟塵滿，蒿目朱藩感慨生。恰喜還家春事好，細君傳酒坐深更。

排律五言

袁中丞清德詒謀卷三十韵

澤國開申浦，君山爽氣妍。風華吾黨盛，鼎族汝南先。通德門堪並，詒謀世共延。張眉譚往事，俠骨壯當年。瘞玉曾清異，遺金屢棄捐。東園揮不顧，西舍識依然。天日知肝膽，江河濯穢羶。掃雲看越石，掬露笑貪泉。五月披裘叟，千齡蜕骨仙。德憑毛穎頌，名入口碑傳。橋梓撑南北，弓箕美後前。千金輕布地，一醮重彌天。琴瑟盟初願，冰霜擬半緣。自從悲破鏡，不復讀膠絃。夜月帷空掩，秋檠影獨憐。參乎標令節，駿也媲前賢。孤鶴清無極，寒松老更堅。堂虚深泛白，蛩静細譚玄。危行應難兩，真功已滿千。閉門高卧雪，教子早淩烟。碧海虬鬚動，丹丘鳳翮騫。風雲雙戟擁，貔虎渡河遷。士挾荆王纊，波恬越客船。十年勞指畫，一味種心田。到處輿人誦，傳來講德篇。瑶章争旖旎，疊鼓喜喧填。清範歸三世，徵歌敞四筵。請賡將進酒，慚乏筆如椽。

丙辰仲春，重遊張叔弢南山弊廬，賦得一先二十四韵

岸幘追遊地，回頭數載前。韶光隨手擲，風景引眸穿。鳥認曾來客，花迎逐隊仙。蓬蒿依古澮，水石倍清鮮。種樹龍鱗老，攀崖鳳翅懸。晴沙魚屋現，露卉槿籬編。萬玉圍青士，孤雲學散禪。半

規池化墨，繞逕草成玄。輕彈藏鶯柳，平鋪浴鴨田。花棚因勢結，菓實算時遷。香澗拖藍出，蒼巖刻秀聯。有亭皆傍竹，無地不栽蓮。入景漸逾好，當春最可憐。鶴窺千嶂月，蝶亂一溪烟。處處標名目，行行步昔賢。杖藜呼瘦石，烹茗汲新泉。據檻舒孫嘯，登高捷祖鞭。名喧星是歲，山静日爲年。問字過奇客，揮毫逼草顛。憐余投臭味，卜夜恣流連。雜謔皆詩話，銜愁藉酒權。松如欣稷稷，石亦對翩翩。共訂千秋業，聊參一日緣。欲裁方内史，待爾霍童巔。

張維誠明府招遊潛蜚洞二十四韵

到處青山好，惟逢賞鑑難。搜奇須快士，凑趣必層巒。十里溪光冷，孤村野放酸。品題仙令口，合沓勝朋觀。公暇乘秋爽，幽探播客歡。雙鳧開逕路，半憩卸韉鞍。有景但稱絶，逢塲俱發嘆。墨渾池靚樹，釣静石臨湍。螭篆浮烟出，龍舟掛壁攢。星岩含歷落，月桂擁團欒。玉立屏風嶂，流懸枕畔灘。披榛林轉密，揮袂眼逾寬。洞古雲藏竅，岩虚蘚積瘢。似聞山鬼嘯，乍擬蟄龍蟠。訛辨潛蜚字，奇傳戴勝冠。狂呼興不淺，小立魄粗安。幕地青蓮坐，淩空碧漢端。松風吹酒醒，蘿月上衣寒。引酌頻搔首，敲詩各嘔肝。千秋歸笑傲，竟日恣盤桓。勝伴歡何極，遊魂夢未殘。風流吾黨事，勉矣勸加餐。

絶句五言

塞上曲

白雪鳴鵰地，黄昏鼓角時。欲歸身已老，十萬有孤兒。

留春

晚風吹銀瓶，垂楊緑楚楚。莫聽鶗鴂聲，浪作柘枝舞。

蠶婦吟二首

其一

新繭未堪抽，單衣往陌頭。柴門聞犬吠，征吏已登樓。

其二

西壟漫持筐，桑條葉未長。妾飢寧自忍，夜半爲蠶忙。

題南山舒嘯臺二首

其一

石韵具蟠菌，松理自丘壑。長嘯據石眠，松忽生其腹。

其二

倚石弄松風，嘯歌聲瑟瑟。欲知嘯者心，豈在松與石。

採蓮曲二首

其一

南塘花事繁，輕橈亂烟塢。隊隊入花深，不記歸舟路。

其二

瀲灔湖水清，花枝嬌旖旎。妾貌與蓮花，兩兩映空水。

宫人斜

一片香魂盡，鴟飛花欲燃。西陵寒隔壟，生死主恩偏。

飲拂石齋

泉眼雖已枯，石頭尚堪語。拂拭坐蒼苔，槠葉落如雨。

絳桃花

誰捻一堆紅，深醺濁酒中。慵來舒倦眼，霞起小樓東。

碧桃花

玉質臨風立，香肌與雪宜。玄都千萬樹，玅在不能淄。

聽雨懷人

十年懷楚客，夜雨拂長荊。泉聲到處是，同聽不同情。

徐隱君山居

橋西風雨多，空山落松子。抱膝誰高眠，云是南州士。

過竹林寺訪瑞公作

開士說中興，潭影抱山緑。把臂當入林，團團都種竹。

絶句 七言

春興

雲籠澹月影流蘇，新水橋邊問酒胡。惟有桃花解人意，暗香飛入玉瓶孤。

相思曲

桃葉摇風渡口斜，隔林何處美人家。郎舟蕩槳天涯末，愁向春流認落花。

古戰場

日落悲風舞白榆，龍沙漠漠野燐呼。請君試問前朝事，年少從軍白首無。

爲二室侄題葡萄四首

風

少女枝頭弄錦天，落霞拂地亦嫣然。夜來釀得金莖露，便是功成果滿年。

晴

長空如紙漢宫清，舞鳳蟠龍學得成。最喜團團朝日好，一株仙乳露輕盈。

烟

十丈花綃護草龍，江邊顆顆玉鬖鬆。秋高不放雲棚老，摘向瑶臺宴上逢。

月

白銀盤裏水晶寒，玉幹斜横遠黛山。我有明珠三百粒，樓頭問月許同看。

月浪和尚僑居廣霍山年餘，忽别去遊太姥，詩以送之

荒廬難繫住山心，行脚空瓢費遠吟。太姥也聞春寂寂，思君多只在東林。

重陽過江郎山

天削芙蓉片片開，看雲此度已三回。憑君夢破生花筆，滿酌茱萸酒數杯。

桐廬阻風

萬里迢迢帝國遊，長風吹浪逗孤舟。壯心擊楫桐廬水，薄暮終須到上頭。

江口聽潮

短棹靈潮聽晚喧，浪花如雪石如翻。舟師休説胥門事，怪底波濤起北鯤。

爲王念初題葵花

一片丹心耿不灰，肯隨凡卉託蒿萊。携來海國七千里，移向長安近日栽。

雪中樹，同劉汝立、任惟虚賦二首

其一

開門一帶曉天新，玉樹菁葱解照人。浪説梅花降不住，暗香妬殺隴頭春。

其二

與君並轡玉山行，片片璚瑶木杪生。若使上林同賜札，添來詩料不勝清。

題阮元宰扇頭鷺鷥

蘆洲風雨潤毛衣，玉立秋高點點微。莫訝孤騫低貼水，西雝終是看于飛。

象意卷四首

其一

亂瀑當空冷照衣，橛頭風軟坐熹微。蒼陰滿徑携琴過，無數鳧鷗浪裏飛。

其二

一帶山容澹欲無，隔江亭子夕陽孤。耽遊莫怪歸帆晚，明日還當出五湖。

其三

空洲野艇樹烟屯，細雨霏霏江上村。拾得一肩寒榾柮，千山沽酒自黄昏。

其四

一夜寒威白滿山，灞陵驢背耐開顔。呼童早覓當壚醉，莫遣霜飛入鬢斑。

暮行道中

秋山寂寂暝雲深，立馬斜陽澤畔吟。歸鳥似知行客恨，數聲殘響落空林。

贈張麗人二首

其一

當年草草不通名，忽漫重逢半喜驚。瘦骨伶仃君莫訝，多情端的是痴生。

其二

郎身如葉妾如花，飄落東風不記家。只恐葉殘花又老，一迴相見一迴嗟。

九月八日，懷黄大誕辰

故人此日正懸弧，緑酒黄花定不孤。積翠堂中今夜月，清光得似昔年無。

咏瓶中折枝杜鵑

爛熳千山叫杜鵑，寒齋孤影共凄然。年來空負看花酌，對爾一枝殊可憐。

長安寄懷張叔弢二首

其一

半生四韵擅長城，陸續看山筆興生。愛殺吟春三十首，春來倍見故人情。

其二

南山日日杖仙鳩，雪裹何人共酒籌。乞得買山錢數貫，又添妝點一灣丘。

觀潮

八月潮高水打城，野塘空白浪花清。何人拍浪弄秋色，一曲滄浪自古情。

送月浪訪續燈却寄

團焦高閣坐青稜，誰續西江一派燈。珍重封題煩月浪，曹溪灘畔拜盧能。

王克章山人工畫蘆雁，歸贈以詩

爲君亂掃雁行詩，別我愁當雁去時。一幅蘆花光忽赭，小窗呼酒寄相思。

花朝之二日，題一壺春爲王九皋使君誕辰壽

綺景中分九十春，衆香收入膽瓶新。蘂珠道客栽花令，併作吹笙會裏人。

與張叔弢刺史、何九鯉將軍坐譚續燈上人彼岸閣

茶熟磁瓶戰水酣，高僧詞客半生譚。潮音彼岸微鐘歇，月影溪光共一龕。

春宫怨

春陽杲杲曉當樓，花壓重簷水滿溝。鸜鵒聲聲喚紅杏，夢中驚迓六龍遊。

夏宫怨

一簟炎飈午未央，遥聞清蹕過昭陽。慵來半脱輕綃卧，空負迎風素質香。

秋宫怨

凉夜星星漏暗催，君王何處宴歌回。分明一片空山月，偏帶孤愁入枕來。

冬宫怨

愁煞蘭膏别殿香，隱囊斜倚怯支牀。瘦顔不待寒冬候，一入長門冷似霜。

問月樓詩二集

霍童崔世召徵仲甫著
三山陳一元泰始甫校

古體五言

遊將樂玉華洞

大塊何欽奇，鬼匠費巧繕。往往六合間，聖人論不辯。我聞三華峰，邑地亦小腆。胡然饒磦砢，閟洞闢深巘。土人導我行，燃炬破蒼蘚。空冷枵其中，倒懸敞神巘。漸入愈以佳，幻形非一件。或凹而孤沉，或捫而斗踱。應接匪暇眸，片片玉堪剪。數里恣盤旋，興乃復不淺。似聽天鷄鳴，洞口露微晛。爝火寒無光，披衣而定喘。如彼邯鄲翁，黄粱熟少選。造物洵遊戲，逢場聊一演。大士勤津梁，與世解塵鍵。人生泡影耳，無爲嘆偃蹇。智多道彌晦，賢者恐不免。但寤五更天，夜氣忽焉展。留連紀此遊，異乎人之撰。

臈月立春，社集木山齋，以江春入舊年分韵，得舊字，限六韵，五言古體

青皇促轡馳，玄臈侵其候。蘚逕試苔紋，似領春先透。覊懷良以嘉，坐對木山瘦。清言當剪勝，四壁烟雲逗。撫景知新理，勿哂年華舊。澹焉欲忘歸，爲君銘座右。

題支雲戀別圖，送方潛夫職方之京

至人挾奇踪，神靈控窟穴。擁傳層雲生，一接與之狎。乘雲恣眺咏，誕施廣長舌。天冠護勝遊，四韵勒豐碣。政成甘露瀼，所嗟忽言別。霍童卧車轅，雲亦戀使節。山下有居士，攀雲共藴結。離緒圖匪窮，愛此林光凸。長安渺天際，雲鴻願勿絶。

超宗和尚建六度社説法臺

支寺有空臺，榛薜久蒙翳。昔聞灌頂師，華嚴演其際。依微留天香，風輪播千歲。超公衍南宗，結廬而善繼。廣設方便門，爲説六度偈。知爾發弘願，憐余呼狂慧。松柄機鋒生，而能轉一切。提唱皆津梁，在世與出世。臺畔忍草滋，山月下荒砌。六者歸圓空，龍象乃得勢。問師復何言，究竟無所係。

饒州客永福寺，觀塔氣紀異，感賦

古郡倚芝湖，寒波抱危郭。客意遇秋零，維舟暮云薄。孤鋏暫憩懸，觸景輒作惡。勝概何寥寥，空門亦剥落。荒殿自齊梁，黍離悲寂寞。獨有古浮屠，巋然拂雲脚。暝鴉巢其巔，鳴鸛愁水涸。晨暮無爽懷，但覺慘不樂。忽訝異氣生，塔頂嘘靈熇。一縷濃于烟，月明彌氛錯。怪哉土人言，休咎勝龜灼。邑長有賢聲，此氣乃不作。神者先告之，蒙兆發其籥。往驗固有徵，方言太穿鑿。余乃以意推，至理庚可託。我聞斗牛間，龍劍氣雙躍。千丈紫光浮，佳話傳今昨。嗟余與番君，師門原同學。雙袂結耽和，片語撑寥廓。干將忽飛蟠，莫邪乃屈蠖。千里相呼求，胡爲峻見却。叩閽帝不靈，門鬼恣欺虐。踉蹌賣車歸，出門足盤躩。緬憶平生歡，令人發狂愕。黯氣兹縱横，無乃感脉絡。物理洵有然，我心則相若。自哂還自寬，世情都渝薄。戴笠與乘車，不獨君高蹻。飲我以冷冰，答君以良藥。願言策明德，吏胥絶索摸。收此浮屠烟，無爲市所嘘。夫君雖我捐，閲世得大略。規瑱良實歸。詎敢怨空槖。勉旃以爲報，華陰礪劍鍔。良晤圖再期，燕歌共薄酌。

寄曹能始誕日，兼送之西粤

嶓峰有奇樹，丹穴無凡翮。鶱舉淩倒景，樾蔭飽靈液。矧伊神仙姿，清邈天所值。嗚響如喈喈，栖梧餐竹實。子建八斗才，君乃富一石。緗編窮太始，揮袂掃奎璧。西歸懷好音，結廬水邊宅。臺澗備曾陰，漣漪昏曉闢。有飦但施僧，無筵不醉客。豪濫北海尊，剥琢東山屐。玩世心如冰，憐貧腸可炙。久矣宦情疏，繁華虚一擲。徵書忽日至，愕然折雙屐。慼茲多艱秋，四郊飛赤白。五嶺薄黔川，震鄰孔虢虢。當如蒼生何，甲兵諳石畫。君年方彊壯，大衍半其百。蘧玉洵知非，宣尼猶學易。世末厭君平，烟霞胡痼疾。烈士感唾壺，聞言面發赤。且理山水緣，優游緩其舄。殘臈逼青陽，今夕云何夕。笙歌遏行雲，蓬瀛宕瑶席。悠悠隔世心，一歌度一拍。夜抱仙子骨，朝捧君王檄。長揖石君去，勉旃邁行役。

林伯珪贈詩，和答

浪迹僵危轍，春霜猶滯寒。寺門隔市塵，壺公遞層巒。山下有奇士，氣魄凌巑岏。綜秘發金匱，壯骨躍銀鞍。胡乃睠衰叟，挣眼青相看。投我以琅玕，咄咄和者難。片語託寥廓，斗室蒸旃檀。矯矯青雲姿，遊戲登詞壇。臭味良不孤，雙袂紉芝蘭。春華如逝波，非子誰障瀾。千秋業在茲，豈但締宿歡。

秋杪，集飲龍津館有賦

秋氣肅以深，郊坰綣游賞。溪流何漪漪，濬排亦豪爽。禹功莫與諼，臨河共俯仰。崇館莅通軌，周道平如掌。悠悠征客心，但擊康衢壤。偕尊恣朋歡，浩歌衆山響。橋畔有甘棠，勿剪寄遐想。玄霜漸淒零，蔽芾渺孤敞。龍首睇欝葱，問津在川上。君子錫嘉名，所欽屬吾黨。酹以大斗漿，龍津誓奔往。敝帚笑陳人，徒爲千金享。

吴相如豹園，同邵見心大行小集，即事用韵

客意適幽寂，應與雲林居。危石矗含姿，片片勞顛書。豹霧隱何年，一朝爲君舒。彈絲吹洞簫，婆娑良自如。長醉不願醒，巾舄生清虚。松風隔山吼，罨畫歸指餘。地主罄交歡，寧復煩歌魚。

題福廬山，和周章甫韵二首

其一

神皋本天縱，瀛壖隱仙閬。出世洵靡偶，搜討從所向。披圖宿驢眩，抵掌疑誕妄。崖駁五千紋，種種無盡藏。玆焉卧安石，屐齒着駘蕩。編山皆經濟，慮澹道不喪。作意註地胏，擁石强名狀。吾亦愛吾廬，霍童附豪壯。

其二

曾聞東海市，老蜃蓄溽彩。冥心測山理，點綴賴元宰。繡壑役鬼工，培塿忽然改。渴虹飲滮漘，繁星飛宿海。縹緲三天門，異香藹皚皚。倒景既可攀，神芝亦堪採。誰爲褰裳者，吾舌捫尚在。

苦暑

貧驅邁行役，赤帝祖車塵。童崗絶片樾，破腦喉無津。澁趾不得停，雄鷄午方嗔。黄沙罥茅旅，欲歇誰相親。勞勞酷吏心，焚烈徒苦人。憒世腸既熱，眷言輾冰輪。冷眼脱糾纏，匪獨爲謀身。寄語褦襶子，白日胡侁侁。

古體七言

行路難

吁嗟乎！行路難，莫難于蠶叢九折之絶坂，呂梁千仞之飛湍。魚鱉不得游，猿玃不敢攀，譚之安得不令人雙股栗栗而生寒。有客摇唇，匿笑不止。鼓聲逢逢，行且紀里。君不見漢家王刺史，叱馭危梯何太駛。又不聞孔子觀于梁洪之上沚，披髮丈夫善遊水。崩崖日暗愁閉門，司空見慣渾閒耳。吁嗟乎！行路難，莫難于五父通闠九衢陌。禿頂老翁長太惜，遥指陰風骨量澤。前有南山長牙之猛獸，怒入城門攫人食。後有毒虺摶沙如老鏃，舐烟驕射于白日。長安猰犬獰迎門，溝洫寸波翻一夕。歷陽之湖摩天濕，公但無渡河，前頭行不得。抱首徒聞車馬聲，感時泪濺風塵客。嗚呼！行路之難有如此，路上行人訴悲苦。吾將奔叩九閽告上帝，速驅六丁闢下土。填平蒼海沙，格殺白額虎。朔洛無喧，南北無部。使我夜得長眠，朝得起舞。赤日不燃天下雨，一時收静漁陽鼓。

贈潘公理別駕著有《竹里集》

六丁藏書竹里子，鸕鷀淬花斬龍伎。海濤萬丈供怒毫，錦囊無色昌黎死。我家黄鶴何足奇，搥殺高樓九原耻。晉代安仁善種桃，壺公康海歌初起。青鳳朝餐竹實垂，鋤烟貯滿瑯玕里。從君乞取一丸泥，障斷流沙西弱水。

徐玉如以扇索題，值風雨大作，立草驟雨行，送其北上

獰龍怒鬣翻秋潦，黑雲壓山山欲倒。須臾殿角簸狂濤，一斗簷花迸浩浩。攔街小兒抱首奔，癡僧吐舌驚撓門。有客大叫招詩魂，無乃北溟忽徙之神鯤。我聞鯤大幾千里，一化摩空擊空水。帝命風雨幫頭角，九萬南天轉盻爾。彼美之子南州徐，骨法臨風玉不如。丈夫昂藏七尺軀，况有袖中萬斛明珠光茹藘。君不見，積薪後來本居上，爛醉送君拍雙掌。眼見剪雨騎長風，鬼莫揶揄笑技癢。

臨汀邸中，待郭子謙明府

九龍山下客星老，夜砌寒蛩泣秋草。城頭漏板淋霜花，長鬢老奴唫中惱。遊魂超忽返茅宅，露壓芭蕉月光澀。丈夫何事輕抛家，麻杉冷面無顔色。鵖啼凍沙蘼蕪死，鄞波帶澌向丁駛。官橋梅花古驛齊，長憶短憶泪如水。主人原是祝鷄翁，姑溪口血灌君耳。但言倩剪翠華之輕雲，石苔滑滑油車根。莫將千斛舟中麥，不及一飦淮陰息。

聞鄰妓歌

黄昏漉簌寒街雨，抛書假寐撓雙户。誰家嘈嘈醉淺紅，二十五絃推雁柱。鶯雛澁舌學囀聲，弄

釧含羞弱如縷。幽窗細竹鳴寒蜩，風鈴帶雨摇烟塢。座客歡呼何太狂，江州司馬聞獨苦。儂家十五嫁王昌，山城花瘦春無主。爲郎卸却碧玉簪，半倚流蘇訴悲緒。鴛鴦雙栖夢不成，亂鴉叫破霜天曙。報道新知賈客又登樓，忙抱琵琶上馬去。

題烏石山圖

何人貌得青山老，懶石粘雲卧秋草。渡鵲橋危星欲流，浴鵶池寒烟不掃。無諸三山稱鼎立，我欲編題誰第一。遥看北麓等嶁嵧，俯視平臺亦卷石。平臺北麓遊踪滿，寥寥不入丹青腕。筆底淩霄淡墨描，客來踏月深更返。描成片幅逼真境，卧遊且莫笑宗炳。野色都隨俗子過，山情獨許畫師領。吁嗟！此山閲人亦已久，車馬衣冠俱塵朽。摩崖今古數行詩，凑趣烟霞一杯酒。對君披圖重拂塵，吟魂忽欲穿花去。眼前敗意何茫茫，惟有烏石堪共語。

賣車行有序

壬戌秋仲後訪鄱陽令，令余同房年友，又至歡好也。至未兩日，輒鬻小輿而歸，因傷人情變態，作《賣車行》，以資奇笑。

無諸八月秋光滿，杖屐追歡氣蕭散。登山無日不騷壇，待月有時呼酒伴。騷壇酒伴盡豪華，刻燭深更鼓再撾。但使旅懷長酩酊，不論秋氣冷蒹葭。蒹葭一夜秋霜白，飄零忽念遠遊客。携將槖子薄于雲，買得車兒大如屐。小小車兒雙玉鈎，問君載得幾多愁。盤灘澁雨摩肩上，古驛寒雲馱醉遊。老奴叩車君何往，馮軥大笑指蒼莽。訪舊應同剡水船，浪遊詎學盧敖杖。此行遥出大江西，水滿芝岷路不迷。丹砂覓去尋仙令，賦草歸來背小奚。自嘲意興太狂謔，奴輩聞之欣跳躍。桃李同門信百年，鮑管分金准盈橐。誰識分金事已非，春風吹折桃李枝。齊門冷落吹竽客，杜老悲歌按劍詩。相知按劍疑白首，向日肝腸竟何有。寺裡徒湌卓錫泉，樽前亂擊唾壺口。人生失意亦可哀，欲歸不歸空徘徊。沈樓八咏悲無限，馮鋏三彈夢已灰。老奴勸我莫濡滯，不如賣車索歸計。丈夫各自有鬚眉，幺麽何事動睚眥。余聞奴言轉自吁，車兮往返當與俱。秋紈中道輕棄擲，歸篋從人問有無。嗟嗟小車安足惜，翻覆交情堪嘆息。厭世君平悔已遲，依人王粲總非策。依人失路漫悲酸，人世行行蜀道難。雄心但看腰邊劍，短髮猶沖頭上冠。我今舍車返茅逕，白社何妨嘯歌興。請君試聽賣車行，酒伴清狂添笑柄。

摩霄丹氣圖，爲方潛夫使君誕日壽

神山下拂海雲濕，刻秀堆藍插天立。秦嫗一去一千年，玉爐丹氣香堪裛。山頭老樹作龍吼，溪畔藍烟醮南斗。使君坐對崗陵清，海屋纍纍算遐壽。雙幡高擁秦嶼月，五馬曾踏娥眉雪。爲政風流不可當，似比摩霄更孤絶。今日何日春風腆，試問蓬萊幾清淺。鯉背輕扶太姥軿，幔亭疑設曾孫宴。堂上神君衆父父，赤子歡歌慶初度。聞道丹成熟九還，百歲願爲酡頭駐。

山木上人來住薛荔園數月，仲夏別余之温州訪施刺史，將爲武夷結茆，詩以送之

溪頭柳暗午烟起，炎風蒸熟一池水。薛荔垂垂鳥聲死，君看車塵撲天地。去去行將欲何止，雁宕峰連太姥山。雲鞋雨杖隨往還，故人況復神仙班。拈花對語且破顔，自言生身本閩浦。鐵山盈盈一莖草，煞手應歸幔亭老。乞得給孤檀偖好，九曲殘霞爲君掃。吁嗟！君身長不滿五尺。揮塵譚空鬌如戟，世途踉蹌莫飛錫。何日虹橋駕雙翮，與爾了此一枰奕。

題林仲復蘭露軒

東方星轉琉璃井，繞砌水痕弄柔影。入步暗香粘紗衣，主人看山騎馬歸。纍纍滿腦明珠垂，十洲九畹酣烟姿。碧簾古韵濕朝日，瘦梅團酥林逋宅。鶴唳三更細月天，滴露研珠點霞編。濯濯亂葉迸新鈎，有酒如澠潤吟喉。長篇短篇呼幽魂，爛醉高齋閒閉門。金聲墜地露華老，莫受俗物妬空妥。

題王刺史海邦永賴卷

秦溪水濺古壕冷，夜港潮喧縠秋影。女垣栖烏日脚昏，輪蹄愁斷山腰嶺。石涓建瓴淘遠磧，千年老沙噀海日。山雲欲墮麗譙災，五夜淹淹鼓聲寂。忽然地脉轉陽九，仙人伸出補天手。驅石平

鋪十里堤，浦烟曉護玉龍走。龍津橋頭水南下，匏子河邊沉白馬。野湟瀰瀰奏玄圭，東入松山海波赭。海宮夜半月如晝，鐘鼓俄傳新刻漏。千尋樓閣抗柏梁，星斗當牕拂雲岫。有客獨馬踏莎路，長河水光馬頭注。登樓萬井低搊衣，茱萸盈尊供作賦。君看碧落夢天外，誰斷鰲足盤礪帶。神雀下遊南陌洲，瀉鶒灘前歌永賴。方今靡盬多王事，河清孰比秦溪水。漏板沉沉點昇平，社稷之臣合如此。

鄒明府禱雨有應詩

君不見，孤洋石广潭千尺，老龍水宮鼾白日。又不見，平麓開山古佛骨，十丈毫光護靈魄。往往上司雷雨施，下普蒸民紓震虢。歲在陽九火西流，夸父騎鮹吸泉脉。南山短鬼三尺驕，帝遣赤蛇焚草澤。尪巫仰天鼻息枯，小兒狂走呼蜥蜴。使君天縱神龍姿，道迎生佛歡嘖嘖。公來何暮徯其蘇，行部周循阡與陌。憫農大發淮陽倉，賑饑盡活翳桑瘠。以兹虔禱朝斗皇，親向空潭祈太液。叩佛寧辭跋踄勞，撤蓋屏騶遍幽僻。芒鞋路踏濃烟生，雲花滿地霑巾舄。亭午馬鬣灑洪濤，處處龜田抽甲圻。嗚呼！泥龍蜿蜒詎真神，佛骨千年訝來格。桑林六事總精誠，惟月從星俾離畢。呼龍爲龍佛再生，補天手鍊女媧石。漫説當春一縣花，即看滿野三岐麥。只今萬寓望商霖，直挽銀河劍光碧。

南中丞公家有瀑園四十六景，自製一記，文境雙絶，命予作賦，聊隱括若此

烏鼠山前水南迸，太華千岩秀争競。中藏奇勝瀑爲園，天與南公供嘯咏。瀑園之奇奇處處，登堂爽氣時來去。山川點綴亦經綸，總借留侯一雙箸。曰亭曰臺樓與閣，長廊窅徑難測度。桐松竹柏蔭川原，花實離離堪喜悦。柿葉菴前楊柳灣，芙蓉堤畔芍藥欄。池沼度橋穿塢嶼，山泉界道下岡巒。四時暝霽分醒醉，菊英蘭露香幽邃。却步獨吟坐息機，晞髮濯纓隨所至。霞畦烟渚雉澤深，鶯谷枳柴九折尋。多少精思勞位置，肯教俗物來氛侵。有時巖壑一懷古，坐與古人迭賓主。秦女峰頭攬玉奩，胡公陂上拖松麈。多情問圃復問農，千古周南賡豳風。山莊石澗娱春飲，樵牧牛羊落日同。此中玄韵孰與許，澡潔池痕紫光貯。綏山桃發杳欲仙，古洞雲生堪共語。行吟載入郎公村，贏得半日閒掩門。曼殊十笏停龕火，居士三生離垢園。日日開襟延真理，心即澄潭任起止。玉林清磬偶然聲，拜向蒲團證如是。可見南公天上人，功名蓋世逸其身。早知鐘鼎尋常事，别有山川不老春。自慚草茆沐明德，何時追步瀑園側。題詩醉挩南渭流，玄鶴叫破青天色。

律詩五言

浮山堂和福唐葉相公雨中眺咏四韵

其一

江湖懸闕意，出處總關愁。雨擁東山屐，風牽剡水舟。地形隨軸轉，林影入杯浮。千載洪陂上，璿題紀壯遊。

其二

石君如戀別，因倩雨爲留。觀漲迷前路，排雲獨上樓。徵書連日急，烽火幾時休。莽莽江波惡，全憑傳説舟。

其三

好雨清車脚，名園暫解愁。非君饒道骨，誰與共仙舟。樹翠渾疑沐，山空果欲浮。憂時俱有泪，抵掌在斯遊。

其四

雲卧何曾穩，星馳亦暫留。彌天多黯氣，直北有高樓。五餌供談笑，三朝寄戚休。淋漓風雨夜，若個不同舟。

將發臨汀，過淼軒與曹能始話別

到此日云夕，相過未掩關。雲深揚子宅，烟亂米家山。去棹丁流急，殘燈丙夜還。困江明發夢，應伴水鷗閒。

又用前韻

野逕雲常懶，柴門晝不關。亭開三面水，澗隔兩條山。飽墨從人乞，輕舠送客還。能無生妒你，林下忒清閒。

過建陽，訪江仲譽不遇

去秋雖把臂，翻恨識荆遲。筆羨花生夜，詩慚楓落時。薄遊空剥瑑，佳會竟差池。寂寂霜潭月，愁心寄與知。

旅中朱願良見過，小飲促別二首

其一

與爾論交誼，通家自考亭。十年星漢邈，雙鬢雪霜經。短褐辜懷玉，藏書富殺青。近來知厭世，長醉不須醒。

其二

乍逢相勞苦，嗚咽不能言。季子貧愈劇，狂奴態尚存。一杯留把袂，兩字囑加餐。但約歸韜日，新詩細共繙。

喜商孟和至余小樓，將訪史羽明別駕，兼與超宗上人有支提之行，詩以送之

約我已云久，兹來慰所懷。交情何太淡，月色問誰佳。詩貯奚奴背，山遊老衲偕。前途有知己，不費兩芒鞋。

過徐二緑玉齋

從來高士榻，應對此君居。真不令人俗，能無與世疏。幽雲香逕宿，碎月夜窗虚。安得頻看竹，巡簷檢異書。

陳叔度、鄭孟麟二社丈旅中小集

與君同作客，竟日恣盤桓。話許千秋合，詩嚴片字彈。絡頭牛馬夢，捫腹黍鷄餐。莫怪尊前戀，交盟世易寒。

林洛伯大司成年伯招集南溪，賦得四韵

其一

昔人開此地，若爲謝公留。雙屐高前齒，千谿迸上頭。崩濤循石轉，危嶂曳花幽。隱約橋西路，嵐烟貯一樓。

其二

絶壑幽栖處，閒窩日上遲。人依龍樹老，溪學鯉湖奇。竹裡詩朋滿，蓮邊浄侶隨。天門舒一嘯，肯許世情知。

其三

文章高斗北，風景占溪南。納納穿雲入，層層得月含。樓横孤鶴舍，臺近懶龍潭。眼底神仙是，何勞費口譚。

其四

鳳皇山下路，翡翠水中天。得此才經歲，悠然足百年。傳杯喧晉謔，臨水註唐箋。無限滄浪興，惟應選石眠。

鄭廷占病足，以詩見貽，用韵答之

別爾經年久，惟餘意氣親。馬蹄南北走，魚腹往來頻。彩筆虚知己，藍輿學古人。新詩如滿楮，莫厭鬢成銀。

叔度、孟麟先歸三山，各以詩爲別，用韵送之

聞説先歸去，銷魂坐夕陰。回帆遊子夢，分袂故人心。九漈緣何淺，三秋恨轉深。從兹君別後，若個是知音。送陳叔度，時叔度以病瘍未遊九鯉。

烟水蒲中路，來遊第幾遭。情知同客好，翻恨別魂勞。拓落看龍劍，悲歌付馬槽。惟餘佳句好，傳誦鷓鴣高。送鄭孟麟。

夢遊九鯉

鯉湖，余至兩度矣，兹頗倦遊，而每每夢及，詩以紀之。

寺門圍翠靄，只尺近仙家。枕度三更月，魂摇九漈霞。長房疑縮地，漢使訝乘槎。浪説迷津口，桃源事可誇。

送陳俊侯、王君燦歸吴興

天涯欣聚首，野刹洽論心。不淺客緣好，其如秋氣陰。哀蟬愁遠樹，倦鳥憶歸林。老我支山麓，思君霅水潯。

八月九日，觀傀儡，憶棘闈初試時天啓元年也

冲聖開科日，群英射策秋。川雲皆作畫，海月倍含樓。鮑老當筵舞，霓裳昔日遊。人間總戲局，對酒不成愁。

困關阻舟待閘，訪商孟和不遇

扁舟維水口，待閘泊山腰。思急難飛渡，顔頹任見譙。始知津吏貴，翻恨故人遥。世路行行是，題詩破寂寥。

同吴去塵、陳惟秦、鄭吉甫、徐興公、高景倩集陳叔度秋室賦

僻巷秋爲室，孤吟雪是詩。多君豪爽處，對客醉喧時。貧豈能投轄，狂來盡倒巵。座中詞賦滿，誰不解人頤。

舟次劍浦，不寐

劍浦維舟夜，覊愁度小年。未能成蝶夢，但覺伴龍眠。候火喧津口，灘聲戀枕邊。推篷翻作惡，卯色五更天。

舟中夜雪和廖淳之韵

密地迷天夜，頹沙峭石邊。風粘一葉棹，雪攪五更眠。剪絮飄來亂，敲篷聽處偏。贏將詩滿篋，得似米家船。

陳彦質文學以扇頭詩見貽，次和，時余將子赴試，故及之

敢説解人頤，行藏衹自知。歡塲逢好友，公事了癡兒。乍吸金莖露，因憐玉樹枝。月明秋正滿，披拂影離離。

中秋前五日，王永啓、鄭汝交、林異卿招同臧幼惺、徐興公集野意亭，時幼惺次日有九鯉之行

去歲傳杯地，兹焉復勝遊。如何頻結社，未有不逢秋。漸與松風狎，還爲桂魄留。鯉湖山色好，同向月明收。

陳長源招同商孟和、陳叔全集飲據梧齋待月，時長源病新愈

陳遵原愛客，卜夜倒清酤。病起猶驚座，吟成但據梧。簾含雲氣重，花引月痕孤。此處堪逃俗，吾將伴酒徒。

哭張叔弢六首，俱用十五刪韻

其一

秦川遺一老，未説泪先潸。屋月存顔色，溪雲斷往還。憑誰追北海，不忍過南山。或恐成仙去，弢園蜕影閒。叔弢與余結溪雲社。

其二

雖然丘壑裹，點綴未曾閒。玩世何時足，辭家驟爾還。薄田歸宿債，弱子戀遺顔。所喜詩篇滿，臨池手自删。

其三

解弢原了語，胡乃爲菴顔。一字遂成讖，十年長夢閒。赤松通世誼，白馬赴幽關。對爾烏烏恨，人琴兩可潸。

其四

生來有異骨，到老不酸慳。醉草摹顛米，穿花戲小蠻。溘然朝露盡，幸却水雲閒。青士藹邊竹，爲君泪染斑。

其五

宦情何拓落，黑鬢早投閒。旭聖前身似，坡仙若是班。草荒清嘯石，水咽曲池灣。山半松風響，猶疑鶴夜還。

其六

學道晚愈透，全歸氣自閒。冥冥皆治命，語語入禪關。論許蓋棺定，神應載筆還。弊廬歸計好，撒手是南山。

寄葉元善五十壽

想到西溪水，鸞栖願不違。彩毫供判牘，黑鬢遂初衣。百歲藏春半，千山醉月歸。平生多快事，安用說知非。

送屠少伯明府之任黔中三首

其一

高才胡不偶，一宦滯山城。感爾哦松意，添余折柳情。飛鳧仙舄遠，叱馭鬼方行。何物關離恨，春山杜宇鳴。

其二

烽塵愁滿眼，萬里入黔天。人意爭爲惜，余言殊不然。古來循吏傳，功在治安篇。躍馬從兹去，長纓繫左賢。

其三

薄俗交堪絶，深心世外論。千秋逢鮑叔，一飰重王孫。雨咽征車澀，愁凝别酒渾。壯遊臨遠道，不敢説銷魂。

仲春，蕭太真、柯無瑕鳳山小集，得方字

有客貪春事，携閒到上方。堦痕凝暝浄，塔影靠雲蒼。鼎足雄分壘，壚頭醉共觴。羈栖何所累，詩債逼人忙。

題翁壽如小影，送還建安，兼懷壽承

作意看眉宇，清狂過爾兄。千山隨筆滿，一笠御風輕。傲骨應難貌，横江不可行。武夷丘壑好，儘足了平生。

集吉甫齋頭，同黄若木、蘇雉英、林伯珪、戴昭甫、綽甫分賦，得周字，限五言律

雅集當春好，翛然散旅愁。片帆寒剡泛，五斗夜髡留。野獻疏花嫩，溪圍古樹周。眼前詩料富，隨意點滄州。

仲夏既望，雨集踏潮橋，得生字

豈有凌空足，乘潮踏浪行。雨深炎欲去，月暗魄將生。照水疑楂影，呼瓊近析聲。夜闌渾不覺，坐待溜痕平。

夏日，同陳倚玉、歌者時秀過林雲麓山居看楊梅，值主人先匿，詩以嘲之

此地憑誰到，相將襬襶俱。扣門雲不閉，倚竹暑如無。啞鳥驚歌扇，酸梅送酒壺。避人君莫笑，處士本名逋。

燃犀圖，爲鄒體素明府題

危石俯江流，寒濤樹樹秋。神犀傳昔燄，鬼府至今愁。夜月磨金鏡，霜天射鐵鍭。臣心清似水，不與察淵侔。

送姚玄叔歸武林

世路艱如棘，君胡南北奔。一莊荒陸氏，雙鋏咽齊門。棹澁寒空返，囊輕日易昏。六橋春草緑，莫待憶王孫。

爲普陀僧湛如題像

渡海何年到，禪宗信手拈。胡然留色相，以此現莊嚴。錫掛三千界，函懸八萬籤。爲君參了理，一味黑中甜。

同張紹和、陳泰始、張凱甫集徐興公緑玉齋，共得平字，限五言近體

忽然離溽暑，復此慰交盟。倩得一林緑，譚消十載情。風翻書幌富，雲擁石牀平。了不關人事，茶功戰水聲。

再集馬季聲醉書軒，共得開、簧二字，限五言律

其一

小逕穿花暗，芳筵倚石開。知君沉醉意，携我宿醒來。細草皆書帶，幽雲泊酒杯。詩篇太狼藉，

未免木爲灾。

其二

爲官嗟偃蹇，愛客倍尋常。賦久傳鸘鷞，貧應典驌霜。清言高舉屐，韵事足浮觴。咄咄休書字，新蟬到晚篁。

題吕潛中小像

潛見個中理，藏鉤任所探。霞容圖未展，香韵鼻先參。品許今人古，名空北斗南。博山樓上月，兩兩對清酣。

客三山初度

七月廿七日也，先一日爲南中丞壽辰，招飲，時余將北上。

浮生何落落，强半客中經。慚亞中丞日，欣占太史星。蒹葭秋漸冷，筆研老逾靈。借取尊前意，逢人放眼青。

律詩七言

辛酉天啓改元，正月四日，貴竹紀廣文同諸社友集知魚檻，時紅梅盛開，分賦，分得一東韵

危欄徙倚女墻東，分外恩波到霍童。天子元符雙闕始，夜郎詞客一樽同。月當獻歲生明後，人在濠梁樂趣中。又是一迴春色鬧，梅花作賦許誰工。

題支提圖，爲熊良孺觀察七月誕辰壽

名山深擁翠微重，誰占秋烟七十峰。一自輶軒留好句，祇今幽壑紀仙踪。星聯南極長生籙，雲供東瀛不老松。况復清時籌海静，月明應進紫霞鍾。

方潛夫刺史招飲東菴，賦詩扇頭見贈，用韵奉和二首

其一

野刹蕭森翠一圈，松崗高控萬峰巔。傳盃坐愛無雙地，傾蓋欣逢有二天。斜日荒臺誰是主，百年空谷此蛩然。夜闌歸暝驄聲静，嚴柝城頭散暮烟。

其二

傍郭空林萬樹愁，使君文彩媚清秋。專符獨冠諸侯望，愛客能分衆壑幽。共識家聲行避馬，怪來寶氣夜連牛。披雲夢繞藍溪水，尚擬春明十日留。

蔡達卿爲其祖崇德令遺事求詩卷，用原韻賦

語兒涇口暝烟寒，惆悵孤城保障難。百雉艱危傳父老，千秋香火祝郎官。令威華表魂應返，峴首豐碑泪未殘。賴有神駒能步武，夕陽吟罷夢粗安。

東皋芝隱卷，爲陶重父老師題

萋萋草滿不其城，高足相呼媿此情。千里鰲湖勞夢寐，百年象郡頌神明。東皋結伴惟王績，西漢傳經有伏生。但得駐顔靈藥就，坐聽梅嶺紫簫聲。

送熊觀察移鎮建南

牙旂閒控古秦州，海日山雲共一樓。太姥朝鶩銀不律，將軍夜卧鐵兜鍪。方縈國士千秋夢，又拍仙人九曲遊。到日黄華高處望，隔溪春樹思悠悠。

吴光卿之任柳城，過余問月樓言别，用韵赠送

黄花開近小春陽，送子驅車過故鄉。六印淹來官舍冷，雙鳧飛去粤山長。交情衹問樓頭月，壯志休論鬢上霜。况是柳侯絃誦地，才名千古遠相望。

暮春，送盧熙民還劍浦，時余初讀禮

崔盧原屬并家聲，與爾烟霞早結盟。囊挾鼎文皆鳥篆，劍携延水本龍精。山中白石歌中爛，筆裏青山醉裏生。泪眼不堪添别恨，明朝腸斷子規聲。

客莆陽，喜逢陳叔度、鄭孟麟

十載遊踪夢杳然，重來長揖九何仙。蒯緱笑我烟雲老，萍梗逢君夜雨聯。病骨難銷湖海氣，新詩争誦鷓鴣篇。炎天僧舍凉如水，且把行藏付醉眠。

夏，過葉翼堂年丈静者居

何來簾外逆風薰，消息惟應静者聞。吏隱半林驅襏襫，禪栖斗室領氤氲。月華欲凑花間韵，雲氣能生石上紋。許我追隨清課否，芙蓉舌本總輸君。

送林懋進省試

少年握筆擅才華，十丈紅綃護夢花。寶匣自鳴雙劍雨，丹砂應飽九仙霞。秋高桂影香輪輾，街暝榕陰細樂譁。好擘側生閒對酒，七閩簪組半君家。

七夕，同趙十五集蕭太真齋頭，步月城上分賦，得妝字

花竹蒙茸覆曲房，琴書潦倒醉秋光。欣逢素友開新社，正值黄姑度晚妝。天鼓河邊星不夜，瓦鈴城畔月如霜。年年此夕尋常會，翻笑人間作客忙。莆俗家家摇瓦鈴以招織女。

王嶠海司李見示太姥山記，賦贈

當年豪氣逼秋冥，黑髮歸來斷酒鯹。濟勝祇餘雙隻屐，隨身惟有一函經。敲雲叫月新功課，判水批山舊典刑。裁罷赤書寄仙媪，萬峰俱作佛頭青。

至崇安求先族，杳無知者，愀焉志感

遥遥家傍武夷宫，有宋鹽官住霍童。先乘三朝傳故梓，聞孫千里拜遺弓。雲迷荒壟無人識，路隔仙源祇夢通。今古興衰何足恨，吾儕誰許亢門風。

徵伯兄來年六旬，茲九月初二，其誕辰也，客中憶及，詩以寄懷

鶺鴒原上草如苔，遊子離魂黯不回。仲智火攻慚下策，田家荆聚比同胎。他鄉檢曆初周甲，此日懸弧正舉杯。衹恐黄花佳節近，莫將衰骨强登臺。

聞張老師罷官，惻焉有賦

去年縞服過師門，馮鋏三彈不忍言。九潦何君虚紀夢，千秋國士總銜恩。素絲正重清時節，薏苡誰明白日冤。見説循良搜寶録，史官直筆可能存。

自嘲

羞將星運問神咸，十載依然着布衫。薄命馬蹄長碌簇，餐書魚腹久枵饞。胸横憤世愁千斛，袖挾干人疏一函。鬢髮星星顔作繭，怕聞奴輩語喆喃。

解嘲

且向風前按阮咸，秋光如練照征衫。戈矛變態交情薄，簞豆慳貪世口饞。路過丹臺成舊夢，書藏石室發新函。小樓歸卧芭蕉月，淺酌圍爐笑語喃。

過戴吉甫宅賦贈

姑水鷄盟憶昔年，登堂拍掌荔支天。剡溪有興應難盡，徐榻何人得共懸。問世半生驚似夢，感時雙泪湧如泉。只今宵旰需才急，讓爾揚鑣着祖鞭。

同黄若木集吉甫齋頭贈若木與余結社瑶華二十年往

落落顛毛世上塵，相逢把酒各沾巾。名傳江夏無雙士，交歷星霜有幾人。斜月横山歸路暝，中宵欹枕夢魂親。與君記取悲歌意，吾舌猶存定不貧。

題葉懋縉明府拜石壇

風流載石自何年，片片摩挲費手編。如此峪岈當得拜，忽然傾倒任呼顛。峰危似倩雲扶起，徑窄應招月到先。愛煞海棠花歷亂，蔓金苔繡古壇前。

壽莆田令君徐君義誕日二首

其一

天外雙飛化舄鳧，應知仙令領仙都。輪山舊種河陽錦，蘭水新還合浦珠。制府烟樓開節鉞，蓬瀛雲島掛桑弧。不須更獻崗陵頌，嵩祝遥聞遍海隅。

其二

殷勤更進紱麟編，百里歡聲鬧綺筵。大瘏四時應在夏，生申一日永如年。爛柯局裏南風競，乘鯉湖邊北斗懸。早晚聖明需補衮，政成誰似使君賢。

立秋日，同蕭太真集懋繒齋頭

亂石堆巖蘚逕幽，招邀有客過羊求。樽前荷醉千莖月，井畔梧飄一日秋。琴辯古紋皆爨下，書藏奇字半之罘。酒闌石鼎爐香燼，猶囑重來卜夜遊。

初秋，哉生明，過蕭太真寶琴齋賦

江筆無花託隱淪，五湖烟雨領閒身。彈來緑綺真爲寶，擲盡黄金不道貧。郢雪譜將中散曲，松風吹老上皇人。莫愁世外無鍾子，坐對秋空夜月新。

寄壽鄒明府，七月六日誕辰

自從九潦濯清冷，極月瑶雲度遠汀。彈鋏我虚過一月，懸弧君喜近雙星。滿城棠樹環堪蔽，此日琴聲倍可聽。欲向何仙乞靈藥，因風遥寄祝千齡。

趙十五過訪鳳山寺，時將有遠遊，詩以贈之

蘭若逢君蓋正傾，團焦相對話生平。玄心直渺三千界，聲價誰當十五城。瘦石寒林都湊趣，詞埸俠隊半知名。但遊好景須圖記，到底芒鞋伴爾行。

錦亭[一]道中

一道炎風送客忙，蟬聲凄斷樹蒼蒼。亭名隱括追錦[二]上，碑字摩挲拜紫陽。人踏山腰茅店外，浪喧沙嘴野橋傍。迢遥冒暑誰驅使，得似王猷雪後航。

重過梅峰寺，訪悟玄上人

年來多難步迍邅，轉不如君穩睡眠。十載梅花成老樹，一函貝葉伴枯禪。鐘聲月散虚無地，講席秋深小有天。記得銜杯題舊句，松堂寒影尚依然。

[一] 錦亭：原文作『綿亭』，誤。據〔乾隆〕《興化府莆田縣志》卷三《驛鋪》改。
[二] 錦：原文作『綿』，據上條改。

潘公理別駕以扇頭七夕詩見貽，因步韵和別

愁來獨上仲宣樓，露泣秋聲古殿頭。失路巢空歸去燕，依人鋏短拙如鳩。披雲有客凌班馬，踏月同僧看女牛。寂寂明河闢別恨，斷腸何處按箜篌。

再集拜石壇，與葉懋緍、蕭太真話別，是夜期人不至

庭花似笑客頻來，倒盡壚頭一石醅。觴政嚴過金谷罰，清緣夢斷玉人回。年華荏苒雲泥隔，驛路蕭條雨棹催。別後片椷能憶我，好憑赤鯉夢中裁。

留別林大司成年伯

閩天赤幟老詞臣，桂樹叢叢罥葛巾。水到南溪雲作幻，樽開北海月爲鄰。忘年喜結仙壇侶，落日驚飛客路塵。明發離人愁去馬，夢魂長繞鯉湖濱。

留別陳季琳祠部

風塵誰分識芝眉，握手譚天事事奇。蘇晉愛逃禪是酒，王維雅負畫中詩。烟霞口角聞鶏舌，湖海豪心寄鹿皮。客夢飄零留不住，臨岐何以慰相思。

讀余德先司理棄餘草賦呈

神仙片字落人間，丹鼎爐邊熟九還。棄去殘珠遺赤水，傳來副墨在青山。法星午夜明公署，朗月秋空照客顔。誰道龍門千仞峻，風塵遊子許躋攀。

商孟和、鄭孟麟招集野意亭，時莆口柯爾珍、滄漁廖淳之初至，余自莆回，將歸家，分賦，得十一侵，七言律二首

其一

短屐蕭然嘆滯淫，躋攀此地愜幽尋。當杯秋意全歸野，把臂風流共入林。萍梗客來南北路，蒹葭余動別離心。空山一倍闗愁恨，處處寒烟急暮砧。

其二

荒臺徙倚俯層岑，品水編山到夕陰。亭敞恰宜題野意，秋回漸喜近鄉音。恢諧滿座松風起，去住明朝屐雨深。笑煞疏傭無好興，筭與歸暝凑孤吟。

送謝在杭總憲之粤西二首

其一

別來烟水滯雙魚，目極滇池萬里餘。南國幾年勞保障，西牕重晤話居諸。烏飛臬府驚霜重，馬入蠻鄉近歲除。計日王程須叱馭，樽前分手莫躊躇。

其二

樓船簫鼓發江濆，獨客悲歌遠送君。桂嶺渺連銅柱月，柏臺高切鐵冠雲。威行羽檄殊方震，香散桄榔夾路聞。謝傅風流知不淺，山川到處借靈文。

陳泰始侍御招飲未赴，時謝在杭將之西粵，吴去塵至自新安

閒齋一夜聚星芒，飄泊何緣共醉鄉。有客驪歌將在道，憐余鷄骨久支牀。風塵虛老十年夢，歲晏驚飛百粵霜。爲問齊雲誰是主，好題山色佐離殤。

石門舟中暮雨有懷

歲晏行嗟蜀道難，顛危身入碧溪湍。五更殘夢三更雨，十里移舟九里灘。人似蝸牛低縮首，歌同哀鳳滯飛翰。多情却笑山陰棹，纔到中流怕雪寒。

順昌送孫伯清年兄令鄱陽

十年同醉鹿鳴觴，轉眼風塵路短長。延水雙龍欣再合，關西一鸖兆高翔。金聲賦就天台手，丹鼎功成勾漏鄉。對爾不堪論世套，即看清譽起鄱陽。

長至，過歸化訪王子樂年兄，時已北上，悵然有賦

叩門淒冷廣文氈，滴水岩邊片月懸。君上公車春五度，我如宫柳晝三眠。麻衣路澁冲寒雨，葭管灰飛記小年。客裏憑誰添彩線，但將愁緒引綿綿。

重遊霹靂岩

怪石幽雲滴翠凝，摩崖十載記吾曾。火寒丹竈春常在，苔剥鎸碑杖屢憑。華表夜深鳴露鶴，浮屠天半捲風鵬。羈愁醉裏舒春嘯，乘興何妨日日登。

道中聞郭子謙政聲喜賦

貧驅疋馬入鄞州，道路争傳郭細侯。尸祝一方同畏壘，謳歌三異出中牟。萍踪笑我呼藤杖，苫次何人解麥舟。獨有採風遊子意，蘧廬灑酒且淹留。

臈月朔日，和李惺初贈韵

栖遲幸舍五旬餘，地老天荒客夢虚。玩世數行孤憤泪，感時再廣絶交書。詩逢同調來何暮，曆

檢殘年臈正初。便欲從君吟野望，北風香墮嶺梅舒。

同廖淳之泛九龍，和韵

青崖怒水擊崢嶸，十載重遊白髮生。短鋏憐予盤嶺度，扁舟壯爾掣雲行。人情九折驚相似，客泪千行恨不輕。薄暮布帆呼酒共，一溪寒響若爲情。

題清流縣玉華洞

名山到處屬仙家，一路探奇兩玉華。秉燭向疑遊卜夜，開窗今喜送飛霞。地移蓬島峰峰突，天削芙蓉片片賒。只此塵胎渾欲脱，駐顔何用醉丹砂。

宿白蓮驛懷社中諸友

三華津口舍舟行，古驛蕭蕭第一程。寂寞偏隨玄草客，凄涼羞署白蓮名。異鄉孤夢深宵斷，同社朋尊何處傾。觸景偶焉成短句，爨前村叟漫猜驚。

贈郝孟孺應歲薦孟孺著有《治安書》

才子栖遲鄞水濱，秋高差喜破沉淪。文推繡虎無雙士，里薦飛龍第一春。汲黯孤忠先代烈，洛陽太息幾時申。羽書滿眼遼西恨，三策勞君上紫宸。

同淳之再遊桃源洞

危峰欲墮倚亭臺，寒溜新滋一逕苔。竹杖喜隨知己後，桃花如訝故人來。雲根結屋疑秦代，天畔乘槎有漢才。似較昔年遊轉劇，招招舟子莫相催。

水口阻風，後二日春

短劍孤帆願已違，石尤何事苦相依。白頭浪裏歌無渡，衰草灘邊怨式微。春信漸催殘臈去，旅魂先繞故園飛。逢人莫笑奚囊薄，剩有寒愁滿載歸。

遊羅川聖水寺

獨杖看山處處春，蓮花峰頂踏嶙峋。水噓靈氣因呼聖，路入幽雲漸可人。烟火滿城羈思亂，蒲伊一餉野情親。逢僧何必皆支遁，纔到空門便不塵。

中秋，陳泰始漱石山房落成社集，分得十三覃

一丘贏得傍精藍，新引林鐘到石龕。秋半可能閒夜色，雨中偏喜足烟嵐。家傳觴政原投轄，客

是詞壇舊盍簪。莫唱淋鈴辜好景，驪珠如月手中探。

三山喜遇施顒昆太史

相逢何必問頭顱，閲世猶存七尺軀。散木已甘莊氏棄，積薪端與漢廷俱。靈巖竹逕雲生袂，上苑花磚月滿衢。同學少年君獨貴，誰憐海畔有潛夫。

讀鄭汝交木筆堂集

原是江淹夢裏花，何年移種鄭玄家。祥聯帶草深更月，春壓緋桃萬樹霞。二酉山爲開秘笈，六丁天遣護精華。故園亦有辛夷塢，抱卷愁看日欲斜。

陳泰始五月初三日誕辰，值有内召之報，社中各爲詩以壽，余以遠道未赴，兹小集四游草堂，命續貂焉，時十有四日也

簷風乾鵲報參差，岸幘疏簾謙客時。竹逕乍醒前日醉，蓂階新長夾旬枝。賜環有詔丹霄遠，解佩無緣白髮知。倩得小蠻腰力軟，舞衫重戲紫霞巵。

芝山送余元遇典客謁選

鐃雲拭劍氣憑陵，時事關心感慨增。燕塞羽書存外患，漢家綿蕞正中興。青山筆底成三絶，芝寺吟邊對一僧。萬里趨朝鵷序貴，何人臚唱待君升。

裴翰卿客三山，病中以詩見貽，和答

飄然仙品似裴航，雙足從來遍四方。偶以病魔羈勝具，肯教風雅阨他鄉。秋高共訂杯中月，老至羞看鬢上霜。記得九龍分手處，勞勞空憶隔年忙。

用韻答吴兆聖，與余會于莆陽，廿年别也

客懷寥亂仲秋前，落葉蕭蕭到鬢邊。九鯉昔遊真是夢，雙魚遥斷幾多年。袖中江筆花無恙，腰畔吴鈎俠自懸。玩世不須嗟老大，看君舌本吐青蓮。

張范[一]之北回賦贈

神物由來產渥洼，清漳有客富才華。兩都曾誦張衡賦，八月初歸漢使槎。滿眼烽烟勞草莽，悲秋涼露下蒹葭。栖遲共詫雄心在，爲爾狂吟聽莫譁。

十四日，洪汝含烏石山房觀塔，賦得九佳

借得名園散旅懷，對君何似拍洪崖。尊邀素魄秋將滿，境隔紅塵雨亦佳。寶塔光懸雙弗影，霓裳寒舞一塲俳。深更醉客尋常事，不管簪花溜玉釵。

饒江九日，丁伯康招飲寶姬家，席中賦贈

孤劍飄零任世緣，江雲撩亂夕陽邊。爲誰冷落過重九，有客招邀倒十千。人比黃花嬌解語，歌如白苧度輕絃。檀郎醉後尤多韵，滿袖萸香拂枕眠。

[一] 范：底本作『笵』。張廷範，字范之，福建漳浦人。曹學佺有《張范之己庚集序》（《西峰六七集·文》），又將其詩採入《石倉十二代詩選》。曹學佺又有《石倉醉芙蓉盛開，而客在江上者偶集至十許人，夜分各尋伴侣別去。留者惟陳伯禹、范穆其、陳叔度、張範之三四君，作此記之》（《林亭詩稿》），似字又作『範之』。

武夷宫謁徐仙阻雨，不果登山

尋真步入碧虚宫，鳥語蟬聲亦不同。灌木秋深雲寂寂，丹臺草滿雨濛濛。龕留香蜕仙如在，橋斷垂虹路不通。天上人間應會少，憑樓呼起大王風。

寄壽王翼敬比部誕日

誰勸東風臈裏來，一時申甫降嵩臺。鳳毛正滿秦川頌，鷄舌遥含漢署杯。萬里法星明午夜，千齡帝朔近春臺。人間多少懸弧日，得似青箱濟世才。

壽王旭泰刺史誕日

東方千騎古諸侯，半領烟霞坐十洲。月到嘉平春欲透，山臨太姥壽同悠。扶桑曉掛天邊矢，蓂莢寒添海上籌。賦就梅花官閣静，迎年簫鼓萬家謳。

社集蕭太真齋頭，待寅郎至，賦得隔墻花影動，同翁壽如、陳師蕃、柯無瑕賦

芳魂無計惹春愁，摇洩東鄰萬樹幽。暗蕋參差雲乍放，亞枝妖裊月初浮。傍誰醉暈窺牕近，待爾清緣入座收。彈罷素琴聞剥琢，深宵莫惜酒如流。

花朝前五日，同諸子登鳳山寺塔有賦，分得二冬，時師藩爲余圖小影

處處春烟媚客笻，一尊香積且從容。花鄰京兆無多日，杖倚浮屠第幾重。雙睫雲低江口樹，半空潮撼蓼南峰。勞君貌我鬚眉古，倩取風前野色濃。

林玉鉉年兄招集園亭，同柯爾珍、林弘伯分賦，得雲字

名園春事翠紛紛，醉客深杯卜夜勤。彩蜃似携東海市，銀魚暫狎北山文。花流素箔篩寒月，石湊空巖抱宿雲。轉怪世情殊不爾，百年肝貼盡輸君。

拜戴母壽，因留吉甫齋頭，同蘇雉英、黄若木、林伯珪、戴昭甫、綽甫宴集，分得周字

芳塘雨歇翠平疇，寶婺中宵爛不收。壽母有緣通子姓，呼朋因喜足春遊。花容柳眼看初媚，酒德文心話未周。此會清歡良湊意，百年何地更淹留。

輓趙十五母

蘭水城邊落日昏，酸風吹墮一池萱。白頭已到稀齡老，青史應書苦節存。千里有兒能負米，九泉無計可招魂。但看吊客苦居滿，不道三河劇孟門。

送鄭孟麟同曹能始之粤西訪謝在杭

楊花兩岸草萋萋，馬首冲雲指粤西。三月殘春催去夢，七星好景待新題。長途知己驪駒共，短鋏依人杜宇啼。我亦風塵行役倦，送君愁合暮山低。

送曹能始之任，兼懷謝在杭先生

去年曾作送君詩，留滯春光欲盡時。可見出山非有意，亦知行路本無期。天邊夜月看銅柱，筆底烟霞戀石池。到日紫薇花正麗，好同謝傅解雙頤。

寄懷何和陽將軍用韵

烟雨春山鳥亂呼，何來飛羽慰窮途。空移雀舫難思戴，莫問貂裘已敝蘇。彩筆封題天共遠，碧幢籌海夜同孤。猶餘太姥峰前月，傍爾清光到鑑湖。

林伯珪以詩見投，和韵却寄，併嘲之

瓦缸新酒釀荼蘼，殘醉關心片月知。春老夢隨雙屐雨，秋悲聲落一枰棋。龍涎水碧供攤紙，雁字天青佐舉巵。寄語文豪須放貼，小牕淡寫遠山時。

咏蘭題贈徐郡丞

誰寫幽叢綺石濱，亭亭莖露玉如人。仙壇衣浣藍溪水，官閣簾分皂蓋春。風度細香臨鳥篆，月流清影迸龍津。與君臭味看相似，約略微吟寄遠神。

題王刺史卷

神雀循良出漢廷，争看新績重山靈。瓊樓遠策籌邊略，金簡親傳治水經。九曲春流雲外度，五更寒漏月中聽。只今周道平如砥，萬樹甘棠夾路青。

臈月十七日立春，月浪上人以詩見投，用韵和答

誰家行樂駐雕欄，恰恰芳心試韮盤。似勸東風來臈裏，早教春信逼年殘。月纔生魄看前夕，花盡招魂點數巒。知爾結跏香爐冷，也敲寒磬紀清歡。

送王無功歸武林

無功原署醉鄉侯，獨醒如君姓字優。佳句萬山殘照裏，歸心三竺懶雲頭。潮迎强弩春應暮，雪度支提夢亦幽。相送眼光牛背發，逢人且漫説交遊。

社集陳泰始漱玉齋頭，各分賦一景，得崔公井，限七言律

幽深泓水鑿何年，刺史清名此共傳。素綆夜沈千古月，轆轤寒鎖一山烟。魂窺鶴影歸華表，地轉龍淵屬潁川。憑吊先公呼不起，酒酣惟漱石邊泉。

壽大中丞南二太翁誕辰有引

神仙骨法，受帝命以度人寰；伊吕勳名，掃妖氛而清世宙。乾龍夾日，天許長生；兑德正秋，星臨初度。時維念六慶，滿呼三瞻。嵩臺南極之輝煌，正小子北征之逼仄。知筐筐不腆仰，無當于高深；或追琢其章俯，有懷乎讃頌。粗裁二律，庸祝千齡。

其一

貔貅百萬擁崇班，棨戟如霜控制閒。閲世歲星天上老，駐顔仙藥海中還。南流渭水饒汪澤，東近蓬萊作壽山。最喜騷壇招赤幟，龍門千尺許躋攀。

其二

海氣初溥玉露莖，瑶天争拜極星明。中秋月應生申甫，甲帳人傳富甲兵。絶島紅鯢驚遯逸，雄圖白澤識威名。稱觴好獻尚書履，早晚君王聽此聲。

留别徐若水

征衣不染客中塵，君是徐卿第二麟。家難卧薪湖海夢，天涯浮梗弟兄親。荔奴香度烏山月，杏子寒催紫陌春。到底雙龍終躍去，歸時珍重過延津。

泰始先生園有四景，余業拈其一，復命賦其三，爰續殘馥，用紀勝遊

梁朝杏

名園絶勝午橋莊，古杏離離倚石傍。仙島疑分千歲實，虬枝傳自六朝梁。輕烟着色龍鱗紫，落日含姿鴨脚黄。地主風流呼客共，婆娑樹影數飛觴。

天香臺

繁陰吹墮樹尖紋，坐對西風擁鼻聞。金粟夜降蟾兔冷，露華朝剪木犀薫。臺鄰天闕香初度，鼎伴旃林爇不分。寄語淮南莫招隱，主人袖裏有彈文。

掛月蘭若

空山素魄若先窺，龕火初明茗熟時。乍湧玉輪簷外輾，誰揮金屑樹中篩。珠林無恙含光地，白社兼傳叫月詩。千載蟾蜍解人意，長依净土到今奇。

排律五言

重遊桃源洞，和廖淳之韵

風流開此境，應並武陵稱。孤賞誰能續，重游記昔曾。雲邊雙勝具，世外一詩朋。人豈新知洽，山因舊貫仍。奇鐫輸鬼匠，栖隱擬禪僧。洞納千霞暝，溪含片月澄。天窮通一線，地忽湧千層。磴亂疑無路，崖懸急欲崩。嶺梅催臈盡，筇竹破烟憑。客興依瓢笠，鄉愁斷葛藤。桃花春不住，蠟屐老堪乘。峰頂吹笙者，他年訂一登。

仲春，遊金粟寺十六韵

客興閒來懶，春郊散寂寥。避人尋竹院，算日近花朝。渡口孤舟遄，嵐容十里遥。江堤連雉堞，海業播蟶苗。路險冲泥滑，山空認野燒。寺標金粟古，塢貯水雲饒。蒼蘚藏幽洞，奇榕亢碧霄。抱香烟樹亂，送翠霽峰嬌。白袷春無主，蒼虬老不雕。心燈傳聖女，木碣記前朝。弔古愁何限，參禪意盡銷。糠粃侵佛面，米汴沃僧寮。浮拍從吾適，顛狂趁爾招。遊魂關夢覺，澀句費推敲。世態悲長鋏，生涯寄短瓢。頽焉歸路暝，一任馬蹄驕。

中秋，集鎖瀾橋觀潮，得九佳

爽節年年是，寒蟾處處佳。遊踪紛酒榼，夜隊雜笄釵。皓魄輪輕霽，終風讓且霾。溪沿花作逕，橋跨水爲涯。秋老銀生海，潮翻緑上階。清緣誰是主，勝賞屬吾儕。浮拍雲侵袂，敲推月入懷。齊賡供奉句，暫輟太常齋。廵酒攻愁壘，鬮詩揭韵牌。人争歌楚郢，地擬泛秦淮。送浪痕愈湧，深更興未乖。圍屏呼短燭，行竈爇枯柴。但覺缸難倒，何論醉即埋。眼驕河伯望，宴集幔亭偕。泮涣歸雙屐，囂塵任六街。叮嚀同調者，後會莫參差。

冬至後一日，爲馬福安明府誕辰壽章

一邑臨溪小，千山負扆居。何人推畏壘，有令引華胥。問俗徵三異，聞歌奏九如。堂懸孤影艷，節届琯灰虚。壽彩添宵綫，奇雲點曉裾。白眉誇閥閲，黔首舞階除。獻酒霞流斝，褰帷月上車。梅花寒欲放，蓂莢歲頻舒。海國凫飛健，霜天鶴夢蘧。文高吞鳳句，瑞叶紱麟初。銅冠華簪媚，龜湖渥澤瀦。童謡翻擊壤，嵩祝滿充閭。趙日烘堪愛，蘇天覆有餘。丹成令是葛，榻下客爲徐。設醴逡廵醉，憐才禮數疏。平原欣聚鹿，幸舍免歌魚。舐鼎嘗靈藥，磨嵐薦道書。南山應有頌，去住戀躊躇。

潘刺史禱雨册

澤國如焚日，秋原欲暮天。炎蒸褦襶匿，澗渴桔槔懸。十字田皆圻，三農眼盡穿。神君勤隱瘼，赤子解顛連。步禱經旬久，焦勞萬口傳。雨如分涕泪，天亦報精虔。魃避淵中照，龍噓睡裏烟。慈風和亢暵，甘澍滿平田。夜月占離畢，春秋紀有年。餘波鄰壤潤，嘉績帝廷宣。爲問漁陽守，高名孰後先。

南大中丞七月初度，承招同張紹和、凱甫、徐興公、鄭與交、汪明生宴集衙齋，賜扇頭，因步韵賦

乍乘秋爽至，恰喜拜佳辰。蓂莢輪千紀，扶桑曜兩桭。海明鯨浪息，嵩祝蟻杯親。下榻淹詞客，當筵答戲賓。奇書充虎帳，老樹舞龍鱗。世套都忘貴，形神一味新。觴籌編卦氣，釭蠟逗陽春。宴擬蓬山侶，才横渭水綸。椎牛閒合樂，放鶴較温馴。穆醴歡中聖，巴吟媿賞神。素紈頒拂拭，朱履覺清真。化日烘三島，賢星涸八荀。漫賡生甫頌，疑近上皇人。豐績何能罄，鐃歌遍海垠。

絶句五言

過分水關

山勢中天斷，溪流兩地分。遥看蒼靄處，只隔一重雲。

霜降日憶内誕辰

驛路霜初降，家幃帨正懸。藁砧天外夢，閨怨自年年。

爲蕭太真題柯無瑕扇頭畫石

石丈誰呼來，云家住靈壁。出入君袖中，何如米顛癖。

戴吉甫往三水，暫憩洪江，走价説别，漫成二絶送之

其一

春雨弄新晴，春泥午滑滑。爲君祝祖觴，梱載歸東粤。

其二

隔浦望行舟，烟深不知處。願將夢中魂，隨爾洪江去。

韓陽十咏

釣鰲磯

清溪抱危石，把釣者誰家。雙眼傲滄溟，垂綸三千尺。

月桂峰

一陣木犀香，天風吹發發。恍惚八公來，峰頭弄明月。

龍舟

海上神驅來，雲深罥其處。夜半風撼林，衹愁破浪去。

玉屏風

翠壁平如掌，孤撑障水濱。欲將移處處，隔斷世間塵。

青蓮座

虎踞千人石，獅容八萬天。共君捫舌本，趺坐吐青蓮。

墨池

鑿破端溪眼，松脂注一池。急呼毛穎子，亂掃半崖詩。

浮印

誰解肘後懸，砥却流中怒。忽訝化黿趺，浮沉皆左顧。

枕流石

洗耳巢父心，濯纓孺子意。我來拂石眠，但看川上逝。

懸蘿壁

紫邏山椒合，流雲水曲粘。最憐明月夜，天外掛青簾。

潛蜚洞

俗呼鬼洞，張令維城改今名。

洞僻樵踪嶮，山空木客啼。未須論怪石，疑近武陵谿。

朝曦館

若木高千丈，朝暾故相向。我欲往從之，長弓掛其上。

藕居

結廬傍幽池，貪香不知暑。夜半月明中，荷花作人語。

雉軒

推牕見女墻，山暈亦盈几。只隔一條溪，市塵飛不起。

半囈窩

囈理本無言，我乃得其半。不聞圖南公，憨憨古岩畔。

絶句七言

憩裴川

裴溪何自喚名村，疑是裴航舊蹟存。千古幔亭如再宴，應呼厮輩作曾孫。

望武夷山三首

其一

仙人着意結丹梯，惹得山雲踏作泥。遥指虹橋何處度，桃源只隔一重溪。

其二

貪看山色坐斜曛，只尺仙香夾路聞。浮水胡麻歸索取，因風先寄武夷君。

其三

新堤未過已神遊，始信人間更十洲。我有宿縁終着了，亂峰四百一時收。

河口開舟，暮至貴溪

南風如箭逐輕帆，一刻飛過十里巖。纔聽弋陽聲未了，貴溪山影半斜嵌。

鉛山道中，季秋朔日有懷

長途遊子授衣初，分水西流繞素車。秋意漸過家漸遠，傷心誰復倚空閭。

望三兒小試，音耗，有賦

五十臨戎嘆阿翁，當年曾號冠軍雄。諸郎總乏封侯骨，若個能摽小戰功。

舟謡

舟子相傳：三月三、九月九，諸船不要江邊守。

佳辰上巳與重陽，禊水登高到處觴。何事波臣偏作惡，年年驅嘸拗舟航。土人呼逆風爲嘸風。

至延津郊外驟雨

灘聲十里喊如雷，昏黑荒郊急雨催。莫是懶龍眠乍覺，腰邊一劍恐飛回。

化劍閣二首

其一

夜夜龍腥濕冷香，溪頭殘月逼秋梁。自從拭却華陰土，猶帶豐城獄裏光。

其二

晉室風流口角明，雙瞳獨辯斗牛精。當年未學猿公術，空負司空博物名。

題松雪馬圖

苕溪老人筆墨鮮，雙鈎叱撥玉連錢。世上千金都買骨，按圖誰識九方歅。

溪行

芙蓉兩岸媚深秋，小艇橫烟自在流。却嘆勞勞亭畔客，紅塵堆裏不曾休。

過石門灘

水淺崖空一葉欹，巑岏兩扇石爭奇。舟師笑道春流漲，便是黄昏掩户時。

題蘭卷懷朱文豹有序

華亭朱文豹爲余寫蘭卷于燕邸，蓋丙辰春筆也。文豹以武進士參戎西粤，尋免官改選西曹，時已番然有據鞍顧盼之意，予悲其志而賦焉。

一卷芳蘭手自揮，交情墨意十年違。知君臭味宜幽谷，何日還山解鐵衣。

癸亥秋，余入三山，忽報文豹莅任都閫，喜出意外，偶檢行篋中蘭卷，依然似有神會者，爰筆賦此

攤卷婆娑墨未乾，尊前忽喜合芝蘭。清時未許還山老，傍爾微香倚玉看。

題王玉生山水二首

其一

閱盡青山七十秋，亂烟斜瀑筆頭收。峰嵐亦自磨年月，一半濃施一半愁。

其二

米老呼顛王大癡，興來墨醉筆酣時。奇情不許畫工識，每個山頭撰首詩。

題秋海棠

半酣檀暈淺朱唇，冷砌嬌開八月春。正好秋光卿莫睡，沉香亭畔喚真真。

秋谷集上

霍童徵仲崔世召著
關中仲詔米萬鍾較

古樂府

擬鐃歌曲十二篇

朱鷺

朱鷺于飛，譃譃兕皮。皇武張兮，羽林馳魚。鹿紛披疾，不可支勗哉，如虎如貔漸于逵。

思悲翁

何思何思，矍躒是翁。吾爲之伐建鼓，撾神鐘。抉浮雲，扶桑東，憤發其爲天下雄。昔周渭水漢先零，悲哉悲哉將無同。

艾如張

林有翳，有鳥招之，雄來求雌。羅斯張，使我五步之内，不得飛翔。嗐，福兮禍所伏，慎爾戈矛生輦轂。

上之回

上之回，陟崔嵬。玉露湛，輕雲開。火狼凈，天馬狹。堯舜當陽，五臣六相。槐棘成行，皇帝千萬壽無疆。

戰城南

戰城南，空漠北。將軍老矣，不絶兵革。飴雖甘，何如櫱。敵國外患天所責，忠臣良臣子自擇。

巫山高

巫山高，接青天。誰謂登無趾，簫雲爲梯將朝企。上有萬頃之仇池，千年玄鶴浴其巔。神聖所居不厭高，高而聽卑可奈何。

上陵

上陵一何杳，宛在西山椒。鬱鬱葱葱，佳哉聖朝。春陽杲杲，秋露瀼瀼。金根爲車玄爲裳，明發不寐日重光。上陵九侑樂，下陵萬年觴。

將進酒

將進酒，呼群靈。南郊薦肅，北郊薦馨。曰唯皇上，帝厥后土，來格來歆余小子。我酒既旨，臣言則苦。調而進之神其吐。

君馬黄

君馬黄，臣馬白。君馬昂驤，臣馬蹀躞。太平宫中樂事多，金絡籠頭玉鞍澀。紞如打五更，皂櫪聞悲泣。東邊催選鋒，西郵飛赤白。長安馬骨高於山，臣精已亡臣力竭。

芳樹

芳樹何纍纍，朱實臨春亞。朝褰洛浦衣，夕擁蒼丘駕。梧桐挺崗巔，楩梓鬱叢下。鳳凰巢高樓，棟梁珍奇價。君有好賢心，其樂不可禁。妬人之子安相侵，嗟我綣矣芳樹林。

雉子班

斑斑雉子，哀求其母。乃在山之梁，河之滸，將有人施罾張弩。子學飛，母終哺。聖明在上，機械不生，津梁按堵。嗟雉子，免此苦。

遠如期

遠如期，仙人至。崑崙懸圃，西去數萬里。中有不死之藥，長生之餌，力爲覓獻君殿陛，願君之年四天地。遠如期，仙人至。

續地驅來歌

月明光光星露墮，欲來不來早語我。脱衣欲卧，反覆顛倒。忽夢到歡邊，歡心的的可。鷄聲譙鼓故相惱。

折楊柳歌

上馬折楊柳，枝弱不堪折。春澌凝未流，硬心輕抛別。長堤風駛駛，鳥聲慰愁耳。儂欲折柳枝，恐驚鶯兒起。

銅雀臺

西陵寂寂烟，空餘銅雀在。臺上六尺床，黄昏宿幽怪。不聞歌舞喧，唯聞長吁嘅。君王有情癡，賤妾盡老憊。酸風慘困人，酒脯徒陳祭。死者不復生，妾意詎敢懈。

提壺鳥

提壺貫酒，把盈在手。阿兄田中耕，阿嫂厨中臼，小姑理箕箒。征吏敲門，急如搗韮。君莫驚我堂上老姑，籬邊鷄狗，且提壺爲君壽。

打春謡

争打春，鞠春語：汝從何處來，汝從何處去。年年爲春忙，空鞭一堆土。春作答：莫打呆，我自有時去，我亦有時來。爾曹不惜春，於我何罪哉！

猛虎行

深山伏猛虎，藜藿爲不採。浮雲掩白日，耿懷抱磈礨。賤妾事君子，綢繆甫兩載。井臼閱苦辛，鷄鳴云靡怠。上堂奉姑嫜，下堂調饋醢。閉户佩女經，潔貞惟恐浼。中途忽棄捐，萋菲亦曰殆。君愛固以衰，妾心終不改。天道洵好還，讒夫一朝敗。皎皎東方光，下照妾無罪。投以白玉環，晶瑩發餘彩。明月有虧盈，藏納歸大海。殷憂罹百艱，感恩當萬倍。致身以從君，捐糜何所悔。

鬭鷄篇

朔方凜勁氣，每每事豪舉。賨馬走長楸，赤鷄鬭荒墅。三月風力柔，逢塲博歡侶。初放即鼓翼，望色仍延佇。雄冠射日光，毦尾拂風翥。高鳴發先聲，對敵秦與楚。健矯超游龍，猛捷過搏鼠。或以少得勢，勝彼多多許。或以佯匿形，低迴若處女。排擊固有神，量戰豈輕禦。問誰爲此戲，季郈昔相詛。擦沙介其羽，黃金飾其距。鄴都築崇臺，石虎競餘緒。至今俠少年，行樂較心膂。觀者如堵墻，拍掌各矜詡。妙伎以物傳，五德亦何處。濁世盡鬭塲，機鋒角相拒。仲尼誡方剛，所累在才諝。守雌養候全，達哉木鷄語。

昔昔鹽

紗舞低垂手，聽歌昔昔鹽。閨人雙泪迸，遊子五湖淹。水餞春澌去，堦延月影潛。嬌鶯藏樹澁，弱柳覆堤纖。西舍徵簫板，東鄰艷鏡奩。燈孤光慚剔，被冷夢難懕。雁過衡陽斷，鷄催鼓角嚴。碧桃花又落，蒼蘚逕仍添。帶減驚投玦，釵塵罷捲簾。腿紅傷指甲，緺玉入眉尖。聞道黔江賈，還疑瘴海痁。從來音耗杳，怕問卜書占。昔昔曾相約，頻將舊語拈。

鞠歌行

酌金罍，促哀絃，檀槽急羽飛上天。問明月，幾時圓，頹陰曀魄輪光慳。縱有酒，注如泉，安能飲滿到百年。伯樂死，良馬騫，九坂詰曲憂相煎。王子喬，何翩躚，乘凫驅霧挾遊仙。梧桐老，霜花鮮，莫惜秉燭夜流連。

結客少年行

五陵輕薄兒，白皙美且都。羅紈盈廣袖，第宅臨通衢。十五工舞劍，誓志鳴昆吾。自言生禀異，不與世同趨。叱咤輕宿將，詩書嗤腐儒。弱冠燥聲譽，結客盡豪麤。門前車馬喧，與君詎云殊。坐譚擬虎帳，馳驟勒龍駒。珠袴競蹴踘，金丸恣樗蒱。一諾散百萬，殺人如剖瓠。夜宴何繽紜，耳熱呼烏烏。華鐙高照天，日倒十石壺。彈箏燕趙女，擊筑荆高徒。獵霜剪撲朔，醉月卧氍毹。九州一何眇，百歲安所須。人壽匪金石，草露朝可虞。綺筵徹飣餖，清管雜蟪蛄。撫榻泪成霰，客散虛堂孤。嗟彼白楊道，一丘溷賢愚。寄語遊俠子，珍重七尺軀。

大姑小姑曲

大姑住湖頭，小姑住湖尾。獨宿不嫁郎，秋風長蘆葦。一解
大姑遺鳳履，小姑墮鴉髻。步步踏凌波，月明照佳麗。二解
大姑歌白紵，小姑唱清谿。苦苦唤石尤，不如儂獨栖。三解
二姑相與語，情癡多兒女。笑煞瀟湘姬，泪染一江雨。四解

東方日漸高

東方日漸高，北風日漸短，六龍驅轡不可輓。雄鷄一聲天地盱，須臾空倩魯陽戈。蒜髮老人對悲懣，人世茫茫傳舍館。不如飲酒讀離騷，一枕松風流雲緩。無情曙鳥唤窗前，笑煞征輪僕夫痯。

五言古體

送賈觀察

鉅靈奠四鰲，斗杓良獨尊。淼淼東南隅，玄氣昔云屯。雁峰敞孤巘，大海砥其閬。夫子禀飛姿，絳節浴朝暾。匡時無流涕，著草有至言。一覿霱雲爛，再披明霜繁。桃李盈且輿，荆棘芟當門。樓船數凱還，鯨鯢殊遥奔。休兹鎖鑰勛，鐘鼎孰與論。曰帝睠東顧，廉訪晉崧垣。赤霄振苞鳳，南池徙神鯤。若行揚芳徽，下吏黯銷魂。白鹿繞車傍，山靈亦攀轅。高舉信莫滯，道範久彌存。岱宗君所履，雁宕皆兒孫。願言遠垂蔭，女蘿縈深根。短咏附輿人，銜恩永弗諼。

夏日，登凌霄樓，喜北門新成

赤靈罨天末，芳樹鋪高深。飄飄仙界踪，屏騶矚層岑。遥峰擁青至，斗柄于低臨。佳哉鬱葱霞，對之生玄心。迴焱扇塵土，丹氣滋珠林。鐘撞百籟曉，晁憩千畝陰。井里有新韵，巾裾無俗侵。吏態牛馬勞，片晷成孤吟。好風自南來，直北吹我琴。慰此綢繆願，胡爲戀華簪。故園渺霄漢，猿鶴應招尋。

遊壽昌寺，謁無明師寶塔，因知與西竺禪師俱崇仁人，徘徊成賦

曉秋飛涼雲，空林白瀰瀰。梵磬出稍遲，倦客紓至此。上堂謁嚴相，塔影隱光起。山圍慧日長，從衲食千指。摩挲憨山碑，知出巴陵氏。法輪轉不住，西竺前生是。古讖兆重興，同姓復同里。彌天廣長舌，吸盡西江水。我昔令巴陵，父母慚孔邇。云何籬壁間，二師皆部履。寶水界空烟，山川貯靈始。巴人殊瞶侗，杳未談及此。正覺豈入俗，搜奇乏野史。與君有宿緣，頂禮親瞻企。低回良久之，頗悟無生理。兩載信婆心，一難倖不死。度厄藉佛力，冥冥或有以。燈前一炷香，願容爲弟子。凄凄行邁心，呼顥成清紀。

舟過昭武千金陂，感賦

一金聚民膏，千金築陂堰。長虹障古流，遥峰眉稜偃。波明浩無際，臺高擬襄峴。誰鞭東海石，勞勞謀逸遠。銅犀礪角昂，不敢回頭轉。夜半作人言，洞迸春澌泫。當年悲築愁，萬夫足垂繭。水府費金錢，天吴課褒貶。郡乘有司存，歲歲役更踐。自從海不揚，豈復命車輦。溪漲驚懷山，鬼工欺汹澳。危塍石齒齒。未絶者如綫。不聞麻姑言，蓬萊幾清淺。斜川樫風號，落日犀魂碾。東方民力枯，王事須黽勉。

戊辰述懷

男兒具氣骨，揮斥健如虎。掉臂射生蜺，張頤橐千古。當其失意時，力不摶一黍。毛髮感秋蓬，顏面化灰土。五更捫心笑，壯士胡自苦。日月有薄蝕，周孔嘆舛迕。時危多國殤，猰貐驅鹵簿。丘郊麟鳳枯，陽九嘆黨錮。惋彼皇甫規，殿奔與其數。萬死揖波臣，嘘風送吴楚。紫垣忽無光，攙搶墜如雨。行行淮陰道，不受胯夫侮。舉頭瞻新陽，普天頌神武。吾黨鬚眉伸，小臣亦安堵。提携上天去，手擊登聞鼓。君恩老難酬，士窮節廼竪。簪紳何足論，清平得死所。嘯月秋空高，酹以太平醑。

其二

上薛司理

晏相解越石，鮑叔脱敬仲。出諸囚役中，千秋誼高控。古人死知己，哀哀生我共。誰全七尺軀，念之腸摧痛。君居浙水西，我家霍林洞。相望泥隔雲，車前竊餘俸。一見感綢繆，倚君如梁棟。大難忽墜淵，汲引勞抱甕。有如壑中鱗，泳波相縱送。超超國士恩，報豈等儔衆。鴛湖秋水平，輿朝佇大用。月明西掖門，高栖碧梧鳳。佩璫聲珊珊，聽履肅譁哄。我有隋侯珠，永報以爲奉。彈冠此一時，茅茹氣蒸動。

夢詩

五更理殘夢，斷續鷄聲中。魂胡不惡疲，九招殊未終。曉起梳短髮，醒夢將無同。鏡裏窺幻影，因之悟虛空。有如影問形，誰者窮與通。不見邯鄲枕，浮生疾轉蓬。提醒東道眼，達哉五柳翁。昨夜遊西谷，牽衣山花紅。即此是夢理，冥志揖高風。

東馬還初給諫

曰余逢多難，裹袖匿深谷。鋤烟種朮苓，絶意看除目。腓草初陽甦，松風忽吹觳。行藏與時移，脆柔從所托。瞻彼霄漢間，渠渠有夏屋。庭影蔭維桑，晨光絢若木。絳帳覺後知，銅柱標遐族。以兹樽俎儒，兵垣典奏牘。帝命往欽哉，嘉言無攸伏。一疏出諸懷，偲偲而諤諤。察君遇巷心，所盟在幽獨。匪夷沽虛聲，罘罳行躑躅。言伸道乃尊，牖納棐彌篤。獲上以信友，血性頗置腹。古人覽章奏，知必秉鈞軸。擔當世界者，不示人以樸。朝報東西殷，羽書宵迅速。矧此兵與饟，王言屢敦復。兵既無日汰，饟以何時足。豈緊富萬方，而乃窘邊幅。竭津良有因，流馬疲轉逐。願君清其源，全盤計盈縮。大法小臣廉，片語生滲漉。與爲豐年玉，寧作荒年穀。睠言釋杞憂，俾爾康茀禄。軒紳豈余戀，所願國多福。餘甘倘可分，終焉返林麓。

南二太司徒招飲私宅

達人秉曠懷，拈花而度世。山水有遐情，悠然獨忘勢。夫子神仙姿，天闕表靈異。謝安領時望，蕭相裕國計。彌天煉石手，萬宇牣匡濟。勛大道以尊，心虚顔逾霽。眼殊屬所青，履不棄其敝。春事報新晴，開樽招宿契。座客盡風騷，麈譚心幽邃。清響肉兼絲，玉缸面浮翠。燈燼尚飛觴，曲翻重把袂。憶昔天晦冥，賢者多匿避。狼虎晝縱横，一副英雄泪。感此春光清，連茹引鳴曳。松古撑漢高，草勁亢風厲。木彊同性成，菌莖悲貿脆。浮榮杯酒間，丈夫矜骨氣。西華卓几前，景行以自誓。

題沙縣黄太母節孝詩，爲其孫武、皋兩明經賦

瀰瀰沙之陽，黄氏鼎華族。朝籍既聯翩，閨門亦雍穆。昆季擅才名，山川萃清淑。風流大小蘇，文藻機雲陸。和音塤以篪，拜璧蒲與穀。都市偶相親，年誼洵交篤。示我節孝篇，灑泪唏噓讀。幽貞本性生，遠識惟母獨。存孤甘茹荼，保業凛集木。世庇其徽柔，天報以戩福。感兹水玉操，詒爾朱丹轂。亢宗有孫謀，陳情擬奏牘。旌書表古阡，笄擲司世軸。劍水光燭天，可封化比屋。

呈黄鶴嶺柱史

大風表東海，若木開林霏。瞻彼女姑山，綽約而崔巍。真人擷靈秀，千仞振其衣。觸邪鷙豸角，夾日從龍飛。抗疏凌霜力，折節藹春暉。輕身先匹夫，此誼今所稀。汪汪萬頃波，一見悟百非。滌慮飫玄渺，忘分屏等威。玉瓚以流黄，捨斯誰與歸。日出東方高，罔不被光輝。谷風既薦爽，朱草應争腓。獨憐濩落者，邅迴將憑依。

冒雪送考校，甚以八面山爲慮，次早天大開霽，志喜，偶用王季重華嚴老人居韵

頭臚强半枯，觸景輒悲壯。沖雪遠行邁，馬足黯西向。亂舞入千林，變幻非一狀。晶沙争激射，玉山儼依傍。頓使旅魂摇，豈但詩魔愴。危坐卯色天，忽報東曦放。偶爾測陰晴，翛然忘得喪。天意若憐余，百里亦足王。陶翁與喬仙，夢中相揖讓。寒骨老梅知，鐵莖撑孤嶂。薄暮清磬泠，定心發空悵。

橘井蘇耽遺迹，在郴郡西

郴水多異人，最著者蘇仙。曰孝以成道，騎鶴飛上天。活世豈刀圭，但酌橘井泉。仙去橘已枯，玄津誰復傳。我來客其土，瞻謁重凄然。荒壇宿古雲，智井生冷烟。野月墜石欄。日暮咽哀蟬。

仙魂不可返，撫檻嘆變遷。昔人涉滄海，頃刻成桑田。矧此一勺水，安得長涓涓。吾將呼仙子，把袂拍其肩。烟霞稟痼疾，酌水詎能痊。不如飲美酒，爛醉井邊眠。

遊石鼓書院，和韓昌黎公碑中韵

天奠一拳石，江流環右左。歲月喧擊撞，風沙潠咳唾。朝宗祝融君，鼓吏職翼佐。群峰印紫烟，烘若聚萬貨。孤亭抗其巔，目送飛鴻過。遠趣不可窮，雄心詎能挫。拂蘚讀韓碑，郢音洵寡和。酌酒以酹之，字如飛箇箇。磨蝎守生宫，文人多坎坷。裴回發浩歌，晞髪欲長卧。所懷在伊人，對景成清課。放我於江湖，淼宕孰如那。隱隱石鼓鳴，百代起衰懦。誰作漁陽撾，奇響四邊播。虚往實以歸，餐霞療饑餓。長揖古洞仙，拱手遥相賀。際此元首明，豈復股肱惰。勉旃躡層樓，與雲争席座。横看爽氣流，秖覺愁顔破。安得蹈波心，雙足濯塵涴。

初夏，往郴州參謁，雨過八面山

楚地梅雨多，烟霾簸千頃。矧兹崒嵂峰，更覺滂沱猛。濕鳥逋林藪，倦旅絶笭箵。何爲乘華軒，亦復度危嶺。作吏爨勞薪，奉身决贅瘿。但學工逢迎，寧知顧首領。笄韜遠于邁，騶從半以屏。空濛攀崩崖，歷落掛虚磬。五步只聞聲，對面不辨影。叱馭不敢前，息鼻那能逞。愕如緣木末，瞀爾墜深井。泥泑石逾高，途修日倍永。牛喘輿夫呻，蝸縮長官頸。薄暮窮山根，賀拜離死境。哀哉七尺輕，罹此百憂迸。始恨官爲祟，相憐醉未醒。多難歷塗辛，苦吟坐夜丙。因之悟人情，到處皆畏景。攲枕夢林園，平野任馳騁。風雨莫相催，猿鶴久徯請。三復北山文，悠然發深省。

遊蘇仙岩

昔人銘陋室，山有仙則靈。玆山稱福地，豈必凌高冥。城闉隔籬壁，郴溪相緯經。上有飛昇崖，下有洞石扃。洞門靄深碧，鹿乳猶存腥。化鶴千年歸，詩留彈者聽。長松號亂烟，瑤草鬱葱青。遺踪詎可覓，荒碣蝕殘銘。言陟嶺上巔，歸酌臨崗亭。憑弔懷伊人，天半風冷冷。我有雙飛舄，附君白玉翎。矯首入霄漢，高吭振洞庭。何處古香來，如聞橘水馨。吾生好栖托，仙宅爲居停。

蕭太真贈余癭木魚，塊然魚也，狀如結癭，生成空竅，擊之聲清越，幼兒佞佛寶焉，賦詩示之

大道無蠢靈，物物具禪理。萬竅怒號聲，刁刁畏佳裏。可知八音中，木與金終始。空山墜老魚，怪形胡乃爾。若磥砢贅疣，若刑餘胥靡。天然枵其腹，不假工倕指。摩挲卷以光，結束古而美。一敲微風生，再擊遏雲起。經輪一串珠，奇音吼未已。想其受病時，擁腫成癭子。一病轉通靈，作魚泳春水。視疾老維摩，相扣發禪喜。如人攻憤悱，一旦豁然始。蚌疴吐朗珠，石泐出函史。中虛乃傳聲，物理本如此。

中秋，懷西谷，拈避園便韵二首

其一

故園富竹石，秋老雲氣濕。紅泉掛月光，渴虹奔澗急。主人猶未歸，誰作觀濤集。夢與月同遊，逕荒杖仍澁。食諸負青山，駟馬豈能及。吸月倒十千，高歌以當泣。

其二

宦海載胥溺，飄零不得岸。壯哉乘槎客，乃復薄清漢。月語桂以東，杳如隔天半。老松與瘦鶴，夜夜相招唤。歸興徒渺茫，吏情何漶漫。愛此月輪孤，衹恐歌聲散。髮短不勝簪，科頭任鬆亂。妻兒那解愁，空香撩長嘆。

題高車橋新成有序

桂東之有高橋，古也，高車非古也，閩人崔令以其名不韵，增而顏之者也。一邑群溪亂流，至此而滙，砰砰下瀉。神女橋兩崖對踞受之，橋横而跨水上，望若龍門飛沫，故曰高也。橋創於何年，不暇考，至今而剥破者半邑，豈無令傳舍匆匆，未聞過而問焉。視溱洧乘輿之惠，抑又遠矣。崔令每停車，輒惻然作津梁想。乃割如水之俸，鳩工庀木，不日告成事。爰易以高車而繫以詩，夫亦喟焉於山川盛衰之故也耶。萬里橋以司馬長卿高車一語艷名千古。桂東雖小，豪傑生不擇地，後有作者當以余一字之增爲地識矣。

一宦夢鷗情，兩載弄鷗水。萬壑争奔雲，合流西駛駛。古橋障其瀾，去邑不數里。驅馳遞輕軺，詎云了公事。剥落行者悲，風雨靡寧止。前轍能不忘，即已習爲吏。枝傾庸礐名，王政首攸始。下臨青石峒，上鎖丹霞氣。我顔以高車，題柱或可擬。尺沫起飛鱗，勉旃都人士。

望湖亭遠眺，因過復愚上人静室不遇，賦用空同先生舊韵

孤亭抗天際，昔賢聚墨妙。騁望安所窮，憑欄扼居要。青嵐五老遊，碧漢一丸跳。瀰天白浪高，有客踞凌峭。古碧紀神奇，江心眼光耀。大蘇躅難追，北地譽豈釣。懷古罡風來，撫秋哀鴻叫。伊人在一方，寂寂孫登嘯。有東坡《石碧記》。

七言古體

弋陽途中口號時初莅崇仁

殘秋間走弋陽道，一尺矮松寸莖草。危石沙蒨臙脂紅，苦篁對客語酸風。山空薄暮烏聲絶，遠梢早掛如鈎月。小吹村烟獵隊昏，山犬嗷嗷半掩門。蒙頭溪女争偷瞰，車上官人愁黯黯。檄書絡驛督逋糧，蠻峒虎踞華山鄉。天子空遺臣三尺，茅鬼盈車行不得。頭上進賢小如荳，十夜不眠沈腰瘦。僧舍蘧廬五更醒，卧聽寒鐘心骨冷。

效長吉體，爲龍吏部太公頌

雲彤彤，波潑潑。八龍噴空江水闊，夜抱老珠弄明月。千年龍江磨霜鏡，化作異人亦龍姓。讓節不亞延陵高，俠心盡起翳桑病。柳州道上口碑闐，寺門村中烽塵净。天遣西江片雲滃，座上爲霖真龍種。馬鬣一滴土膏湧，槐堂枝古于門聳。眼見旌書下天寵，爲君但添海籌屋。倒盡千缸致華祝，鼎湖不放白日速。氍毹長醉龍涎馥，卧看龍江水花緑。

題方孟旋太夫人壽

青峒萬尺摩天立，石室雲空富霞笈。上有仙人吹鳳笙，大嘯蒼茫露花濕。名山副墨不勝收，帝遣六丁守其側。出世聊爲毛檄歡，著書半註蓼莪叶。我來傾蓋若平生，杯酒咄嗟相對吸。爲言奉母暫南還，堂北春秋過八十。儀郎日日舞萊衣，手授丐言書一帙。客子霜帆不得停，江楓冷落催舟急。舟中促刺漫焚香，讀君裏言長跪揖。阿母聖善世所稀，恐君自疏猶難悉。煌煌内則衆人母，祝者盈門頌盈邑。生兒命世蔚大儒，翟茀霞章寵光錫。人代繁華何足矜，西方差許神明接。尼珠一串佛千聲，白雲冉冉瑶池徹。海上青鸞寄素書，天邊玄兔搗靈屑。太姥鮀顔尚未央，百歲萱容衹瞬睫。願言移孝答君恩，何獨承歡供子職。北辰沖主正宵衣，東閣詞臣虚左席。朝補媧天五色紋，夜餐莖露一杯汁。壽國壽母同是觀，詩云孝乎思維則。

壽王六瑞兵科尊人六十王諱鳴玉

楚天連空暮烟紫，控鶴仙人掠雲起。蕋宫紅影翻瓊樹，百城家擁青箱富。生兒能受五千言，趨庭况復環瑶琨。鈴索花明鸚鵡啧，西掖近天剛咫尺。舞衣新帶御爐香，華堂衎衎樂且康。我歌大椿送霄漢，六十春秋日方旦。眼看鸑鷟翔江左，浮拍百齡天地老。

謁華仙[一]

柔春广縫暖雲峙，神絃拍曲樂仙社。貝闕障空石齒稜，銀榜照天爐烟紫。傳聞蛻骨洞深寒，虹橋路斷不可攀。無數金身栖日觀，有時玄棒擘雷壇。四方絡絡進香者，大叫衆仙返真駕。茅龍朝吼空霧巔，蒼兕夜宿繩床下。九萬罡風吹我衣，眼光四射江山微。帝座祇疑通呼吸，仙班似許學鶱飛。披圖讀罷玉蟾賦，先年曾住霍童塢。今古逢君宿世緣，烟霞與我舊知故。山下風塵愁殺人，山中坐愛桃花新。何當覓取桃源種，開遍塵凡滿縣春。

送戴吉甫還里

山城潦沙苦泥人，古殿濕礎生苔塵。溪頭塔影客心老，遥嵐滴露澆詩神。詩成一句一拍手，腸斷倚閭如霜首。故人猶子劇相憐，割得俸錢佐卮酒。此時荔子參差殷，孤月夢香明家山。麻姑壇

[一] 謁華仙：《華蓋山志·藝文志》三作『謁華蓋山』。文亦多異，録以備考：柔春滿山復雲峙，神仙拍曲仙樂起。貝闕障空石齒稜，銀榜照天爐烟紫。傳聞蛻骨洞深寒，虹橋路斷不可攀。無數金身栖日觀，有時玄棒擘雷壇。四方落落進香罷，大叫衆仙返真駕。茅龍朝吼碧霧巔，蒼兕夜宿繩床下。九方罡風吹我衣，眼光四射江山微。帝座祇疑通呼吸，仙班似許不鶱飛。披圖愛讀玉蟾賦，先年曾在霍童住。今古逢君夙世緣，烟霞與我舊知故。山下風塵愁殺人，山中坐看桃花新。何當覓取桃源種，開遍塵凡滿縣春。

下馬蹄疾，曳衣丹氣隨君還。君還九曲木蘭水，銀浦雲流蠟光紫。老兒負米從西來，百拜婆娑祝遐紀。君不見擔中一幅御母圖，閱盡千林烏夜呼。

題白虞鄰恤刑扇頭秋景

銀空露濕半山影，馬蹄香墮桐花冷。誰貌一痕樹末秋，蕭蕭幻作人中景。仙人倚烟翻奇書，曉帷帖妥承明廬。帝命六著游清虛，灑林甘澍隨仙車。香山派接梁溪水，秋曹醉吟白雲起。西江馬祖選佛場，度人無數拈花喜。眼邊秋色轉凄清，蟾蜍碾玉團繁笙。圖將山川報天子，千巖落葉陽春生，會見錦甸玉宙待阿衡。

午日，讌集浣繡樓喜賦

溪頭紅迸榴花水，隔岸巴雲分睥睨。朝靄暮靄八窗明，沖簾燕掠新泥喜。不須更唱黍離離，千古繁華今日始。誰將錯繡浣晴川，柱笏支頤看旖旎。山河亦有廢興時，如女爲容媚悦己。長官醉酒兒童喧，西來之氣浮棐几。保障曾聞尹鐸言，尸祝何似庚桑壘。爲記他年競渡辰，密樹樓中歌樂只。

重九，章江門守風有賦時將逮淮

暗雲照空秋氣昏，章江城外逆水渾。封姨南面吹江豚，招招舟子亦銷魂。酒罷問天天不言，野鷄午叫黄花村，誰家買醉登高原。我已掛冠君落帽，短髮蕭蕭應共論。

初秋，途中述懷

白帝已徂秋，赤輪尚投轄。驛路千盤野湟枯，老木吐烟蟬喙渴。輿中土偶坐蘧除，日暮吟魂呼軋軋。郵亭慣送遠遊轂，獨憐西叟愁如粟。天遥地遥夢不遥，枕坳夜夜遊秋谷。新荷水淺懶沖泥，溪橋但壓松陰覆。無錢買鶴巢尚孤，有泪聽猿聲斷續。人言爲官意欲飛，我但譚之愀不樂。雖有進賢冠，何如碧筭籜。雖有數尺腰間圍，何如百衲黄緇服。山中佳景最難枚，爛取丹青千萬幅。只消懸虹一片流，洗盡塵凡榮與辱。所戀屺岵泉下親，清時不得徼恩綸。以兹破暑乘秋去，八月槎浮天漢津。眼見瑞烟照坏土，天風夜半嘶麒麟。了將墮地生前事，便作藏春塢裏人。

過樵川四十里，有郵名龍關，亟問土人，云宋時有雙龍鬭于此，其説近誕，然有其傳之，想亦莫須有耳，余奇其名而賦焉

少年學易稱龍德，變化乘虚遊八極。天空地莽自捲舒，雲滃雷崩妖魂匿。有時懶睡頷珠圓，夜

深月墜黝潭黑。所以至人説猶龍，知雄守雌兑其穴。胡然龍亦有殺機，鐵鬣銀牙獰相拒。此地千年古戰場，玄黄之血應漂杵。爲問誰者戰勝肥，黄德正中威不怒。野人稗説固荒唐，弔古郵亭狂起舞。方今君子正道長，時事傳奇堪抵掌。天上真龍炬眼光，水底妖蛟血膏莽。我來挾劍過延津，潭静不聞雙龍響。鐃歌戰罷碧霄清，祝爾天飛看直上。

雙節卷短歌，爲葉機仲題

我聞湛盧峰，高高拂燭龍。烟深不老干霄石，霜重難摧跨澗松。石有貞心松逼古，精靈應萃葉家母。仃伶相弔婦與姑，兩世存孤遺一縷。縈縈一縷繫千鈞，幽孀之氣凌青旻。之子名成文且武，返哺差慰未亡人。人曰未亡性不朽，礪石摩松天地久。爲歌雙節呼山靈，湛盧酹爾一杯酒。

震澤故無蓴，鄒舜五佹得採之，遂爲湖中第一公案，作採蓴歌

平生未渡太湖水，夜夜神遊夢商綺。平生不聞太湖蓴，一朝譜出秋風新。秋蓴張翰動歸興，千古江東佳話柄。何年移種洞庭陰，頳莖吹浪香沉沉。風流鄒子譚天口，向人誇得未曾有。冰盤剪出珊瑚枝，座客狂叫盡如癡。傳得吴兒好事者，拏舟如雲採盈把。蓴乎顯晦合有緣，震澤湖光爲爾鮮。山中木奴恐見妬，霜後拖烟隱深塢。莫漫臨風唤客歸，我家亦有故山薇。秋來薇老稚根澁，不及蓴羹一杯汁。安得扁舟從君遊，太湖采采蘆荻秋。

贈薛聖從七十

姑蘇臺畔鹿麋走，金閶門外星如斗。中有高人披鹿裘，仰看長庚雪盈首。袒裼胸盤五岳圖，遨遊肩拍十洲叟。去年騎馬入長安，筆掃西山不停手。老作楊雲幕裏賓，讀盡秘書窮二酉。歸家恰恰過清明，澁舌雛鶯栖淡柳。聽鶯行樂度春秋，黄花倏忽月逢九。閑尋洛社倚東籬，卧學羲皇開北牖。君家原有苜蓿盤，急辦茅堂觴客酒。不見人生泡影身，七十從來古希有。祝君歲歲佩茱萸，充棟詩篇垂不朽。

送蔡達卿明府之任盧氏

長安三月春如綺，百丈遊絲賣花市。陌上關情黄鳥啼，橋邊送别紅塵起。紅塵那肯絆征輪，去去鶯啼不住春。柳條似惜耽詩客，草色偏隨得意人。人生得意能幾許，曠達好懷孰如汝。金鑑千秋祝帝齡，銅章三錫承天語。銅章佩去路悠悠，遥指雲山古豫州。馬蹄踏處桃花滿，熊耳山前洛水流。羡君輕車走熟路，今日南河昔東魯。調鶴閑鳴焦尾琴，放衙自種紫茄圃。兹行何必異登仙，攬轡敲詩春可憐。盡將帝里繁華景，譜入驪歌贈别筵。

題何海若默詩齋

長安地主新安客，半畝蓬蒿環堵宅。填枕圖書作四鄰，閉門風雨閑雙屐。科頭長醉不願醒，逢人唯聞笑喀喀。爛搗隃麋潑素綃，掃盡烟霞罩水石。快情終不言所以，傳神都在阿堵裏。十幅吴綾朗月裁，四聲沈韵微風起。此時觀者各酣歡，歌亦非詩聽非耳。披圖跳入輞川莊，按拍同遊浣花里。讀君齋顔洵足快，賒君品題未償債。贈以丹粉無言詩，報之推敲有聲畫。從來山水即清音，塵鞅何曾一絲絓。兩人相視手重摇，剥琢到門但長拜。

壽曾蘭若方伯，三月念五日誕辰

滄海不可測，河源不可窮。仙人攬轡馳八極，崑崙以西扶桑東。神虬夜吼玄鶴舞，一粒爐砂足千古。丹氣偏鍾不老身，玉皇親註長生譜。君不見安陵城下水悠悠，十里爛熳桃花洲。鷄峰山頂月輪曉，問仙洞裏霞光浮。月輪霞光天不夜，中有真人號蘭若。傳家金笈駐蒼顔，到老瑶華娱緑野。誰言子固不能詩，君今説詩解人頤。燕遊蜀道題盈篋，品石編岩墨滿池。年年春光八十五，閲盡桃紅第幾度。回首浮名一芥輕，屈指韶華百齡富。請看壽字漢鐫文，石古苔深若爲君。東方再謫歲星老，南極長擎夜月分。有客登登揖仙子，洞口芝莖掛弧矢。一杯對爾祝大年，八千春秋今日始。

柬曹舜臣廣文雅州人

君家有寸儲八斗，馬蹄西蹴筆花走。平羌夢裡月輪高，蒯緱腰畔龍精吼。一氈青青殊等閑，招提半榻伴蒼山。朝朝冷面笑攬鏡，漚川之水清人顏。

寄甯愚公

便縣本是蘇耽宅，勾引王喬下雙舄。一溪霞氣不辨紅，兩岸雲峰相對碧。使君卧理桃花城，日日燒丹煉白石。仙郎況復饒文雅，汗血之駒渥洼馬。北方學者或未先，南國詞人豈相下。秘書子駿韋元城，子善爲裘父良冶。我來邂逅把其臂，屬酒登堂講世誼。拔劍磨揩發素光，揮塵窮搜到玄邃。佩君喬梓情太殷，相過肯辭百迴醉。

從兒寄憶山中老松引，用韵口占

老龍連啳拏枝樛，新暑粘溪凝不流。石上仙人吹鐵篴，古香幽栗喧高秋。控弦十萬矢鳴括，摩頂颼颼風梳髮。小橋屐齒踏磬聲，山叟未歸誰結襪。且將清夢寄髯翁，幻作顛狂和銀瀑。楚客枯喉學郢歌，盧郎痛飲讀離騷。鶯舌已老宓琴冷，怒寫松風驚飛濤。

登衡山歌

衡山高，拂燭龍。乃在震旦之炎服，大楚之南封。千萬億年真日月，九十二片青芙蓉。帝命司氏曰祝融，紫烟丹氣羅峰峰。天子望秩拱黄琮，六甲飛符禮赤松。瀟湘萬里奔朝宗，蓮華何秀絶，瑶草何丰茸。願言採之不可從，劍銛岣嶁玉爲鋒。上有神禹蝌斗之文章，青螭赤鳳守前衝。石鼓浪花兼天春，清都不與塵寰逢。所以雁翅飛仍壅，東岱西華相追踪。大哉元氣涵九重，我來鞭罡風。考靈鐘長嘯，峰頭吸華濃。玉衡星斗盤心胸，豈獨野次一軫爲先容。嗚呼！噫，衡山之高拂燭龍。

五言律詩

宿三摩菴，謁黄貞父先生像

千頃陂難濁，三摩手自書。宰官君不朽，傲吏我何居。磬度閑雲外，詩敲細月初。塵沙埋馬脚，對爾暫軒渠。

宿西關公館，和壁間韵

暝氣滿林薄，輕寒逗太和。秋光燈畔老，鄉緒枕邊多。問俗餘戎莽，勞生逐馬坡。誰憐行役者，對酒不成歌。

同蔡宜黄會審聖容寺有作

案牘何能離，烟霞乍可當。旃林親大士，秘草出中郎。眼爲千山豁，眉纔半日楊。村沽須痛飲，明發又塵忙。

是日聖壽夜，出寺宿民房

朝瞻龍是誕，晚踏鷲爲峰。偶爾清凡夢，依然想聖容。鳧飛雲際舄，犬吠月深松。蘧廬天未曙，猶戀五更鐘。

送丘毛伯侍御

薄宦妨詩趣，鳴琴恐未能。破風蛩叫壁，殘雨鼠窺燈。髮爲憂時禿，眸因媚俗瞢。忽焉聞緒論，天漢快飛鵬。

南峰卓秀

佳勝忽然開，當窗翠湧回。豹文新七日，鹿斗舊三台。水繞廉村嶺，薰迎宓邑臺。樽前皆樂地，吾道本南來。

西爽支頤

晨光分睥睨，爽氣愛蕭森。野色攻人俗，山雲悦我心。雙眸耽遠近，萬壑自高深。欲問西來義，蓬居費講尋。

和戴吉甫端陽詩

積雨驚時序，清狂賴爾存。草荒僧舍冷，蒲泛客杯温。俠氣懸長鋏，詩腔湊雅塤。荔園歸夢好，花滿一堂萱。

贈丘毛伯冏卿

昔避乘驄使，今參伯冏班。胡然龍性擾，偏得馬曹閑。碧眼空千古，奇書貯一山。媚人雙鶴舞，吾對欲忘還。

再集浣繡樓分賦，得樓字

怒溜攻沙下，濤聲欲上樓。地靈回蕩漾，天意許綢繆。醉眼千村繡，凉襟五月秋。君來殊湊趣，新景佐清遊。

集擬峴臺

自有真佳境，如何擬峴山。空臺誰墮泪，遠浦縱開顔。水氣龍鱗縠，霞容雉堞環。狂吟千古意，肯放酒杯閑。

薛黼臣司理招集諸縣令飲春臺臺名東閣

東閣招賢地，西江吸水濱。騶呵千市月，鳥喚一臺春。霓羽俳場韵，蓬壺我輩人。燈前容散吏，任意吐花茵。

蕭太真客居景雲觀，相傳蕭子雲曾過此，書景雲二字，太真因作二律見貽，用韵和之

其一

慣客耽幽境，繩床宿冷雲。筆摇玄草膩，琴擁猗蘭芬。瘦鶴眠壇畔，孤蟬咽夜分。風埃愁冉冉，呼酒夕陽曛。

其二

椽筆歸蕭氏，遺書昔所聞。何來身後蜕，重判景中雲。吏隱能知我，仙遊孰似君。癭魚敲夜月，檀鼎爇氤氲。

又和彭次嘉韵

香積牽秋思，明蟾正可中。遊携盧杖短，響斷宓琴終。撥悶呼歡伯，敲歌誚惱公。山山皆副本，

誰不嘆才雄。

彭次嘉見貽留别四首，率率用韵和答

其一

新城收浩翠，有客費摹臨。伸出雲林手，消開案牘心。秋聲行處渺，月意坐來深。佳况能如此，牽衣附短吟。

其二

僧寮凄冷地，竹色爲君清。笥載腹中富，鐘飛天外聲。酣題龍腦魄，引佩馬蹄蘅。誰道塵問吏，風流不世情。

其三

自隨雙舄至，冷却一生詩。説劍逢人少，庭囂見客遲。讀君稽古韵，累我出塵思。此意終幽邃，官埸未許知。

其四

浪遊殊落穆，説别覺乖違。手眼愁無伴，神情逼欲依。千山隨馬迹，萬慮付鷗機。醉卧秋雲裏，天邊有少微。

中秋昭武客舍紀事時以忤璫被逮

有懷愁見月，無興瀝空巵。落魄如憐我，清光欲對誰。鷄呼盧枕夢，雀侮翟門詩。一夜西江影，流沙迸泪時。

曹能始作文送余歸秋谷併惠扇詩，用韻和謝二首

其一

抛將烏帽去，帶得紫烟還。相對石倉水，因懷盤谷山。移文謄九錫，捧檄舞雙鬟。柱杖頻搔首，前峰月影閑。

其二

灼龜甘曳尾，倦鳥自知還。况復與清黨，其如倚泰山。林猿翻露葉，溪女出風鬟。拍掌初衣客，逢迎水石間。

雨中望瀑

好雨摹山韵，狂添疋練懸。穿雲寒響碎，挂樹碧光鮮。塵洗斛中胃，詩垂筆上涎。寸心無所用，拜石可猶賢。

竹林寺爲瑞巖上人題二首

其一

不識橋西路，潭烟抱化城。地仍前代勝，門對此君清。片月窺香入，千巖擁瑞平。誰招玄度侶，載筆踏莎行。

其二

信手栽修竹，平空振劫灰。僧疑浮葦至，客競入林來。萬玉圍寒磬，三珠逗法臺。逃禪清絶事，肯使鶴猿猜。

四月朔日，溪雲閣重開絳桃一枝，得先字

不謂春歸去，炎風一日先。枝頭紅未了，池畔影相憐。睍睆留黄鳥，稀微下絳仙。玄都多少樹，得似半枝妍。

和超上人韵

結廬人境外，所愛水聲珊。石勢連天媚，潮光候汛看。風勤雙耳磬，月領一層巒。相伴團焦語，孤龕夜夢寒。

題待興上人高寄室

十年飛錫杳，一榻擁爐薰。朝發鷄鳴水，夕眠鷲嶺雲。龕孤延竹韵，鼎凸褻峰紋。古寺憑高寄，中興應待君。

喜從兒偕石懶入秋谷讀書，用翁壽如韵

能令人却夏，所以谷名秋。溪訟松争吼，池商月到遊。癡兒了甚事，老宿樂斯丘。夜半詩當偈，橋邊石點頭。

爲先人卜襄事於麒麟寨，喜賦

屺岵終天事，麒麟卜瑞年。閑身明主賜，識地土人傳。列嶂圍青幕，雙谿夾翠烟。忽焉靈氣動，龍吐壟頭涎。

鶴巢初構

一區栖鶴地，經始爲營巢。飛革深松護，盤菌苦竹交。芝田鋪砌曲，繚嶺枕岩坳。寄語乘軒者，山中有客嘲。

休勒北山文。

水樂

隱隱空中韵，疏欞側耳聞。暗流通地肺，清響遏溪雲。帶雨穿花切，敲風落葉分。鈞天余夢罷，休勒北山文。

翁壽如之兄壽承復至，訪余秋谷，以詩見投，用韵答之

其一

筑呼燕市月，花老建溪秋。世事幾行泪，時名第一流。錦囊詩殆滿，玉案句先投。啜茗重傾倒，君休念滯留。

其二

習隱逃深谷，高人躡屐過。風掀蝴蝶喜，露浥鵪鴿多。孤鶴巢偏穩，雙龍謇豈阿。不勞嘲小草，詩品定如何。

阻風

多難驅車後，舟行夢未安。如萍飄浪久，似葉拗風難。水怒皆秋氣，山顰作暮寒。封姨何太横，明月耐相看。

再過謝埠

津雲頻問渡，沙鳥慣迎人。地豈殊今昨，山如學笑顰。帆前東逝水，天畔北征塵。拍馬沖烟去，行藏又一新。

淮安舟次，中秋病起獨酌，感賦

秋容隨處滿，病骨帶愁看。近水光應倍，臨風影覺寒。普天明主照，湛露逐臣餐。惆悵淮陰市，銜杯泪乍乾。

露筋貞女廟

尋常拋一死，靈氣至今存。勁草餘貞性，荒蚊避烈魂。霜寒碑額蘚，雨暗水心村。佑客焚符過，淮流日夜奔。

甘羅城

阿童佩相印，亂草蓊燒天。壽夭邙山土，興亡石火烟。空壕陰鬼號，荒塚老狐眠。獨有楊楊岸，年年繫客船。

重九日至京

兼旬疲馬力，剛罷夕陽鞭。似訂黄花節，來瞻玉柱烟。官慚陶令隱，老怯孟嘉顛。最喜登臨處，高高尺五天。

神廟己酉元旦立春、四之日交夏、七夕逢秋、十旬值冬，每節日月並應，四序皆晴，今上御極改元亦復如是，新安黄成象有紀瑞詩，用韵和四首

正月元日春晴

五位龍飛日，千官虎拜辰。層陰良以净，綺景忽然新。酌此辛盤酒，迎來子夜春。神孫繩祖武，又作太平人。

四月四日夏晴

春意餘三日，炎天次第長。堤殘楊柳夢，水試芰荷裳。瑞麥施中野，輕羅賜上方。乾坤逢大痦，行樂醉爲鄉。

七月七日秋晴

此夕云何夕，牽牛歲一經。忽飄梧井露，偏渡鵲橋星。楚客休悲氣，秦樓漫乞靈。新看毛毨候，着意養修翎。

十月十日冬晴

玄冥何巧合，剛湊浹旬初。雪漸欺孤枕，寒纔憶故廬。晴思朝曝獻，瑞紀曆殘書。所愛如春世，彈冠夢不虚。

長至日，同王元直訪葛震甫，留飲席中，分韵送鄒舜五先歸洞庭山，得文字，時震甫將之官雲南

此晤良非偶，千杯不覺醺。飛葭驚節候，説劍動星文。客夢滇池夜，鄉心震澤雲。因添愁縷縷，驪唱那堪聞。

臘月朔日，長安見樹介，同葛震甫、王元直賦，限五言律

樹氣何先動，昇平非所宜。斜粘寒葉亂，幻壓亞枝垂。甲重風難舞，條封月到遲。天清應見晛，離照正當期。

十日，復見詩以破怪

咄咄寒飛霰，兼旬兩見之。天邊嵩祝切，意外杞憂癡。馬踏銀泥路，鴉啼玉樹時。東西聞解甲，不損萬年枝。

吴門葛震甫神交有年矣，戊辰冬同補選京師，因王元直投好，遂若平生之歡，時之官雲南，作詩送之，得四首

其一

萬里入蠻天，新詩處處傳。君行殊壯矣，吾别獨凄然。洱海春波凸，薇垣曉樹妍。蓮花清從事，家本葛洪仙。

其二

却憶神交久，翻憎面晤遲。投來詩數種，酌以酒千巵。遠徼雲深處，輕舟月上時。隨君魂亦往，計日到滇池。

其三

宦況何寥落，豪心自慨慷。武夷緣未了，黔國夢初長。雪凑悲歌趣，梅收驛路香。獨餘知己恨，引滿注離觴。

其四

王子清狂士，逢君數十春。奚爲獨後我，應媿不如人。交臂仍相失，離懷較認真。勉旃行役者，白首莫如新。

孟春燈節後，王元直、鄒舜五主社集張園，共得張、園二字，五言律詩

其一

春到花欄早，城隅即遠村。柳枯魂欲醒，鳥懶語初喧。勝侶蓬瀛集，高譚碣石存。世氛揮不去，吾意夢丘園。與舜五

其二

結伴燕丹里，言尋宋玉莊。春過燈市月，星應客厨張。命酒呼中聖，將詩較盛唐。從君頻看竹，匿笑老而狂。與元直

和米仲詔扇頭勺園之作

石怪烟長偃，門幽晝不關。鶯嚶憎聒耳，鶴孝藉怡顏。祇覺千林亞，誰云一勺慳。客來問歷遍，沉醉米家山。

偶步吴山，過蘇長公遺蹟，有去年崔護若重來之句，悵然懷古

了不關人事，尋常感慨偏。草荒吴岫逕，烟蝕宋朝鎸。片石題同姓，前生悟宿緣。老坡呼不起，若個是行仙。

梅花嶺弔古迷樓

下馬且行樂，興亡莫辨真。玉樓歌舞散，寶騎劫灰塵。雪作廣陵月，梅横庾嶺春。入林花歷亂，難道不迷人。

將發都門，蘇穉英招飲百花館觀劇

萬里將歸客，匆匆疋馬鳴。偷閑過酒市，雜演上花棚。每到離亭齣，難禁勝友情。逢塲官是戲，行矣媿班生。

用石懶韵贈張文弱

奕世推家學，皋比擁講經。藻分池畔碧，氈映漈南青。鸛羽占三鱣，蟾光可一庭。醉來濡渴筆，片語也通靈。

和聞文石大尹扇頭二韵

其一

自哂非奇士，翻疑事事奇。虎狼探穴日，風雨渡淮事。蒙難嗟强項，銜恩媿朵頤。感君題箑意，知己有鍾期。

其二

讀罷王褒頌，彈冠此一時。鳧飛同茂宰，驪唱惜深卮。桂樹千山路，棠陰萬里思。神京天日麗，鵷鷺若爲期。

常興宿田家

林深稀見日，路澁易黃昏。野店全依水，農家半掩門。堦前驕犢卧，床下乳鷄喧。賴有峰頭月，相憐伴夢魂。

感懷

枉自通莊旨，逍遥事事非。畏人擎手板，媚世耗心機。軥逕枯槎卧，旋空怪鳥飛。早知生坎壈，悔不老漁磯。

過永興縣，柬甯令君

歷落窮山路，沙明忽見溪。舳艫銜尾下，巉壑列眉齊。有石皆編景，無崖不合題。風流歸茂宰，何以慰攀躋。

晚行

澹日半銜山，栖栖老客顏。橋危防石怒，路暝覺溪彎。古驛昏鷄澁，空林凍鳥還。蘧廬堪此夜，惡夢可能刪。

曉行

晨炊促五更，推枕恨鷄鳴。霧幕魚鱗重，霜花馬首明。山貧無片緑，溪懶不聞聲。薄命勞薪是，欺人白髮生。

肥江道中，見小澗數舟上下，悠然有致，賦此

去去肥江路，川雲瘦亦佳。一灣流是帶，片棹小于鞋。岸狹和烟泊，天空喚月偕。安能從釣叟，倚榜簡詩牌。

過耒陽宿小菴中

行役豈云憚，悲歌在此程。水喧牙口渡，雨暗石梅城。假榻一僧影，打窗何處聲。平明天漸老，雪逐鬢華生。

再入衡州，喜袁穉圭亦至

溢路兩驅車，雄風賦楚餘。衡山封岳古，藩國剪桐初。水凍魚蝦貴，官忙卷帙疏。憐君非卧雪，客興問何如。

花藥寺，爲王、郭二仙採藥得名，雨中紀遊

煉藥成仙地，拈花選佛塲。將雲籠下界，倩雨洗塵忙。木末一聲磬，階餘半夜霜。但携幽興往，何處不翺翔。

登寺後山亭遠眺

雙江界山影，一郡半王城。危磴摩胸上，虛亭縱目斜。僧雛陳酒品，客騎逗烟霞。乞得醫王藥，皈依禮法華。

憩庵新成，和黄素翁韵

何年悲廢址，小憩忽新庵。溪抱霞千片，山藏月一龕。寒爐噓梵唄，老木遲征驂。六度津梁事，唯君可共參。

余鄉人有姓許者客郴江，喜而贈之

久不聞鄉語，郴江晤所親。三山真快士，五載未歸人。䳺鳩催行酒，青蚨費買春。宦遊吾漸老，爲爾慨風塵。

觀音巖在永興縣三里

誰琢青山骨，崖懸十笏寮。洛迦微具體，畫壁掛罩條。夜唄驚龍夢，溪聲學海潮。平生耽採勝，肯不暫停撓。

中洞

在桂東四十里，向不知名，偶有導余遊者，幽奇古邃，得未曾有。豈山靈有待今日始發皇耶？因作詩紀之。

雲氣老千年，溪藏小洞天。似曾栖鶴地，來引跨鳧仙。張口斜拖白[一]，枵中幻作烟[二]。鈎深

[一] 張口斜拖白：〔同治〕《桂東縣志》卷十七作『峭石生虚白』。
[二] 枵中幻作烟：〔同治〕《桂東縣志》卷十七作『重門閉宿烟』。

奇不了[一]，約略紀岩[二]巔。

八月十一日，過永興，甯明府招同甄宜章集飲問仙洞，是夜宿菴中

秋色爲誰好，清緣未肯慳。盈雖遲四夜，光已遍千山。入洞鎔仙韵，侵杯澡客顔。感君投轄意，夢領水雲閑。

再過鋤雲洞

神巧眩難定，虚摹作錦窠。篡雲鋪碧簟，埋月裹青螺。玉篏天俱碎，砂酣水不波。奇踪牽懶夢，豈厭百迴過。

得三城恢復報二首

其一

聞道王師利，天驕遁赫連。捷應同六月，克不待三年。燕雀尋巢舊，鯨鯢築觀堅。聖明還旰食，屢詔勑安邊。

[一] 鈎深奇不了：〔同治〕《桂東縣志》卷十七作「深幽窮不極」。

[二] 紀岩：〔同治〕《桂東縣志》卷十七作「幾崖」。

其二

十年勞遣將，一旦可銷兵。祖廟歆鐘簴，漁陽絶鼓聲。勇須憑大纛，險豈在長城。流涕民膏盡，邊儲何日清。

放衙後，自鋤小園，種菊數十本，未至重陽先放萼，作詩喜之，情見乎詞

一官彭澤似，種菊滿東籬。按譜删繁蕋，鋤烟護亞枝。招同蓑桂隱，香許猗蘭知。酹酒花邊醉，悠然且賦詩。

庚午立冬，示桂東鄉紳

大塊無停軌，開冬閱曆書。迎寒撾鼓候，測影應鐘初。夜柝嚴長漏，霜花試短裾。何如暄趙日，煦煦度居諸。

喜㷋兒至

孺子至何暮，依依繞膝憑。睜來欺世眼，共此苦寒燈。骨肉嬉相慶，鬚眉老可憎。奇詩隨意述，怪爾太憑陵。

立春後一日，喜晴宿中洞公館

昨日春風轉，晨征首重搔。官稱午馬走，面益雪霜毛。新鳥賒詩料，狂湍侮酒豪。微聞香冉冉，洞口發春桃。

舟泊觀音巖下，曾方伯結庵處

十里且維舟，春宵細月流。誰人開碧墅，即此是丹丘。水濺浮獅怒，雲招老鶴幽。辛官超悟處，鐘鼓五更頭。

歲晚，得張海月老師書志喜二首

其一

夜夢勞長水，經年擲短封。緘開惟燕喜，老幸未龍鍾。成我恩深重，爲官興已慵。但存一腔血，夜雨拭芙蓉。

其二

折去梅花久，遲遲滯遠音。雖然虚荏苒，賴不付浮沉。讀罷寒喧語，增來俠烈心。吴江與楚水，相憶到于今。

阻風

翻疑天苦惱，作意逗輕舵。戰水驚風伯，遮江拜浪婆。下流移寸步，白晝失前坡。且泊孤村醉，閑聽小史歌。

過梧桐寺

先年有直指修行其地，壁上所掛十八尊者，皆出丁南羽筆。

曉寺停橈入，梧桐露未晞。春生獅子座，江浣水田衣。遁迹栖玄度，真圖繪令威。頭毛何用薙，禿叟已忘機。

元宵，宿路口公館

虛度可憐宵，寒雲伴寂寥。馬芻崩岸驛，鷄語隔溪橋。剪跋存燈意，敲詩當酒條。撩人村鼓動，夢入玉樓遥。

過祁陽，贈丁明府

君是丁威仙，褰帷入楚天。當春裁錦樹，對客理冰弦。鶴潄浯溪湛，犀明鏡石懸。湖南多少縣，若個着先鞭。

用韻送魏克繩歸閩

之子饒風味，狂來號麯生。耽奇長作客，玩世不通名。水鳥供朋侶，岩花遊送迎。能無噬小令，凄冷萬王城。

清明，送嶅兒遊中洞歸呈二首

節届桃花水，山雲富麗時。吾能開秘洞，爾復好探奇。丹竈噓藏火，幽龕發野吹。歸來驕不盡，歷落兩篇詩。

遊兜率洞大蘇曾遊此，在興寧縣

兜率人天境，崆峒斧鑿龕。如何遊可罷，似覺夢曾諳。石扮珊瑚紫，崖醲玉乳甘。老坡留墨處，安置一枝庵。

別桂東

頻年猜惡夢，此日卸危途。亂壑頃寒影，哀蛩生夜呼。草肥秋未老，溪暝月來孤。去去開心眼，笙歌西子湖。

和黄素翁扇頭韵併以留别

久矣賦停雲，平安隔歲聞。空齋寒馬帳，何地掃羊裙。對月秋仍滿，臨風思欲焚。乍逢隨握别，悲喜總因君。

和葛震父過楚寄懷詩

冉冉隙駒過，飄零奈爾何。滇池天際水，震澤夢中波。擊楫浮龍國，敲詩和鳳歌。書來不忍讀，大抵説愁多。

重九野泊

短棹滯江干，蕭蕭古廟寒。鷄聲斜日澁，鷁首咽風酸。岸柳如人瘦，籬花何地看。不須論落帽，吾暫學彈冠。

題浯溪石鏡

片石揩雲古，光含水一灣。饒他寒照膽，對我浄開顔。天日明虚白，烟霞任往還。倚欄舒冷笑，誰肯負青山。

讀中興頌山中石刻甚多，可憎

何罪黥山面，苔封處處悲。獨存唐代頌，不朽魯公碑。人品千秋定，溪光一鏡知。摩挲看榻本，醉月解舟遲。

客遂溪，過張永甫體仁春舍，悵焉空返

小築儉溪濱，空齋署體仁。數弓閑貯月，半榻寂藏春。蓴鱠慚先譜，蓬蒿咲遠臣。悔携幽興往，悞殺看花人。

金灘守風

艤舟膠客夢，三日尚江皋。老樹皆狂偃，癡龍亦夜號。扣舷防酒罄，堅壁論功多。轉悟行藏理，安眠聽怒濤。

過廬陵白鷺洲

秋水碧于油，空明映遠洲。人家烟樹杪，釣艇古灘頭。振鷺衣冠盛，迷鶯欅柳稠。講壇淒冷處，

風伯若爲留。

舟次滕王閣下

閣中余舊題聯尚懸無恙，念昔年前被逮，亦在此時，爲之惻然，有賦。

茫茫章水白，又復近重陽。舊恨魂猶壯，悲歌夢不忘。傷秋嗤楚客，瀝酒酹滕王。題柱何年筆，誰憐故態狂。

附舊題閣聯

當筵詞客安在哉，只留得秋水落霞，點綴山川，千古文章歸故郡；此地閱人亦多矣，誰倩來寒雲潭影，招遐冠蓋，一時歌嘯付深杯。

彭次嘉同乃婿夢得王孫過舟中，以所刻明七言律傳見示，賦贈

江頭秋意老，有客到孤蓬。竪義存王迹，删詩擬國風。憑將雙眼力，掠盡七言工。冰玉皆清潤，能無笑冷楓。

龍沙寺，同湛如、不疑二上人看竹却贈

最喜影纖纖，幽雲簇短簷。香傳人面古，翠染客衣粘。了不疑塵罣，真如湛理拈。禪心與竹意，

争上筆峰尖。

望五老峰

浮天峰歷歷，竟日過遲遲。矍鑠哉五老，盤桓非一時。帆飛週面背，湖展見鬚眉。酬爾以杯酒，浩歌共解頤。

望九華山

倚棹招山色，遥光醉眼醺。劈來青九片，看去繡千紋。落日濟偏好，飛霞幻不分。神遊古佛地，髣髴戒香聞。

豬溪遣悶

陽鳥攸居地，豬溪紀禹功。云何天作苦，尚怪水爲洪。野店三秋暮，孤蓬一月風。愁心那得寫，詩卷酒杯中。

舟中臨帖賦

苦風愁雨處，伸紙吮豪時。水澈通書法，波漚擬墨池。神交千古友，盃引八行詩。偏自成佳話，維舟未覺遲。

過白下弔傅遠度四首

其一

天生君不偶，胡即賦仙遊。吐鳳才無敵，騎鯨事已休。空花同失路，真夢到藏樓。七幅庵中月，誰當問酒籌。所著有《藏樓》《失路》《七幅庵》等集。

其二

吾交半天半，斯人未識荆。傳家原將種，厭世學君平。每讀帳中草，空留身後名。寒雲愁黯黯，怕過石頭城。

其三

咄咄千秋韵，詩名冠白門。幽奇通鬼語，笑駡任人言。擊水猶靈氣，臨風屢斷魂。埋憂地下客，灑酒坐黄昏。

其四

異物何能久，天公亦忌才。草荒桃葉渡，秋冷雨花臺。蓬島應添伴，笠簑不住哀。亦著有《笠簑集》。誦詩聊論世，爲爾且徘徊。

龐居士墓相傳在石鼓山半崖

居士藏真處，巉岈不可尋。梵鐘皆故宅，石鼓或知音。萬棹千燈夜，長江片月心。招魂歌楚些，多只在空林。

青草橋出衡州五里

愛此橋名古，非春草亦青。王孫行處路，帝女望中靈。色靚高低樹，芳連遠近汀。風塵何太苦，車馬不曾停。

五言排律

九日，邀陳伯禹、陳子學、阮靖伯小集馭曦門城樓紀事十四韵

夜雨驚敲枕，晨曦忽駐驂。難逢秋正九，不速客來三。禮豈爲吾設，心應對爾譚。相將桑土慮，暫借菊花酣。補綴低飛雉，辛勤老繭蠶。愁牽千古緒，夢破一生憨。計日營荒度，何時弛負擔。闔閭民力普，保障己功貪。倚檻城烟凑，傳杯野意含。樓懸天上下，樹隔水東南。白髮風中感，玄心世外參。徵詩醫吏俗，度曲釋林慚。丘壑終當隱，簪裾恐不堪。青天搔首問，吾已足幽探。

旅中喜丁康伯見過，因和扇頭韵，喜贈

杜門甘旅寂，倒屣喜賓迎。褒袖文章伯，高譚子墨卿。詞鋒攻漢魏，學笈秘周程。十載芝城泪，雙星寶劍精。飛島仙令杳，失馬塞翁明。月暗生花夢，霜寒落葉情。西山行樂地，北海喝盧聲。何物陶彭澤，千秋獨擅名。

上顔同蘭給諫廿韵

望氣占雲物，趨晨叩玉墀。堯天初霽日，漢室中興時。牛斗纏奎宿，龍夔集鳳池。班誰雙掖貴，

才是八閩奇。霜力明青瑣，冰心練素絲。疏排長孺闥，書法魯公碑。海岳當胸盪，乾坤隻手持。歲寒堅柏幹，風裁老梧枝。觸佞神羊勇，埋輪國猰悲。忠唯徼主眷，德不使人知。東海濡枯鮒，南山拾落箕。譚餘簪筆事，夢裏賜環期。蚊負恩彌重，蛇甦報恐遲。慨慷須我輩，文雅信吾師。桃李欣成徑，參苓樹務滋。詞壇容抵掌，畏路忽伸眉。成我同生我，無私似有私。千鈞提舉鼎，一局覆殘碁。失馬已如此，飛鳧任所之。願將依岱意，先獻及門詩。

崇禎元年仲冬長至，恭遇聖駕郊天，喜賦排律廿二韻

氣候偏占瑞，朝家正考祥。天心來是復，月紀至爲長。律動飛灰應，時調化瑟張。圜丘仍舊址，對越喜新皇。太史占雲物，休徵報雨暘。肇修殷禮秩，遠跨漢郊章。風伯清馳道，星官擁法塲。貔貅團億陣，鵷鷺列千行。管吹春如度，庭暉夜未央。六龍扶輦過，九鳳揭旌翔。器重匏陶古，尊羞鬱鬯香。依微天共語，清切帝同堂。玉牒升衷赤，紫燔達彼蒼。攙搶驚避匿，鳥獸率趨蹌。夙夜欽鴻典，明禋眷聖王。誰非聞且見，俾爾熾而昌。綵線添多壽，深宵眩景光。是星皆拱極，無樹不生陽。羈旅微臣祝，康衢小頌狂。老愁寬馬革，隱恨釋貂璫。舞蹈興朝慶，鬚眉令節揚。願將一介意，齊獻萬年觴。

正月八日，梅社再集，限排律六韵，共得飛字，時余未赴

總爲梅開社，寒香屢襲衣。條風春作意，穀日曉初晞。老態從年長，慵心與世違。涎垂浮蟻碧，燈想火牛暉。窗月私相伴，爐烟懶不飛。劇憐多勝韵，落唾盡珠璣。

題陳比部祖母旌節卷十四韵

白璧懷貞質，青齡嘆早孀。鳳離簫不韵，鸞舞鏡無光。殉節何難死，存孤忍未忘。賢應同柳母，德復並共姜。化閫皆慈孝，名家萃善祥。筠堅寒谷操，桂噴郄林香。已識三株樹，還培一蕙芳。爽鳩朝近日，烏鳥夜啼霜。一疏陳情切，千秋表宅揚。楓宸貤寵渥，萱夢叶憂忘。母範貽弓冶，孫雲拜典章。澤流巫峽水，星聚潁川堂。太史書彤管，黄姑理繡裳。涪州溪畔月，長照柏舟航。

遊問仙洞，洞與鷄峰相對，皆曾蘭若所闢，排律十八韵

聞説鷄峰勝，乘春到上頭。倩山醫俗吏，掃石散羈愁。野望吟方就，溪行興未休。烟粘遊子袖，風遞列仙樓。西漢奇先闢，東方字尚留。岩有元封二年東方朔『壽』字。天開雲闕曉，境閟古臺幽。毛竹圍青靄，金芝滿碧洲。九仙環玉佩，兩部奏天球。堂下聞龍吼，階前恣鹿遊。洞門雲啓閉，江影月沉浮。蓬島將無是，丹砂或可求。山川應有主，麯糵亦封侯。地以人爲重，詩多醉裏收。五丁勞斧鑿，二酉結蒐裘。事業高千古，閑身置一丘。好山歸謝傅，韵客過王猷。黄鶴吾家賦，飛凫若個儔。題崖思曼倩，副本擬之罘。

直釣崖鋤雲洞廿二韵在耒陽上六十里

何代開靈境，危岩抱古潭。彌天供大士，隨地設精藍。幻擁溪之畔，奇標浦以南。住山垂釣叟，出世善才男。雷擘蛟龍窟，天刊月水庵。泥封函谷老，津忽武陵探。秘界千秋現，檀那一衲擔。鋤雲通邃洞，倚石結孤龕。燃炬深深入，捫崖歷歷含。皴痕森作態，脂乳亂懸甘。護法狻猊立，降心魍魎慚。居然排絡傘，卓爾竪魚籃。地骨凝雲髓，山顱訝玉函。怪形無數狀，通體有真曇。塔井旋仙鼠，經厨醉老蟫。丹疑勾漏覓，緣許普陀參。解纜艤官舫，披衣趣野嵐。騶從皆叫絶，里父背私譚。甚處塵中吏，來停世外驂。宿因當不淺，佳勝似曾諳。骨豈神仙類，慵如老宿憨。願言麾俗累，水石了清酣。

贈郴守趙質夫，六月誕日廿八韵，併以留别

炎節南離是，清宵北斗芒。榴舒江岸火，桂孕石門香。馬嶺罡風健，郴林化日長。褰帷成保障，懸矢射扶桑。松竹排千雉，烟霞富七襄。蜃樓噓甲第，龜佩曳丁璫。庭鳥司書案，山花賀筆床。箕裘開錦閾，圖籙積青箱。海樹蟠桃熟，厨芝玉露瀼。六螭雲外駕，五馬柳邊飏。橘井傳仙訣，鍾篇測吏贓。鸞笙吟洞浦，峨雪瀉平羌。光動西纏宿，威行六月霜。乾坤逢大悟，珠履錯歡場。賈島羞詩瘦，平原結俠揚。鵷班聯下屬，風羽翼遐方。見即精神洽，渾於禮數忘。不因寬蹋蹐，何以傍翱翔。趙日和偏照，蘇天倚未央。願剩三峽雨，聊獻九霞觴。樂只歌君子，些音奏女皇。霏譚祛夏暑，惜别念秋涼。老大續貂尾，沾濡飽鼠腸。瞻雲齊若木，卧蔭有甘棠。袁海才何及，呼嵩遠可望。函牛歸鼎鼐，烹鯉憶瀟湘。去路江初白，分衣酒數行。西湖一片水，安得羡汪洋。

秋谷集下

霍童徵仲崔世召著
洞庭震甫葛一龍較

七言律詩

都門承龔明府扇頭依韵和答，送之韓陽

鶗鴂聲殘嘆式微，亞雲淹客半思歸。朱明岸柳迎新綬，彩筆江花射落暉。天地支撑吾黨在，風塵邂逅寸心違。漢家渤海君家事，扆水從今霽日威。

和葉機仲詩併留别二首

其一

射虎將軍搦兔尖，才華誰得似君兼。腰横紫電光難掩，賦取青山槖不廉。眼底封侯追定遠，樽前愛醜刻無鹽。莫愁岐路孤鴻冷，老去雄心對月添。

其二

驛口空山片月銜，秋江如練照征帆。推窗野色全歸樹，隔岸人家半隱杉。楓冷五更勞夜夢，梅開萬里發春緘。風塵不繡昆吾劒，傍爾鷄鳴着舞衫。

晚步滕王閣，呈賴南昌、龍新建二寅丈〔一〕

散屐登登起暮烟，浦雲山雨望依然。誰令帝子名千古，秖爲王童序一篇。秋老江飆盤浪急，日斜水鳥抱沙眠。管絃不斷風流地，纔到雙鳬便是仙。

九日，葛陽邸中賦

佳節年年客裏過，空山鳥道夢蹉跎。勞薪似與野烟狎，浪梗其如秋色何。彭澤官同誰送酒，魯陽口短漫揮戈。穿雲亦了登高事，莫爲愁心廢嘯歌。

祝文柔大行出使山西查馬政歸浣

向來消息邈天涯，少壯恩深刺史家。召伯久留棠作芨，阿咸今喜筆如花。霜寒邊塞安胡牧，秋

〔一〕晚步滕王閣，呈賴南昌、龍新建二寅丈：李嗣京《滕王閣續集》卷十一作『晚步滕王閣，呈賴嵩葵、龍煥斗二明府』。

净鄱湖泛漢槎。潦倒一官重握手，爲君瀝酒頌皇華。

爲蔡尉題母節卷

綱常應繫百年身，素節書來泣鬼神。歲月銷殘長恨夢，風霜老護未亡人。門前海色明肝膽，爨下琴聲咽苦辛。有子梅仙能戲彩，加餐爲爾祝芳辰。

題張青林孤山時長郎君報鄉捷

占斷秋風一片霞，湖光四面老梅斜。虹橋擬設曾孫宴，鶴塚長鄰處士家。捷到淝江應折屐，夢回閩海憶乘槎。與君同聽霓裳曲，唤起豪心萬里遐。

陶重父師八十初度，時客泗洲寺，衆比丘誦經祝延，因賦爲壽，時立春後二日也

弧懸古刹正春新，佛頂毫光護法身。鉢裏曇花開莢甲，盤中桃實近椒辛。五更露浥金莖掌，百里星圖寶水濱。坐聽僧雛繙小品，漫隨鐘磬祝芳辰。

送陶師歸建水

君從彭澤賦歸來，松菊蕭疏滿逕苔。家傍白雲春寂寂，囊餘彩筆興恢恢。携來九曲歌仙櫂，不

放雙瞳看世埃。去矣片帆芳草路，莫逢人説剡溪回。師晚年失明，故云。

贈張夢澤憲長壽誕誕日乃二月初九也

崇臺雲物敞西山，劍氣雙龍倚佩環。天畔法星明似斗，鼎中靈藥赭如顔。花朝引滿芳辰近，柏府封題白晝閒。乞得華仙金掌液，因風遥獻祝玄關。

望華山

絶頂尖紋翠作堆，香風冉冉引崔巍。疑同漢時封山古，忽指胡麻逐水來。勾漏有緣堪問藥，河陽無事且登臺。如聞簫管聲相迓，漫紀尋真第一迴。

傅右君中翰惠扇頭詩，用韵答之

清時誰不羡雄才，北斗星樞映上台。詞賦欠傳明月社，神仙原註閬風臺。芝眉天際當春晤，柳眼郊垧對酒開。一箑新詩青玉案，贈言何必論輕財。

暮春之望，邀傅右君中翰小集，步韵和答

有客携將劍氣雄，追歡何幸挹清風。花籌拍酒春如許，檀板催更月可中。鳳閣文誇官樣貴，鷄

壇詩媿野情豊。郊遊日日從公邁，不管巾裾掛宛童。

用李惟中扇頭韵，賦以贈之

超然高舉自丹丘，把酒相看鬢已秋。三逕花深彭澤隱，片帆春老剡溪遊。升沉世套雲同幻，瀟灑詩情月共流。千尺釣綸歸夢遠，思君多在碧江頭。

寄壽從母八十，爲仲愛弟書

婺光如斗亘南天，雪鬢當筵舞袂妍。萱老瑤池春八十，桃酣度索歲三千。溪雲橋擁曾孫幔，古佛龕依大士蓮。珍重封題猶子意，江干灑酒未央年。

答鄧太素刺史用韵

烟水何年罷勝遊，移家晞髪俯江流。樽開三徑誰歌鳳，賦就千秋足汗牛。郢曲雲深同調逈，齊紈風送異香浮。塵勞强作賡酬語，噴飯應知滿案頭。

聞買西山，喜賦

聞道西垌已買山，小溪危石曲潺湲。古雲碧抱半巖影，朝海青分衆壑顔。地亦有緣知己遇，天將留意放人閑。菟裘老足千秋事，好種桃花待我還。

臘月新春，喜徐興公至巴陵，貽詩扇頭，和韵答之

匹馬寒沖六出花，相逢剪燭話三巴。從來下榻唯徐稚，不信鳴棐似伯牙。歲逼辛盤天外酒，夢迴子夜枕中家。溪頭梅擁遊仙路，待爾摩崖譜太華。

臘月春後五日，邀徐興公小集躍龍門城樓，分得谿字，限七言律

其一

雪晴新沐樹尖齊，寶水沙明似剡谿。春過女墻人輻輳，樓鄰仙闕客攀躋。滿城簫鼓催行樂，一日山川重品題。笑指斗邊龍氣旺，酒闌沿路聽銅鞮。

其二

臘裏東風逐馬蹄，登樓舒嘯萬峰低。提壺亞送呼春鳥，鎮水新横不夜犀。遂有神仙吹玉笛，相將人世度金鑣。穠華彷彿絃歌地，浮拍春流任碧溪。

贈丘毛伯[一]兩郎遊泮時正上元

東風何意暱名家，燈影芹香勝事賒。兩部塡篪春是海，一門機杼筆爲花。鶴因子和喧霄漢，駒本驄生湊渥洼。好句掀髯題不盡，剩流秋興紀清華。

仲春，喜鄧太素送子入泮過訪，用韵和答

便欲排雲扣帝閽，積薪争嘆後居尊。朱幡乍却一麾影，白雪閑招六出魂。池上鳳毛能濟美，腰間龍劍總酬恩。君來却好桃花候，似約春光到縣門。

賀吴養臺郡伯七旬初度，三月廿七日也

黑髮抽簪茹紫芝，懸弧休問歲何其。欣看管咽金喧宴，恰值紅肥緑膩時。春杪剩留三日景，山中未了一枰棋。何當共聽黄鸝語，斗酒晴郊佐著詩。

[一] 丘毛伯：底本作『毛丘伯』，誤。集中《送丘毛伯侍御》《贈丘毛伯冏卿》《送管午懸還就試，兼懷丘毛伯冏卿》諸題可證。按：丘毛伯，即丘兆麟。兆麟（一五七二—一六二九），字毛伯，號太丘，又號冏卿，臨川（今江西撫州）人。萬曆三十八年（一六一〇）進士。

春仲，招鄧泰素、徐興公小集署中，觀河陽雜劇，共得雲字，而余詩後成，殊媿砂礫

竭來空谷足音聞，未許春風與俗分。彩筆座中干象緯，清歌天畔學流雲。豪華邑靳桃花趣，潦倒杯從竹葉醺。到底簿書拈韵澁，驪珠雙顆總輸君。

仲春，安仁宗侯以訪徐興公至，貽余詩箑，用韵和答

碧桃春水漲臨衙，負却輕舠遠看花。訪舊不論冬泛雪，尋仙應許曉餐霞。囊携白社千秋業，杖倚丹臺九轉砂。正是王孫芳草路，夢殘蕭寺漫思家。

清明後二日，鄧泰素刺史、吴應今司馬、徐興公雨中集燕，分得肴字，時司馬七旬也

風雨連宵濕燕巢，人家插柳尚新梢。座延杖國三壬壽，地有行仙六甲庖。曲度深杯容懶嫚，詩鬭險韵費推敲。對君世味真堪斷，玄屑霏霏足酒肴。

題陳子學約春樓

憑誰約得早春來，謔柳盟花眼乍回。信使書函新鳥訂，嘉朋樓對好山開。風傳軟節數聲篴，月度深更一石醅。我有藏春招隱塢，約君先寄隴頭梅。

和安仁扇頭韵

豈有琴聲帶月彈，知音逢爾締交歡。香沉古寺苔痕没，詩振空林樹色寒。勝事行隨青帝滿，旅懷愁破碧天寬。分携不作尋常别，迸寫相思落筆端。

徐興公還三山，寄懷邵劍津大行

十載交歡恨太遲，豹園遥憶數行詩。林邀使節千雲珥，屐轉仙丘抱月規。白簡久虚簪筆位，青門應及熟瓜期。南州有客能通問，歷亂春山寄夢思。

送蕭太真還莆

隨身三尺古紋琴，流水高山處處音。白墮半酣牛首夢，錦囊全貯馬蹄吟。雙凫縣裏炎風午，九鯉潭邊落月陰。散盡黄金歸自好，送君不必泪霑襟。

王觀生寄扇頭詩，和答

君才隨處擷春芳，文苑循良兩擅塲。官舍有山宜吏隱，臣心如水不揚波。真人遠作雲天想，中聖狂添歲月忙。但使身名分皂白，笑看塵世鬭雌黄。

送管午懸還就試，兼懷丘毛伯冏卿

遠笈蕭蕭嘆滯淫，逢人莫漫説知心。衰年未割華歆席，薄俸慚分鮑叔金。結夏禪扉天似水，看山歸騎月當林。名園響閣冰清甚，助爾秋光送好音。

徐興公自立春至巴陵，越暮春言歸，以詩留别，用韵送返三山

少微星野亘天南，方外銓曹信可堪。粘筆烟霞成我癖，滿囊山水笑君貪。閑隨僧磬敲時六，浪泛仙舟度月三。歸去故園生計好，短籬摇玉緑毶毶。

彭次嘉過[一]訪，用筆頭韻和答

未必山川似永嘉，高人到處絶囂譁。採風空憶中牟異，譜雪慚編下里巴。次嘉彙《明詩輯韻》，多採余詩。青火夜分司起草，金颷秋色罷看花。後堂一接彭宣話，滿袖仙香佩緑霞。

小誕前數日，喜商孟和至巴陵，相見慰勞，因畫松併詩爲余壽，走筆用韵和之

同是烟霞半老身，天涯良晤趁雌辰。秋鷩流火剛初度，客喜披雲未浹旬。鷄黍漫陳盤似水，虬松親寫筆如神。猛焉想到秦淮事，二十年來意氣真。

誕日，招次嘉同孟和讌集凌霄樓，分得茶字

十頃畦雲帶郭斜，憑欄拈賦散仙葩。山皴粉本牛毛畫，水戰磁瓶蟹眼茶。男子桑弧虚歲月，道人竹帛在烟霞。笙歌撩亂賓從樂，不管秋林准暮鴉。

[一] 過：底本作『遇』，據文意改。

寄壽秦刺史，九月初二誕辰

秋聲萬樹黯思鄉，引領天南蔽芾長。甓社蚌珠家翰墨，山陽熊軾漢循良。簾垂藍水仙風起，節近黄花壽斝香。笑煞癡兒猶乳臭，漫勞伸手入門墻。

仲秋，懷蔡朝居，用和前韵

其一

雪鴻飛迹五經年，夢繞天涯思黯然。我自蒙頭拈彩筆，君憑焦尾按朱絃。山凹樹抹停雲亂，夜半窗窺片月娟。寄語千秋公案在，烏紗能值幾文錢。

其二

身世勞勞度百年，天荒地老興飄然。風欺旅館盧生枕，雨濕江城宓子絃。北海無人同麯糵，西山何日看嬋娟。應知鑷白虬髯減，倚仗秋籬數錦錢。

丁卯仲秋[一]，喜商孟和過訪巴陵貽詩四首，走筆和答

其一

秋風掠鬢賞心難，鎮日銜盃强自寬。但得嚶鳴來好友，莫論列宿映郎官。舟横灼水情無極，屐着蓬山夢乍安。往態清狂君記否，百年肝膽剖相看。

其二

半生身逐懶雲閑，客路飄零踏蘚斑。夜月勾歌過郢里，秋烟和夢入廬山。知名到處流風韵，掩泪頻年備苦艱。留得一枝椽筆在，許君同醉竹林間。

其三

拍手詩成笑咄嗟，斗邊精氣識張華。征車露重穿花畔，官舍雲生傍水涯。傲骨猶餘千古勁，顛毛如許半霜加。暫時栖憩朝真地，柱杖秋山處處家。

其四

臨風偏得好懷伸，客裏秋光愛殺人。四百亂峰歸作手，十千沉湎領閑身。真形煆煉幾成鶴，王路驅馳媿有駰。只尺仙源圖小史，桃花應説武陵春。

[一] 秋：原文作『春』，據詩『秋風掠鬢賞心難』（其一）、『秋烟和夢入廬山』（其二）、『柱杖秋山處處家』（其三）、『客裏秋光愛殺人』（其四）及詩意改。

聞南昌彭刺史以畫棟朝飛南浦雲試士，漫賦一首呈上

亭亭如鬬落霞妍，簷角平分鳥翼騫。東擁咸池迎曉日，南辭遠浦亂秋烟。香行絶代文人筆，響遏當年帝子絃。獨有懶雲粘不起，勞君吹送到林泉。

將發昭武呈丘冏卿

寂寂幽栖晝掩門，不堪蕭瑟怕黄昏。呼兒共對爐頭甕，何客能過江上村。北闕天高寬論死，西風秋老唱招魂。從來多難皆文士，愁説邗溝怒水渾。

宿謝埠舟中

衰颯酸風咽樹巔，斷鴻寒攪五更眠。虚看雙斗闌千夜，難叩孤蓬只尺天。拍岸濤聲應共怒，隔牕人語似相憐。朝來淺醉騎驢去，怪事書成亦可傳。

秋杪，龍沙寺次丁太史壁間韵

誰唱沙籌繞化城，團團玉堵幻生成。就中豈可容思議，此理唯應着眼明。佛説恒河龍沫合，天教净土雪花平。殘荷冷裹逢開士，一嘯臨風澹世情。

又用韵赠湛如禅师

天風寒起舞飛沙，歸定禪扃寶藏遮。古識雨埋碑上蘚，高僧雲擁鉢中花。秋過半日親香積，手授千言轉法華。眼見龍堆凌睥睨，贈君唯有白牛車。

泊東溝，偶贈邸舍宋隱者

宋玉家風司馬壚，坍江高卧月明孤。半窗花草雙遊屐，四壁圖書一唾壺。桑海幾驚清淺夢，楓宸聞賜泰平租。看君鬢髮蕭蕭老，猶説當年事棄繻。

過鄱陽湖

顛風閟櫓下鄱湖，戰浪翻空膽漸粗。雲裏參差攢五老，帆頭大小拜雙姑。寒烏渺渺愁予落，陽烏凄凄鷳客呼。烟暝天窮何處泊，無情漁火出前蕪。

題禹卿宗侯深柳讀書堂

風流張緒韵飄凌，春到幽扃擁浪層。繫馬問奇頻有客，啼鶯對語冷如僧。絲纏香霧侵朝幌，縫漏疏星伴夜燈。我亦歸家尋五柳，紙窗讀罷看魚罾。

訪鄧泰素觀古玩，不遇，悵然小坐有賦

名園鎮日貯烟霞，雙鶴司門老樹斜。池面墨痕皆草法，石邊詩料有梅花。生涯祇寄毛錐子，寶氣全歸骨董家。寂寂客來休怪問，主人行矣泛仙槎。

送鄧泰素北上補選

朔風五兩指天都，客裏歌驪叩唾壺。謝傅亦難終遠志，陶潛偏自賦貧驅。雲閑古柳春鶯慣，月落疏籬露鶴孤。送爾之官兼大隱，袖中長閲輞川圖。

上何太瀛憲長

東國才人久擅名，持衡天上泰階平。法臺柏幹拏雲古，詩閣梅花鬪雪清。五老遥峰供彩筆，千官湛露醉金莖。何當乞取西江水，一沫枯鱗傍化生。

送謝韶台觀察莅任東粤

楚天雲夢盪玄襟，謝傅名高翰墨林。玉笋斑頭閑曳屐，紫薇花下對高吟。春開梅嶺蠻烟薄，風散榔香嶂月深。萬里瞻雲勞夢想，可忘他日少原簪。

留别豫章诸社丈

相持别袂各愀然，况值深寒臘雪天。人世風波時十二，家山縹渺路三千。滕王閣共敲詩上，陶令巾唯漉酒眠。歸去西園明月夜，眼光何處望青蓮。

臘月，客南昌，禹卿宗侯招同鄧泰素刺史、彭次嘉太學集詠雪館坐雪，各賦七言律，分得宜字

同雲勝友兩相宜，歲晏圍爐共一巵。脱羽亂添孤鶴韵，蘚葩香壓老梅癡。乍疑沫剪天潢水，尤喜花裁玉葉枝。怪得閩人難見此，酒酣狂掃八行詩。

留别薛爾嘉司李

弄珠樓畔有龍吟，帝命西江用作霖。羊角風程摶九萬，熊轓雲擁影千尋。法星高映春臺曉，棠樹斜鋪廣陌陰。獨媿陶潛成隱癖，笑拚身老碧溪潯。

林懋禮秋谷霞光韵，走筆和謝

世路艱危早賦歸，對君如逐卿雲飛。春盤五日輕分袂，秋谷千巖老佛衣。霞醉林塘甘寂寞，鳥

喧松磴坐熹微。隴頭忽寄梅花韵，潑眼濃光射夕暉。

重過蘆花館爲懋化題

亂竹蕭森半榻閒，蘆花休問有無栽。但留野意溪烟住，勾引多情嶂月來。水咽危橋防峻坂，鳥呼荒圃繡深苔。頻參大士茶鎗熟，消盡春遊一甕醅。

遊靈谿寺

枯藤隨意踏春青，喚客鶯聲不肯停。曉逕乍驚過虎迹，晴天祇合恣鴻冥。行邊岩草皆生韵，別後溪光覺倍靈。只尺老松秋谷裹，隔林疏磬側風聽。

謝劉漢中明府惠書併志别

歸來學得把春鋤，珍重劉公一紙書。北闕彈冠勞勸相，西山曳履自居諸。銜恩雨戀輪前鹿，勵節時懸壁上魚。眼看鳩飛難借寇，隔江榴火正愁予。

浴佛後四日，閬菴新成，偕社諸子集爲石懶上人賦，限七言律得二首

其一

可是天開選佛塲，忽焉巖谷有輝光。精廬乍納千峰色，浴水還留四日香。梅雨山中尋鶴伴，閬風臺畔放凫翔。倦遊與爾同栖息，促塵敲玄月滿床。

其二

買山一半與僧分，瀨響松風聒耳聞。乞盡瞿曇新沐水，書成支遁卜居文。孤庵靠石雲初歛，古鼎燒嵐鳥共薰。肯使塵埋閑屐齒，幾灣秋爽盡輸君。

浴佛日社集，送博山禪師歸，共限東韵七言律

名山到處拜宗風，喝水巖頭看日紅。會滿龍華生佛笑，座傾麈尾聖僧通。隨緣竹杖方銷夏，摩頂松枝忽指東。自是空門無去住，不須踪迹雪泥鴻。

病中書懷

痼疾烟霞屢自矜，病魔何意苦相仍。微官豈是傷心熱，短檻聊將瘦骨憑。半榻支離親藥鼎，五更憔悴厭篝燈。獨餘一副詩腸在，灑灑如泉湧不勝。

寄懷何無咎

微官落落嘆勞薪，一網收殘漢黨人。魚服渡江無限泪，鷃冠歸隱未亡身。陶潛柳逕秋堪老，何遜梅花賦轉新。汲古堂中孤嶼月，共誰呼酒醉仙椿。

送翁壽如應雍履和將軍雁宕之招，時余將北行

送子東遊我北征，撩人客思妬崢嶸。雲皴雁宕詩中畫，月瀉龍湫枕上聲。白社蓮宰知己賞，碧油幢共故人情。天涯欲寄西風眼，里鼓遥聽不住程。

赴闕補選至三山，諸社友合餞寥陽殿賦詩，得一先韵留别

看君楚楚即群仙，復向仙臺敞别筵。拂袖久拚深谷隱，彈冠應笑死灰然。松風午憾收殘暑，楓露朝盈叩遠天。爲問王喬飛舄後，寥陽凄冷幾千年。

初秋至順昌，假寓分司，獨酌紫薇花下，感賦

幽人何意問官衙，客裏停車日未斜。自笑重來成捲土，莫論往事中含沙。溪招新月秋將好，色有淳風晝不譁。最喜家家沽美酒，數杯傾對紫薇花。

富屯寓張上舍文甫水樓，賦贈

當年挾策帝京遊，十載閑情寄水樓。人是八龍家學重，文甫有八昆仲。名從一鶚國旌求。烟含浦樹堪留客，月濯溪沙更可秋。隔岸爲君圖畫意，剩栽楊柳貌風流。

寄懷張文弱廣文

才名俠骨總無雙，老我離心爲爾降。臂一交時秋别袂，腸千結處夜添缸。氈寒拚縱花邊醉，路澁孤敲馬上腔。盤谷水聲應不厭，頻遊如共話西窗。

兄徵伯[一]常夢葉相國贈扇，中有看看汝貌似田郎之句，其事甚奇，余以田真實之，續成一律

看看你貌似田郎，玉樹臨風耿夜光。夢裏封題丞相句，囊中却老少君方。青山杖屨隨雲住，白社詩篇逐歲忙。趁取紫荆花下月，秋清相伴對飛觴。

王臺館，黄文學惟甫訪其兄郡丞昭武，一路聯舟作詩投予，依韵走答

壯遊知不嘆間關，側耳仙人聽佩環。横槊江帆雄作賦，吹塤郡邸笑開顔。天高我自呼閶去，秋盡君應梱載還。回首越王臺畔閣，何年重過紀青山。

[一] 徵伯：底本作『伯徵』，誤。

過河間府，柬余起潛司馬

二十年來彩幰開，龐眉父老拜重來。鶴呼城郭人如舊，馬踏關河首重回。有客秋過桑梓誼，多君雲古豫章材。清時莫漫論雌伏，只尺星辰上嘯臺。

戊辰元日立春，是爲今上元年，社集徐二宅，分賦

綺日歡呼率海濱，當筵不厭酒千巡。龍飛恰值辰爲歲，鳳曆奇頒朔是春。多難重逢蓮社友，太平歸老竹林人。徐卿有子兼孫慧，剪勝裁詩事事新。

三山除夕，集陳長源宅看春，分得十一尤

江湖萬里夢初休，藉爾芳樽破旅愁。一歲風波隨臘盡，六街羅綺逐春遊。浮名老我成蕉鹿，好景同人看土牛。待取辛盤明日醉，不須投轄夜深留。

秋晚，寄懷石懶上人

秋老山中寒掩扉，草菴逕仄行人稀。孤烟二六木魚吼，斜照一雙林鳥飛。紫邏只愁月欲墜，碧桃無恙春當肥。拈詩啜茗能憶我，鄉夢勞勞何日歸。

寄社中諸弟

山齋日日聚氤氳，半雜清詠半論文。洗墨恐渾溪上月，篝燈應倩嶺頭雲。烏紗苦戀贈余俗，彩筆遥緘賴爾聞。轉憶習池驪唱夜，秋高天畔悵離群。

過東阿舊縣

凄凄殘壘古東阿，瘦馬盤跚黯渡河。齊政封烹追霸蹟，漢廷黨錮嘆風波。覆盆能照孤臣恨，擊壤聊賡野父歌。極目五雲天不遠，驅車莫漫嘆蹉跎。

柬米仲詔先生

乘騶半爲看山遊，每到奇峰嘯不休。萬里匡廬澆墨瀋，一時元祐錮清流。樽開北海賓從滿，石點南宫洞壑幽。只尺玉墀雲氣曉，肯容高卧老丹丘。

京中送蘇穉英歸沙陽

馬蹄頻踏帝京塵，季子歸貂不道貧。過眼浮名蟬翅薄，到頭佳境鳳毛新。酒隨客路斟寒雪，梅喜人歸報早春。旅邸送君愁撥動，可堪留滯遠遊身。

贈廖而上年兄司馬四明

客舍霜花擁破愁，除書新喜慰雙眸。一時兄弟推先達，兩浙山川記舊遊。春老括蒼棠樹芨，月明鑑曲木蘭舟。知君滿路迎生佛，何必朝真大海頭。

柬林玄之國博

曾於古寺共聽鐘，賦得梅花第一峰。箑上淋漓珍什襲，年來顯晦隔子重。神鯤欲徙初辭水，振鷺于飛本自癰。莫以積薪妨酒趣，歲寒請看後凋松。

述懷，示王台麓別駕

幽情唯許旅人知，呼酒圍爐欲雪時。醉簡奇書閑作伴，愁尋好友共敲詩。乾坤扮戲逢場是，丘壑移文與夢宜。何事關心凉月落，兩三聲過曙鴉悲。

題林比部祖母旌節卷

鸞孤照水影沉沉，玉潔閨貞説到今。九鼎一絲懸兩代，青霜翠柏學丹心。陳情烏孝孫謀重，表宅龍章主澤深。况復平反推比部，緫傳慈調入詞林。

上蔣八公年兄太史二首

其一

鑾坡只尺侍龍顔，供奉名高霄漢間。日上花磚推枕起，天清木閣較書閑。金甌轉眼看三錫，丹鼎移時熟九還。羞殺風塵同籍者，願隨鷄犬入仙山。

其二

朝罷銜盃醉乍醒，玉堂香氣透疏櫺。毫端神化龍爲種，腹笥淹通鶴有經。小判傳呼鈴索院，高秋對影古槐廳。知君草制更深後，定見藜光丙夜青。

秣陵别唐君俞十餘年矣，重遇都門，以詩畫箑見投，感而賦謝

十年烟水斷飛鴻，握手驚疑是夢中。作客難禁知己泪，對君真見古人風。秦淮冷落鷄壇散，燕市悲歌驥櫪同。一箑樹雲深寫意，耐寒應不笑江楓。

同諸詞客集飲米友石先生齋頭，共賦來字

拜石齋頭綺讌開，深更歌板恣徘徊。堂薰香霧霜威減，簾捲中天月色來。忘分座容蒙吏達，徵詩人擅建安才。不知暖閣梅花發，何客追歡倚嘯臺。

題卷，爲葉機仲下第賦

半生牢落剩雄心，弧矢生涯翰墨林。自識虎頭投寸管，誰能駿骨市千金。引杯醉裹頻看劍，買賦狂來欲破琴。笑爾敝貂風雪冷，對人白眼只孤吟。

和蔡達卿平陰署中得男詩

相逢莫惜杖頭錢，好事酣歌劇可憐。仙令政成飛舄日，細君家報弄璋年。生花爲筆開詩底，明月如珠着膝前。可是多男民祝驗，共傳東魯即堯天。

和達卿誥封尊人詩

袍笏三山閥閱新，佳兒徼寵世稱臣。丹砂駐就雙瞳碧，烏帽籠將兩鬢銀。舊業青箱誰鬪富，滿籬黄菊莫辭貧。覃恩我亦沾綸典，祝壽難同獻斚頻。

臘月十八日，集梅花社待月，余以寓遠先歸，賦得灰字

當塲豪爽未全灰，歲晏追歡共看梅。月姊遲來生魄後，花神招得醉魂回。枝如愛客盤旋侍，蕋爲催詩火速開。笑帶暗香歸馬疾，一輪寒影獨徘徊。

喜蔡宣遠以粵東藩司賫捧至，賦贈

携手霜高朔地寒，襟期瀟散似君難。帳中秘草中郎出，爨下焦桐單父彈。粵嶺薇花遥對紫，鑾坡楓影近披丹。古來崔蔡原同調，莫厭敲詩到夜闌。

長安偶遇王季重先生，賦贈

塵胎脱盡類名僧，君衍蘭亭幾葉燈。大口飽呑秦望海，奇書鑿破禹山陵。顛危虎穴嗟多難，斗絶龍門許一登。想到避園難避也，燕臺風緊伴呼鷹。

臘月廿五日，觀廟市，因赴葛震甫招集水塘菴，席中即事

風急雲愁欲暮天，家家打鼓送殘年。人喧廟市忙堪笑，客到禪房静可憐。酒政三章嚴俗話，詩盟萬里惜清緣。感君病裏猶投轄，剪燭飛觴不忍眠。

戊辰除夕，招蔡宣遠、龔玉屏、陳中明小酌館中

燈花如綺向人檠，高館圍爐酒數行。泰運龍飛週一歲，深宵蛩語過三更。桃符笑换明朝色，梓里親同此夕情。相對不須論守夜，枕邊客夢本難成。

己巳元旦，朝罷集飲馬達生給諫宅，看梅花賦

去年元日可憐春，今喜班聯草莽臣。綿蕞朝瞻雲五色，椒盤夜醉酒子廵。座同桑梓愁心破，人比梅花勁骨新。共慶彈冠逢聖主，袖中封事許頻頻。

爲弢文鄭子壽母

長溪水漾柏舟閒，堂北靈萱老駐顔。青鳥曉傳王母信，白雲春起太行山。天爲苦節添籌屋，膝有森枝簇舞斕。萬里稱觴遊子意，願風吹送綺筵間。

正月春前八日，同葉機仲觀西海，榜人以絙繫木板牽行冰上，遍觀虎城諸處，心甚樂之，賦得四首

其一

少年曾頌帝京篇，一睹皇居意豁然。雲入苑西鋪作海，春環斗北闕爲天。樓臺合沓金閶勝，虎豹馴娱鐵甕堅。三尺小舠容泛泛，誇人歸自女牛邊。

其二

人間何意到天河，玉蝀橋邊問路過。仙闕半空槎是渡，周家全盛海無波。沿堤眠柳將舒眼，拜

爵髯松不改柯。感慨賜環逢解凍，春澌流澤樂如何。

其三

九天樓閣鬱青霄，木筏層冰首重翹。蜃氣微茫疑海市，蓬萊清淺有仙橋。西連豐鎬同文圃，北委腥羶陋宋朝。忽向呼嵩山下過，雲間髣髴聽簫韶。

其四

橋南橋北碧漣漪，豈數凝香太液池。臺沼固宜賢者樂，山川偏麗聖明時。宸遊玉輦勤無暇，將作金錢省不貲。身際昇平何以頌，聊書寓目畫中詩。

壽顔同老給諫，三月初四誕日，時皇太子正彌月也

疏草匡時獨擅名，高崗彩鳳碧梧聲。承家澹泊傳簞食，報國艱難計水衡。瑞紀三春修上巳，樽開五夜祝長庚。歡騰少海星初耀，尚父丹書早已成。

壽吕參軍七十

黑髮抽簪卧剡溪，高風直與古人齊。非熊遲爾十年夢，凡鳥寧誰一字題。怡老庭階朝玉樹，迎歡子舍夜青藜。東皇親註長生籙，肯放扶桑白日低。

閏夏芒種，米仲詔招集勺海堂，同鄧泰素、謝于宣、王元直、馮足甫、周承明、王秩甫、王心之共賦，得居字，限七言律

四圍青靄水爲居，玉埒金鋪恐不如。客許賞花池面酒，鳥催布穀曆頭書。蜃樓海幻疑成市，畫舫橋通別有渠。自比黄楊蓬阨後，願將枯朽待吹嘘。

新安何海若廿年交好矣，余以遭逆璫之難，天幸生還，相見悲喜，每過必觴余金盤露，盡醉而返，因爲漫題其卷以贈之

君滯長安我賜環，各驚牢落鬢毛班。倩將傅粉風流手，貌得堆藍曉黛山。天壤只容雙白眼，人間那得再紅顏。貪看萬幅淋漓畫，不盡金盤露不還。

過淮安訪杜九如，擬携雙鶴歸，詩以索之

荷滿淮陰湖嘴西，艤舟猶記岸痕齊。年來別爾經寒暑，難後爲官任笑啼。招隱似宜叢桂邑，題詩羞向浣花谿。喜看雙鶴毰毸甚，相對長鳴白日低。

值九如不遇，亦無鶴，悵然賦此，用前韵

臨風惆悵古淮西，寂寂連天密柳齊。有夢應難尋鶴侶，無情空憶到鷄啼。風傳短笛閑緱嶺，興盡扁舟過剡溪。我自雙鳧能濟勝，任拋清唳海雲低。

瓜洲期登金山，值雨不果

南風如箭送將歸，瓜步灘頭望翠微。十載仙山天外夢，一江烟水雨中違。靈鼉伐鼓迎官舫，石燕巢雲滯客衣。海曲蓬瀛還可遇，呼童先掃釣魚磯。

過無錫，柬陳石夫明府

共説風流令是仙，家聲况自太丘傳。名高華蓋三千仞，清賽梁溪第二泉。浪迹憐余披霧近，盤根念爾戴星賢。勉旃率土徵催急，青瑣誰人敢着鞭。

過樵川，與阮堅之刺史

雲天高誼亘難忘，博雅風流總大方。鳥篆竹書窺石室，鹿銜花影上黄堂。閩山社冷瑶華席，樵水波瀠碧海鄉。應念孤吟行役者，秋烟和夢問瀟湘。

和張文弱廣文韵寄別

穩狎輕鷗碧水湄，出山翻使野翁疑。王程不放深秋晚，宦况唯應澹月知。石溹南飛鸞海夢，衡陽西望雁峰移。未行先作蓴鱸想，爲爾遐思寄楚蘺。

再過壽昌，逢間然上人和余詩甚捷，喜而贈以律

溪雲扶杖夕陽開，又是劉郎一度來。握手喜聞三昧偈，賡詩殊訝八乂才。溥溥甘露圍蒼柏，冉冉深秋老碧苔。總道西江多選佛，玉毫光起古蓮臺。

將至桂東道中

捧得新綸去旆摇，飛凫原是舊王喬。董宣也笑空强項，陶令還嗤再折腰。斗邑萬山藏拙地，孤臣雙泪報恩朝。爲憐中野鴻聲急，豈憚前途鳥道遥。

過八面山

浪説人歌蜀道難，竭來身竄暗雲端。去天絶頂寧多路，拔地空崖不記盤。似有鬼啼秋慘澹，杳無鳥度曉高寒。始知叱馭真豪爽，十日招魂夢未安。

祁陽途中重九

風塵驅馬意蕭然，賒得秋山處處烟。倦客可堪衰草候，誰人不醉菊花前。峰迴雁影難傳帛，路過烏符怕問仙。且辨村沽酬好節，溪橋斜月竹扉眠。

贈甯永興北直人

楚楚鬚眉偉丈夫，九苞下覽宰名都。空來冀北天閑馬，化去湖南日畔凫。封事頻年書卓異，餘波鄰國待沾濡。生逢盛世真堯舜，白石豪吟興不孤。

女孫繡天十五能作佛相，爲描大士一幅遺余，携供楚署中，賦詩一律

少小能於筆硯親，休將道藴等閨人。黄庭細撿長生帖，翠竹恭摹不壞身。鸚鵡曉喧天是繡，旃檀夜爇月如銀。阿翁爲供軍持水，官舍纓幢一倍新。

中秋夜至中堡

危途擁炬送宵行，愁殺車輪石齒聲。蒼莽祇疑通鬼國，簡書殊畏緩王程。秋孤好景明蟾度，曉厭空林亞烏鳴。聞説官衙寒對水，漚川惟酌一盂清。

爲先人請得贈典，歸家焚黄拜墓

賜環身際聖明君，乞得龍章灑泪焚。客歲粗營幽宅地，郎星偏照夜臺墳。人喧簫鼓千林曉，天設雲霞五色紋。塜上麒麟如作語，此迴佳氣滿氤氲。

贈袁穉圭二子皆明經

渥洼自昔産名駒，倚馬相傳世業殊。眼底衡山胷五岳，楚中才子蜀三蘇。家鄰橘井饒仙訣，詩咏梧崗引鳳雛。海内幾逢同調者，莫辭沉醉夜呼盧。

署中初見霜，懷徵伯老兄

女墻三尺抱斜陽，天老秋深夜有霜。百丈橋邊青石隕，萬王城畔緑筠荒。寒塘久斷西堂夢，春社誰同北里觴。記得麒麟溪上别，一回悵望一霑裳。

米仲詔先生新開漫園，與同社賞菊醉月，作詩寄余，因效其體和之

漫郎擬古爲園適，佳客留歡與菊知。暖到小春花着色，嬌生中夜月當姿。腕神偏以臨池瘁，心賞頻因拜石移。一簟悠然勞悵望，五雲隊裏想參差。

仲冬朔日，爲黄廣文素翁誕辰，適以雨中詩見投，走筆用韵爲壽

不妨身寄水雲邊，桂影聯椿祝大年。鳳朔周家當歲首，鱣堂楚國正弧懸。風流終作金門客，雨過頻參玉板禪。是日遺余冬笋。一曲新詩敲枕畔，鷄聲清切五更天。

雪後得晴，有賦

夕擬藍關嗑馬蹄，朝扶紅日唤鷄栖。梅如沖雪開眉笑，鳥亦欣晴任口啼。掃盡陰霾添酒力，剪將寒意入詩題。可知世路昇平後，見晛天青萬壑齊。

長至，憩興寧祝聖節

瓊樓高處曉寒開，萬里孤臣夢乍回。綿蕞粗陳三祝罷，琯葭輕撥一陽來。飄零瘦骨餘詩篋，潦倒肥冬但酒杯。吟苦程程牛馬走，笑人溪畔數株梅。

和易坦坦山人

大楚才名久擅奇，翛然方外米顛姿。人稱絶代詩壇聖，字逼中興古頌碑。白眼乾坤容骯髒，青蓮文酒恣淋漓。袖間懷有零陵石，不肯狂飛九尺墀。

和黄素翁半泥庵詩

浮生到處雪鴻泥，雪裏鴻逵路不迷。羡爾詩成吟謝柳，令人口爽嚼哀梨。沖烟過雁旋峰歇，凍樹寒鴉近水栖。一副青氈何足問，修途乍可試霜蹄。

嘉平月朔，爲陳景玄奉常誕辰兼得三男，賀詩一律有序

桃筵初度，桂蕚添香。八千歲春秋，總叶朔臘新陽之會；五百年名世，預詹南橋北梓之傳。小吏緣深，喜厠木天珠履；太丘道廣，宏開東閣門墻。竊效蛙吟，用紓燕賀。和既難於郢調，爰求大匠之斤；籍倘隸於太常，聊備伶工之響云爾。

擎天南岳楚雲高，申甫鍾靈戴巨鰲。駒自渥洼龍是種，雛生丹穴鳳爲毛。清霜不老臺前柏，繡臘長蟠海上桃。千古潁川星聚處，酒酣歌度鬱輪袍。

爲吴萬爲别駕誕辰壽臘月初八日也，是月將立春

其一

朱轓寶馬五驂驔，霜度郴江鏡月涵。官閣梅花開臘八，賓筵桃實獻偷三。扶桑懸矢東方曙，衡岳分符北斗南。不獨治年稱第一，仙齡遮莫並蘇耽。

其二

專城千騎漢循良，家住滄溟海屋傍。青鳥遠銜三島信，畫熊剛守九仙鄉。東風臘裏春相勸，南極天邊夜未央。安得丹砂勾漏熟，濫吹璬管祝霞觴。

臘月廿四日立春，正值聖誕，舞蹈之情見乎辭

麟經開卷重春王，天上人間慶未央。百室土牛喧紀歲，五雲丹鳳祝當陽。梅勻烟水晴光好，綵剪寒花臘意長。小縣也隨春色鬧，何妨雙舄滯風霜。

元日

曉看晴霞紫翠浮，卑栖衙舍轉清幽。家筵夢裏抛㛹尾，老蒂花猶學並頭。萬里班行瞻鹵簿，一年春事祝甌窶。閑來何物關心者，狼籍詩篇晝不收。

桂東俗，元宵競以龍燈爲樂，有賦

滿城燈火瑞烟濃，簫鼓喧闐擁燭龍。睡醒驪珠疑電熌，蜿蜒麟甲有雲從。無勞禹步吹伸縮，豈復南陽卧懶慵。祇恐月明飛去也，星橋隊裏影重重。

和徵伯兄寄懷韵

別來泉石罷探奇，曼浪那堪世羽儀。山邑祇宜筋骨傲，家鄉唯許夢魂隨。獨憐擊筑鷗江畔，誰和吹塤鶴嶺嵋。春草池塘今正好，總憑詩句寫相思。

聞南路復開志喜，用兄徵伯韵

遥聞佳氣亘天南，刊木通衢播美談。車馬復由周道砥，山川應解宋朝慚。烟開方笏林光動，月湧輕舟海色含。共説飛凫來往處，横空雲路酒杯酣。

寄黄新會明府

一從帝里滯雲泥，五載星霜逐馬蹄。媿我賜環仍墨綬，看君鳴佩到金閨。寒梅庾嶺春難寄，烟樹衡陽雁屢迷。請向摩霄封頂望，年來佳氣滿長溪。

遊永興鷄峰岩

絶肖江南燕子磯，一堆紺色浸溪微。臺臨流水琴生韵，身近高冥舄欲飛。隔岸九仙雲洞緲，住山孤衲石龕依。祝鷄地主風騷甚，點綴遊人澹不歸。

三月晦日

爲問春歸何所之，東風欲去行遲遲。不睡但憂曉鐘到，多情唯聞山鳥悲。落紅餞水那能住，亂緑牽愁無限時。古人秉燭良有以，大醉且翻春盡詩。

郴州有同姓諸生來謁，乃故少司空君瞻公之後也，作詩以贈之

吾宗著姓自唐年，黄鶴高名壓楚天。詩派博陵懒遠祖，家聲郴水有先賢。雲邊緑野司空宅，身後青箱太史编。着意庭階紛玉樹，秋風看爾挾飛仙。

寄何太瀛方伯山東人

翠柏青霜握玉觚，紫微新月對冰壺。天文早應魁三象，國事難窮魯一儒。聚米燕山虚武庫，飛芻藩鎮富雄圖。安危到處隨知己，肯放孤臣愛髮膚。

和蔡朝居徵君詩却寄

雲樹停停日未西，思君住杖浣花谿。逢人老伴山中局，懷友詩成紙背題。屐亂郊烟秋草合，簾掀海月晚峰齊。狂來便欲抽簪去，傍爾清言笑突梯。

送宋廣文之蜀

楚客悲秋去路遥，一鞭斜照冷蕭蕭。馬沖八面危峰度，鵲報三鱣喜事饒。巫峽天高消雪水，錦城花麗妬風標。多情到日知相憶，怯過陽安折柳橋。

漚川初度，和黄素翁韵

羡君落筆掃雲烟，朝日團團中聖賢。俠氣傾同雙劍合，雌辰老愧一弧懸。空拖墨綬糜升斗，誰度青牛著五千。歌罷豳風三日滿，小山招隱桂香傳。

和周榮我韵

卿雲天外漫輕颺，忽擲新詩卜考祥。犬馬齒增秋色老，斗牛光借劍精芒。未聞青鳥傳朝信，慚學飛鳧下夕陽。爲飲醇醪心自醉，竹窗高卧到羲皇。

過興寧，陳尉國常携酒榼，署中對月分賦，得奇字

相憐宦迹楚江奇，客舍秋光共一巵。我自陶潛甘吏隱，君如梅福抱仙姿。貪斟琥珀澆風雅，笑逼蟾蜍凑月規。待得桂輪圓滿後，高峰遥隔獨敲詩。

陳尉雅擅武藝，是夜酒酣，爲余舞數具，顧盼自雄，宿將不及也，有才如此，而令之屈下僚，余甚壯而悲之，時方入覲，因作詩以贈，又得風字

寶刀如雪泣秋風，起舞當筵氣射虹。韵客不徒工繡虎，明王終是夢飛熊。朝天萬里浮湘遠，捧日孤臣伏闕同。此夜悲歌看送爾，月明腰畔劍花雄。

爲徐錫餘明府題太夫人節孝卷

叩閽一疏大文章，乞得新恩棹楔揚。表宅應同天共老，報劉今喜日彌長。臣傳祖母廉茹檗，邑頌神君愛護棠。早晚聖朝諮卓異，碧梧威鳳看飛翔。

九日，招黄素翁登鳳凰山小飲，得勝寨，因作詩送北上

官閑載筆陟崔嵬，萬里天風拂面來。紀節事傳鴻雁候，凌雲人到鳳凰臺。且將泛菊東籬酒，預擬看花上苑杯。况喜峰高名得勝，勞君露布馬頭栽。

又用前韵

連朝烟雨妬層嵬，天許晴曛載酒來。何代干戈傳勝寨，一時簫鼓鬧歌臺。閒携謝朓驚人句，漫唱陽關送客杯。醉任松風吹落帽，曲江冠冕有新裁。

讀萬爲别駕郴江詠，和韵五首却寄

其一

雙幡如火照寒潭，官韵林光共月涵。作賦才推曹步七，除苛政擬漢章三。蘇仙汲井澆丹鼎，謝守看山綴玉簪。滿數花籌添幾百，謳歌聲裏勸清酣。

其二

褰帷行遍楚湘潭，水滿郴江瀲灧涵。鶚薦剡中空鷙百，斗杓天畔應魁三。緱山欲和孤仙篴，著野寧忘少婦簪。總道千秋能臭味，醉人公瑾玉醪酣。

其三

熊軾霜花冷鏡潭，捲簾丹影碧霄涵。龍嘘劍氣沖星雨，鶴伴琴聲對月三。山水供君呼彩筆，頭顱笑我負華簪。相憐獨有詩筒在，折寄梅花佐酒酣。

其四

摩空鶴背度澄潭，萬壑笙聲古洞涵。刺史從來乘馬五，先生自此集鱣三。風行樹杪鶯傳檄，雪綻峰尖擬盍簪。爲問郴林誰手植，棠陰處處樂郊酣。

其五

伐木寒林怯石潭，揭來元氣曉渾涵。詩成沈詠樓傳八，政紀中牟異有三。小邑總歸君賜履，清時未忍獨抽簪。狂依險韵推敲罷，大叫蒼茫一醉酣。

彭次嘉過訪，用韵和答

何曾人世厭君平，千里間關賦遠征。舟到剡溪難盡興，盟深蓮社合多情。僧厨榾柮寒相伴，客枕潺湲雪共清。詩思爲君挑不住，磬聲未了韵先成。

次嘉以詩贈從兒，和韵

出門便許領潺湲，夢裏詩魂亦不閒。寒磬敲殘千嶺月，古囊吟破五更天。貧來驅馬愁應劇，老去聞鷄興未删。笑煞癡兒耽怪句，江頭凄冷落楓間。

次嘉過署中小集，與從兒譚詩竟日，用韵

溪喧古寺客衾寒，訪舊來紉楚澤蘭。背郭有山唯月澹，開門無地不風酸。但逢我輩歌長恨，常恐兒曹覺損歡。茶冷晚烟人散後，莫將孤鋏夜深彈。

又和韵

千古誰人似千期，評山品水較相宜。尋仙謾説丹砂熟，閱世難辭白髮悲。床下竹香供客夢，杖邊梅韵與僧知。悠然新霽溪頭雨，野碓春雲散步時。

題次嘉明詩輯韵

可是詞林第一流，珊瑚片片袖中收。千秋伯仲徐高士，四韵摩挲沈隱侯。太乙夜分持火至，少微天畔倚雲浮。從來盛世多麟鳳，肯與三唐讓校讐。

和次嘉僧房飲酒之作

莫論酒美與肴嘉，座有雲烟筆有花。澹節不煩安邑餉，蠻鄉誰煮岕山茶。夜渾殘籟驚寒豹，風急歸心准暮鴉。尚憶滕王江畔月，何年重與弄清霞。

送次嘉返洪都，用其留别韵

溪雲伴客對斜曛，興致飄然絶不群。梵榻清飛天外夢，曉鐘閒簡雪中文。馬嘶澁路南州近，鶴叫空山北道慇。莫嘆歸裝輕似水，較於題鳳勝三分。

寄廖而上司馬，兼懷黃元公司理，得烟字

霜花亂綻一溪烟，歲晏懷人苦月前。南海宿因親大士，北牕卧理傲神仙。燕臺雪共屠蘇酒，魚腹寒烹尺素箋。寄語西江黃叔度，壽昌應結此生緣。

除歲前二日，咏雪同從兒，用坡公韵

其一

漫天飛屑舞簾纖，鵝鴨池邊夜戒嚴。眩眼墻拖銀鎖鍊，饕腸盤茹水晶鹽。魂依玉樹明空砌，夢與梅花覆短簷。呼起老坡重理韵，淋漓題遍萬峰尖。

其二

寂寂闌干下凍鴉，仙人姑射御冰車。庭翻謝女堦前絮，筆綻江郎夢裏花。穿塚老狐應墐户，盤山歸鳥盡迷家。雛兒預辨屠蘇酒，薄醉詩成手八乂。

辛未元日，祝聖退衙賦，時五日立春也

暫餘簿領未閒身，抱郭溪光到媚人。土鼓寒撾詩思亂，老梅香引酒魂新。瞻天隨例三呼祝，聽甬攻愁薦五辛。報道江南消息近，山城又度一迴春。

人日，度八面山

起看新晴纈曉紋，山山如沐路痕分。暫將踏影過人日，豈必耽奇似子雲。霜破樹尖斜墜日，泉鳴岩縫細流薰。平生冒嶮皆佳話，恨不淋漓掃練裙。

遍熊羆嶺，和馬霖汝方伯韵

滿路晴霞照客未，櫻桃花發感春初。熊羆到老難投夢，蟫蠹成仙只嗜書。絶嶺天風雙舄健，浮空湘水一杯虚。千秋國士慚知己，讀罷鐫題慰起予。

漫言效長慶體

空林夜半叫於菟，魂夢顛危囈語呼。蒙難多因詩作祟，趨蹌未免膝爲奴。河流滲没投金瀨，春色長留賣酒壚。且問青山與碧水，可曾分得俗人無。

花朝，小集南城樓

鳥語詩魂逐逝波，春光九十半蹉跎。山妝綺會酬蝴蝶，溪帶歡聲佐叵羅。青畝省耕田畯喜，玉街撾鼓女姨歌。城頭草色年年好，得似風流載酒過。

上巳，集飲文昌閣

宦情吾已付青山，小閣移觴白晝閒。花徑曉鋪三月錦，雲林晴罥半通綸。蘭亭想像遺巾舄，帝座依微聽佩環。醉裏歸騶天欲暮，銅鞮聲徹板橋灣。

五日，衡陽得遷報

江頭擊鼓亂紫烟，隔岸榴花紅可憐。倦馬馱人愁日暮，遷鶯傳語來雲邊。萬里乍辭南岳夢，一官聊結西湖緣。且泛菖蒲醉佳節，眼底競渡誰争先。

桂陽邑西有白石崖空洞，容百人，州回，乘興觀之，寺僧云洞爲先達砌閉，遂空返，悵焉

貪看此地有丹梯，芳草連天仄逕迷。欲覓崖房千歲液，誰封洞口一丸泥。騶呵僧夢黑甜午，馬繫空林白石西。也是半椿官韵事，斜陽山鳥數聲啼。

季夏，飲西禪寺即事時兼攝桂陽兩月將歸

半是爲官半酒狂，不辭襏襫禮空王。湖南老罷栽花事，河朔閑追避暑觴。風絮松陰流梵唄，日

斜竹影上俳塲。闌珊醉魄池光白，消盡人間兩日忙。

七夕，遊七祖岩

一官泛泛天之涯，石角忽罥頭上紗。古傳七祖埋窣堵，誰令五丁開峆岈。飛淙欲化赤日冷，秘洞不許紅塵遮。便當脱衣此中卧，明河仰看雙星斜。

留别吴萬爲别駕

其一

峋嶁山前旆影高，莫非王事獨賢勞。許國更誰擎柱礎，醉人真似飲醇醪。别因恩重愁難譜，詩爲官閑興轉豪。料得西湖寒月夜，思君不忍讀離騷。

其二

鹽官水國是君家，我作鹽官傍水涯。藿食安能謀煮海，臛胎惟有學飡霞。盟心斗北龍文合，回首峰南雁帛斜。世路難行應猛省，功成早泛漢江槎。

留别蔣自澹吏部

前身疑是古濂溪，多少門墻待品題。羊仲暫容三逕入，烏飛聊借一枝栖。朝思安石東山重，士仰昌黎北斗齊。想到六橋吟眺處，停雲長繞楚江西。

再宿問仙洞

去年八月此銜盃，今度劉郎又一迴。宦迹羞看牛馬走，秋風愁説雁鴻來。次日社。溪聲咽石終長往，洞鑰粘雲亦懶開。寂寂仙魂何必問，行藏應自夢中裁。

留別甯永興併別駕河州

摩空雙翮附鶱飛，南北之官萬里違。煑水海濱唯斥鹵，窮河槎杪望依微。清風久庇蘇天重，畏景欣寬趙日威。郴守姓趙，甚嚴刻。把酒臨岐須努力，秋高莫羡鱠魚肥。

和史觀察桃花洞詩二首

其一

人間别有武陵源，津口桃花許並論。黝壑直愁窮地肺，懸崖何異透天根。自從仙史留雙韵，頓令衡山失獨尊。東去扶桑萬餘里，何來弧矢掛朝暾。是日賤辰。

其二

劃然長嘯有心哉，爲愛湘流濯足來。洞古何年施鬼鑿，花深此處擁仙臺。一拳危石通靈地，千仞雄風作賦才。小吏漫追高屐後，肯教短髮負秋杯。

過郵佛庵，贈若隱上人，偶用王馬石大令韵，時候風吴城也

灌木陰陰擁化城，尋僧岸幘踏莎行。山雲閒若招高隱，水月真如漾太清。鐘磬半回匡阜夢，干戈幾度谷陵更。人生與佛同郵寄，不管江風打浪聲。

七言排律

葛震甫以詩別余，用韵再送之滇南

百年身世泛虚舟，一片牢騷散酒樓。老我流光淹客舍，泥人春色到皇州。梅知凑趣供何遜，竹亦開門待子猷。五字偶題持扇嫗，千杯自霸醉鄉侯。炎方驅馬應關恨，冷局聞鶯也解憂。勾漏覓丹仙是裔，葛坡携杖仕而優。花明薇省翻緗帙，月掉滇池着紫裘。別後但憑雙雁足，萬山雲樹慰離愁。

閏四月芒種，集勺園，同鄧太素、謝于宣刺史，王元直、馮足甫太學，周承明、王心之山人，拈居字，仲詔先生賦七言排律廿韵，用韵和之

風流却笑太侵漁，杖倚西山海作居。萬頃烟波歸一勺，八牕圖史富三餘。淹通腹笥供人叩，瀟灑眉峰對客舒。梅雨乍收勞拆柬，麥秋重見看扶鋤。樽呼勝侶清如許，燈綴名園語不虚。先生製有米家燈。岸柳千章藏小塢，山紋四面匝荒渠。當門怪石争迎徑，貼水幺錢亂點蕖。幽忽有天遊錯落，人疑無路步趦趄。狂心似約嵐雲起，詩料全需海月儲。授簡阿誰才倚馬，憑欄聊且樂知魚。盤羅水陸杯無算，人聚蓬瀛玉不如。薄醉竹邊同晉代，豪吟松畔到華胥。遥聞宣室虚前席，預卜磻溪屬

後車。曳履暫容農稼日，賜環方拜聖恩初。名高北斗靈文重，緒纘南宫宿望紓。我拜下風成偃草，君稱先達愜連茹。憐才籠底收溲渤，忘分舟中薦酒蔬。遠壑來青雙鬢合，深杯浮白一時醺。共拚盛會交歡洽，未許衰齡興致疏。向晚過橋騎馬去，月明猶自戀花輿。

排律十八韵贈馬霖汝先生

大雅聲華不脛馳，峋嶁山下曉褰帷。白眉良著名家譜，絳帳經傳漢代師。旗鼓騷壇誰是長，鳳麟聖世若爲期。方瞳相士驪黄外，郎鑑衡文水碧時。維楚有才歸冶鑄，自天申命轉疇咨。泥封北闕絲綸重，節擁南湖鎖鑰奇。古柏凌霜呵凍筆，寒梅鬬臘課新詩。乘春攬轡參衡岳，卜夜燃燈讀禹碑。錦瑟空中聞帝女，銅鞮街上拍童兒。三千桃李成蹊滿，十萬貔貅挾纊嬉。勁骨不爲藩國屈，玄心惟許祝融知。威行蠻徼狂烟浄，被覆鵷班湛露滋。忘分獨憐寬禮數，填詞無計獻敲推。自慚强項蒙多棘，喜借栖身逗一枝。峻坂猿攀啼魍魎，空庭鳥語雜侏㒧。飛凫半折雲間翼，老驥長鳴櫪下悲。搔首蘇天揮涕泪，摳衣程雪步追隨。太湖蕩漾波心月，願乞餘光照酒巵。

正月十六日，爲永嚴史觀察華誕壽三十韵

春雲如綺麗瑶天，節入傳柑景倍妍。太乙下觀噓火宅，長庚偏爛落燈筵。月明奎宿初生魄，風揭簾鈎好遇仙。有美青牛真氣度，相將玄鹿異書傳。廣陵濤擁桃花暖，蓬島班參玉笋先。東壁文

章歸鉅伯，西崑詞賦控中權。家聲周史箕裘遠，選籍山公冰鑑懸。十載鷄香依帝座，一雙龍劍射星纏。題詩市貴長安紙，把筆神輪夢境椽。客到玄亭皆問字，官如玉局半譚禪。淋漓寫遇羊欣練，書畫堆成米芾船。騷雅當行蓮社長，風流邁古竹林賢。東山總爲時艱起，北闕遇膺主眷偏。半壁楚天咨鎖鑰，大邦薇省借旬宣。帆飛湘水旌旆燜，節鎮零陵保障堅。石鏡江涵雙眼碧，月岩山映寸心圓。甲兵老范胸中富，淮海維揚枕上旋。廿四橋横清吹夜，八千壽紀大椿年。銀花合沓前宵滿，珠履繽紛此日闐。百萬貔貅歌玉帳，兩三鸞鶴駕青田。籌添海屋神洲頂，曲度瀟湘帝女顴。九點疑峰嵩共祝，千官鳴佩邑充員。飄零傲骨存孤影，曼浪饞唇酌一川。斗畔喜瞻南極照，山陬差足北牕眠。趨蹌列縣甘人後，潦倒稱觴知己前。勾漏難成丹鼎敗，冰盤聊薦彩霞鮮。香階衣染旃檀馥，良夜歡隨火樹燃。正學親承周子脉，中興重頌魯公鐫。弧懸日表攙搶掃，幬覆天邊雨露延。到底此身依大厦，願言詩補白雲篇。

壽陳太常太夫人八十初度，排律十四韻

寶婺中宵爛不收，蓮花九品座光浮。長生真籙鍾南岳，世德家聲聚太丘。霞擁木天歌燕喜，月明蓬島報添籌。黄姑結伴年爲日，金母生身兊正秋。八十星臨懸帨宅，三千花醉廣寒樓。班衣繡斧燈前舞，檀板瑤池宴裏稠。大士傳經紅拂尾，小鬟分隊玉搔頭。蟾蜍老竊千齡藥，獅子歡拋五色毬。帝命太常張禮樂，天教佳樹綴箕裘。湘江作醸杯無算，花藥成丹樂未休。不信井梧驚墜葉，始

知萱草解忘憂。巡階鶴夢雲霄遠，捧軸親章日月悠。報國有心同壽母，承歡此日薄封侯。門前珠履塡應滿，漫擬雲謡助獻酬。

五言絶句

着棋峰以下華蓋山五景

君來爛柯山，携得積薪譜。罡風落一秤，勝着自千古。

捨身巖

學道本無生，丹成坐空靄。誰令血肉軀，投崖説尸解。

五雷壇

風際捋龍鬚，雲前軀鶴駕。玄載寂無聲，一怒安天下。

古松磵

何代種龍鱗，盤雲暮山紫。洞口閉深苔，長卧赤松子。

紫玄洞

石室生虚白，瑶壇署紫玄。可知真色相，不礙染雲烟。

茶洋公館咏，壁間韵咏竹

風香曉砌生，月碎夜枝弄。蘧廬對此君，夢入淇園種。

舟次望麻姑山

其一

古岸鏁長橋，啼鵶喧建武。一水隔蓬山，無由叩仙姥。

其二

溪烟濕蒲帆，神山不可遇。願借南罡風，吹我上天去。

其三

買得麻姑酒，愁心不成醉。欲將酹星壇，古香墜空翠。

其四

一宦江以西，衙傍仙家側。碧渚空招摇，檣頭看山色。

過宿遷湖二首

其一

風日閗寒光，莽蒼天一片。不見黃河流，唯聞白浪戰。

其二

滿眼愁萑苻，千艘呼邪許。長空無鳥飛，巨浸有龍怒。

夜行道中

屏息蓦驅車，空山踏明月。群動寂無言，但聽溪聲咽。

石鼓書院禹碑榻本最古，而模糊難辯，詢爲榻工塗飾，殊不足寶，吾輩存其意可耳

其一

墨繡幾千年，巋然靈光殿。寄語賞鑑家，當作追蠡見。

其二

鳥篆既難明，鴉塗出誰筆。解道岣嶁碑，不及泰山石。泰山有無字碑。

七言絶句

舟下寶唐，雜詠四首

其一

崩沙怒雨挾灘流，佐吏喧撐似葉舟。行過打魚村塢處，無人知是小諸侯。

其二

浪説栽花一縣官，倒持手板向人難。頹城敗屋蕭蕭景，那復傳籌夜角寒。

其三

厭聽溪腔鼓吹聲，破雲篩露夜深行。嘈嘈却讓朝仙客，細管輪金到五更。

其四

夾岸橋横水氣蒸，至今遺郡説巴陵。妖蛟水底南山虎，爲問周侯斬未曾。

葛陽仙人橋

何年驅石劃中分，頂上奇拖一片雲。可是虹橋移此處，令人遥憶武夷君。

青蓮庵偶成二首

其一

一池空水浸珠林，天畔飛霞掛樹深。我到鶴眠呼不醒，日長未許片塵侵。

其二

纔出郊坰即遠村，逕斜消盡馬蹄痕。籬邊好種玄都樹，留與河陽一樣論。

鯉魚石

縱壑松濤圉圉初，桃花春水記居諸。琴高一去無消息，烹腹誰能寄素書。

定風石

狂花塵世疾於風，艮背仙人不易逢。片石寒山差可語，危巔長護蕋珠宮。

獅子石

兀坐千年卧碧苔，舐丹身傍列仙臺。天花落處毛蟲伏，長吼一聲風雨來。

試劍石

丹成先授石函書，寶匣新型切玉初。鬼火不然山月白，劍光猶射斗牛墟。

淮上喜接新詔

淮水湯湯浪打渠，江南逐客覓空書。沿街傳寫昇平詔，聞道希夷笑墜驢。

歸過燕子磯

孤拳燕子着鋃鐺，日日江頭送遠航。認得昔來遊客否，相看眉眼較飛揚。

寄龍光寺湛師

寒風沙冷講經臺，爲問梅花幾樹開。昔日封題應抹殺，莫教剗破碧金苔。

同石懶上人晚坐松下

其一

近水烟雲分外濃，長廊荼䕷坐高舂。山僧噉飽翠微色，跣脚門前獨看松。

其二

松邊有石懶於人，似聽松風傲世塵。人比石頭還更懶，年年破衲送殘春。時三月晦日也。

盆中榴蒂杜鵑花三首

其一

三月千山鬧杜鵑，獨教榴蒂殿春妍。相憐恰值榴花候，熖火輕風一樣天。

其二

慇懃香水浸鮮葩，亂緑嬌分蒂上霞。若使女裙偷一覷，休教移妬石榴花。

其三

好事機先草木知，去年零落黯花枝。臨妝不用榴争艷，數顆腥紅獨醉時。

題畫竹贈郭竹谷

風流與可竹成胸，谷裏吹笙戲蟄龍。倩得此君標氣色，野雲深處助扶筇。

四月打魚謡八首

其一

金鱗布子趁潮喧，簇簇桅墻擁海門。共説魚冬今歲熟，不勞三老聽深痕。

其二

何如鉅鹿戰蚩尤，蟻聚蜂屯陣陣舟。乞得魚羹呼酒去，等閑人指凱歌遊。

其三

粗豪市子太鴟張，亂逐漁舟截浪狂。報道潮來争拍岸，就中忙殺擢船郎。

其四

人喧魚吼辯難真，簫鼓無端動地震。秋谷松濤長攪夢，衹今猶是夢中身。

其五

鮮黄射日羡江魚，十换枯金赤不如。信手網來君莫訝，從來富者穴金居。

其六

一葉孤舟撞海涯，乍疑處處有鄰家。始知泛宅玄真子，得趣烟波釣晚霞。

其七

海上安榴四月開，年年石首踐更來。他時老健重觀海，記取榴花第幾迴。

其八

新皇御極太平年，販海魚郎不計錢。不是鷗波留暫住，幾乎辜負看魚緣。

立秋二日

入山不易出山難，進退山將冷眼看。昨夜秋風梧葉響，杳無意下碧欄杆。

途中田溝荷花盛開

野塘無主水泱泱，鬪緑夭荷亂夕陽。馬上夢香魂欲醉，艷妝惱殺老蕭郎。

阜城觀魏璫殺處

毒霧漫天七載昏，阜城密柳罥妖魂。猶聞野店餘腥在，猛恨鞭尸白日奔。

程參軍民章出寧遠，用韵次四首送之

其一

雪花如掌撲氈衣，壯士行邊願不違。領取胡塵三避舍，碧油幢裏月明歸。

其二

書記翩翩筆陣功，漫勞廣武嘆英雄。今宵一尺牛頭醉，明日千山馬首東。

其三

莽莽寒沙別路難，獨隨驃騎出長安。袖中知有平遼策，照水霜稜鼓角寒。

其四

羃篥喧中大纛橫，君家刁斗寂無聲。但看三筌河邊月，偏向書生劍匣明。

題張二水相公畫

其一

黄閣揮毫自有神，一團墨氣染清真。品題拈得千秋手，多是雲林以上人。

其二

從來草聖屬君家，未必青山迸筆花。我亦山中曾作相，携歸秋谷弄烟霞。

題畫四幅

其一

峰頭杲杲曉曦紅，小艇看山東復東。幾樹桃花深緑裏，閒聽黄鳥唤春風。

其二

鐘聲逗出亂雲邊，極浦繁陰水竹連。溪閣不知天正暑，坐譚塵世有神仙。

其三

半山黄紫點清秋，兩兩漁舟自在流。釣得江魚齊買酒，月明相約過前洲。

其四

凍嶼寒澌凝不開，爲誰沽酒過橋來。哦詩忽憶江南客，嗅得巡檐一樹梅。

晚秋途中

躡磴身穿灌木中，何來幽鳥叫虚空。眉尖不盡停車興，十分青山九分紅。

雪途雜咏十首

其一

彌天六出蹴花飛，鷄豕家家盡掩扉。獨有灞陵驢背客，貪拈詩料不曾歸。

其二

美酒紅爐貂鼠衣，雪花飛不到重闈。開簾忽見四山白，買得佳人匿笑微。

其三

郎腰如沈帶寬圍，那復危途犯雪威。愁到衡陽無個雁，誰將半臂助郎衣。

其四

長鬚老僕怨暌違，雪壓氈衣帶泪揮。跪語主翁何自苦，不如歸採故山薇。

其五

清緣韵事久抛違，掃雪烹茶夢已非。憶得月明秋谷夜，茫茫銀漢釣船歸。

其六

豈無杯酒敵寒威，畏路盤跚酒力微。縱使有才能賦雪，詩成雙泪亦堪揮。

其七

銀海無波玉屑霏，空山暴富石頭肥。不知號嘆祁寒者，多少行人忍肚飢。

其八

助虐西風撲面威，困人淒緊坐車幃。蒙頭學得蝸牛縮，縱有雙凫亦懶飛。

其九

誰云宦轍有光輝，垂老勞勞賦式微。歸夢不知寒雪苦，西山傲殺釣魚磯。

其十

山邑寥寥試士稀，誰當映雪下書闈。我來剪取瓊瑶瓣，助爾生花筆陣飛。

袁穉圭見招不赴，詩以謝之四首

其一

飛來手束勸持螯，客裏涎流壓酒槽。未到君筵心已醉，支離扶病强抽毫。

其二

廉頗老矣矢三遺，日晏繩床病骨支。閑殺梨園歌兩部，寺門深鎖雨絲絲。

其三

爲懶琴孤事事非，官衙凄冷飽山薇。故人休問囊多少，儘得寒烟滿載歸。

其四

負却鷄盟騷雅壇，何曾相餉有猪肝。貧交不用嵇康絶，已辨抛簪着籜冠。

穉圭復以詩來約，次韵許之

其一

與爾千秋世外交，每于佳句破蓬茅。不緣多病翻成俗，誰倩楊雲爲解嘲。

其二

相看如雪是肝腸，來往詩篇背錦囊。頭上進賢殊悮我，十年夢不到平康。

其三

□□行徑落風塵，難比維摩病裏身。兩度相呼都不應，江州也笑折腰人。

其四

連朝梅雨帶烟嵐，劇喜高齋捉塵譚。分付花欄多着色，有人携杖逕三三。

送文山人隨之歸，用留別韵

生來骨帶烟霞瘦，到處詩題筆墨新。寄語風流文與可，胸中成竹肯輸人。

途中見野花艷甚，樹高無葉，花皆纍纍下垂，中有黄英嬌美可人，土人呼爲櫻桃，實非櫻桃也，初春即開，亦一佳種，作詩定價

其一

野色嫣然媚殺人，一杯雪裏酹花神。玄都多少芳菲樹，獨與寒梅鬭早春。

其二

倦眼俄驚亂燒高，空山旖旎學櫻桃。春風剛度愁無限，借爾殷紅壓酒槽。

其三

不道偷春趁早開，爲誰濃抹賣桃腮。滿林香粉無人拾，只合臨牕傍水栽。

苦雨

苦雨斜風打面寒，下灘還比上灘難。更聞宦海波濤急，一日魂飛一百盤。

途中漫興

木蘭香伴典刑梅，一路櫻桃帶笑開。折向擔頭春意鬧，人人都道看花回。

肥江公館

荒林緑染一江肥，古驛殘雲謔客衣。怪道風塵君獨瘦，爲誰辛苦減腰圍。

晚過桂門

晚風獵獵桂門西，隔浦雲歸古道迷。喚客鷓鴣□有意，亂烟深處一聲啼。

書憩庵壁二首

□□蹬躄幾迴山，凍草炎花亦縐顔。爲問庵成□憩否，忙忙牛馬可能閑。

其二用前韵

浪説鳴琴宓千閑，于今長令盡奴顔。青天難上千盤路，莫訝庵前八面山。

催花詩三絶

其一

未遂填詞歸去來，官閒且就菊花杯。金風處處能招隱，好囑東籬次第開。

其二

幽情瀟灑付黄花，費盡工夫凑錦霞。報道枝頭紅數點，剩將秋色鬧官衙。

其三

花前羯鼓擊闐闐，香韵先開最可憐。早耽重陽□爛熳，媚人三徑是秋天。

問月樓文集

霍童崔世召徵仲甫著
晉安曹學佺能始甫校

謝皋羽晞髮集序

余少小弄韵語，即喜誦謝皋羽詩，輒大叫稱佳。已而得繆丁陽公所刻，卒業之，然不無西河三豕之訝。已而郭時鏘再校鍥以行，則武林張維誠、三山徐興公所訂善本也。戊午秋，余刺棹入韓陽，訪張令公，客時鏘齋頭，相與探討今古。隨意抽庋上帙，日翻閱一過，每朗誦罷，呼童浮一大白賞之。庶幾簷花砌草、淡月微飈之餘，恍惚若見謝遺民傴傴歸來，因賦短章二律，以寄憑吊焉。

嗟夫！先生生於吾長溪而屐迹滿四方，或於鐔津，或於建浦，或於婺水，於臨安。其從信國也，又或於漳泉、於粵洲五坡間，而結局埋玉，則在釣臺白雲之壑。即使死者有知，其遊魂淼宕，何處可招？而千載而下，徒想先生之哭聲，謂其欷歔知己，一腔熱血直爲文山傾灑，嘻，亦甚矣！

當先生散貲赴難、伏劍入信國之門，是時信國已東西竄落，計畫半無復之。先生厠身參軍記曹中，碌碌溷鷄群，不聞其用一謀、試一策，而終信國之身，未嘗片語及先生姓名者。其國士衆人之報稱、受恩之淺深，可知也。不識先生此一點，泪胡爲乎來哉？即不然，信公稍稍引重，未幾散去，遂以爲不世之遇，激烈號呼以從之，亦不過田横島上七十客之流，小丈夫行徑耳。

余謂宋季之秋，不周山崩，四維盡圻，茫茫宇宙爲向來呰窳之氣，悮成奇變，到末僅一文丞相以握觚書生，憑其義膽奮不顧身，纍纍然如一木之支大厦。先生已偷眼拊心久矣，一朝挾策勤王，相將發憤，其爲天下雄，豈區區備記曹落人後者！

至大事既去，齎志流離，猶四顧低回，屬意再舉。如《咏冬青樹》云：『願君此心無所移，此樹終有開花時。』又豈須臾忘宋哉！其曰：『願效太史公著《季漢月表》，如秦漢之際，後人必有知予心者。』嗟嗟！後即有知先生，知其哭丞相已耳。秦楚之際，誰爲馬上翁？誰爲留侯？天不祚宋，何必生渠！悲夫！故愚以爲，哭魯公，哭開府，皆寓言也。又曰：『阮步兵死後，空山無哭聲。』壯哉！斯言大丈夫用，則爲虎；不用，則爲鼠。不大笑，則大哭，總以發舒英雄之氣而已。想當日慟哭西臺，數斗之泪，撼林之聲，此時眼光雙白，作何面孔？非惟不知邏舟，且不知有同輩傍觀，併不知有人間世意。蓋私許羊裘老子，知吾心下，此白雲隱君亦未易測識耳。

夫天下已定，則子陵抗不仕之高；天下已亡，則先生灑不歇之泪。治亂不同，英雄之齎志則一，此惟富春一片石，差可與對語。而説者以爲，慕嚴光清隱，亦非也。

今讀其《鐃歌》《騎吹》諸曲，追慨宗國盛時，真可驅風鞭電，及種種詩文，皆有吞吐世界之魄。千百歲其言若新，而史稱所著編目尚多，轉恨方鳳輩名爲莫逆，迺盡殉之殘烟蔓草中，與其骨俱朽。安所稱知心者！雖然，猶有斯集在，使人誦《西臺》《冬青》之篇，知空山哭聲、錢塘靈氣常存天地間，不亦幸乎？

大抵吾斗大長溪，其山川碨砢多奇，其人往往有俠烈豪爽之氣，不可磨滅。先生信地靈所鍾，亘天忠憤，照耀今昔，尚矣。後此數百年，復有傾貲捍賊如郭君大科者，竟以死難祀其志。行略相埒，豈慕先生而起也與，抑亦山川所傀值也？

郭君者，時鏘大父，蓋嘗向余嗚咽述其事云。

溪雲閣修禊序

吾黨之講社盟也，蓋不佞實慫恿之。居恒語諸君，無諸以東，仙靈窟宅在焉，則以我洞天爲第一，副本可藏，當無落第二義。負此名山，而可於是起而倡和者，得十數人，余仲氏溪雲閣成，時時喚酒結伴，徙倚嘯咏其中，相顧歡甚。去年，余讀《禮》，偪仄家居，無心復理韵語，諸君强捉余臂，破涕拈弄，夫慫恿不佞者，亦吾黨也。

今春明，秦川張叔弢先生策杖遊支提，便過吾里。先生騷雅典刑，於此興復不淺。而會當上巳修禊之辰，乃屬余檄諸同社聚醵，申前盟焉。叔弢摻牛耳，據首座，諸君手挾不律，賈勇而前。命題鬮韵畢，各賦詩，詩成，參差列坐，熱腸薄霄，冷譃入玄，投壺角奕，浮白無算，意會稽[一]曲水之樂，亦復如是。是日，雖無天朗氣清，然霏霏一溪烟雨，簷花錯落，觴斝間殊覺佳致。客有朗誦『山色空濛雨亦奇』者，余笑謂，不如『山雨欲來風滿樓』，於此地此景轉貼耳。一坐絶倒。漏四鼓，酒罷，踉蹌穿竹間歸。秉燭煌煌，明星有爛，放歌互答，不知天壤何樂可以易此。

余嘗閲《蘭亭圖卷》，想王、謝諸賢鬚眉標格，浮動於水石樽勺之餘。又嘗一至山陰，覓所以修禊流觴之迹，已化爲殘烟蔓草，了不可得，獨遐吊當年風流，隱隱九原猶可作者。豈非世界之陵谷易改，而英雄之氣韵難磨哉！叔弢續有詩云：『揮毫誰倣王摩詰，畫出今朝修禊圖。』居數日，而三山王玉生至。玉生之詩之畫，雙絶海内，當是摩詰後身耶！蓋先是余以書招玉生，叔弢不知也，斯爲詩讖矣。叔弢既别去秦川，玉生久滯吾邑，迭爲溪雲長，其稱詩皆不落第二義。兹編成，他日當爲余譜而圖之，以識吾黨一時壇坫之雅，庶幾無負名山者以此。

太白樓詩序

姑溪春曉，碧合江流；采石雲屯，青歸野色。維舟吊古，千山銷望帝之魂；擊筑懷人，一壑卧謫仙之魄。樓角上窮碧落，玉楹與彩筆齊高；天邊西有長庚，夜色共潭光不滅。摳衣薦藻，興回剡

［一］會稽：原文作『會嵇』，據文意改。

曲之帆；吮墨磨崖，響入山陽之箋。固已遊窮今古，韵滿珠璣者矣。

於是，侍御駱公建節上遊，採風下里。劃長江而東指雙旌，拂牛渚之霞；思美人於西方八韵，吊蛾眉之月。靈心出世寥寥，和白雪於誰人；仙品超凡隱隱，作青蓮之知己。爾乃遐搜故帙，遍察邇言。收之殘蠹之餘，合爲千狐之腋。長風短咏，盡入清函；春扆秋觴，咸歸綺府。豈非續《國風》於『二雅』，披至寶於群沙者乎！

某潦倒塵胸，坌埃俗品。覽一片江山之勝，媿授簡之未能；結八公鷄犬之緣，或舐鼎而已足。爰陳數語，用廁餘編。嗟乎！付歲月於豪吟，笑破三萬六千之局；疑神仙之謫世，應存七十二化之身。文不在兹乎，何必嘆清才於異代；後當有作者，亦將追逸响於斯時。

重刻文苑英華序

夫文之關於天地，亦大矣。文士傳心，筆中有舌，業取大道而寄之菁華之苑。人自有致，代自有法；百齡影徂，千載心在。無論秦漢，人語咄咄藝林，即昭明所選，抑何富麗鴻菀也。迨有宋雍熙二三君子，尋《文選》之統，輯次《文苑英華》一書，世代肇梁、陳以迄唐季，凡欲裁諸體褱外典瑣言，靡不畢登諸簡，部系彙分，星稠綺合，斯窮天地灝淼矣。

嘉、隆間，姚江胡直指來按閩，爰購繕本，授鍥於閩郡。於是，都人士始獲讀秘中書也。寢沿歲久，梨梓漶滅，典畫差舛，幾令金根疑悞於蒼文，玄珠遺恨於赤水。嗟夫！宋蘭臺之肥囊飽札，胡姚江之綴玉傳薪，能無抱殘馥而長唏嘘也哉！

三山太守孫公，楚黄奇士，夙耽書淫。自公多暇日手是編，窮力校讎，一切紕訛斷漏，繙所未備，隨捐饙重鎸，不煩公賦一緡，舊籍蔚然改觀。卓哉！孫公吏道文心，可稱雙絶矣。余竊念漆書既蠹，而後宇宙載籍不啻婁厄，非特兵燹熌燼之無幾，抑亦汗簡湮没之已甚。有如使君嘉惠斯集，補綻庚新，事雖爲述，功則倍刱。

其自六代以下諸文人，李承旨、宋中書諸君子實拍掌兹舉，而或者驚怖其言，若河漢無極，曰：『道在知止，多識何爲？』余謂：『否，否。天地間精英，湛爲道德，鬱爲文章，辟之月印於川，百川皆月也。』

夫學者惟不講於知止也，學者而講於知止也，乾坤大矣，何書不可充腹笥？閱斯集也，攄房、杜、王、魏之忠而陶其氣，摽燕、許、沈、宋之鋒而軼其綺，發陰、何、元、白之秀而啬其靡，擷李、杜之雅，詮韓、柳之變，而一綜於性靈，富有日新，鎔鏐成液，安在英華非道德哉！抑宋自太平興國，摛文苑以詔來兹，卒肇濂洛關閩之統，吾道大尊，不可謂非崇文之報緊明。詎遜宋也，日月經天，至寶不匿，文不在兹乎！願使君率都人士共勉之。

適適吟詩序

人亦有言，詩道之不尊也，一屈於青衿之經生業，再阨於進賢冠之簿書。其説以爲，經生業如繭絲，明水着一點，詩腸不得政，猶玉屑雖貴，不堪入眼。而一行作吏，世法勞人，重以憂讒誨妒，向來烟霞丘壑之懷遁去，都盡以此爭，諱言詩。嗟夫！其爲詩冤也。

余嘗於命觴拈韵之餘，隨意臨文，覺勃勃欲舞者。何故？而海南郭于王出宰寧川，風流賦咏，十七料理案牘，十三領水雲，每弁哦篇章，輒盈篋。則是集具在，當爲此道解嘲矣。于王之言曰：『吾非喜譚詩者，聊取適吾適而已。』以故平生目之所閱，臂之所交，車塵馬足之所到，以至鳥性山光、壚頭籬畔之所指，顧莫不落筆爲詩，無往不得其適者。頃於公餘暇日，屏騶從，單軺雙屐，直躡霍童峰頂，振衣長嘯，葛公鷄犬隱隱如在雲中已。乃入支提古道場，禮千天冠，復踰五龍潭，覓金燈化城諸凈室，取道説法臺，信宿辟支陀羅，挾滿袖翠微而歸。無論所題叶令山靈吐氣，即其襜帷巾舄，出入於胡麻碧澗之間，翩翩乎仙令哉！借非于王神情暇整，遊刃有餘，何以及此？因信古來英雄眉頭舌本須具格外騷人之韵，便覺風神開朗，以之臨文則靈，作吏則不俗。若潘於河陽，陶於彭澤，謝於永嘉，香山、眉山之於西湖，皆以流水了公事，青山作宦情，千載而下，想見風流，猶有生氣。繇斯以譚詩，亦何負於進賢冠也！

蓋余嘗持此論，目中久不得一當此人。幸而得于王，于王亦幸臭味余，春郊秋榭，相與把酒問青天，揚搉風雅，此外不知其他，所謂各適其適者耶。夫崔生之必不諛于王，亦明矣。而崔生者，寧川令部民也。法尚稱侯，稱神明使君，如世俗一切頌語，而獨稱于王，崔生不知有令，知有于王耳。有如于王儼然以貴臨部民，崔生復效陽鱎，求媚於上，則亦尋常冠蓋交接，了無臭味。于王何必屬余序其詩，余亦安能序于王詩哉！

桂洞閒吟序

人世間得趣之境，莫過佳山水；而得佳山水之趣，莫過名僧、羽士及我墨客、騷人。第名僧、羽士之爲趣，得之幽閴；而墨客、騷人之爲趣，得之閒曠。是以千秋有韵之語，往往能抉川雲之隱，與巖壑競傳不朽。

蓋巖桂洞之闢自謝蓋卿始，而蓋卿之詩自闢桂洞始也。往余扣蓋卿於山居，猶憶其墜馬沙頭、聽鶯谷口，捧腹十年前之事。時蓋卿吟懷已咄咄逼人，携杖偕余歷歷指中景，相與醉無塵樓上，各賦短長韵而散自別去。而蓋卿之爲詩，括目可知也。今春再過山中，桂影婆娑，凌風欲舞，栗留語，桃花亞枝，似迎舊識。加以流觴之勝，掩映蘭亭，此時恨無右軍諸賢把臂入林。然讀蓋卿《桂洞閒吟》，則居然賞謝朓青山矣。

嗟夫！人代撲面風埃俗物敗意者不淺，獨賴天壤間一幅佳山水可對可歌。昔淮南叢桂，原以高隱爲招。夫佐蓋卿之趣者桂洞，而使千秋萬歲知桂洞者，蓋卿也。即不蓋卿詩而得蓋卿趣，其爲蓋卿自若也，况其詩堪敵此山者乎！雖然，世間尚有一種非譽恩怨之事，可以胃清士之腸而令山川黯色，此名僧、羽士之所急抽身，結净而歸大道者。蓋卿勉之，以閒曠之懷，濯以幽閒之想，則謂此山叢桂爲八公結局，可也。是又所貴乎得蓋卿趣者。

燕遊紀日叙

不佞與于明追隨筆研者十餘年，時余癖殊厭薄舉子業，旁竊爲韵言、古文詞。于明獨下一楗，枯坐帷中，搰搰舉子業之是工也，蓋最後而于明稱詩古文詞矣。而興復不淺，境之所搗，心目之所造，輒手一編，相挑賡答，應接不暇，名士殆不可測如此。去歲北行，則所著《燕遊紀日》，予得受而讀之，而轉媿余昨遊之草草也。

燕都，士宦輻輳之地，輪蹄如織。閩人望長安遠於日，霜蓬雨柁，凡五舍舟而始登陸。驢背風埃蔽天行，昏黑税駕，委頓土床中，爾時欲下一語，那可得？于明情超乎境耶？境生乎情耶？夫人肝腸不甚相遠，而胸眼之解政自有淺深。子長登禹穴、浮湘沅後，飽洩而爲文章；謝宣城摇筆興到，謂江山來助人。嗟夫！亦惟子長、宣城能領江山個中趣耳。

今于明結一廬碧山之濱，春潮繞門，鶴屏當户，誰非景？誰非趣者？文心酒德，視昔枯坐下帷時更活潑自賞，意固不令他人解，人亦不解也。每一觴予，耳熱擊節，驕誦前句，只尺之地，覺萬里爲遥。予笑以六橋三竺之遊敵之，時于明爲烟雨短興，撾回驅也，良久，謂余曰：『寧虚吾不借，毋虚吾不律。』續遊在邇，他日過虎林，當買方舟，鼓吹詩腸，訪孤山主人於梅花塢口矣！

柳塘詩草引

詩，清物也，斷不入俗士肺腸。俗士亦有詩，自不清耳。世途黄埃中邂逅，視其人瀟灑有致，未有不能詩者。即不遇其人，讀其詩，落落穆穆，霞飛而露澄，不問知爲清士眉宇也。余嘗以此射覆文人，十不失一，而詩更甚。

余初未識仲聲面而識仲聲詩，已神遊柳塘上下矣。歲辛亥，仲聲挾杖作太姥、霍童之遊，扣余山下，握手若平時，呼盧泛白，各盡數斗，狂歌散譃，連曙不休。爾時神氣上亢千古，恨不使嵇中散諸人知，於仲聲詩何似，怪哉！

詩之工於寫照也。而仲聲有别業，曰『柳塘』，麗越王山之麓，爲墅中一勝。老松萬個，能挾風雨作龍吟，水竹蕭森，芙渠掩暎，細臨曉檻，種種詩腸鼓吹也，而獨取柳塘何居？不見春明堤上景乎？馬首鶯笙，風前玉屑，若猋若舞，點點撲人衣裾，欲就手捉摸不得，當是百卉中最無染清品。迨其緑膩條長，一片翠香，帷幙天地，炎氛不侵，即深霜告嚴，眉黛盡斂，而寒瘦之枝猶堪披拂，六花爲黯淡吐氣，是以謝閨之雪賦、張緒之風流，皆取其標格清韵而肖之，故夫柳者亦化工之韵也。

仲聲詩草，遊覽者十五，贈答者十三，居柳塘賦者十之一二，而以『柳塘』名編，蓋仲聲寄意微矣。惟其有之，是以似之，向以詩知仲聲，又不若以柳喻仲聲之真也。先是仲聲屬余序，久未應也。癸丑同上春官，而同不售，是日强收魂魄，不作攢眉斂黛，亟呼毛穎子、楮先生與俱，勞苦相慰。僦居之南有柳數本，新柔欲語，取酒對之，爲立草十行，弁《柳塘》編之首。尋自笑，咄咄崔生雖復冷落寒瘦，亦有披拂意耶？而崔生之詩，乃似沾泥絮，不及仲聲遠甚。豈射覆其人之法，有驗有不驗乎？解之者曰：絮則沾泥矣，而柳不以貶清。仲聲其以爲然否？

印品序

古自有印章，而無其印章，古人之才不盡於印章而以墨蹟掩也。然古人墨蹟若尺帖幅畫，非印章則不傳，猶之人楚楚衣冠，不可徒跣也。而賞鑑家閱古法書、名畫，具正法眼者必先辨印章以廉得其真，贋則弗收焉。是古人之印章又未始以墨蹟掩也。

自《印藪》出，而世乃有以印章孤行當家者矣，若吴中文三橋、新安何雪漁，俱精絶一時。至李弄丸所鎸玉章，尤稱獨擅。余習見長安市一二能事者，皆足以傾動名公卿，與文人韵客争高聲價，始信天地間一節當行，便有精義入神之妙。其命腕之柔脆、運刀之緩疾、取態之妍拙、位置之疏密，作者如林，升堂入室之科，亦未易輕着品題也。

蓋陳伯子延祖之爲印品也，伯子非以印品者也，得品於印而爲印品者也。其言曰：『吾不能以數寸之鐵、一尺之腕奪石鼓之罘、之巇，安所取印章而孤行之？吾第取其品之不入俗、不落板者斯已耳。』伯子實未有所傳述，而逼欲分陳惟玉、李陽冰半席勢，誠不可以參之長安能事之場。庶幾駸駸望而至之，伯子殆異品也。

余嘗服其慧性天賦諸能，事一過眼，了了精辨，其於古法書、名畫，無所不窺，亦將無所不肖。伯子固非以印章孤行，而何曾以墨蹟掩也？且曰：『吾時時獲閱古今名家鉅人姓字、里氏，若通刺往來，一生知交。隱隱傾盡清品，名流，吾甚樂焉。』王右軍不云乎：『後之視今，猶今之視昔。』千秋百歲之下，必有品伯子者矣。然則伯子之才，雖不盡於印章，而欲無其印章，不可得也。

班荆社序

趙子潢孫結社班荆，蓋取楚聲子事也。所往返共語者，則陳子伯恒、仕登都君二程暨余姪爾冠二室也。夫虬松兔絲，龍精牛斗，氣類相狎，人胡不然？草野之間，忽焉如風遭水，握手定交，一二語合，藉草茵花，其決非錦幕氍毹中人所得參，明矣。

今夫大則豪炎勢利，小則犢穢龐雜，樂則巨罍斗酒，悲則擁腫堆燐，皆氍毹中人自受自説，豈班荆一片地可許同時語也！我輩眼中着一副好山水，胸中藏一副好懷抱，自然超絶世氛，不落卑璅，人生有此致況，何減擁百城爲南面王哉！今試列荆分坐，與諸子語，或以詩，或以畫，或爲籀篆古章，或拈弄絲竹，漸近自然種種，各成其致。況此時放白眼看世人，政不必索世間人解耳。諸子獨余阿咸最癡，而學畫又最先。

余嘗以作文生動之法喻畫中趣，諸君其精於文者，幸爲余罕譬傳曉之，但須生動活活，不作俗膻。筆腕自貴，持此作畫作文，都無不可。吾不知諸君後來所精進變化若何，知其今日結社之意如此珍重，諸君此番世界，爾曹好爲之。不佞顛毛如許矣，無勞招元亮入社也。

谷口集序

史稱鄭子真躬耕谷口，名震京師。當子真躬耕時，短畚長鑱，寒簑自擁，了不知有人間世，豈爲名哉！使子真無所爲人知而有其爲人知之心，則亦老農本色。當時即有名，千秋後定以子真爲何如品。然則，世之張皇噉名者，皆子真之所不許者也。今去子真數千餘年，尚有慕谷口之名，名其居者。蓋去余邑五十里許，亦有谷口云，則鄭廷占之先人菟裘地也，而廷占因以名其集。

廷占生負骯髒骨，弱冠遊庠，尋棄其業譚兵，曾上策叩轅門，脱其父於兵戈洶亂之衝。間發爲詩，狂嘯自放。晚年耽情山水，著述日富，使廷占而噉名也者。曩時青衿之業棄若敝帚，即開府油幢將軍虎帳中，立草檄，飛露布，何所不得名？即不然，而如今世詞人清客，挾片韵望門投薦刺，寄其屐於四方，吾恐廷占將逃名不密耳。

余與廷占交三十年，熟察其意，無不可爲人知而無其爲人知之心，若厭世而逃於詩者。人偶睹其貌古老宿也，巾裾落落，不逐時樣，對人言，若不出口而微露少年風流語。家貧賣藥自給，與子真荷鑱擁簑之致，夫豈相遠！而後先令吾邑者，皆聞其賢，過廬而式焉。今龍門郭使君喜譚風雅，折節好士，輒交廷占歡，人謂廷占得登龍門，而廷占澹然無他謁也。以廷占骯髒之氣作此舉止，千秋萬歲别有以定廷占品矣！

廷占七十時，余既爲著《鶴山高士傳》，不具論，今年八十，余不能買牛酒從世俗後爲壽，而爲之叙其《谷口集》若此，使後世知谷口復有我輩人，如廷占者。夫廷占無爲人知之心，而令之有身後名，則亦我輩之過也。

荳花園詩序

眼前之景、尋常厭慣之物，一經高人拈出，皆成佳話。

金陵豪華勝場、韵氣少年、冶情自適、穠英艷蘂、奇卉名株，何所不可取給？叔嗣結廬青谿，澹無他嗜，獨編籬種荳，看花開落，怡然樂之。邇復移居鷲峰之西，携一斗荳自隨，種花如故，蓋叔嗣之趣有難喻人者。然當其箕踞籬邊，繁紫纍纍，緑陰成幕，月光微碎，好風乍來，新茗正熟，時與花香迭送，此時即錦棚金谷，弗與易矣。咄咄！荳花千載而下，幾與孤山之梅、彭澤之菊共入人齒牙，亦幸哉！

余與叔嗣往返數載，深識其人，了無今世詩人叫囂之僻。而委蛇静好，絶似荳花風味，抑其詩之温夷澹雅亦似之？叔嗣詩益工而家益貧，叔嗣殊不屑也。雖然，叔嗣亦幸而貧耳，叔嗣而不貧也者，彼人世間穠英艷蘂、奇卉名株，將進而與荳花争寵？余亦不敢過而問之矣。

塵餘清玩卷序

聞之有清品者必有清心，有清心者必有清癖。天生吾儕一片肝腸，不許一絲塵溷，凡花前快友、几上名花、眼邊奇玩，種種皆吾神明消受之福，政復以得癖爲佳耳。然則，世之癖於利，癖於世態，癖於粉黛，與悠悠不成一癖者，皆非清品者也。

陶伯子嗣養雅有物外之癖，意若不可一世，捉鼻穢濁，杜門索居。居後結一樓，貯古今書若干種，牙籤秩秩，法帖名畫如之。樓下布置花石，綽有小致。時爇沉水香，四壁氤氳，昕夕不散。伯子或登樓看山，或倚檻攤書，栖託飄然。復取殘箋尺幅及扇頭詩畫，彙成卷，題曰『塵餘清玩』，時時披展，大叫稱佳。

嗟嗟！伯子信以斯帙爲吉光片羽乎哉，此伯子癖也。吾師衍泉先生督伯子舉子業且急，數呵止之，勿以此不切嬲兒神明。余曰：『無傷也。古人臨池之妙、點染之神，往往與文章通。正謂作者不癖不工，玩者不會心。不癖，安在不相爲用者？夫世未有俗肝腸能發爲大文字者也。伯子第廣之，經術家一段澹遠之靈氣，揮灑變化之機，將於此卷取則焉，爾時吾師猶恨伯子不癖也。』

伯子真清品也與哉！

筆講後序

閩都東漸之墟，往往於不意中得異常之人。于今山川草木饒有景色，則天實假赤城之標於諸君子，爲一方卿雲也。

金壇周君，食雲中白鶴，塹賁秦川，落落穆穆，不惹風塵。時以公餘進諸生，談討清言妙緒，亹亹逼人，不寧獻酬群心，翼經諦聖於是乎在，命曰『筆講』。信夫三寸不律可通千百禩，精靈貫其玄心，流爲韵語，當是舌本有芙蓉爾。

不腆秦川，以霍童爲諸洞天第一，復得使君第一人對之，應令司馬撫掌，長庚解頤。大氐古今豪杰之士，吞吐江山，摇筆則稱工匠，綰符則稱神君，文章、政事，兩耶？一耶？余何足以知使君，第對公瑾心醉，時覺筆舌隱隱不枯，迺以數語砂礫其後。夫條風時至，候蟲應鳴，然則，使君之造我亦大矣！

屠繡虎制義序

聞之吾師，時藝雖小伎，然天生文士，舌本筆端，自是山川一種靈氣所寄。如吴淛多水，其文膚清；閩地多山，其文肉厚；楚多藪澤，其文氣宕，大都以意廣之，良然。

吾師者，張緄脩先生也。丙辰之役，余謁先生于檇李，不遇。艤舟城畔，樂其湖水漪漣，迴環如繡，低回久之，不能去。因思茲土文章佳美，當如蜃吞水氣，幻作五彩樓臺耶。而是時，檇李鄉薦士得三屠，其一繡虎氏，年最少，則屠少伯先生伯子也。少伯負詞壇宿譽，名播海内，與吾師及今譚督學皆聯婭，結筆硯交。余常誦其歷試草，輒斂顏折服。今歲來佐吾寧庭，接款握手若平生。無何，出伯子《六息齋稿》見示。讀之，體氣鮮令，藻思泓渟，恍如朝旭揚瀫，春澌浮飈，駕方舟而遊於鴦湖之滸也。笑語少伯，如許千尺烟樓，亦堪撞破耶？而吾邑多士問藝屠侯之門者，人乞一帙，願得一片清泠之氣，以當閩文砭鍼。于是重付剞劂，廣示弟子員，而命余弁言。顧余掩泪風木，廢管久矣，何足以知繡虎！

抑有説于此吾寧西去支提山中，五龍潭水懸湫萬仞，馳波跳沫，頫首而東望，則圓淵飛湧，崩雲屑雪合之，長水漪漣，斯亦可謂盡水之變已。伯子他日定省之暇，試一寓目焉，當無更進乎技否？詩不云乎：『他山之石，可以攻玉』，繡虎亟勿忘遊閩哉！

張粤肱制義序

己未之秋，張仲子粤肱從其尊人韓陽令維誠先生考最入三山，會余亦返棹囦關，於是有洪江之盟。能始曹觀察爲主社，是時明月可中，相與連袂，載酒蕩槳石倉池，拍弄波光，因聽泉松崗，鬮題賦詩。座中明府詩先來，粤肱聯得十絕，驪珠在手，一時南橋北梓之氣亹亹來逼人。

明日，粤肱復袖其制義至余客舍，促膝披示，則閩遊篋中草也。夫粤肱遠携天目翠微而來，六橋三竺之烟雲收入筆端，篋中幾滿，豈以遊閩而貶爲閩文乎哉！韓陽左誇太姥，右挾霍童，長溪之水匯龜湖而浮六印，盡取以供粤肱之睫，當不益高深。及睹粤肱之文，命意踔絶，詞峰嶙峋，則兩名山之靈佐其運驅，而文中金波玉濤，春天滿碧，則更長於溪也，且無遐論。若夜來浮山水月之澹，漾紅泉潺湲之響，粤肱之詩之文，殆將迫肖之異哉！其先得吾閩山川之同然者耶！

秦越人以醫遊列國，其名屢遷，刀圭逾神，即謂粤肱遊閩而遷爲閩文也，亦可。譬之雲物，韓如布，趙如牛，越如行人，魯如馬，宋如車輪，齊如絳衣，其於點繪乾坤景色一也。不佞童學一先生之言，抵於遲暮，遊迹半天下，而落筆不知所化，對粤肱長笑老婦柘枝矣。而維誠明府，今海内宗工也，粤肱胡舍趨庭而下問不佞，倘亦有師馬得途之意乎？

嘗竊評粤肱之文，往往逗洩六橋三竺烟雲，宿具吴音而俛變閩操，謳者一喉，鼓者一手，亦受音之耳，自作分别想耳。雖然，世有伯牙，必有子期，東西南北之人，當有賞識粤肱於世界丘里之外者。如人盡閩也，遊閩盡文也，烏知粤肱哉！粤肱疑吾言，則君家子期有曹觀察在，其試問之。

存心俗語跋

勾曲印山成君爲人通爽，好栖託，余友張賓王曾對余道及，夫夫可語也。陸沉韓陽數載，深爲金壇周君食使君、建武毛漫生大令所器，委署捕務者三，大有局陳即之，類不俗者，乃撰爲《俗語》，而弁以『存心』，何居？

君之言曰：『語之有雅俗也，自文章家强分之。世有會心者，當不作是想。試使聽鳥唫蛙吹、水淙木籟與夫村叟野豎之譚，種種天機，吾儕本色住世，人爲本色涉世，語足矣。有如心之弗存，文於何有？』今其篇纚纚數千言，皆俗情，砭鍼眼前話柄，關門散吏，銜冷如水，益以厨傳驅馳之繁，何緣發此清興？政如卿家幼文，風縐一池春水，聊不免關心耳。

余往來秦川道，經六印江，每扣君空署中，寒潮打門，蒼嶼對榻，殆白香山所謂『雲從棟生，水與階平』者。余留而樂之，笑語成君，安得縮此地，爲君鄉三茅襟帶乎？君惠好我，爲炊脱粟飯，隻鷄斗醅，輒觴余醉。余輒至醉燒炬對謔之餘，更出其書讀之，竟至自嘲一段，不覺捧腹失笑。人生戲場，信如公言，那得不醉？因各舉大觥，相持丙夜，狂歌數闋，汀頭鳧鷗，潮心款乃隱隱相答，此時不復知人世有雅俗之分矣！

酒罷，遂汗漫書數語于篇末而别。

九如圖序

思平劉先生者，不佞召父行也。自不佞偃蹇困諸生間，先生常客吾家，携一琴一不律與俱往來烟水，遇泉石佳處，輒箕踞其上，鼓水龍吟，一闋而後去。所過名山古刹，必研靡隃數斗，埽壁大書，以紀勝遊，飄然有人外之致。是時，先生已甲子一週，顧不自老，孤心獨賞，爲偷閑少年，私甚壯之。隔十星霜，不佞始與計偕，頭顱如許，而先生髮皤皤七十老矣。嗟夫！壯夫！白首相逢之感，良可以叵羅澆之。

先生獨愛余言爲壽，數移書切責崔生，奈何以懶僻嫚父行。余謝唯唯，乃合弟兄謀繪《九如圖》，令猶子峨司繪事。圖成，因爲草其巔。夫世之所稱善祝者，莫辨於詩。天保數語，而後人艷傳之，至尋常村叟，潦倒張筵，輒舉以佐杯斝，斯爲套譚矣。語曰：『惟其有之，是以似之。』

先生風流藴藉，海嶽盤胸，瓢笠所到，凡青山碧阜、崇崗茂陵，無不飽拾翠微，千頃雲霞沁盪玄宰，安得不壽！而讀先生《孝友傳芳録》，則昭然揭日月而行矣。南山如黛，丹顔如渥，試浮太白對之，陶陶然與虬松翳柏岳挺於寒蕪積雪之間，甚矣！九者之似先生也。是日也，條風正柔，新桐初引，先生當奏一曲浩歌，天地老壽，安可量夫！按《圖》套譚，烏足重先生哉！

殷郡守奏最貤封序

不佞縱論今昔名卿鉅人，往往出自鴻龐世德，砰隱開先，若萬石君家傳醇謹，陳太丘之後代有公卿，此類何可勝指！而吾聞之唐君淳嘗言，其宣城先輩有稱九一殷先生者，行甚高，清風穆如，當屬三代以上人品，其世德必茂且遠。余私識之，厥後而始得其令子太滁大夫出守吾秦川云。

大夫風期濯濯，大克振其家聲，守秦川僅踰年，入計長安。余與君淳同計偕，得一再握手歡甚。而是時天官已列，大夫治行第一矣。其明年，以三歲秩滿，奏上最，先後御史薦剡交至，主者以例請，得以其貤典，贈其父進階中憲大夫暨厥母如秩，錫誥有差，於都哉！天子嘉命煌煌，其於報勞臣隆施世及恩數，可不謂深厚哉！

不佞嘗考貤封之典，三代未有，雖有賢勞之子三寵三錫，不以及親。而漢室地節、五鳳間，循吏輩出，天子至賜璽書、賚金帛，未聞推恩其先者。則獨嘆國家何獨爹於報臣勞，吾儕之食報於國家者，亦太不稱也。顧不佞讀《九一先生傳》，知贈公之三令巖邑及守金華者，亦既不愛股肱之力，爲上子元元謳歌，至今不絶。復從秦川父老得誦大夫所以爲秦川者種種，稱廉明卓異，語在兩御史露章，大都家法相繩。原本贈公之成事而輕重布之，若揉輈於軸而發刃於型也。惟是一介之州，越在東海，往歲波臣稍警，卒以鎖鑰，海島晏然，大夫是賴。惟州有乘，載筆聿修，以裨來者，大夫是衷。學宫不利，易地鼎新，墨食其兆，大夫是宅。以至錢穀聽斷，凌雜米鹽，能吏之所勉，大夫之所旁及，不具論，論其軼者。萬里之外，有守臣若此，於國家之恩數，豈有愛焉！

制若曰：天祚王室，九廟靈長，爾父其從與享之，惟爾世濟其勞，以有此役也。我是以有今日之命，大夫亦稽首以答王休，曰：海濱微臣，奉職無狀，亦用修紹會於前人，應於數載，罔有不恭，敢對揚天子之徽言。當斯時也，上賁其惠，臣益其廑，父引其轡，子乘其轍，此三代之隆，地節、五鳳所不敢望者，大夫當無引滿而更進也耶！今主上久道化成，海以東南鯨沉虎渡，亦惟二三紹裘之臣柱石方土。有詔舉良二千石入爲公卿，當首大夫，其世世明德與休命無極。然則，大夫之食報於國家者，豈惟今日哉！《詩》不云乎：『樂只君子，天子葵之。』願以是復二令君之請。

郭邑尹獎勵序

今風雅之士，自許清流，輒嗤長吏簿書爲俗，此夫不工爲詩者耳。夫聲音之道與政通，《三百篇》歌風貢俗，言言殊觸類而長之，安在授政不達也。余嘗與社中抵掌，我輩賦才華，騷腸吏腕，斷無兩截理。今邑令君郭侯獨擅此道，其治寧又多頌聲，則取《適適吟》讀之，美哉！贍而不礙，冲而雋，若卿雲爛而龢風颸。執此以往，其於平易親民，何疑？於是，侯令寧邑三年，政成，直指使者以報命，行下檄褒美詞甚都，而邑之佐貳某某輩，紹介索予以言。

夫郭令君寬然淵静長者也，親民之長，將用安之？不欲以矜踔右寬龢明矣！矧寧土風醇厚，政與侯性相宜，侯固曰：此吾河陽、虞城地也，而安仁、萬桃、太白、三柳，不聞以吏務妨嘯歌，緊詎異人任哉！當侯莅境時，遍諮利病，下教與諸僚佐約：若職司馬，毋簸尺籍而白市於路；若職勾稽，毋先鷹鸇後鸞鳳；若職捕，毋爲瑣瑣黕點乃操，則皆唯唯受指而退。故閲侯三年所，吏習民安，堂皇晏然，二三有司咸秩成命，孰使厲海禁而穰穰滿家，徵科不擾而民争先樂輸，兩造厭情忭舞而肺石下虚無人。學宫弟子員喜得師帥，聽輿人之隆而塗於歌、巷於頌也，謂非寬然淵静之效哉！而侯乃時時褰帷行春，從容於選勝飛觴之事，所至賦草淋漓，自覺筆酣墨醉，玄風穆如。故夫論郭侯者在詩道通，不在宦道通也。

善夫！夫子之言政也，曰安身取譽爲難。夫不上獲者不下覯，不安身惡以取譽，今世所嗤爲俗者，正謂簿書咄咄勞人耳。惟詩家一種和平沖雋之旨，令人神遠氣恬，可以安身，可以近民，於直指嘉獎何有？余且與諸君渺論之，世俗之所謂譽者，不過蛾眉取妍，得一當於上官。至從旁張皇其事，動引漢家循吏，賜黄金璽書，入爲公卿，一切故套已耳。吾之所謂譽者，決在此，不在彼，何也？漢自用漢法，我自用我法。今使侯晉秩三錫，非久致身於蘭臺青瑣之間，一時之遇也。使侯高韵瀟騷，遠擷菁華，近播神明，聲則千秋之壯業也。今天下風雅之盛，首推東粤，而策名展采爲卓異良吏者，亦復不乏。意羅浮山川之勝，實鍾靈焉。侯家於羅浮而作吏於霍童洞天之區，惟是支頤柱笏，朝來爽氣，更與雅道相宜。當以擬之古人，請爲勾漏令者，河陽、虞城，又不足言矣。蓋余所以艷慕郭侯者以此，斯亦吏治清濁之原也。

蔣壽寧誕日序

全州八桂之墟，山川奇秀，湘灕建瓴而抱清波如泚，粤以西才藪也。往余識灌陽蔣侯於淮口舟次，片語投分，各各放一雙青眼於風塵之表。已復賞鑑其文，超神遠韵肖其人。時心卜何物，此君咄咄作金華殿中語，次亦不失經濟局陳。居久之，余買舟而南，而蔣侯鰲陽之命下矣。

鰲陽去余邑信宿程，土風之相埒，歲時事之遷，長吏之賢聲，朝於塗而夕於郵也。蓋侯之莅鰲陽，數閱月而稱大治云。而於嘉惠學校尤甚，甫下車，即揖多士而廷訓之，已而校之，拔其尤，又分課之，月程之，三親品題焉。則謂博士君都人士，皆嫺然者也，十步之内，必有茂草，繄豈世耕也而不穫，匪直人事，蓋亦地脉焉。按形家言，得水者與天，今學宫南襟梅谿，未數武而下斗洩，習枯無色，法不利。於是，首條陳於諸當道，荒度城東，南郊築巨堰，下流受水，匯於頖，抑城隅之缺，橋下水瀦，則盜不得宵行，此兩利之策也。事上，娓娓語甚辨，而旁及積儲、捄荒、祀鄉賢諸議，皆千秋重典，前令所未舉者。諸當道深擊節其言，下檄褒美。侯一往舉行，自是黌宫有瀲灔之觀，士操不律，人人勇可賈也。民安于闤闠，鄉大夫誦於室，且恨得侯晚也。

而會秋仲某日，屬侯初度之辰。邑多士聞之，争獻牛酒，庭請爲侯壽：『小人何知，嚮利爲有德，吾儕生於父母而成於使君。天幸及此日也，其以不腆托諸華封之舌而可。』侯南向數辭，多士請益堅。侯曰：『固也，抑余有八十母在，黽夕奉巵，洗腆不暇。其若諸生何？』蓋侯之事太夫人純孝，其天性也。太夫人且老，念子舍相距閩粤萬里餘，私心不願就養。侯固請：『兒寧偃蹇板輿，以望歡心。母寧白雲刺吾眼也？』遂奉以行。至之日，侯具冠服，長跪道傍，迓而入阺，觀者環堵，感激去。晨起輒焚香，謁問温凊，始出視事。日高舂放衙，所莅事事必告太夫人，而後即安。大都侯之所以造福鰲陽士若民者，皆惟太夫人教也。

私察侯之意，在不自壽而斤斤古人斑爛之舞，是樂若爾。雖然，此正侯之所以爲壽也。夫孝之道，與慈通，而忠則孝慈之報也。且侯之報太夫人，與士若民之所以報侯，親疏不同，其於罔極之恩，一也。侯以不自壽之心斤斤壽母，是樂浸假而化孝爲慈，厝士若民於仁壽之域。詩不云乎，『孝思不匱』，又曰『壽孝作人』。然則，侯之食報於鰲陽，亦奓矣！昔諸葛武侯之目蔣公琰也，社稷之器，非百里才。卒如其言，爲尚書令。侯或者其後耶？而妙齡爲文，而文名一行，爲令而治辦，雖壯之年，而饒有黄髮之心。其視古人局陳，殆將過之。鰲陽如斗，豈侯税駕地哉！

是日也，天朗氣清，南望翠屏，雲物紺碧，暎帶梅溪，侯入擁潘輿，出鳴宓瑟，半治簿書，半領水雲，從客而受士大夫之觴，是真侯自壽時也。於是，因多士之遠索余言也，而爲之詮次，得士之故與夫士大夫稱觴之意若此。且知余曩之識蔣侯者，別有世外玄賞，又不獨以風塵吏治爲也。

張三尹擢陝西幕序

寧閩東孔邑，薄海而城，其治衺東南，而西北延去百里外爲東洋鄉。其民谷居而邃，聚三家五蔀，村墟落落如甌脱，俗習慓獷，又越縣治遠，有司莫能詰。而田賦居邑十之三，善逋負，聞追責至，則鳥獸散耳。故事議以一簿督填之，簿半佐邑勾稽，而所轄鄉地亦約割邑之半，故夫寧簿之職劇於丞，而其權侔於令。

乙巳歲，新安竹野張侯來莅兹職。甫下車，而邑之邇遠利若弊，若明火爇而熟路駕也。居一稔，而邑以西北道路之舌纍纍有誦聲矣。於是，張侯之佐寧者數閱紀，無論邑中民腹鼓醇酒、背負暄日，人人恨得君侯晚。即東洋一鄉谷居邃處之氓，曩患獷，而今于于；曩喜鬭而快訟，今相勸以化；曩磽山瘠野，今污邪滿篝而家穰穰；曩稱越縣遠，今若户比櫛，絃歌相聞；曩善逋賦，今禾未登畝而當先輸，恐後也。蓋前後佐三大令，靡不得當其歡心者，先區江門，次李雲間，最後爲今令增城曾公也。區尚嚴，李尚寬，而今令處乎兩者之間。侯佐嚴則以烹鮮，佐寬則以張弦，浸假而不競絿，何施不可？而數載之内，行部藩臬諸使者勞書相繼下，承委盤錯之寄相繼至。己酉[一]秋，從事棘圍者凡兩，即沙埕司摧，未嘗不數數也。

《傳》曰：『不獲乎上，難與治民。』善夫！侯之以民獲上也，且夫夫子經言之，而侯化用之矣。今侯之擢陝西幕長也，天官或用外使臣，最課循格當遷，然按以品秩之恒，殆超典也。而是時上方睠西顧，雍州故地，戎馬蹶張之政舉，制之衛從事，是從事爲國家鎖鑰，臣比於簿爲親，民吏又相懸。甚夫！天官之超侯，豈尋常啓事也哉！而侯之先有爲華陰簿者，居負凌雲之志，而以刺促矮屋爲恨。嗟夫！誠卑栖以致其澤於民而遠到以明量，此亦丈夫信眉搔首時也。抑侯爲寧誦滿邑以西，而其參衛事，控北塵也，亦西其轍。然則張侯遠到之業，端自上游起矣。

蔣少尹膺獎序

蔣侯之佐寧也，實用光禄郎移秩云。蔣侯爲光禄三年，奉大官禁臠，稱貴臣。而性豪爽好交，其所知遊傾海内名士大夫，日貫長安酒醉客，客無不人人口蔣郎賢者。其所料理羞膳凌雜之職，亦無不事事精好。居恒嘆曰：『使余得調天下，有如此調鼎爾。』

[一] 己酉：底本作『午酉』，誤。

居無何，遷寧邑丞。走馬出都門，襆被而之海濱。去尚方清貫，頫而爲親民，吏骯髒之氣，柔其骨而爲傴僂，人意若邑邑，侯殊不爾，夫哦松者而負丞也乎哉！自下車，清理軍籍之外，惟虛懷咨民利病，與法應刊落不便者，時時佐長令爲驅除而已。有間延接博士諸生及諸縉紳，抵掌傾倒，意氣歡洽若平生。其言曰：『吾束髮治舉業，弱冠補弟子員，即不慧，而試輒糠粃也。憶昔受知楮督學，將餼矣，卒棄去，而以貲遊成均，三戰而竟不第。天乎！惟是詩書之志，丞何負余，廳事蕭蕭，以四知自顔也何居。嗟夫！使君輩知吾心耳。』諸當道廉其賢，委摧税沙埕者凡兩，蓋侯之後先捧檄冰操，自褆頌聲若一口云。於是，當道大嘉獎焉，其詞甚，都人意若快快，侯又殊不爾。

當侯居恒自負時，一片熱腸，遇事勃發，志豈須臾忘調鼎之思者！至虛心下咨利病，泫然若急痤疼，趣驅除難。此時皇知有譽無譽、獲上與弗獲上，惟知有民耳。而寧之病民者，莫若太平倉穀，侯旦呼父老策便宜，百爲慫恿，條陳當革之故，舌幾爲枯。縣大夫力請，將一洗數十年之粃，民鼓舞若更生，惜也竟革不行，然其心既已肉骨生死矣。此又當道之所未盡悉者也。

余聞侯之大父曾尹廣昌、晉芝城郡丞，父爲寶鷄令，並著循良聲，此其世德則然。而漢有朱仲卿者，亦古舒里人也，其初桐鄉嗇夫長耳，至使其民奉祠過子孫。由是觀之，苟利於民，何必尊顯哉！昔陳太丘之後代有顯者，而時且爲之目公卿慚長。余固於博士縉紳之請，知侯之佐寧，端無色慚於其祖若父也。異時倘終賴寵靈，積穀之害，爲民新出湯火，其寧之赤子世世尸祝之，何翅桐鄉侯之賢，當不藉今日之獎始重，明矣。

以予論，彼蒼於人，其亦大近私暱矣。今夫郡邑比廬之廣，必偏擇一族焉。俾熾俾昌，渠渠勿替。而一族之内，又偏厚於一人之身，如貴富、福澤、壽考、多算，子孫之蕃且賢，貪者不能掠，倖得者未必兼。此一人者，獨從容全饗之而不犯造物之忌，謂非天之所私，不可也。

彭文泉先生九十序

吾邑蓋有文泉彭先生者，生於鼎族，崖州守家孫也。身既以令貴，上應郎宿，而又饒田園亭臺之樂，其子孫蕃衍且賢，今年復躋九十，稱上壽焉。所謂一族一人之盛，偏得於造化若此。先生殆天之私人也與哉！余則聞先生往事於連川吴司馬也，當司馬公建牙兩廣時，先生爲封川令，封川民尸祝之三禩，治聲大振，司馬屢下檄褒美，非久行露章矣。先生慨然曰：『吾家有負郭田數畝，可以供饘粥；青山一區，可以卜菟裘；四男兒粗足了公事。天將與我，何可多取？吾其休矣。』遂投劾，致其事歸司馬，不能奪也。以先生勇退意，留不盡以詒來兹，斯有足多者。

居久之，而先生之季子汝龢君出判景州，尋攝篆事者再，余從三輔民喜得季子治狀，庶幾不隤珠崖封川之聲。是時，封川公已八十，彊飯無恙，而季子迎睇白雲，趣乞歸。及還家，腰膶屠蘇，傳栢怡怡，先生喜而後可知也。蓋先生伯子鴻臚君，厥孫六人；仲子太學君，即一孫，尤豪爽，有祖風；叔子擁素封，孫四人，其長者已籍黌中弁多士矣。而景州君孫亦六人，甫及齠，俱能誦華山詩，對日朗朗。先生鬚髮如銀，日進甘好飲食，衎衎群孫繞膝，嘻弄一堂之上，玉暎金鋪，人間世勝事有能逾此者乎？

夫古之有位而壽者，首衛武公九十六，好學不歇，至今淇竹菁華，尚可想見。後數千年乃有洛社九老，夷考其時，惟懷州胡司馬年近九十，而香山所宴中以九十稱者，獨裴賓客一人而已。然則，造物於上壽之年亦吝甚矣。計先生從封川歸林下，冉冉春光三十年許。季子自弱冠遊成均，補執金吾，旋改判沅江，復判廣川，始投簪，以至今日。而先生如魯靈光巋然獨存且也三十，婆娑田園亭臺之樂，佳兒佳孫，庭階玉樹之歡，一生福澤，所謂貪者不能掠，得者未必兼，先生皆儷有之。

余曰先生者，天之私人也。或者謂先生裔出錢鏗後，其於善壽世類則然。而余觀先生猶矍鑠步履，不扶不杖，碧眼炯炯如杜祁公時，入市看盤伶傀儡，丙夜不勌。以此思壽，殆不可量也。請與景州君約，去此十年，余出山了世法，歸當載牛酒登堂，親進先生百歲之觴。先生其加餐自愛哉！

從大母阮孺人九十叙

阮太孺人者，余從大父鶴峰公之元配，而博士雲塘公之女也。余家於邑中聚族而指繁，如唐之稱崔盧。博士公謂孺人少賢淑，宜婦鉅族，則以女鶴峰。而崔氏世以詩書起家，獨叔祖數奇業儒不就，習功曹家言，中歲爲散吏，檇李間稱廉辨，最稱職。會以小怒抗上官，輒拂袖歸，母與偕往返，並載笨犢車，篋無一錢，怡然不屑也。謂散吏有無何害，第得相夫子稱廉能，爲子若孫地，可耳。

叔祖素病肺，年六十，母稱未亡人，獨舉一叔氏，望含飴之景且遥，甫得一孫，呱呱兩歲，叔氏復見背，蓋數年間母之顛沛、備人間苦，眉無一日揚也。無何，母登古稀，余從子姪儕奉屈卮爲壽。母意殊不樂，而母之弟德興令者修詞進曰：『姊不聞劉氏之於李令伯乎？而孫頭角魁然，第無慮也。』母色稍解。是時弟叔絅已髮覆額，讀書成句讀，越茲二十年，漸入蔗境。叔絅有聲青衿間，三舉曾孫，母春秋九十高矣。

己酉，余舉於鄉，歸里。母不杖不扶，躩躒過撫余背，曰：『兒登賢書，幸甚。亦有九十老姥之及見者乎！』蓋余少小爲母最憐愛云。叔祖故抱憤業儒，不就也，督子姓讀書甚，而余爲童稍慧可喜。猶憶母時時箸余膝上，啖果爲弄，叔祖試占對，立就微巧，則私謂母：『是兒必大吾家。』今笑語如昨，而余氃氋不肯舞，良媿母憐愛也。又試逆指而數之，余去童而弁冠，去脂面而皴髭髯如許，而母之聰明之根無恙，頭顱不凋也。余度其步履之健，神明之王，恐百歲未艾，豈不奇哉！

從古養生家言，輒稱黄白導引之説，其術類不驗，而母之壽又不以術驗也。抑嘗習其素矣！坤道無爲，而母慈且静；巧婦多長舌，而母諾諾不出口；人喜華，而母衣三浣、珥不重；人啖利如嗜甘，而母不問鈞石也。母亦有言，爲子若孫地，此語似大見解者。仁人必壽，則謂之不奇也亦宜。而余每觀天道否太之數，慨嘆於人事消息、貧富、壽夭之期，脉脉如掌上指。當母顛沛，備人間苦時，皮骨皆冷，始願豈及此？今及此，謂非天哉！叔絅勉之。

吾家詩書之業，如農穫而賈息，所以振先人之數奇而爲母壽者，端不但在植殷累阜，奉漿修瀡之爲亢宗已也，老兄當讓出頭地以待。

甘翁暨葉孺人七十序

人生自有一味快心之事，延齡之術，而人不必享也。莊生謂，一月之内開口爲難，夫有開口笑者矣。世間塵海囂崖，逐逐名利之藪，盡足以攢豪杰之眉宇而陰耗其居諸，獨達者不然，形與之接而神弗受也。即使百歲中，長舒嘯傲，其爲清福適於千秋萬歲多矣。余嘗持此説以砭俗情，甘叔子廷瑞聞而悦之。叔子高懷濯濯，類不俗者，交余歡有年，因得以父行謁其尊人。如泉公豐頞健履，籜冠方袍，一見知其達者也。既與語，寄情瀟散，混混有致少焉。行觴杯斝相錯，雅謔生風，徵歌遏雲，則陶然爲忘年主客矣。

甘氏，三山以南甲族，世以賈著。公修先業而息之，身累不貲，度其所處，皆世情所稱逐逐攢眉之場。而余聞公神明澹如也，無寧覼石牙籌行所無事，即里中有緩急，不惜倒橐賑之，公殆以散爲積者耶。而公常南浮粤海，西歷楚越，登姑蘇臺，箕踞燕子磯，西湖春烟、虎丘秋夕、二十四橋之月，窮舟車杖屨所到，莫不流覽，宕襟忼慨懷古，眼孔如炬。彼見人代興衰，世界浮游，衹可供開口之一粲。歸而卧小窗，持螯把酒，樂吾餘年足矣。

夫治生之道，未始不與養生通。陶朱公霸於賈者也，三致千金而三散之，至以善導引，久在人間，列於仙籍，惟其神無所受故也。今公春秋七十矣，有丈夫子五，廷瑞其四郎也。諸子皆善承志，以德爲賈，雅類父風。長孫體元君治舉子業，韶令有儁聲。曾孫數人，牽裾戲庭前。含飴爲樂，快心之境，公可謂饒享之。其於延齡乎何有？

吴航陳司馬輒好從公遊，諸縉紳偕結社盟，公以隱衣冠杖策同往返烟林水石間，人望之僊僊乎香山也。余猶記往歲公挾余登釣龍臺上，酒後耳熱，天風飄衣，溪光四合，龍氣欲湧，公起浩歌，余退而賡九如之章，相顧樂甚。蓋是時，孺人葉母業先公稱古稀云，於是，公懸弧之辰，諸子修百歲之觴進孺人而合壽焉，而廷瑞請言於余。夫如泉公千秋意氣，五湖胸襟，安所取尋常祝頌之詞而喀喀稱之？第舉人世快心之事，似有當於達者，政使人艷慕清福，不能已已。公試引滿，吾言能無躩然加浮一大白也耶？

從母黄孺人七十序

國有才臣，家有才助，内外軒輊不同，其於需時之用一也。余嘗扼腕，當世事幸無見端，亦均默而忘其瘠者耳。萬一緩急，置容容此輩何地？譬之使太任爲君敬姜揀政、陶母治田賦、曹大家掌記、木蘭女子從戎，天下事何所不可爲者！故貞士亢國，貞女亢家，未可以無非無儀，猥云名不出梱也。

余家諸母，一時皆慈賢，有梱内聲，至拮据多才，宜無出黄母右者。黄氏，余邑軒冕族，母生而慧過諸女郎，洴澼米鹽，粗見大意。洎適余從父聯雲公，又斤斤修婦道，至孝也。從父業受縣官，饑名籍籍，大噪黌中，而余方髮覆額非久，亦補邑弟子員。尚記從從父課經生業娓娓，夜分母從旁出酒膳勞苦，謂『兒無倦』。即余困壁立，時時贊從父，稱貸不已。余之受知叔氏，可不謂家中鮑管哉！逮從父齋志捐館舍，嗣宗《廣陵散》已不復傳，而後余悲可知也。是時，仲愛弟甫七歲，先人遺產頗不訾，藐孤顧安所飽齮齕？母奮然仰天拊膺，是誠在我，日持葳蕤鑰問東西產，課諸僮婢，種種稽勾，無失也。蓋自從父見倍之後，嚙柏茹荼，數十春秋，治女嫁事者三，易新居者再，爲大父母移卜吉葬，爲黄氏父母畢理窀穸，皆手自擘畫，不苦支吾。而家復益饒，諸齮齕者益辟易，此豈尋常丈夫子所易辦也哉！

邑先達冏卿陳公聞母内則賢，可事也，遂擇仲愛弟而壻焉。母納采迎婚，楚楚中禮。即冏卿女入吾門，母殊嚴待之，壼政肅如，而仲愛又具儁才，麾霍豪舉，諸所建刱，悉匪夷所思，不落措大眼孔。謂非得之母教，不可也。

於是歲丁巳，母年七十，而余方驅款段北歸，沙塵滿面，仲愛亟問余索言爲壽。顧轉憶受知叔氏之年，冉冉少壯，已不勝大愳。迄今三上公車，歸時困壁立如故，力不能展一籌之奇，廣半畝之產，以視從母多才，幾虛此一副鬚眉。即余言，安足當母歡者？雖然，閫以内士女爲政，閫以外吾儕爲政，家之需助與國之需才，亦凑其時可爲耳。母不幸早倍從父，會有天幸，而終始得行其才於家。以余所許，其敬姜、陶母之亞乎？而古之人亦有不肯騷除一室者，丈夫子豈信相讓，母固言之勞苦，兒無倦也，余第願母無忘往昔之教，願母愈加匕箸，以受百年之觴。歲月如許，或者兒輩之不至賈墜家聲，母猶可及見也。若夫以才需時，請以揮霍豪舉如弟仲愛者當之。余則何敢！

鍾處士七十序

余嘗禮玄岳於紫金峰，倚杖杭川，曙其土風雄厚，人篤意氣，知摺水之濱有隱君子焉，則肖古鍾君業以質行祭酒於鄉矣。而鍾君復慕余霍林洞天之勝，託賈以遊，入其地而樂之，遂結廬僑居山下。無何，即山下人亦輒奉君爲祭酒也。

先是，雪溪吴懋人先生來教寧庠，至則趣物色鍾君，執手勞慰，竟日夕。蓋君與先生兩尊人同宦同地，各以故謀弟昆禮，歡甚。而吴先生雅稱任俠豪爽，自喜與肖古深相臭味也。時余方困青衿，在坐中，鍾君數目余，語先生：『此子眼光如許，不久當脱去。』三人舉觴大醉，以爲白日何速，青天何遲，語間鬅髮盡豎。咄咄鍾君，可不謂知我哉！居二年，余始舉于鄉，實應君言。嗣是肖古往來余大叔典客家，歲時氤密，每拊余背，勉旃崔郎無負知己。不謂余不武，再屈於戰，及此寒暄太駛，念之若飛若墮，不佞顛毛種種，而鍾君來年七十矣。

君之所最知好者陳君北臺，亦復持高義，相慕用不衰，伻來以肖古之壽告余，且屬余祝言。余謂：『唯唯，吾責也。』夫鍾君方汗漫辭家作江湖壯遊，五官益王健，飯進匕筯益骯髒，着屐峰頭，採藥溪畔，走磴道如鶩，百歲之未央，何所艷稀年而沾沾余言爲？雖然，必有所以觴君者。

天道遠，人道邇，請言其人。鍾君詩書世胄，父若伯兄俱後先貴顯，身爲烏衣子弟而性不喜紈袴，常葛巾布袍雜處村叟中，意況蕭然自適也。内高曠任達，而口呐呐，向人不輕吐一語。君即賈遊乎三泖五湖、雲林烟水，何所不寄眼足，而叩之若袁閎，土室自障。賈中奇贏，即牙籌手送納而善息而藏，善貸而施，卒不以此府怨也。凡此，皆老氏守雌嗇養天龢之旨，君之於人道極矣，何得不壽！

獨恨余此時風塵促人，復走長安道，不獲奉一巵從諸賀客後，云胡稱平生歡？顧憶曩者吴先生坐中語，誓必奮飛報知己，恐君之醉吾一巵不若醉吾片言也。惟是君家子期有千秋之法耳，在余願援琴而鼓之，曰：『峨峨壽只，若山不圮乎！』再賡曰：『洋洋壽甫，若水不腐乎！』君其知余音否？自兹以往，其紫金摺水之靈，實引考無已時，豈徒汗謾七十年，爲霍林嘒嘒老客星哉！陳君曰：『善。』遂次其語，以當霞笈祝言。

陳母七十序

余不慧之交知吾陳君，歡也，實締盟其尊人仰峰公云。不慧齠齒入塾，九歲粗通舉子業，十一就試縣。有司謬糠粃多士，家大人挈去三山，道經丹陽里午炊，先生群兒擁而戲。猶記仰峰公批兒輩，摩余頂，抱而入西舍，箸膝上，啖以梨果。頃之，家大人至，則亟稱謝：『何物風塵中作此奇賞，吾兒若兒也。』請盟。蓋自是得與知吾弟兄，講世好不休耳。是時，仰峰公身隱酒壚而意氣逼逼，慕古人任俠自雄，内則孺人佐之，相勉爲德於鄉，不減伯通偕隱。

孺人者，謝藎卿姊也。藎卿豪舉饒山水，結屋巖桂洞，風規甚遠，與余詩酒往來。余嘗信宿洞中，蓋卿輒語及阿姊，豪爽類余而方正，有嚴丈夫氣。督其二子治經術，而手洴澼紡爲之先。即二子移而讀法家言乎，俱都雅能文，有儒風，則皆孺人噏丸以也。嗟夫！余幸而得父事仰峰公，孺人遂得子。余回首三十年冉冉寒燠如許换，仰峰公既捐館舍，二君猶時時修世好不休，則又皆孺人以也。

丙辰之役，不慧三刖其足歸，母聞之慘不歡。丁巳，母且七十，勑二子勿爲壽，匿避蓋卿家，絶不通珠履。仲春，余客連川，趣問母安否，二君告以故。余曰：『百年之内，爲壽幾何？母幸七十，彊飯神明無恙，不壽何待？今長君克修迺父俠節，方且開田門，置鄭驛，名震嶺以北，次君亦不隤其聲。而長君之子惟鵬風致日上，詩書之業不於其子，幸於其孫大張之。母不壽，誰當壽者？』二君以余言告孺人，孺人色稍解。

於是五月十九日爲孺人懸帨之辰。先是余訂二君於是日也，再抵連水百拜稱觴，至是，力不能裹糧費輿夫，乃走一介，以不腆之詞遠當巵斚。噫！崔生甘爲大耳兒也與哉！念往者丹陽市中，仰峰公摩頂之恩，真不翅淮口一飦丈夫肝腸，何日忘之？乃不能以千金報公，而僅以片言奉其母，抑豈人情所安也？雖然，不慧追啖梨果時已老矣，使之睁眼運臂，持三寸管報千秋義，猶穉之年也。從兹至百齡，稱觴之期，母尚未艾，不慧當於異日登堂，一了兹訂，二君幸無移書讓我。

孫南洪七十序

余少小籍邑諸生，即聞古長溪有篤行儒者孫先生云。長溪古治出州以南，奇峰迢亘，葛洪丹房在焉，而先生遂以南洪自號。嘉靖海訌，喬遷之州治隅西，往余以就試謁先生於廬，登堂問字，私快吾儕得典刑也。冉冉十餘年，先生以明經遊成均，魚腹雙杳。客秋，余與計偕之京師，而先生業驅車柏鄉，領少尹事矣。

柏鄉，春秋鄗地，土瘠而民好俠，最稱難治，先生恬然安之。吾奉一命，爲天子分治民，了書生業意，故不問吾槖，瘠土何病，蓋居數月而清明之頌滿柏鄉也。顧令子啓宸君念先生甚，北地苦寒，將無問温是慮。而會明年先生七袠，不得聚家人飲屠蘇，躬觴稱壽，乃與余謀，求不腆之詞，從萬里外寄將，望風遥祝孅哉。啓宸君之是舉也，昔唐梁公登太行巔，望南陽之白雲，低回親舍不能去，人子之孝思誠篤。即觸眼雲霞，可與神俱往，其視千萬里，猶一堂也。假使先生垂老家食，潦倒稱古稀，是日也，啓宸必窮珍饈、奉甘瀡，親獻引滿之觴；必撾鼓奏雲和，祝頤耋百歲無已；必命長孫司翰文學修詞，司屏、司垣行炙，率子姢羅拜膝下，豈不爲人間快事？然余揣先生意，殊不許也。

當先生倡學州南，時倭奴正訌，里中保室廬不暇，遑問舉子業。先生獨建赤幟，門牆如雲，高足弟子如鄭玉沙、歐董庵，後先領賢書，而先生竟不第，僅得與明經之列謁選天官。當超矣，僅得丞，丞而僅得萬里外，士林多爲扼擘。先生之所以恬然者何？其意以爲，寧儉吾官，無儉吾志；寧髮短於謀，毋自老也。吾奉一命，爲天子佐元元，同是親民，吏、令與丞等耳。道苟可行，吾何負丞，壺口之歌，壯心不已，誠千秋烈士語。倘得嘉與柏鄉民臻仁壽之域，何必聚家慶屠蘇、效世俗歡適爲？蓋啓宸君以先生爲壽，而先生以壽國壽民者自爲壽。

今君之所以壽先生者未艾，而先生之自爲壽者，庚無窮期。以此托於白雲之望，不亦雙美乎！夫先生固葛洪山下人也，而稚川嘗請爲勾漏，令丹成而入仙籙，異日哦弁之暇，九轉可就，七十春秋，安可量也！余不佞，願歌樂只壽考之章，因風而送曼聲矣。

李邑侯去思生祠記

寧之有遺愛祠也，蓋始於吴興韓公云。越此三十餘年，而東粤江門區公來宰寧，大播卓異聲，去乃民思之，祠於郊門之北。於是代區江門者，雲間李公也。公莅寧纔未浹歲，百姓式歌且舞之，不知區之去吾邑也。居無何，陳中丞疏薦於朝，遷公之莆中邑。士民狂走疾嘑，嗟夫！當事者洵以寧爲不足煩令耶？令誠才不稱邑，且夫寧民猶莆民也，奈何奪此所天以與彼，則相與懇留。借恂不可得，而脩故事卜地祠之，迺屬邑人操觚者次第治狀，以請余言。其略曰：

不腆寧邑彫妫痡瘵之遺氓，公實生我，其靡有極也。《周官》計弊群吏，亦弁以廉，公素心雅慕楊關西，叩天自矢毋寧苞苴不賓，即徵收羨餘末減鍰金，殊不以點操世俗武健取媮快耳。

公生無刺棘腸，事事寬然長者，旦坐堂皇聽斷，蘄得民情必盡莫放衙。然摘伏奸罪魁宿神明，肅如也。舞文掾虎，而冠者重繭辟易，無暇肉吾民。里甲歲一踐更厨傳供億之煩，則有故額，秋毫不擾。

邑當孔道，輶軒冠蓋往來，率役之村居細民，公爲關白，設養贍輿夫，疏爲禁民用堪命。鄉約保甲，往事如塗羹，亟下教勅民間無眂虛文，時時揭六諭，褰帷行部，督覈之不倦也。

學宫更始，百舉未飭，下車即偕博士先生，商便宜，自出俸錢佐之。間以時延見諸生，品題月課業，揚搉心印，士争效爲李先生文，如波赴水。己酉之役，賢書楚楚，謂非其明化與！

顧不佞前聞之父老言，知區江門之政且稔，然亦閲數載政成，始聽輿人之誦，去而祠之，有以也。侯爲寧非久而民信，又非久遷去而民戀戀猶乳褓也。是遵何德以處此？語有之：『善作者不若善成。』乘風而呼，其應加疾。

然則，公之爲德於寧亦大矣！大都公爲政近類江門，而其機遘遠類吴興。方韓公以進士令寧，旋移吴航，而是時癸酉領鄉薦者兩人焉。余考公起家之顯，遷莆之命，與夫酉科得士之數，何其奇合也。抑聞之，活及千人者，必昌其後。今巍然大魁庚戌者，非吴興胤耶？天道不爽，其以報韓者報公。余願借華封之舌，爲寧士若民儀圖矣。若夫七尺之碑，則次第語業有成言，惟是數十年間，三芳祠猶接踵也。余請得氓之以見得民之難如此。

邑東洋里造士紀德碑記

寧德，海濱小腆耳。出邑北一枝，踰青田鄉，越崇嶺，綿亘延袤，爲東洋里，既去治所遠，世廟末，寧中倭，艽萑不逞，因而揭竿語難，亦復擾擾數載，豈袛兵喜嘯處其性哉！詩書之教不興，而上漫不倡耳。先是，部使者議設縣治，割學宮弟子員之半與邑中分魯，會以他格寢。而是時卒用其便宜，里中列子衿者數人，于以解劍論道，造邦化俗。其賢者澤于詩禮絃歌之樂，不肖者亦退而相語，毋狎于不順，法甚善。承平日久，此指稍緩，諸子衿既老去，其業上莫爲鼓，下莫之踵，即有二三儒家子，輒視經術之途如太行、蜀道，峻不可捫，坐是數十年寥落不競。嗟嗟！東洋里將爲甌脱之墟乎哉！

邇者邑三尹王侯往轄其地，揖里長老而進之：『爾胡逡逡木彊少文？胡衣裾落落而儒冠是溺？』則俱以故事對。遂謀于令君郭侯，搜摭舊便宜，慨然關白，願比于北之遼東，歲得籍弟子員一人，以爲倡先。議上，州大夫殷公深嘉其舉，亟條請于督學使者，報曰可，卒獲如議定爲額。于是，里中父兄子弟私喜若狂相慶也。吾儕憧憧，跼蹐四體，以迄今日。

是役也，如披雲霧而覩青天，而引亡子於故道也，乃僉伐石以志諸永永，而問言于余。余則竊嘆，古今人才廢興、地脉隆替，其繫于在上，顧不重哉！昔西蜀魚鳧儌國，文翁以教化從事，髦儁軼興。即吾閩，初亦篁竹之區，常觀察一興學校，人文爛焉，至今以此渺，譚之若無，自嗤東洋爲僻陋也。十步之内，必有茂草，三家之市，有吾伊弦誦之音，猶輻輳也。故地靡論通原丘壑，人靡論豪杰顓蒙，業靡論筆研耕鑿，惟在上人鼓舞、推輓何如耳。若不見鄞溪之崖破爲出礦耶，鈎扢黝深之洞，發而視之，塊然石也。及其淘之汰之，螭蛟捧爐，山靈裝炭，享之三日，乃始化白鏹、朱提，不可勝用矣。且夫金石之精，天之所生，亦人之所成也。大塊生人，豈私於闤闠而啬於丘野哉！

爾其以詩書爲鑱錐，以禮義爲爐冶，以良師好友爲鍛鍊，使人争寶爲白鏹、朱提，斯固諸上官陶鑄至意也。非然，使若奉成例，鱗次而上，因而登枝忘本，因而宕湎，因而憑陵作車上僊，青青子衿，何利賴之與有？醫費人，書費紙，躍冶之金其費在上之陶鑄，嘻，亦甚矣！後之摩挲六尺之碑，而愾然思諸上官造士之旨，其尚以余言爲不佞哉！

募修金溪橋疏

邑之環左脊而下東匯者，金溪也；其駕中流若長虹者，橋也。厥兆幾先有宋首唱，橋之讖也。車塵轟轟，過而通甌越，西折長安，橋之要窾也。

春雨滿澤，秋川灌河，白鶴、金峰之源建瓴而下，合鬬中衝，怒湍如馬，于焉利涉，倚檻神摇，橋之利，即橋之害也。橋成者屢矣，未幾數年或遠而十餘年，亦屢就圮者，橋之址不堪受敵而嚙於水也。當事者不策於紓而策於睫，董役者抱甕搰搰，徒糜金錢取悦，不日事竣，則相與伐石，爹頌功德，皇顧其他。是以數大令之舉數千緡之費與敵也。歲在作噩，波神陊薄，摧傾兩年，前勛莫續，橋數厄也。

於是令公曾侯過之，喟然合謀興復，爰令小子饒舌以告首事。從侯命也，小子曰：『噫！是余意也。』人亦有言，領挈衣張，明宰在上，厥命煌煌，小子贊之，載舞載揚，二三父老，趨廷蹌蹌，人和協也。時維旱乾，水淺石出，迄於天根，大役斯秩，父老誓事也。今夫徒扛輿梁，百務是先者，王政也；鎖地脉於中流，覘天機於再識，形家言也。孔道維衝，輪蹄往來，不得不修復者，勢也；布金施地，檀[一]那橋梁，以種福田遺孫子者，因果也。今邑大夫計，其大急先務也。吾儕行大夫之令而致之民，爲形勢也。小人何知，嚮其利爲有德。銖錢尺帛，咸願争輸，六度津梁，則百室之智而優婆夷塞之所勉也。故夫因果者，亦助王政、壯形勢之一機也。余小子者，佞佛髮僧者也，迺合掌和南而作偈言：

我觀衆生中，各各種妙果。佛説疲澤梁，擅修如是道。云何方眼塵，而有慳癡想。
此身非汝有，何况金與鏹。明明宰官身，發此慈悲願。爾曹利涉川，子來急相勸。
溪流駛且長，行人憫心惻。如造寶浮屠，是種自功德。遍告諸給孤，因果作者是。
讚嘆觀厥成，以待題柱者。

[一]檀：底本原作『擅』，據文意改。

辟支巖募墾香燈疏

爾時樵雲禪師自清漳東來，攜錫鉢入支提山，蓋聞今上御賜經藏，遂留山中，翻誦三年願滿，爰卜於辟支巖，結廬住焉。師曰：『此吾維摩十笏地，安在不可容數萬獅子座？』居久之，四方頂禮者雲從，遊客問道趾相錯也。

而師之白足道源上人出大智力，斸雲掃翳，拓興其精舍，成不日矣。門前松忽東指，師從曹溪歸，笑指新廬，芥子化爲須彌耶？道源跪而請：『吾儕苾蒭行將盛滿，抑過客接待之繁，恐乞食不足以支。山中饒水益，土雖瘠，可墾而田也，盍謀諸檀那長者，以黃金布此浄地，如何？』師弗許：『吾往與李叔玄太常參止觀之義，甚了了，未可以浩費不止，累十方子，休矣！』

於是，上人乃謀於半韲居士，居士曰：『吾責也。』邑有名山，山有名師，而令其徒衆日托鉢餬其口於四方，居士耻之。且夫師意在止觀，上人意在利濟，要以相助佛法結種種緣，其有功於辟支，一也。上人第挾短疏，以余言遍告諸檀那，必有捐慳痴以響應者。豈特辟支佛破顔微笑，其支提千灌頂大師實式臨之。

問月樓啓集

霍童崔世召徵仲甫著
莆中黄　光若木甫校

迎熊宗師按臨啓

泰山道重，招摇握斗柄之移；幽谷春回，躑躅望朝暾之影。歡騰寮采，慶洽章縫。

恭惟化補乾坤，名喧宇宙。奪龍頭而鼓餘勇，昔曾空冀北之群；執牛耳而主華壇，今見推斗南之一。雙瞳如炯，得人妙牝牡驪黄；太極無言，施教在露雷風雨。蓋海邦兆東漸之化，知吾道之將行；而多士切北面之心，歌公來之何暮。

某逖蔭熒煌，夙陶坱圠。薄言不腆之邑，業奉明教以戴星；同冒無私之天，將暨輿情以就日。獨憐僻壤，久遲台光。雖道路之云遥，去聖人居不數百里；即儒生之弗類，望車塵至何啻一心。

兹者校館告成，杏壇高設。皋比控座，神馳關西夫子之風；紫氣横天，目極函谷真人之駕。敬陳荒牘，奉迓仙旌。戒役代肅於臺端，祗躬候迎於道左。伏願龍光蚤賁，鳳翅高翔。斗大秦川，沐化雨春風之浩蕩；天高北極，增霍童太姥之峉嶤。

上李邑尹求制義啓

帝重絲綸，美錦發天孫之手；道先知覺，雄篇印尼父之傳。行看氣脉之將回，允藉文心以丕式。恭惟東吴璽寶，北斗儒宗。地望窮華，秀拔九峰、三泖之色；天材敏邵，文驚《兩都》《七發》之名。遥聞紙貴長安，當代共論乎才子；何幸星占太史，海濱偏度乎真人。白鶴峰明，若迓奎光而飛舞；青鰲波静，盡成風涣之文章。草木更新，川雲吐氣。竊念寧邑，僻在陬壖。科目遜前脩，久嘆南風之不競；章縫森後覺，或緣道統之無傳。士處困囊之中，人在甄陶之外。欣逢喆匠，幸際昌時。千百年僅見祥麟，天豈無意；二三子齊稱賀燕，道將大行。

敬率多士以庭趨，爰請雄文而户誦。永傳剞劂，用比韋弦。狗木鐸於遒人，呼醒群聾之耳；擲金聲於地上，追還大雅之音。匪徒爲捷徑之階梯，抑且爲傳心之衣鉢。伏願奉無私以造物，希出秘草於中郎；倚有道以殿邦，再見關西之夫子。公門如許，永培三千化雨之春；副本可藏，恰在第一洞天之籍。

賀王參戎令子遊泮啓

虎帳霜明，歲晏雙鐃翻度曲；鳳毛天杳，雲霄六翮試高翔。江南馳驛使之梅，歡傳跨竈；泮沼樂魯侯之藻，預擬登瀛。蓋由穀却詩書，詒義方於武事之外；何如謝安賭墅，折屐齒於奏捷之餘。軍中合樂以椎牛，膝下舞斑而賀燕。

某屢蒙河潤，素切嵩呼。自識將軍禮數之寬，接頻年之虛左；遥聞令子箕裘之業，幸指日以圖南。肅獻蕪詞，告伸賀悃。羡北山之有梓，終漱芳潤於清源；趁東海之無波，願酹昇平於濁酒。

候區郡丞老師啓

程風噓畏景，各天縈褦襶之思；杜月繞高梁，丙夜破氍毹之夢。嘆居諸之如駛，憂鄙吝之復萌。其爲瞻依，曷可名狀。恭惟胸盤海嶽，手握鑪錘。遊刃有餘，解千牛之肯綮；輕車就熟，空萬馬之躊躇。惟是七尺之碑，儼然寧海；轉使五袴之頌，籍甚鄞江。帝曰往欽，鎖鑰非公不可；士兮樂只，斗山到處攸尊。試問滿路之謳歌，竟屬誰家之桃李。

某學既拙疏，法當憔悴。一貧如洗，值雷轟薦福之碑；三獻無功，徒雨没陵陽之璞。黑貂自媿，黃卷相憐。苟非台臺如天，孰與鯫生爲地。狺狺龐吠，頻懷再白之寃；擾擾塵紛，獨放雙青之眼。感深雪涕，慚極霞顔。今墮孤雲落照之邊，誰復高山流水之賞。雖士更三日，猶然作吴下之蒙；顧我有二天，悵矣隔前汀之路。臨風心折，溯望神馳。遥聞五馬之言旋，聊托雙魚以通悃。無從報德，惟勸加餐。

幸冀步趨，奉依綦履。夜猶未艾，屢迴十年國士之魂；秋以爲期，渴慰千里投公之想。

請胡州尊啓

春透江皋，過化識東風之面；花明棨戟，躋攀覩北斗之尊。雅稱積腔，綣言懷德。恭惟台下斯文宗匠，當世羽儀。天間氣而生偉人，少年奪浮玉萬魁之選；史援筆而書循吏，太和在神爵五鳳之間。洵一方之帡幪，作百寮之師帥。茲逢台駕，俯莅山城。載路福星，竹馬雜朱輪之從；行春艷景，林鶯鬧紅杏之枝。薄紓悃於荒筵，冀傳心於片晷。念鄙情何以明信，祗溪毛澗藻之微；邀太守無限行歌，趁烟柳暖梅之候。效車前之擁彗，願鑒蠢忱；仰日下以停鸞，不我遐棄。

請區邑尹遊瑞迹寺啓

恭惟台下元氣鈞衡，斯文正印。花種河陽，滿縣不言而桃李蹊成；馬因伯樂，空群一顧而駑駘價倍。恩均覆冒，寵溢儒紳。某自分樗材，謬叨冶鑄。登堂問字，片言辱華衮之褒；掃榻分藜，十里借嶙峋之色。洎埋頭於瑞迹，長拭目乎祥光。惟茲兑秋氣届之期，正值閶闔風開之景。一池鈎月，荷容映秋水以猶芳；滿路德星，蘭若放毫光而先兆。敢陳桂醑，用薦芹悰。借杯酒以論文，冀衣鉢親傳几席；臨高臺以作賦，邀旌旆俯重溪山。律迎南吕之初，座仰北斗之重。心同雀躍，神悚鳧飛。

洪太尊再舉子啓

恭惟台下政成民譽，德協天符。輿頌藹黄堂，下里快多男之祝；台光干紫氣，中宵詫聯璧之奇。一片冰心，瀉入玉壺增沆瀣；十分秋色，生逢蘭桂護勾萌。名門遥高吴會之風，慧質實擁秦川之秀。雲移太姥，崧高太岳之精；瑞繞藍溪，掩映藍田之玉。祥符開五馬，渥洼天産名駒；吉夢叶非熊，幞被日臨晝軾。共信毓靈之有種，固宜襲慶於無疆。德星動太史之占，難兄難弟；槐影應于門之瑞，愈出愈奇。捧來明月兩團團，始信珠還合浦；慣識鳳毛殊種種，寧論雀下潁川。色艷閨幃，歡騰蝂屬。

某卑栖下邑，恍聞載道訏聲；遥望神州，想見充閭佳氣。生平悟抱嬰之愛，感激慈風；此日頌宜男之章，忻逢盛事。用馳下役，代肅凉儀。兼申遥祝之詞，行副珍隆之願。旦暮岐嶷之茂質，日與俱新；南北橋梓之清華，世濟其美。

請曾邑尹誕日啓

千齡度索花開，趁潘令點綴河陽之景；午夜長庚星爛，政魯侯戴披單父之期。赤舄輝騰，青氈喜溢。

恭惟台下東粤人豪，南豐衣鉢。孕羅浮之秀氣，從來沆瀣饔餐；攬霍洞之精華，幾度蓬瀛清淺。時維修火，節屆懸弧。大令行春，庶僚就日。芳菲綺景，忻逢誕世之奇；潦倒荒尊，敢擬稱觴之慶。借春光以代華燭，朱顔醉勾漏之丹；擷泮藻以實蔬筵，緑酒照冰壺之影。先期躍雀，仰賁和鸞。

代畫師干進啓

巨海汪洋，納細流而能下；少微隱約，依台宿以爲光。肆投分在形神之先，斯甄陶超能事之表。恭惟象表文章，道通元化。麟千年而一角，居然命世之奇；鳳五彩而九苞，卓矣德輝之著。妙丰神於阿堵，洵金相玉質之有加；羅俊彦於轂中，雖木屑竹頭而靡棄。蓋德彌盛而心彌下，故近者悦而遠者來。

某九漈遺氓，八閩賤品。少操鉛槧，羞學劍之無成；長事丹青，笑屠龍之何用。居心孰如吴道子，竊附清流；擅技不若顧虎頭，祇餘癡絶。風塵馳馬走，徒糊口於四方；歲月老龍眠，或甘心於一遇。

所幸重茵好士，堂前混東郭之吹竽；以故千里投公，門外效正平之懷刺。何日射上林之棗，亟呼朔來；聞道築黄金之臺，請自隗始。願陳末伎，期覿高儀。不獨爲盤礴解衣，虚擬莊生真史之譽；行將代傅岩圖象，上應高后夢賚之符。栖鷦鷯於一枝，差堪鼓翼；收駑駘於下乘，敢復悲鳴。

吴師尊誕日啓

一年好景，正橙黄橘緑之時；百歲芳辰，尚髮黑顏丹之日。金錢滿地，悠然喜見南山；紫氣干霄，卓爾推尊北斗。皋比上座，旦暮鱣飛；樸遬諸生，步趨燕賀。慶桑弧之清樾，樂詠未央；睹庭實之繽紛，羞稱不腆。是用溯生鱗於秋水，用備婁鯖；薄言寫素景於雲箋，聊傳顧堵。深慚輶褻，上瀆高華。

候熊轉運啓

清時策九府之輪，秩隆鹽政；鉅節擁八閩之寄，美啚冰壺。春光波及於儒紳，雲樹望盈於台斗。恭惟台下渥洼神產，閶闔仙姿。秀毓厥原，餐梅嶺蕭壇之沆瀣；居臨滕閣，煥落霞秋水之文章。仰八座於箕裘，共羡謝階玉樹；發重熙于崑璧，允稱王氏青箱。人望攸歸，帝心簡在。閩荒司計，行邁夷吾煮海之勳；運府分猷，聊試傳説鹽梅之用。擬膚功於佇日，切輿望於瞻雲。

某散櫟餘生，章縫賤品。才非夢鳥，自憐短翮於枋榆；心激登龍，仰溯長風於喬岳。幸棠棣之韡韡，侍厠几筵；追駑骨之纍纍，榮叨顧眄。鸞旌臨下里，欣披滿座春風；鰲首戴中台，偏灑一門雨露。心知銜結，口莫揄揚。

謹布尺函，奉候台祉。伏願光先業於有赫，朝端待調鼎之猷；擴大造於無私，堂下款吹壎之響。

請李新尹啓

五雲佳麗，新明大令之銀章；半壁波光，樂媚魯侯之彩從。遇合稱奇於千載，山川增重於一時。恭惟台下背負天風，筆搖海嶽。摩空獻賦，超東南之寶於機雲；遊刃發型，擅銅墨之良於卓魯。褰行帷以拊恤，望而知爲神君；執玄冶以鑪錘，衆咸依乎大造。士兮樂只，願耳提以接几席之光；公曰休哉，豈奔軼而廢步趨之教。

謹諏吉旦，薄潔荒筵。言採其芹，擬溪澗之毛以明信；亟稱斯水，借頖宫之沼以流觴。况沙堤新築之時，行車發軔；又山意衝寒之會，佳息先春。伏冀蚤賁鸞和，遥儀鳳彩。赫赫師尹座中，瞻太山北斗之尊；青青子衿眼底，樂霽月光風之景。

送胡太尊中秋節啓

銀漢秋澄，碧島沐澄清之化；冰壺月滿，黄堂欣滿最之符。雲既浄而天高，治行共摩霄第一；露初凝而氣爽，玄心對藍水雙清。荷屬照臨，敢忘吟弄。難窮樂事深宵，想高興於庾樓；正可中庭下邑，寫清風於宓韵。粗陳俗物，遠布荒忱。借素影而引虔，望玉扉而遥祝。問夜未艾，永齊八千歲之仙秋；如月斯恒，佇翼五百年之泰運。

送州尊重陽啓

一陣金風，撫景入黄花之令；九陽玉節，褰帷呈皂蓋之華。對爽氣而開樽，掩映長溪瑞色；美大夫之作賦，憑陵太姥高峰。候届佳辰，歡同下士。茱萸醉眼，叨青盻之頻分；蟋蟀孤吟，喜素秋之鼎茂。肅修荒啓，薄布芹悰。助詩力於籬邊，聊效江州之剥喙；領陽秋於皮裏，共推渤海之循良。

候項水部啓代作

花重秣陵，曉日藨緋袍之影；香飄蘭省，清時冠玉佩之班。翹注爲勞，銘鏤曷極。恭惟台下大越英靈，留都柱石。蒼淵龍種，嘘雲霧而跨烟樓；丹穴鳳毛，聽简韶而儀天闕。壁經推赤幟，邁大小夏侯氏之陳言；花縣綰銀章，增東西漢循吏之列傳。兩地賢聲籍甚，九天寵命申重。鷄舌口中，馨香入杜陵之句；蓬山頂上，清白齊貢禹之風。快瞻成績於三年，行羡躋登於八座。某散櫟微生，守株下吏。家居三泖，夙被松蘿鄰政之波；誼結二天，喜續橋梓清華之庇。登堂問字，時時頊家學於皋比；把酒臨風，夜夜拜台光於斗極。顧一官癡了公事，戴星未遑；而萬里曠絶私函，披雲久缺。反勞飛簡，不棄遺簪。長跪捧雙魚，如見芝宇春風之面；遐情窺半豹，曷深屋梁明月之思。口莫揄揚，心知銜結。敬裁片楮，仰候崇臺。伏願棨戟日新，箕裘世茂。趁此椿盤仙島，可從容調粉署之和；聞道沙漲海壇，將旦暮應金甌之讖。

區郡伯考滿啓代作

麥秋新霽，漁陽成三稔之歌；棠蔭長春，宓邑仰千齡之範。光生望日，喜溢臨風。恭惟台下紫水龍媒，黄雲鳳表。剛誠百鍊，試之而所向無前；器受萬鐘，用也而尚虚其半。賢聲冠列郡，問龔黄卓魯以誰先；惠績寄豐碑，真尸祝壇壝之共永。風清五馬，如熟路之駕輕車；雨洽九龍，又竿頭之更進步。惟兹上最，允屬中台。鹿轂熊轓正旖旎，昭成功之象；鸞坡鶴嶺亦岧嶤，增舊治之高。

某粥粥無能，兢兢自守。典刑在望，忻承漢官之威儀；意氣相期，强學邯鄲之蹩躠。顧風流讓潘岳，兩春虚度桃花；羡絶伎若由基，百步竟穿楊葉。遥瞻佳氣，欝葱起朝斗之岩；不淺歡容，瀲灔流丁之水。

謹脩荒牘，遠賀崇勳；伏冀台臺，益光明德。雄飛旦暮，即二千石真拜之符；仰止春秋，爲億萬年芳祠之重。

請張座師啓

秋高海國，露華灑寒偃之枝；香滿桂庭，斗柄仰河魁之瑞。戴窮旻而溯睇，鏤骨難銘；借寸晷以通忱，傾葵無已。

恭惟台下道涵真宰，象表文昌。發醉李青華，湖色蘸鴛鴦之水；渥生花彩筆，賢書譜龍鳳之文。樹幟經壇，孔壁之金聲再振；持衡漳海，于庭之槐影高團。天意道將大行，乃挈來洙泗關閩之統；吾儕會其豈偶，偏恰逢風雲龍虎之期。皮裏陽秋，因物妙栽培之篤；胸中水鑑，得人忘牝牡之形。絢赫高標，輪囷奧識。

某等有生落匏，無賴處囊。委頓牛溲，何意備藥籠之一物；疏零蠹簡，不圖享敝帚以千金。鼓罊奇緣，歡欣盛際。成我夫子，真天高地厚之無窮；藐爾諸生，詎毛印楊環之可報。謹涓吉旦，敬設皋比。薄紓悃於荒筵，效承歡於片刻。齊趨擁雀，仰絆停鸞。此時萬里橋邊，酌水寄知源之遠思；何日五雲多處，拔茅湊連茹之奇逢。

請李邑尊啓

春滿龍門，眼底點三千之雨化；雲彌鶴海，年來轉百六之陽和。鼓罊有天，鏤恩無地。

恭惟台下豈弟作人，文章司命。雲間威鳳，葳蕤揚千仞之輝；袖裏神犀，烱爍入九淵之照。鑪錘屬大匠，鼎無躍冶之金；奎璧聚中台，光映圜橋之水。日如冬而可愛，喚回百千萬姓之歡聲；道與運而俱亨，振起三十七年之黯氣。

如某樸遬，謬入陶鈞登雲；信藉扶搖，酌水敢忘源本。況寇帷難借，將悵悵於壺山蘭水之邦；

正王舄高騫，又戀戀於龍甸燕臺之别。

謹諏吉日，敬迓台旌。借片晷之清輝，叙半生之積悃。願言賁趾，曷切扳轅。蹊徑無言，擁篲掃蓬蒿之迹；門墻孔邇，臨風慶几席之歡。

送州尊年禮啓

玉臘收寒，海島春回百里；朱幡閲歲，嵩呼風動三陽。瞻佳氣於雲中，將兆西漢公卿之詔；吸太和於宇下，頻藉東君律管之噓。感集蚊山，歡騰鶴海。一迴歲盡，聊傾竹葉以慶遐齡；七尺恩深，徒對椒花而獻短頌。粗陳俗物，敬布微忱。合神州赤縣之歡心，共將芹曝；借太姥藍溪之新影，漫擬崗陵。

賀陳道尊移鎮福寧兼誕子啓

薇垣星紫，東閩借靖海之籌；蘭室風清，午夜叶充閭之瑞。威德先敷於下里，嘉祥畢集於中閨。戩穀自天，傳歡無地。

恭惟台下大越精靈，清朝柱礎。文章屬一家司命，邁兩蘇二宋之奇；韜略壯八郡藩屏，藹五雨十風之化。勳昭魏闕，日邊雲接於蓬萊；天眷秦川，海島星移於節鉞。澤隨車以如澍，平看石燕之狂掀；道與時而偕亨，忽報飛熊之入夢。盈門佳氣，桑弧誇閥閲之懸；繞室異香，竹箭孕東南之美。

從來百里聚德，光團潁川之庭；合是三祝多男，願滿華封之口。吏民快睹，川嶽增輝。

某披拂慈風，賡歌盛際。矚彤雲於天表，欣迎玉節之遥臨；占飛昂於夜分，喜效金錢之入賀。用馳下役，代肅微悰。兼申遥祝之詞，行慰珍隆之願。滄溟鯨浪息中國，慶司馬之當朝；丹穴鳳毛新奕世，羨令狐之有後。

李邑尹端午啓

蒲風解愠，宓城響入冰絃；梅雨爲霖，嶰谷歌横鐵笛。望雲間之鳧舄，朱明照萬户之符；溯海上之龍門，彩鷁競群標之渡。五陽道長，趁榴裀柳幕之芳菲；百里恩覃，盡玉醑金菰之樂利。矧叨教育，曷極瞻依。把酒問丁年，落落驚希毛之候；看雲逢午節，時時懷刻骨之恩。快長養之有天，風薰自醉；恨栖遲之隔地，日澹忘歸。遐心對蒲罣以孤飛，寸腸繫縷絲而若結。謹憑素楮，用寫丹誠。愧無不腆之儀，徒抱未央之祝。借鸞江之霞氣，佐成九還勾漏之緣；勞蝶夢於雲天，長傍數仞宫墻之側。

柬友小啓

邇聞台馭，矯發三山；獨恨孤踪，癡纏接水。客中送客，難免路鬼揶揄；愁裏添愁，頓覺詩神羞澀。一腔若此，八韵可知。業荷嗜痂，敢云藏拙。何以報之青玉案，吾甚慚焉；願言正於郢人斤，君其惠我。

寄温郡守啓

閩天施澤久，七峰之山斗長明；粤海繫思濃，千里之樹雲不遠。感恩莫報，翹首爲勞。恭惟台下天材敏邵，地望窮華。萃羊城之氣，一人落筆，等飛卿之捷；試牛刀於兹，數載燃犀，驚太真之神。爰贊刺於三山，洎專符於五嶺。顧循良到處，行歌皂蓋之清風；然慈愛滿腔，竟屬紫金之赤子。士樂采藻，民戀甘棠。去此百年，有如一日。

某夙陶坱圠，逖蔭熒煌。雖云小草在山，曾備藥籠一物。教猶在耳，程門之雪迹依依；念不去心，杜屋之月痕隱隱。第伶仃注仄，十年虚青眼之恩；而縹緲宫墻，雙鯉絶素書之寄。其爲瞻企，曷可名言？遥聞南海之珠，老去更堪照乘；懸知北山之梓，從來必善爲箕。固種種别後之洪庥，亦款款寸中之私祝。

敬馳荒牘，遠候清居。臨楮魂摇，披雲目極。所憑畫史，聊託書郵。蓋某者閭閥名家，丹青妙手。風流染翰，或庶幾盤礴之真詮；湖海壯遊，當不在尋常之阿堵。兹慕羅浮之勝，言探海國之奇。不揣借此舌爲曹丘，願得依名邦爲市隱。倘識春風之面，何啻勝從事十人；使傳秋水之神，便可當伯樂一顧矣。

迎董劍南道尊啓代作

帝咨賢以紓南顧，清霜飛烏府之威；天垂象以兆東行，紫氣滿虹橋之嶠。光生草木，喜溢枌榆。恭惟台下背負天風，胸盤海日。九峰山長，千齡萃光嶽之精；三策家聲，一日貴長安之紙。羨才名之楚楚，洵爲明時麟鳳之祥；數風雅之翩翩，合在故里機雲之上。方瞳碧眼，既典命於洪都；木鐸金聲，隨取材於維楚。大江以西，多士盡收桃李之三千；北斗以南，一人真吞雲夢之八九。從來東方玩世，付萬事於醉眼之中；已而司馬倦遊，發一笑於塵容之外。顧公年正健，雖暫尋白社之盟；而帝眷方殷，竟强爲蒼生而起。春回閩海，爰借干城；節鎮上遊，遥操鎖鑰。雲間鳳羽，將朝鶱九曲之坡；腰畔龍精，恰夜渡雙鐔之水。地因人重，道與時行。

某夙藉鈞陶，仰懸繾綣。笑葭莩之徒，倚駢顔抱偶大之慚；賴桑梓之維，親驥尾附絶塵之影。一行作吏，祇深戴星案牘之勞；千載奇逢，竊有得月樓臺之喜。得檄久捹心醉，望塵曷極魂搖。謹走鄙詞，遥迎台宿。六傳驅馳風雨，行行壯樽俎之金城；八閩指頭江山，處處借縱横之彩筆。

候陶大司成啓代作

東山道峻，鴻儀關漢闕之春；北斗神懸，蝶夢勞程門之雪。戀依曷極，銘佩有懷。

恭惟台下大智超凡，上根出世。聲齊金石木天，映奎璧之輝；世掌絲綸竹箭，擅東南之美。帝覽相如上林之賦，恨不同時；士珍歐陽夫子之文，訝何處得。洵受天之間氣，爰爲世之宗工。懸鑑金陵，萬馬無留良於一顧；推鋒寶苑，千牛祇游刃之有餘。晉陟仙階，峨登師席。圜橋壁水，旋增瀲灧之波光；梓里青山，忽動逍遥之野趣。家居鄰宛委，行探金匱玉簡之藏；骨法本瀛洲，豈無紅藥花磚之夢。天方爲五百年生名世，當思戀闕之江湖；公業爲三千士育英才，須念滿門之桃李。

某樗櫟散材，自捐匠石；菰蘆末品，誤入藥籠。依然吴下阿蒙，敢云品題一經。便佳士藐兹海濱小吏，祇覺州縣之職徒勞人。第十載星霜，久悵鱣堂之迥絶；而一尊夜雨，深慚魚腹之疏零。想雅況於精廬，目斷石帆之影；費遥魂於函丈，舟横剡水之灣。

謹脩荒緘，聊通積悃。加餐兩字，珍重片心。

賀熊文宗誕日啓

碧海摇光，化雨溉關西之澤；紫雲介壽，瞻星當南極之尊。士願長生，天符多祉。

恭惟台下至人出世，造物生身。豫章之虬榦參霄，蔭垂萬頃；豐水之龍光犯斗，型發三山。道通洙泗之淵源，貌合神仙之骨法。時逢盛夏，瑞葉生申。夢錫帝齡，喬壽應梓昌而共紀；揆留皇覽，椿枝齊柏府以高蟠。永日薰風，撫景合雲和之樂；夭桃濃李，滿門填嵩祝之聲。凡屬帡幪，咸深舞蹈。

某欣遊壽域，快睹神弧。把筆圖麟，驀像鬚眉於函谷；開籠放鴿，言頌歲月於君山。千里莫遂凫趨，寸衷徒切燕賀。肅陳雲楮，代薦霞觴。念下士居傍第一洞天，敢獻仙都之火棗；願明公壽添四百甲子，長㯳霄漢之金莖。

周節推端午啓

綺景噓朱明之火，化日舒長；祥符持紫甸之平，法星炳燿。八閩胥慶，六合咸熙。恭惟台下氣吞雲夢，背負天風。握三尺於海邦，合衰盾趙家之日；調一陰於太運，正唐虞午位之天。令節厥届端陽，繁祉畢歸台座。清泓挹楚澤，披襟滌萬姓之炎氛；壽域啓閩邦，續命懸千門之綵縷。

某步塵芳躅，竊潤鄰封。我有二天，翹首曾荷於蔭樾；時當五日，傾心更切於丹葵。謹布荒忱，遥賀佳節。恨蒲觴未遑親倒，魂摇公瑾之醇醪；願金鏡此日發型，誼切嵇康之鍛鍊。

迎方州尊啓

天子乃睠南顧，秦川重保障之符；真人報道東行，皖水耀襜帷之彩。士類欣瞻乎山斗，海濱望激乎雲霓。恭惟當代偉人，斯文宗匠。惟良弓冶行行，避驄馬於當年；有美嶙峋楚楚，振鳳毛於奕世。作賦貴長安之紙，争傳價重三都；檄書馳西蜀之文，曾試風清五馬。于焉王命再錫臨軒，咨牧伯於閩邦；遂爾使節遥掀襆被，播陽春於幽谷。山靈齊擁篲歡呼，趁太姥以先驅；海若不揚波望氣，知聖人之將至。矧叨栟宇，更切逢迎。

某大塊散材，小邾末品。十年學屠龍之伎，無所用諸；誰人熟相馬之經，衹自哂耳。向事大夫之賢者，若貴鄉阮刺史，曾叨結社於瑶華；故聞伯夷之風乎，以下邑魯諸生，亟思親炙乎清範。

謹裁荒牘，遠迓芝車；蚤策鸞駢，高翔鳳翮。上方欲澄清海島，飛熊借鎖鑰之長材；公請無厭薄淮陽，竹馬慰兒童之渴望。

答嵇司理啓

貫城星煥，龍文重海國之光；梓里雲深，雁帛寵巴人之錫。捫心知媿，戴誼難名。

恭惟台下望挺鉅靈，道涵真宰。千秋國寶，聲華並天目崧高；一片壺冰，秀色餐幔亭沆瀣。緊持平於數年法署，爰冠美乎八郡循良。遥聞理國如家，暑月揮稚圭之汗；共識居心若水，暮庭抱伯起之知。肺石興歌，芝城增重。

某落莫堅瓠，栖遲半蓿。微生同一地，辟諸蔦蘿，欣附喬木之施；良遇獲二天，波及鄰封，亦竊江河之潤。嗟傳經於白首，學劍無成；屢翹望於青眸，擁氈自媿。乃勞飛羽，不棄顛毛。長跪焚香，捧陸離之五色；永懷佩玉，拜珍重之百朋。口莫揄揚，心知銜結。

敬裁短楮，遠布私忱。仰冀台原，俯廑斗仰。采葑及菲，頓忘下體之猥微；惟梓與桑，終賴化工之煦育。

賀汪别駕元旦時攝閩縣

紀换龍星，佳氣溢黄堂之頌；春歸鷄朔，祥符卜赤縣之光。三山綺景烟浮，萬井濃歡漏曉。某幸逢上節，恭挹下風。媢大造之栽培，先度向榮苜蓿；對東風而飛越，徒懷入頌椒花。謹試筆於八行，藉稱觴於四始。遥瞻宜春勝帖，滿城歌令德之宜民；佇看新歲延禧，拭目拜自天之新命。

候趙太史請告啓代作

九苞鳳彩，葳蕤韜漢苑之春；七尺鯫軀，趼累跂程門之雪。戴天莫報，瞻斗爲勞。恭惟台下青海鍾靈，黄麻儲品。天心開物色，聞臚傳第一，卿雲正横；帝命重絲綸，訝字對三千，紅日未晷。遥望斗山楚楚，真當代有數文章；竭來桃李翩翩，盡吾儕無言蹊徑。名已入於金甌之覆，迹暫違乎玉峙之榮。長憐影倦花磚，北海款星軿之詠；未許鴻飛草澤，東山養時望之尊。矧在宇幪，猶深鼎仰。

某自分樗散，濫荷栽培。鄙人何知，惟嚮利爲有德；君子樂只，真怙冒之如天。顧萬里雲停；媿芹衷未紓悃愫；而一州斗大，念菲才尚困紛拏。坐是積諐，久疏荒牘。敬馳介役，肅候台禧。伏願鑒其藿誠，末盻藉一雙青眼；膺斯遐嘏，加餐爲億兆蒼生。

請李邑尊啓 臘春時也，代作

天下楷模，到處屬龍門之頌；海濱鄒魯，朅來瞻鴻漸之儀。蓋自仙令行春，幽谷頓成瑞藹；會見明侯樂頖，寒氈倏爾温生。歌化日於不知，萬户同鶴舞鸞飛之趣；試期月而已可，一時鼓菁莪樸棫之風。

某茗水微生，芹宫散吏。飄零凡骨，有緣舐丹鼎之砂；紼纚孤帆，何幸托仙舟之楫。已負暄於冬日，更鼓啚於春風。

敢卜良辰，仰扳芳從。願言魯藻，充將半藿之空盤；傾耳宓琴，彈徹小梅之艷景。喜雲行雨施之會，借上交以攄下情；趁春回臘盡之宵，洗舊觴而聆新語。先期掃篲，延佇脂車。

迎陳撫臺啓

日轡澄清海島，全閩領五玉之衡；雲旂上拂河魁，前蹕捧三珠之駕。庶官引頸，多士傾心。

恭惟台下儒道斗山，朝家柱礎。五百載篤生名世，祥光起翼軫之墟；十九年若發新型，方略撑東南之壁。烟籠麟閣，久繪威名；天睠閩邦，重臨節鉞。快千秋之際遇，共識道將大行；聞萬姓之歡歌，且訝公來何暮。

某矧叨化雨，曷極依雲。燕雀捲簾，更傍誰家之門户；鸒鳩控地，長瞻六息之扶摇。報紫氣於函關，信宿下幔亭之宴；愛青陰於召茇，風塵驅弩矢之迎。謹盥手而陳詞，祇盈眸而仰駕。城郭人民如昨，入關饒攬轡之深情；門墻桃李何私，擁篲掃成蹊之舊徑。

候徐撫臺啓

波静東溟，永日按紫芝之節；光纏北斗，高風撐古柏之枝。久荷蒸陶，曷勝瞻戀。恭惟台下靈鍾寶婺，略重金城。雷動日暄，笑隨陸之無武；陽開陰翕，兼衰盾以迭施。籌密運掌握之中，閩海賀昇平者數載；情自得江山之外，幔亭享宴樂於千年。願借寇公，款款愛營前之細柳；勿剪召茇，陰陰滿陌上之甘棠。某稽首崇臺，輸情下乘。纍纍散櫟，何當大造之栽培；嘒嘒小星，幸傍台光之熿灼。魂揺棨戟，神戀階除；肅布荒詞，聊通候悃。九天楓陛，終須諮借箸之前籌；戀日葵心，珍重上加餐之兩字。

送沈方伯入賀啓

璚宿澄霞，金闕應龍飛之瑞；薇垣近日，玉階齊虎拜之儀。睹劍佩之考祥，瞻衮衣之伊邇。恭惟台下柱石元功，文昌神蜕。才華鍾霅水，平吞萬頃之湖光；袍笏鼎朝恩，何啻十腰之銀艾。領文衡之司命，栽培春意居多；總憲臬之紀綱，震叠霜稜不試。以故荷天之寵，秩茂藩垣；大都飲人以和，恩深蔀屋。十年閩海，南天垂鎖鑰之洪猷；萬里雲霄，丙夜戀京華之舊夢。爰陳金鑑，榮捧黄封。趁懸闕之方殷，擬率鷺鵷而祝鳳曆；况趨庭之正便，好同橋梓以拜楓宸。忠孝雙修，地天交泰。

某忻逢盛事，激切趨承。瞻日月於天邊，一片葵心共遠；望旌旂於馬首，千山樹色重遮。曷任神馳，無限臆戀。

敬遣下役，代衛前驅。聊具護導之私，少展追隨之悰。帝城百千餘里，行行叩閶闔之門；太微二十五星，隱隱握河魁之柄。

迎唐師尊署邑啓

鱣堂孔邇，五雲兆花邑之祥；凫舄高騫，百里借芹宫之重。惟大材兼成政教，洎衆彙並屬鈞陶。士籍傾心，儒紳動色。

恭惟台下青藜分焰，粹然家學之傳；寶婺凝輝，籍甚士林之仰。西京麗藻毫端，擅韓柳之文章；北斗儒宗門下，盡蘇湖之子弟。方開馬帳，暫試牛刀。惟成蹊於無言，乃殿邦乎有道。携來雙袖，壺公一片清霞；挈下五絃，單父半囊明月。蘭陂鶴岫，望實倍於高深；松影兔絲，化遂神於遠邇。

某吾伊末品，落莫棄人。日影下闌干，僅照焦枯之色；春風迎旆節，欣逢噓拂之期。都騎鼎來，擬遂披乎樂霧；門墻如許，幸謬託於蘇天。

謹致遥函，預迓台從。伏冀翩翩鸞馭，無令歌來暮之謡；庶幾泛泛蔦蘿，或可藉榮施之澤。

送方兵道入賀啓

絳雲護日馭之祥，嵩呼聖世；丹旆拂霜臺之影，星拱天樞。擁衛有懷，瞻依無極。

恭惟台下代天雨露，信手風雷。漳海秦川，隨處沛春波之淡蕩；金章玉節，從來紓帝命之疇咨。胸中莫知幾萬甲兵，筆下不私一毫賞罰。蓋自星臨行部，草木亦熟其威名；少焉日麗幨帷，山川忽新於俄頃。懸知姓字，已入玉屏之親書；遥望星辰，喜偕彤墀之率賀。千花仙仗曉歌，賡天保之章；五夜漏聲催衣，惹爐香之細。朝家盛事，海宇歡心。

某猥厠後塵，幸竊喬施之庇；未遑前弩，徒深匏繫之慚。

肅布俚詞，聊脂台策。行矣泛星槎於天表，共陳千齡金鑑之文；願言乞露莖於掌中，早慰八郡玄黄之望。

賀王太尊誕日啓

東方千騎，專城領濱海之侯邦；南極一星，降岳自中嵩之秀氣。慶符新政，願洽昌期。

恭惟台下上智超凡，文昌蜕象。雄文如黄河九曲，居抱太行王屋之精華；峻望等紫氣千尋，生負洞府神樓之道骨。屬垂旒之南顧，幸叱馭之西臨。不腆秦川，漫勞漢節。公來何暮，將拯民水火之中；士得所依，真決聖斗山之重。人生五馬，貴朱轓高炯雙飛；宦迹八閩，奇弧矢遥懸萬里。惟兹小春之候，恰逢長壽之期。良辰與好景齊妍，政緑橘黄橙之佳節；太姥共神君不老，結丹山碧水之清緣。盡道此日如年，且喜對歲星而獻酒；莫訝一州似斗，猶堪試寒雪以敲詩。

某半暮餘生，一寒賤士。豈有高才誨妬，久作棄人；將無同調相憐，乍伸知己。方步趨於師席，更舞忭乎仙齡。脱虎口而逢慈，共效斑衣之子姓；紱麟角而初度，願同嵩祝之歡呼。

謹綴荒詞，遥通賀悃。愛趙家之日，陶然附珠履於三千；坐程門之風，漸爾借扶摇於九萬。伏願椿齡日茂，飛熊臨壽域之優；梅閣天高，揮麈作騷壇之長。

賀潘兵憲新任啓

招摇南指，閩天覲斗極之光；節鉞高臨，臬府凛霜稜之肅。不遐有佐，無競維人。

恭惟台下地望窮隆，天材敏邵。生來聚姚江之秀，東南竹箭無雙；少小探禹穴之藏，山斗文章争重。含香蘭署，十年依帝座之雲；薦寵楓宸，萬里泛仙槎之月。天睠閩海，爰假干城；節鎮漳江，遥司鎖鑰。北門借寇準，清霜飛列柏之臺；中國有姬公，逆颶捲九龍之水。山川生色，寮寀傾心。

某海島鯫生，風塵俗品。資身無策，空勞雙足之馬牛；舐鼎有緣，幸屬八公之鷄犬。望旌旄於日下，赤動傾葵；瞻棨戟於風前，青回偃草。

敬馳下力，代肅荒詞；用慶得輿，聊申賀厦。伏願文武殿邦有道，横襟樹不朽之勳名；天地鑄物無私，洗耳聽維新之號令。

迎陳撫臺啓

九天騰翥鳳，芳名風撼長安；萬里擁鳴騶，玉節芒寒海若。佩安危而注意，合文武而兼資。望切滏陬，歡盈寮寀。

恭惟台下擎天一柱，横海孤舟。氣韵欲仙，餐梅嶺蕭壇之沆瀣；聲光如斗，焕落霞秋水之文章。恢恢試牛刀，白下之桃花殆滿；行行避驄馬，閩中之棠樹猶新。吴國久藉鑪錘，雨化振闕西之譽；冏伯爰正左右，天閑空冀北之群。司出納於虞廷，允媲夔龍之美；數威名於麟閣，誰當召虎之雄。惟帝念功，自天有命。於皇節鉞，遥天紓南顧之憂；旖旎旌旗，真氣應東行之度。况繡斧經遊之地，可不勞問俗於無諸；乃襜帷載鎮其邦，更懸知折衝之有道。軍民雷動，共欣吾父之重來；道路風傳，仍喜我公之未老。

某風埃末品，濩落餘生。自分牛溲，曾備藥籠之一物；漸高馬骨，慚叨敝帚之千金。負十年國士之恩，久懷未報；望五夜使星之動，真喜欲狂。我獨有二天，戴帡幪而心折；士伸於知己，瞻襆被以神飛。伏願鳳翅高翔，龍光丕賁。胸中甲兵數萬，允張北門鎖鑰之猷；眼前桃李三千，永藉東魯門墻之庇。

賀陳方伯端午啓

五陽日永，紫薇對榴火以争妍；九奏風清，玉琯□薰絃而播爽。有醴斯設，撫景咸熙。恭惟台下龍德正中，鴻儀直上。太和元氣，調盾日於皆春；方岳旬藩，轉堯天於正午。兹逢端節，美度芳辰。萬井歡聲，盡入蓮舫棹歌之曲；三山爽氣，徐來槐堂樾蔭之凉。矧在甄陶，曷勝鼓鬯。

某自慚下乘，幸際昌期。宦迹托東溟，剥黍弔魚龍之簸影；台光瞻北斗，寒皋擬鸚鵡之傳歡。酌蒲酒而醉心，潦倒拜未央之澤；泛蘭湯而浴德，優游同於變之休。趁此化日舒長，齊祝崗陵於綵縷；願言太丘道廣，永依長養於朱明。

胡太尊端午啓

朱陸麗芳辰，玉律動五陽之管；黄堂彌瑞氣，薰風入雙指之絃。撫景咸熙，望塵遥慶。恭惟台下胸涵雲漢，才名擅東箭之奇；手握璣衡，擘畫妙郢斤之運。政成渤海，年來之暑雨無咨；卧理淮陽，境内之炎氛盡掃。兹逢令節，共鬯良辰。梅雨疏疏，忻爲霖之未歇；蒲風獵獵，歌解愠之方調。居然壽考作人，續命懸千門之縷；久矣鯨鯢遁迹，辟兵笑一尺之符。睹宇下之咸和，覺眉端之生色。

某自憐濩落，過荷栽培。嗟兩鬢之星星，况孟浪希毛之候；賴一天之款款，得徘徊永日之中。感已極於高旻，喜倍濃於佳節。顧恩慚蚊負，即競渡悲彩舫之不前；而情阻鳧趨，未侍側效玉舟之親倒。

敬修先庚之牘，遥薦端午之觴。媿不腆之荒儀，效無涯之遐祝。令德歌成肆夏，與堯天之午同；刺史入爲三公，有漢家之制在。

又太尊啓

南訛著令五陽，傳永漏於沉沉；北斗瞻台百里，領薰風於習習。頻年競渡，童謡入桂棹之歌；此日褰帷，公茇遍棠陰之蔽。驅馳小乘，稟仰太和。感榴花之垂丹，喜傍微薰於永日；對蒲筵而切玉，願修壽斝於中天。雙舄阻鳧，趨貢縷戀朱轓之側；五雲占燕，喜飛麻下金闕之章。

孫太府端午啓

奇峰布景，璚雲麗朱鳥之纏；澤國凝和，皋月照飛熊之軾。如日斯永，與物咸熙。恭惟台下昭夏偉人，南天柱國。握八郡循良之長，迎薰獨競南風；播三山樂利之休，入夏寧洛暑雨。惟兹端午，喜屬昌辰。蒲酒盈卮引滿，賡周詩於既醉；蘭湯芳沐褰帷，快賈治之逾新。某殘蠹迂生，夏蟲淺識。舉頭近日，曾分浩影於中天；滿腹飲河，幸挹餘波於鄰國。久沾厚德，慶際皋陽。撫節序以摇魂，莫效切玉包金之獻；裁荒詞而布悃，聊將瞻雲就日之誠。

迎范守道啓代作

龍檢霞新，玉笋斑聯行省；麟符日耀，紫薇花對清垣。海嶠生光，僚屬胥慶。恭惟台下擎天一柱，横海孤舟。龍圖老子之雲孫，居然濟其世美；鳳閣舍人之魁宿，望而知爲吉人。家傳數萬甲兵，駕部擅孔璋之檄；疇若上下草木，虞廷媲伯益之勳。爰敷聲教於滇南，夙仰高風於斗北。詩書化娵隅之俗，天令變乎侏儷；吟詠落洱海之波，人競傳於款乃。士兮樂只，咸願依洙泗之宫墻；帝曰休兹，乃移授閩藩之節鉞。夜來使星如斗，熒煌映太姥之墟；道旁香火連車，鼓舞迎生佛之瑞。矧叨怙冒，曷任瞻依。

某樗櫟微生，枌榆末品。才慚鼂舄，謬分海曲之花封；夢破鵷行，喜傍公家之門户。敬馳役介，代候車塵。望雲宇以流神，吮月毫而展悰。采葑及菲，幸驅車鑑下體之微誠；惟梓與桑，將引領徼化工之私覆。

請方道尊巡城啓

佳氣入金城，曉色來欝葱之望；青春照玉節，霜威重鎖鑰之司。位峻竇驄，光籠彩雉。恭惟台下當世斗山，清時柱石。胸蟠萬卷，甲兵壯老子之猷；掌玩四夷，中國有姬公之聖。丹宸勤南顧，方拊髀而咨萬里之藩屏；紫氣喜東行，乃挺身而任一方之保障。雲横太姥，高臨睥睨之墻；月浸長溪，光印闉闍之堞。玉關威肅，鐵甕春環。共傳海不揚波，盡屬柏臺之鎮壓；趁此天未陰雨，敢忘桑土之綢繆。

願假星軺，時巡雲壘。城頭鼓角，歡忻節鉞之輝煌；馬首旌旗，點綴金湯之景色。先期清道，肅迓臨城。披鄧禹之輿圖，按轡豎雲臺之烈；借張良之前筯，干城開天柱之霜。

請閱操啓

春回烏府，揮戈映牛斗之光；海宴鯨波，秉鉞賴風雷之重。安危並注，文武兼資。

恭惟台下無競惟烈，有開必先。老稚識威名，胸中之甲兵百萬；山川歸指顧，天邊之劍氣千尋。漳海專符，洎疆理乎南國；長溪擁節，爰鎖鑰乎北門。當此維新號令之時，正屬克詰戎兵之始。柳營春滿，三軍超距以争先；玉壘雲屯，萬馬驕嘶而賈勇。光生武弁，喜溢轅門。

如某菲才，喜克下乘。書生安能料敵，慚懸半臂之符；帷幄喜見折衝，盡吐萬殊之氣。敬迓前蹕，俯莅西郊。親按轡而閱軍容，敢借籌而資妙略。元戎十乘，撐東南半壁之天；太階六符，轉宇宙更新之象。

殷太尊生子啓

太乙照雙幡，東郡遍龔黄之頌；長庚浮五夜，中台降申甫之祥。色艷閩雲，歡烘海日。恭惟台下盤根仙種，綴葉神符。奕世箕裘，地望侵敬亭鳥翼；滿腔雨露，波光抱閩海驪珠。二千石漢室，惟艮自膺多福；一再傳于門，必大果協昌期。忽報郄林，重生珍榦。投來彩鳳，冲雲本丹穴之雛；畫入飛熊，憑軾動黄堂之喜。共説孕山靈於太姥，藍溪玉並藍田；此時應道長於初陽，玉律春迴玉燕。地因人傑，慶如日升。

某鶴嶺枯株，蠹帷滯品。雲山修阻，搵衣切奉教於門墻；星漢昭回，占象激追斑於湯餅。何處一聲華祝，聽多男輿頌之歡；漫裁半幅麞書，笑下士趨承之拙。荒儀不腆，伸賀未央。翹佳氣於遥天，歌舞滿霍童之嶠；感慈風於下里，瞻依等赤子之懷。

接方道尊啓

奎宿亘瑶空，閩海光移南北；霜臺明絳節，長溪瑞繞山川。夙深仰斗之私，將藉垂雲之庇。望塵心激，負弩神馳。恭惟台下天上文昌，人間真宰。清溪仙系，靈鍾彩雉之葱英；文苑宗工，勁拔玉麟之紱角。試牛刀於花縣，絃歌滿華蓋之城；含鷄舌於蘭臺，明允播圜扉之頌。是用擁朱幡而臨漳海，駕熟車輕；遥聞照蠟炬而燃重淵，風恬波宴。公言名世，捨我其誰。豈止二千石循良之奇，帝曰鎖鑰非準不可；宜闡數百萬甲兵之雄，簡命薦膺仙旌遥鎮。一溪藍水，行將同河瑞以占清；千仞摩霄，會見下山靈而擁篲。蓋無繻逢范叔歌來暮者，詎獨漳南；而有道若夷吾賀得天者，更深江左。傾心已久，翹首爲勞。

謹走吏於三山，代遠迎乎六傳。伏願星軺蚤賁，憲節高臨。造物無私，拭睹兩間鳶魚之化；神山可托，願隨八公鷄犬之緣。

賀楊海道啓

絲綸春曉，麟符分卿月之暉；牙纛霜寒，烏府占使星之燦。紫氣欝葱於閩海，丹心傾注於寮儕。恭惟台下鳳穴振儀，虎林毓秀。聲華擅一鶚，文争天目之高；家學重三鱣，世濟關西之美。漢朝循吏，曾留梟影於青峰；虞佐祥刑，載播鸞和於粉署。闕逢司選勝之役，洵楩楠杞梓之靡所遺；斗杓握太運之衡，亦風雨露雷之無非教。惟公懋德，自帝念功。爰下北闕之新麻，遥指南閩之繡斧。海島之鯨波萬叠，雲旂横鎖鑰之威；樓船之組練三千，夜帳掃攙搶之影。允一方之保障，爲百辟之儀刑。

某無路請纓，有緣憩樾。仰柏臺而拱宿，心切依烏；瞻玉節以揚輝，魂隨賀燕。謹裁短啓，代肅孤悰；恭祝崇扉，誕敷明德。中國海波不起甲兵，壯老子之全猷；大曆相業重光騶樂，减令公之半部。

迎沈憲長新任啓

濂溪井映青春，仙旆揭蓬萊之島；閩海星隨紫氣，龍光射貫索之城。慶師表之得天，合僚儕而就日。

恭惟台下塡胸學海，匯五湖吞浪之聲；破竹文鋒，邁八詠倚樓之嘯。花城閑製錦，後先頌江右之循良；畫省浄含香，夏秋聯卿班之清異。典棘圍於五羊之國，濟濟士無留良；參薇政於兩浙之籓，恢恢刃有餘地。風猷夙茂，寵命洊加。霜署飛烏，夜半占使星之動；雲旂繡虎，海濱持殷臬之宗。八郡傾心，萬殊吐氣。

某東陬末品，下邑微員。半臂青編，踧踖鵷班之侶；繞枝素影，瞻依鳳幕之春。適值大君子之登庸，不勝小丈夫之距躍。

謹馳下役，代迓台旌。臺前之柏樹千尋蓊欝，待捲簾之日色；宇下之河流九里霑濡，藉鄰國之波光。

接張驛傳道啓

芝檢泥封，綸綍重八閩之寄；薇垣花紫，風雲擁六傳之馳。海島春回，僚儕喜溢。

恭惟台下龍德發祥，虎林孕秀。五百年應期名世，才名撼强弩之靈潮；九萬里乘風圖南，家學擅青錢之妙選。共推峻望，纍陟清階。鷄署净含香，斗畔之太微夾日；螺川清握玉，漁陽之秀麥如雲。帝嘉西漢之循良，秩進中州之柱石。霜飛雒水，既奠鼎於游螭；月度邘溝，復建麾於跨鶴。生佛萬家之香火，福星一路之歌謡。惟英茂之薦隆，斯絲綸之特布。銜音閩海，擁節藩垣。披王程官驛於圖中，實駕輕車熟路；握尺籍伍符於掌上，行飛紫電清霜。百辟之型範攸存，三台之調贊在望。攜來二十四橋之月影，幽谷先輝；聞道百千萬姓之歡聲，香盆久待。

伏願華旄速莅，玉節遥臨。就日瞻雲，亟慰壺漿玄黄之望；置郵傳命，永清潢池赤白之氛。

候梁明府啓

恭惟台下水國奇珍，詞林喆匠。鳳苞五彩雲章，擅美錦之華；鶴畔一琴月色，瀉冰絃之響。惟兹鄞江天幸，三見潘令之桃；至今搯水陰濃，勿剪召公之茇。

某蓬生末品，匏落散材。媿荷嗜痂，謬蒙策蹇。撫芸藟而雪涕，别來增馬骨之高；望綦履以雲停，想去抱騂顔之赤。

伏聞道範，更迪清安。結雅伴於東山，知此老勝情之不淺；留高名於北斗，恨吾儕瞻企之徒深。

迎汪別駕署邑篆查盤啓

星明棨戟，千秋賡康海之謡；春透江皋，百里迓度關之氣。歡聲遍徹，瑞彩遥騰。恭惟台下三台望重，五事兼長。譽溢南金，宛水傳驚人之謝句；名依北斗，閩都推展驥之龐才。半虎分符，久播黄堂之績；全牛遊刃，頻分赤縣之光。瞻雲素激於驅塵，過雨喜隨乎行部。玉田歌麥秀，沐河潤九里而遥；鶴嶺報梅音，幸厦庇二天之下。某夙叨培植，更切依歸。丙夜戴星，媿催科之最政拙；庚籌紀日，徒錢穀之有司存。仰藉清稽，佇迎莅止。望龍光之伊邇，天邊轉斗極之招摇；忻熊軾之鼎來，谷口領陽春之消息。

賀兵道元旦啓

星紀轉寒芒，閩海普陽和之化；雲墟開罨畫，烏臺增霄漢之光。與氣同休，衮時多祉。恭惟太宰凝和，化工在手。握斗杓於掌上，融融水國生温；數蓂莢於階前，脉脉園林有喜。恭逢首祚，更集新祺。玉帳熙春，綺景麗千門之柳；綵株剪勝，純禧入兩鬢之華。某厠品鑪錘，鼓心駘蕩。枯根培植，快覩梅嶺之先春；暖律吹噓，遥慶柳營之增色。敬修荒啓，恭祝永年。南山十有，願賡君子樂只之章；北斗七星，長握天下皆春之柄。

復興化晏四尊啓代作

藻苑聲喧，玉節握招搖之柄；蘭陂瑞靄，彩華麗貫索之纏。捧魚素而欲狂，卜鳳書之將下。

恭惟門下塡胸學海，震百川吞浪之聲；破竹詞鋒，森萬丈倚天之劍。仙品合臨勝地，湖山結赤鯉之清班；哲人斯有祥刑，旦暮傳神雀之盛事。恢然霜刃，試肯綮之有餘；快哉風塵，將扶搖而直上。惟是蘭臺一片，地虛左爲誰；請看瑶空五色，雲大行先兆。

某天邊伴侣，寓内散材。負大任而心慚，誤觸南臺之豸；夢舊游而色喜，聞獲西狩之麟。訝來燦絢遥天，法星似斗；想到綢繆尺素，臭味如蘭。惠焉投我以夜光，何以報之青玉案。

丁寧驛使，一函寄冒雪之梅；勉旃大夫，萬里望摩霄之翼。

復陶登州太尊代作

鶴立鷄群，連袂冠南宫之選；熊飛駱纆，褰帷表東海之風。懋績升聞，朋紳喜躍。

恭惟五雲英邁，兩漢循良。出世雄姿，滿掇菁華於醉李；驚人好句，曾傳御柳之飛花。粉署浄含香，咨若予草木鳥獸；黄堂高擁節，爰貢爾蠙珠暨魚。地屬多艱，功勤坐鎮。開倉賑粟，知汲黯之不薄淮陽；買犢解刀，羡龔遂之用安渤海。遇盤根而别利器，才華奪蜃市神奇；賓出日而宅嵎夷，忠悃切之罘嵩祝。卜帝心之簡在，欣吾道之大行。

某驥尾駑駘，鵷班斥鷃。倚蒹葭於片玉，深慚知己之差池；享敝帚以千金，重辱故人之獎借。開函錦雲斐若，拜賜瓊玖菌如。蚊負何堪，徒望遐天而引睇；魚烹有素，幸憑歸牘以輸忱。伏願茂薦異勳，增光同藉。天子詔公卿於西漢，前驅五馬班頭；君家插羽翼於天門，並叶千秋夢譜。

附録一　詩文拾遺

詩

白箬庵

澗繞層雲路，春深白箬房。霞容分石户，露色滿繩床。拂蘚碑難辨，穿崖樹屢僵。歸途風冉冉，一帶玉蘭香。

（謝肇淛《太姥山志》，萬曆刻本）

題海國生還集

昔在九死托蛟黿，雪浪春天欲斷魂。劍氣已甘沉瘞上，刀環何意返南轅。飄零短髮青氈苦，骯髒豪心白日奔。更喜老來機事泯，陶然身世對芳樽。

（蔡景榕《海國生還集》附録，道光刻本）

謝水部招集黑龍潭

水部風流白接䍦，黑龍潭畔共金卮。沙明野色雲千傾，風約池痕月半規。柳黛正肥鶯漸老，荷香未透客先知。獨餘一種清狂在，爛醉從教兩鬢絲。

（謝肇淛《北河紀餘》卷二，文淵閣《四庫全書》本）

入三山聞歐五修志瑞巖寄懷

江城荔月照新秋，徙倚庭陰憶舊遊。書著青山人隔樹，興孤緑酒夜登樓。石壇清夢羈猿鶴，寶劍寒光逼斗牛。名勝携來須寄我，一時流覽遍丹丘。

（歐應昌《瑞巖山志》卷四，萬曆刻本）

題不繫園

浮家生計好，寧復問津涯。捲幔邀雲入，飛觴泊月遲。空勞騎馬客，不費買山資。快事誰能共，輕鷗或有之。樓臺無隙地，烟水有餘姿。行樂聊應爾，乘槎疑若兹。洛神來信宿，仙鶴許追隨。蕩漾梅花夢，孤山處士知。

（汪汝謙《不繫園集》，丁丙輯《武林掌故叢編》，光緒刻本）

王乳山太史來西湖，居不繫園，余未與相識，太史臨去，題絶句不留姓名，余以西湖佳話，遂步其韵

年來蕭索寄西湖，衹有鷗群狎可呼。客至任教頻下榻，多君題壁姓名無。
雲集園亭客滿湖，星占太史喜相呼。漫從桂楫多踪跡，莫向烟波説有無。

（汪汝謙《不繫園集》，丁丙輯《武林掌故叢編》，光緒刻本）

仲冬閏月，同聞子將、王昭平、繆湘芷泛湖，晚步放鶴亭探梅，分得蒸韵

湖光千頃綺霞蒸，放艇橋西又短藤。尚友風流呼處士，微官牢落似孤僧。凄凉滿眼悲無限，詞賦當場謝未能。恍惚巖頭歸鶴唳，冷雲扶醉助軒騰。

（汪汝謙《隨喜庵集》，丁丙輯《武林掌故叢編》，光緒刻本）

余于己巳楚游，偶步感花巖，讀壁上子瞻詩，忽忽有感，兹復官此地，豈重來之句是其讖耶？因作詩以紀之

拂石看詩歲已徂，君王復許賜西湖。風流未必同崔護，感慨依然憶老蘇。渴筆巖空勤拂拭，短

笻人醉强支吾。前生或恐求漿者，笑問桃花事有無？

（陳景鐘《清波三志》卷中引，光緒刻本）

集鶴亭與陳槎翁、楊若木、徐仲陵、趙雪舟、顧霖調、崔非石限字分韵，得五言古

却似花時媚，幽塘進暖航。騷臺荒卧柳，萋藻擁寒床。

（鄭方坤《全閩詩話》卷八，文淵閣《四庫全書》本。題筆者所擬）

上符夢閣

雲際誰當俯落暉，罡風扶杖踏層巍。湖光夢裏真同幻，僧伴山頭是也非。半偈石龕君且住，滿江丘鶴我將歸。虎溪一笑還携手，爲約明春筍蕨肥。

（釋寶月《武林理安寺志》卷二，光緒刻本）

訪法師大師賦贈

占斷烟林翠一圍，湧泉巖畔老苔衣。鳥窠雪擁松巔穩，龍藏雲封樹縫微。客倩鐘聲通介紹，佛憑石室逗鋒機。雙跏趺處千山寂，獨許寒猿叩短扉。

（釋寶月《武林理安寺志》卷二，光緒刻本）

支提禪房與寶藏上人夜坐

安禪參物理，玄志抗塵鞅。知希我所珍，永夕發幽賞。矧兹天冠都，蘭若復虚敞。暮鐘送妙音，露蟬激清響。支公夙好道，共證非非想。旁及儒道書，風致乃直上。所累惟綺語，談詩伎忽癢。偈草爛以披，舌本不閒强。我與探智炬，三千着一掌。掣猱洵可避，揮麈争自長。床頭劍星明，耳畔松風爽。明發過虎溪，大道在林莽。

（崔崧《支提寺志》卷五，同治刻本；又〔乾隆〕《寧德縣志》卷二《建置志》）

霍童山歌

君不見，山川湧湧東南奔，白鶴峰前雲氣屯。碧海微茫望蓬島，清都隱約桃花村。桃源十里記津口，霍童高突衆山走。三三溪水繞其根，六六洞天此居首。松撼寒濤隔浦秋，蓮開太華如船藕。無數名峰拂燭龍，有時仙子呼茅狗。當年駐藥誰者名？華陽籍滿仙魂輕。丹成九轉留金鼎，霞起千秋接赤城。鷄犬雲中應不返，瑶華洞口空相生。仙家縹緲已如此，世態莽蕩殊難平。憐余夙抱烟霞癖，骨法煢煢眼雙白。囊裏長無買賦金，擔頭矗有登山屐。以兹短杖凌嵯峨，一望靈區轉空碧。三千世界興可收，四十亂峰青堪摘。嗚呼，霍童之山何崔嵬！海風颯颯彤雲堆。洞天既已名先播，大地何當脉不回！君且飲盡手中杯[一]，聽我歌罷愁顔開。與君試卜東南美，白日呼鷹臨高臺。

（崔嵸《支提寺志》卷五，同治刻本）

同樊别駕區明府遊支提

其一

神仙領郡馬蹄閒，地主河陽並轡看。萬片烟霞開寶刹，一時車馬駐雕鞍。任教度曲玄心濬，尤喜憐才禮數寬。更静夜闌金磬冷，獨吟清偈紀盤桓。

其二

石門古路晝冥冥，萬壑松笙絶可聽。仙掌斜擎秋露白，佛頭争向晚峰青。鐘虚樓影雲生袂，偈落簷花水在瓶。詞客勝遊原有數，題詩應以答山靈。

（崔嵸《支提寺志》卷五，同治刻本）

紫芝静室呈大安上人

夾道蟬聲送短筇，磐陀林盡始聞鐘。地當三品平臨突，天造雙童捧侍重。海色乍浮紅日上，禪

[一] 君且飲盡手中杯：底本作『君且飲酒中杯』，據〔康熙〕《支提寺志》改。

闢每倩白雲封。與君遥采神芝去，倚嘯歸途下夕舂。

（崔嵸《支提寺志》卷五，同治刻本）

金燈精舍呈天恩法師

亂雲堆裏擁浮屠，乞得黄金布給孤。遂有馬鳴來説法，即看龍刹隱跏趺。空林古木何年化，佛火神燈永夜俱。便欲辭家尋惠遠，寒潭聊作虎溪圖。

（崔嵸《支提寺志》卷五，同治刻本；〔乾隆〕《寧德縣志》卷二《建置志》）

辟支巖贈樵雲律師

萬木攢空細路藏，巖頭新放玉毫光。松風度錫青蓮地，蘿月篩金白箬房。亂石鬼工懸卧佛，半龕禪影對空王。真僧早晚聲聞果，更載牛車入上方。

（崔嵸《支提寺志》卷五，同治刻本；〔乾隆〕《寧德縣志》卷一《輿地志》）

五人墓二十韵

禧〔熹〕廟年，權璫告密，有詔逮周銓部，姑蘇五人率衆撲殺緹騎，遂死之。鄉縉紳及里父義而合葬於此。五人得死所矣。余過而傷焉。傷乎余之被璫難時，不得五人之一憤也。然余幸以璫敗不死，歸而弔五人，凄楚交頤，低徊不能去，因作詩哭之。

忍説吴儂血，牽衣化碧年。斯民三代也，有友五人焉。焰煽貂璫虐，岡焚玉石連。頻興無間獄，欲墜不周天。博浪椎争下，要離劍作緣。輕身拋一死，含笑入重泉。勁骨埋荒草，幽魂共墓田。酸風青女嘯，堤月白公妍。相伴遊長夜，如聞快拍肩。騷朋追贈句，過訪竟焚錢。一曲些歌壯，千秋郡史傳。憐余蒙難者，對爾倍潸然。觸鼻捫豐碣，傷心羅穢膻。微官曾被逮，薄命幾沉淵。憶昔驚當局，誰爲解倒懸？英雄難出世，頂項幸生全。以此悲秋淚，難禁弔古泫。牛羊坡下没，狐兔塚間眠。死者如可作，吾將願執鞭。寸衷存骨鯁，庶可質前賢。

（乾隆）《寧德縣志》卷九《藝文志》

爲黄烈婦冰玉閨貞卷

君不見，寒風吹水水欲裂，銅壺片片春冰潔。又不見，崑崙山中半爲玉，白虹掩落光相燭。此物由來謝涅磨，惟將浩氣凌山河。世間萬事隨仰俯，惟有烈婦節最苦。道旁老翁涕沾襟，自道能言烈婦心。吁嗟烈婦林家女，十八嫁與黄氏子。誰知兩載事已非，東風吹折連理枝。連理枝頭聲蕭瑟，天日黯作琉璃碧。鬼伯夜呼蕙帳霜，菱花塵掩埋新妝。沉湘枯眼淚成血，回頭幸有呱呱泣。拭淚呼兒夜織纑，陰房慘淡形影孤。自言天幸續夫嗣，所願恩勤善哺字。一朝烽火逼賊軍，翻身投壁甘自焚。夜臺掩淚見夫面，握手依依玉一片。一死綱常重泰山，百年豈必悲辛艱。君看七尺丈夫子，碎節偷生孰如此？嗚呼往事成新愁，我歌烈婦雙泪流。玄堂别後愁對月，春冰爲神玉爲骨。當日存孤苦有神，于今雛鳳早成人，兒能成名孫復顯，黄家鼓吹迎旌典。歌詠淋漓事可書，斷髮殘形總不如。精魂千載憑幽島，炯炯芳名天地老。

（〔乾隆〕《寧德縣志》卷九《藝文志》）

聞張烈女旌表再詠

落日沉寒井，酸風打翠帷。爲郎拚薄命，誓死當于歸。聖主旌芳楔，貞魂慰闈微。九原應不朽，文鳥化雙飛。

（〔乾隆〕《寧德縣志》卷九《藝文志》）

讀方禹修刺史松江府志賦贈

東吴信吏昔編年，多暇搜羅手自箋。著作固應熙世事，風流誰似使君賢。千秋谷水開生面，滿架琅函宿古烟。盡道文翁興俗後，年來桃李倍鮮妍。

（〔乾隆〕《寧德縣志》卷九《藝文志》）

發鳴鶴至龍頭場山名伏龍

馬頭寒雨客魂銷，迢遞川原衹寂寥。鳴鶴松聲遥隔水，伏龍山勢盡趨潮。青青麥浪鋪空野，黯黯梅風度短橋。安得故園初服遂，秋岡明月聽吹簫。

（〔乾隆〕《寧德縣志》卷九《藝文志》）

留别林和靖處士

十錦塘坳處士家，擬將栖托老烟霞。一官難繫登山屐，萬里終歸泛漢槎。無復清緣過鶴塚，不禁寒夢到梅花。獨吟短句留亭子，付與閑雲懶月遐。

（〔乾隆〕《寧德縣志》卷九《藝文志》）

憨石贈墨牡丹、風竹各一卷賦答

不惜拈花手，攤箋寫鬱葱。烟行姚魏譜，風亂渭川叢。旖旎通禪意，淋漓奪化工。便將蘿薜館，編入蕊珠宫。

（〔乾隆〕《寧德縣志》卷九《藝文志》）

觀瀾亭

誰鑿清泓瀉碧崖，尋源不用泛張槎。自標天澤存千古，乞取瓢樽汲萬家。如砥石能盤地肺，猶龍雲欲撰巖花。官閑恣意編幽壑，灑酒新亭坐月斜。

（〔同治〕《連州志》卷十一《藝文志·詩》）

一綫天

巨靈擘石自何年？絶扇平分小有天。遥信一痕空外影，好峰片片洞門前。

（〔民國〕卓劍舟《太姥山全志》卷一《名勝》，注：『（崔世召）嘗同謝在杭遊太姥山，鎸「雲梯」二大字于雷轟石上。』）

由墜星洞入竹園

怪石穿雲一徑通，洞門長日午陰濃。天開別界斜拖白，星墜虚巖暗度紅。寒玉萬竿摇谷口，水簾百道瀉園東。從來塵足希遊地，倚竹高歌興轉雄。

（〔民國〕卓劍舟《太姥山全志》卷一《名勝》）

小巖洞

躡屐披荆興不禁，山僧指點恣登臨。洞因歲古冲嵐入，路忽雲迷傍險尋。亂徑老狐眠竹暝，荒壇啼鳥訴花陰。漫遊不用深懷古，一嘯長風出遠林。

（〔民國〕卓劍舟《太姥山全志》卷一《名勝》）

大巖洞

言陟眠牛崗，坐處蟠桃石。飛梁巨鰲肩，閟洞鬼斧擘。石扇峭以紓，虛窗忽然白。殘椽半倚崖，古龕不盈尺。滯蘚上佛衣，流雲逗香積。乞食僧乍歸，守關鶴一隻。而我披霞踪，與君漱露液。但覺塵鞅空，寧知仙凡隔。洞口散豪情，詩腸轃奇癖。太姥雖千秋，余懷寄雙屐。人世一何悲，長途徒傴仄。

（〔乾隆〕《福寧府志》卷四十一；又〔民國〕卓劍舟《太姥山全志》卷一《名勝》作《大洞天》）

龍井

玉華翳井蟄龍蟠，石角藤踪百級難。曲竇雲依僧火下，澄潭霜逼客衣寒。仙姑頌呪降湫水，野老呼雩上灌壇。坐許忽疑風雨動，驪珠隱隱照飛湍。

（〔民國〕卓劍舟《太姥山全志》卷一《名勝》）

太姥墓

曾傳神姥此藏舟，蜕骨雲封土一邱。紺氣久無留藥鼎，藍烟猶自抱溪流。霜嘘鬼火荒壇冷，月閉禪燈古洞秋。惆悵碧桃花畔路，空山春草夢悠悠。

（〔民國〕卓劍舟《太姥山全志》卷一《名勝》）

國興寺

野風吹雲暮烟濕，躑躅離離山鬼泣。子規啼歇寺門紅，半頹孤塔撑遺迹。寺門荒莽雜樵路，樵子能説前朝譜。繡幢寶册金銀宫，昔日繁華今塵土。始信昆明有劫灰，我來吊古空徘徊。石柱摩雲百楚楚，欲墮不墮生蒼苔。國興賜名本唐代，此寺纔興國旋改。青山閲盡往來人，幾度桑田變成海。請君不用長歎嗟，芭蕉樹下夕陽斜。何日黄金重布地，蓮臺依舊醮春花。

（〔民國〕卓劍舟《太姥山全志》卷二《寺宇》）

玉湖庵

石磴曲通寺，山雲巧到門。慧猿緣樹狎，静鳥抱沙喧。古木青攢漢，新茶翠點園。俗僧煞風景，薜合玉池痕。

（〔民國〕卓劍舟《太姥山全志》卷二《寺宇》）

天源庵

樫彬曲曲抱溪環，竹榻疏籬冷不關。托鉢僧歸天又暮，獨敲清磬和潺潺。

（〔民國〕卓劍舟《太姥山全志》卷二《寺宇》）

文

重刻石堂陳先生文集後叙

蓋余邑自宋時尤彬彬多文學之士，維時後先鵲起，爲世儒宗，顯者無慮十數家，而石堂陳先生實爲吾寧嚆矢。先生蓋考亭正派，語在傳中。明興，以經術取士，士非朱氏學不傳，而先生遺言以故多採入《大全注疏》，有目者共睹之矣。

不佞束髮粗誦先王，吊古豪傑，獨雅嗜先生書。間輒焚香披讀，風啾啾四起，庶幾眉宇見之。然竊有感於斯道興替之故也，作而歎曰：『道術之裂，所從來久矣。景響者沿流而不返，摽詭者入郢而面冥山，於是枝指騈拇至不可數，然千百年來不朽者，獨心神耳。孰使秦火不煨，晉佛無壞，竹書壁簡，至今揭日月而行者，非心耶！孰使漆園吏、列丈人、鬼谷、尸佼、淮南孽公子之流，不獲與玄聖素王方駟而駕者，非心耶！儒者以心盛道，而斯文載而行之，則不朽之業也。』

今先生之書俱在，上迨六經，下及星官、曆算之事，靡所不備。至於井田之疏、斷史之詠，雋永乎言之也。蓋牆宇重峻，吐納自深，即其辭不盡澤於繁弦之響。要以根極神理，據依原本，發大寶之輝光，曉生民之耳目，辟之天雞始鳴，曜靈啓途，司車南指，萬里分岐，其有功於來者大矣。今天下都人士，童習師訓，既白弁髦，彼將論於繩墨之外，自開户牖，竊一二餖飣以爲奇。故誦方術之書則北面矯首，惟恐卧而讀宋箋，輒不終篇鼾鼾睡矣。嗟夫！六經之要領猶茫，漢臣之附會成痼，不有濂、洛、關、閩數夫子鼓吹於前，先生輩羽翼於後，而任操戈之徒，浸淫雍蠹，吾道不將冥冥窀穸哉！大都世變綿邈，心精不磨，孔壁金聲，越百餘年而一振，古人載道之言，藏之名山，必有鬼物護呵，以俟述者。先生之書一厄於元，再厄於辛酉之燼，而兹復大行。斯道替興，運有必至，何足怪焉。

是集也，邑先輩企泉薛君手自校讎注釋，付之殺青，集未行而賫志以没，而其子夢蘭實矢志成之。捐資鬻産，家四壁不顧也，孝可知矣。夫先生之集不朽，而重新是集者，亦不朽。若薛子者，豈惟不墜先志，其亦先生之功臣。

邑後學需役子崔世召撰，時萬曆歲在旃蒙大淵獻題。

（《石堂先生遺集》卷末，萬曆刻本）

新刻陳石堂先生選集叙

憶余髪覆眉，從漳江阮先達學作古文詞，於是《石堂先生集》刻成，試余跋，余輒跋之，娓娓數百言，粗成句讀，至今念之猶隔世也。蓋是時人尚實學，家師户塾以六經爲衣食，以注疏爲功令，旁及《史》《鑑》，歷代興亡之故，掌中可指。至於宋儒性理一書，尤所綜繹，亦其本業應爾，故讀先生書者，嘗喜其煩，而惜其逸，時使然也。去此十餘年，學士家遁而之諸子百家；又十餘年，遁而之乾竺，津津禪悦，浸假遊騁亡是公之門，乃嗤宋傳爲古宿腐牙，跳出鑿空語，必悖叛之以爲賢，而先生之書遂與宋儒俱詘矣。

嗟夫，宋儒安可詘也！六經如水行地，秦漢以來，博士傳經之言，穿鑿異同，板蕩懷襄，數百年至宋諸儒，刊隨排決，方入於海，則行所無事之神智也。如今世學士家，大都以鄰國爲壑者耳，安望其發禹穴，受玄夷使者金簡哉！今試呼薄先生書者而叩之，若能如先生博極群經，送難諸千言，驪之不德者乎？能精步渾天儀，配卦氣，推算十二管，無遺解乎？能師意製滴漏銅壺，製成令草木皆枯乎？能斷史種種，標新理不襲常譚乎？吾固知其皆不能也。

先生所居唐山，石屋獅峰之勝，迴合八景，深山大澤，實出蛇龍。朱晦翁曾卜其地：數十年後有賢人讀盡天下書。而先生七歲能詠白鷺，詩云：『青天無片雲，飛下幾點雪。』隱隱逗出機鋒。此殆天授，豈後人所能及耶！而吾所以異先生者，又不止此。先生生宋理宗之朝，長學已成，不幸而宗社既屋，觸鼻腥羶，屢却州縣之辟，抗志不仕，□能紹明朱□正統，爲世名儒，此其志行賢於許新鄭多矣。而是時又有聞空山哭聲，如謝皋羽義士者，亦吾長溪人也。長溪一水如帶，西有晞髮生激烈悲歌於冬青樹側，可使宋室奄奄之氣不盡；東有石堂先生從容倡道，陰提宋祚於七十餘年之間，與漢陳咸不用新莽伏臘，晉陶潛著書但紀甲子，兩君子千載同聲，謂非吾東閩山川之靈氣所鍾，可乎！讀先生書，能作如是觀，則喜其煩而惜其逸也。固宜是選，蓋從阮君靖伯意也。靖伯爲漳江阮公伯子，好學仗大義，有父風。將入成均，乃暨余裒選其約略，以充行笥。先生全集不盡於此，而伯子善學先生之意盡於此。

天啓三年癸亥，邑後學崔世召撰。

（《選鎸石堂先生遺集》卷首，天啓刻本）

擊缶集序

有目懾嘲儒者曰：『儒生舌上滲花耳。咄咄，何關人事？』此大不然。夫空谷藏響，大音希聲，無論搦管湛思，吮毫盤礴，可令工倕無巧，即如長歌嘯詠，拍月敲風，傳神在阿堵之中，托意於騷壇之外。大擊大鳴，小擊小應，未可謂英雄語徒欺人也。

異哉！陳先生之以擊缶自命也。先生以博學名於世，爲吾邑文獻之望。居邑以東，逍遥川上。遂營菟裘老焉，稱爲『東川先生』云。先生少固貧，四壁蕭蕭，恬然好學，不顧也。嘗讀書山舍中，輒慷慨擊缶自豪，與之求田問舍，則曰：『男子墮地，貴自竪耳。蘇季子寧有二頃田哉！』先生惟不苦於貧，故得遊心古今之觀，意氣所寄，名理轉劇。時邑當陽，久[一]不獲大用，賁志廣文，可惜也。乃先生謂『廣文不負吾，吾何負廣文！』始之太和，則志太和，語在集中。繼之碭山，則志碭山。都人士濯濯如對玉山行，不作尋常蓿苜先生狀。然先生固自埋黯淡，不爲逢迎、披棘之術，不知何緣得當道賞鑒，薦章交上，遂擢會同令。爲會同令未逾年，賢聲大振，稱海南治平第一。

[一] 久：原文作『九』，恐非。『九』，當爲『久』之訛。

先生顧念吾束髮治經術，晚就一令，稍行吾志，附名卓魯，足耳！寧忘山舍擊缶時耶？遂解綬乞歸，會有丈田之役，當道檄有司條陳便宜。海南吏無一應者，當道廉得先生賢名，度非先生不可，力留。先生始行原丈疏爲令，復賈餘勇，爲他邑均辦，海南一方，民賴以不龜瘃者，先生力也。論功法，宜首薦，而先生歸志益篤，竟棄功去。歸家二十年，頤養天和，往來烟水，謝鯤邱壑，自謂過之。

生平著作甚富，季子于明抽其大都，如定廟譜，則灑灑漢叢；修邑乘，則煌煌遷史；議東湖，則楚楚禹經。諸不下數十篇，皆其較著者爾。詩歌則宗盛唐，如所補訂《鼓吹》，似不求工，而神與意會者。集以『擊缶』名，蓋不忘烏烏舊時語也。年九十終，季子謀壽諸梓。季子與余善，而以余屬先生戚末，來問叙焉。嗟夫，先生豈誠烏烏學秦聲哉！古人經綸局陳，往往有所托，嵇康嗜鍛，東山嗜彈棋，雖南面王樂，不易也。嘗試撞千石之鐘，扢大鏞之鼓，點綴無序，瀓洌摻摻，又不若擊缶之自適也。《易》不云乎『有孚盈缶，夫缶莫質，而可盈』，言孚之貴也。即使手腕之間，可以得志，小擊何害？

蓋吾邑霍童嶙峋之氣，大海之所沃盪，結而爲人，代不數得，得之，未嘗徒作英雄語也。有客於此吹劍，首拍空掌，激楚哀歌，比之鼓缶，抑又下焉。彼惡知其胸中宿物哉！太史公謂虞卿非窮愁不能著書，先生非少貧則燭照不深，亦安能以擊缶自見於世哉！

（〔乾隆〕《福寧府志》卷四十《藝文志》）

華蓋山志序

神仙栖廣漠之都，是爲無處所；而有處所者，鸞軿鏘鏘，供奉於危巖冷壑，久與人世辭矣。大江以西，匡廬、麻姑、閤皂、玉笥諸名山，壇爐相望，仙迹勝流，多不勝書。而崇之華蓋，半在隱顯間，何以故？山去邑治百二十里許，濩落村墟，鷄犬中依雲結屋，殊太淒絶也。獨以王、郭二仙傳襲浮邱老仙之精詮，大播靈通，威福人代。于是四方頂香禮拜之，衆肩摩踵藺於途，幾與岱宗、武當争勝。噫！亦盛矣！

予讀舊《志》，所載雷壇、霹靂之威，與夫祈禳之衆，答應如響，凛然猶有生氣，竊謂仙人敻絶世緣，一切世間因果，業報何關。乃公事而偲偲不倦，若此理，固有不可知而可知者。上帝靈爽，無所不寄，假令浮邱伯爲老，更爲王、郭二真爲執法司隸，驅使神將奔走下土，所謂聖人以神道設教者乎？巴陵爲負山邑，民之悍樸，固自不少，縣官不敢問，惟神是怵；每歲魃鬼爲災，土膏盡赤，油然沛然，雨我公田，惟神是禱；吹噓清淑，地靈人傑，碩儒賢輔，後先爲烈，惟神是誘。其大有功於崇，又不獨威福驚愚已也。

塵緣小吏，不識前身，何似憶二仙撒手華蓋？而吾霍童洞天，乃其煉氣入林之始，稱維桑焉。越數千年，作令兹邑，復與仙遇，既已關情人世，虹橋如有宴，殆將呼我爲曾孫耶？嗟夫！枕上邯鄲，笑仙魂之不返；山中付墨，恐文獻之無傳。故不揣於戴星之暇，檃括舊文而編次，以付殺青焉。

天啓七年，華蓋遊人霍童居士崔世召撰。

（《華蓋山志》卷首，長春出版社，二〇〇四年，第二七—二八頁；段落、標點有更動）

太姥山志跋

謝在杭先生既志太姥成，移書詑召曰：

余之遊太姥，蓋有四奇焉。不腆行李，笻杖孤琴，款段蕭蕭，則以胡孟修刺史爲東道主。刺史，余舊知雅，千里道故，杯酒壯行，足添吾遊興十倍。奇一。而是時梅雨且劇，潦潢没膝，計高山長薄，中饒嵐霧，對面無有睹者。自驅車出郭門，天日爲我開朗。沿溪踏莎，直抵摩霄巔。首爲九回，滄海一杯，甌閩一粟，白雲冉冉，微香襲人，庶幾太姥駕鸞鶴，仙衣下垂。甫下山，而雨師訝余道中矣。奇二。自太姥名播震旦，遊客冠蓋相望，山僧視爲畏途，相誡埋匿佳境不語客，令山靈短氣。而吾儕覓一快僧與俱，歷歷指點。凡幽洞花源、雲床玉竇、谽谺黝黶、神龍出没之處，靡不寄足。先是，伯全陳太史遊歸，傲余，不知余今且挾一拾遺驕語之矣！奇三。烟霞緣慳，勝伴難偶。是役也，不穀主盟，喬卿掌山史事，憲周按圖，而徵仲以扣武夷君追躡至，次第韵語，左揮右拍，差盡此山之勝。是四奇也。

不佞召蓋深擊節斯言。夫人重山川，山川亦重人。太姥自秦歷漢，醮祠齋宫，迄今閲人已多，百千春秋，遊踪勝事，俱陸沉於暮烟春草間，不可復記。即山下主人豈無操如椽者？而竟留以待先生，景物遇合，信有時哉！雖然，先生鼓山長也。志鼓山既爛然，而復賈其餘勇，併吾太姥而掩之。先生揺筆亦太横矣！而余觀從古江左諸賢，若幼輿丘壑、安石東山、玄暉宣城、康樂永嘉，青山彩筆，種種屬謝家故物。它日先生五岳遊成，將到處借靈，何况太姥！昔李太白登太華落雁峰，以不携謝朓驚人句爲恨！兹《志》傳千載而下，風華映人，當與太姥争奇矣！

霍童山居徵仲崔世召撰[一]。

（〔乾隆〕《福寧府志》卷四十《藝文志》；又〔民國〕卓劍舟《太姥山全志》卷三《志目》作《謝肇淛太姥志跋》）

潭汭橋記

去邑三里東北，金溪上流而西，出百丈龍潭之汭，有橋在焉。形家言：『邑治左臂水下瀉，法不利。』橋障其流，故有『橋成兆元』之讖。以意推之，金溪橋既成，益以潭汭，法不更利倍耶？顧自有此溪，閲人幾千百代，未聞有起而橋之者，何也？鶴巖之水，懸沫千尺，建瓴而下，過潭汭東，爲金溪，勢稍殺，故橋之易；至潭汭則怒濤方張，桃花雨至，如馬如象，是以難也。余少時讀書瑞跡山中，每涉此必驚嘆是者，奈何使天吴長爲政，千秋萬歲間，豈無濟川男子哉！今吾言已數

[一]　霍童山居徵仲崔世召撰：此句據《太姥山全志》卷三補。

十年，溪猶是溪耳，誰鞭江石而作中流砥柱？

忽竹林僧如喜持疏來請，必興此橋。余曰：『戇哉，僧！使蚊負山，精衛填海，無以爲也。』如喜曰：『否！世間一切事，不戇不成，居士第爲之。』余壯其言，乃偕諸同事臨溪而觀之。難者曰：『此非舊圮故址耶！厥水湯湯，我與水争，靡費幾何，是安得橋？』余躍起曰：『前事之敗，乃可師也，愚公移山，爲亦若是，是安不得橋！』

歸而謀諸邑父老薛君、張君輩。歲癸亥七月吉日，攻位於溪南之沚，告於神。是日，天大雨如注，衆患野祭不成禮。比余至，則忽開霽日，曈曈映溪光如鏡。祭甫畢，天復雨。余曰：『神許我矣！』乃募工興始，民大和會，時有十一人與俱，授以責任之意，必無怠若事。而薛君則素稱净行，長者張君佐之。朝夕董其役，冒寒暑，親水石間，手皸瘃不顧也，此亦幾於王屋愚公矣。蓋歷經始之日，不十餘月而橋告成。

橋爲楯者六，門各三丈有奇，兩岸相距一十九丈。楯上下水坳，深塞平之，護以石，交戟松井，以防狂溜。橋上豎屋凡若干楹，遠望如飛虹。題曰『西爽橋』，致足支頤柱笏也。

是役也，費鏹千數，予出枯囊十之二，邑士民助者十之五六，佐以西村斗粟尺縑之末，旁及古田近地，聞而來施者十之三。拮据鳩工，可謂綦難，而歲餘已觀厥成，微神助之力不及此。嗟乎！以千百代未創之事，千萬人齰舌不敢興之役，一旦底有成績，天下事亦患無有心人耳。精誠所到，竅石可穿，操蛇之神，可迫而徙，又何有於斯橋。夫學何莫由是也？

邑諸父老，咸有事兹役者，例得並書。（〔乾隆〕《福寧府志》卷三十九《藝文志》）

由霍童登支提記

大江東盡，靈鍾篁竹之區；真氣南翔，秀絶温麻之境。青鸞驂而白鶴駕，金仙招而玉女迎。爰有霍童，實開洞府。按道經三十六洞天，兹爲第一；歷人代百千萬億劫，永謝三玄。司馬承禎燒丹煉藥之都，玉蟾仙子乘蹻題詩之處。群靈顯化，望縹緲以何年；列岫孤標，揭嶙峋而出世。向來笙管，尚餘緱嶺仙踪；别有芝苓，猶駐嵩丘道氣。蓋祠官之醮時，望秩居先；抑化人之披圖，品題特重。固已名驅震旦，奇壓神洲矣。乃若地協精靈，天開圖畫。桃紅十里，玄都觀裏春秋；蓮滿平田，太華峰頭日月。曲水紆其環繞，長松鬱乎菁葱。

路入玄洲，山鄰碧落。溪雨埋千竿之烟火，不聞人哭人歌；層雲渺一粟之滄溟，休記潮來潮涸。巖頭仙踪不返，猶存金刹之芳名；林中鶴馭歸來，曾迓玉皇之絳節。甘露零而清梵杳，錦雲爛而片屏横。籟發河東，彷狻猊之一吼；彩聯巖畔，矯鸞鳳之雙飛。或策杖行歌，弔仙魂於鞭石；或捫蘿長嘯，傳神響於空巖。好峰片片飛來，丹竈熒熒未改。逶迤揞策，磊落披襟。仗一劍以摩天，從九仙而問道。言參菩薩之嶺，行覓袈裟之巖。則有瀑布飛流，搗米餘韵。雙髻毛女，招邀呼大小之童；合掌維摩，頂禮連左右之弼。

爾乃攀峭壁，臨青冥，穿雲藤，吸露井。石盤柯爛，稀微一局初收；爐篆香飄，彷彿疏烟未散。紫帽之雲霞裊裊，赤城之鷄犬依依。海鰍龍涎，司井中之晴雨；石牛神糞，合座上之旃檀。摘仙菜以齋心，欣雪花之如掌。豈初平子之幻化，石點羊橱；抑齊威王之唾餘，峰遺鷄迹。

吾將撞懸鐘而謁帝，借卓筆以書空。俯世界之三千，觀於象外；吞雲夢之八九，羅之胸中。可謂天地有窮，心目無際者矣。至於仙壇轉盡，佛土弘開，溯白猿指道之年，越錢鏐冶聖之地。天冠千會，寶蓋輝煌。神界孤懸，金燈灼爍。聖主紫泥賜詔，内宫黄帕函經。傑藏千秋，叢林百葉。篾以加矣，洵斯盛焉。若夫五龍潭畔，化成隱隱浮屠；百道泉流，説法蒼蒼石壁。紫芝妙刹，白足高禪。辟支聚五百天人，那羅湧千函佛藏。此皆支提護法之禪宫，而洞府供遊之勝概者也！

嗟夫！神因地靈，物以人重。呼群真而舒嘯，休移猿鶴之文；覽千仞而振衣，誰作山川之長？不佞生來厭世，壯復耽玄。日月居諸，恐負浮軀七尺；乾坤渺小，僅容蠟屐一雙。雖向平婚嫁，願猶未酬；而司馬遨遊，興亦不淺。所幸山靈未遠，福地非遥。居傍丹丘，總云籬壁間物；生逢佛土，敢謂羲皇上人？彼海上之三島、十洲，祇以供其浩漫；即閩中之武夷、太姥，猶難擬其巃嵸。豈可使眼底名山，緗縑弗録；海濱凈土，竹帛無傳者乎！昔陳思之詠泰嶽，目盡寰中；孫綽之賦天台，心遊物外。各有所托，非苟而然。用是托賦短章，以答山靈之響；裁編實録，無辜地主之司。奏法曲於人間，恐驚里耳；脱凡胎於俗土，或此仙遊。非敢藏山，用命副墨。

（崔嵸《支提寺志》卷四，同治刻本；又〔乾隆〕《福寧府志》卷四十作《遊支提山序》）

尼父聲教無遠弗届也耶！

重修連州學記明崇禎八年

連州雖古粤地，北聯桂郡，西界蒼梧，而距羊城反數百里而遥。山崇地曠，半爲猺蠻中分，故昔時遷客多判此。蓋自韓退之、劉夢得、張南軒遞遊其地，文章風雅，翕然師學，幾與中邦争雄，豈非尼父聲教無遠弗届也耶！

余夙覽《輿圖志》，意爲王陽九折之坂，而邇年槃犬錯行，愕非静士，受命重繭，怵於東西南北之義，歷險之官，首謁先師，見青青子衿，雍然大方，心竊喜焉。仰視廟貌，風雨翹翹，則又有『故宫』之歎矣！居無何，而殿前楹檐俄焉摧毁。雖先余吏者，聊且傳舍，以至今日而失。今不修，余何所逃罪？乃亟出不腆之俸，佐以矢金，爰付首事者，若而人夙夜奔走，修葺靡懈，舊貫雖仍，而輝華過之。櫺星門外地偪側而襟水，餘氣差縮，乃鳩工具畚鍤，聚土石，臨坻築，延丈許，一盼頖流盤迂，若雲路凝碧，焕焉壯觀。中逵更樹木屏左右，翼以欄楯，勿使乘輿馬者突而馳，過廟必趨，人望而知敬矣。是役也，不動官帑一錢，不虚役民間一力，未數月而告竣事，緊爲博士弟子之勃，起里父老之樂趨使。不敏坐而觀厥成，其何功與有？而余閲郡乘，學自國初屢遷，歷武宗世廟、神宗郡守屢修葺。三百年興廢之會，似亦有待其人，當吾世而過孔氏之門，綿綿若存，聊且傳舍之罪，夫亦愈知免矣。

吾讀《詩》，至『思樂泮水』之章，匪直媚噦噦之鸞聲，而終之獻馘獻功，淮夷卒獲，始知文事武烈，相需有成，吾道大明，群醜自屈。今之蟜蟜虎臣，伊何人耶？而蠢爾猺逆，懷我好音，使得從容而治榱桷門牆之役，此陰陽消息之定理，不可謂非先聖之靈所式臨而賜之今日也。夫子之牆數仞，或得其門而入焉，仰瞻而俎豆輝煌，外眺而山川葱鬱，富美之觀，當無踰此。試以巾峰爲東岱之登，以湟川爲洙泗之派，而以猺螽爲夾谷，歸田之露檄，猗與道之將行，自今日始矣。

多士其勉乎哉！

（〔同治〕《連州志》卷十《藝文志·記》）

募天巖静室開山疏

爾時大遷師奉命南來，重興支提山也。四方弟子，山中雲臻，而大安者實稱白足云。神宗朝以衆推知識，受敕書爲住持長老，戒律精嚴，不讓古宿。今華藏殿金碧輝煌，皆安公拮据力也。寺據萬山古木亂烟中，真苦行孤絶處所。嗣後説法開士日盛，各各選勝闢静居焉。西有那羅闢支巖，東有安溪法華師子窩，南則金燈精舍、東湖南峰庵、天冠坪，而北紫芝庵，則安公最先肇基壇場也。庵爲茶亭舊址，瓢笠相望，遊屐之所必經。皖城方仁植刺史額其處曰『初歡喜地』。師意欲以接衆勤行，自翻經華藏中，而令一比丘常住煮茗，以供遊客，數十年於兹，亦可謂疲於津梁矣。

一日，有異人告以芝峰之左當得净土，拉師往觀之，得未曾有。嶂石卓然天際，與大小童爲鄰，中藏蒙茸幽洞者。兩攀緣其頂，則大海蒼茫，如天門觀日，俯對九仙、甘露諸峰，皆膝下兒孫耳。師大喜曰：『異哉！是《山經》所謂天巖者也。按：天下有五大名山：天、地、水、火、風，支提實天冠勝場，巖之名豈偶合耶？百千年神靈之迹如出沉埋，吾將老於此矣。』於是，發願別開静室，而問於居士，居士唯唯。

吾固擬紫芝，非師撒手處也。古之學道者，入山惟恐不深，以師數十年接衆，功行亦既廣庇。天其令善息食報相兹巖乎？因憶三山曹觀察能始向與予言：『吾輩未生，各具一種佛性。今現宰官身，當爲世間一切比丘讚歎作佛事。唯是嶺以南吾主之，嶺以北君其主之。』余亦欣然領此言。顧能始不腆廉櫜，尚堪割捨，使三山諸古刹道場一時並新。而余則蕭然老措大，徒以筆舌寥寥，作勸世語，念之短氣。所幸安師古宿道行，業已取信人間世，必不土苴吾言。片鏹尺帛，聚腋成裘，當有如響共襄法緣者。予將焚香禮斗壇，呼於天冠之靈，呵護天巖之勝，願安師於此面壁成功焉！

（崔嵸《支提寺志》卷四，同治刻本）

秋谷乞言

乙丑冬，敕兒輩買山一區，預作菟裘，爲終老計。去邑西僅一里許，饒有泉石之致。引泉鑿池半畝，構亭其間，顔曰『秋谷』。蓋秋屬西，又取秋成之義，爲主人抽簪湊趣也。

谷口古松數十章，松邊伐石爲小橋，入谷有石丈許，突起立橋側，似傾耳聽松風者，因鎸李伯東『聽松』二篆字於石上，應得一拜過橋。沼澗數十武，有石卓峙如門，命曰『雲扃』。入門瀑布淙淙，如松濤争響，刻其壁曰『懸虹』。峽左巨石，苔蘚甚古，架亭石頂，曰『泉屋』。谷之右構嘯閣，東向面大海，遠嶼漁燈，歷歷几席間。下有軒曰『鶴巢』。鶴山邑主峰，名曰『鶴巖』。復買鶴一雙實之。客至輒命以舞，差不似公羊家禽耳。傍曰『煮石齋』，白石可爛，西山亦可粲耶！亭下畦廣，種千葉荷，樓臨水面，曰『醉香谷』，雖秋名兼宜夏也。山體差大如斗，不堪多設位置爲崖略，景概若此。

居無何，山主人遘權璫之厄，以非罪廢歸。似山靈《移文》檄之來意，季鷹秋風之感，興致相當爾。悲哉！秋之爲氣，能挽人入林，猶幸此時谷風習習，爲可捧腹嘯歌耳。谷不負余，余殊負谷，願得丐先生之文，送歸秋谷，如昌黎送李愿歸盤谷故事，以答山靈。山主人别號『西叟』，遠愧李愿，獨秋谷不愧盤谷。况先生今之昌黎，以片言當九錫之命，願少留意焉。

（〔乾隆〕《寧德縣志》卷九《藝文志》）

附録二　諸家序

崔徵仲半囈稿序

謝肇淛

博陵崔徵仲髫髻攻舉子業，每戰輒屈其鄉之長老。稍壯，攻古文詞，上泝左、馬，下迨二氏，百家之言無不窺。又工爲詩，裨漢而宗唐，才情宛至，非驚人語不出口也。

余嘗登霍林，歷四十八峰，愛其山川紆環峭絶，意其下必有詼奇骯髒隱君子焉。入闤闠而訪之，果得徵仲。徵仲方困諸生，篷樞甕牖，卧牛衣中，妻孥鵠伏，至不能庀饔飧，不問也。顧益咿吾丙夜，攻聲詩、古文詞不輟。都人士攘臂睨之，見其貧且困，則謂此道爲祟，曰：『夫夫也，魘且久，胡不寤？』而徵仲亦以『半囈』名其集。余笑顧謂：『若囈耶，子雲之鳳也，文通之錦也，退之之篆而處訥之鏡也，安所不從囈中得之？夫聲詩、古文詞者，世之所棄也，彼且以爲蕉鹿，以爲鐵杵，故坐而視子囈若夢棺而得華曹，夢糞而獲阿堵，則鬨然競起爭之矣。若枕之不暇高而顧得囈耶？』

己酉之春，余與徵仲策杖太姥絶頂，憑虚望遠，雲氣英英起足下，嗒然長嘯，有遺世獨立之想。而余亦以蜉蝣玄外之旨微廣其意。

無何，而徵仲舉孝廉，計偕之京師矣。昔昌黎氏謂窮苦之言易好，而歡愉之詞難工，故文章之作恒發於羈旅草野，至王公貴人氣滿志得，非性能而好之，則不暇以爲。今之入官服政者，其祟聲詩、古文詞而共棄之甚於諸生，其所心棄而陽擅逐競争之甚於棺與糞。而子之心計粗矣，席不暖矣，求向之囈不可得已。徵仲曰：『有是哉！吾固已言之。以其半者應世，而以半者存故吾也。請弁吾子之言，以質諸異日。』

（《小草齋文集》卷五，天啓刻本）

問月樓集自叙

崔世召

先是業爲《問月樓集》行世時，家方四壁立，安能櫻蓋？隔二十年餘，始得結數楹，爲小樓於所居城角。東向恰受月，無夕不佳，因以問月，踐之湊趣，亦巧矣。居恒取酒相勞，明窗四射，恍如坐水晶宫，倚七尺琉璃屏風，與月姊問答也。

嘆夫廿年間，明月如故，而搔首顛毛，已種種不堪問，恐月亦羞之。所賴詩腸文心，不肯自甘委頓，覺筆酣墨飽之暇，海畔清光，猶戀人意。二三爲韵少年，奉余爲戲，强鐫醬瓿上物，不能敓也。第試呼月而問之：『二十年後之業，較曩日手腕離合若何，胸次生熟若何，不知月何以置對哉？』

書時月在正望。

（《問月樓詩集》卷首）

崔徵仲問月樓集序

熊明遇

《問月樓集》者，集崔生徵仲之詩文也。徵仲居治東下縣，介兩甌間。山水深莽，海中諸島嶼若蒼兕玄龍之飛伏，隨潮汐靈氣動盪光景，徵仲以一樓收之。雲日烟雨無不奇者，而尤奇於夜潮得月，白波爞照，浩然有萬里之意。故其詩文之備美，一似乎其樓之觀也。

詩則大曆、貞元間，文擅蘇、柳之致，而擬于今之當家，直五霸中桓、文焉。嗟乎，徵仲豈不魁然名下哉！而必問序于余者何？蓋余嘗與徵仲言詩文之體矣。人之有是四體，自首領、股肱至于手拇、毛脉，各載其神氣于質貌，變掉而動，天或冶之。若夫塑者、偶者、俑者，和合水土而漫堊焉，戕賊桃梗而機械焉，純束蒭藳而衣冠焉，其貌似是也。南方祼壤之民，表龍章而紨紳弁之列焉。北方鬈首之豪，襲簪笏而朝禮樂之堂焉。西方深目晝革之人，附鞮譯而登吉語之科焉，其質亦似是也。顧其神氣安在哉？詩之爲體，自《三百篇》以至于唐；文之爲體，自《尚書》《檀弓》《考功》以至西京，體具矣。然世代循環不必一體，而必各載其神氣，以成其一體，擇而取之而已矣。

仲尼有言曰：『述而不作，信而好古。』又曰：『蓋有不知而作之者，我無是也。』書契興，爻象畫，《咸》《韶》鳴。迄今垂五千餘年，有其可作，古人已先作之。仲尼之不作，無可作也。吾深懼夫今作者之衆也，載以月喻，月不能自成其體，以日爲體，日萬古常圓。月之朒朓朏魄，不必常圓，而其虚盈弦望之數，必不能捨日光遠近爲圭黍之異。故天下人皆仰之，使其能捨日光遠近爲圭黍之異，而別見像影，不亦爲怪月耶？日月，天下之大文章也，徵仲試精心以問之，其境政未可窮矣。

（《問月樓詩二集》卷首）

問月樓集序

徐𤊹

蓋徵仲已三行其詩若文矣。當其爲諸生時，名大譟，與予結瑤華社於三山，詩筒往還無虛歲。既而舉孝廉，蓋工古文辭，又有《半囈集》行于世，海内争傳誦之。

徵仲所居在寧陽城東後扆鶴峰，而前際鯨海，皓魄初上，委波如金。徵仲構一樓，洞開八闥，坐卧其中，每抽毫賦詠，輒把酒問月，大類李謫仙豪舉。凡騷人墨客過寧陽，無不邀登斯樓而賡和焉。昔人品第宇内三十六洞天，而霍童之山居首，仙靈窟宅，自古記之，雲霞吞吐，寔鍾偉人。徵仲廼以霍霞自號，筆端奇麗，直與山川互相映發。古稱仙人好樓居，君豈今之謫仙也耶！

憶予丁巳一過徵仲，在季秋望後；今歲再一相訪，又當季秋望前。樓頭對酒，桂影婆娑，照人襟袖。兩度過從，與月巧值。徵仲句云：『似與月同到，疑添山數峰。』真境逸情溢於毫素，且《問月》新集殺青甫竣，遂出相訂。予即就月影中披誦之，不待濯魄冰壺，而心神具爽矣。因弁簡端。

萬曆庚申杪秋望前一夕，社友徐𤊹興公撰。

（《問月樓詩二集》卷首）

秋谷自序

崔世召

秋谷者，西叟蒙難匿隱處也。西叟生負骯髒，冷闊自好，白石爲骨，清泉爲神，與秋谷宿緣不淺。烟霞性重，遂使軒冕心輕。倏而衣以長官之服，如狙猿跳躍不能定，唯是興致所寄，嘔爲韵語，俗耳腐鼠嚇之。有爲逆祠購詩者，持尺幅相苦，西叟曰：『嚄，是安得污我清泉、白石耶！』峻拒之。坐中其螫毒，有詔逮崇仁令於淮，鋃鐺困辱瀕死矣，叟幸不死。會新天子放歸秋谷，山中猿鶴相慶，迓主人歸，婆娑飛舞，叟亦自老無意人世。

不謂賜環命下，復之楚遊，半通墨綸曳於巖烟嶂月之墟。日三竿，撾鼓坐堂皇，頃之散衙，鋤菊圃，濯足方池，假寐匡床一覺，聽奴輩楸枰聲，喀喀可喜。暇則讀靖節先生詩，頹然取醉，以此度日則已耳。

嗟乎！西叟雖别秋谷，顧枕上所遊，謖謖松風，亂崖飛瀑之趣，何時不挂叟夢魂哉！無情世態，能窘我以折腰，不能使我眉頭不揚、舌本不靈。蓋自蒙難以前，起廢以後，都此一副肝腸，學楚客悲秋語而已。因弁之曰《秋谷集》。

歲在庚午，近重陽，西叟崔世召書于桂署菊籬邊。

（《秋谷集》卷首）

秋谷集序

韓敬

崔徵仲使君示余《秋谷》新詩，如見《間氣》《鍾靈》等集，較之《問月》初編，神更完，韵更遒，格力更昌大，真騷壇之飛□□。使君筆如風雨，咳唾之頃，□□珠琲百斛。顧不肯爲逆祠出手一字，且怒叱之，因此猝得蜚禍，從巴山令逮繫入都。巴人遮道痛哭，使君慷慨直前，旅次長吟，絶無侘傺。幸遘當陽之日賜環，楚徼宦迹所涉，復與浯溪、濂溪相近，其直愛亦若符節。近視鹺吾浙，□□絶四知，篋中惟詩箋一束，□以照耀湖山耳。

使君家在霍童之陽，靈島懸虹，名山駐鶴，雲入囊而化彩，石煮釜而可抄，即上玉清平之天，仇池小有之室，亦不是過也。軺車雖出，歸夢常縈，其惓惓以『秋谷』名篇，蓋有捲舒自如之意。

余戲語徵仲：『子大夫兩仕劇邑，率鬻馬懸魚而歸，今日孤山梅榆，不亦用清水點清鹽耶？詩日益富，官日益貧，恐谷底秋事，未是公垂簾點易時也？』

徵仲笑曰：『爾不憶爾家先公作令吾邑時乎？當時嚼出菜根，有宫商金石之聲，徹骨家風，我與若共有之，我則强項，子徒攢眉。雖然，風風雅雅，航玉海禪貝林，墳有三而丘有九，架有十乘而庫有五兵，亦長安富貴兒所傲睨而不得争者也。子不能療子之貧，我亦不能廢我之吟。青山白髮，膏肓針砭，皆在於是。詎畏黔婁入社哉！』

余曰：『唯唯。』因紀其語，爲《〈秋谷詩〉序》。

通家社弟韓敬撰。

（《秋谷集》卷首）

送崔徵仲歸秋谷序

曹學佺

人行白鶴嶺上，望見寧德縣。城墟井咫尺間。及至其所，亦須登頓窮十里而遥。問所謂白鶴山者，西去縣僅一里，故知爲嶺之支也。俗但名西山，山之下有谷焉。余友人崔徵仲令崇仁時，預敕其子買山一區，爲歸隱地，因顔其谷曰『秋谷』，蓋取西山及秋成之義。主人歸時，年六十有一，遂頽然號稱西叟矣。

或問于余，曰：『西叟之欲歸其故山也，何亟歟？山爲叟所得，未及再期，而又何以故稱曰「西叟」？』

『雖仕而心常在岩谷間。叟雖未履秋谷一步，而谷之未嘗不以神許交于崔令也。谷未得，則令固亟亟于是山；谷既得，則是山又日夜望其主人歸也。』

或曰：『仕爲令，如轍之初適途，何以遄返車？既躓矣，豈能免于涔淖而遂谷之藏也。』

曰：『崔君令崇仁，崇人德之，愛戴如父母。然令縱速遷，崇人惟恐其不以三年淹也。令之去，非出意外者哉！而獲歸于秋谷也，又非大出于意外者哉！』

丙、丁之際，以虐璫董漕政，其于江右之屬縣，若風馬牛之不相及。令不意誤觸其鋒，陰怒毒螫，取旨如寄，而令之身不免，寧僅解邑云爾。然根批株連，爲禍未已。令曰：『寧斃我，毋累崇人。』乃速身就道，以聽處分。二臺使深知令冤，亟欲爲令白一言，尚躊躕未決，而鼎湖之劍已藏，湯林之網遂解。彼虎而冠者，皆厭刀俎之餘矣。

令于是憪然曰：『吾之有兹身也，而吾之身有兹谷也，豈非荷明主之賜！吾寧爲谷飲樵爨之民，以歌帝力于何有？』

爾谷曰：『子之歸也，其不我辱也。吾谷之喬然者，松也；冽然者，泉也；蓊然者，雲也；嵬然者，石也。其不爲子辱也。』

曹子與崔子善，而其歸也，有類于崔子，因爲文以送之。

（《石倉三稿·文部》卷三《序類》下，日本内閣文庫藏崇禎刻本）

賀連州守崔徵仲致政歸西谷序　曹學佺

曩丁卯歲，徵仲忤璫歸，將隱于西谷，不佞以文導之。未幾，被恩復其原職，赴補桂東縣令，稍遷判浙鹺事，又遷粤之連州。徵仲曰：『予遊倦矣。怵于功令，不敢遽辭。』予社中友趣之行，曰：『是劉中山所宦遊地也。劉爲三黜，子爲三遷，其所遭不既别乎？』

徵仲之任，適值傜丁跳梁爲寇于邊，其區名九連，與嶺西之臨賀相通。醜類實繁，養癰已久，時將大潰，莫可救療。徵仲雖有去志，然不欲以難遺後人，而日討其軍實以芟除之。于是設奇鼓勇，間道先驅，浹旬之内，殲厥渠魁。叛者執之，服者舍之，仍頒文告，與之更始。蠻峒題齒，始知有漢法；而邊方之氓，始享有生人之樂。乃上首功于幕府。徵仲曰：『予可以行矣。』而猶未也，乃有賦之逋者，政之窊者，與其習俗之雜夷者，章縫之末學者，于此而一有闕焉，安所稱内順治而外欲成其威嚴乎？夫必若治絲之棼而理，易器之敝而爲新；若水之挽其江河，茂草之復爲周道也。庶後來者可以按籍而徵程期，而責之效也。公曰：『是不可以歸乎？』致政書上，列台同聲留之不得，士民遮道留之不得，至再至三，雍容有禮，如是而公始成歸矣。

公昔强起之日，無非欲歸之日。其出也，有所挾持而出；其歸也，無憾于心，而後即安。于是而知公歸之之日，適足以副其出之之日也。賜環之扃，于是而始完，西谷之隱于是而方善，是固『閉門造車，出門合轍』之之道也，可不謂之智乎？歲功歷西而萬物成，天德利貞而性情合。公于是而始得自稱其爲西叟矣，是固熙朝之盛事，而吾黨之有光也。諸子各爲詩以賀之，而屬余弁其大指如此。

（《西峰六三文·序》上，日本内閣文庫藏崇禎刻本）

崔徵仲詩序

曹學佺

愚嘗以書喻詩，而禪家又以書喻禪也。谷隱之言曰：『此事如人學書點畫，不效者工，效者拙。蓋以其未能忘法耳。當筆忘手，手忘心，乃可也。』愚嘗以奕喻詩，而禪家又以奕喻禪也。遠録公之言曰：『若論敵手知音，當機不讓，輸贏即不問，且道黑白未分時，一着落在甚麽處。』夫繇是二者觀之，書以忘法爲工，而詩之果能廢法乎？抑有以法法而不泥者乎？奕以當機爲要，而詩之果能昧機乎？抑有以當機而忘機者乎？故必以書喻禪而書始妙，又必以書喻詩而詩始工；故必以奕喻禪而奕始神，又必以奕喻詩而詩始巧。

要之，又必以禪喻詩，而詩始有入處；又必以禪而通于書與奕以論西叟之詩，而始知叟有入處。何則？叟固工書者也，又善奕者也。佛法，百法門中不捨一法，叟何以書與奕而分其神思爲病？乃叟之詩，則有不見一法而未始不見叟之法者。問擬豈不是類，直是不擬亦類。此叟之所以善學古人處。謂叟之詩不得于禪，不可；而謂其以禪資詩，則非但病詩，且病禪矣。何也？眼中着不得沙礫，亦着不得珍珠也。謂叟之詩不並通于書與奕，不可；而謂其以書、奕而妨詩，則非但惑詩，且惑書奕矣。何則？須彌固納芥子，芥子亦納須彌也。

叟謂何？西谷之主人崔徵仲也，其以書與奕而通于禪。以序西叟之詩者，曹子學佺也。

（《西峰六四文》，日本内閣文庫藏崇禎刻本）

附録三　傳記、祭文

崔世召傳　朱彝尊

崔世召，字徵仲，寧德人。萬曆己酉年舉人。知連州，有《秋谷集》。

崔君令巴山，有爲魏璫祠請頌德詩者，峻拒之，遂被逮入都下獄。崇禎初，釋還，補官桂東，尋司浙中鹺務。詩頗清澈，無塵坌氣。

（《静志居詩話》卷十七，人民文學出版社，一九九〇年，第五〇六頁）

崔世召傳　盧建其

崔世召，字徵仲，號霍霞，别號西叟。丰姿俊秀，學問淵博，詩名震一時。萬曆己酉舉於鄉。天啓乙丑，授江西崇仁縣令。滌煩苛，剔奸蠹，邑人德之。時群奸爲魏璫構生祠，索詩於世召，峻拒之。遂忤璫意，削職，被逮入都下獄。及璫敗，釋歸，日以歌詩自娱。未幾，上用臺省言，還原職，補湖廣桂東縣令。辛未，轉浙江鹽運使副使，釐清宿弊。葺湖心、放鶴二亭，與東南詞客嘯詠其中。癸酉，陞廣東連州知州。州多猺寇，世召恩威並行，猺衆懾服，州俗以熙。致仕歸，連民遮道涕泣，如失怙恃。崇祀連之四賢祠、内祀麻城李公、南軒張公、端甫林公，與世召而四。名宦祠。本邑祀忠義祠[一]。

著有《西叟全集》《秋谷集》《湖隱吟》《半囈吟》《腋齋遺稿》行世。藏版毁無存，僅存《湖隱吟》下卷一本，《秋谷集》抄稿一本。

次子堯，堯子海麒，即崔神童也；四子崔蓯，自有傳。

（〔乾隆〕《寧德縣志》卷七《人物志》）

崔世召傳

劉華邦、郭岐勳

崔世召，福建人，舉人。天啓間[二]知縣事，持身清白，疏通明敏，勤於治理，培植士子，撫字黎民，以實心行實政。見八面山鳥道崎嶇，捐捧闢途，至今人呼爲崔公路。喜讀書，公餘吟詠不輟。

[一]〔乾隆〕《寧德縣志》卷二《建置志》『忠義孝悌祠』條：『祠一進三間，前達教諭宅，後倚學山。内祀忠義唐黄君岳、宋林君仲麟、姚君望之、黄君裳，明林君聰、陳君勩、陳君寓、陳君褎、林君文迪、吴君國華、崔君世召十一人。』

[二]天啓間：誤，應作『崇禎初』，説詳本書附録《崔世召年譜》。

杖策遊山，所在留題。《湖廣通志》稱其文學、政事兩擅其優。祀名宦。

（〔同治〕《桂東縣志》卷十四）

崔世召傳　袁泳錫

崔世召，字徵仲，福寧人。萬曆己巳舉人，知連州。時適猺爲害，世召濟以德威，猺衆帖服。居恒清廉自守，嘗浚天澤泉，引爲漑田之利。去後州人於泉傍築亭，碑之曰『崔公清德泉』。

（〔同治〕《連州志》卷五《名宦》）

崔世召傳　郭柏蒼

崔世召，字徵仲，寧德人，萬曆三十七年舉人。天啓間授巴陵縣，下獄。崇禎初釋還，補桂東，遷浙江鹽運同知，晉連州知州。卒，祀連州四賢祠。有《秋谷集》《問月樓詩》。

（《全閩明詩傳》卷三十九，光緒刻本）

祭崔徵仲同社合奠　徐𤊹

神廟中年，風雅大盛。翁起霍童，少嫻賦詠，主盟藝苑，結社三山，詩筒文櫝，不問往還。筮仕西江，政聲籍籍，忽罹璫殃，被逮褫職。今皇御宇，鑒翁樸忠，特旨召用，仍令桂東，再晉司鹺，宦遊兩浙，修葺湖山，名垂豐碣。一麾出守，拜命連州，踟躕五馬，繼軌韓、劉。投牒乞休，栖遲秋谷，元亮高風，允追芳躅。年來九老會，締耆英翁，年逾七十，力健神清，飲酒賦詩，不減少壯。蔗境優遊，善飯無恙。今春乘輿，脂轄會城，倡予和汝，舊好尋盟。無何告歸，形色無異，二豎忽侵，倏然仙逝。嗚呼哀哉！天不憖遺，老成凋謝。凶訃遥聞，曷勝驚訝。英英賢嗣，正待高騫。秋闈伊爾，翁竟溘先。遠寄生芻，靈前一酹。存殁興悲，臨風有泪。尚享！己卯四月。

（《紅雨樓集　鼇峰文集》册二，《上海圖書館未刊古籍稿本》第四二册，復旦大學出版社，二〇〇八年，第二五〇—二五一頁）

附録四　徐𤊹尺牘

寄崔徵仲

公車自北而南也，獨不一過我，令人興離群之歎。言念高懷，曷其有極。霍林爲吾閩第一洞天，在君家爲籬壁間物，而弟汩汩紅塵，不能一措足，俗可知也。在杭氏方梓《山志》，時取讀之，以當卧遊，又不無天際真人想耳。順昌盧君熙民，久客榕城，雅善繪事，至于點染水墨花草在道。復兹以事之福安，道經貴邑，渴慕荆州，冀一識面。倘許其把臂入林，則曹丘唇舌大有榮施矣。草草布衷，臨楮藴緒。

（《紅雨樓集　鼇峰文集》册六，《上海圖書館未刊古籍稿本》第四三册，第三八一—三八二頁）

寄崔徵仲崇仁

夏間得兄京師手札，且悉雅情。林異卿歸，述動定詳細。中秋於建溪逢陳四游，知雙舄以中秋後莅任。此時懸銅墨，稱神君矣。崇仁善地，又得兄烹鮮之手，鸞鳳暫栖，驄馬有待耳。

弟受南中丞公知遇極厚，屢索弟所著拙稿五十萬言，發之書坊校梓。值建缺令，而別駕鄭署印，乃廣西人，初以撫公注意，十分催趕，要承上人之歡。及弟送撫公至武夷歸，而別駕遂無意終局。弟留建溪者兩月，僅刻四册，更十六册付之空言。世情冷暖，可發一笑。雖覆瓿之具，無足重輕，然負中丞一片盛心，不無扼腕。

建溪去江右甚近，初擬從鉛山至南昌，訪張夢澤廉訪，隨訪瑞州二守吴仲聲，然後取道從撫州回，尋兄一彈短鋏。偶山陰興盡，且返棹抵三山卒歲。明春有興，當作豫章之遊，以口腹累安邑也。張廉訪詞苑名公，向守武陵時，弟一把臂，便已投合。後轉台州巡道，兩以書見招，弟未之赴，而餽遺之禮，時時不絶。且大參陳季琳先生亦與弟爲三十年之交，明春謁此二公，便爲兄作文字藝壇之謀，不獨私爲潤橐計也。若明年二三月出門，則從邵武、［光］澤，先到貴治一面，而後抵豫章，未審得遂此行否？兄幸有以命之。

小孫今年四月僥倖入泮，年纔十六，筆下頗不庸俗，書香有托，私心甚慰，恃知己敢以相聞。兄素有學望于詞壇，一行作吏，人人皆思就食。仁祖母論相知之深者，垂涎食魚；即交一臂者，亦皆想望丰采，譬若佳麗美姝，無不人人願結綢繆。

建谿滄洲社楊生叔照，曾於溪上識崔先生，雖踪迹暌違，而神情未嘗不耑往。辰下走光澤，謁翁令公，去臨川一水之便，敬持刺奉謁，知初政戒嚴，必有謝客榜文，循新官套數，然楊生温恭馴雅，而丹青之手，足爲吾閩第一流。兄簿書之暇，令其作各體山水，或長條小幅，片楮尺縑，無不入神。

他日張之問月樓中，亦一段清玩。若楊君爲人狂躁如李玄同輩，弟必不薦也。惟兄知弟，敢以相囑。此君恬澹，亦無甚過望于長者耳。

弟近况楊君能道之，筆不盡意，尚容嗣布。別托事，明春寄上，或歲裏有便，亦先送至也。

（《紅雨樓集　鼇峰文集》册八，《上海圖書館未刊古籍稿本》第四四册，第一八七——一九〇頁）

答崔徵仲

近日次君過三山枉顧，備悉福履清吉，匆匆别去，未展情悰爲歉。差役來，得手書殷殷，辱承雅貺，足仞記存，謝非言喻。

復蒙惓惓見招，尤見仁丈知我貧，欲爲我餬口計，第車生兩耳，出門有礙。委蛇班竹林中，箕踞磐石上，閑則展古人書，倦則卧藜牀紙帳，頗覺自適。閩溪高灘，小艇跼蹐，不堪坐此，逗遛不決耳。况曹能始屢屢招弟爲桂林之遊，且三載矣，竟不果行。非自負清高，不肯干人，但得一日過一日而已。張夢澤廉訪與弟以文字知交，承其惓惓寄聲，弟非有胸無心者，亦當一訪之。第四月欲爲小孫送聘，過此或買棹西行，又慮天氣炎蒸，不耐馳驅耳。弟未敢堅訂何日出門也。

所囑代買諸物，束香此時頗貴，且不甚佳。碎者更好，以爲羔雁送人，祇宜如此。要選上品者，價愈高矣。《禮經制藝》，弟去歲以一部送廉訪公。吾郡《禮記》名手盡在是，今再購二部，並《新科窗稿》數種，葛公所選《三山問業》，而兄丈亦有一首在内耳。棕、筋亦可送人。頗有剩銀，爲兄購之。但弟習見居官者，每逢上司郡伯有喜事，下屬俱用上儀，開呈二三十件。吾鄉亦有漳州物件，可以伴禮。計兄一歲間，亦須二三十金之物，何僅僅衹買些微，勾用不勾用乎？真金扇偶缺，遍覓始得此物。江西省城甚多，價比三山，每把更減二三分，後次買扇，須遣人至省爲便也。

泰始朝夕聚首，今在烏石山園起居。所教郭中丞先容，弟謂做官自有地方清議，百姓口碑，況泰始在今日爲不合時人，東林一脉，摧折殆盡，當局者畏『東林』二字如虎，愚意不必托之，即有先容，反敗乃公事也。何如，何如？唯再示之。

鉛具製成二件，附往。此照式爲之者，第費藥物煆煉，頗多耳。南中丞《瀑園志》二册附覽。尊作發刊時，弟僭爲改竄數語，比前稿稍叶和，毋訝其爲大匠斵也。

役旋，草草奉復，餘容嗣布。

（《紅雨樓集　鼇峰文集》册八，《上海圖書館未刊古籍稿本》第四四册，第一九九—二〇二頁）

寄崔徵仲

馬福生還，知宦況清嘉，足慰遠懷。孟和長遊而不我告，有缺修候，徒有此心而已。弟老病侵尋，杜門寡出，興致索然，近復患瘧，伏枕閲月，氣血衰耗，覽鏡自驚。緬想尊兄驅五馬，佩緋魚，猶然壯夫行徑健，羡羡！

謝在杭往矣。歷官三十餘年，宦橐如水，諸郎僅僅餬其口，而仲甥肇湘不幸物故，獨季甥肇澍猶能振家風以不墜。年來爲其姊丈所累，盡罄田屋，以償夙逋，今賃屋以居，貸粟而炊，情甚可憫。舊冬弟已面托尊兄濡沫之，曾承許可。舍甥向未作客，且粤地艱危，難於獨往，兹同令表陳生白共載，知尊兄篤念在杭，必不薄于其愛弟。倘鋏中有魚，即弟身被之，豈獨在杭結草于九地哉！舍甥尚欲走西粤，訪劉容縣，凡百路途，惟尊兄指引之。至于生白與兄至戚，知必用情，古云『疏不謀親』，非弟所當饒舌也。

臨楮神往。

（《紅雨樓集　鼇峰文集》册三，《上海圖書館未刊古籍稿本》第四二册，第三七五——三七六頁）

寄崔徵仲

奉别兩載，音耗杳然。商孟和行，而弟不知，未獲修候。馬福生歸，備悉佳況。當今流寇騷動，時事不可聞。仁兄以懸車之年，猶逐逐於仕途、夜行不休乎！秋谷一丘，儘堪嘯詠。明年看令郎領賢書，亦是快事。元亮高風，想仁兄不厭薄之也，逆耳之談，毋罪狂瞽。

令坦歸，弟未相面，衹對小婿康某云，欲命弟索陳四游一函，達蕭使君，弟即索之付小婿。孟和尚未到家耳。小婿爲元龍庶子，週歲而孤，分産凉薄，百端艱辛，依弟以居。不幸小女早喪，母氏淪亡，獨有一妾，亦復□□，□孫四口，弟衣食之。遭際良苦，欲糊口他方，無□□□計，惟仁兄篤念元龍負才不售，妄意走謁，乞爲曲處，稍甦涸鮒，即弟身受明賜也。

去年舍甥謝肇淛與陳生白相約奉訪，以事阻，蹉跎不果。茲偕小婿結伴而行，蓋粵地難行，且三人皆非慣遊者，隨仁兄用情，各不敢有所過望耳。陳、謝尚有粵西之行，小婿獨歸，更當慎重，惟仁兄爲畫歸途之策。至禱，至禱！

言不盡意，統惟慈炤。

（《紅雨樓集　鼇峰文集》册三，《上海圖書館未刊古籍稿本》第四二册，三九一—三九二頁）

答崔徵仲

虜警頻仍，中丞、兵憲督師入援，此非太平景象。江北一帶，黄巾擾動，而吾閩差爲偷安。苦今歲米貴如珠，興化連泉州一路，白晝劫商。頃承示，寧陽亦有此異，天下從此多事矣。垂老之年，何處可避？

弟欲謀隱武夷，擇一處田園幽奥，須百金可購。年收子粒廿金，又屋可居。弟空囊莫辦，爲之奈何！緬想兄秋谷絶勝，[可]以終老，羨之，羨之！

《廿一史》，南京板不甚善，一時難[覓]，容覓得奉報。《樊宗師集》領悉。諸容嗣布。

十月初九日。

（《紅雨樓集　鼇峰文集》册七，《上海圖書館未刊古籍稿本》第四四册，第一二五—一二六頁）

附録五　集評

徐㶿一則

崔孝廉徵仲貽余新梓《問月樓詩》，中多儁語。贈《州同王九皋》云：『笑我無魚歌幸舍，憐君有蟹領監州。』《送劉之罘將軍》云：『射虎功高偏不賞，雕龍才老竟如斯。』《贈陶嗣養》云：『鳥留書法皆成篆，龍是文心不用雕。』《贈王蓋卿再舉子》云：『搗盡玄霜原得偶，捧來明月本成雙。』《弔謝皋羽》云：『魂隨宋寢冬青樹，墓傍嚴陵古釣磯。』煆煉工巧，詞壇之射鵰手也。

（《筆精》卷四『問月樓集』條；又周亮工《閩小紀》卷四『問月樓集』條同）

陳大經一則

萬曆己未三月三日，修禊溪雲閣。蓋是修禊起於西晉，風流世代相距，蘭亭滅没，墟莽猶存……吾邑崔孝廉徵仲同有此癖，讀《禮》中步履艱出，欲仿芳躅爲善步，語余曰：『白鶴可以山陰，溪雲可以蘭亭。』遂走蒼頭，飛刺竿牘多通。適夜郎守秦川張叔弢屏蓋躅輿，慕霍童之靈而至，悉爲大會。

越五日，三山王玉生始至。先是發書郵之明日，一遭颶潦，無諸隔敝地，險峻阻絕，兼之溪流暴漲，故驂止不前，後先共得一十七人。溪雲閣者，文學崔徵仲愛讀書處也。雖無崇山峻嶺他固，然自溪雲一倡，塵襟俗氛易以騷雅，一時都人士彬彬乎有古意矣。是皆崔孝廉渡之慈航也。

（《溪雲社修禊記》，〔乾隆〕《寧德縣志》卷九《藝文志》）

張燮一則

徵仲志四方，獻策阻見收。麗事多異聞，摇扇登車遊。作令項推强，忤璫璫所仇。身屈道常伸，耻彼曲如鉤。

（《詞盟廣詠·崔徵仲大令》，《群玉樓集》卷四，崇禎刻本）

陳繼儒一則

今皇帝賜環未久，分司浙中，操守峻而詩文潔。

（《放鶴亭記》，《明文海》卷三百三十九）

陳梁記一則

槎翁陳梁記曰：『崔徵仲使君以《限字韵箱》見貽，既立約之次日，爲鶴亭載功之始，集予寓。

是役也，使君賞幽首輸俸錢爲之，同社徐仲陵經理焉，皆處士知己也。而崔長君非石暨趙雪舟恰以是日來自閩，楊若木恰以是日來自禾，顧霖調恰以是日訪使君于湖上。咸集予寓。既飯，命舠往謁處士，遂携《限字箱》試之。使君、雪舟、若木、仲陵各得五言古，霖調得七言絶，非石得五言絶，予得四言古。使君有「却似花時媚，幽塘進暖航。」騷臺荒卧柳，萋藻擁寒床」之句；雪舟有「征驂經麓始，命屐擬爲誰。覓岸呼漁艇，釣鱗過硯池」之句；若木有「壓韵索紆險，披荆憐寢竹」之句；仲陵有「冷岫懷偏洽，孤岑筆鬥奇」及「香滿雲蒸眼，妝蕪雪著眉」之句；霖調有「望舒孤嶺愜玄暉，登臺響結九皋飛」之句；非石有「欲憩先坡美，移軒赴鶴汀」之句；予有「主客雅泛，興仰梅叟」之句。雖倉率一時，字有限制，而各如情事，亦復勝彦，書以記之。』

（《韵史》，鄭方坤《全閩詩話》卷八引，文瀾閣《四庫全書》本）

劉家謀七則

《邑志》崔刺史世召撰有《西叟全集》《秋谷集》《湖隱吟》《半囈吟》《腋齋吟稿》，《明詩綜》載《秋谷集》，《邑志》載《腋齋遺稿》《問月樓詩集》《湖心亭别集》，互有異同。版燬無存，僅餘《湖隱吟》下卷一本，《秋谷集》鈔稿一本。余從其族孫挺新借得《湖隱吟》，則上下卷具在焉。以《問月樓啓集》下卷一本，世召交吾郡曹能始、謝在杭、徐惟起諸公。詩亦沿『晉安風雅』派，與竟陵遊，不染楚氛，可稱矯矯。録其《發江口大雪》一絶云：『别酒盈盈照客顔，閱人江水浪兼山。白頭已絶重來夢，不似靈潮日往還。』蓋《邑志》所未采者。

續訪得《問月樓詩集》鈔本六卷。披蓁采蘭，足充紉佩。《過分水關》云：『山勢中天斷，溪流兩地分。遥看蒼靄處，祇隔一重雲。』《蠶婦吟》云：『西隴漫持筐，桑條葉未長。妾飢寧自忍，夜半爲蠶忙。』《藕居》云：『結廬傍幽池，貪香不知暑。夜半明月中，荷花作人語。』《暮行道中》云：『秋山寂寂暝雲深，立馬斜陽澤畔吟。歸鳥不知行客恨，數聲殘響落空林。』《河口開舟暮至貴溪》云：『南風如箭逐輕帆，一刻飛過十里巖。纔聽弋陽聲未了，貴溪山影已斜嵌。』

又《三友墓詩序》云：『三山徐振聲、吴叔厚、林世和，成化間隱居子也。三人盟死友。徐、林先殁，叔厚鳩金買山城東桑溪，乃閩越王流觴故址。共營宅兆，同穴而葬。時呼「三友墓」。徐君之曾孫興公索詩於余，率爾賦此。』此事吾鄉鮮道者。今桑溪亦無三友墓。嗟乎！翻雲覆雨，變態須臾，何論百年後耶！三君者，可以風矣。按：此事亦見《硯雲甲編》、鄭仲夔《耳新》。

《秋谷集》鈔本僅存下卷，録其《四月打魚謡》云：『海上安榴四月開，年年石首踐更來。他時老健重觀海，記取榴花第幾回。』

刺史官浙江轉運副，時葺湖心、放鶴二亭，與東南詞客嘯詠其中。韓求仲太史爲作《西子艷妝記》，李君實太僕、陳眉公徵君爲作《放鶴亭記》。詳崔嵸《湖隱吟跋》。然余兩過湖上，尠譚及者。陵谷之感，詎獨征南耶！

刺史家遵化門内，問月樓在焉。湖心亭在登瀛門外。又於西山自營生壙，構亭其間，曰『秋谷』。

有雲扃泉、屋嘯閣、煮石齋、懸虹峽、醉香谷、鶴巢軒諸勝。見世召所撰《秋谷乞言》。案乾隆四十六年《采訪稿》：世召墓在西山。有秋谷十景；又有巢鶴亭、秋谷亭、醉香亭、浮鷗亭、媚樵亭、沽酒處、石齋、懸虹亭，名目與此稍異。蔡世寓字朝居，譔有《西園集》。詩所云『澗水遠澄岩下月，松風恰傍石邊橋』者也。自家出遵化門外，至西山約二三里，數步一亭，凡三十六亭，春秋佳日，載酒往遊，倡溪雲吟社。陳大經有《溪雲社修禊記》，見邑志。《采訪稿》：溪雲閣在小東門外，去城濠僅百武，倚山環溪，草木蒼翠，崔秀才世棠別墅也。閣後有廢庵。萬曆己未三月，仿蘭亭故事，集諸名士，修禊賦詩，有《溪雲社集》一卷。今庵閣俱廢。邑人罕有知其處者。世棠，字仲愛，世召從兄也。把臂入林，皆一時英妙士。上元夜，三十六亭悉張燈，自書其詩，每夕輒換之。電轉珠輝，觀者如市。綺羅畢兮池館盡，琴瑟滅兮丘壟平。僕本恨人，心驚不已矣！

問月樓扁，爲徐㶿八分書。後樓燬，扁歸葉氏，今歸王氏。刺史有《滕王閣楹聯》云：『閣中帝子安在哉？祇留些孤鶩落霞點綴，江山萬里，文章歸故郡；此地閱人亦多矣，要惟是閑雲潭影迢遥，冠蓋一時，談笑付春杯。』邑人喜誦之。然不若其《五人墓詩》云：『斯民三代也，有友五人焉。』當時亦取爲聯，尤簡當。

（以上《鶴場漫志》卷下，道光刻本）

附録六　崔世召年譜

凡例

一、本譜分爲總叙與正文兩大部分。總叙簡要叙列譜主家族、家世和家庭成員以及著述等。正文則逐年考訂譜主之事迹和作品。

二、譜主交游，凡可考其姓名、里籍者，則以按語的形式略作簡要説明。里籍括注今名，凡福建府、州、縣，略去『福建』二字，以省編幅。

三、書證引崔世召詩文，總叙題前有『崔世召』姓名，正文省去『崔世召』三字。

四、譜主與詩友酬倡，凡可搜集到的詩友作品，則列於譜主詩題之後，以見當時情形；爲省編幅，譜主之詩一般衹列詩題，關係時序或較重要的内容，酌加稱引。

四、引證均注明出處。爲省編幅，一般略去版本信息；版本信息，見書末《參考文獻》。

五、世召出世前數年，倭陷寧德，民不堪命，略作交代。

六、崔世召卒後，五子崔㻜之活動，大略記之。

總叙

崔世召（一五六七—一六三九）[一]，字徵仲，號霍霞，又號半囈居士，別號西叟，寧德縣人。崔，爲寧德大姓也。

〔乾隆〕《寧德縣志》卷七《人物志》：『崔世召，字徵仲，號霍霞，別號西叟。丰姿俊秀，學問淵博，詩名震一時。』

崔世召《辟支巖募墾香燈疏》：『上人乃謀於半囈居士，居士曰：「吾責也。」』（《問月樓文集》）

崔世召《半囈窩》：『囈理本無言，我乃得其半。不聞圖南公，憨憨古岩畔。』（《問月樓詩二集》）

《初秋途中述懷》：『郵亭慣送遠遊轂，獨憐西叟愁如粟。』（《秋谷集》上）

劉家謀《鶴場漫志》卷上：『邑中大姓，舊有「崔彭陳林左」之謡。』

［一］趙奎生、龔聯壽主編《語言的聯盟：中國古代名聯》記崔世召生卒年：一五九〇？—？（天地出版社，二〇〇六年）；袁冰凌編著《支提山華嚴寺志》記崔世召生卒年：？—一六三三（福建人民出版社，二〇一三年），兩書皆誤。説詳隆慶元年（一五六七）、崇禎十二年（一六三九）。

寧德博陵崔氏之始祖爲北宋提舉（鹽官），於明道元年（一〇三二）由崇安縣遷至感德（寧德建縣前之名）鶴峰東井境。

〔嘉靖〕《〈族譜〉序》：『是系起自崇安提舉公也。時寧德在宋初有感德鹽場，公於宋明道元年壬申自崇安來巡是場，居延日久，樂其風俗之醇，甘其土宜之贍，遂卜於鶴峰東井境居焉。故世稱曰崇安提舉公，是爲崔氏之鼻祖也。』（黄興朝輯《寧德博陵崔氏宗譜》卷首）

按：崔世召《至崇安，求先族杳無知者，愀焉志感》略云：『遥遥家傍武夷宫，有宋鹽官住霍童。先乘三朝傳故梓，聞孫千里拜遺弓。』（《問月樓詩二集》）

天祖鑒（一三九九—一四七六），字克明，寧德博陵崔氏十三世。宣德九年（一四三四）入貢太學，官至鎮江同知。

黄興朝輯《寧德博陵崔氏宗譜》：『（鑒）字克明，明庠生，應宣德九年甲寅入貢太學。正統九年授河南都司經歷，景泰乙亥陞授鎮江府同知。天順丁丑以公事赴京上疏乞休，乃以奉政大夫致仕。續奉詔進階朝列大夫，賜金帶黄傘……公生洪武己卯，卒成化丙申，壽七十八……成化丁酉年合葬夾墩山……賡墳係買自張家。嘉靖元年壬午石砌造香壇，□立碑於官路傍，鐫「明故奉政大夫鎮江同知詔進朝列大夫崔公神道」。嘉靖七年戊子，孫傅、俌、任、侹等卜地於正寢大門外右邊，別立祠堂以祀之。萬曆廿六年，晏公男脩、杲公孫允綱又同買祠堂前地並天井，今本祠爲昱、昌、杲、晏四公子孫輪流共祭……致仕後進階朝列，尚書林莊敏公、編修陳音公各贈序文，三鼎甲及翰林學士等各贈詩。優游林下尚二十年。』

高祖昱（一四三七—一四八三），字用彰，寧德博陵崔氏十四世。

黄興朝輯《寧德博陵崔氏宗譜》：『字用彰……公生正統丁巳，卒成化癸卯，壽七十四……公妣合葬三都龍窑山……嘉靖壬辰年用石砌造香壇，鎸「明處士東井崔公墓」，《行狀》載碑後。公賦性剛毅，天資明敏。幼時長於巧對，林少保、龔參議、諸公以奇才目之。著《詩集》《易解》，今遺失無存。公裕於財，置田五百餘畝，白手成家。公墳在公元一九九四甲戌年月日時改葬南門外美女山右側，過坑仔山頂。坐西向東。』

按：正統二年丁巳（一四三七）生，成化十九年癸卯（一四八三）卒，壽四十七。疑黄興朝輯《寧德博陵崔氏宗譜》過録時致誤。

從高祖昊（一四三一—一四五三），昱兄。

黄興朝輯《寧德博陵崔氏宗譜》：『（昱）公生宣德辛亥，卒景泰癸酉，年廿三。』

從高祖昌，字用吉，昱弟。成化十年（一四七四）舉人，河源縣知縣。昌弟杲、晏。

按：〔乾隆〕《寧德縣志》卷七《人物志·博聞》：『崔昌，字用吉。以鄉舉知河源縣，有政聲。甫三年，乞歸……林居二十年，未嘗以私干人，時論高之。』

曾祖備（一四七九—一五五三），字希弼，號會源，寧德博陵崔氏十五世。嘉靖二十五年（一五四六）歲貢，安吉州學正。

黃興朝輯《寧德博陵崔氏宗譜》：『字希弼，號會源。廩生。應嘉靖廿五年貢，除授浙江湖州府安吉州學正……公生成化己亥年，卒嘉靖癸丑，壽七十五……公自幼失怙，恨弗及事。其事母盡孝，秉性剛直，人不敢干以私。在邑庠時，克振士風，素欲恬退。及授一官，即拂袖而歸。構亭於小東門外，優游林下廿餘年。樂琴書而誤賓客，謝塵事而享遐齡。自奉勤儉，祭祀惟豐。爲五、六世祖石砌墳塋，買祭田四十二畝。積衆財數十兩以防不虞。協伯兄雙溪置良田廿五畝以助催徵，凡創祖厝木石多出□助，不惜己費……所著《會源詩賦》，稿存於家。』

從曾祖傅（一四七三—一五三四），字希曾，號松庵，備兄。奉列尚義冠帶，以子廷復貴贈北京府軍前衛經歷。

黃興朝輯《寧德博陵崔氏宗譜》：『（傅）字希曾，號松庵。奉列尚義冠帶，隆慶間以子貴敕贈徵仕郎北京軍前衛經歷……公生成化癸巳，卒嘉靖甲午，壽六十[二][一]……』

祖廷益（一五一六—一五六二），字自裕，號瞻源，寧德博陵崔氏十六世。嘉靖二十四年（一五四五）除本縣醫學訓科。

黄興朝輯《寧德博陵崔氏宗譜》：『（廷益）字自裕，號瞻源。嘉靖廿四年赴京授例，除授本縣醫學訓科……公生正德丙子，卒嘉靖四十一年，壽四十六……公天性純孝，執禮尚義。喪父居憂，柴毀骨立。守制三年，杜門不出，不與晏樂。嘗用力督修東山英公墳塋，真仁孝人也……公妣合葬東山俌公墓左邊。』

從伯祖廷復（一五〇二—一五八九），字自考，號一陽，寧德博陵崔氏十六世。湖廣衡州經歷。

黄興朝輯《寧德博陵崔氏宗譜》：『（廷復）字自考，號一陽。北京府軍前衛經歷，陞授湖廣衡州經歷……公生弘治壬戌，卒萬曆己丑，壽八十八[二]。』

從伯祖廷巽（一五〇六—一五六一），字自權，號觀松，寧德博陵崔氏十六世。

[一]『壽六十』後疑奪『二』字，據文義補。

[二]壽八十八：原文作『壽八十九』，『九』字誤。

黄興朝輯《寧德博陵崔氏宗譜》：『（廷巽）字自權，號觀松……公生正德丙寅，卒嘉靖辛酉，壽五十五。』

從叔祖廷豐（一五二一—一五八三），字自中，號鶴峰，寧德博陵崔氏十六世。萬曆九年（一五八一）嘉興府西路場大使。

黄興朝輯《寧德博陵崔氏宗譜》：『（廷豐）字自中，號鶴峰，萬曆辛巳由衛吏除授浙江嘉興府西路場大使。……公生正德辛巳，卒萬曆癸未，壽六十有三。』

父允元（一五三五—一六一八），號陵谿，寧德博陵崔氏十七世。由庠生授儒官。

黄興朝輯《寧德博陵崔氏宗譜》：『公生嘉靖乙未。卒佚……公妣合葬麒麟山，上至山頂，下至嶺尾田頭，右至嶺尾路口，左至欄頭嶺兜，自大溪上一直西至旃禮山頂，南至長鼓洋田，北至焦溪三坑口，東至□下三坑口大丫頭爲界。』

按：徐𤊹《祭寧德崔太母文》：『戊午方整北轅，而太翁仙逝。』（《紅雨樓集　鼇峰文集》册十，《上海圖書館未刊古籍稿本》第四五册，第四〇頁）據此，允元卒於萬曆四十六年（一六一八），年八十四。黄興朝輯《寧德博陵崔氏宗譜》失考。

叔父允恭(一五三八—一五六一),字從讓,寧德博陵崔氏十七世。邑庠生。

黄興朝輯《寧德博陵崔氏宗譜》:『(允恭)字從讓。邑庠生,治《詩經》……公生嘉靖戊戌,卒嘉靖辛酉,年二十六。』[一]

從父允經,字從夫;從父允纘。

黄興朝輯《寧德博陵崔氏宗譜》:『(允經)字從夫……公生嘉靖庚子,卒辛酉,年二十五。』

按:《宗譜》所記允經生卒年或年歲有誤。若生嘉靖十九年庚子(一五四〇),卒嘉靖四十年(一五六一),年二十二。

從叔父允紳(一五三七—一五八六),字從龍,號海雲,寧德博陵崔氏十七世。北京光禄寺監事。從伯父允維。

黄興朝輯《寧德博陵崔氏宗譜》:『(允紳)字從龍,號海雲。由庠生例貢入太學,萬曆壬午除授北京光禄寺監事……公生嘉靖丁酉,卒丙戌,壽四十八。』

按:崔允紳生嘉靖十六年丁酉(一五三七),卒萬曆十四年丙戌(一五八六),壽五十。《宗

[一]　允恭生卒年或歲數疑有誤。

譜》所記或推算有誤。

從叔父允綬（一五四三—一五八四），字從紫，號愛山，寧德博陵崔氏十七世。

黄興朝輯《寧德博陵崔氏宗譜》：『（允綬）字從紫，號愛山……公生嘉靖癸卯，卒萬曆甲申，壽四十二。』

母龔氏，名愛姑。

黄興朝輯《寧德博陵崔氏宗譜》：『龔氏，教授邦卿公女。諱愛姑。』

世召，寧德博陵崔氏十八世。祀寧德四賢祠，後移忠義祠。萬曆三十七年（一六〇九）舉人，屢上春官不第。授江西崇仁縣知縣，忤璫，削職；起湖廣郴州桂東縣知縣，崇祀名宦祠；轉浙江鹽運副使，擢廣東連州知州，致仕歸；崇祀連州四賢祠。

黄興朝輯《寧德博陵崔氏宗譜》：『（世召）公生隆慶丁卯。』

〔同治〕《桂東縣志》卷五《崇祀·名宦祠祀》歷代二十七人，世召在其中。

按：餘詳各歲《譜》。

〔乾隆〕《福寧府志》卷二十二《寧德忠節》：『以不附魏黨罷歸，民立四賢祠祀之，今祀忠義祠。』

居寧德一都城北隅，其地名『總爺下』。

〔乾隆〕《寧德縣志》卷二《建置志》：『一都四圖，在縣城内外。城内分四隅。東曰……北曰韓厝下、金嶠陳、進士陳褒居焉。趙厝坪、同科三進士趙希偉、希龔、希諶居焉。進士衕、進士林日熠居焉。總爺下。知州崔世召居焉。』

有樓名『問月』，在城東後宸鶴峰下，前際鯨海。，樓匾爲徐𤊹八分書。又有别業在城西，稱『秋谷』；秋谷有十景。

熊明遇《寄題崔孝廉徵仲問月樓》：『秦女簫中鳳欲鳴，陳王閣上賦初成。素娥有意憐詞客，桂子開時分外明。』（《文直行書·詩》卷十三）

徐𤊹《問月樓集序》：『徵仲所居在寧陽城東後宸鶴峰，而前際鯨海，皓魄初上，委波如金。徵仲構一樓，洞開八闥，坐卧其中，每抽毫賦詠，輒把酒問月，大類李謫仙豪舉。』（《問月樓詩二集》卷首）

劉家謀《鶴場漫志》卷下：『刺史家遵化門内，問月樓在焉。湖心亭在登瀛門外。又於西山自營生壙，構亭其間，曰「秋谷」。有雲扃泉、屋嘯閣、煮石齋、懸虹峽、醉香谷、鶴巢軒諸勝。

見世召所撰《秋谷乞言》。案乾隆四十六年《采訪稿》：世召墓在西山。有秋谷十景：又有巢鶴亭、秋谷亭、醉香亭、浮鷗亭、媚樵亭、沽酒處、石齋、懸虹亭，名目與此稍異。蔡世寓字朝居，撰有《西園集》。詩所云「澗水遠澄岩下月，松風恰傍石邊橋」者也。』

又按：劉家謀《鶴場漫志》卷下：『問月樓扁，爲徐㸌八分書，後樓燬，扁歸葉氏，今歸王氏。』

操守骯髒高峻。

崔世召《秋谷自序》：『西叟生負骯髒，冷闊自好，白石爲骨，清泉爲神，與秋谷宿緣不淺。烟霞性重，遂使軒冕心輕。倐而衣以長官之服，如徂猿跳躍不能定，唯是興致所寄，嘔爲韵語，俗耳腐鼠嚇之。有爲逆祠購詩者，持尺幅相苦，西叟曰：「嘍，是安得污我清泉、白石耶！」峻拒之。』（《秋谷集》卷首）

陳繼儒《放鶴亭記》：『今皇帝賜環未久，分司浙中，操守峻而詩文潔。』（《明文海》卷三百三十九）

工書畫，善弈。

曹學佺《崔徵仲詩序》：『以禪喻詩，而詩始有入處；又必以禪而通于書與奕以論西叟之詩，

而始知叟有入處。何則？叟固工書者也，又善奕者也。』（《西峰六四文》）

崔世召《爲蕭太真題柯無瑕扇頭畫石》（《問月樓詩二集》），又《題畫竹贈郭竹谷》（《秋谷集》下）。

倡溪雲吟社，把臂入林，皆一時英妙。

劉家謀《鶴場漫志》卷下：『自家出遵化門外，至西山約二三里，數步一亭，凡三十六亭。春秋佳日，載酒往遊，倡溪雲吟社。陳大經有《溪雲社修禊記》。見《邑志》。《采訪稿》：溪雲閣在小東門外，去城濠僅百武，倚山環溪，草木蒼翠，崔秀才世棠別墅也。閣後有廢庵。萬曆己未三月，仿蘭亭故事，集諸名士，修禊賦詩，有《溪雲社集》一卷。今庵閣俱廢。邑人罕有知其處者。世棠，字仲愛，世召從兄也。』[一]

按：溪雲閣爲吟社之所，故社名『溪雲』。溪雲閣爲從弟世棠所建。參見萬曆四十七年（一六一九）《譜》。

結交謝肇淛、徐𤊹、陳一元、曹學佺、陳鴻、商梅等閩中詩人，其詩沿『晉安風雅』派，以清澈稱，不染塵氛。

[一] 世棠，字仲愛，世召從弟。劉家謀誤記。說詳『從弟世棠』條。

劉家謀《鶴場漫志》卷下：『世召交吾郡曹能始、謝在杭、徐惟起諸公。詩亦沿「晉安風雅」派，與竟陵遊，不染楚氛，可稱矯矯。録其《發江口大雪》一絶云：「別酒盈盈照客顔，閲人江水浪兼山。白頭已絶重來夢，不似靈潮日往還。」蓋《邑志》所未采者。』

按：《晉安風雅》，閩縣徐𤊹選輯。

朱彝尊《静志居詩話》卷十七：『詩頗清澈，無塵坌氣。』

劉家謀《鶴場漫志》卷下：『續訪得《問月樓詩集》鈔本六卷。披蓁采蘭，足充紉佩。《過分水關》云：「山勢中天斷，谿流兩地分。遥看蒼靄處，祇隔一重雲。」《蠶婦吟》云：「西隴漫持筐，桑條葉未長。妾飢寧自忍，夜半爲蠶忙。」《藕居》云：「結廬傍幽池，貪香不知暑。夜半明月中，荷花作人語。」《暮行道中》云：「秋山寂寂暝雲深，立馬斜陽澤畔吟。歸鳥不知行客恨，數聲殘響落空林。」《河口開舟暮至貴溪》云：「南風如箭逐輕帆，一刻飛過十里巖。纔聽弋陽聲未了，貴溪山影已斜嵌。」』

劉家謀《鶴場漫志》卷下：『《秋谷集》鈔本僅存下卷，録其《四月打魚謡》云：「海上安榴四月開，年年石首踐更來。他時老健重觀海，記取榴花第幾回。」』

其集有《半㘆窩集》《問月樓集》《秋谷集》《湖心亭别集》《連嘯》《湖隱吟》《腋齋遺稿》，總名《西叟全集》。

黄虞稷《千頃堂書目》卷二十六《别集類》：『崔世召《半巙窩集》四卷，又《問月樓稿》四卷，又《秋谷集》二卷，又《連嘯》一卷，又《湖隱草》二卷。』

〔乾隆〕《福寧府志》卷四十二載崔世召集三種：《腋齋遺稿》《問月樓詩集》《湖心亭别集》。

劉家謀《鶴場漫志》卷下：『《邑志》崔刺史世召撰有《西叟全集》《秋谷集》《湖隱吟》《半巙吟》《腋齋吟稿》，《明詩綜》載《秋谷集》，《邑志》載《腋齋遺稿》《問月樓詩集》《湖心亭别集》，互有異同。版燬無存，僅餘《湖心吟》下卷一本，《秋谷集》鈔稿一本。余從其族孫挺新借得《湖隱吟》，則上下卷具在焉。又《問月樓啓集》下卷一本。』

按：《半巙窩集》録萬曆三十七年（一六〇九）成舉人之前作品；《問月樓集》録成舉人之後至天啓四年（一六二四）北上時詩，《文》與《啓》則兼録數篇成舉人之前作品；《秋谷集》録江西崇仁知縣至湖南桂東知縣時期作品；《湖心亭别集》，疑録浙江鹽運副使時期作品；《連嘯》，疑録連州知州時期作品；《湖隱吟》疑辭連州知州歸隱湖山至曹學佺作《崔徵仲詩序》時期作品；《腋齋遺稿》疑卒後子孫所輯其遺稿。

又按：《半巙窩集》，謝肇淛《崔徵仲〈半巙稿〉序》作於萬曆三十七年（一六〇九）；徐𤊹《〈問月樓詩集〉序》作於萬曆四十八年（一六二〇）；曹學佺有《崔徵仲詩序》，作於崇禎十年（一六三七），《崔徵仲詩》疑爲《西叟全集》中的詩集部分。

又按：《問月樓集》《秋谷集》今存。其餘各集佚。

墓在寧德遵化門外西山。有祭田。

劉家謀《鶴場漫志》卷下：『道光初，有優人寓遵化門外，夜見豪僕數人招之，行數里，高堂廣厦，列炬如晝。上坐貴官，命之唱，天迄不得曉，皆倦睡矣。旦視之，則西山也。崔刺史世召墓在焉。烏虖，刺史風流數百年未泯耶！』

黄興朝輯《寧德博陵崔氏宗譜》卷末：『十八世祖霍霞公祭田：一北外石碑村洋樓下田貳號陸斗，又米篩坪田貳斗，又鶴頭亭田貳斗。』

妻黄氏，嘉靖四十五年（一五六六）生。

黄興朝輯《寧德博陵崔氏宗譜》：『妣生嘉靖丙寅。』

按：又據《廣東連州知州霍童崔公墓碑》（今存）刻名。

兄世聘（一五六四—？），字徵伯，號霍岳。邑庠生。

黄興朝輯《寧德博陵崔氏宗譜》：『邑庠生。號霍岳，字徵伯。公生嘉靖甲子。』

按：世聘能詩。世召有《署中初見霜，懷徵伯老兄》《和徵伯兄寄懷韵》（《秋谷集》下）等詩。

從兄弟世榮（一五六七—一六〇九），字君恩，號華區，寧德博陵崔氏十八世。湖廣荆州典寶。

黄興朝輯《寧德博陵崔氏宗譜》：『（世榮）字孟寵，又字君恩，號華區。萬曆乙巳由布政司知印除授北直隸保定衛經歷迪功郎，陞湖廣荆州典寶……公生隆慶丁卯，卒萬曆己酉十月初一子時。』

按：世榮與世召同歲，出生月日不詳。

從弟世錦（一五八三—？），字叔絅，號支雲，寧德博陵崔氏十八世。邑庠生。贈奉直大夫。

黄興朝輯《寧德博陵崔氏宗譜》：『（世錦）字叔絅，號支雲。贈奉直大夫……公生萬曆癸未年。』

從弟世棠，字仲愛，寧德博陵崔氏十八世。

崔世召《從母黄孺人七十序》：『尚記從從父課經生業娓娓，夜分母從旁出酒膳勞苦，謂「兒無倦」。即余困壁立，時時贇從父，稱貸不已。余之受知叔氏，可不謂家中鮑管哉！逮從父賫志捐館舍，嗣宗《廣陵散》已不復傳，而後余悲可知也。是時，仲愛弟甫七歲，先人遺産頗不貲。』（《問月樓文集》）

按：世棠能詩。有溪雲閣，與世召等結溪雲吟社。

子五。長子崑，寧德博陵崔氏十九世。邑諸生。

按：據黄興朝輯《寧德博陵崔氏宗譜》。

又按：崑，諸生。〔乾隆〕《寧德縣志》不載崑名。徐㶿《賀寧德邑侯文石聞公榮膺臺薦序》：『寧邑諸生崔崑輩謁予。』（《紅雨樓集　鼇峰文集》册一，《上海圖書館未刊古籍稿本》第四二册，第七二頁）即此人。詳崇禎三年（一六三〇）《徐興公年譜長編》（廣陵書社，二〇二〇年）。

次子崙，寧德博陵崔氏十九世。

按：據黄興朝輯《寧德博陵崔氏宗譜》。

三子嶤，寧德博陵崔氏十九世。嶤長子海麒，號神童；次子崑湖，女宜端（繡天），寧德博陵崔氏二十世。

〔乾隆〕《寧德縣志》卷七《人物志》：『次子嶤；嶤子海麒，即崔神童也。』

按：據黄興朝輯《寧德博陵崔氏宗譜》，嶤爲世召三子。〔乾隆〕《寧德縣志》誤。

〔乾隆〕《寧德縣志》卷八《人物志》：『崔氏宜端，字繡天，連州刺史崔世召公女孫也。長適增廣生彭如璠。氏生質聰慧，詩字俱工，尤精水墨，好畫羅漢大士等像，細若毫髮，當時名重雲間。凡文人韵士，每得一畫，如獲珍寶焉。』

劉家謀《鶴場漫志》卷下：『崔宜端，字繡天，《邑志》有傳。一字引香，自號圓通侍者。見乾隆四十六年《采訪稿》。世召次子蕘女也，適彭秀才如璠。工詩、字，尤精白描羅漢觀音。世召嘗以詩寄之，云：「黄庭細檢長生帖，翠竹常描不壞身。」』

四子岑，寧德博陵崔氏十九世。岑子衍江，字墨農，寧德博陵崔氏二十世。邑庠生，草書遒勁。

按：黄興朝輯《寧德博陵崔氏宗譜》，四子岑。據《廣東連州知州霍童崔公墓碑》落款：『男蕘崈岑同百拜立。』

又按：黄興朝輯《寧德博陵崔氏宗譜》：『衍江，字墨農。邑庠生。』

劉家謀《鶴場漫志》卷下：『崔秀才衍江，字墨農，世召孫。家貧。草書遒勁，無知者。無子，惟一女，幼時取其父書藏之篋。衍及嫁，以自隨。秀才殁，邑人争購之。中郎知音，固恃有女哉！』

**五子崈，字殿生，號五竺，寧德博陵崔氏十九世。清順治歲貢。有《竺庵集》《洞庭》《秋耕集》《衡廬合詠》《西莊集》《支提志》[一]。崧子衍湄，寧德崔氏二十世。有《嘯谷草》。

〔乾隆〕《寧德縣志》卷七《人物志》：『崔崧，字殿生，號五竺，世召第四子。事親能養志。沉毅好學，博極群書，著作甚富，名列「雲間社十八才子」中。同時陳繼儒、夏允彝諸先輩，皆心折於崧。寒山陳函輝，亦知名士也，見而奇之，爲賦《鷲崔篇》。順治八年辛卯，由明經北上……著有《竺庵集》《洞庭》《秋耕集》《衡廬合詠》《西莊集》行世。藏版無存，詩文僅留鈔稿，選入《藝文》。訂《邑續志》一册。』

按：據黄興朝輯《寧德博陵崔氏宗譜》，崧爲世召五子。

按：黄興朝輯《寧德博陵崔氏宗譜》：『順治十六年歲貢。』

謝章鋌《閱寧德縣志雜感》三首，其一：『何人佳句賦鷲崔，零落石湖館亦灰。崔崧，字殿生，名在「雲間十八子」中。寒山陳函輝爲之賦《鷲崔篇》。朱子至長溪講學於石湖館，過黄崎村，作《中庸序》。縣人楊復從之遊。莽莽山川如醉夢，風花無數海門開。雲下四野，如霧如烟，名曰「風花主，有風天」。見戚南塘《風濤歌》。』其二：『文獻飄零半似烟，泊臺瑣語幾遺篇。先方伯在杭公曾著《長溪瑣語》。泊臺，在吾鄉朱紫坊，公别業。不如禱雨龍湫疏，紙尾猶題至正年。景泰三年，邑人禱雨於西山龍湫潭。疏文未善，投之，須臾，别浮片紙，乃元至正間《禱雨疏》也。取讀之，遂雨。』（《賭棋山莊詩集》卷一）

[一] 崔崧《支提寺志》四卷，康熙八年纂，有同治重刻本，今存。〔乾隆〕《福寧府志》卷四十二《著述書目》，《支提志》列於崔世召名下。

按：謝章鋌慨歎崔嵸等寧德鄉邦文獻飄零似烟。

劉家謀《鶴場漫志》卷下：『崔明經嵸，字殿生，一字五竺，自號西竺村童，世召四子也。少負異才，名列「雲間社十八子」中。寒山陳函輝爲賦《鷟崔篇》。《邑志》所撰有《竺庵集》《洞庭》《秋耕集》《衡廬合詠》《西莊集》。《通志》載《瑶光草》，《郡志》載《瑶光集》《秋耕集》，與此異。版俱燬。其從孫挺新以所藏《七夕題帳詩》二十首示余……録其一云：「今夕何夕烏鵲飛，花枝無數照冰幃。更思瑶圃風光好，劇上春駒較獵歸。」』

劉家謀《鶴場漫志》卷下：『明經詩琢腎雕肝，頗乏天趣。《寒食》云：「晨磬全瘖雨，春巒半養烟。」見杭世駿《榕城詩話》。《邑志》「榕城」誤「榕陰」，詩作「晨鐘全咽雨，春岫半吞烟」，不及此之自然也。《詩話》稱嵸爲閩縣人，亦誤。貞曜之嗣音也。《岳遊雜興》云：「頳霞翔鳥路，緑蘚帶蚪腥。」似長爪郎古錦囊中語。』

劉家謀《鶴場漫志》卷下：『鄭杰《國朝全閩詩録》載嵸詩三首，《僧樓晚同戴而玄坐雨》云：「梵葉蟲書古，箐林石語幽。」《雨憩圓通庵》云：「荒涼殘碣在，辛苦老僧依。」俱有致。』

〔乾隆〕《寧德縣志》卷七《人物志》：『崔衍湄，字星野，嵸子。少承家學，工吟詠。嘗嘯傲於其祖世召所建問月樓中。著述積成卷軸，以一衿終，年八十三。』

劉家謀《鶴場漫志》卷下：『《郡志·藝文書目》有崔衍湄《嘯谷草》，《邑志》未載。不傳。衍湄，字星野，嵸子也。邑庠生。《望海亭》云：「登高載酒共徘徊，極目滄溟萬里開。天外鯨波浮島嶼，日邊蜃氣幻樓臺。不聞漢使乘槎去，無復秦人采藥回。東望神仙惟咫尺，不知何處是蓬萊。」見《邑志》。《遊雙童峰》云：「奇峰雙峙望崔嵬，呼吸通霄帝座開。俯壓萬山窮日出，遥看一綫自天來。楸枰局散同桑海，爐竈烟消化劫灰。惆悵仙人在何許，幾時重返白雲堆。」見《支提志》。方之秋谷、竺庵，可無慚長卿之誚。徐釚《本事詩》以《嘯谷草》爲崔嵸撰，又稱嵸爲真定人，俱誤。』

女五：德初、德和、德棄、德善、德秋，寧德博陵崔氏十九世。

按：據黄興朝輯《寧德博陵崔氏宗譜》，長女德初適湖濱生員陳學周；次女德和適江頭村薛一新；三女德棄適後場街彭守端；四女德善適金嶠陳希旦子；五女德秋適潭底廪生陳良□。

裔孫崔挺新，秀才。

劉家謀《鶴場漫志》卷下：『崔生挺新，字于盤，一字松門。』

按：挺新，道光間秀才，師事劉家謀。

明世宗朱厚熜嘉靖四十年辛酉（一五六一）　世召出世前六年

是歲，倭陷寧德縣。大疫。里中室廬不保，遑論學子業。

按：〔乾隆〕《寧德縣志》卷十《拾遺志》：『（嘉靖）四十年辛酉二月，倭賊千餘自長崎來雲淡門，擄掠罄盡。八月，倭自雲淡門來攻縣城東門，知縣李堯卿、參將王夢麒堅壁不戰。賊還雲淡門……十月，防守寧德參將馮鎮撤所部兵二千回福州。二十日，倭賊自雲淡門駕小船，百餘人入縣港，以三雲車攻南城，炮如雨集。壯士林應桂、孫文璘、文達，拒戰死之。百户汪貞、白麟並部兵俱逃去，民兵獨禦三晝夜，被傷者多，城中銃藥發火自燒。二十二日，城陷。知縣李堯卿、參將王夢麒、訓導孫商偉俱死之，男、婦被戮及赴水死者無算。賊屯於城九日，乃去。官舍、民居及庫藏案卷、舊家法物、載籍，悉爲灰燼。十二月，倭賊復來縣，焚燒餘屋。署印照磨屠大貞被執，院道以五百金贖之並其印信。邑人多以金贖其子女。是年大疫。』

又按：《孫南洪七十序》：『倭奴正訌，里中保室廬不暇，遑論舉子業。』

嘉靖四十一年壬戌（一五六二）　世召出世前五年

是歲，倭船還日本，擄去寧德縣民數千人，諸生蔡景榕亦在其中。新倭繼至，巢於五都横嶼。浙江參將戚繼光入閩，殲倭衆千餘於横嶼。

按：〔乾隆〕《寧德縣志》卷十《拾遺志》：『四十一年壬戌二月，倭賊駕大樓船數十還日本，擄去男女數千人。新倭繼至，巢於五都橫嶼。深山窮谷，擄掠殆盡……八月，浙江參將戚繼光帥婺士八千至州……殲倭衆千餘於橫嶼，釋寧男、婦五百餘人。』

又按：蔡景榕詳嘉靖四十三年（一五六四）。

嘉靖四十二年癸亥（一五六三）世召出世前四年

是歲，倭賊千餘奔壽寧縣，途經小石嶺，戚繼光殲之。時莒洲有爲僞倭者，知縣林時芳誅之，並招諭賊首，寧德稍安。

按：《邑東洋里造士紀德碑記》：『世廟末，寧中倭，苋雈不逞，因而揭竿語難，亦復擾擾數載。』（《問月樓文集》）

按：〔乾隆〕《寧德縣志》卷十《拾遺志》：『四十二年癸亥春，倭賊千餘從流江陷壽寧、政和，復屯於縣之東洋……（戚繼光）盡殲之。時莒洲東洋人乘亂爲僞倭，劫掠焚殺尤慘。是年五月，知縣林時芳莅任，按法誅之。賊首陳老十負固，林令單騎至其地，開誠招諭。老十感化。分守道扁其鄉爲「從善里」。計自丙辰迄癸亥，城郭鄉村爲荒墟者將十年，古今一大變也。』

又按：丙辰，嘉靖三十五年（一五五六），倭至寧德城北，見有備，燒屋而去。

嘉靖四十三年甲子（一五六四）　世召出世前三年

是歲，寧德諸生蔡景榕由日本附漳州通番船自日本歸。

按：〔乾隆〕《寧德縣志》卷七《人物志》：『蔡景榕，字同野。嘉靖四十一年，倭寇被擄。索贖金不得，驅之入海，乘南風七晝夜而至倭島……僧憐之，遂命蓄髮，附漳州通番船一月，由月港歸鄉。蓋嘉靖四十三年也。謁學使，仍補弟子員。萬曆八年充歲貢，司訓興化。』

嘉靖四十四年乙丑（一五六五）　世召出世前二年

是歲，寧德知縣林時芳爲戚繼光建祠塑像，祀之。

按：〔乾隆〕《寧德縣志》卷二《建置志》：『功德祠，在縣治左，祀明少保左都督戚公繼光……嘉靖四十四年，林令時芳建祠塑像祀之。』

明穆宗朱載垕隆慶元年丁卯（一五六七）　一歲

七月，二十八日生。與謝肇淛同年同月，而先一日。

按：謝肇淛《崔徵仲像贊》：『君於余有一日之長。徵仲與余同年同月，而先一日。』（《小草齋文集》卷二十三）徐𤊹《中奉大夫廣西左布政使武林謝公行狀》：『以隆慶丁卯年七月二十九日生。』（《小草齋文集》附録）肇淛二十九日生，先世召一日，則世召生於二十八日。

又按：《客三山初度》自注：『七月廿七日也，先一日爲南中丞壽辰，招飲，時余將北上。』（《問月樓詩二集》）二十七日爲初度前一日，則初度在二十八日。

又按：謝肇淛，字在杭，號武林，長樂人。萬曆二十年（一五九二）進士。有《小草齋集》《小草齋文集》《小草齋詩話》《五雜組》等。據徐𤊹《中奉大夫廣西左布政使武林謝公行狀》，肇淛卒于天啓四年（一六二四）甲子十月，年五十八，逆推，生於隆慶元年（一五六七）。

又按：曹學佺《三山耆社詩敬述》附記：『崔徵仲刺史年七十一……崇禎丁丑八月之十三日。』（《西峰六四草》）崇禎十年丁丑，公元一六三七年，逆推，與肇淛所叙合。

又按：是歲父允元年三十三。

是歲，兄世聘四歲。妻黄氏二歲。

徐𤊹《崔徵伯像贊》：『丘壑情深，烟霞疾痼。生長於霍林洞天，游思於藻園毫素。即古稱箕潁之畸人，何必遠而有所慕。往往夢叶西堂，雅有池生春草之句。』（《紅雨樓集　鼇峰文集》册十二，《上海圖書館未刊古籍稿本》第四五册，第二八六頁）

按：崔世聘，字徵伯。

隆慶二年戊辰（一五六八）　二歲

是歲，寧德陳瑄歲貢。

隆慶三年己巳（一五六九） 三歲

隆慶四年庚午（一五七〇） 四歲

是歲，徐㶿生。

隆慶五年辛未（一五七一） 五歲

隆慶六年壬申（一五七二） 六歲

明神宗朱翊鈞萬曆元年癸酉（一五七三） 七歲

是歲，寧德陳勖、福清林章成舉人。

是歲，陳一元生、張燮生。

萬曆二年甲戌（一五七四） 八歲

是歲，入塾。

按：《陳母七十序》：『不慧齠齒入塾。』（《問月樓文集》）

是歲，寧德陳勖成進士。

是歲，寧德彭道南歲貢。

是歲，鍾惺、曹學佺生。

萬曆三年乙亥（一五七五） 九歲

是歲，粗通舉子業。

按：《陳母七十序》：『九歲粗通舉子業。』（《問月樓文集》）

是歲，把總邵岳方策擒斬倭寇于福清牛山。

按：曹學佺《倭患始末》：『三年，參將呼良朋、把總邵岳方策擒斬倭寇于牛山東洋。』（《湘西紀行》下）

萬曆四年丙子（一五七六） 十歲

是歲，蔡復一生。

是歲，師漳江阮先生試世召跋文，粗成句讀。

作《重刻〈石堂陳先生文集〉後叙》：『是集也，邑先輩企泉薛君手自校讎注釋，付之殺青，集未行而齎志以没，而其子夢蘭實矢志成之。捐資鬻産，家四壁不顧也，孝可知矣。夫先生之集不朽，而重新是集者，亦不朽。若薛子者，豈惟不墜先志，其亦先生之功臣。邑後學需役子崔世召撰，時萬曆歲在旃蒙大淵獻題。』(《石堂先生遺集》卷末，萬曆刻本)

按：旃蒙大淵獻，乙亥歲，萬曆三年(一五七五)。

又按：《新刻〈陳石堂先生選集〉叙》：『憶余髮覆眉，從漳江阮先達學作古文詞，於是《石堂先生集》刻成，試余跋，余輒跋之，娓娓數百言，粗成句讀。』(《選鎸石堂先生遺集》卷首，天啓刻本)

又按：漳江，寧德縣五都(今漳灣鎮)。

是歲及此歲之後，倭患稍熄。

按：曹學佺《倭患始末》：『四年，林鳳復駕大夥倭船百餘隻，乘風突至彭湖……鳳遁後，閩中倭患稍熄。』(《湘西紀行》下)

萬曆五年丁丑(一五七七)　十一歲

是歲，就試縣，有司不公，父攜之至福州，道經連江丹陽里，得陳仰峰賞識。

按：《陳母七十序》：『十一就試縣。有司謬糠粃多士，家大人挈去三山，道經丹陽里午炊，先生群兒擁而戲。猶記仰峰公批兒輩，摩余頂，抱而入西舍，箸膝上，啖以梨果。頃之，家大人至，則亟稱謝：「何物風塵中作此奇賞，吾兒若兒也。」請盟。蓋自是得與知吾弟兄，講世好不休耳。是時，仰峰公身隱酒壚而意氣逼逼，慕古人任俠自雄，內則孺人佐之，相勉爲德於鄉，不減伯通偕隱。』（《問月樓文集》）

是歲，陳鴻生。

萬曆六年戊寅（一五七八）　十二歲

是歲，高景生。

萬曆七年己卯（一五七九）　十三歲

萬曆八年庚辰（一五八〇）　十四歲

是歲，寧德蔡景榕鄉貢。

是歲，林古度生。

萬曆九年辛巳（一五八一）　十五歲

萬曆十年壬午（一五八二）　十六歲

萬曆十一年癸未（一五八三）　十七歲

是歲，叔祖父廷豐病肺，卒。

按：《從大母阮孺人九十敘》：『叔祖素病肺，年六十。』（《問月樓文集》）

又按：崔廷豐生於正德十六年（一五二一）。

是歲，堂弟世錦生。

按：詳次歲。

是歲，李廷機、葉向高、趙世顯成進士。

萬曆十二年甲申（一五八四）　十八歲

是歲，堂叔允綬卒；允綬，世錦父。

按：《從大母阮孺人九十敘》：『獨舉一叔氏，望含飴之景且遥，甫得一孫，呱呱兩歲，叔氏復見背。』（《問月樓文集》）

又按：崔世錦生於去歲，父允綬卒時兩歲。

是歲，王世懋爲福建提學副使。

按：王世懋，字敬美，世貞弟，太倉人。嘉靖三十八年（一五五九）進士。有《奉常集》。

萬曆十三年乙酉（一五八五）　十九歲

是歲，黄道周生。

萬曆十四年丙戌（一五八六）　二十歲

是歲，補諸生。其制義每戰屈其鄉老。

按：謝肇淛《崔徵仲〈半㜸稿〉序》：『博陵崔徵仲髫鬌攻舉子業，每戰輒屈其鄉之長老。』

是歲，從叔父允紳卒。

是歲，周之夔、李時成、陳衎生。

萬曆十五年丁亥（一五八七）　二十一歲

是歲前後，攻古文詞，上溯《左傳》《史記》。

按：謝肇淛《崔徵仲〈半㜸稿〉序》：『稍壯，攻古文詞，上溯左、馬，下迨二氏，百家之言無不窺。』

是歲，長子崔崑生。

按：黄興朝輯《寧德博陵崔氏宗譜》：『（崑）公生萬曆丁亥。』

萬曆十六年戊子（一五八八）　二十二歲

是歲，徐熥、謝肇淛成舉人。

萬曆十七年己丑（一五八九）　二十三歲

是歲，伯祖廷復卒，年八十八。

是歲，徐熥上春官下第，於福州于山建緑玉齋。

是歲，永福（今永泰）葉天成等亂，旋平。

按：曹學佺《山寇始末》：『萬曆十七年，永福山寇葉天成等竊發，有司討平之。』（《湘西紀行》卷下）

萬曆十八年庚寅（一五九〇）　二十四歲

是歲，王世貞卒，年六十五。

萬曆十九年辛卯（一五九一）　二十五歲

是歲，曹學佺成舉人。

萬曆二十年壬辰（一五九二） 二十六歲

是歲，從大母年七十。

按：《從大母阮孺人九十叙》：『母登古稀，余從子姓儕奉屈巵爲壽。母意殊不樂，而母之弟德興令者修詞進曰：「姊不聞劉氏之於李令伯乎？而孫頭角魁然，第無慮也。」母色稍解。』（《問月樓文集》）

又按：從大母阮孺人，世召叔祖廷豐原配。黄興朝輯《寧德博陵崔氏宗譜》：『阮氏，章灣教官［雲］塘女，諱淑艷。生嘉靖癸未。』嘉靖二年（一五二三）癸未。『九十老姥』，舉其成數而言之。

是歲，謝肇淛進士及第。

萬曆二十一年癸巳（一五九三） 二十七歲

萬曆二十二年甲午（一五九四） 二十八歲

是歲，張燮成舉人。

是歲，寧德陳雲鷺鄉試中副榜。

萬曆二十三年乙未（一五九五）　二十九歲

是歲，曹學佺、蔡復一進士及第。

萬曆二十四年丙申（一五九六）　三十歲

秋，邀知縣區日振遊寧德瑞迹寺。

作《請區邑尹遊瑞迹寺啓》：『惟茲兑秋氣屆之期，正值閶闔風開之景。一池鈎月，荷容映秋水以猶芳；滿路德星，蘭若放毫光而先兆。敢陳桂醑，用薦芹悰。借杯酒以論文，冀衣鉢親傳几席；臨高臺以作賦，邀旌旆俯重溪山。』（《問月樓啓集》）

按：區日振，廣東新會人。舉人，萬曆二十四年（一五九六）任[一]。

又按：此啓當作於區氏初莅縣時。

[一]（乾隆）《寧德縣志》卷三《秩官志》知縣名單，將區日振置於李時榮、曾受益之後，云：『新會舉人，萬曆三十四年任，有傳，《府志》誤作二十四年。』按：據崔世召此文，區氏早於李、曾。又《李邑侯去思生祠記》：『於是代區江門者，雲間李公也。』（《問月樓文集》）區亦早於李。《府志》『二十四年』當不誤；誤者《縣志》。

按：〔乾隆〕《寧德縣志》卷二《建置志》：『瑞迹寺，在四都雲淡坪崗下，梁乾化間建。寺有十景。』

萬曆二十五年丁酉（一五九七）　三十一歲

是歲，徐熥《晉安風雅》梓行。

萬曆二十六年戊戌（一五九八）　三十二歲

是歲，同族子孫爲天祖崔鑾重修墓廬、擴建祠堂。

按：黄興朝輯《寧德博陵崔氏宗譜》：『（鑾）……萬曆廿六年，旻公男脩、杲公孫允綱又同買祠堂前地並天井。』

是歲，鹽運同知屠本畯與徐熥倡建福州高賢祠。

萬曆二十七年己亥（一五九九）　三十三歲

是歲，徐熥（一五六一—一五九九）卒。

萬曆二十八年庚子（一六〇〇）　三十四歲

是歲，閩縣陳勳、海澄周起元、龍巖王命璿成舉人。

萬曆二十九年辛丑（一六〇一）　三十五歲

是歲，四子崔岑生。

是歲，同安浯洲（今金門縣）許獬會試第一名，殿試二甲第一名。

萬曆三十年壬寅（一六〇二）　三十六歲

十月，遊仙遊鯉湖歸，過福州，訪徐𤊹，𤊹贈詩。

徐𤊹有《崔徵仲遊鯉湖歸，見訪，送歸寧德》：『支笻探九漈，躡屐上壺公。山水惟君得，烟霞幾客同。一身霑藥氣，滿袖挾松風。歸莫誇名勝，門前有霍童。』（《鼇峰集》卷十）

按：徐𤊹詩作年參見陳慶元《徐興公年譜長編》。

是歲前後，福寧知州洪翼聖再舉子，作啓賀之。

作《洪太尊再舉子啓》（《問月樓啓集》）。

按：洪翼聖，歙縣（今屬安徽）人。萬曆二十六年（一五九八）進士，二十七（一五九九）至三十二年（一六〇四）任福寧知州。

萬曆三十一年癸卯（一六〇三） 三十七歲

七、八月間，林世吉主瑶華社集，世召、黄光與全閩詞客四十餘人皆來會，屠隆、吴兆等亦與期盟，鄭懷魁撰《詩序》。

按：《同黄若木集吉甫齋頭贈》，自注：『若木與余結社瑶華二十年往。』（《問月樓詩二集》）

又按：黄光，字若木，莆田人。天啓七年（一六二七）舉人。有《九鯉湖志》。

又按：鄭憲，字吉甫，長樂人。萬曆十九年（一五九一）舉人，是歲同上春官。臨江教授、鎮遠知縣。

又按：趙世顯有《瑶華社集，得卮字》，其《序》云：『是日，全閩詞客四十餘人皆來會，而四明屠緯真、新安吴非熊、邵陵唐堯胤亦與斯盟。』（《芝園稿》卷十三）

又按：趙世顯，字仁甫，侯官人。萬曆十一年（一五八三）進士。其爲詩一意盛唐，初任池州司李，左遷，稍起爲梁山令。有《芝園稿》。

又按：瑶華社詩人可考的還有：鄭懷魁，作有《瑶華社大集詩序》（《葵圃集》卷六）；謝兆申，作有《林天迪瑶華社集詩》（《謝耳伯先生全集》卷二）；阮自華，作有《林天迪農部瑶華社集，分得何字》（《霧靈山人詩集》卷四）；王宇，作有《林天迪招東園社集》（《烏衣集》卷四）；陳益祥，作有《仲秋，燕集瑶華社》（《采芝堂集》卷二）；徐𤊹，作有《集林天迪山莊》（《鼇峰集》卷四）；曹學佺，作有《瑶華社詩，分得釵字》（《芝社集》）等。

又按：崔世召詩佚。

中秋，阮自華大會詞人于福州烏石山鄰霄臺，曰『神光大社』。疑世召亦與會。

錢謙益《列朝詩集小傳》丁集上『屠儀部隆』條：『阮堅之司理晋安，以癸卯中秋，大會詞人于烏石山之鄰霄臺，名士宴集者七十餘人，而長卿爲祭酒。梨園數部，觀者如堵。酒闌樂罷，長卿幅巾白衲，奮袖作《漁陽摻》，鼓聲一作，廣場無人，山雲怒飛，海水立起。』

是歲，李時榮新任寧德知縣，作啓請之。

作《請李新尹啓》：『謹諏吉旦，薄潔荒筵。言採其芹，擬溪澗之毛以明信；亟稱斯水，借頖宫之沼以流觴。』（《問月樓啓集》）

按：李新尹，即李時榮。時榮，華亭（今屬上海）人。舉人，萬曆三十一年（一六〇三）任寧德知縣。

是歲或稍後，有啓請守巡道方學龍巡城，又作啓請檢閲兵操。

作《請方道尊巡城啓》：『丹宸勤南顧，方拊髀而咨萬里之藩屏；紫氣喜東行，乃挺身而任一方之保障。雲横太姥，高臨睥睨之墻；月浸長溪，光印闉闍之堞。玉關威肅，鐵甕春環。』（《問月樓啓集》）

按：方學龍，浙江淳安人。萬曆十七年（一五八九）進士。〔萬曆癸丑〕《漳州府志》卷十一《知府》：『（萬曆）三十年十二月任。』三十七年（一六〇九）四月，由閔夢得接任，學龍陞本省副使，當稍前於閔氏接任之時。

又按：〔乾隆〕《福寧府志》卷十五《秩官志》：『萬曆《州志》：守巡道原駐劄省城，有時行部。嘉靖三十四年倭擾，始以藩參專鎮本州。萬曆六年易以臬司憲副。』

作《請閱操啓》：『春回烏府，揮戈映牛斗之光；海宴鯨波，秉鉞賴風雷之重。……漳海專符，洎疆理乎南國；長溪擁節，爰鎖鑰乎北門。當此維新號令之時，正屬克詰戎兵之始。柳營春滿，三軍超距以争先；玉壘雲屯，萬馬驕嘶而賈勇。光生武弁，喜溢轅門。』（《問月樓啓集》）

按：『漳海專符』，指方學龍任漳州知府；『長溪擁節』，方學龍守巡道，駐長溪。

是歲，閩縣孫昌裔、泉州林欲楫、福寧州盛日東成舉人。

萬曆三十二年甲辰（一六〇四） 三十八歲

是歲，代人作啓迎范允臨守道。

作《迎范守道啓代作》（《問月樓啓集》）。

按：范允臨（一五五八——一六四一），字長倩，吴縣（今屬江蘇）人。萬曆二十三年（一五九五）進士，與學佺同榜。萬曆三十二年（一六〇四）任福建參議。工書畫，時與董其昌齊名。有《輪寥館集》。

是歲前後，有啓求知縣李時榮制義；又有啓請之臨舍；又有啓問端午起居。

作《上李邑尹求制義啓》：『敬率多士以庭趨，爰請雄文而户誦。永傳剞劂，用比韋弦。狥木鐸於遒人，呼醒群聾之耳；擲金聲於地上，追還大雅之音。』（《問月樓啓集》）

作《請李邑尊啓》：『謹諏吉日，敬迓台旌。借片晷之清輝，叙半生之積悃。願言賁趾，曷切扳轅。蹊徑無言，擁篲掃蓬蒿之迹；門墻孔邇，臨風慶几席之歡。』（《問月樓啓集》）

作《李邑尹端午啓》：『蒲風解愠，宓城響入冰絃；梅雨爲霖，嶰谷歌横鐵笛。望雲間之鳧舃，朱明照萬户之符；溯海上之龍門，彩鷁競群標之渡。』（《問月樓啓集》）

萬曆三十三年乙巳（一六〇五）　三十九歲

是歲，寧德知縣李時榮調任莆田，民爲建生祠，世召爲之記。

作《李邑侯去思生祠記》：『寧之有遺愛祠也，蓋始於吴興韓公云。越此三十餘年，而東粵江門區公來宰寧，大播卓異聲，去乃民思之，祠於郊門之北。於是代區江門者，雲間李公也。公莅寧纔未浹歲，百姓式歌且舞之，不知區之去吾邑也。居無何，陳中丞疏薦於朝，遷公之莆中邑。』（《問月樓文集》）

按：李邑侯，即李時榮。時榮萬曆三十三年（一六〇五）調莆田縣。

又按：韓公，即韓紹。紹，號懷愚，歸安人。進士，萬曆二年（一五七四）任寧德知縣。（乾隆）《寧德縣志》卷三《秩官志》：『（韓紹）爲政精勤，門無私謁。釐革吏弊，平里甲之煩民者……去後，立碑以記其功德。』

萬曆三十四年丙午（一六〇六）　四十歲

春，有啓迎福寧知州胡爾慥。

作《請胡州尊啓》：『春透江皋，過化識東風之面；花明棨戟，躋攀覯北斗之尊……史援筆而書循吏，太和在神爵五鳳之間。洵一方之帡幪，作百寮之師帥。兹逢台駕，俯莅山城……仰日下以停鑾，不我遐棄。』（《問月樓啓集》）

按：胡爾慥，德清人。萬曆三十二年（一六〇四）進士，三十三年（一六〇五）至三十八年（一六一〇）任福寧知州。此啓當作於是歲春。

是歲或稍後，寧德知縣曾受益誕辰，爲作啓。

作《請曾邑尹誕日啓》：『借春光以代華燭，朱顏醉勾漏之丹；擷泮藻以實蔬筵，緑酒照冰壺之影。先期躍雀，仰賁和鸞。』（《問月樓啓集》）

按：曾邑尹，即曾受益。萬曆三十三（一六〇五）至三十七年（一六〇九）任寧德知縣。

是歲，閩縣王宇、福清何玉成舉人。

萬曆三十五年丁未（一六〇七）　四十一歲

是歲，有啓迎陳治本鎮福寧。

作《賀陳道尊移鎮福寧兼誕子啓》（《問月樓啓集》）。

按：陳治本，餘姚（今屬浙江）人。萬曆二十年（一五九二）進士，是歲由興泉道轉福寧道。

是歲前後，寧德知縣曾受益倡修金溪橋，爲作募修疏。

作《募修金溪橋疏》：『邑之環左脊而下東滙者，金溪也；其駕中流若長虹者，橋也……橋成者屢矣，未幾數年或遠而十餘年，亦屢就圮者，橋之址不堪受敵而嚙於水也……於是令公曾侯過之，喟然合謀興復，爰令小子饒舌以告首事。從侯命也。』

是歲，傳僧性吉誦《大悲呪》於潭福寧州千佛沐浴池，有龍振鱗波面。

按：曹學佺《大明一統名勝志·福建》卷三《福寧州》『五龍潭』條：『五龍潭，在化成林南，五潭聯絡相接，其一名青龍潭……次名洗心池……三名千佛沐浴池，瀑布懸瀉，潭形如荷葉，湛然不動。萬曆三十五年，僧性吉誦《大悲呪》於潭側，方及四遍，水忽湧沸。頃之，有龍振鱗波面，夭矯其腰，若彎彤弓，首尾没於驚浪飛濤，不可得見。吉大駭喧呼，金燈精舍僧咸出視之。良久，乃奮飛雲表。』

萬曆三十六年戊申（一六〇八）　四十二歲

是歲，困於諸生，受杭川處士鍾肖古、教諭吴志仁賞識。

按：《鍾處士七十序》：『先是，霅溪吴懋人先生來教寧庠，至則趣物色鍾君，執手勞慰，竟日夕。蓋君與先生兩尊人同宦同地，各以故謀弟昆禮，歡甚。而吴先生雅稱任俠豪爽，自喜與肖古深相臭味也。時余方困青衿，在坐中，鍾君數目余，語先生：「此子眼光如許，不久當脱去。」』(《問月樓文集》)

又按：鍾肖古，杭川(今光澤)人，處士，托商賈僑居寧德霍童山下。

又按：〔乾隆〕《寧德縣志》卷三《秩官志·教諭》：『吴志仁，字懋人，號春嶼，浙江安吉人。由貢生萬曆三十六年(一六〇八)任。修學校，明禮義，綽有教聲。秩滿歸，學者思之，爲建祠立碑，祀名宦。』

是歲，有啓接方學龍兵道。

作《接方道尊啓》(《問月樓啓集》)。

按：方學龍，字允叔，號望山，淳安(今屬浙江)人。萬曆十七年(一五八九)進士，萬曆三十六年(一六〇八)任福建按察副使。

是歲，謝肇淛與徐𤊹等在福州結紅雲社。

萬曆三十七年己酉(一六〇九)　四十三歲

正月，與謝肇淛擬往遊太姥山。謝肇淛至寧德，世召至旅館訪之；李將軍招飲籌海樓。謝肇淛與世召別，晦日，抵長溪，阻雨。

謝肇淛有《贈崔徵仲茂才》：『旅館逢君興不孤，風塵十載困潛夫。家鄰白鶴時餐玉，手探驪龍早得珠。洞府丹梯春蠟屐，高陽斗酒夜呼盧。凌雲未賦雄心在，猶自悲歌擊唾壺。』（《小草齋集》卷二十二）

按：謝肇淛，汝韶子，長樂人。萬曆十六年（一五八八）舉人，二十年（一五九二）進士，官至廣西左布政使。有《小草齋集》《小草齋文集》《小草齋詩話》《支提寺志》等。

作《李將軍招飲籌海樓作，同謝肇淛、喬卿、歐全叔》（詩佚，題筆者所擬）。

按：周千秋，字喬卿，莆田人，後移居福州。布衣。

謝肇淛有《李將軍招飲籌海樓作，同喬卿、崔徵仲、歐全叔》：『百尺高臺臺上樓，鼓鼙烽火似邊州。鯨波已定降王檄，雉堞猶傳控海籌。平楚風烟臨水盡，亂峰雲氣抱城浮。時平無事將軍醉，笑倚紅妝卜夜遊。』（《小草齋集》卷二十二）

謝肇淛有《別崔徵仲》：『山城花發早鶯聞，無柰逢君又送君。孤館一尊聽夜雨，摩霄半榻共春雲。燃犀已探驪龍穴，掃石曾窺玉簡文。此去霍林知不遠，未應閑却白鷗群。』（《小草齋集》卷二十二）

按：謝肇淛《遊太姥記》：『自正月晦日抵長溪，即苦霪雨，連旬面壁，客況淒然。』（《小草

齋文集》卷八）

二月，至長溪與謝肇淛會合。十九日，與肇淛、周千秋出長溪城，同遊太姥；過台州嶺，度錢王嶺，至三佛塔，郡幕張世烈追至。宿山上夢堂，世召、張世烈等各默有所禱，肇淛嘲之。遂登太姥絕頂，憑虚望遠，雲氣英英起足下，嗒然長嘯，有遺世獨立之想。一路與謝肇淛等酬倡。事後（四月），謝肇淛作《遊太姥記》紀其事。

作《一綫天》（〔民國〕卓劍舟《太姥山全志》卷一《名勝》，注：『（崔世召）嘗同謝在杭遊太姥山，鎸「雲梯」二大字于雷轟石上。』）

謝肇淛有《一綫天》：『巨石倒覆張若箕，小石仰閣如支頤。雌雄橐籥忽不盡，漏出一綫光霏微。洞門逶迤杳無際，陰風颯颯吹魂悸。簷溜經年瀑布飛，白日當疑雷雨至。芒鞋竹杖尋真客，探盡鴻濛未剖色。歷井捫參不肯歸，鐵笛一聲山月白。』（《小草齋集》卷十）

作《由墜星洞入竹園》（〔民國〕卓劍舟《太姥山全志》卷一《名勝》）。

謝肇淛有《由墜星洞達竹園作》：『山僧憚貴遊，靈迹每自祕。達者爲名高，亦無冥搜志。巨石塞道周，徑草多荊刺。歷險敢豫期，探奇偶然遂。削壁列委巷，歷落亂堆厠。小者承似撐，大者欹如墜。忽爾出幽谷，豁然見天地。疏篁聳萬竿，濛濛滴空翠。步虚穿林杪，却忘來何自？險怪歘軒蕩，不曉山靈意。大海何茫茫，俯視但一氣。未惜筋力疲，聊咤耳目異。安得脱津梁，丘壑隨所置？』（《小草齋集》卷五）

作《小巖洞》(〔民國〕卓劍舟《太姥山全志》卷一《名勝》)。

謝肇淛有《小巖洞》:『平生丘壑姿,適性在雲水。到處逢名山,歡若遇知己。所貴抉幽閟,匪徒徇俗耳。岐路千萬端,賴有山僧指。穿莽浥竹露,窺洞探石髓。密箐既鈎衣,峰稜亦傷履。獨木跨窮澗,下視不見底。劃然石作門,丹竈還清泚。登降雖苦疲,得之良足喜。仙馭去不回,蒲庵欻已毀。飢鼯號頹垣,妖狐穴荒壘。俯仰倍凄然,興衰亦有以。陵谷縱變遷,亦自勝朝市。擾擾風塵間,嗚呼吾老矣。』(《小草齋集》卷五)

作《大巖洞》(〔民國〕卓劍舟《太姥山全志》卷一《名勝》)。

謝肇淛有《大龍井》:『危橋斷復連,抱石出層巔。路絶縋藤下,崖幽秉炬穿。風雷轟白日,苔蘚起蒼烟。欲取驪珠去,神龍恐未眠。』(《小草齋集》卷十五)

作《龍井》(〔民國〕卓劍舟《太姥山全志》卷一《名勝》)。

周千秋有《大龍井》:『龍井藏幽壑,千盤度薜蘿。披雲穿澗曲,燃炬入巖阿。削壁緣繩下,危橋架竹過。驪珠寧可得?衣染水痕多。』(〔民國〕卓劍舟《太姥山全志》卷一《名勝》)

作《太姥墓》(〔民國〕卓劍舟《太姥山全志》卷一《名勝》)。

謝肇淛有《太姥墓》:『一片玄宮削不成,苔封丹井黛圍城。彩雲長護仙人掌,斷碣猶傳太姥名。隔水芙蓉鸞珮影,中宵華表鶴歸聲。如今滄海揚塵久,惟有藍溪不世情。』(《小草齋集》卷二十二)

作《國興寺》(〔民國〕卓劍舟《太姥山全志》卷二《寺宇》)。

謝肇淛有《國興廢寺作》:『紺殿高標半有無,老僧猶自憶乾符。沙埋碧瓦金光散,雨打青燈寶篆枯。遺像盡依山鬼臥,殘碑空剩石龜趺。禪心何事論生滅,日落千峰叫鷓鴣。』(《小草齋集》卷二十二)

周千秋有《國興寺》:『先朝名刹白雲層,過客悽然感廢興。千畝佛田歸别主,半龕爐火坐殘僧。』(〔民國〕卓劍舟《太姥山全志》卷二《寺宇》)

作《玉湖庵》(〔民國〕卓劍舟《太姥山全志》卷二《寺宇》)。

謝肇淛有《玉湖庵感懷》:『松杉十里插天青,小寺殘燈望窈冥。百道泉飛雙樹月,亂峰雲護一函經。采茶人去猿初下,乞食僧歸鶴未醒。滄海爲田君莫恨,從來勝迹易凋零。』(《小草齋集》卷二十二)

周千秋有《玉湖庵》:『百叠青峰過雨痕,蒙茸草樹出雲根。山前不見湖光繞,惟有溪流咽寺門。』(〔民國〕卓劍舟《太姥山全志》卷二《寺宇》)

作《天源庵》(〔民國〕卓劍舟《太姥山全志》卷二《寺宇》)。

謝肇淛有《天源庵》:『清溪環竹屋,不覺類禪關。酌此庵前水,遥看天際山。棋聲春院閉,鶴夢午松閑。借問僧何處,采茶猶未還。』(《小草齋集》卷十五)

作《白箬庵》(謝肇淛《太姥山志》)。

按：白箬庵，即午所庵。

謝肇淛有《白箬庵》：『樵徑草萋迷，春香撲馬蹄。峰圍庵向背，路逐澗東西。天柱青初近，雲芽緑未齊。團焦誦經處，謝豹隔窗啼。』（《小草齋集》卷十五）

按：『白箬庵』，（民國）卓劍舟《太姥山全志》卷二《寺宇》作『午所庵』。

周千秋有《白箬庵》：『叢林寂寂背摩霄，十里尋源鳥道遥。白箬數椽雲際寺，清溪幾曲竹間橋。籬疏春暖花依砌，洞古烟深樹挂瓢。階下殘碑荒蘚合，開山惟記自前朝。』（（民國）卓劍舟《太姥山全志》卷二《寺宇》）

謝肇淛《遊太姥記》：『遂携崔茂才徵仲、周山人喬卿以十九日發。過台州嶺……翼日，度錢王嶺，指路左岐路，云是走天台道也。至三佛塔稍憩，張郡幕憲周追至，相慰勞久之……旦日由玉湖右折過澗，詰屈數里，過彈穿石……既越山麓，披荆榛中，荒穢尤甚，狐踪鼠竄，令人毛豎。又半里，得二巨石對峙成門，稍進懸空，石洞方廣倍前。洞前小庵已廢，僧云此小巖洞也。此與墜星、觀音三洞，蓋從來人無至者。遂返，過石天門、滴水洞、一綫天，如棋纍，如斧劈，如行地道，如入水府。石磴百級，上窺星漢，蓋至是而山之奇殫矣。僧復導之龍井，攀援數石，踐藤根，握樹枝，手挽足移，𨈉𡰣殊甚。未至百武而路窮，人以繩自縋而下。井余不能也，踞而俯視，徵仲等三人纍纍相接若獼猴。洞口窅黑，秉炬以行，幾曲折始達。井口巨石如龍頭上覆，從其頷下梯而入二丈許踐地，地皆沙洲。前後二井諸泉奔滙，崩騰如雷。

久之，陰風颯颯，衣髪灑淅，悚然亟出。余笑謂：「驪龍方蟄，故容君輩覸其宮，不爾將爲虀粉矣。」……復由庵左渡澗觀洗頭盆、仙人足而返。夜宿夢堂，徵仲、憲周各默有所禱，余笑謂：「塵夢到此，當應盡醒，奈何復求夢乎？」……日未崦嵫，遂取道蔣洋歸焉……是行也，人皆同志，天假新晴，而復得如鏡爲之指南，足力所至，差爲無遺憾矣。然山川無窮，杖屨有限，政恐後人之視今，亦猶今之視昔也。徵仲名世召，寧德人。喬卿名千秋，莆人。憲周名世烈，州人。萬曆己酉四月二十四日記。』（《小草齋文集》卷八）

按：曹學佺《大明一統名勝志·福建》卷三《福寧州》『太姥山』條：『太姥山，去州東百里而遥，高十餘里，週遭四十里。舊名「才山」。《力牧録》云：「黄帝時，容城先生嘗栖其下，石枰、石鼎、石臼尚存。堯時有老母居之，業種藍，家於路傍，往來者周給不吝。嘗有道士求漿，母飲以醪，道士因授九轉丹砂之法。服之，七月七日，乘九色龍馬上昇，里人神之，名其山爲『大母』。漢武命東方朔授天下名山文，改母爲姥。」』

謝肇淛還作有《遊太姥道中作》、《玉湖庵感懷》、《巖洞贈鏡和尚》、《金峰山》、《太姥山中》、《宿摩霄庵》、《疊石庵》、《宿摩霄庵》、《疊石庵》（《小草齋集》卷二十三）、《長溪苦雨二首》、《南峰庵二首》、《雨中飲石澗堂》、《龍泉庵》、《無題》（《小草齋集》卷十五）等。

謝章鋌《一自》二首，其二：『海内談詩小草齋，曹徐里社自分題。東來躡月支提下，尚有崔郎共馬蹄。*先方伯在杭先生到寧德，與崔西叟刺史稱莫逆，同遊太姥、霍童。*』（《賭棋山莊詩集》卷二）

按：『崔郎共馬蹄』，喻世召詩與謝肇淛、二徐（熥、𤊹）、曹學佺同調。

三月，十日，與謝肇淛、周千秋自太姥歸。謝肇淛、周喬卿往遊霍童，問道於世召；世召爲作《由霍童登支提記》。謝肇淛自霍童歸，世召於家中設宴款待，與肇淛談論二山遊感。謝肇淛於世召齋中觀《羅漢手卷》，爲作《跋》。與謝肇淛、周喬卿、張世烈遊瑞巖寺。

作《由霍童登支提記》：『大江東盡，靈鍾篁竹之區；真氣南翔，秀絶温麻之境。青鸞驂而白鶴駕，金仙招而玉女迎。爰有霍童，實開洞府。按道經三十六洞天，兹爲第一；歷人代百千萬億劫，永謝三玄。司馬承禎燒丹煉藥之都，玉蟾仙子乘蹻題詩之處。群靈顯化，望縹緲以何年；列岫孤標，揭嶙峋而出世。向來笙管，尚餘繽嶺仙踪；别有芝苓，猶駐嵩丘道氣。蓋祠官之醮時，望秩居先；抑化人之披圖，品題特重。固已名驅震旦，奇壓神洲矣……此皆支提護法之禪宫，而洞開府供遊之勝概者也。嗟夫！神因地靈，物以人重。呼群真而舒嘯，休移猿鶴之文；覽千仞而振衣，誰作山川之長？不佞生來厭世，壯復耽玄。日月居諸，恐負浮軀七尺；乾坤渺小，僅容蠟屐一雙。雖向平婚嫁，願猶未酬；而司馬遨遊，興亦不淺。所幸山靈未遠，福地非遥。居傍丹丘，總云籬壁間物；生逢佛土，敢謂羲皇上人？彼海上之三島、十洲，祇以供其浩漫；即閩中之武夷、太姥，猶難擬其寵嵸。豈可使眼底名山，緗縑弗録；海濱净土，竹帛無傳者乎！昔陳思之詠泰嶽，目盡寰中；孫綽之賦天台，心遊物外。各有所托，非苟而然。用是托賦短章，以答山靈之響；裁編實録，無辜地主之司。奏法曲於人間，恐驚里耳；脱凡胎於

俗土，或此仙遊。非敢藏山，用命副墨。』（崔嵸《支提寺志》卷四；又〔乾隆〕《福寧府志》卷四十《藝文志》作《遊支提山序》）

按：曹學佺《大明一統名勝志・福建》卷三《福寧州・寧德縣》『霍童山』條：『霍童山，《列仙傳》作「霍桐」，在縣北七十里，去平地七里。頂甚平曠，可坐百人，有甘露池，飲之可以延年，有石行廊三十餘步。石室深廣，又有石橋横跨半空。有海鰌井，廣五六丈，深莫測，中有海鰍時出井面。古者神仙霍童居此，山因以名。』

又按：〔乾隆〕《寧德縣志》卷二《建置志》：『支提禪寺，在十二都。宋開寶四年，吴越王錢俶建。政和間，以黄裳之請，賜以「政和萬壽」之寺額。寺在萬山中，相傳有聖鐘鏗鳴，天燈照耀天冠，千佛演法其中，邑之名叢林也。』

又按：『司馬遨遊』，謝肇淛遊支提；『地主』，世召自己。『托賦短章』『裁編實録』，指世召記謝肇淛之遊。

謝肇淛《遊霍童記》：『萬曆己酉三月十日，偕周山人喬卿從太姥歸，鋭意取道霍童，輿人咸有難色，而余先已問途於崔徵仲，莫吾難也。從金垂渡右折而登嶺……旦日，取道麴多嶺而下，僧顯光送至西鄉，始别去。薄暮，抵徵仲齋中，具鷄黍道故久之。因訊余二山之遊所得孰多，余謂：「太姥巖壑磊砢，探歷無盡，固已昭灼在人耳目，而洞府仙都，化城佛地，列真受籙之區，龍象布金之所，豈遽遜藍嫗而顔行之？惟是丹丘紫氣，既已厄於陽侯；而靈表勝名，又復掩於蘭若。遂令九十九峰湮沈於斜陽蔓草之區，即生長斯地者，不能舉其策，况獲恣遊人之杖屨乎？蓋山川於此又有幸不幸焉，要以羽化無想、空門無諦，彼其爲海爲桑爲灰爲劫，自是天地尋常事，非余所敢知也，余知余遊足矣。」徵仲曰：「善。」』（《小草齋文集》卷九）

按：此文《支提寺志》卷四作《由霍林上支提記》。

謝肇淛有《羅漢手卷跋》：『阿羅漢十六尊，悉具諸人天相。天女散花者，一鬼使諸童子頂禮，左右侍者十、獅子一、龍一、虎一，種種莊嚴，非徒以工巧勝也。自道子之後，世罕絶技，歷八百餘載而得南羽此卷，其精思勁穎，直足上追作者。徵仲什襲函之，當自有白毫光照耀子夜。』（《小草齋文集》卷二十四）

按：謝肇淛過世召齋中僅有這一次，故有是作。

作《同謝在杭、周喬卿、張憲周飲瑞巖寺》（詩佚，題筆者所擬）。

謝肇淛有《同崔徵仲、周喬卿、張憲周飲瑞巖寺》：『城東十里皆海色，合沓群峰散空碧。千村槐樹瘴烟青，一片梨花曉雲白。曉雲微雨東風冷，歷盡平疇復高嶺。曲澗時聞暗瀑聲，小橋斜度行僧影。琳宮碧瓦敞諸天，法堂流水環平田。半藏金經殘貝葉，千年石柱繡苔錢。萬竿寒玉大如斗，老榕盤空根未朽。四圍山色倒溟濛，坐覺清凉遠塵垢。春日遲遲曖不流，嬌絲急管調箜篌。紅妝一曲浮雲捲，落葉瑟瑟疑高秋。秋去春來旦復暮，富貴還如草頭露。

高歌痛飲騎馬歸，暝鴉啼上冬青樹。』（《小草齋集》卷十）

按：張世烈，字憲周，福寧州人。

秋，成舉人。

按：據〔乾隆〕《寧德縣志》卷七《人物志》[一]。

又按：世召鄉試中式時已四十三歲，設使二十歲出頭與鄉試，纍計則有九科之多。

又按：是榜解元福清周迪。同榜有福州府陳元卿、王廷藎，莆田林銘鼎，晉江蔣德璟、孫鍾元，同安池顯京、龍溪顔容暄、寧德林桂，福安王九韶等。

秋，爲福州知府孫大壯重刻《文苑英華》撰序。謝肇淛遊太姥歸後，纂輯《太姥志》，福寧知州胡爾慥爲之撰序，世召跋其後。

作《重刻〈文苑英華〉序》：『嘉、隆間，姚江胡直指來按閩，爰購繕本，授鍥於閩郡。於是，都人士始獲讀秘中書也。寖沿歲久，梨梓漶滅，典畫差舛，幾令金根疑悞於蒼文，玄珠遺恨於赤

[一] 謝肇淛與崔世召同遊太姥諸作，稱世召之字徵仲，不稱其孝廉，説明本年鄉試之前世召尚無功名。次年世召下第，可證世召是歲鄉試中式。〔乾隆〕《寧德縣志》卷七《人物志》所載是。而《連州歷代詩選》：『崔世召，福建福寧人，明崇禎二年（一六二九）中舉。』（譚力行主編，花城出版社，一九九一年，第九六頁）《寧德詩文》：『萬曆二十八年（一六〇〇）舉人。』（荆福生主編，劉少輝、繆品枚編，海風出版社，二〇〇〇年，第五五頁）均誤。

水。嗟夫！宋蘭臺之肥囊飽札，胡姚江之綴玉傳薪，能無抱殘馥而長晞噓也哉！三山太守孫公，楚黄奇士，夙耽書淫。自公多暇日手是編，窮力校讎，一切紕訛斷漏，繙所未備，隨捐餼重鐫，不煩公賦一緡，舊籍蔚然改觀。卓哉！孫公吏道文心，可稱雙絶矣。』（《問月樓文集》）

按：胡維新，字文化，號雲屏，餘姚（今屬浙江）人。嘉靖三十八年（一五五九）進士，四十五年（一五六六）任福建巡按監察御史，分别在福州、泉州開雕《文苑英華》，隆慶元年（一五六七）刻成。此書爲現存最早之完本。

又按：孫大壯，字心易，黄岡（今屬湖北）人。萬曆二十三年（一五九五）進士。歷福州知府、江西右參政、陝西苑馬寺卿。晚年歸講書院，名噪一時。

又按：是歲世召成舉人，且於秋、冬間北上春官，而次歲孫氏離福州任。故推斷世召爲《文苑英華》撰序在此歲。

作《〈太姥志〉跋》：『先生鼓山長也。志鼓山既爛然，而復賈其餘勇，併吾太姥而掩之。先生摇筆亦太横矣！而余觀從古江左諸賢，若幼輿丘壑、安石東山、玄暉宣城、康樂永嘉，青山彩筆，種種屬謝家故物。它日先生五岳遊成，將到處借靈，何況太姥！昔李太白登太華落雁峰，以不携謝朓驚人句爲恨！兹《志》傳千載而下，風華映人，當與太姥争奇矣！霍童山居徵仲崔世召撰。』（〔乾隆〕《福寧府志》卷四十《藝文志》；又〔民國〕卓劍舟《太姥山全志》卷三《志目》）

按：謝肇淛曾纂《鼓山志》，故云『志鼓山既爛然』。

胡爾慥有《謝肇淛〈太姥志〉序》：『余承乏長溪，始獲一再登是山。群碧摩天，一藍潄玉，洞石巖阿，各擅奇佹。候月摩尼，視懸窩若冰壺，雲中笙鶴，隱隱自海上來歸。而讀是山舊《志》，寥落不稱，爲之慨歎。今春，余師謝司馬偕二三同志儼然辱而臨之，司馬才高八斗，癖嗜五岳。登高作賦，發幽興於名山；選勝抽詞，剔閟靈於絶代。比歸，而成《山志》三卷，叙述爛然……萬曆己酉秋菊月吉白，吴興胡爾慥書。』

按：世召《跋》當與此《序》前後作。

秋、冬間，北上春官。

是歲，謝肇淛爲《半囈稿》撰序，以爲世召才情宛至，詩禘漢而宗唐，非驚人語不出口。

謝肇淛有《崔徵仲〈半囈稿〉序》：『又工爲詩，禘漢而宗唐，才情宛至，非驚人語不出口也。余嘗登霍林，歷四十八峰，愛其山川紆環峭絶，意其下必有詠奇骯髒隱君子焉。入闤闠而訪之，果得徵仲。徵仲方困諸生，篷樞甕牖，卧牛衣中，妻孥鵠伏，至不能庀饔飧，不問也。顧益咿吾丙夜，攻聲詩、古文詞不輟。都人士攘臂睨之，見其貧且困，則謂此道爲祟，曰：「夫夫也，魘且久，胡不寤？」而徵仲亦以「半囈」名其集。余笑顧謂：「若囈耶，子雲之鳳也，文通之錦也，退之之篆而處訥之鏡也，安所不從囈中得之？」……己酉之春，余與徵仲策杖太姥絶頂，憑虚望遠，雲氣英英起足下，嗒然長嘯，有遺世獨立之想。而余亦以蜉蝣玄外之旨徵廣其意。無何，而徵仲舉孝廉，計偕之京師矣……今之入官服政者，其崇聲詩、古文詞而共棄之甚於諸生，其所心棄而陽擅逐競爭之甚於棺與糞。而子之心計粗矣，席不暖矣，求向之蟪不可得已。徵仲曰：「有是哉！吾固已言之。以其半者應世，而以半者存故吾也。請弁吾子之言，以質諸異日。」』（《小草齋文集》卷五）

按：謝肇淛與世召往遊太姥之後，回程過世召齋。是歲世召成舉人，入都，謝肇淛爲其集作序。

又按：《半蟪稿》爲早於《問月樓詩集》的一部詩集，今佚。賴謝肇淛此序得以瞭解一點綫索。

徐𤊹有《寄崔徵仲》：『公車自北而南也，獨不一過我，令人興離群之歎。言念高懷，曷其有極。霍林爲吾閩第一洞天，在君家爲籬壁間物，而弟汩汩紅塵，不能一措足，俗可知也。在杭氏方梓《山志》，時取讀之，以當卧遊，又不無天際真人想耳。順昌盧君熙民，久客榕城，雅善繪事，至于點染水墨花草在道。復兹以事之福安，道經貴邑，渴幕荆州，冀一識面。』（《紅雨樓集　鼇峰文集》册六，《上海圖書館未刊古籍稿本》第四三册，第三八一—三八二頁）

按：徐𤊹（一五七〇—一六四二），字惟起，一字興公，㭿子，熥弟；延壽（存永）父，鍾震祖，閩縣人。萬曆至崇禎間布衣。博學工文，善草隸書，萬曆、崇禎間與曹學佺主閩中詞盟，有《鼇峰集》《徐氏筆精》《榕陰新檢》等數十種。

是歲，代人作啓迎董其昌分巡建南道。

作《迎董劍南道尊啓代作》（《問月樓啓集》）。

按：董其昌（一五五五—一六三六），字玄宰，華亭（今屬上海）人，萬曆十七年（一五八九）進士，入翰林，授編修。萬曆三十七年（一六〇九）分巡建南道。官至禮部尚書。風流蘊藉，爲天下第一。有《容臺集》。

是歲，潘陽春公巡漳南道，有賀啓。

作《賀潘兵憲新任啓》（《問月樓啓集》）。

按：潘陽春，餘姚（今屬浙江）人，萬曆二十六年（一五九八）進士，萬曆三十七年分巡漳南道。

是歲前後，撰福寧知州胡爾慥端午啓。

作《胡太尊端午啓》：『朱陸麗芳辰，玉律動五陽之管；黄堂彌瑞氣，薰風入雙指之絃。撫景咸熙，望塵遥慶。』（《問月樓啓集》）

是歲或稍後，寧德縣主簿張正節擢陝西幕，爲作序，言東洋鄉之難治。

作《張三尹擢陝西幕序》：『寧閩東孔邑，薄海而城，其治袤東南，而西北延去百里外爲東洋鄉。其民谷居而邃，聚三家五蔀，村墟落落如甌脱，俗習慓獷，又越縣治遠，有司莫能詰。而田賦居邑十之三，善逋負，聞追責至，則鳥獸散耳。故事議以一簿督填之，簿半佐邑勾稽，而所轄鄉地亦約割邑之半，故夫寧簿之職劇於丞，而其權侔於令。乙巳歲，新安竹野張侯來莅茲職。甫下車，而邑之邇遠利若弊，若明火爇而熟路駕也……蓋前後佐三大令，靡不得當其歡心者，先區江門，次李雲間，最後爲今令增城曾公也。區尚嚴，李尚寬，而今令處乎兩者之間。侯佐嚴則以烹鮮，佐寬則以張弦，浸假而不競絿，何施不可？而數載之内，行部藩臬諸使者勞書相繼下，承委盤錯之寄相繼至……己酉秋，從事棘闈者凡兩……今侯之擢陝西幕長也，天官或用外使臣，最課循格當遷，然按以品秩之恒，殆超典也。』（《問月樓文集》）

按：張三尹，即張正節。正節，新安（今安徽徽州）人。寧德東洋鄉俗習慓獷，越縣治遠，故以主簿督填之。萬曆二十三年乙巳（一五九五）正節任寧德縣主簿，先後歷三縣令：最先爲區江門，之後爲李雲間，即李時榮；最後爲曾增城，即曾受益，廣東增城人，進士，萬曆三十三年（一六〇五）任。配合良好。萬曆三十七年（一六〇九）或稍晚擢陝西。

是歲或稍後，爲寧德縣丞蔣延康膺獎撰序。

作《蔣少尹膺獎序》：『蔣侯之佐寧也，實用光禄郎移秩云。蔣侯爲光禄三年，奉大官禁臠，稱貴臣……居無何，遷寧邑丞。走馬出都門，襆被而之海濱。去尚方清貫，頫而爲親民，吏骯髒之氣，柔其骨而爲傴僂，人意若邑邑，侯殊不爾，夫哦松者而負丞也乎哉！』（《問月樓文集》）

按：蔣少尹，即蔣延康，懷寧（今安徽安慶）人。萬曆三十五年（一六〇七）任寧德縣丞。

是歲，院道批允世召父允元儒官給照。

按：院道批《允元公儒官給照》：『福寧州爲公務事。寧德縣崔春元世召伊父崔允元，原係在學年久，見其子孫在學，自行恬退，年踰八十。查得飽飫經書，娱情烟水，誠曠達不羈之士，有樂易好施之風，齒德俱尊，鄉評素重，相應給予冠帶，遵例儒官，以示優崇。申明院道批允訖，爲此給帖付照，即便冠帶榮身。預請大賓施行，須至帖者。萬曆三十七年十月日給。』（《寧德博陵崔氏宗譜》卷首）

萬曆三十八年庚戌（一六一〇）四十四歲

三月，會試落第，有詩自傷。過山東張秋，謝肇淛有詩送之。

作《古意二首》二首，其一略云：『三月咸陽烟，烏衣燕西播。豪華安在哉，午夢殊未課。躑躅遊子心，悠悠寫悲號。山水有餘情，絲竹藴清操。撫之不盈握，飄然出網邏。沉景詎足揮，潛情洵可寶。豈不畏拙嗤，聊以從吾好。守此右座銘，寄於南窗傲。逝者已如斯，曲高彌寡和。』（《問月樓詩集》）

謝肇淛有《送崔徵仲》：『桂棹沙棠枻，送子長河湄。東風吹緑蕪，楊柳何依依！四海既無家，再刖寧足悲？而我方陸沉，宦情良以微。麋鹿有遠志，魚鳥無還期。且登挂劍臺，感歎路徘徊。鳴鳥出幽谷，心知空自哀。俯仰待來兹，努力塵清徽。』（《小草齋集》卷七）

謝肇淛有《送崔徵仲下第》：『東風三月花如錯，下第還家亦不惡。柳外新鶯曉語嬌，壚頭

少婦春衫薄。黄金用盡壯心違，半生俠骨尚依依。霍林高處試回首，滿眼風塵多是非。』(《小草齋集》卷十)

按：謝肇淛是歲治河張秋。

八月，有啓送福寧知州胡爾慥。

作《送胡太尊中秋節啓》：『銀漢秋澄，碧島沐澄清之化；冰壺月滿，黄堂欣滿最之符……借素影而引虔，望玉扉而遥祝。問夜未艾，永齊八千歲之仙秋；如月斯恒，佇翼五百年之泰運。』(《問月樓啓集》)

九月，九日，有啓再送福寧知州胡爾慥。

作《送州尊重陽啓》：『助詩力於籬邊，聊效江州之剥啄；領陽秋於皮裏，共推渤海之循良。』(《問月樓啓集》)

是歲或稍晚，爲寧德陳雲鷺《燕遊日記》撰叙。

作《〈燕遊紀日〉叙》：『而興復不淺，境之所搗，心目之所造，輒手一編，相挑賡答，應接不暇，名士殆不可測如此。去歲北行，則所著《燕遊紀日》，予得受而讀之，而轉媿余昨遊之草草也……今于明結一廬碧山之濱，春潮繞門，鶴屏當户，誰非景？誰非趣者？文心酒德，視昔枯坐下帷時更活潑自賞，意固不令他人解，人亦不解也。每一觴予，耳熱擊節，驕誦前句，只尺之地，覺萬里爲遥。』(《問月樓文集》)

按：陳雲鷺，字于明，號雪齋，琯子，雲鶴弟，寧德人。由萬曆二十二年（一五九四）副榜司訓南平。陞楚安教諭，又陞邵武教授，俱不赴。結廬碧山之濱，詩酒自娛，卒年八十八。工詩、古文，爲父陳琯編《擊缶集》。有《燕遊日記》《劍遊草》《雪齋集》。

又按：去歲世召上春官得以遊燕，故曰『昨遊』。故推斷此文作於是歲或稍晚。

是歲或之後，爲寧德陳琯遺集《擊缶集》撰序。

作《〈擊缶集〉序》：『陳先生之以擊缶自命也。先生以博學名於世，爲吾邑文獻之望。居邑以東，逍遥川上。遂營菟裘老焉，稱爲「東川先生」云。先生少固貧，四壁蕭蕭，恬然好學，不顧也。嘗讀書山舍中，輒慷慨擊缶自豪……詩歌則宗盛唐，如所補訂《鼓吹》，似不求工，而神與意會者。集以「擊缶」名，蓋不忘烏烏舊時語也。年九十終，季子謀壽諸梓。』（〔乾隆〕《福寧府志》卷四十《藝文志》）

按：陳琯，字諧卿，號東川，雲鶴、雲鷺父，寧德人。隆慶二年（一五六八）歲貢，官太和（今屬安徽）訓導、會同（今屬海南）知縣。告歸，會同及鄰邑士民同勒石志思，海瑞爲撰文。年八十九終，祀會同名宦、寧德鄉賢祠。修《太和縣志》《會同縣志》《寧德縣志》，有《擊缶集》。

又按：季子，即陳雲鷺。

是歲，鍾惺成進士。

萬曆三十九年辛亥（一六一一）　四十五歲

是歲，吴爾施過世召門，狂歌散譃，連曙不休。

按：《〈柳塘詩草〉引》：『歲辛亥，仲聲挾杖作太姥、霍童之遊，扣余山下，握手若平時，呼盧泛白，各盡數斗，狂歌散譃，連曙不休。』（《問月樓文集》）

按：吴爾施，字仲聲，萬全子，閩縣人。其別業在福州越王山麓，名『柳塘』。萬曆三十年（一六〇二）舉人，歷永春廣文、瑞州郡丞。有《疎影齋詩》《柳塘彙稿》《函關遊草》。

是歲，五子崔樅生。

萬曆四十年壬子（一六一二）　四十六歲

春，訪謝肇淛小草齋，肇淛飲以蜀茶；與謝吉卿、周千秋等集積芳亭。

謝肇淛有《謝脩之明府、崔徵仲孝廉過小齋賞蜀茶，得佳字，時有微雨》：『三徑春深色自佳，高軒相對愜幽懷。誰將西蜀名花種，移向東山小草齋。香逐微風穿繡幄，艷含殘日妬金釵。祇愁一夜淋鈴雨，零落紅衣緑滿階。』（《小草齋集》卷二十三）

按：謝吉卿，字脩之，台卿兄，晉江人。萬曆八年（一五八〇）進士，清江知縣。有《效顰集》。

徐𤊹有《春日同謝脩之、崔徵仲、周喬卿、鄭孟麟集謝在杭積芳亭賞蜀茶花，得六魚》：『芳園群卉惠風初，蜀國名花映日舒。香氣凝當重碧酒，冶容開傍草玄廬。何如漢苑新妝後，不比隋宫剪綵餘。妬殺文君衣縞袂，枉將顔色惱相如。』（《鼇峰集》卷十八）
按：鄭邦祥，字孟麟（麐），初名紱，閩縣人。萬曆間副榜。曹學佺宦粤西，邦祥隨之往。卒時未滿四十。有《玉蟬庵散編》。
五月，端午，有啓賀陳邦瞻方伯。
作《賀陳方伯端午啓》（《問月樓啓集》）。
按：陳邦瞻（一五五七—一六二三），字德遠，高安（今屬江西）人。萬曆二十六年（一五九八）進士，授南京吏部郎中，歷官福建按察使，遷右布政使，天啓間遷兵部右侍郎。
秋、冬間，爲杭川鍾肖古處士作七十壽序。北上，二上春官。
作《鍾處士七十序》：『獨恨余此時風塵促人，復走長安道，不獲奉一巵從諸賀客後，云胡稱平生歡？顧憶曩者吴先生坐中語，誓必奮飛報知己，恐君之醉吾一巵不若醉吾片言也。惟是君家子期有千秋之法耳，在余願援琴而鼓之，曰：「峨峨壽只，若山不圮乎！」』（《問月樓文集》）
按：是歲復上春官，走長安道。
又按：『吴先生坐中語』，參見萬曆三十六年（一六〇八）。
是歲，爲支提寺辟支巖作募疏。
作《辟支巖募墾香燈疏》：『爾時樵雲禪師自清漳東來，携錫鉢入支提山，蓋聞今上御賜經藏，遂留山中，翻誦三年願滿，爰卜於辟支巖，結廬住焉……且夫師意在止觀，上人意在利濟，要以相助佛法結種種緣，其有功於辟支，一也。上人第挾短疏，以余言遍告諸檀那，必有捐慳痴以響應者。』（《問月樓文集》）

按：崔從《支提寺志》卷三《僧》『樵雲律師』條：『師諱真常，漳州周氏子……萬曆二十七年上支提，結茅王家地住静……萬曆壬子，回辟支擴充殿宇，頓成奇觀。』

是歲，爲從大母阮孺人作九十壽叙，稱崔氏以詩書起家。

作《從大母阮孺人九十叙》：『崔氏世以詩書起家，獨叔祖數奇業儒不就，習功曹家言，中歲爲散吏，檇李間稱廉辨，最稱職……己酉，余舉於鄉，歸里。母不杖不扶，躩躒過撫余背，曰：「兒登賢書，幸甚。亦有九十老姥之及見者乎！」蓋余少小爲母最憐愛云。』（《問月樓文集》）

按：阮孺人生於嘉靖二年癸未（一五二三），己酉『九十老姥』，舉其成數而言之。

是歲前後，有啓送沈儆炌方伯入賀。

作《送沈方伯入賀啓》：『十年閩海，南天垂鎖鑰之洪猷；萬里雲霄，丙夜戀京華之舊夢。爰陳金鑑，榮捧黄封。』（《問月樓啓集》）

按：沈儆炌，字叔永。萬曆十七年（一五八九）進士。任福建提學副使，遷建南道，又遷河南左布政使。萬曆四十七年（一六一九）以右副都御史巡撫雲南。

是歲，福州府馬思理、寧德吴國華成舉人。

萬曆四十一年癸丑(一六一三)　四十七歲

三月,就禮部試,再下第。

四月,歸途過山東張秋,訪謝肇淛。望日,與謝肇淛登張秋戊己山,飲於戊己山黑龍潭。

作《謝水部招集黑龍潭》(謝肇淛《北河紀餘》卷二)。

謝肇淛有《與崔徵仲孝廉飲黑龍潭》:『天吴驅雷雲冥冥,崑崙西下建高瓴。一泓灌盡沃焦土,枯槎猶帶龍涎腥。神物千年睡不起,銀盤堆出空青裏。十里芙蓉五里苔,花落花開藕根死。與君共醉卧漁磯,苔色荷香滿素衣。梁山日落孤城晚,探得驪珠照乘歸。』(《小草齋集》卷十)

是歲,爲吴爾施《柳塘詩草》作引。

作《〈柳塘詩草〉引》:『仲聲有别業,曰「柳塘」,麗越王山之麓,爲墅中一勝。老松萬個,能挾風雨作龍吟,水竹蕭森,芙渠掩暎,細臨曉檻,種種詩腸鼓吹也……癸丑同上春官,而同不售,是日强收魂魄,不作攢眉斂黛,亟呼毛穎子、楮先生與俱,勞苦相慰。僦居之南有柳數本,新柔欲語,取酒對之,爲立草十行,弁《柳塘》編之首。尋自笑,咄咄崔生雖復冷落寒瘦,亦有披拂意耶?而崔生之詩,乃似沾泥絮,不及仲聲遠甚。』(《問月樓文集》)

萬曆四十二年甲寅(一六一四)　四十八歲

是歲或次歲，爲壽寧知縣蔣誥撰壽序。

作《蔣壽寧誕日序》：『全州八桂之墟，山川奇秀，湘灕建瓴而抱清波如沘，粤以西才藪也。往余識灌陽蔣侯於淮口舟次，片語投分，各各放一雙青眼於風塵之表……鰲陽去余邑信宿程，土風之相埒，歲時事之遷，長吏之賢聲，朝於塗而夕於郵也。蓋侯之莅鰲陽，數閲月而稱大治云……而會秋仲某日，屬侯初度之辰，邑多士聞之，争獻牛酒，庭請爲侯壽。』（《問月樓文集》）

按：蔣壽寧，即蔣誥。馮夢龍《壽寧待志》卷下《官司·知縣》：『蔣誥，廣西桂林府金州灌陽縣人。繇舉人於萬曆四十一年任，四十三年十月丁艱。』

又按：鰲陽，壽寧縣别稱。

萬曆四十三年乙卯（一六一五） 四十九歲

秋，三上春官。

冬，北途遇雪。至京，有詩記客中之悶。讀鍾惺《隱秀軒詩》，爲之癡迷。

作《問月》《代月答》（《問月樓詩集》）。

作《北途遇雪，賦呈劉汝立、任惟虚二丈》（《問月樓詩集》）。

作《雪中樹，同劉汝立、任惟虚賦二首》（《問月樓詩集》）。

作《北途遇雪》：『舞絮乍疑春色滿，飛花偏逐客衣忙。』（《問月樓詩集》）

作《客中紀悶二首》，其一略云：『可可春前意，梅花欲發生。剛來一百日，怕算八千程。』其二略云：『天遥鴻到晚，歲晏酒呼重。』（《問月樓詩集》）

作《夜讀鍾伯敬隱秀軒詩却寄》：『新樣攻吾短，痴狂爲爾降。忽聞歌郢雪，所見媿吴江。把玩翻成癖，微吟或改腔。一燈忘索枕，殘月上疏牕。』（《問月樓詩集》）

按：鍾惺（一五七四—一六二五），字伯敬，號退谷，竟陵（今屬湖北）人。萬曆三十八年（一六一〇）進士。除行人，歷祠祭司郎中，出爲福建提學僉事，卒於家。少負才藻，有《隱秀軒集》。

是歲，爲古長溪孫南洪撰七十壽序。

作《孫南洪七十序》：『余少小籍邑諸生，即聞古長溪有篤行儒者孫先生云。長溪古治出州以南，奇峰迢亘，葛洪丹房在焉，而先生遂以南洪自號……客秋，余與計偕之京師，而先生業驅車柏鄉，領少尹事矣……七十春秋，安可量也！余不佞，願歌樂只壽考之章，因風而送曼聲矣。』（《問月樓文集》）

是歲，三子蕘之女宜端生。

按：詳崇禎二年（一六二九）《譜》。

是歲，寧德陳邦校成舉人。

萬曆四十四年丙辰（一六一六） 五十歲

春，在京城。朱文豹爲畫蘭。

按：《題蘭卷懷朱文豹有序》，其《序》云：『華亭朱文豹爲余寫蘭卷于燕邸，蓋丙辰春筆也。』（《問月樓詩二集》）

又按：朱尉，字文豹，華亭（今上海松江）人。萬曆二十九年（一六〇一）進士。善畫蘭。

又按：天啓三年（一六二三）世召重題其卷。詳該歲。

作《長安寄懷張叔弢二首》：『愛殺吟春三十首，春來倍見故人情。』（《問月樓詩集》）

按：張大光，字叔弢，長溪（今霞浦）人。萬曆十三年（一五八五）舉人。（乾隆）《福寧府志》卷二十一《霞浦宦哲》：『授廣東長樂縣，尋判饒州。以忤權璫，遷知普安州。逾年，乞休，父老饋贐，謝以詩，有「陶潛有酒開三徑，劉寵何功受一錢」之句。歸隱南山，將卒，作詩馳告親友。及期，衣冠兀坐而逝。』

二月，作遊張大光南山弊廬詩。

作《丙辰仲春，重遊張叔弢南山弊廬，賦得一先二十四韻》（《問月樓詩集》）。

按：此時世召在京，不得遊霞浦南山。疑憶昔日遊而作。

又按：世召此前作有《張叔弢南山弊廬》（《問月樓詩集》）。

三月，三下第；吴爾施同下第。吴氏有詩，感而賦，以爲困頓如初。

作《暮春，同諸詞客遊天壇，分得花字》（《問月樓詩集》）。

作《丙辰下第，用吴仲聲韵感賦》：『雙足勞勞廣陌塵，厭看世態逐時新。霜蹄未必能千里，天意何曾悮一人。』（《問月樓詩集》）

按：《從母黄孺人七十序》：『迄今三上公車，歸時困壁立如故，力不能展一籌之奇，廣半畝之産。』（《問月樓文集》）

三、四月間，送張賓竹入閩，送吴爾施之永春，送翁壽承之通河。

作《都門送張賓竹入閩三首》，其一略云：『亂柳藏鶯老，炎風逐馬疲。』（《問月樓詩集》）

作《送程民章》（《問月樓詩集》）。

作《用韵送吴仲聲之永春廣文》（《問月樓詩集》）。

徐𤊹有《寄吴仲聲掌教永春》：『乞得青氈早拜恩，河汾年少道彌尊。康莊暫屈驊騮步，講席常聞鸛雀喧。書著太玄新草閣，山尋空翠古桃源。永春古桃源縣。黌宫晝永春風暖，多士如雲盡在門。』（《鼇峰集》卷二十）

按：翁壽承，壽如弟，建安（今建甌）人。

作《送翁壽承之通河》（《問月樓詩集》）。

夏，寧德知縣郭用賓有海倭捷詩，用其韵賦之。得親友詩。出都門，有詩贈鍾惺，有天下文章屬鍾氏之意。歸，於河西務舟中觀施鵬古卣。

作《郭明府集溪雲閣，適海倭捷至，用韻賦》（《問月樓詩集》）。

按：郭明府，即郭用賓。用賓，字于王，南海（今廣東佛山）人[一]。舉人。萬曆四十三年（一六一五）任寧德縣知縣。治邑所作結集爲《適適吟詩》。

又按：董應舉《中丞黃公倭功始末》：『丙辰五月，明石道友船停泊東湧僅一隻耳，内地不知多寡，大家争奔入省城，城門晝閉，無一敢出。』（《崇相集·議二》）巡撫遣閩縣人董伯起往東湧偵之。後，倭船離去，省城解嚴。

又按：是歲倭船來而復去，言『捷』，似有誇大之嫌。

作《題家侄二室培萱所》（《問月樓詩集》）。

按：崔嵩，字二室，世榮子。

作《又和駱侍御韻二首》（《問月樓詩集》）。

作《送舒德先還新安》：『鷄壇皎日交情老，馬首炎風客路難。』（《問月樓詩集》）

按：舒慎，字德先，黟縣（今屬安徽黄山市）人。屢試不第。

作《出都門留别鍾伯敬》：『炎風簸沙罩平楚，僦居如藕舌如煮。何堪臨岐别故人，握手依依那得語。故人况建詩中麾，大巫恢張小巫沮。濟南公安去不靈，楚些唐音調誰許。千秋復生

[一] 郭用賓，南海人，（乾隆）《寧德縣志》卷三《秩官志》作『龍門』人，當以崔世召所記爲是。

鍾子期，天下文章屬機杼……當今詩道辛苦如夏畦，對君新聲清風發。吾舌尚存安能瘖，驪駒在門歌喉滑。八千里外戀故人，我心則否有如月。』（《問月樓詩集》）

作《河西務舟中觀施長孺農部古卣，賦贈》（《問月樓詩集》）。

按：河西務，在武清縣（今屬天津市）。

又按：施鵬，字長孺，一字祖鯤，福清人。萬曆三十八年（一六一〇）進士，以户部主事監河西鈔關。

八、九月間，於淮陰別張光禄。

作《淮陰別張光禄先歸永陽》：『秋風滯棹路三千，對局探鬮度小年。』（《問月樓詩集》）

按：永陽，福建永泰縣。

九月，過采石磯題李太白祠；爲駱侍御《太白樓詩》作序。過金陵，與何璧、郭天中等遊雨花臺；別林古度。與王繼皋還家，在杭州逢商梅，相過坐月。

作《采石磯題李太白祠二首》，其一略云：『荒臺暝合疏鐘寺，遠水秋連落葉村。』其二略云：『深秋兩岸草凄凄，日落青蓮古廟低。』（《問月樓詩集》）

作《〈太白樓詩〉序》：『姑溪春曉，碧合江流；采石雲屯，青歸野色。維舟吊古，千山銷望帝之魂；擊筑懷人，一壑卧謫仙之魄……侍御駱公建節上遊，採風下里。劃長江而東指雙旌，拂牛渚之霞；思美人於西方八韵，吊蛾眉之月。靈心出世寥寥，和白雪於誰人；仙品超凡隱隱，作青蓮之知己……付歲月於豪吟，笑破三萬六千之局；疑神仙之謫世，應存七十二化之身。文不在兹乎，何必歎清才於異代；後當有作者，亦將追逸响於斯時。』（《問月樓文集》）

作《客采石，同張彦先文學、仲和、白元升山人集山雨樓，分得華字，七言律》（《問月樓詩集》）。

按：吴彦先，兆弟，休寧（今屬安徽）人。

作《再集白元升山雨樓，得鹽字》（《問月樓詩集》）。

作《同安仲逸采石舟中賦》（《問月樓詩集》）。

作《九日，何玉長招同郭聖僕、畢撝之、王元直、畢康侯集雨花臺，同得山字》（《問月樓詩集》）。

按：何璧，字玉長，福清人。游金陵，張濤延爲上客。有《逋客集》。

又按：郭天中（一五六九——一六二二），字聖僕，天親之兄，先世莆田人，其祖避倭徙居金陵。布衣。精篆隸之學。

按：畢撝之，新安（今屬安徽）人，有《四唐諸家集》。

又按：王繼皋，字元直，福州人。太學生。

商梅有《逢崔徵仲與王元直還家，相過坐月》：『相逢俱我友，羡爾得偕行。留此菊花好，坐當秋月明。艱辛商去路，晤語示歸情。且止武林夜，前途有定程。』（《彙選那菴全集》卷十六《湖山草》下）

按：商梅（一五八九——？），原名家梅，字孟和，號那菴，福清籍，閩縣人。少爲詩饒有才調。

萬曆末年，遊金陵，結交錢謙益，又與鍾惺、譚元春交好，一變而爲幽閑蕭寂。善畫。有《彙選那菴全集》《那菴古詩解》。

作《用韵答林茂之并留别》：『憐余愁拓落，對子倍酸辛。』（《問月樓詩集》）

按：林古度（一五八〇—一六六六），字茂之，一字那子，林章子，福清人。居南京。古度詩學六朝晚唐，萬曆後期，結識鍾惺、譚元春，詩風稍有變化。入清之後窮困潦倒。卒後，王士禛爲其選刻《林茂之詩選》。

作《蛛網》（《問月樓詩集》）。

作《題黄山人山水清音卷》：『斯世多懷土，而君慣遠遊。』（《問月樓詩集》）

又按：黄山人，即黄光。

作《王景聖廣文招同郭環洲、沈中如、戴吉甫、陶汝觀集龍山草堂，得長字》：『柳亦傷秋暮，風應趁客狂。』（《問月樓詩集》）

作《同李五雲廣文南還，用馬季聲扇頭韵》（《問月樓詩集》）。

按：馬歘（一五六一—？），字季聲，户部尚書森次子，懷安（今福州）人。萬曆中鄉貢，任潮州判官。善書。有《漱六齋集》《廣陵遊草》《南粤概》《下雉纂》。

作《發白下，同王元直舟中賦》：『九月菊花候，一江蘆荻秋。』（《問月樓詩集》）

九、十月間，過檇李，謁師張鯤脩，不遇。至建陽集陶光庠等繡玉齋。

按：《屠繡虎制義序》：『吾師者，張鯤脩先生也。丙辰之役，余謁先生于檇李，不遇。艤舟城畔，樂其湖水漪漣，迴環如繡，低回久之，不能去。』（《問月樓文集》）

作《建溪贈王息父山人》《又和息父扇頭詩》《夜泊》（《問月樓詩集》）。

作《集陶嗣養、嗣哲繡玉齋，同王息父、劉心太、黄爾瞻、翁壽昇分賦，得雕字》：『寒霜高館對逍遥，滿座清狂酒態驕。』（《問月樓詩集》）

按：陶光庠，字嗣養，建陽人。

十一月，陶重父先生席中賦寒梅欲放詩。

作《冬至前一日，陶重父先生席中賦得山意沖寒欲放梅》（《問月樓詩集》）。

按：十一月十三日冬至，前一日爲十二日。

又按：陶宗器，字重父，號衍泉，光庠之父，建陽人。曾任寧德訓導。

十二月，歸家。十九日，賀寧德縣知縣郭用賓誕。有詩贈嚴汝擎。

作《壽郭于王明府誕日》：『去年臘月都門客，寒風如刀雪花白。今年還家臘正中，暖氣烘烘滿阡陌……歲星斗大炯日邊，十九佳辰弧正懸。』（《問月樓詩集》）

作《贈嚴汝擎》：『寒花滿眼勞清夢，芳草明春又緑波。』（《問月樓詩集》）

作《賦得出自北門》（《問月樓詩集》）。

作《齋頭梅花用袁石公韵三首》（《問月樓詩集》）。

按：袁宏道，字中郎，號石公，公安（今屬湖北）人。萬曆二十年（一五九二）進士。官國子博士。

是歲，爲建陽陶光庠《塵餘清玩卷》撰序。

作《〈塵餘清玩卷〉序》：『陶伯子嗣養雅有物外之癖，意若不可一世，捉鼻穢濁，杜門索居。居後結一樓，貯古今書若干種，牙籤秩秩，法帖名畫如之。樓下布置花石，綽有小致，時爇沉水香，四壁氤氳，昕夕不散。伯子或登樓看山，或倚檻攤書，栖託飄然。復取殘箋尺幅及扇頭詩畫，彙成卷，題曰「塵餘清玩」，時時披展，大叫稱佳。』（《問月樓文集》）

是歲，寧德吴國華成進士。

是歲，湯顯祖卒，陳勳卒。

萬曆四十五年丁巳（一六一七） 五十一歲

正、二月間，劉之罘將軍還東嘉。

作《送劉之罘將軍還東嘉》：『春山無色鳥聲悲，世路盤跚夢亦危。』（《問月樓詩集》）

按：劉思祖，字長孫，號之罘，東嘉（今浙江温州）人。福寧州參戎。

二月，有詩賀王九皋郡丞誕。

作《贈王九皋郡丞誕日，二月十六》（《問月樓詩集》）。

五月，十七日，至連江縣，爲陳母謝氏作壽，並撰壽序。

作《陳母七十序》：『余不慧之交知吾陳君，歡也，實締盟其尊人仰峰公云……孺人者，謝藎卿姊也。藎卿豪舉饒山水，結屋巖桂洞，風規甚遠，與余詩酒往來……丙辰之役，不慧三刖其足歸，母聞之慘不歡。丁巳，母且七十……五月十九日爲孺人懸帨之辰。先是余訂二君於是日也，再抵連水百拜稱觴，至是，力不能裹糧費輿夫，乃走一介，以不腆之詞遠當巵斝。噫！崔生甘爲大耳兒也與哉！念往者丹陽市中，仰峰公摩頂之恩，真不翅淮口一飰丈夫肝腸，何日忘之？』（《問月樓文集》）

按：『仰峰公摩頂之恩』，參歲萬曆五年（一五七七）。

九月，與龔武陵等遊瑞迹寺。

作《秋日，同龔武陵、趙宗卿、陳延祖、月浪上人遊瑞迹寺賦二首，用月浪韵》（《問月樓詩集》）。

秋，徐𤊹往福安，過訪問月樓。謁薛令之朝旭堂，有詩。

徐𤊹有《同陳伯禹集崔徵仲問月樓》：『危樓結構白雲間，客到欣然即啓關。海近先來當户月，窗開全露隔城山。圖書適意還同賞，筆硯酬名未得閒。向夕憑高堪理詠，一尊相對却忘還。』（《鼇峰集》卷二十）

按：徐𤊹《〈問月樓集〉序》：『憶余丁巳一過徵仲，在季秋望後。』（《問月樓詩二集》卷首）

作《朝旭堂謁薛明月先生二首》（《問月樓詩集》）。

按：薛令之（六八三—七五六），字君珍，號明月，長溪（今福安）廉村人。唐神龍二年（七〇六）進士。纍遷右補闕兼太子侍讀，受冷落，歸。有《明月先生集》，今佚。

徐㘵有《朝旭堂祀唐補闕薛先生令之恭謁一首》：『先生名德重開元，伴讀東宫道自尊。一旦闌干題苜蓿，千秋香火薦蘭蓀。鳳凰毛羽何嫌短，鴻鵠心情衹獨騫。奕奕新詞朝旭照，清風猶説古廉村。』（《鼇峰集》卷二十）

十月，寧德知縣郭用賓入覲，有詩送之。

作《送郭于王明府入覲》：『十月天氣枯，風雪滿林薄。置酒北郊坰，攀條感瀟索。』（《問月樓詩集》）

作《郭邑尹奬勵序》：『今邑令君郭侯獨擅此道，其治寧又多頌聲，則取《適適吟》讀之，美哉！贍而不礲，冲而雋，若卿雲爛而皌風颺。執此以往，其於平易親民，何疑？於是，侯令寧邑三年，政成，直指使者以報命，行下檄褒美詞甚都，而邑之佐貳某某輩紹介索予以言。』（《問月樓文集》）

按：郭邑尹，即郭用賓。

是歲，從母黄孺人年七十，爲撰壽序。

作《從母黄孺人七十序》：『歲丁巳，母年七十，而余方驅款段北歸，沙塵滿面，仲愛亟問余索言爲壽。顧轉憶受知叔氏之年，冉冉少壯，已不勝大愳。迄今三上公車，歸時困壁立如故，力

不能展一籌之奇，廣半畝之産，以視從母多才，幾虚此一副鬚眉。即余言，安足當母歡者？』（《問月樓文集》）

按：黄孺人，從弟仲愛之母。

又按：此文作於是歲北歸抵家之後。

是歲前後，爲謝藎卿《桂洞閒吟》撰序。

作《〈桂洞閒吟〉序》：『蓋巖桂洞之闢自謝藎卿始，而藎卿之詩自闢桂洞始也。往余扣藎卿於山居，猶憶其墜馬沙頭、聽鶯谷口，捧腹十年前之事……今春再過山中，桂影婆娑，凌風欲舞，栗留語，桃花亞枝，似迎舊識。加以流觴之勝，掩映蘭亭，此時恨無右軍諸賢把臂入林。然讀藎卿《桂洞閒吟》，則居然賞謝朓青山矣。』（《問月樓文集》）

是歲前後，爲寧德知縣郭用賓《適適吟詩》撰序。

作《〈適適吟詩〉序》：『則是集具在，當爲此道解嘲矣。于王之言曰：「吾非喜譚詩者，聊取適吾適而已。」以故平生目之所閲，臂之所交，車塵馬足之所到，以至鳥性山光、壚頭籬畔之所指，顧莫不落筆爲詩，無往不得其適者。頃於公餘暇日，屏騶從，單䩦雙屐，直躡霍童峰頂，振衣長嘯，葛公鷄犬隱隱如在雲中已。乃入支提古道場……出入於胡麻碧澗之間，翩翩乎仙令哉！』（《問月樓文集》）

是歲前後，寧德東洋里爲縣主簿王日爵建造士紀德碑，世召爲之記。

作《邑東洋里造士紀德碑記》：『寧德，海澨小腆耳。出邑北一枝，踰青田鄉，越崇嶺，綿亘延袤，爲東洋里，既去治所遠，世廟末，寧中倭，芄萑不逞，因而揭竿語難，亦復擾擾數載，豈衽兵喜嘯處其性哉……邇者邑三尹王侯往轄其地，揖里長老而進之：「爾胡逡逡木彊少文？胡衣裾落落而儒冠是溺？」則俱以故事對。遂謀于令君郭侯，搜摭舊便宜，慨然關白，願比于北之遼東，歲得籍弟子員一人，以爲倡先。』（《問月樓文集》）

按：王三尹，即王日爵。萬曆末年爲寧德主簿。

又按：郭侯，即郭用賓，萬曆四十三年（一六一五）至四十六年（一六一八）任寧德知縣。王日爵謀於郭氏，故推此文作於是歲前後。

萬曆四十六年戊午（一六一八）　五十二歲

春，種紫竹數竿。

作《新種紫竹數竿》（《問月樓詩集》）。

秋，爲謝翺《晞髮集》撰序，並作讀其集詩。

作《謝皋羽〈晞髮集〉序》：『余少小弄韵語，即喜誦謝皋羽詩，輒大叫稱佳。已而得繆丁陽公所刻，卒業之，然不無西河三豕之訝。已而郭時鏘再校鍥以行，則武林張維誠、三山徐興公所訂善本也。戊午秋，余刺棹入韓陽，訪張令公，客時鏘齋頭，相與探討今古。隨意抽庋上帙，日翻閲一過，每朗誦罷，呼童浮一大白賞之。庶幾簪花砌草、淡月微飈之餘，恍惚若見謝遺民僊僊歸來，因賦短章二律，以寄憑吊焉。嗟夫！先生生於吾長溪而屐迹滿四方，或於鐔津，或於建浦，或於婺水，於臨安。其從信國也，又或於漳泉、於粵洲五坡間，而結局埋玉，則在釣臺白雲之壑。即使死者有知，其遊魂淼宕，何處可招？而千載而下，徒想先生之哭聲，謂其欷歔知己，一腔熱血直爲文山傾灑，嘻，亦甚矣！』（《問月樓文集》）

按：謝翱（一二四九—一二九五），字皋羽，一字皋父，號晞髮子，福安人。咸淳間應進士舉，不第。文天祥開府延平，任諮議參軍。文天祥兵敗，脱身避地浙東，與方鳳、吴思齊、鄧牧等結『月泉吟社』。有《晞髮集》。

又按：『短章二律』，詳下。

徐𤇍有《〈晞髮集〉序》：『虎林張維誠先生來令福安，正皋羽所生之地，下車首徵文獻。郭君時鏘乃取予所訂《晞髮集》以進，維誠先生復加考核，梓而傳之……皋羽牢騷不平之念，賦楚歌而哀號，擊如意而伏酹，譚勝國事輒悲鳴煩促，涕泗交睫。嗚呼，哭丞相者其哭宋社乎，擊如意者其擊强胡乎！視漢之咸、晉之潛，卓行高節，誠無軒輊。張令君之惓惓於斯集也，毋亦忠義之所激耶？若夫思肖之遺言，可與皋羽淩駕。予求之四方二十年而不能得，或有發名山之藏，出帳中之秘，予將稽首而受之，庶知吾閩宋有兩義士，皆以詩稱者也。萬曆戊午孟春，晉安後學徐𤇍興公撰。』（馬泰來《新輯紅雨樓題記》，一三六頁）

作《讀謝皋羽集二首》(《問月樓詩集》)。

徐㘫有《讀謝皋羽〈晞髮集〉》:『臨安鐘簴移,宋社悲已屋。遺民憫天運,抱影栖空谷。皋父産韓陽,扶輿秉清淑。勤王起義師,誓死追秦鹿。文山幕府開,屈身隸臣僕。一片忠義心,恒推置人腹。誰知厓門山,風撼龍舟覆。丞相被拘纍,弗啖胡人禄。頸血濺燕山,厄運丁百六。感知還避仇,孤身竄杭睦。渺渺桐江流,登臺深慟哭。哀聲徹雲霄,淚盡首匍匐。酹酒歌楚歌,擊碎如意竹。山水游未厭,彼蒼奪何速。許□原有村,埋骨釣臺麓。樂哉卜斯丘,素願亦已足。寒蛩咽古隧,商飈振林木。旅葬依客星,斷碑識樵牧。麥飯無子孫,守令薦醽醁。著述多遺亡,晞髮尚可讀。奇文鑿天真,警句響球琭。至今修詞者,往往霑剩馥。首陽有蕨薇,恒饑耻周粟。田横既已亡,義士甘瞑目。寄奴草連天,徵君採黄菊。翛然繼高風,能清我邦族。感嘆切維桑,千秋仰芳躅。』(《鼇峰集》卷五)

春、夏間,方整裝,擬四上春官,因父允元卒(壽八十四),不果行。

按:徐㘫有《祭寧德崔太母文》:『戊午方整北轅,而太翁仙逝。』(《紅雨樓集　鼇峰文集》册十,《上海圖書館未刊古籍稿本》第四五册,第四一頁)

八、九月間,至福安訪知縣張蔚然。吴仕訓招集陶氏園亭。遊龜湖書院、潛𥫗洞。

作《吴光卿廣文招同張維誠明府讌集陳氏園亭,分得樓字》(《問月樓詩集》)。

按:吴仕訓,字光卿,號六負,潮陽(今廣東潮州)人。萬曆二十五年(一五九七)舉人。長溪(今福安)廣文，福州同知，善詞藻。有《長溪草》《龍城草》《三山小草》。

又按：張蔚然，字維誠(又作成)，號青林，仁和(今杭州)人。萬曆二十五年(一五九七)舉人。歷平湖廣文、長溪(福安)知縣、湖廣漢陽府通判。刻謝翱《晞髮集》，崔世召、徐𤊹爲之序。有《長溪彙草》《岳遊譜》。

作《韓陽十咏》(《問月樓詩二集》)。

按：十詠細目：《釣鰲磯》《月桂峰》《龍舟》《玉屏風》《青蓮座》《墨池》《浮印》《枕流石》《懸蘿壁》《潛蜚洞》。

又按：韓陽，福安縣別稱。曹學佺著《大明一統名勝志·福建》卷三《福寧州·福安縣》：『宋寶慶元年，長溪令范夔以縣西北鄉去治遼遠難於制馭，議析爲縣，擇韓陽坂爲治所，不果……(淳熙五年)乃析長溪縣西北永樂鄉六里、靈霍鄉三里置縣，治韓陽坂，賜名「福安」，蓋取敷錫五福以安一縣之義。』

作《張明府龜湖書院，用前樓字山中發之，皆花紋石，奇甚》(《問月樓詩集》)。

按：龜湖，在今福安市。《閩都記》卷三十三『郡東北福寧勝迹』：『(龜)湖在山巔。相傳湖水視海潮盈縮，龜如巨石，浮海而來，僧以飼虎，遂化爲石。』

作《張維誠明府招遊潛蜚洞二十四韵》：『公暇乘秋爽，幽探播客歡。雙鳧開逕路，半憩卸韉鞍。』(《問月樓詩集》)

九月，八日，别福安知縣張蔚然。又送吴仕訓。有詩送福寧州守殷之輅入覲。有遼東之儆，對酒不樂。

作《重陽前一日，留别張明府》：『衰草連天催去路，丹楓夾岸照歸裘。明朝况是登高會，風雨懷人獨上樓。』（《問月樓詩集》）

作《送殷太滁州守入覲并寄懷唐君淳、湯季主、郭環洲諸盟兄》（《問月樓詩集》）。

按：殷之輅，字太滁，號穉堅，宣城（今屬安徽）人。萬曆四十一年（一六一三）進士。福寧州知州。

作《戊午九月，有氣孛於東南，時方有遼東之儆，對酒不樂，賦志杞憂》（《問月樓詩集》）。

作《送吴光卿北上春試》（《問月樓詩集》）。

徐𤊹有《賦得玉河橋，送吴孝廉北上》：『玉河橋影挂晴虹，一派溶溶御苑東。燕掠畫闌楊柳月，馬嘶馳道杏花風。西山翠色流波底，北闕祥光落鏡中。誰是漢家題柱客，相如詞賦古今雄。』（《鼇峰集》卷二十）

曹學佺有《送吴光卿廣文北上》：『無諸詘漢士，唐宋纔辟舉。前有薛令之，後有謝皋羽。薛君著耿介，苜蓿堆盈盤。謝子負慷慨，長嘯嚴陵灘。厥生問誰地，長溪峻以寒。兩崖如壁立，千仞落飛湍。夫子粤中彦，來兹寄一官。横經既以遍，尚友亦何難。談詩追古趣，好客減朝餐。長溪留不住，挾策上長安。』（《聽泉閣近稿》）

按：曹學佺（一五七四——一六四六），字能始，號石倉，侯官（今福州）人。萬曆二十三年（一五九五），歷四川右參政、按察使、廣西右參議。唐王時爲禮部右侍郎兼侍講學士，進尚書，加太子太保。清兵入福州，自縊死。有《石倉全集》《石倉十二代詩選》《大明一統名勝志》等。

作《送林子攀年兄北上》（《問月樓詩集》）。

按：林桂，字子攀，寧德人。萬曆三十七年（一六〇九）舉人，與世召同榜。初授温州推官，轉刑部四川主事。

作《送陳子教北上》（《問月樓詩集》）。

按：陳邦校，改名昌胤，字子教，號槐林，寧德人。崇禎元年（一六二八）進士，授上海知縣，轉彰德府推官，陞刑部主事、禮部員外郎。告歸。有《吟秋集》等。

作《送李念慈北上》《寄都下安公》《送潘尉入覲》《鄭廷載武試》（《問月樓詩集》）。

是歲，福寧州州守殷之輅爲世召父允元撰《行略》，世召爲賦《敬亭山長歌》。

作《殷刺史穉堅以先大人行略見示，爲賦敬亭山長歌》：『秦川擁傳東諸侯，一派清白源從瀫陽水。部民家住秦川傍，親領浩蕩無垠之波光。美人贈我枕中寶，讀君先略當羹墻。』（《問月樓詩集》）

按：殷氏宣城人，宣城有敬亭山。

是歲前後，徐㘅索詩，爲作《三友墓》詩。

作《三友墓》，其《序》云：『三山徐振聲、吴叔厚、林世和，成化間隱君子也，三人盟死友。徐、林先殁，叔厚鳩金買山城東桑溪，乃閩越王流觴故址，共營宅兆，同穴而葬，時呼「三友墓」云。徐公之曾孫興公索詩於余，爰筆率爾賦此。』（《問月樓詩集》）

按：《荆山徐氏譜·三友墓詩集詞文》（鈔本）所録《三友墓詩》有寧德崔世召之名及此詩。

是歲或稍前，爲彭道南撰壽序。

作《彭文泉先生九十序》：『余則聞先生往事於連川吴司馬也，當司馬公建牙兩廣時，先生爲封川令……先生慨然曰：「吾家有負郭田數畝，可以供饘粥；青山一區，可以卜菟裘；四男兒粗足了公事。天將與我，何可多取？吾其休矣。」遂投劾，致其事歸司馬，不能奪也。以先生勇退意，留不盡以詒來兹，斯有足多者。居久之，而先生之季子汝龢君出判景州，尋攝篆事者再，余從三輔民喜得季子治狀，庶幾不隤珠崖封川之聲。是時，封川公已八十，彊飯無恙，而季子迎睇白雲，趣乞歸……計先生從封川歸林下，冉冉春光三十年許。』（《問月樓文集》）

按：彭道南，字文泉，寧德人。萬曆二年（一五七四）歲貢，授廣東封川知縣。乞歸，家居三十年。卒年九十二。

又按：世召初至京在萬曆三十七年（一六〇九），時彭道南年八十；是歲，年九十。

是歲前後，福寧州知州殷之輅生子，有啓賀之。

作《殷太尊生子啓》(《問月樓啓集》)。

是歲或次歲，爲福寧州知州殷之輅撰貤封序。

作《殷郡守奏最貤封序》：『其明年，以三歲秩滿，奏上最，先後御史薦剡交至，主者以例請，得以其貤典，贈其父進階中憲大夫暨厥母如秩，錫誥有差，於都哉……一介之州，越在東海，往歲波臣稍警，卒以鎖鑰，海島晏然，大夫是賴。惟州有乘，載筆聿修，以裨來者，大夫是衷。學宮不利，易地鼎新，墨食其兆，大夫是宅。以至錢穀聽斷，凌雜米鹽，能吏之所勉。』(《問月樓文集》)

萬曆四十七年己未（一六一九）　五十三歲

春，題萬花谷。

作《題黃碧潭翁萬花谷》：『野橋花塢水平畦，紅藿當門路轉迷。』(《問月樓詩集》)

二月，二十一日，清明，與張大光等集飲靈谿寺，分韻賦詩。

作《己未清明日，同張叔弢、陳伯禹、延祖、倚玉、趙宗卿集飲靈谿寺，分得虞韻》(《問月樓詩集》)。

按：陳希平，字伯禹，一作伯雨，寧德人。

又按：陳希珍，字倚玉，寧德人。有《桐庵集》。

又按：〔乾隆〕《寧德縣志》卷二《建置志》：『靈谿寺，在一都城西一里餘。宋大觀二年建。明嘉靖二十二年奉例官賣……萬曆十四年重修。』

三月，三日，倡溪雲大會，與張大光、崔世棠、王崑仲、陳大經、陳克勤等十七人於『溪雲閣』仿蘭亭故事於溪雲閣修禊。溪雲閣，爲世召從弟世棠所建。吟社先以張大光爲長，大光離去，則王崑仲爲長。徐𤊹在江西，有詩寄世召。

作《溪雲閣修禊序》：『吾黨之講社盟也，蓋不佞實慫恿之。居恒語諸君，無諸以東，仙靈窟宅在焉，則以我洞天爲第一，副本可藏，當無落第二義。負此名山，而可於是起而倡和者，得十數人，余仲氏溪雲閣成，時時喚酒結伴，徙倚嘯咏其中，相顧歡甚。去年，余讀《禮》，僵仄家居，無心復理韵語，諸君强捉余臂，破涕拈弄，夫慫恿不佞者，亦吾黨也。今春明，秦川張叔弢先生策杖遊支提，便過吾里。先生騷雅典刑，於此興復不淺。而會當上巳修禊之辰，乃屬余檄諸同社聚醵，申前盟焉。叔弢摻牛耳，據首座……叔弢既别去秦川，玉生久滯吾邑，迭爲溪雲長，其稱詩皆不落第二義。兹編成，他日當爲余譜而圖之，以識吾黨一時壇坫之雅，庶幾無負名山者以此。』（《問月樓文集》）

陳大經有《溪雲社修禊記》：『萬曆己未三月三日，修禊溪雲閣。蓋是修禊起於西晉……吾邑崔孝廉徵仲同有此癖，讀《禮》中，步履艱出，欲仿芳躅爲善步，語余曰：「白鶴可以山陰，溪雲可以蘭亭。」遂走蒼頭，飛刺竿牘多通。適夜郎守秦川張叔弢屏蓋蠲輿，慕霍童之靈而至，悉爲大會。越五日，三山王玉生始至。先是發書郵之明日，一遭颶潦，無諸隔敝地，險峻阻絶，兼之溪流暴漲，故驂止不前，後先共得一十七人。溪雲閣者，文學崔徵仲愛讀書處也。雖無崇山峻嶺他固，然自溪雲一倡，塵襟俗氛易以騷雅，一時都人士彬彬乎有古意矣。是皆崔孝廉渡之慈航也。』（〔乾隆〕《寧德縣志》卷九《藝文志》）

按：王崑仲（一五五一——一六三〇之後），字玉生，閩縣人。萬曆中禮部儒士。好遊覽，善圖畫。與徐熥、徐𤊹、曹學佺等酬倡。

作《三月三日，集溪雲社，分得對字》二首，其二：『駘蕩晨光浮，出郭少塵礙。飛閣一何敞，清溪抱蒼藹。隔檻數橋横，開牖群峰對。西堂發我夢，池草生蓊薆。况值艶嘉天，禊事步前代。有客來信信，遠棹懷訪戴。風期洽投歡，贈我以蘭佩。因之酬宿盟，結社集時輩。鮮雲幕綺筵，香霧散花隊。觥籌款交馳，巾舄媚生態。豈無竹與絲，玄賞蕩濁穢。永言德不孤，所欽舌尚在。四座足千秋，片語入三昧。燒燈夜何其，闔題詩賡載。短腔慚續貂，頽焉忽自廢。但得長逍遥，成虧任大塊。抱琴以爲期，芳樽莫辭再。』（《問月樓詩集》）；又〔乾隆〕《寧德縣志》卷九《藝文志》作《溪雲社修禊》）

崔世棠有《溪雲社修禊》：『東風吹雨入楊柳，小榭平橋剛半畝。有客言尋修禊盟，無人不屬烟霞友。狂來展卷恣揮毫，興劇呼盧頻問酒。喚起當年曲水賢，今朝得比蘭亭否？』（〔乾隆〕《寧德縣志》卷九《藝文志》）

陳克勤有《溪雲社修禊》：『名園雅集客如雲，結社探春快論文。繞樹鶯花供笑語，隔簾水石解歡欣。輕衫各帶烟霞氣，斗酒兼盟鷗鷺群。從此山川增勝事，詩成好報霍童君。』（〔乾隆〕《寧德縣志》卷九《藝文志》）

徐㶿有《寄崔徵仲孝廉讀禮山中》：『麻衣如雪掃新墳，且向家山卧白雲。二仲屐聲三徑入，兩童峰色半樓分。蘭生謝砌香堪挹，楓落吴江句每聞。好待慈恩題姓字，榜開龍虎首崔群。』（《鼇峰集》卷二十一）

按：去歲，世召父卒。

作《題王玉生山水二首》，其一：『閲盡青山七十秋，亂烟斜瀑筆頭收。』（《問月樓詩二集》）

按：王崑仲是時入溪雲社，年六十九。七十，舉其成數。

作《喜鄒明府初莅邑》：『汝水三春過彩鷁，郎星五夜照飛鳧。』（《問月樓詩集》）

按：鄒用章，江西宜黄人。舉人。萬曆四十六年（一六一八）任寧德知縣，是歲春莅邑。〔乾隆〕《寧德縣志》卷三《秩官志》：『邑北有溪，路通上游，山水迅發，爲行人患，用章捐金造橋……民爲碑以頌其德。』

六月，熊明遇遊支提寺，有歌，世召和之。二十九日立秋，三十日爲善財降辰，社集古佛庵，禮佛。作《己未六月，熊良孺觀察遊支提寺，風雨大作，留詩一章，亦復響遏林木，用韵恭和》（《問月樓詩集》）。

按：熊明遇（一五八〇—一六五〇），字良孺，鍾陵（今屬江西進賢）人[一]。萬曆二十九年（一六〇一）進士。除長興知縣，屢遷福建兵備僉事，官至兵部尚書。福京陷後，隱居卒。有《劍草》《绿雪樓轂草》。

熊明遇《支提歌》：『君不見支提山，白雲纍鎚海之間，霍林兩童高人寰。九十九峰朝赤帝，金垂渡日桃花班。桃花迷路山崀岃，陰霾古樹崖洞黑。黄茅绿荔翳荒壇，鶴觀苔封丹鼎反。鼎反丹成瀉玉泉，鷄犬無聲兜律天。金燈精舍南華院，黄面老僧燒竹烟。烟竹依微寺裏見，鴻鐘猛撞天王殿。藏經包袱閃龍文，菩薩實相琉璃面。琉璃實相鎮香臺，行雨龍王捲地來。洗净閻浮風火劫，霎時珠净洞天開。洞天六六此第一，方廣華嚴千載述。陀羅仿佛化成林，貝葉函中看佛日。佛日無盡山無窮，莽莽石流瑶草紅。劉阮當年幾曾到，謝李相期總未逢。只今贏有高高之太姥，乃與此山作對甌，西東都在熊生屐履中。』（《文直行書·詩》卷五）

作《立秋後一日，集古佛庵分賦，限七言律，得歌字二首》，其《序》：『己未立秋後一日爲善財降辰，迎入庵中。是日社集，各頂禮畢，遂分賦焉。』（《問月樓詩集》）

夏、秋間，寧德旱，知縣鄒用章祈雨有驗，世召有詩記其事。

作《鄒明府禱雨有應詩》：『歲在陽九火西流，夸父騎鰌吸泉脉。南山短鬼三尺驕，帝遣赤蛇

［一］錢海岳《南明史》卷四十三作進賢人。

焚草澤。尫巫仰天鼻息枯，小兒狂走呼蜥蜴。使君天縱神龍姿，道迎生佛歡嘖嘖。公來何暮徯其蘇，行部周循阡與陌。』（《問月樓詩二集》）

七、八月間，有詩寄興化知府張南翀。

作《寄莆郡守張海老座師》（《問月樓詩集》）。

按：張南翀，字鯤修，號海東，又號海月，秀水（今屬浙江）人。萬曆二十九年（一六〇一）進士。時爲興化府（治莆田）知府。

八月，中秋夜曹學佺招集陳鳴鶴、陳宏己、王毓德、張蔚然、崔世召、徐𤊹、高景、陳鴻、張粵肱等十數人泛舟福州石倉園山池，憩聽泉閣，因宿曹學佺夜光堂。世召因此結識蔚然子粵肱；粵肱時作十絶。爲張粵肱撰制義序。

作《陳永烈文學北郭亭》《中秋永烈亭中待月》（《問月樓詩集》）。

作《寄曹能始》（《問月樓詩集》）。

作《寄商孟和》：『十載秦淮水，鷄盟事亦豪。』（《問月樓詩集》）

按：據此詩，世召當於萬曆三十八年（一六一〇）下第過金陵時與商梅遊。

作《中秋，曹能始招集石倉池泛舟，因憩聽泉閣，分得從字，七言律》（《問月樓詩集》）。

曹學佺有《中秋夜，招集諸子泛舟山池，因宿夜光堂，分得五言排律體，四豪韵》題下自注：『客爲陳汝翔、陳振狂、王粹夫、張維成、崔徵仲、徐興公、高景倩、陳叔度、趙子含、李明六、吴

明遠、張粵肱、爾瘖上人。』(《夜光堂近稿》)

按：陳鳴鶴，字汝翔，懷安縣（今福州）人。去舉子業，與徐熥兄弟、謝肇淛攻聲律。有《泡庵詩選》《晉安逸志》《閩中考》《東越文苑傳》。

又按：陳宏己（一五五七—一六四二），字振狂，閩縣人。家福州南臺之倉山下洲。與陳椿、葉向高、徐熥、徐𤊹、曹學佺多有贈答。有《百尺樓集》。

又按：王毓德，字粹夫，王褒裔孫，應山子，侯官人[一]。萬曆間布衣。有《浪遊稿》。

又按：高景（一五七六—一六三七），字景倩，侯官人。萬曆諸生。絶意仕進，其詩神閑趣雋，卒年六十二。有《木山齋詩》。陳衎爲之序。

又按：陳鴻（一五七七—一六四八），字叔度，一字軒伯，籥孫，侯官人。萬曆布衣。學佺招其入社。有『一山在水次，終日有泉聲』之句，學佺大加賞歎。集名《秋室編》[二]，取自李賀『秋室之中無俗韵』之句，學佺爲之序。

[一] 王褒爲永、洪之世『閩中十才子』之一。侯官王褒一族，明代詩人輩出，較出名的有：王褒、王肇、王佐、王亶、王希旦、王杲、王應鍾、王應時、王應山、王毓德等。

[二] 陳鴻《秋室編》，清順治間羅庭章在福州捐資爲之刻，該集封面書名作《秋室集》；卷首羅氏序作《秋室編》，卷首陳肇曾序作《〈秋室編〉序》，卷首曹學佺序作《〈秋室編〉序》（《石倉三稿·文部》卷二《序類》中）；正文各卷卷端作《秋室編》。本譜各條引此書通作《秋室編》。

又按：趙子英，字子含，福州人。徐𤊹稱其爲同社友。

又按：李時成，字明六，閩縣人[一]。天啓間貢生。與周之夔友善。晚年無子。有《白湖集》。

又按：張堯翼，字粤肱，蔚然仲子，杭州人。

又按：《張粤肱制義序》：『己未之秋，張仲子粤肱從其尊人韓陽令維誠先生考最入三山，會余亦返棹困闈，於是有洪江之盟。能始曹觀察爲主社，是時明月可中，相與連袂，載酒蕩槳石倉池，拍弄波光，因聽泉松崗，鬮題賦詩。座中明府詩先來，粤肱聯得十絶，驪珠在手，一時南橋北梓之氣亹亹來逼人。』（《問月樓文集》）

徐𤊹有《中秋夜，曹能始石倉池泛月，因登聽泉閣，分得藍字》：『池上秋光半，扁舟蕩夕嵐。月爲雲點綴，天與水渾涵。曲榭摇金碧，孤峰倒蔚藍。松濤鳴謖謖，桂子落毵毵。戲葉漁還北，依枝鳥欲南。扣舷方理詠，登閣復深談。匹練泉千疊，琉璃火一龕。茶香浮石鼎，花氣傍經函。僧到初開社，朋來正盍簪。觴行寧用算，韵險不嫌探。清課情何適，閒緣事總堪。争誇賢倍七，不羨影成三。上漢槎疑泛，臨流筆屢含。殷勤看達曙，寧厭盡餘酣。』（《鼇峰集》卷十二）

[一] 李時成有宅在福州城東東禪寺。韓錫《榕庵集》中有《李明六東禪小築初成，招予樂之》《過李明六東禪故居》等詩。

陳鴻有《中秋，石倉池泛月，遂憩聽泉閣》：『波紋吹緑西風起，兩岸初銷暮烟紫。蘭舟同泛月明中，四望蒹葭浸空水。上下天光共一碧，遠近川源環數里。有影都隨綺席前，無人不在冰壺裏。雅集筵當令節開，清輝坐惜良宵駛。虚閣徘徊夕露凉，滿欄秋思何能已。金粟微聞桂墜香，粉房還見蓮成子。半林催客響孤鐘，回首明河又西指。』（《秋室編》卷三）

李時成有《中秋，曹能始觀察讌集石倉池，同張維誠明府、崔徵仲孝廉、陳汝翔、陳振狂、王粹夫、徐興公、陳軒伯、趙子含、吴明遠山人、張粤肱、高景倩秀才、圓宗上人，得落字，限五言古》：『秋色了無端，幽期在岩壑。短棹開澂明，天水澹相薄。浮陰隔東西，孤魄忽中躍。不淺南樓歡，笑語還相錯。因之陟彼岡，泉聲雲外落。溯幽已不違，馮高廼有託。衆籟歸餘寂，碧宇何廖廓。杯静觀空機，何處乍歸鶴。』（《白湖集》卷四）

作《張粤肱制義序》：『明日，粤肱復袖其制義至余客舍……而文中金波玉濤，春天滿碧，則更長於溪也，且無遐論。若夜來浮山水月之澹，漾紅泉潺湲之響，粤肱之詩之文，殆將迫肖之異哉！其先得吾閩山川之同然者耶！』（《問月樓文集》）

按：『明日』，即中秋石倉雅集之明日。

作《飲高景倩席上，賦得浮雲如車蓋，同曹能始、張維誠、陳汝翔、王粹夫、徐興公、陳叔度，分韵得八齊》：『秋氣肅林薄，碧空浄玻瓈。』（《問月樓詩集》）

作《再集高景倩松雲齋，席上譚遼左事，分得八齊》（《問月樓詩集》）。

徐𤊹有《聞遼事四首》，其一：『遼陽日夜羽書飛，出塞孤軍屢潰圍。鐵嶺一時猖虜勢，金吾萬里赴戎機。王師日衆資粮乏，宛馬秋高苜蓿肥。憂患誰知生肘腋，連天烽火照京畿。』其二：『奴酋警急蠟書頻，大將捐軀没虜塵。祇報外夷雄甲盾，不聞内帑發金銀。開元叛卒歌時雨，遼水殘兵哭夜燐。世事艱危堪涕泪，白頭難作太平民。』其三：『長驅胡騎犯天朝，東北連年虜氣驕。女直最能窺間諜，男兒誰解掃氛妖。徒聞赤羽愁多壘，未見朱干格有苗。薄海瘡痍今正困，豈堪增賦重征徭。』其四：『建夷互市頓渝盟，坐困孤危十二城。四海無從徵宿將，九邊誰肯借精兵。空勞星使臨秦堠，直恐天驕拔漢旌。自是禦戎無上策，書生何計請長纓。』（《鼇峰集》卷二十一）

曹學佺有《社集高景倩齋頭，談及遼事志感》：『歸田六七載，未曾閲邸報。從容談宴間，忽及遼陽道。邊庭如敗葉，隨風疾而掃。開原被圍急，鐵嶺傳賊到。羽書馳刺閨，一日三四告。主威既不測，臣年將及耄。安知紈袴士，陰不爲向導。所以堅城下，其斃應弦倒。狡仇遂啓疆，僭立僞年號。窺我山海關，恐漸入堂奥。人謀實不臧，胡然誘天造。召兵自遠方，風氣異寒燥。餽糧有饑色，没陣寡音耗。居人盡流離，枕籍紛相蹈。彼無所依歸，祇折入寇盗。何不招撫之，曰以仁易暴。壯者隸尺籍，老弱守田稻。訓以坐作法，因而添減竈。借箸若可籌，巵酒聊慰勞。』（《夜光堂近稿》）

秋、冬間，邑人吴國華出使趙藩還家，有詩記之。

作《吴朝彬大行出使趙藩還家》：『四牡寒沖飛雪去，雙魚天杳素書烹。』（《問月樓詩集》）

按：吴國華，字朝彬（賓），寧德人。萬曆四十四年（一六一六）進士，授行人。〔乾隆〕《寧德縣志》卷七《人物志》：『嘗奉使趙、魯。』天啓初，陞兵科給事，忤璫，削官歸里。

是歲，爲陳伯恒題《一樂圖》。

作《題陳伯恒一樂圖》：『余也年來失所天，披圖對爾重凄然。白日西奔無返理，拭泪題緘一樂篇。』（《問月樓詩集》）

是歲前後，爲邑人陳延祖《印品》撰序。

作《〈印品〉序》：『余嘗服其慧性天賦諸能，事一過眼，了了精辨，其於古法書、名畫，無所不窺，亦將無所不肖。伯子固非以印章孤行，而何曾以墨蹟掩也？且曰：「吾時時獲閲古今名家鉅人姓字、里氏，若通刺往來，一生知交。隱隱傾盡清品，名流，吾甚樂焉。」王右軍不云乎：「後之視今，猶今之視昔。」千秋百歲之下，必有品伯子者矣。』（《問月樓文集》）

按：《問月樓詩集》曾兩次記載世召與陳延祖遊寧德瑞迹寺。

萬曆四十八年、泰昌元年庚申（一六二〇）　五十四歲

秋，初識建陽江仲譽。

按：參見次歲。

九月，八日，徐𤊹往福安修《福安縣志》，過崔徵仲問月樓；十四日，爲世召作《〈問月樓集〉序》。

送吴仕訓往柳城。

作《喜徐興公至小樓》：『一逕緑苔封，高朋過短筇。榻惟懸孺子，樓豈傲元龍。似約月同到，疑添山數峰。燒鐙翻近草，不管暮烟鐘。』（《問月樓詩集》）

徐𤊹有《望夜，過崔徵仲問月樓，次韵》：『度嶺入鄰封，尋君策短筇。城低環似雉，樹古矯於龍。肅客開三徑，推窗納衆峰。把杯同問月，露坐及晨鐘。』（《鼇峰集》卷二十一）

徐𤊹《〈問月樓集〉序》：『蓋徵仲已三行其詩若文矣。當其爲諸生時，名大譟，與予結瑶華社於三山，詩筒往還無虚歲。既而舉孝廉，蓋工古文辭，又有《半囈集》行于世，海内争傳誦之……徵仲構一樓，洞開八闥，坐卧其中，每抽毫賦詠，輒把酒問月，大類李謫仙豪舉。凡騷人墨客過寧陽，無不邀登斯樓而賡和焉。昔人品第宇内三十六洞天，而霍童之山居首，仙靈窟宅，自古記之，雲霞吞吐，寔鍾偉人……兩度過從，與月巧值。徵仲句云：「似與月同到，疑添山數峰。」真境逸情溢於毫素，且《問月》新集殺青甫竣，遂出相訂。予即就月影中披誦之，不待濯魄冰壺，而心神具爽矣。因弁簡端。萬曆庚申杪秋望前一夕，社友徐𤊹興公撰。』（《問月樓詩二集》卷首）

按：世召有《半囈集》《問月樓集》《問月樓二集》，此文云『已三行其詩若文』，則此文爲《問月樓詩二集》之序。

作《吴光卿之任柳城，過余問月樓言别，用韵贈送》：『黄花開近小春陽，送子驅車過故鄉。』（《問月樓詩二集》）

按：小陽春，十月；近小陽春，當在九月底。

曹學佺有《吴光卿之柳城，瀕行，出其〈長溪小草〉索序，予已爲塞白，仍作七言古風送之》：『昔日潯江八龍見，江南别置龍城縣。至今晃漾有玄珠，射入澄潭光一片。聞道龍城即柳城，柳州刺史舊知名。種樹江邊今幾换，肖形祠下尚如生。桂林象郡名何古，馬援南征擊銅鼓。丹洞尋真遇逸人，烏蠻感化歌吾父。君携行卷光陸離，媿我殊非黄絹詞。獨懷千秋一掬泪，臨風灑向羅池碑。』（《夜光堂近稿》）

秋、冬間，熊明遇移鎮建南道，有詩送之。

作《蔡達卿爲其祖崇德令遺事求詩卷，用原韵賦》（《問月樓詩二集》）。

按：蔡可陞，字達卿，浩曾孫，本端子，福州人。萬曆四十年（一六一二）舉人。盧氏知縣。

蔡本端，字幼貞，嘉靖三十二年（一五五三）進士，授崇德（今屬浙江）知縣。

作《東皋芝隱卷，爲陶重父老師題》《送熊觀察移鎮建南》（《問月樓詩二集》）。

又按：徐氏與世召結瑶華社在萬曆三十年（一六〇二）。

是歲，福寧州知州方孔炤到任，爲作迎啓。

作《迎方州尊啓》：『天子乃睠南顧，秦川重保障之符；真人報道東行，皖水耀襜帷之彩。士類欣瞻乎山斗，海濱望激乎雲霓……某大塊散材，小邾末品。十年學屠龍之伎，無所用諸；誰人熟相馬之經，祇自恧耳。向事大夫之賢者，若貴鄉阮刺史，曾叨結社於瑶華；故聞伯夷之風乎，以下邑魯諸生，亟思親炙乎清範。』（《問月樓啓集》）

按：方孔炤，字仁植，桐城（今屬安徽）人。萬曆四十四年（一六一六）進士。萬曆四十八年（一六二〇）任福寧州知州。〔乾隆〕《福寧府志》卷十七《秩官志》：『始至，建學宫，開玉帶池，竪中天坊、敬一亭，復龍光塔，甫二年以員外郎遷去。士民建祠立石曰「思樂亭」。』

又按：『貴鄉阮刺史』，即阮自華，萬曆三十一年（一六〇三）世召曾在福州與之結瑶華社。

是歲前後，爲檇李屠繡虎制義撰序。

作《屠繡虎制義序》：『檇李鄉薦士得三屠，其一繡虎氏，年最少，則屠少伯先生伯子也。少伯負詞壇宿譽，名播海内，與吾師及今譚督學皆聯婭，結筆硯交。余常誦其歷試草，輒斂顔折服。今歲來佐吾寧庭，接款握手若平生。無何，出伯子《六息齋稿》見示。讀之，體氣鮮令，藻思泓渟，恍如朝旭揚瀫，春澌浮飈，駕方舟而遊於鴦湖之滸也。』（《問月樓文集》）

按：檇李，浙江嘉興。

又按：屠少伯，即屠明弼。據〔乾隆〕《寧德縣志》卷三《秩官志》，明弼萬曆末年任縣丞。

天啓元年辛酉（一六二一） 五十五歲

正月，四日，同寧德縣訓導紀嘉諫集知魚檻。作《辛酉天啓改元，正月四日，貴竹紀廣文同諸社友集知魚檻，時紅梅盛開，分賦，分得一東韵》（《問月樓詩二集》）。

按：紀嘉諫，貴州烏撒衛人。貢生。時爲寧德縣訓導。

春，母龔氏卒，徐𤊹有文祭之。

徐𤊹有《祭寧德崔太母文》：『嗟嗟，太母竟違吾徵仲之養耶！夫徵仲弱冠補諸生，文名大振。時太母偕太翁齒方壯盛，咸謂徵仲之才必早取高第，駸歷仕路，以爲父母榮，詎徵仲淹抑場屋二十載，迨己酉始薦賢書，則二尊人春秋高矣。徵仲三試禮闈，又復弗偶。戊午方整北轅，而太翁仙逝。猶冀母尚强健，聿觀徵仲，策名天府，享有三釜，服榮名以不替也。何期太母竟違吾徵仲之養耶！母之德孚于壼，以内外寔媲太翁而助之。子如徵仲負名世才，竟不及膺煌煌翟茀之寵，而天之所以裨母者，誠不可得而推矣！雖然，壽逾八旬，已目擊徵仲舉孝廉者十數載。文名鼎盛，海内賢其子必推其母，矧孫枝森森玉立，皆待時以鳴，五花追贈，他日稠叠而至，豈必身沐褒封而後爲顯榮哉！嗚呼！蘭死香存，星沉名在，徵仲行將圖石室，鎸母儀刑，子名不朽，母亦不朽，區區鼎養，又安足爲母惜也！某輩誼叨同社，與徵仲聯兄弟之雅，敬奠而告焉。母亦可以少慰於地下矣。尚享！』（《紅雨樓集　鼇峰文集》册十，《上海圖書館未刊古籍稿本》第四五册，第四一一—四一二頁）

五月間，葉向高等集曹學佺浮山堂，向高有《雨中眺咏》詩，世召和之。作《浮山堂和福唐葉相公〈雨中眺咏〉四韵》，其二：『石君如戀別，因倩雨爲留……徵書連日急，烽火幾時休。』其三：『好雨清車脚，名園暫解愁。』其四：『雲卧何曾穩，星馳亦暫留。』(《問月樓詩二集》)

按：葉向高(一五五九—一六二七)，字進卿，號臺山；又小字厠，福清人。萬曆十一年(一五八三)進士。選庶吉士，散館授編修。歷官南吏部右侍郎，召爲禮部尚書，入值東閣，以少傅予告。再招爲少師，兼太子太師，吏部尚書，中極殿大學士。卒年六十九。有《蒼霞草》《蘧編》等。

又按：此組詩作於曹學佺浮山堂。

曹學佺有《奉和葉相公石倉阻雨觀漲，同諸相知分日携觴角飲之作》二首，其一：『小築雖堪喜，招携益破愁。不妨乘雨屐，稍緩濟時舟。林密皆沾灑，尊開任拍浮。倘非名下士，安得與斯遊。』其二：『坐眺三江漲，行當十日留。南溟不辨氣，北極掛危樓。野老遊何適，蒼生望不休。徵書已再下，五月好乘舟。』(《淼軒詩稿》)

葉向高有《浮山堂雨中眺咏》(原無題，題筆者所擬)二首，其一：『名園洵可樂，滛潦亦堪愁。所見無非水，吾居即是舟。池荷經雨亂，江樹帶烟浮。猶喜二三子，能爲載酒遊。』其二：『偶爾乘潮至，翻爲苦雨留。客來皆泛艇，江漲且登樓。河朔飲偏劇，山陰興欲休。經旬不

得去，渡口久停舟。』（曹學佺《淼軒詩稿》附）

五、六月間，往莆田，過福州，訪徐㷭緑玉齋。

作《過徐二緑玉齋》（《問月樓詩二集》）。

作《陳彦質文學以扇頭詩見貽，次和，時余將子赴試，故及之》：『月明秋正滿，披拂影離離。』（《問月樓詩二集》）

按：陳人文，字彦質，莆田人。萬曆中諸生。

六月，客莆田，喜逢陳鴻、鄭邦祥；陳、鄭同遊九鯉湖，所作詩輯爲《九漈同聲》。有詩紀夢遊九鯉，言此行之前已兩遊之。有詩送林懋進省試。

作《客莆陽，喜逢陳叔度、鄭孟麟》：『十載遊踪夢杳然，重來長揖九何仙……炎天僧舍凉如水，且把行藏付醉眠。』（《問月樓詩二集》）

按：曹學佺《大明一統名勝志·福建》卷四《興化府·仙遊縣》：『陳鴻、鄭紱入莆遊九鯉，有《九漈同聲》詩，林大司成叙之。』

作《陳叔度、鄭孟麟二社丈旅中小集》：『與君同作客，竟日恣盤桓。』（《問月樓詩二集》）

作《夢遊九鯉》，其《序》云：『鯉湖，余至兩度矣，兹頗倦遊，而每每夢及，詩以紀之。』（《問月樓詩二集》）

作《夏，過葉翼堂年丈静者居》（《問月樓詩二集》）。

按：葉天陛，字懋縉，號翼堂，莆田人。萬曆三十四年（一六〇六）舉人，四十四年（一六一六）進士。廣信知府。

作《送林懋進省試》（《問月樓詩二集》）。

七月，初二，立秋，在莆田，集葉懋縉明府齋頭。初六，寧德縣知縣鄒用章誕辰，有詩寄之。七夕，同趙珣集蕭奇烋齋頭。陳鴻、鄭邦祥遊九鯉後回福州，有詩送之。集林堯俞南溪草堂。題《支提圖》壽熊明遇。

作《題葉懋縉明府拜石壇》（《問月樓詩二集》）。

作《立秋日，同蕭太真集懋縉齋頭》（《問月樓詩二集》）。

按：蕭奇烋，號太真，莆田人。萬曆十四年（一五八六）進士。湘潭知府。

作《初秋，哉生明，過蕭太真寶琴齋賦》（《問月樓詩二集》）。

作《寄壽鄒明府，七月六日誕辰》（《問月樓詩二集》）。

作《七夕，同趙十五集蕭太真齋頭，步月城上分賦，得妝字》（《問月樓詩二集》）。

按：趙珣，本名璧[一]，字枝斯，莆田人。其詩清幽激楚。入清後客死福州，周亮工將其與陳鴻合葬，書碑曰『明詩人陳叔度趙十五合墓』。

[一] 本名璧：據周亮工《閩小紀》卷二『陳叔度』條。錢海岳《南明史》卷九十九《文苑傳》六作『字之璧』。

作《趙十五過訪鳳山寺，時將有遠遊，詩以贈之》(《問月樓詩二集》)。

按：〔乾隆〕《興化府莆田縣志》卷一《輿地志》『鳳山』條：『在城中左廂，由梅峰分脉而來。』

作《錦亭道中》(《問月樓詩二集》)。

按：據〔乾隆〕《興化府莆田縣志》卷三《驛鋪》，錦亭在莆田縣西南路。

作《重過梅峰寺，訪悟玄上人》(《問月樓詩二集》)。

按：〔乾隆〕《興化府莆田縣志》卷一《輿地志》『梅峰』條：『在城西，由太平山來，入城與烏石山相對。』

作《潘公理別駕以扇頭七夕詩見貽，因步韵和别》(《問月樓詩二集》)。

按：潘志省，字公理，興化府通判。

作《再集拜石壇，與葉懋緍、蕭太真話别，是夜期人不至》(《問月樓詩二集》)。

作《鄭廷占病足，以詩見貽，用韵答之》(《問月樓詩二集》)。

按：鄭廷占，寧德人。家貧，賣藥自給；間發爲詩，狂嘯自放；喜譚兵，曾上策叩轅門。年七十，世召爲作《鶴山高士傳》；年八十，世召爲其《谷口集》撰序。

作《叔度、孟麟先歸三山，各以詩爲别，用韵送之》(《問月樓詩二集》)。

作《林咨伯大司成年伯招集南溪，賦得四韵》(《問月樓詩二集》)。

按：大司成，即林堯俞。堯俞，字咨伯，莆田人。萬曆十七年（一五八九）進士，改庶吉士，官至禮部尚書，加太子太保。賦歸，築南溪草堂。有《溪堂集》。

又按：〔乾隆〕《興化府莆田縣志》卷一《輿地志》『南溪』條：『去鳳皇山三里爲南溪亭，中有浣花塢、雪澗、小天門諸勝。林尚書堯俞建。』

作《留别林大司成年伯》：『水到南溪雲作幻，樽開北海月爲鄰。』（《問月樓詩二集》）

作《留别陳季琳祠部》（《問月樓詩二集》）。

按：陳玄藻，字爾鑑，又字季琳，莆田人。萬曆三十八年（一六一〇）進士，禮部祠祭主事。有《頤唫集》，能畫。

七、八月間，客莆田。同黄光集戴吉甫草堂，因憶及二十年前結瑶華社。

作《王嶠海司李見示〈太姥山記〉，賦贈》（《問月樓詩二集》）。

作《聞張老師罷官，惻焉有賦》：『去年縞服過師門，馮鋏三彈不忍言。』（《問月樓詩二集》）

作《自嘲》：『羞將星運問神咸，十載依然着布衫。』（《問月樓詩二集》）

作《解嘲》：『且向風前按阮咸，秋光如練照征衫。』（《問月樓詩二集》）

按：萬曆三十八年（一六一〇）首上春官落第，至今超過十年。『十載』，舉其成數。

作《過戴吉甫宅賦贈》（《問月樓詩二集》）。

作《同黄若木集吉甫齋頭贈》，自注：『若木與余結社瑶華二十年往。』（《問月樓詩二集》）

按：萬曆三十一年（一六〇三）世召與莆田黄光結社瑶華，至今二十年。

作《壽莆田令君徐君義誕日二首》，其一：『輪山舊種河陽錦，蘭水新還合浦珠。』（《問月樓詩二集》）

按：徐雲林，即徐應秋。應秋，字君義，號雲林，浙江衢州人。萬曆四十四年（一六一六）進士，任同安知縣。四十七年（一六一九）移劇縣莆田。

又按：『輪山』，在同安；『蘭水』，木蘭溪，在莆田。

蔡獻臣有《送徐雲林邑侯移劇莆田》：『美名嘉政映青春，大邑移符寵命新。三秀已馴桑下雉，九華今見甑中塵。君家自有循良譜，界上其如攀卧人。爲道重沾河潤日，漢廷傾耳下徵綸。』（《清白堂稿》卷十二下）

作《送陳俊侯、王君燦歸吴興》（《問月樓詩二集》）。

作《題支提圖，爲熊良孺觀察七月誕辰壽》（《問月樓詩二集》）。

八月，九日，觀傀儡戲。

作《八月九日，觀傀儡，憶棘闈初試時天啓元年也》（《問月樓詩二集》）。

秋，福寧知州方孔炤招飲東菴。

作《方潛夫刺史招飲東菴，賦詩扇頭見贈，用韵奉和二首》，其二：『傍郭空林萬樹愁，使君文彩媚清秋。』（《問月樓詩二集》）

九、十月間，送謝肇淛往粤西。

作《送謝在杭總憲之粤西二首》（《問月樓詩二集》）。

按：是歲謝肇淛參藩雲南，擢广西按察使。

謝肇淛有《之粤西留别同社》：『子舍栖遲二月餘，那堪萬里復脂車。離亭酒盡人將去，嶺嶠衙開歲已除。竹近蒼梧皆有泪，雁過衡岳更無書。故人贈我驪珠在，把卷時應慰索居。』（《小草齋續集》卷三）

作《陳泰始侍御招飲未赴，時謝在杭將之西粤，吴去塵至自新安》（《問月樓詩二集》）。

按：陳一元（一五七三—一六三五），字泰始，又字四游，侯官人。萬曆二十二年（一五九四）舉人，二十九年（一六〇一）進士。先後知四會、南海、嘉定三縣，官至應天府丞。在烏石山建烏石山房，有《漱石山房集》。

謝肇淛有《陳泰始侍御招同社雨集，兼喜吴去塵自新安至，時余將之粤西，得花字》：『華鐙高照篆烟斜，六博彈棋夜更譁。南浦餘霜留别墅，西窗微雨度輕紗。藥池遊憶神山舊，桂海程愁驛路賒。歲晏離人倍蕭索，歌聲莫入小梅花。』（《小草齋續集》卷三）

十一月，與吴栻、陳仲溱、鄭憲、徐𤊹、高景等集陳鴻秋室；吴栻還新安。世召往長汀，與曹學佺話别；舟阻風古田囦關，訪商梅不遇。舟泊劍津；過建陽，訪江中譽不遇。過順昌、歸化，臨近汀州，聞長汀知縣郭時鳴政聲。

作《同吴去塵、陳惟秦、鄭吉甫、徐興公、高景倩集陳叔度秋室賦》(《問月樓詩二集》)。

按：吴栻，字去塵，新安(今屬安徽)人。布衣。好讀書鼓琴，喜游名山水。受業雲間陳繼儒。從曹學佺遊，好攬勝搜奇。

又按：陳仲溱(一五五六—?)，字惟秦，懷安(今福州)人，萬曆間布衣。爲詩不喜蹈襲人語。有《陳惟秦詩》《響山集》。

又按：鄭憲，字吉甫，長樂人。萬曆十九年(一五九一)舉人。臨江教授、鎮遠知縣。有《六一稿》。

作《將發臨汀，過淼軒與曹能始話别》：『到此日云夕，相過未掩關。雲深揚子宅，烟亂米家山。去棹丁流急，殘燈丙夜還。困江明發夢，應伴白鷗閒。』作《又用前韵》：『野逕雲常懶，柴門晝不關。亭開三面水，澗隔兩條山。飽墨從人乞，輕舠送客還。能無生妒你，林下忒清閒。』(《問月樓詩二集》；又曹學佺《淼軒詩稿》附崔世召原倡)

曹學佺有《崔徵仲有長汀之行，薄暮過訪即别》：『長汀訪舊去，短棹歲將殘。不出閩關内，亦多風雪寒。僧居巖壑老，鶴寄水雲餐。睠此林園勝，徒勞秉燭看。』(《淼軒詩稿》)

作《困關阻舟待閘，訪商孟和不遇》(《問月樓詩二集》)。

作《舟次劍浦，不寐》(《問月樓詩二集》)。

作《過建陽，訪江仲譽不遇》：『去秋雖把臂，翻恨識荆遲。』(《問月樓詩二集》)

按：江左玄，字仲謩，建陽人。有《筆花樓集》《波餘草》《火後稿》。

作《旅中朱願良見過，小飲促别二首》，其一略云：『十年星漢邈，雙鬢雪霜經。』（《問月樓詩二集》）

作《石門舟中暮雨有懷》（《問月樓詩二集》）。

作《順昌送孫伯清年兄令鄱陽》（《問月樓詩二集》）。

按：孫鍾元，字伯清，晉江人。萬曆三十七年（一六〇九）舉人，與世召同榜，鄱陽知縣。

作《長至，過歸化訪王子樂年兄，時已北上，悵然有賦》（《問月樓詩二集》）。

按：十一月初九，長至日。

作《重遊霹靂岩》（《問月樓詩二集》）。

作《道中聞郭子謙政聲喜賦》（《問月樓詩二集》）。

按：郭時鳴，字子謙，宣城人。時爲長汀知縣。

作《臨汀阺中，待郭子謙明府》（《問月樓詩二集》）。

十二月，初一，李惺初贈詩，和之。遊將樂玉華洞。往清流，與廖淳泛舟九龍，遊永安桃源洞。立春後二日阻風水口。歸途遊羅源聖水寺。

作《臈月朔日，和李惺初贈韵》（《問月樓詩二集》）。

作《遊將樂玉華洞》（《問月樓詩二集》）。

作《同廖淳之泛九龍，和韵》（《問月樓詩二集》）。

按：廖淳，字淳之，清流人。諸生，博學能文，尤工詞賦。性慷慨，交遊半天下。有《瑯環集》《尚論齋集》。

作《題清流縣玉華洞》（《問月樓詩二集》）。

按：流縣玉華洞，又稱小玉華。〔嘉靖〕《清流縣志》卷三《公署》：『玉華驛，在縣東永得里。以前有玉華洞，故名。』

作《宿白蓮驛懷社中諸友》（《問月樓詩二集》）。

作《贈郝孟孺應歲薦》，自注：『孟孺著有《治安書》。』（《問月樓詩二集》）

作《重遊桃源洞，和廖淳之韵》《同淳之再遊桃源洞》（《問月樓詩二集》）。

按：桃源洞，在今永安市。

作《舟中夜雪和廖淳之韵》（《問月樓詩二集》）。

作《水口阻風，後二日春》（《問月樓詩二集》）。

按：古田縣水口驛。

又按：十二月二十三日立春，後二日，即二十五日。

作《臈月立春，社集木山齋，以江春入舊年分韵，得舊字，限六韵，五言古體》（《問月樓詩二集》）。

按：臈月，即十二月。水口至會城，順流而下尚需一兩天水路。社集在立春之後四五天。

是歲，商梅願捨百金爲寧德支提建六度堂之説法臺，詘于貲，作畫百幅以代之。

作《超宗和尚建六度社説法臺》（《問月樓詩二集》）。

曹學佺有《超宗上人建六度堂于支提之説法臺，欲招同志入社，頃予與去塵、孟和、仙客、一甫，共上人正滿其數，忻然有合，因作五言古風送之還山，予得社字》（《淼軒詩稿》）。

按：曹學佺《支提山説法臺超宗上人募建六度堂引》：『予友商孟和，宿根有慧性者，而檀施一門，未之啓闢。茲獨喜超宗上人建六度堂于支提之説法臺……孟和願捨百金，而詘于貲，乃作畫百幅以代之。勝緣韵事，兩者兼焉。』（《石倉文稿》卷之《涉軒》）

又按：超宗上人，又稱超公。來自金陵，入主寧德支提寺。

商梅有《浮山堂同諸友分韵送超公重興説法臺》：『昨夜宿泉聲，晨起理幽詠。摠不如山僧，穆穆肅言行。茲歸若有營，與世何所競。荒臺久榛穢，興建思究竟。發念人我間，百靈起恭敬。欲使法長聞，豈徒宅賢聖。相送視江水，萬物清且浄。山雲澹然生，松柏青青映。喜得同江舟，江月各自鏡。』（《那菴詩選》卷二十五《采隱篇》）

天啓二年壬戌（一六二二）　五十六歲

二月，遊羅源。

作《遊羅川聖水寺》（《問月樓詩二集》）。

按：羅川，即羅源縣。

作《仲春，遊金粟寺，十六韵》：『客興閒來懶，春郊散寂寥。避人尋竹院，算日近花朝。』（《問月樓詩二集》）

按：金粟寺，在羅源縣。

四月，商梅往浙江天台，過問月樓，信宿而別。世召當有詩和之，詩今佚。

作《喜商孟和至余小樓，將訪史羽明別駕，兼與超宗上人有支提之行，詩以送之》（《問月樓詩二集》）。

商梅有《至崔徵仲家》：『衡門臨小巷，知子善幽居。入徑寒松老，横窗野竹疏。山光來枕席，海物當園蔬。若使身能隱，栖遲事有餘。』（《彙選那菴全集》卷二十六《得度詩》）

商梅有《晚坐問月樓遂題其上》：『登樓山色好，薄暮更相宜。半榻月光入，隔牆花影知。客情添澹遠，時事感盈虧。且待重來醉，因君再問之。』（《彙選那菴全集》卷二十六《得度詩》）

商梅有《暫别崔徵仲往秦川，兼有太姥之遊》：『復有客中事，訪君隨所之。雖然信宿别，猶訂再來期。好友令人樂，名山隨我思。秦川行不遠，言念亦遲遲。』（《彙選那菴全集》卷二十六《得度詩》）

五月，商梅北上途中，有詩寄世召，兼約遊支提。

商梅有《寄徽仲，兼約同遊支提》：『乍見豈能別，寄言惟獨愁。松聲知滿徑，月色尚高樓。地已成君福，山須伴我遊。計程纔百里，魂夢已相求。』（《彙選那菴全集》卷二十六《得度詩》）

八月，十日，與王宇、鄭邦泰、林寵集福州野意亭。十四日，於福州洪士英烏石山房觀塔賦。中秋，陳一元烏石山漱石山房落成，社集遇雨。

作《中秋前五日，王永啓、鄭汝交、林異卿招同臧幼愷、徐興公集野意亭，時幼愷次日有九鯉之行》：『去歲傳杯地，茲焉復勝遊。如何頻結社，未有不逢秋。漸與松風狎，還爲桂魄留。鯉湖山色好，同向月明收。』（《問月樓詩二集》）

按：王宇（一五七四—一六二四），字永啓，夢麟子，閩縣人。萬曆三十八年（一六一〇）進士。官南京刑部主事，歷官山東提學參議、户部郎。有《亦園文略》《亦園詩略》《烏衣集》。

又按：鄭邦泰，字汝交，又字與交，號康玄，福清人。萬曆四十六年（一六一八）舉人，官廣西鬱林知州。有《木筆堂集》《蓼園集》。

又按：林寵（一五七一或稍早—一六五四），字異卿，一字墨農，閩縣人。天啓諸生，與陳鴻、徐延壽等結社。工楷書。清順治間卒。有《聊樂齋小草》。

又按：臧洽，字幼愷，長興（今屬浙江）人。萬曆中太學生，曾從曹學佺遊宦粤西。有《遊閩稿》。

作《十四日，洪汝含烏石山房觀塔，賦得九佳》：『尊邀素魄秋將滿，境隔紅塵雨亦佳。』（《問月樓詩二集》）

按：洪士英（一五六〇—？），字汝（女）含，新都（今屬四川）人。久居福州。有《寄情篇》。

作《中秋，陳泰始漱石山房落成社集，分得十三覃》（《問月樓詩二集》）。

按：漱石山房，在福州烏石山（道山）南。〔康熙〕《福州府志》卷二十一：『陳京兆一元習静處。多巖石，有杏樹，大可十圍，亦名「杏臺」。』

曹學佺有《中秋，集陳泰始漱石山房，遇雨，分得寒字》：『五株松樹立雲端，登陟何愁避雨難。倚石臨軒聊共語，銜杯望月强成歡。鐘聲已報諸天暝，燈影空懸古塔寒。詞客誰同枚乘賦，廣陵江上待潮看。』（《林亭詩稿》）

曹學佺有《代宛秋，分得魚字》：『山房秋日落成初，柱下堪藏柱史書。雨後姮娥空有約，食前賓客豈無魚。上方步畏輕羅濕，遠瀑看疑匹練舒。何事黄金誇取酒，已多詞賦是相如。』（《林亭詩稿》）

商梅有《中秋社日，陳泰始招集漱石山房，遇雨，得一東韵》：『山館新成秋正中，何期社日偶相同。琴尊對客雲初合，烟水平林月未通。隱隱歌聲行片樹，層層燈影出深叢。休論勝

事俱陳迹，勝集依然有古風。』（《彙選那菴全集》卷二十七）

作《陳長源招同商孟和、陳叔全集飲據梧齋待月，時長源病新愈》（《問月樓詩二集》）。

按：陳圳（？—一六四一），字長源，閩縣人。崇禎間布衣。梁章鉅《東南嶠外詩話》卷十『陳圳』條：『閩縣陳長源，崇禎中布衣。有《得賁園集》。工於集句，有《宫閨組韵》……徐興公爲之序。』

作《三山喜遇施顒昆太史》（《問月樓詩二集》）。

按：許兆昂，字顒昆，福唐（今福清）人。萬曆四十四年（一六一六）進士，選庶吉士。

作《讀鄭汝交〈木筆堂集〉》（《問月樓詩二集》）。

九月，至崇安縣尋求博陵寧德崔氏先祖遺迹，無果。突發遊興，往江西訪鄱陽知縣、同年孫仲元，遭冷落，兩日後賣車而歸。讀鄭邦泰《木筆堂集》，有詩。

作《至崇安求先族，杳無知者，愀焉志感》：『遥遥家傍武夷宫，有宋鹽官住霍童。先乘三朝傳故梓，聞孫千里拜遺弓。雲迷荒壟無人識，路隔仙源祇夢通。今古興衰何足恨，吾儕誰許亢門風。』（《問月樓詩二集》）

作《徵伯兄來年六旬，兹九月初二，其誕辰也，客中憶及，詩以寄懷》（《問月樓詩二集》）。

按：九月，初二日，兄世聘五十九誕辰。據此詩，世聘長世召三歲，生於嘉靖四十三年（一五六四）。

又按：此詩作於七、八月客途中。

作《憩裴川》（《問月樓詩二集》）。

按：斐川，在今武夷山市。

作《望武夷山三首》（《問月樓詩集》）。

作《武夷宫謁徐仙阻雨，不果登山》：『灌木秋深雲寂寂，丹臺草滿雨濛濛。』（《問月樓詩二集》）

作《饒江九日，丁伯康招飲寶姬家，席中賦贈》（《問月樓詩二集》）。

作《賣車行有序》，其《序》云：『壬戌秋仲後訪鄱陽令，令余同房年友，又至歡好也。至未兩日，輒鬻小輿而歸，因傷人情變態，作《賣車行》，以資奇笑。』詩略云：『無諸八月秋光滿，杖屐追歡氣蕭散。登山無日不騷壇，待月有時呼酒伴。騷壇酒伴盡豪華，刻燭深更鼓再撾。但使旅懷長酩酊，不論秋氣冷蒹葭。蒹葭一夜秋霜白，飄零忽念遠遊客。携將橐子薄于雲，買得車兒大如屐……桃李同門信百年，鮑管分金准盈橐。誰識分金事已非，春風吹折桃李枝。齊門冷落吹竽客，杜老悲歌按劍詩。』（《問月樓詩二集》）

按：鄱陽令，即孫鍾元，詳前《順昌送孫伯清年兄令鄱陽》條。

作《芝山送余元遇典客謁選》（《問月樓詩二集》）。

按：芝山，在福州城内。

作《裴翰卿客三山，病中以詩見貽，和答》：『秋高共訂杯中月，老至羞看鬢上霜。記得九龍分

手處，勞勞空憶隔年忙。』（《問月樓詩二集》）

按：裴汝申，字翰卿，應章子，清流人。詩含娟秀，文吐清真，有《薛月軒文集》十卷行于世。

按：去歲冬世召至清流與裴氏汝申遊。

作《用韵答吴兆聖，與余會于莆陽，廿年别也》：『客懷寥亂仲秋前，落葉蕭蕭到鬢邊。』（《問月樓詩二集》）

作《張范之北回賦贈》：『神物由來産渥洼，清漳有客富才華……滿眼烽烟勞草莽，悲秋凉露下蒹葭。』（《問月樓詩二集》）

按：張廷範，字范之，漳浦人。萬曆四十六年（一六一八）舉人。有《近草》。

十月，四日，補作陳一元壽詩。

作《陳泰始五月初三日誕辰，值有内召之報，社中各爲詩以壽，余以遠道未赴，兹小集四游草堂，命續貂焉，時十有四日也》（《問月樓詩二集》）。

十一月，冬至後一日，爲福安知縣馬良作壽章。

作《冬至後一日，爲馬福安明府誕辰壽章》（《問月樓詩二集》）。

按：馬良，太倉（今屬江蘇）人。萬曆三十四年（一六〇六）舉人，天啓二年（一六二二）任福安知縣。

十二月，十五日，曹學佺誕日，有詩送其往西粵任。

作《寄曹能始誕日，兼送之西粵》：『長揖石君去，勉旃邁行役。』（《問月樓詩二集》）

按：曹學佺生於萬曆二年（一五七四）閏十二月十五日[一]。

作《寄壽王翼敬比部誕日》（《問月樓詩二集》）。

作《壽王旭泰刺史誕日》（《問月樓詩二集》）。

按：王運昌，字旭泰，一字乾符，江陰（今屬江蘇）人。萬曆四十七年（一六一九）進士，歷任福寧州知州、河南歸德知府等。參訂《六朝詩韵》。

是歲或稍後，爲鄭廷占《谷口集》撰叙。

作《〈谷口集〉序》：『余與廷占交三十年，熟察其意，無不可爲人知而無其爲人知之心，若厭世而逃於詩者。人偶睹其貌古老宿也，巾裾落落，不逐時樣，對人言，若不出口而微露少年風流語。家貧賣藥自給，與子真荷鑱擁篋之致，夫豈相遠……廷占七十時，余既爲著《鶴山高士傳》，不具論，今年八十，余不能買牛酒從世俗後爲壽，而爲之叙其《谷口集》若此。』（《問月樓文集》）

是歲，溪雲社社友張大光卒，有詩六章哭之。

[一] 萬曆二年（一五七四）閏十二月十五日，公曆已入一五七五年。

作《哭張叔彂六首，俱用十五删韵》，其一：『秦川遺一老，未説泪先潸。屋月存顔色，溪雲斷往還。』自注：『叔彂與余結溪雲社。』（《問月樓詩二集》）

按：徐𤊹《寄張公子叔彂之子》：『不佞荷尊公忘年之交三十餘載，通家契誼，同調歡情，愈久愈篤……不意天奪喆人，遽爾遊岱，哀訃開函，不覺號慟失聲……抆泪成挽詩一章。』（《紅雨樓集　鼇峰文集》册七，《上海圖書館未刊古籍稿本》第四四册，第三六—三七頁）

天啓三年癸亥（一六二三）　五十七歲

正、二月間，有詩寄葉元善。送寧德縣丞屠明弼之任黔中。

作《寄葉元善五十壽》（《問月樓詩二集》）。

作《送屠少伯明府之任黔中三首》（《問月樓詩二集》）。

二月，在莆田，社集。

作《社集蕭太真齋頭，待寅郎至，賦得隔墻花影動，同翁壽如、陳師蕃、柯無瑕賦》：『芳魂無計惹春愁，摇洩東鄰萬樹幽。』（《問月樓詩二集》）

按：翁陵，字壽如，壽承兄，建安（今建甌）人。精於書畫。

又按：柯士璜，字無瑕，莆田人。萬曆間布衣。善畫花鳥，得動植生意。

作《仲春，蕭太真、柯無瑕鳳山小集，得方字》（《問月樓詩二集》）。

作《題翁壽如小影，送還建安，兼懷壽承》(《問月樓詩二集》)。

又作《爲蕭太真題柯無瑕扇頭畫石》(《問月樓詩二集》)。

作《花朝前五日，同諸子登鳳山寺塔有賦，分得二冬，時師藩爲余圖小影》(《問月樓詩二集》)。

作《林玉鉉年兄招集園亭，同柯爾珍、林弘伯分賦，得雲字》：『名園春事翠紛紛，醉客深杯卜夜勤。』(《問月樓詩二集》)

按：林銘鼎，字玉鉉，堯俞子，莆田人。萬曆三十七年(一六〇九)舉人，與世召同榜；萬曆三十八年(一六一〇)會試第三人。授高郵知州，官至湖廣左布政使。

作《拜戴母壽，因留吉甫齋頭，同蘇雉英、黄若木、林伯珪、戴昭甫、綽甫宴集，分得周字》：『花容柳眼看初媚，酒德文心話未周。』(《問月樓詩二集》)

按：蘇叔雋，字雉(一作穉)英，莆田人。

又按：林元霖，字伯珪，號雪竺，莆田人。精草隸。

作《集吉甫齋頭，同黄若木、蘇雉英、林伯珪、戴昭甫、綽甫分賦，得周字，限五言律》(《問月樓詩二集》)。

作《輓趙十五母》(《問月樓詩二集》)。

三月，有詩送曹學佺之任粤西。四月，曹學佺就道，吴栻(去塵)、鄭邦祥(孟麟)同行；鄭氏往訪謝肇淛。

作《送鄭孟麟同曹能始之粤西訪謝在杭》(《問月樓詩二集》)。

按：謝肇淛時爲廣西按察使，旋晉廣西右布政使。

陳衎有《送鄭孟麟同曹能始之粤西訪謝在杭觀察》：『碧浪黄茅道阻修，多君同載李膺舟。從來不識門前路，今日偏有萬里遊。桂海有山平地起，灕江一水向南流。探奇處處成幽賞，更得親知好唱酬。』(《玄冰集》卷九)

按：陳衎(一五八六——一六四八)，字磐生，閩縣人。太學生，屢試不第。自其父以上五世，皆有集傳閩中。有《玄冰集》《大江集》《大江草堂二集》。

作《送曹能始之任，兼懷謝在杭先生》：『去年曾作送君詩，留滯春光欲盡時。』(《問月樓詩二集》)

按：去年『送君詩』，即《寄曹能始誕日兼送之西粤》(《問月樓詩二集》)。

陳仲溱有《送曹能始參知粤西》：『解組曾從蜀道還，林園十畝自閒閒。征軺又指湘中路，清夢難忘江上山。應有聲詩追五詠，更持文教化諸蠻。遐荒漫道淹才子，此地嘗經柳與顔。』(《嚮山集》，《石倉十二代詩選》之《社集》)

陳衎有《送曹能始先生參知粤西》：『蹉跎廿載白雲關，花竹禽魚自往還。自有經綸垂宇宙，豈徒文字重人間。珙球雅化趨荫渚，旌佩香風繞桂山。岳牧幾人能共濟，邇來夷漢事多艱。』(《玄冰集》卷九)

作《寄懷何和陽將軍用韵》：『烟雨春山鳥亂呼，何來飛羽慰窮途。』（《問月樓詩二集》）

作《林伯珪贈詩，和答》（《問月樓詩二集》）。

按：林伯珪，莆田人。曾與郭天親、柯士璜等結頤社。

作《林伯珪以詩見投，和韵却寄，併嘲之》（《問月樓詩二集》）。

作《咏蘭題贈徐郡丞》：『仙壇衣浣藍溪水，官閣簾分皂蓋春。』（《問月樓詩二集》）

按：徐郡丞，即徐應秋。

五月，十六日，集踏湖橋。

作《仲夏既望，雨集踏潮橋，得生字》（《問月樓詩二集》）。

夏，同陳倚玉等過林雲麓山居看楊梅。

作《夏日，同陳倚玉、歌者時秀過林雲麓山居看楊梅，值主人先匿，詩以嘲之》（《問月樓詩二集》）。

七月，與邑諸父老，募工建造潭汭橋。

按：《潭汭橋記》：『歲癸亥七月吉日，攻位於溪南之沚，告於神。是日，天大雨如注，衆患野祭不成禮。比余至，則忽開霽日，曈曈映溪光如鏡。祭甫畢，天復雨。余曰：「神許我矣！」乃募工興始，民大和會，時有十一人與俱，授以責任之意，必無怠若事。而薛君則素稱净行，長者張君佐之。』（〔乾隆〕《福寧府志》卷三十九《藝文志》）

又按：橋建成於次歲。詳次歲。

秋，入福州，聞朱文豹莅任福建都指揮僉事。題福寧知州王運昌《海邦永賴卷》。題福州知州潘師道《禱雨册》。

作《癸亥秋，余入三山，忽報文豹莅任都閫，喜出意外，偶檢行篋中蘭卷，依然似有神會者，爰筆賦此》（《問月樓詩二集》）。

作《題蘭卷懷朱文豹有序》，其《序》云：『文豹以武進士參戎西粵，尋免官改選西曹，時已番然有據鞍顧盼之意，予悲其志而賦焉。』詩云：『一卷芳蘭手自揮，交情墨意十年違。』

按：此卷萬曆四十四年（一六一六）朱尉所畫。詳該歲。

作《題王刺史〈海邦永賴卷〉》：『秦溪水濺古壕冷，夜港潮喧縠秋影。』（《問月樓詩二集》）

按：王刺史，即王運昌。

作《題王刺史卷》（《問月樓詩二集》）。

作《潘刺史禱雨册》：『澤國如焚日，秋原欲暮天。』（《問月樓詩二集》）

按：潘師道，字太乙，興國（今湖北陽新）人。萬曆四十一年（一六一三）進士，時爲福州知州。

是歲，邑人阮光寧選《石堂先生遺集》，請序。

作《新刻〈陳石堂先生選集〉叙》：『靖伯爲漳江阮公伯子，好學仗大義，有父風。將入成均，乃暨余裒選其約略，以充行笥。先生全集不盡於此，而伯子善學先生之意盡於此。天啓三年癸亥，邑後學崔世召撰。』(《選鐫石堂先生遺集》卷首，天啓刻本)

按：阮靖伯，即阮光寧，字靖伯，寧德五都漳江(今漳灣鎮)人。

是歲，四子嵸年十三，自號『西竺郇童』。

按：杭世駿《榕城詩話》卷中：『崔嵸，字殿生，閩縣人。十三能詩，自號「西竺郇童」。卒業陳徵君仲醇。』

天啓四年甲子(一六二四)　五十八歲

七月間，张燮携季子于壘由漳州往吴門依周起元，過會城，留十餘日。徐𤍠招崔世召、陳一元等集緑玉齋。馬欻又招燮及其子于壘、徐𤍠、世召、陳一元、鄭與交、陳鴻、高景飲醉書軒，賦詩；𤍠詩今佚。南居益中丞生辰，招飲世召、汪明生、鄭與交、張燮及其子于壘於署中。張燮於于山與世召、鄭邦泰等集；張燮離榕後，有書致興公。

作《同張紹和、陳泰始、張凱甫集徐興公緑玉齋，共得平字，限五言近體》(《問月樓詩二集》)。

按：張燮(一五七三——一六四〇)，字紹和，于壘父，龍溪(今漳州)人。萬曆二十二年(一五九四)舉人，屢上春官，不第。詩學六朝，與同郡鄭輅思等十三人結『霞中社』，稱『霞中十三子』。有《藏真館集》《霏雲居集》《霏雲居續集》《群玉樓集》《東西洋考》等。

又按：張于壘（一六一〇—一六二七）[一]，字凱甫，燮子，龍溪人。自幼聰穎過人，號神童，卒年十八，鄉人爲建幼清祠。有《麟角集》。

又按：緑玉齋，徐𤊹兄徐熥建，在福州于山。

張燮有《徐興公招同崔徵仲、陳泰始集緑玉齋，壘兒偕賦，用平字》：『護徑青嵐帚，高低屐轉清。忽疑披小酉，兼許及長庚。燒葉山爐沸，編荷野製成。慚無機石至，何以問君平。』（《群玉樓集》卷十）

作《社集陳泰始漱玉齋頭，各分賦一景，得崔公井，限七言律》（《問月樓詩二集》）。

作《再集馬季聲醉書軒，共得開、簧二字，限五言律》二首（《問月樓詩二集》）。

張燮《馬季聲招飲醉書軒，同徐興公、崔徵仲、陳泰始、鄭與交、陳叔度、高景倩及壘兒在坐，同用開、簧二字》，其一：『徑仄壺中入，翳然林水隈。攜將新釀熟，傳得賜書來。芟以焚枯折，花因夢筆開。相期酣韵事，漫遣玉山頽。』其二：『諸馬眉皆白，如君定最良。一官貧小草，有賦盛長楊。岸幘臨高樹，移杯近衆芳。何煩絲與竹，墳典自笙簧。』（《群玉樓集》卷十）

作《題呂潛中小像》（《問月樓詩二集》）。

按：呂潛中，呂貞之子，呂旻之孫，龍溪（今漳州）人。張燮母呂氏之侄。

[一] 于壘卒於天啓七年（一六二七）十二月，公曆已入一六二八年。此處采用傳統紀年。

又按：吕潜中爲張燮中表，疑與張燮同行入會城，故世召有此題。

作《壽大中丞南二太翁誕辰有引》二首（《問月樓詩二集》）。

按：南居益（一五七二—一六四三），字思受，渭南（今屬陝西）人。萬曆辛丑（一六〇一）進士，天啓三年（一六二三）官福建巡撫，纍遷工部尚書。崇禎十六年（一六四三）李自成逼其受官，不食死，年七十二。有《青箱堂集》等。

作《南大中丞七月初度，承招同張紹和、凱甫、徐興公、鄭與交、汪明生宴集衙齋，賜扇頭，因步韵賦》（《問月樓詩二集》）。

張燮《南中丞初度招飲衙齋，同汪明生、徐興公、崔徵仲、鄭以交及壘兒在坐，用中丞韵》：『由庚逢勝序，雄甲及佳辰。寶露秋明閣，香風曉度振。斗牛占倍朗，笙鶴奏還親。却笑扶笻者，何當入幕賓。摩空收勁翮，傾海出潛鱗。徼外霜戈奮，軍前露布新。松峰朝遠翠，花塢駐長春。士氣温如纊，王言出似綸。玉鷄行受瑞，蠟鳳早還馴。杯到清皆聖，劍於合有神。興文元整暇，愛士自清真。所以舟同郭，因之御到荀。行觴移法從，起舞盡騷人。忽漫逢青鳥，來從何處垠。』（《群玉樓集》卷二十三）

按：汪元範，字明生，休寧（今屬安徽）人。萬曆間諸生。建不二齋，儲古今圖書。有《汪明生詩鈔》。

南居益有《甲子生朝，紹和世兄以詩見贈，是日招集署中，作此奉酬》，其《序》云：『伊余初度，届此清秋，紹和世兄爰携令器，命駕清漳，眷言致頌，屬明生既至，徵仲、與交方臨，並邀興公入坐。會海警之告，沈飲兼至而命爵，蓬桑借色，鐃吹增雄，諸公有作，勉爲酬謝。雖詞慚和雪，而誼托揚風，不知其形之穢矣。』詩云：『大火馳西陸，浮生降此辰。蒲零秋月署，桑挂海天振。萬里違鄉國，頻年去懿親。不圖三益友，還切四筵賓。命醴分清瀣，充庖足細鱗。豆兼秦味遠，聲變越吟新。明月飛霜夜，流商度雪春。石花聊點綴，松竹亦紛綸。舞劍軍中樂，投戈化外馴。但驅烟島鰐，敢望海山神。嘉頌非吾有，深衷締友真。鐃歌勞鮑孟，雅會集陳荀。小友看文若，頹顔媿丈人。縣知太史奏，星聚日南垠。』（張燮《南中丞初度招飲衙齋，同汪明生、徐興公、崔徵仲、鄭以交及壘兒在坐，用中丞韵》附，《群玉樓集》卷二十三）

作《客三山初度》，自注：『七月廿七日也，先一日爲南中丞壽辰，招飲，時余將北上。』（《問月樓詩二集》）

作《鄭以交携酌于山，偕徐興公、張紹和》（詩佚，題筆者所擬）。

張燮《鄭以交携酌于山，偕徐興公、崔徵仲二首》，其一：『海色入山樽，秋聲當午供。日日款衣裾，惟偕求羊仲。』其二：『爲續焚枯約，微聞伐木丁。征雲遲客意，隨葉逗孤亭。』（《群玉樓集》卷二十六）

作《留別徐若水》（《問月樓詩二集》）。

作《泰始先生園有四景，余業拈其一，復命賦其三，爰續殘馥，用紀勝遊》（《問月樓詩二集》）。

按：『賦其三』，即《梁朝杏》《天香臺》《掛月蘭若》三詩。

作《送賈觀察》（《秋谷集》上）。

按：賈允元，字善長，無錫（今屬江蘇）人。萬曆三十八年（一六一〇）進士，天啓元年（一六二一）爲福建巡海道副使。

按：賈允元改浙江按察司副使，當在此時或稍前。

七、八月間，北上補官。

按：世召北上至次歲赴崇仁任詩，疑另有集，今不存。

是歲，世召捐贈十分之二費用，潭汭橋建成，爲作記。

作《潭汭橋記》：『蓋歷經始之日，不十餘月而橋告成……是役也，費鏹千數，予出枯囊十之二，邑士民助者十之五六，佐以西村斗粟尺縑之末，旁及古田近地，聞而來施者十之三。拮据鳩工，可謂綦難，而歲餘已觀厥成，微神助之力不及此。嗟乎！以千百代未創之事，千萬人齰舌不敢興之役，一旦底有成績，天下事亦患無有心人耳。』（〔乾隆〕《福寧府志》卷三十九《藝文志》）

按：該橋動工於去歲七月，『不十餘月而成』，則完工在今歲。

是歲，南居益作《瀑園四十六景記》，曹學佺爲作序及詩，徐𤊹爲作賦，邵捷春作歌行，世召則櫽括其意爲作長篇七古。

作《南中丞公家有瀑園四十六景，自製一記，文境雙絶，命予作賦，聊隱括若此》（《問月樓詩二集》）。

曹學佺有《〈瀑園記〉序》：『豐原東西有二，相距里許，酒水行乎其中，迂迴以入渭。酒中望兩原如繚垣，望豐門山如户外障矣。玄象、石鼓二山之間，有飛瀑數十尋，從樹杪灑落，匯而潭，隄而沼激之。由梁上行，引自南而之北，亭臺樓館，位置相因，物象意態，不能殫述。隱括而名之曰「瀑園」，則惟瀑主人南中丞思受有之。余固未之前聞，亦圖經、志乘所不載也。大凡瀑之源遠而蓄厚，迨其溢也，不得不下，下而觸大石，散喬林，憑空而擲于壑，故不可以尋尺計。然往往在窮崖灌莽之間，與人境迥絶，輒爲山僧羽客之所栖止，樵夫牧豎之所睨視，而欲其受知于高人韵士，收拾爲籬壁間物，亦惟瀑主人思受有之……余頃量移秦中，乃爲桂所挽留，不能入函關而問渭南之瀑，以廣予所未聞見；又不能亟歸泥首瀑主人階下，而聆玉屑以浣塵胃。聊書數行于《園記》之後，爲他日補此闕事一券耳。瀑主人其然之否？』（《石倉三稿·文部》卷一《序類》上）

徐𤊹有《瀑園賦》，其《序》：『大中丞南公，家本渭濱，園臨酒水。買山得瀑，築館開林，種樹蒔花，看雲聽鳥。地多靈勝，泉極蜿蜒。輞水不足狀其淪漣，渼陂詎能擬其滉瀁。公方結志巖廊，馳神藪澤。寫圖作記，托興抒懷。爰屬操觚，敢辭獻賦。』（《鼇峰集》卷一）

曹學佺有《寄題南思受中丞渭南瀑園四首》，其一：『讀君泉石記，佳境似經過。俯仰諸山盡，迂迴受水多。曲欄行藥返，高閣聽松歌。詎得辭軒冕，安然卧薜蘿。』其二：『登臺何所見，渭水繞中原。樹古新豐道，山高半日村。息陰同漢圃，濺瀑類河源。目送飛鴻度，迢遥自塞垣。』其三：『輞川久湮没，渭上若重興。僻性耽名理，爲官恰右丞。曼殊同一室，空有悟三乘。華子岡頭月，依稀尚可登。』其四：『余得關西報，征途沿渭南。川環秦苑八，峰壓華陰三。桂管仍拘繫，嵇生重不堪。何時離苦海，林下接清談。』（《桂林集》下）

按：曹學佺時在粤西，故題有『寄』字。

邵捷春有《瀑園行》：『名園佳境過六六，届指數之難更僕。致爽堂前開素襟，盡是奇花與珍木。百道泉流赴澗中，千盤徑路通林麓。約客尋芳坐樹陰，興來每就陶巖宿。餘酲初解半日閒，渭水酒川聊寓目。高情久已遠塵囂，時傍文殊證天竺。掃將柿葉坐題詩，來往時時和樵牧。我有小山倘可移，願繼園中幾椽屋。』（《劍津集》卷三）

按：邵捷春（？—一六四二），字肇復，一字見心，號劍津，侯官人。萬曆四十七年（一六一九）進士，歷官都御史，巡撫四川，兵敗，下獄論死，仰藥死。有《劍津集》《入蜀吟》。

陳一元有《題南思受中丞瀑園四首》，其一：『新開别墅俯酒川，萬壑争流日夜泉。瀉比建瓴趨渭水，光疑飛練掛吴天。輕雷却震三秋後，晴雪難消六月先。好似廬山峰頂望，詩成不數李青蓮。』其二：『嶺松亭柏绿迴環，流水長橋路幾灣。採菊秋深成栗里，種桃春早似綏山。四時載酒人皆醉，竟日敲門客未閑。好鳥亂啼香不斷，誰知仙境在人間。』其三：『虚臺百尺接層霄，小渭臺前縱目遥。秦地山川烟漠漠，漢家宫殿草蕭蕭。風吹古道看歸牧，日落遺墟問野樵。最是大夫能作賦，登臨何必憶前朝。』其四：『節鉞桓桓鎮海邦，夢魂嘗繞瀑淙淙。輞川勝蹟今應兩，绿野佳名世豈雙。華岳東西通綺陌，豐原左右夾雕窗。它時倒載相尋處，何似當年醉曲江。』（《漱石山房集》卷五）

按：陳一元時在福州，兩詩均應南居益所請而作。

是歲，謝肇淛卒。

天啓五年乙丑（一六二五） 五十九歲

夏，在京師，有書致徐𤊹，詳下。

秋，陳鴻有詩送世召往崇仁。徐𤊹有書寄之，言明春有興，作豫章遊，然後至崇仁與世召會面。

陳鴻有《送崔徵仲明府之西江》：『明時何必隱，墨綬又之官。父老待應久，賓朋留實難。蒸車粳稻熟，充饌荔支丹。西去秋江月，清琴再一彈。』（《秋室編》卷四）

徐𤊹《寄崔徵仲崇仁》：『夏間得兄京師手札，且悉雅情。林異卿歸，述動定詳細。中秋，於建溪逢陳四游，知雙舄以中秋後莅任。此時懸銅墨，稱神君矣。崇仁善地，又得兄烹鮮之手，鸞鳳暫栖，驄馬有待耳。弟受南中丞公知遇極厚，屢索弟所著拙稿五十萬言，發之書坊校梓，值建缺令，而别駕鄭署印，乃廣西人，初以撫公注意，十分催趲，要承上人之歡。及弟送撫公至武夷歸，而別駕遂無意終局。弟留建溪者兩月，僅刻四册，更十六册付之空言，世情冷暖，可發一笑。雖覆瓿之具，無足重輕，然負中丞一片盛心，不無扼腕。建溪去江右甚近，初擬從鉛山至南昌，訪張夢澤廉訪，隨訪瑞州二守吴仲聲，然後取道從撫州回，尋兄一彈短鋏。偶山陰興盡，且返棹抵三山卒歲。明春有興，當作豫章之遊，以口腹累安邑也。張廉訪詞苑名公，向守武陵時，弟一把臂，便已投合。後轉台州巡道，兩以書見招，弟未之赴，而餽遺之禮，時時不絶。且大參陳季琳先生亦與弟爲三十年之交，明春謁此二公，便爲兄作文字藝壇之謀，不獨私爲潤槖計也。若明年二三月出門，則從邵武、［光］澤，先到貴治一面，而後抵豫章，未審得遂此行否……小孫今年四月僥倖入泮，年纔十六，筆下頗不庸俗，書香有托，私心甚慰，恃知己敢以相聞。兄素有學望于詞壇，一行作吏，人人皆思就食。仁祖母論相知之深者，垂涎食魚；即交一臂者，亦皆想望丰采，譬若佳麗美姝，無不人人願結綢繆。建溪滄洲社楊生叔照，曾於溪上識崔先生，雖踪迹暌違，而神情未嘗不耑往。辰下走光澤，謁翁令公，去臨川一水之便，敬持刺奉謁，知初政戒嚴，必有謝客榜文，循新官套數，然楊生温恭馴雅，而丹青之手，足爲吾閩第一流。兄簿書之暇，令其作各體山水，或長條小幅，片楮尺縑，無不入神。他日張之問月樓中，亦一段清玩。若楊君爲人狂躁如李玄同輩，弟必不薦也。惟兄知弟，敢以相囑。此君恬澹，亦無甚過望于長者耳。』（《紅雨樓集　鼇峰文集》册八，《上海圖書館未刊古籍稿本》第四四册，第一八七—一九〇頁）

按：徐㓒孫鍾震生於萬曆三十八年（一六一〇），是歲年十六。

作《和葉機仲詩併留別二首》，其一略云：『射虎將軍搦兔尖，才華誰得似君兼。腰横紫電光難掩，賦取青山槖不廉。』其二略云：『驛口空山片月銜，秋江如練照征帆。推窗野色全歸樹，隔岸人家半隱杉。』（《秋谷集》下）

按：葉樞，字機仲，松陽（今松溪）人。投筆從戎。

又按：其一期待葉樞建功，其二旅況。

九月，經南昌，登滕王閣。九日，經江西弋陽莅崇仁。

作《宿三摩菴，謁黄貞父先生像》（《秋谷集》上）。

按：三摩菴，在新建縣（今屬江西）。

又按：黄汝亨（一五五八—一六二六），字貞父，號寓庸，仁和（今杭州）人。萬曆二十六年（一五九八）進士，除進賢知縣，歷江西提學僉事，轉參議。有《天目遊記》《寓林集》《寓林清言》。

作《宿西關公館，和壁間韵》（《秋谷集》上）。

按：西關公館，在江西南昌。

作《晚步滕王閣，呈賴南昌、龍新建二寅丈》：『秋老江飄盤浪急，日斜水鳥抱沙眠。』（《秋谷集》下）

作《九日，葛陽邸中賦》（《秋谷集》下）。

按：葛陽，江西弋陽别稱。

作《弋陽途中口號時初莅崇仁》：『殘秋間走弋陽道，一尺矮松寸莖草……檄書絡驛督逋糧，蠻峒虎踞華山鄉。天子空遺臣三尺，茅鬼盈車行不得。頭上進賢小如荳，十夜不眠沈腰瘦。僧舍蘧廬五更醒，卧聽寒鐘心骨冷。』（《秋谷集》下）

按：進賢縣，在弋陽西、崇仁北。

又按：〔乾隆〕《寧德縣志》卷七《人物志》：『（世召）天啓乙丑，授江西崇仁縣令。』

作《舟下寶唐，雜詠四首》，其一：『行過打魚村塢處，無人知是小諸侯。』（《秋谷集》下）

按：寶唐，即寶唐水，源於崇仁縣寶唐山。『無人知』句，初莅崇仁心境。

作《祝文柔大行出使山西查馬政歸浣》：『霜寒邊塞安胡牧，秋净鄱湖泛漢槎。』（《秋谷集》下）

按：祝徽，字文柔，臨川（今江西撫州）人。天啓二年（一六二二）進士，時爲行人司行人。

又按：時祝氏由江西出發前往山西。

九、十月間，有詠崇仁縣華蓋山諸作。

作《爲蔡尉題母節卷》（《秋谷集》下）。

按：蔡時新，溧州（今江蘇溧陽）人。時爲崇仁縣典史。

作《題張青林孤山時長郎君報鄉捷》：『占斷秋風一片霞，湖光四面老梅斜。』（《秋谷集》下）

按：張孤山，即張蔚然。

又按：長郎，張蔚然長子張光球，字穉青。

作《望華山》：『絶頂尖紋翠作堆，香風冉冉引崔巍。疑同漢時封山古，忽指胡麻逐水來。勾漏有緣堪問藥，河陽無事且登臺。如聞簫管聲相迓，漫紀尋真第一迴。』（《秋谷集》下）

按：華山，即華蓋山。在崇仁縣。

又按：『河陽』，任知縣；『尋真第一迴』，莅崇仁後首遊。

作《着棋峰以下華蓋山五景》《捨身巖》《五雷壇》《古松磵》《紫玄洞》（《秋谷集》下）。

作《同蔡宜黄會審聖容寺有作》（《秋谷集》上）。

十一月，萬壽聖節，出寺宿民房。

作《是日聖壽夜，出寺宿民房》（《秋谷集》上）。

按：十一月十四日，爲崇禎萬壽聖節。

冬，敕兒買山寧德秋谷；新築山亭，友人雅集秋谷。

蔡世寓有《集崔徵仲明府新築山亭》：『好景遲人歲月遥，結廬醉客喜今朝。樽前鳥拂千山翼，天外帆歸萬里潮。澗水遠澄岩下月，松風恰旁石邊橋。寄言地主開三徑，竹裹頻過莫待邀。』（〔乾隆〕《寧德縣志》卷九《藝文志》）

按：西谷築有亭，詳崇禎元年（一六二八）《譜》。

又按：《秋谷乞言》：『乙丑冬，敕兒輩買山一區，預作菟裘，爲終老計。』（〔乾隆〕《寧德縣志》卷九《藝文志》）

又按：此文作於崇禎元年（一六二八），詳該年《譜》。

天啓六年丙寅（一六二六）　六十歲

正月，師陶宗器初度，爲之壽。

作《陶重父師八十初度，時客泗洲寺，衆比丘誦經祝延，因賦爲壽，時立春後二日也》（《秋谷集》下）。

按：正月九日立春，後二日即十一日。

正、二月間，送師陶重父回建水。

作《送陶師歸建水》：『家傍白雲春寂寂，囊餘彩筆興恢恢。携來九曲歌仙櫂，不放雙瞳看世埃。』（《秋谷集》下）

二月，有詩壽張師繹。

作《贈張夢澤憲長壽誕誕日乃二月初九也》（《秋谷集》下）。

按：張師繹，字夢澤，武進（今屬江蘇）人。萬曆二十六年（一五九八）進士，常德郡守。有《月鹿堂文集》。

作《傅右君中翰惠扇頭詩，用韵答之》：『芝眉天際當春晤，柳眼郊坰對酒開。』（《秋谷集》下）

三月，望日，邀傅右君中翰小集。

作《暮春之望，邀傅右君中翰小集，步韵和答》（《秋谷集》下）。

作《用李惟中扇頭韵，賦以贈之》：『三逕花深彭澤隱，片帆春老剡溪遊。』（《秋谷集》下）

夏，登崇仁凌霄樓，時北門新修成。

作《夏日，登凌霄樓，喜北門新成》：『吏態牛馬勞，片晷成孤吟。好風自南來，直北吹我琴。慰此綢繆願，胡爲戀華簪。故園渺霄漢，猿鶴應招尋。』（《秋谷集》上）

夏、秋間，從母年届八十，預壽之。

作《寄壽從母八十，爲仲愛弟書》《答鄧太素刺史用韵》（《秋谷集》下）。

按：時鄧文明爲連州知州。

作《聞買西山，喜賦》：『聞道西坰已買山，小溪危石曲潺湲。古雲碧抱半巖影，朝海青分衆壑顔。地亦有緣知己遇，天將留意放人閑。菟裘老足千秋事，好種桃花待我還。』（《秋谷集》下）

按：買山在去歲，兒輩小有經營之後，作此詩。

九月，九日，邀陳伯禹等小集馭曦門城樓。

作《九日，邀陳伯禹、陳子學、阮靖伯小集馭曦門城樓紀事十四韵》：『白髮風中感，玄心世外參。徵詩醫吏俗，度曲釋林慚。丘壑終當隱，簪裾恐不堪。青天搔首問，吾已足幽探。』（《秋谷

集》上）

按：陳希敏，字子學，號石壁，寧德人。

又按：阮光寧，字靖伯，寧德人。國子監生。

又按：曦門，在崇仁縣，世召重修。

又按：世召年已六十，故有『白髮風中』之歎。

十一月，徐𤊹應世召之邀，往崇仁。

徐𤊹《答張紹和》：『去年長至後往崇仁，應崔徵仲之招。』（《紅雨樓集　鼇峰文集》册八，《上海圖書館未刊古籍稿本》第四四册，第二七七頁）

按：此書作於次歲。

十二月，十九日，徐𤊹客崇仁，有詩書扇贈崔世召（詩今佚）。二十四日，邀徐𤊹集躍龍門城樓。

徐𤊹《寄張曼胥》：『弟歲盡抵巴陵。』（《紅雨樓集　鼇峰文集》册八，《上海圖書館未刊古籍稿本》第四四册，第二八〇頁）

按：巴陵，崇仁別名。

又按：此書客崇仁事，知書作於次歲。

作《臘月新春，喜徐興公至巴陵，貽詩扇頭，和韵答之》（《秋谷集》下）。

按：立春在十二月十九日。

作《臘月春後五日，邀徐興公小集躍龍門城樓，分得谿字，限七言律》二首（《秋谷集》下）。

按：春後五日，即十二月二十四日。

天啓七年丁卯（一六二七）　六十一歲

正月，上元，在臨川，有詩贈丘兆麟兩郎君。

作《贈丘毛伯[一]兩郎遊泮時正上元》（《秋谷集》下）。

按：丘兆麟（一五七二——一六二九），字毛伯，號太丘，又號冏卿，臨川（今江西撫州）人。萬曆三十八年（一六一〇）進士，授行人。崇禎初以右僉都御史巡撫河南。輯有《臨川文獻》，有《學餘園集》《玉書庭集》。

作《送丘毛伯侍御》（《秋谷集》上）。

正、二月間，無一日晴，走撫州四次，又走建昌，視民事之日少。在徐𤊹協助下重修《華蓋山志》，爲作序。

徐𤊹《寄安仁》：『崔令君自元旦至今，走撫州者四次，明後日又將走建昌，參道尊，坐堂皇，視民事之日少……弟寓此五十日，無一日晴，亦大怪事。』（《紅雨樓集　鼇峰文集》册八，

[一] 丘毛伯：原誤爲『毛丘伯』。集中《送丘毛伯侍御》《贈丘毛伯冏卿》《送管午懸還就試兼懷丘毛伯冏卿》諸題可證，據改。丘毛伯，即丘兆麟，已見。

《上海圖書館未刊古籍稿本》第四四册，第二八一—二八三頁）

按：徐𤊹去歲十二月二十四日至崇仁，五十日，時在二月中旬。

作《〈華蓋山志〉序》：『神仙栖廣漠之都，是爲無處所；而有處所者，鸞軿鏘鏘，供奉於危巖泠壑，久與人世辭矣。大江以西，匡廬、麻姑、閤皂、玉笥諸名山，壇爐相望，仙迹勝流，多不勝書。而崇之華蓋，半在隱顯間，何以故？山去邑治百二十里許，濩落村墟，鷄犬中依雲結屋，殊太淒絕也……塵緣小吏，不識前身，何似憶二仙撒手華蓋？而吾霍童洞天，乃其煉氣入林之始，稱維桑焉。越數千年，作令兹邑，復與仙遇，既已關情人世，虹橋如有宴，殆將呼我爲曾孫耶？嗟夫！枕上邯鄲，笑仙魂之不返；山中付墨，恐文獻之無傳。故不揣於戴星之暇，隱括舊文而編次，以付殺青焉。天啓七年，華蓋遊人霍童居士崔世召撰。』（《華蓋山志》卷首）

按：《華蓋山志》包括：《靈區志》第一、《傑構志》第二、《仙真志》第三、《顯異志》第四、《栖賢志》第五、《宸翰志》第六、《藝文志》第七、《紀詠志》第八。

又按：《華蓋山志》各志論：《靈區論》《傑構論》《仙真論》《顯異論》《栖賢論》《宸翰論》爲徐𤊹所作。詳其《華蓋山志代》（《紅雨樓集　鼇峰文集》册九，《上海圖書館未刊古籍稿本》第四四册，第四三五—四四二頁）。

又按：世召爲《山志》主纂者，時徐𤊹遊崇仁，於《山志》出力尤多。

二月，招徐𤊹、鄧文明等集署中觀河陽雜劇。朱統鉈來崇訪徐𤊹，結爲友；徐𤊹致書喻應夔等，言世召爲『我輩人』，博雅名流。商家梅過訪巴陵，鄧文明送子入泮，過訪。

徐𤊹題《環溪詩話》：『余訪崔徵仲大令，至撫之崇仁……知有《吴環溪詩話》三卷，遍求弗得。偶吴生大紘相過，托之尋覓，乃于環溪裔孫處借得一册，乃嘉靖初年刻版，字頗漫漶，版久弗存，而孫支亦僅留此本，不絶如綫矣。余披讀之，賞其拈出多有佳句，足備詩家譚塵，遂令侍史繕録，因爲校讎魚魯。吴氏宋有諸賢，亦彬彬盛矣，傳至今日，其後寖微，而崇仁又無好事者重爲鋟梓，惜哉！天啓丁卯花朝，三山徐惟起興公識于大華藏寺之方丈。』（馬泰來《新輯紅雨樓題記》正編，上海古籍出版社，二〇一四年，第一七三頁）

作《仲春，喜鄧太素送子入泮過訪，用韵和答》（《秋谷集》下）。

按：鄧文明，字泰素，南昌人。舉人。

作《賀吴養臺郡伯七旬初度，三月廿七日也》（《秋谷集》下）。

按：吴學周，字養臺，崇仁（今屬江西）人。萬曆二十年（一五九二）貢生，官至温州同知。

作《春仲，招鄧泰素、徐興公小集署中，觀河陽雜劇，共得雲字，而余詩後成，殊媿砂礫》（《秋谷集》下）。

作《仲春，安仁宗侯以訪徐興公至，貽余詩箋，用韵和答》（《秋谷集》下）。

按：朱統鈘，字安仁，銃鋞（夢得）弟，明宗室。弋陽輔國中尉。有《挹秀軒詩》。

徐𤊹《寄喻宣仲》：『惟有崔令君恨把臂之晚，今已結爲相知矣……崇仁令，我輩人，若到省

日，兄不可不一把臂也。』（《紅雨樓集　鼇峰文集》册八，《上海圖書館未刊古籍稿本》第四四册，第二八九—二九一頁）

徐𤊹《寄喻宣仲》：『崇仁令崔君徵仲，博雅名流，非作吏風塵俗品。近與安仁結爲新知。』（《紅雨樓集　鼇峰文集》册八，《上海圖書館未刊古籍稿本》第四四册，第二八六頁）

三月，清明後二日，與徐𤊹、鄧文明、吴應今等人相聚吟詠。徐𤊹返三山，以詩贈别。送蕭奇烋歸莆田。二十七日，賀吴養臺七旬初度。

作《清明後二日，鄧泰素刺史、吴應今司馬、徐興公雨中集燕，分得肴字，時司馬七旬也》《題陳子學約春樓》《和安仁扇頭韵》（《秋谷集》下）。

作《徐興公還三山，寄懷邵劍津大行》（《秋谷集》下）。

按：邵劍津，即邵捷春。

作《送蕭太真還莆》（《秋谷集》下）。

作《王觀生寄扇頭詩，和答》（《秋谷集》下）。

按：王觀生，撫州人。

作《送管午懸還就試，兼懷丘毛伯冏卿》（《秋谷集》下）。

按：管午懸，撫州人。

作《徐興公自立春至巴陵，越暮春言歸，以詩留别，用韵送返三山》（《秋谷集》下）。

按：去歲十二月十九日立春，徐𤊹由閩至崇仁。

春、夏間，遊崇仁諸山。

作《南峰卓秀》（《秋谷集》上）。

按：南峰，崇仁南卓山。

作《西爽支頤》（《秋谷集》上）。

按：崇仁城西有石羅山、石塔諸勝。

四月，世召子崔嵸有詩投商梅，商梅答之。徐𤊹抵舍，有書致崔嵸。

商梅《喜崔殿生以詩見投》：『夙根文所種，隨筆便清新。交誼感彌篤，生才定有因。審言能教子，德操頗知人。昨日長林下，青雲護爾身。』（《彙選那菴全集》卷三十五《放言》）

徐𤊹《答張紹和》：『去年長至後往崇仁……今歲四月朔抵舍。』（《紅雨樓集　鼇峰文集》册八，《上海圖書館未刊古籍稿本》第四四册，第二七七頁）

徐𤊹《寄崔玉生》：『生一便毒，痛楚不可忍，醫藥罔效，日惟呻吟床笫間。』（《紅雨樓集　鼇峰文集》册八，《上海圖書館未刊古籍稿本》第四四册，第二九七頁）

五月，初五，宴集浣繡樓；有詩和戴吉甫。又有詩贈丘兆麟。

作《和戴吉甫端陽詩》《贈丘毛伯冏卿》（《秋谷集》上）。

作《午日，讌集浣繡樓喜賦》（《秋谷集》上）。

按：浣繡樓，在崇仁縣北城。

作《送戴吉甫還里》：『此時荔子參差殷，孤月夢香明家山。麻姑壇下馬蹄疾，曳衣丹氣隨君還。君還九曲木蘭水，銀浦雲流蠟光紫。』（《秋谷集》上）

按：荔枝殷紅，五月景象。木蘭，即木蘭溪，戴吉甫爲莆田人，故及之。

作《再集浣繡樓分賦，得樓字》：『醉眼千村繡，凉襟五月秋。』（《秋谷集》上）

五、六月間，薛黼臣司理招集諸縣令於臨川飲春臺。

作《集擬峴臺》（《秋谷集》上）。

按：擬峴臺，在江西撫州。

作《薛黼臣司理招集諸縣令飲春臺臺名東閣》（《秋谷集》上）。

按：薛黼臣，即薛爾嘉，撫州推官。

作《蕭太真客居景雲觀，相傳蕭子雲曾過此，書景雲二字，太真因作二律見貽，用韵和之》（《秋谷集》上）。

按：蕭奇烋已於三月歸莆田，此詩爲過後和之。

又按：景雲觀，在崇仁縣北門外。

夏，崇仁縣北門新成，登凌霄樓。

作《夏日，登凌霄樓，喜北門新成》（《秋谷集》上）。

七月，作懷詩，懷西谷。彭次嘉來訪；次嘉輯《明詩輯韵》多採世召詩。商梅由閩來訪。邀商梅於玉清觀，商梅畫松並有詩相贈爲賀。誕日，招彭次嘉、商梅讌集凌霄樓。

作《彭次嘉過訪，用筆頭韵和答》：『採風空憶中牟異，譜雪慚編下里巴。次嘉彙《明詩輯韵》，多採余詩。青火夜分司起草，金飈秋色罷看花。』（《秋谷集》下）

按：彭曾（一作會），字次嘉。新建（今江西南昌）人。太學生。宗室朱銃鍉岳丈。曾選明律詩爲《明詩輯韵》。

作《又和彭次嘉韵》（《秋谷集》上）。

作《小誕前數日，喜商孟和至巴陵，相見慰勞，因畫松併詩爲余壽，走筆用韵和之》（《秋谷集》下）。

商梅有《到巴陵，崔明府邀止玉清觀》：『寧辭跋涉遠相親，暫息風波慰故人。昨夜江干眠有月，今朝觀裏坐如春。升沉不計心何古，毀譽渾忘道乃真。且與天人同止宿，敢云宫館便隨身。』（《彙選那菴全集》卷三十六《西懷草》）

作《誕日，招次嘉同孟和讌集凌霄樓，分得茶字》（《秋谷集》下）。

商梅有《題畫與崔坦公》：『竹窗無事理孤清，香茗相依得性情。偶爾墨間生樹色，同君紙上聽秋聲。齋居庶可成幽賞，丘壑因之共遠行。自笑硯田移至此，閒來每每愛躬耕。』（《彙選那菴全集》卷三十六《西懷草》）

作《寄壽秦刺史，九月初二誕辰》（《秋谷集》下）。

按：秦士楨，字木成，號貞予，蒙陰（今屬山東）人。天啓二年（一六二二）進士。時爲高郵知州。

又按：此詩預作。

八月，彭次嘉有留別詩，和之。商梅過訪，贈詩，世召答之。仲秋，有詩懷寧德蔡世寓。世召拒爲魏璫生祠賦詩，忤璫意，削職，被逮入都，途中有詩[一]。商梅有詩紀之。商梅登舟離開崇仁。徐𤊹在福州聞世召被逮，憂心如擣。

作《彭次嘉見貽留別四首，率率用韵和答》，其一略云：『秋聲行處渺，月意坐來深。』（《秋谷集》上）

作《仲秋，懷蔡朝居，用和前韵》（《秋谷集》下）。

按：蔡世寓，字朝居，號西園居士，寧德人。邑庠生。有《西園集》。

作《丁卯仲秋，喜商孟和過訪巴陵貽詩四首，走筆和答》四首，其一：『秋風掠鬢賞心難，鎮日銜盃强自寬。』（《秋谷集》下）

[一] 崔世召天啓五年（一六二五）莅崇仁知縣任，天啓七年秋被逮，押解北上。崔世召著、余式高等編注本《華蓋山志》，長春出版社，二〇〇四年，第二九頁：『崔世召，福建寧德人，明天啓五年（一六二五）—崇禎二年（一六二九）任崇仁知縣。』崇禎二年，誤。

按：題『春』字爲『秋』字之訛。引詩可證。又，商梅於七月初到達崇仁（詳上），亦可證『春』字之訛。

商梅有《與崔明府》：『客態栖栖那得閒，相逢相慰鬢俱斑。文章困我應求友，貧賤驅人且出山。一日談詩稱獨快，三年保障肯辭艱。欣然笑語皆鄉土，忘却飄零遠道間。』（《彙選那菴全集》卷三十六《西懷草》）

作《聞南昌彭刺史以畫棟朝飛南浦雲試士，漫賦一首呈上》（《秋谷集》下）。

作《中秋昭武客舍紀事時以忤璫被逮》：『有懷愁見月，無興瀝空卮。落魄如憐我，清光欲對誰。鷄呼盧枕夢，雀侮翟門詩。一夜西江影，流沙迸泪時。』（《秋谷集》上）

按：昭武，指撫州。

作《將發昭武呈丘冏卿》：『北闕天高寬論死，西風秋老唱招魂。從來多難皆文士，愁説邗溝怒水渾。』（《秋谷集》下）

按：朱彝尊《静志居詩話》卷十七：『崔君令巴山，有爲魏璫祠請頌德詩者，峻拒之，遂被逮入都下獄。』

又按：（乾隆）《寧德縣志》卷七《人物志》：『天啓乙丑，授江西崇仁縣令。滌煩苛，剔奸蠹，邑人德之。時群奸爲魏璫構生祠，索詩於世召，峻拒之。遂忤璫意，削職，被逮入都下獄。』

作《宿謝埠舟中》：『拍岸濤聲應共怒，隔牕人語似相憐。』（《秋谷集》下）

按：謝埠，謝埠渡，在今江西省南昌市南昌縣。

作《秋杪，龍沙寺次丁太史壁間韵》：『就中豈可容思議，此理唯應着眼明。』（《秋谷集》下）

作《又用韵贈湛如禪師》：『天風寒起舞飛沙，歸定禪扃寶藏遮。』（《秋谷集》下）

作《過鄱陽湖》：『寒烏渺渺愁予落，陽鳥凄凄鵝客呼。烟暝天窮何處泊，無情漁火出前蕪。』（《秋谷集》下）

作《泊東溝，偶贈邸舍宋隱者》：『桑海幾驚清淺夢，楓宸聞賜泰平租。』（《秋谷集》下）

按：東溝，在儀徵，今屬江蘇。

蔡世寓有《崔徵仲以逆璫被逮秣陵懷賦》：『我友豪吟客，西江吏治新。可堪沙射影，遂作浪游人。聖代恩無限，天涯德有鄰。秣陵何日返，凝望欲沾巾。』（〔乾隆〕《寧德縣志》卷九《藝文志》）

商梅有《巴陵登舟二首》，其一：『索索皆秋氣，溅溅乃水聲。登舟當此際，歸路是何情。友内孤衷在，帆前百慮生。晨昏看變態，能免客魂驚。』其二：『薄遊既如此，幽感豈能禁。忍對風波事，那知天地心。以斯行有礙，聊且退而尋。最是堪悲處，江城色暮砧。』（《彙選那菴全集》卷三十六《西懷草》）

按：商梅『變態』『魂驚』『風波』『堪悲』，皆世召罹璫禍之辭。

商梅有《江水十章有序》，《序》云：『江水，唁崔令也。崔在巴陵得民也，遇謗出城，江上民望而哭之。商子感焉，述民之言，爲之賦《江水》。』其一：『江之水，清且漣兮，胡爲乎天，禍我土而奪我賢兮！皆我民之愆兮。薄言往愬天怒，庶乎其不還兮！』其二：『江之水，只東注兮。今我下民，疑且懼兮！高高蒼天，朝與暮兮，不與我言，而貽我怒兮！不知其故兮。招招舟子，從此路兮。』其三：『江之水，秋風判兮，高者岸兮。今我父母，未有畔兮！以陰以雨，忽使我佇立而不見兮。吁嗟乎！我田我廬，我妻我子，安得而晏晏兮！』其四：『江之水，不可涉兮。風太急兮，心懾懾兮。今我父母，舟且楫兮。我稻我粱，我黍我稷，安得而食兮。望江水而涕泣兮！』其五：『江之水，木葉吹兮，風蕭蕭兮，雨霏霏兮，我心傷悲兮。凡百其身，可代而歸兮！嗟嗟蒼天，善不可爲兮！路遠且長，胡不翼我而飛兮？左之右之，勿使其寒且饑兮！』其六：『江之水，流不平兮，淒淒者聲兮，而不忍聽兮。我餱我糧，相與而偕行兮。天明明兮，惠我仁人，而返我城兮，心則寧兮。』其七：『江之水，凫且鷗兮。今我父母，若棄我而不我留兮！復不與我謀兮，置我于城之隅、江之洲兮。瞻望弗及，泪長流兮。添江之水，寒江之秋兮！』其八：『江之水，露且霜兮。父兮母兮，胡養我不卒，而各一方兮！日月有臨而有光兮，竟不照于此鄉兮，昊天蒼蒼兮！』其九：『江之水，日以寒兮，其流潸潸兮。今舍我而去，何時還兮？陟屺陟岵，復望於江之間兮，惟與我歸來而團團兮！』其十：『江之水，望迢迢兮，聞蕭蕭兮。葉且凋兮，不似昔時。而江上乎逍遥兮，福昨日而禍今朝兮。

天乎天乎，鑒賢者之劬勞而尾燋燋兮，庶昏昏者而昭昭兮。』(《彙選那菴全集》卷三十六《西懷草》)

按：經此事變，商梅往臨川，作《臨川舟宿》《舟病感懷》(《彙選那菴全集》卷三十六《西懷草》)，驚魂猶未散。

按：徐𤊹《答徐孝則文學》：『偶因社友崔君初令崇仁，漕廠彈劾，變出不測，弟憂心如擣，懷抱作惡。』(《紅雨樓集　鼇峰文集》册七，《上海圖書館未刊古籍稿本》第四四册，第一四一頁)

九月，題滕王閣聯語。九日，章江門守風，將逮淮。商梅由崇仁經劍潭歸家。

作題滕王閣聯：『當筵詞客安在哉，只留得秋水落霞，點綴山川，千古文章歸故郡；此地閲人亦多矣，誰倩來寒雲潭影，招遐冠蓋，一時歌嘯付深杯。』(《秋谷集》上)

按：參見崇禎四年(一六三一)九月。

作《重九，章江門守風有賦時將逮淮》：『暗雲照空秋氣昏，章江城外逆水渾。封姨南面吹江豚，招招舟子亦銷魂。酒罷問天天不言，野鷄午叫黄花村，誰家買醉登高原。我已掛冠君落帽，短髪蕭蕭應共論。』(《秋谷集》上)

商梅有《九月六日，舟宿劍潭，七月之巴陵，在此登舟》《重陽前一日到家》(《彙選那菴全集》卷三十六《西懷草》)。

十月，行至淮上，有詔獲釋。南歸，過燕子磯，眉眼飛揚。

作《淮上喜接新詔》：『淮水湯湯浪打渠，江南逐客覓空書。沿街傳寫昇平詔，聞道希夷笑墜驢。』（《秋谷集》下）

作《歸過燕子磯》：『認得昔來遊客否，相看眉眼較飛揚。』（《秋谷集》下）

十一、十二月間，遊新城縣壽昌寺。訪鄧文明並送之北上補官。

作《遊壽昌寺，謁無明師寶塔，因知與西竺禪師俱崇仁人，徘徊成賦》：『我昔令巴陵，父母慚孔邇……兩載信婆心，一難倖不死。』（《秋谷集》上）

作《題禹卿宗侯深柳讀書堂》：『我亦歸家尋五柳，紙窗讀罷看魚罾。』（《秋谷集》下）

按，朱禹卿，字謀瑀，明宗室，住南昌。

作《訪鄧泰素觀古玩，不遇，悵然小坐有賦》（《秋谷集》下）。

作《送鄧泰素北上補選》：『朔風五兩指天都，客裏歌驪叩唾壺。謝傅亦難終遠志，陶潛偏自賦貧驅。』（《秋谷集》下）

按：『謝傅』，諭鄧；『陶潛』，諭己。

作《上何太瀛憲長》（《秋谷集》下）。

按：何應瑞，字至符，曹州（今山東荷澤）人。萬曆三十八年（一六一〇）進士。

作《送謝詔台觀察莅任東粤》（《秋谷集》下）。

作《寄龍光寺湛師》(《秋谷集》下)。

十二月，客南昌，禹卿宗侯招同鄧文明刺史。與諸友別，歸家，行至福州，除夕與陳圳看春。

作《留別豫章諸社丈》：『相持別袂各愀然，况值深寒臘雪天。人世風波時十二，家山縹渺路三千。滕王閣共敲詩上，陶令巾唯漉酒眠。歸去西園明月夜，眼光何處望青蓮。』(《秋谷集》下)

按：西園，指西谷。

作《臘月，客南昌，禹卿宗侯招同鄧泰素刺史、彭次嘉太學集詠雪館坐雪，各賦七言律，分得宜字》：『乍疑沫剪天潢水，尤喜花裁玉葉枝。』(《秋谷集》下)

作《留別薛爾嘉司李》：『法星高映春臺曉，棠樹斜鋪廣陌陰。獨媿陶潛成隱癖，笑拚身老碧溪潯。』(《秋谷集》下)

按：薛爾嘉，即薛黼臣。

作《三山除夕，集陳長源宅看春，分得十一尤》：『一歲風波隨臘盡，六街羅綺逐春遊。』(《秋谷集》下)

按：陳圳(?—一六四一)，字長源，閩縣人。萬曆、崇禎間布衣。有《得賁園集》。工於集句，有《宮閨組韵》。

又按：三山，福州別稱。福州城内有屏山、于山、烏山，故稱。

又按：曹學佺《賀連州守崔徵仲致政歸西谷序》：『曩丁卯歲，徵仲忤璫歸，將隱于西谷，

不佞以文導之。』(《西峰六三文·序》上)

又按:『以文導之』之文,即《送崔徵仲歸秋谷序》。詳次歲。

張燮作《詞盟廣詠·崔徵仲大令》:『徵仲志四方,獻策阻見收。麗事多異聞,搖扇登車遊。作令項推强,忤璫璫所仇。身屈道常伸,耻彼曲如鉤。』(《群玉樓集》卷四)

按:『獻策』句,屢試不第;『麗事』,善作巧對。此詩作於此歲或次歲,言及世召忤璫被逮獲釋。

崇禎元年戊辰(一六二八) 六十二歲

正月,元日,社集徐爀宅。徐爀致書世召同年陳元卿憲伯,請其提携世召官復原職。世召歸西谷,林叔學贈《秋谷霞光》詩,世召和謝之。

作《戊辰元日立春,是爲今上元年,社集徐二宅,分賦》:『綺日歡呼率海濱,當筵不厭酒千廵。龍飛恰值辰爲歲,鳳曆奇頒朔是春。多難重逢蓮社友,太平歸老竹林人。徐卿有子兼孫慧,剪勝裁詩事事新。』(《秋谷集》下)

按:徐二,即徐爀。徐爀行二,故稱。

又按:『有子兼孫慧』,徐爀子延壽,孫鍾震。

徐爀《寄陳紹鳳憲伯》:『貴同年崔霍霞與不肖同社,自少至老,莫逆於心。去歲招入崇仁署中者半載，習見宦聲籍籍，公門如水。即漕兑一節，無端罹禍，令人且駴且懼。幸江右撫按衙門併司道諸公深諒非罪，爲之昭雪，今且暫返三山。惟是聽勘官員，須懇劉按院一疏，始得恢復原職。方今按臺巡歷南贛，與台翁會晤有期，伏乞篤念年誼，賜一提挈，速爲題請，俾早往京補選，寔台翁再造之恩，而崔令君當效涓埃之報也。特遣一介之使抵贛，幸乞留神。其漕兑曲折，崔君業有私禀。』（《紅雨樓集　鼇峰文集》册七，《上海圖書館未刊古籍稿本》第四四册，第一五三—一五四頁）

按：陳元卿，字紹鳳，閩縣人。萬曆三十七年（一六〇九）舉人，與崔世召同榜。萬曆四十一年（一六一三）進士。

作《林懋禮〈秋谷霞光〉韵，走筆和謝》：『世路艱危早賦歸，對君如逐卿雲飛。春盤五日輕分袂，秋谷千巖老佛衣。』（《秋谷集》下）

按：林叔學，字懋禮，福清人。諸生。有《蒹葭集》，周之夔爲之序。

春，家居，春遊、踏青、把春鋤。徐𤊹遣使至江西致書章岵梅，請其爲世召復起之事斡旋；世召過石倉向曹學佺求《歸秋谷序》。陳鴻、商梅有詩寄秋谷。

作《重過蘆花館爲懋化題》：『頻參大士茶鎗熟，消盡春遊一甕醅。』（《秋谷集》下）

作《遊靈谿寺》：『枯藤隨意踏春青，喚客鶯聲不肯停。』（《秋谷集》下）

作《謝劉漢中明府惠書併志别》：『歸來學得把春鋤，珍重劉公一紙書。北闕彈冠勞勸相，西

山叟履自居諸。』（《秋谷集》下）

按：劉允繩，嘉興（今屬浙江）人。萬曆二十二年（一五九四）舉人。作《秋谷乞言》：『乙丑冬，敕兒輩買山一區，預作菟裘，爲終老計。去邑西僅一里許，饒有泉石之致。引泉鑿池半畝，構亭其間，顔曰「秋谷」。蓋秋屬西，又取秋成之義，爲主人抽簪湊趣也。谷口古松數十章，松邊伐石爲小橋，入谷有石丈許，突起立橋側，似傾耳聽松風者，因鐫李伯東「聽松」二篆字於石上，應得一拜過橋。沼澗數十武，有石卓峙如門，命曰「雲扃」。入門瀑布淙淙，如松濤争響，刻其壁曰「懸虹」。峽左巨石，苔蘚甚古，架亭石頂，曰「泉屋」。谷之右構嘯閣，東向面大海，遠嶼漁燈，歷歷几席間。下有軒曰「鶴巢」。鶴山邑主峰，名曰「鶴巖」。復買鶴一雙實之。客至輒命以舞，差不似公羊家禽耳。傍曰「煮石齋」，白石可爛，西山亦可粲耶！亭下畦廣，種千葉荷，樓臨水面，曰「醉香谷」，雖秋名兼宜夏也。山體差大如斗，不堪多設位置爲崖略，景概若此。居無何，山主人遘權璫之厄，以非罪廢歸。似山靈《移文》檄之來意，季鷹秋風之感，興致相當爾……山主人别號「西叟」，遠愧李愿，獨秋谷不愧盤谷。况先生今之昌黎，以片言當九錫之命，願少留意焉。』（《乾隆》《寧德縣志》卷九《藝文志》）

曹學佺有《崔徵仲過石倉，以其隱處秋谷要余作序，時徵仲爲權璫所厄，乍得脱歸》：『昔時稱死友，今日乍生還。何必談秋谷，此中皆故山。桃花嬌水態，石氣澹烟鬟。爲問林栖樂，長如鶴夢閒。』（《賜環篇》上）

陳鴻《寄題崔徵仲秋谷》：『勝地傳秋谷，因人乃得名。峰蓮千仞合，徑竹四圍生。蕭爽皆隨意，虛靈若有聲。霍童仙路近，欲共采芝莖。』（《秋室編》卷四）

曹學佺有《送崔徵仲歸秋谷序》：『人行白鶴嶺上，望見寧德縣。城墟井咫尺間。及至其所，亦須登頓窮十里而遥。問所謂白鶴山者，西去縣僅一里，故知爲嶺之支也。俗但名西山，山之下有谷焉。余友人崔徵仲令崇仁時，預敕其子買山一區，爲歸隱地，因顔其谷曰「秋谷」，蓋取西山及秋成之義。主人歸時，年六十有一，遂頹然號稱西叟矣。或問于余，曰：「西叟之欲歸其故山也，何亟歟？山爲叟所得，未及再期，而又何以故稱曰『西叟』？」「雖仕而心常在岩谷間。叟雖未履秋谷一步，而谷之未嘗不以神許交于崔令也。谷未得，則令固亟亟于是山；谷既得，則是山又日夜望其主人歸也。」或曰：「仕爲令，如轍之初適途，何以遄返車？既躓矣，豈能免于涔淖而遂谷之藏也。」曰：「崔君令崇仁，崇人德之，愛戴如父母。然令縱速遷，崇人惟恐其不以三年淹也。令之去，非出意外者哉！而獲歸于秋谷也，又非大出于意外者哉！」丙丁之際，以虐璫董漕政，其于江右之屬縣，若風馬牛之不相及。令不意誤觸其鋒，陰怒毒螫，取旨如寄，而令之身不免，寧僅解邑云爾。然根批株連，爲禍未已。令曰：「寧斃我，毋累崇人。」乃速身就道，以聽處分。二臺使深知令冤，亟欲爲令白一言，尚躊躕未決，而鼎湖之劍已藏，湯林之網遂解。彼虎而冠者，皆厭刀俎之餘矣。令于是憫然曰：「吾之有兹身也，而吾之身有兹谷也，豈非荷明主之賜！吾寧爲谷飲樵爨之民，以歌帝力于何有？」

爾谷曰：「子之歸也，其不我辱也。吾谷之喬然者，松也；冽然者，泉也；蓊然者，雲也；嵬然者，石也。其不爲子辱也。」曹子與崔子善，而其歸也，有類于崔子，因爲文以送之。』（《石倉三稿·文部》卷三《序類》下）

作《曹能始作文送余歸秋谷併惠扇詩，用韵和謝二首》，其一：『抛將烏帽去，帶得紫烟還。相對石倉水，因懷盤谷山。移文謄九錫，捧檄舞雙鬟。柱杖頻搔首，前峰月影閑。』其二：『灼龜甘曳尾，倦鳥自知還。况復與清黨，其如倚泰山。林猿翻露葉，溪女出風鬟。拍掌初衣客，逢迎水石間。』（《秋谷集》上）

按：據世召詩，曹學佺所作爲題扇詩，陳鴻詩似也是題扇。

商梅有《别友兼寄秋谷》：『乍見即爲别，臨行聊與論。雲猶封竹徑，花不送柴門。來去每相慰，懷思自有存。寄言秋谷裏，誰可共晨昏。』（《彙選那菴全集》卷三十七《柳下亭》）

作《雨中望瀑》（《秋谷集》上）。

作《竹林寺爲瑞嚴上人題二首》（《秋谷集》上）。

按：〔乾隆〕《寧德縣志》卷二《建置志》：『竹林寺，在四都涵道。咸通三年建。』

四月，朔日，溪雲閣重開絳桃，疑有社集。浴佛日，社集陳一元漱石山房，送無異禪師還博山。浴佛日後四日，偕社諸子集閬菴。

作《四月朔日，溪雲閣重開絳桃一枝，得先字》（《秋谷集》上）。

作《浴佛日社集，送博山禪師歸，共限東韵七言律》：『名山到處拜宗風，喝水巖頭看日紅。會滿龍華生佛笑，座傾塵尾聖僧通。隨緣竹杖方銷夏，摩頂松枝忽指東。自是空門無去住，不須踪迹雪泥鴻。』（《秋谷集》下）

按：無異禪師，名大艤，一名元來，龍舒沙氏子。早歲禮五臺通和尚，後隱信州博山，學者輻輳。天啓七年（一六二七）主福州鼓山湧泉寺，居六閲月而歸。崇禎三年（一六三〇）卒。

曹學佺有《浴佛日，送無異禪師還博山》：『法門凋謝賴興隆，時節因緣逗凑中。體浸瑠璃傳佛日，手提如意嗣宗風。溪名弋字形勾曲，山類香爐氣鬱葱。晏祖道場須護念，靈源一脉意無窮。』（《賜環篇》上）

陳一元有《浴佛日，社集漱石山房，送無異大師還博山》：『自出鵝湖翠竹叢，西江象教一時崇。人天直接閫闕外，佛法親宣石鼓中。離别不堪當結夏，皈依何幸被慈風。僧糧恰有新秋麥，漫促輕裝楚水東。』（《漱石山房集》卷五）

陳仲溱有《浴佛日，集漱石山房，送無異禪師自湧泉寺歸博山》：『自出鵝湖翠竹叢，西江象教一時崇。』（《嚮山集》，《石倉十二代詩選》之《社集》）

李岳有《浴佛日，社集漱石山房，送無異大師還博山，共用一東韵，是日不赴》：『伊蒲作供草亭中，知有山光處處通。浴佛節邊蕉葉雨，送僧江上楝花風。紺園北去尚多宿，心境西來正未窮。身歷艱虞罔相問，聊將詩句贈生公。』（《湖草集》，《石倉十二代詩選》之《社集》）

按：李岳，字子山，大金千户所（今霞浦）人。與陳鴻、林寵、孫昭、林匯、徐延壽結社。有《湖草集》。

陳衎有《社集漱石山房，送無異大師還博山，同用一東韻》：『龕燈深處幸相同，見説機緣是永豐。佛祖應身蓮葉上，龍天頂禮海濤東。洞雲出洞元無迹，江月臨江本在空。後夜故山鐘磬静，祇將頑石印宗風。』（《玄冰集》卷九；又《大江集》卷六）

作《同石懶上人晚坐松下》（《秋谷集》下）。

作《浴佛後四日，閬菴新成，偕社諸子集爲石懶上人賦，限七言律得二首》（《秋谷集》下）。

作《盆中榴蒂杜鵑花三首》《題畫竹贈郭竹谷》（《秋谷集》下）。

作《四月打魚謡八首》，其七：『海上安榴四月開，年年石首踐更來。他時老健重觀海，記取榴花第幾迴。』其八：『新皇御極太平年，販海魚郎不計錢。不是鷗波留暫住，幾乎辜負看魚緣。』（《秋谷集》下）

按：倭亂過去半個多世紀，寧德重現太平景象。

四、五月間，病。爲父母卜襄事於麒麟寨。商梅遠行，有詩寄世召。翁壽承訪秋谷。

作《和超上人韵》《題待興上人高寄室》（《秋谷集》上）。

作《喜從兒偕石懶入秋谷讀書，用翁壽如韵》：『能令人却夏，所以谷名秋。溪訟松争吼，池商月到遊。』（《秋谷集》上）

作《爲先人卜襄事於麒麟寨，喜賦》（《秋谷集》上）。

按：黄興朝輯《寧德博陵崔氏宗譜》：『公妣合葬麒麟山。』

作《鶴巢初構》（《秋谷集》上）。

按：鶴巢，秋谷十景之一。

作《水樂》《翁壽如之兄壽承復至，訪余秋谷，以詩見投，用韵答之》（《秋谷集》上）。

作《病中書懷》：『微官豈是傷心熱，短檻聊將瘦骨憑。』（《秋谷集》下）

作《寄懷何無咎》：『微官落落嘆勞薪，一網收殘漢黨人。』（《秋谷集》下）

按：何白，字無咎，永嘉（今浙江温州）人。龍君御異其才，爲其延譽。隱于梅嶼山中。有《汲古堂集》。

商梅《别友兼寄秋谷》：『乍見即爲别，臨行聊與論。雲猶封竹徑，花不送柴門。來去每相慰，懷思自有存。寄言秋谷裏，誰可共晨昏。』（《彙選那菴全集》卷三十七《柳下亭》）

按：世召在秋谷，故言『寄之』。

六月，北上補官，曹學佺有詩送之。徐𤊹致書任職銓曹的邵捷春，言世召補官無意再回崇仁，以稍豐腴易治地爲佳。

作《送翁壽如應雍履和將軍雁宕之招，時余將北行》（《秋谷集》下）。

作《赴闕補選至三山，諸社友合餞寥陽殿賦詩，得一先韵留别》（《秋谷集》下）。

按：寥陽殿，在福州于山。

曹學佺有《送崔徵仲北上》：『繫馬三山別友生，村居聞信副心旌。王程正及新秋思，隱谷還尋舊日盟。漢室循良稱繼響，皇家臨照喜重明。近傳召對平臺上，首及民間疾苦情。』（《賜環篇》上）

徐𤊹《又[寄邵肇復]》：『崔徵仲去歲無端爲漕璫參糾，已甘罷斥，歸隱霍童。近漕撫并江省撫按纍疏昭雪，蒙旨下復其原官。死灰復然，寔出望外，今特往京候補。幸逢台丈秉銓，機緣湊會，撥雲見日，正在此時。崇仁至今未補，似有所待。第地瘠民頑，雖地方有還珠之望，而徵仲寔不樂再莅是邦，敢藉台丈平昔之雅，擇一善地，而近如浙之金、温，廣之潮、惠，江[之]建、信，稍豐腴易治者，以處之。徵仲定效涓埃之報，不敢負大德也。』（《紅雨樓集　鼇峰文集》册五，《上海圖書館未刊古籍稿本》第四三册，第一八九—一九〇頁）

作《戊辰述懷》：『萬死揖波臣，噓風送吴楚。紫垣忽無光，欃搶墜如雨。行行淮陰道，不受胯夫侮。舉頭瞻新陽，普天頌神武。吾黨鬚眉伸，小臣亦安堵。提携上天去，手擊登聞鼓。君恩老難酬，士窮節迺竪。簪紳何足論，清平得死所。嘯月秋空高，酌以太平醹。』（《秋谷集》上）

按：據『提携上天去』『嘯月秋空高』等語，此詩當作於北上之初。

作《夢詩》（《秋谷集》上）。

作《上薛司理》：『古人死知己，哀哀生我共。誰全七尺軀，念之腸摧痛。君居浙水西，我家霍林洞。相望泥隔雲，車前竊餘俸。一見感綢繆，倚君如梁棟。大難忽墜淵，汲引勞抱甕。有如壑中鱗，泳波相縱送。超超國士恩，報豈等儔衆。鴛湖秋水平，興朝佇大用。』（《秋谷集》上）

按：薛振猷，字爾嘉，平湖（今屬浙江）人。天啓五年（一六二五）進士，授江西撫州推官。去歲世召遭璫難，薛司理關懷備至。

七月，北行，經順昌、邵武。

作《阻風》：『水怒皆秋氣，山顰作暮寒。』（《秋谷集》上）

作《初秋，途中述懷》：『人言爲官意欲飛，我但譚之愀不樂。雖有進賢冠，何如碧笋籜。雖有數尺腰間圍，何如百衲黃縚服。』（《秋谷集》上）

作《立秋二日》：『入山不易出山難，進退山將冷眼看。昨夜秋風梧葉響，杳無意下碧欄杆。』（《秋谷集》下）

作《初秋至順昌，假寓分司，獨酌紫薇花下，感賦》《富屯寓張上舍文甫水樓，賦贈》《寄懷張文弱廣文》《兄徵伯常夢葉相國贈扇，中有看看汝貌似田郎之句，其事甚奇，余以田真實之，續成一律》（《秋谷集》下）。

作《過樵川四十里，有郵名龍關，亟問土人，云宋時有雙龍鬪于此，其說近誕，然有其傳之，想亦莫須有耳，余奇其名而賦焉》（《秋谷集》上）。

按：樵川，邵武別名。

作《王臺館，黃文學惟甫訪其兄郡丞昭武，一路聯舟作詩投予，依韵走答》（《秋谷集》下）。

按：王臺館，王臺驛館，故址在今南平市延平區西。

又按：昭武，今邵武市。

七、八月間，爲葉樞作短歌。

作《雙節卷短歌，爲葉機仲題》（《秋谷集》上）。

八、九月間，過阜城，觀魏瑺殺處。過淮安、東阿舊縣、河間。有詩寄諸族弟。

作《再過謝埠》：『津雲頻問渡，沙鳥慣迎人。地豈殊今昨，山如學笑顰。』（《秋谷集》上）

按：去歲被逮途中，有《宿謝埠舟中》詩。

作《淮安舟次，中秋病起獨酌，感賦》（《秋谷集》上）。

作《露筋貞女廟》（《秋谷集》上）。

按：露筋祠，故址在今江蘇省高郵市城南。

作《甘羅城》（《秋谷集》上）。

按：甘羅城，故址在今江蘇省淮安市淮陰區。

作《途中田溝荷花盛開》（《秋谷集》下）。

作《阜城觀魏瑺殺處》：『毒霧漫天七載昏，阜城密柳罥妖魂。猶聞野店餘腥在，猛恨鞭尸白日奔。』（《秋谷集》下）

作《過東阿舊縣》(《秋谷集》下)。

作《過河間府，柬余起潛司馬》(《秋谷集》下)。

按：余文龍，字起潛，古田縣人。萬曆二十九年(一六〇一)進士，時爲河間府同知。

九月，有詩寄石懶上人、社中諸弟。九日，到京。

作《秋晚，寄懷石懶上人》(《秋谷集》下)。

作《寄社中諸弟》：『山齋日日聚氤氳，半雜清詠半論文。』(《秋谷集》下)

按：世召兄世聘，無弟。此題『諸弟』，爲族弟。

又按：據此詩，寧德崔氏兄弟多能詩文。

作《重九日至京》(《秋谷集》上)。

十月，和新安黄成象《紀瑞詩》。

作《神廟己酉元旦立春，四之日交夏，七夕逢秋，十旬值冬，每節日月並應，四序皆晴，今上御極改元亦復如是，新安黄成象有紀瑞詩，用韵和四首》(《秋谷集》上)。

按：黄化龍，字成象，歙縣(今屬安徽)人。萬曆四十三年(一六一五)武舉人。

十一月，長至日，遇聖駕郊天，有詩。

作《崇禎元年仲冬長至，恭遇聖駕郊天，喜賦排律廿二韵》(《秋谷集》上)。

作《長至日，同王元直訪葛震甫，留飲席中，分韵送鄒舜五先歸洞庭山，得文字，時震甫將之官雲南》（《秋谷集》上）。

按：葛一龍（一五六七—一六四〇），字震甫（父），吴縣（今江蘇蘇州）洞庭人。入貲爲郎，官雲南布政司理問。有《葛震甫詩集》。

又按：葛一龍之雲南，參見次歲正月。

葛一龍有《送鄒舜五先還洞庭分得章字長至夜》：『不必論先後。歸心共一陽。寒宵難卜醉，離日易爲長。北道誰恒主，南音非一方。出門時種石，斑駁已成章。』（《葛震甫詩集·矯褐吟》）

作《震澤故無蓴，鄒舜五俺得採之，遂爲湖中第一公案，作採蓴歌》：『莫漫臨風喚客歸，我家亦有故山薇。秋來薇老稚根澁，不及蓴羹一杯汁。安得扁舟從君遊，太湖采采蘆荻秋。』（《秋谷集》上）

按：此詩作於送鄒氏歸洞庭之時甚明。

十一、十二月間，程參軍出寧遠，有詩送之。爲張瑞圖題畫。有詩柬米萬鍾。

作《程參軍民章出寧遠，用韵次四首送之》，其一：『雪花如掌撲氈衣，壯士行邊願不違。』（《秋谷集》下）

作《題張二水相公畫》，其二：『我亦山中曾作相，攜歸秋谷弄烟霞。』（《秋谷集》下）

按：張瑞圖（一五七〇—一六四一），字無畫，又字長公，號二水，晚號果亭上人、白毫道人，晉江人。萬曆三十五年（一六〇七）進士第三人及第，授編修。天啓末，以禮部尚書入閣，晉大學士，加少師。擅草書、山水畫。有《白毫庵集》。

作《題畫四幅》（《秋谷集》下）。

作《柬米仲詔先生》《京中送蘇穉英歸沙陽》（《秋谷集》下）。

作《贈廖而上年兄司馬四明》（《秋谷集》下）。

按：廖鵬舉，字而上，又字孟博，晉江人。萬曆三十七年（一六〇九）舉人，歷官四明推官、安南府知府、桂林道。

作《柬林玄之國博》《述懷，示王台麓別駕》《題林比部祖母旌節卷》（《秋谷集》下）。

作《上蔣八公年兄太史二首》（《秋谷集》下）。

按：蔣德璟（一五九三—一六四六），字中葆，號八公，又號若柳，蔣彦子，晉江人。天啓二年（一六二二）進士，官至禮部尚書兼東閣大學士。唐王隆武朝召入閣，以足疾辭歸，卒於家。

作《秣陵別唐君俞十餘年矣，重遇都門，以詩畫箑見投，感而賦謝》《同諸詞客集飲米友石先生齋頭，共賦來字》（《秋谷集》下）。

按：米萬鍾，字仲詔，號石友，宛平（今北京）人。萬曆二十三年（一五九五）進士，纍官太僕少卿。嘗築園北京海淀之北，名漫園、勺園、湛園。工繪事。有《北征吟》。

作《題卷，爲葉機仲下第賦》《和蔡達卿平陰署中得男詩》《和達卿誥封尊人詩》（《秋谷集》下）。

十二月，朔日，見樹介景觀，同葛一龍、王繼皋等人賦詩爲紀。十八日，梅花社集，賞梅，中途因寓所較遠先行離去。偶遇王思任。二十五日，觀廟市；葛震甫招集水塘庵。除夕，招蔡宣遠、龔玉屏、陳中明小酌館中。

作《臘月朔日，長安見樹介，同葛震甫、王元直賦，限五言律》（《秋谷集》上）。

葛一龍有《樹介》：『非霧非霜雪，滿城人未知。藉茅能片片，得樹轉離離。旦暮曾無間，祲祥敢致辭。客行將萬里，催鬢易成絲。』（《葛震甫詩集·矯褐吟》）

作《臘月十八日，集梅花社待月，余以寓遠先歸，賦得灰字》《喜蔡宣遠以粵東藩司賫捧至，賦贈》（《秋谷集》下）。

葛一龍有《梅花社待月得先字》：『春洩未殘年，客來明月先。喧然争坐次，無不愛西邊。光滿亦易上，照初偏覺鮮。南歌薊北酒，雪夜梅花天。』（《葛震甫詩集·矯褐吟》）

作《長安偶遇王季重先生，賦贈》（《秋谷集》下）。

按：王思任，字季重，號謔庵、遂東，山陰（今浙江紹興）人。萬曆二十三年（一五九五）進士。官九江僉事，居官通脱自放，不事名儉，罷官歸。有《王季重九種集》。

作《臘月廿五日，觀廟市，因赴葛震甫招集水塘菴，席中即事》（《秋谷集》下）。

葛一龍有《十二月廿六，庵寓夜酌，賦得共此燈燭光》：『齋寂夜如歲，歲殘冰雪天。四三千里外，一百八聲邊。生事煩窮鬼，行藏問懶禪。無端不可盡，同照且歡然。』（《葛震甫詩集·矯褐吟》）

作《戊辰除夕，招蔡宣遠、龔玉屏、陳中明小酌館中》（《秋谷集》下）。

崇禎二年己巳（一六二九）　六十三歲

正月，在京城。元旦，集飲馬達生宅看梅。初四日，與葉樞觀西海。初四日、八日，梅社一集再集。燈節後，與王繼皋、鄒舜五等集張園。葛一龍之官雲南，有詩送之，並追叙去冬以來交往。

作《己巳元旦，朝罷集飲馬達生給諫宅，看梅花賦》（《秋谷集》下）。

按：馬思理，字達生，長樂人。天啓二年（一六二二）進士，知烏程縣，擢兵科給事中，崇禎間官至右通政。唐王時官至禮部尚書。有《掖垣封事》。

作《爲弢文鄭子壽母》（《秋谷集》下）。

作《正月春前八日，同葉機仲觀西海，榜人以絙繫木板牽行冰上，遍觀虎城諸處，心甚樂之，賦得四首》（《秋谷集》下）。

按：正月十一日立春，春前八日爲初四。

作《正月八日，梅社再集，限排律六韵，共得飛字，時余未赴》（《秋谷集》上）。

葛一龍有《穀日，梅社再集，共用飛字》：『忽上月已久，聚來星不稀。亦知妨後到，幸未有先歸。王已開春正，人難謂昨非。政寬容卧聽，歌雪當花飛。』（《葛震甫詩集·矯葛吟》）

作《十日，復見詩以破怪》（《秋谷集》上）。

作《吴門葛震甫神交有年矣，戊辰冬同補選京師，因王元直投好，遂若平生之歡，時之官雲南，作詩送之，得四首》（《秋谷集》上）。

按：與葛一龍交往，見去歲十一、十二月。

作《葛震甫以詩别余，用韵再送之滇南》（《秋谷集》下）。

三月，初四日，顔繼祖誕辰，有詩壽之。約於此時，又有詩上顔氏。

作《壽顔同老給諫，三月初四誕日，時皇太子正彌月也》（《秋谷集》下）。

按：顔同老，即顔繼祖（？—一六四〇）。繼祖，字繩其，號同蘭，龍溪（今漳州）人。萬曆四十七年（一六一九）進士，官都御史，巡撫山東，兵敗，下獄死。有《又紅堂集》《雙魚集》。

作《上顔同蘭給諫廿韵》：『慨慷須我輩，文雅信吾師。桃李欣成徑，參苓樹務滋。詞壇容抵掌，畏路忽伸眉。成我同生我，無私似有私。千鈞提舉鼎，一局覆殘碁。失馬已如此，飛凫任所之。願將依岱意，先獻及門詩。』（《秋谷集》上）

作《壽吕參軍七十》（《秋谷集》下）。

作《孟春燈節後，王元直、鄒舜五主社集張園，共得張、園二字，五言律詩》（《秋谷集》上）。

葛一龍有《探春張園》：『芳園新著姓，猶自説金張。春入應還淺，花開亦漸忙。性情同一適，風日况相當。樹有殘年雪，不寒生暮光。』（《葛震甫詩集·矯葛吟》）

春，南居益招飲私宅。

作《南二太司徒招飲私宅》：『春事報新晴，開樽招宿契。座客盡風騷，麈譚心幽邃……憶昔天晦冥，賢者多匿避。狼虎晝縱横，一副英雄泪。感此春光清，連茹引鳴曳。』（《秋谷集》上）

按：天啓元年（一六二一），南居益起爲户部右侍郎，春日招飲，當在京城。

閏四月，芒種，與鄧文明、謝于宣、王繼皋等集米萬鍾勺海堂。

作《閏夏芒種，米仲詔招集勺海堂，同鄧泰素、謝于宣、王元直、馮足甫、周承明、王秩甫、王心之共賦，得居字，限七言律》（《秋谷集》下）。

作《閏四月芒種，集勺園，同鄧太素、謝于宣刺史，王元直、馮足甫太學，周承明、王心之山人，拈居字，仲詔先生賦七言排律廿韵，用韵和之》（《秋谷集》下）。

按：謝甸鶴，字于宣，鄞縣（今屬浙江）人。崇禎十六年（一六四三）進士。

又按：周光祚，字承明，長洲（今江蘇蘇州）人。

作《和米仲詔扇頭勺園之作》（《秋谷集》上）。

作《題何海若默詩齋》：『長安地主新安客，半畝蓬蒿環堵宅。填枕圖書作四鄰，閉門風雨閑雙屐。』（《秋谷集》上）

按：何海若，新安（今安徽黄山）人。

作《新安何海若廿年交好矣，余以遭逆璫之難，天幸生還，相見悲喜，每過必觴余金盤露，盡醉而返，因爲漫題其卷以贈之》（《秋谷集》下）。

夏，南下歸閩。過淮安、揚州、瓜洲、無錫、蘇州，有詩。經邵武，訪太守阮自華。

作《將發都門，蘇穉英招飲百花館觀劇》（《秋谷集》上）。

作《過淮安訪杜九如，擬携雙鶴歸，詩以索之》《值九如不遇，亦無鶴，悵然賦此，用前韵》（《秋谷集》下）。

作《梅花嶺弔古迷樓》（《秋谷集》上）。

按：梅花嶺，在江蘇揚州。迷樓，隋煬帝所建。

作《瓜洲期登金山，值雨不果》（《秋谷集》下）。

作《過無錫，柬陳石夫明府》（《秋谷集》下）。

按：陳其赤，字石夫，崇仁（今屬江西）人。崇禎元年（一六二八）進士，授無錫知縣。

作《偶步吴山，過蘇長公遺蹟，有去年崔護若重來之句，悵然懷古》（《秋谷集》上）。

作《過樵川，與阮堅之刺史》：『閩山社冷瑶華席，樵水波瀠碧海鄉。』（《秋谷集》下）

按：阮自華（一五六二——一六三七），字堅之，號澹宇，懷寧（今屬安徽）人。萬曆二十六年（一五九八）進士，除福州推官，三十一年（一六〇三）在福州組織烏石山神光大社。大計坐謫。後出爲慶陽知府、邵武知府。崇禎三年罷歸。有《霧靈山人詩集》。

七、八月間，赴湖南郴州桂東縣任。曹學佺、陳一元、陳鴻有詩送之。途中有詩寄寧德教諭張繼纓。

按：〔乾隆〕《寧德縣志》卷七《人物志》：『及璫敗，釋歸，日以歌詩自娱。未幾，上用臺省言，還原職，補湖廣桂東縣令。』

又按：〔同治〕《桂東縣志》卷十二《職官·知縣》『天啓朝』：『崔世召，福建人，舉人。祀名宦。』

又按：世召任桂東知縣在崇禎二年，〔同治〕《桂東縣志》載世召天啓朝爲桂東知縣，誤。

曹學佺有《送崔徵仲之令桂東》：『選人親謁聖明君，朝政更新日異聞。冢宰獨留排衆議，群工申飭戒虚文。賜環僅得携湘佩，製錦猶堪映楚雲。郴桂亂山圍斗邑，衡陽歸雁已紛紛。』（《賜環篇》下）

陳一元有《送崔徵仲之官桂東》：『兼葭秋色正蒼蒼，楚水閩關別夢長。日下近承新錫詔，花間仍綰舊銅章。郴山奇變連仙嶺，程醞清甘出桂陽。邑小官閑堪嘯咏，可無佳句動三湘。』（《漱石山房集》卷五）

陳鴻有《送崔徵仲起補桂東令》：『移官東向桂江隅，歷盡風波若有無。事往誰知同塞馬，時清寧復患城孤。鄒生律喜回燕谷，崔灝詩能壓楚都。日下薦賢今不乏，故園松徑任荒蕪。』

（《秋室編》卷六）

作《和張文弱廣文韵寄別》：『王程不放深秋晚，宦况唯應澹月知。』（《秋谷集》下）

按：張繼纓，字文弱，南海（今廣東佛山）人。天啓元年（一六二一）舉人，授寧德教諭。有《雲來軒草》《呹音草》。

作《用石懶韵贈張文弱》《和聞文石大尹扇頭二韵》（《秋谷集》上）。

作《再過壽昌，逢閒然上人和余詩甚捷，喜而贈以律》《將至桂東道中》（《秋谷集》下）。

按：上次過壽昌在天啓七年（一六二七）冬，詳該年。

八月，中秋，至中堡。

作《中秋夜至中堡》（《秋谷集》下）。

作《過八面山》（《秋谷集》下）。

按：八面山，在桂東縣。

九月，九日，往祁陽途中。携女孫宜端（時年十五）作描大士一幅供於桂東縣署中。

作《晚秋途中》（《秋谷集》下）。

作《祁陽途中重九》（《秋谷集》下）。

作《贈甯永興北直人》（《秋谷集》下）。

作《女孫繡天十五能作佛相，爲描大士一幅遺余，携供楚署中，賦詩一律》：『少小能於筆硯親，

休將道藴等閨人。』(《秋谷集》下)

作《爲先人請得贈典，歸家焚黄拜墓》：『塜上麒麟如作語，此迴佳氣滿氤氲。』(《秋谷集》下)

按：崔宜端，字繡天，世召三子蕘之女。

按：『贈典』，即《文林郎允元公誥命》，詳下。

作《贈袁樨圭二子皆明經》(《秋谷集》下)。

按：《袁樨圭見招不赴，詩以謝之四首》《樨圭復以詩來約，次韵許之》(《秋谷集》下)附繫於此。

作《署中初見霜，懷徵伯老兄》：『女墻三尺抱斜陽，天老秋深夜有霜。』(《秋谷集》下)

九、十月間，米萬鍾寄賞菊醉月詩，和之。

作《米仲詔先生新開漫園，與同社賞菊醉月，作詩寄余，因效其體和之》(《秋谷集》下)。

十一月，黄廣文素翁誕辰，作詩寄之。長至日，憩興寧。

作《雪途雜咏十首》，其九：『誰云宦轍有光輝，垂老勞勞賦式微。』其十：『山邑寥寥試士稀，誰當映雪下書闈。』(《秋谷集》下)

按：『垂老』，時世召年六十三。『試士』，參見下條。

作《冒雪送考校，甚以八面山爲慮，次早天大開霽，志喜，偶用王季重華嚴老人居韵》(《秋谷集》上)。

作《仲冬朔日，爲黄廣文素翁誕辰，適以雨中詩見投，走筆用韵爲壽》《雪後得晴，有賦》（《秋谷集》下）。

按：黄廣文，即黄華應，號素翁，桂東縣教諭。

作《長至，憩興寧祝聖節》《和易坦坦山人》《和黄素翁半泥庵詩》（《秋谷集》下）。

十二月，陳景玄奉常、吴萬爲别駕誕辰，有詩分别壽之。二十四日立春，有詩。

作《嘉平月朔，爲陳景玄奉常誕辰兼得三男，賀詩一律》（《秋谷集》下）。

按：陳宗契，字禖生，號景玄，衡陽（今屬湖南）人。萬曆二十九年（一六〇一）進士。時爲太常寺卿。

又按：《壽陳太常太夫人八十初度，排律十四韵》（《秋谷集》下）作年不詳，附繫於此。

作《爲吴萬爲别駕誕辰壽臘月初八日也，是月將立春》二首（《秋谷集》下）。

按：吴文憲，字萬爲，海鹽（今屬浙江）人。選貢，衡州通判。

作《臘月廿四日立春，正值聖誕，舞蹈之情見乎辭》（《秋谷集》下）。

是歲，在桂東有詩柬曹鳳池。

作《柬曹舜臣廣文雅州人》（《秋谷集》上）。

按：曹鳳池，雅州（今四川雅安）人。貢生。時任桂東儒學教官。

是歲，葛一龍之官滇南，過楚，寄詩，和之。

作《和葛震父過楚寄懷詩》：『滇池天際水，震澤夢中波。』（《秋谷集》上）

按：崇禎二年（一六二九），一龍之官雲南。

是歲，授階文林郎；婦黄氏封爲孺人。

按：《文林郎世召誥命》：『奉天承運皇帝敕曰：漢循令與强項令並稱，然真强項必真循吏也。朕起潛邸，知東南民力竭，又重以吏之善浚，故常擇其有風操者使爲民牧。非特輕車熟路，亦以其素徵之也。爾湖廣郴州桂東縣知縣崔世召，學淹墳典，品抗松筠，自領賢書，早蜚文譽。迨綰西江之袖，遂騰交薦之章。於凡葺學繕城，詒梁課賦，饒聞幹濟，並著惠廉。兩載以來，塵不挂而屬，漕璫擅威福之日，致無罪入羅織之中。蕙折蘭摧，聞者憤歎。比還爾舊秩，移楚南偏矣。且拜官闕下，特許覃恩，用授爾階文林郎，錫之敕命。桂地連江，粤雖小而巖古。衛颯、欒巴、周敦頤，皆彼中名守令也，爾於江右以强項聞矣。朕撤璫後，中外多舉，爾應詔書，其何以治桂，俾遐方膏雨乎！懋或無愧，曩徽則顯。陟爾敕曰：士當綰綬，領魚之日，壹心營職，固其砥礪素哉！而瞻星示儆，以無煩内顧者，誰襄之也？則治閫與治官，功相毗矣。爾湖廣郴州桂東縣知縣崔世召妻黄氏，禀規女史，儷美名儒，宜家雅協，桃蕡風高，桓汲佐業，長甘虀茹，志勖薰帷。至曳縞以從官，乃求衣之夙戒。是處華不汏，在貴尤冲。爾夫剖竹專城，表風徽於四履；爾亦疏榮駢錫，昭静好於二南。是用封爾爲孺人。祇佩金泥，益光石窌。崇禎二年月日。』（黄興朝輯《寧德博陵崔氏宗譜》

卷首）

是歲，父崔允元以世召貴，贈文林郎、郴州桂東縣知縣。《誥命》叙及世召罹璫難，幾於泯滅。

按：《文林郎允元公誥命》：『奉天承運皇帝敕曰：士奮迹《詩》《書》，輒思以功名顯。其有行琬琰文丹者，鮮不顯者。不然，亦必伸於其子，即與身貴無異也。矧朝廷錫數畀以五花，斯尤有不忘者矣。爾生員崔允元，乃郴州桂東縣知縣世召之父。儒爲隱碩，俠以義彰。揮金美仁里之稱，抱王謝名場之譽。高文雲焕，元略風馳。捐貲殫力以全城，屠羊却賞；酌史焚膏而訓子，治燕流祥。家存著述之多，道叶幽貞之吉。爾子向罹逆黨，幾泯德於無間；近奉新綸，遂標芳於有永。是用覃恩，贈爾爲文林郎、郴州桂東縣知縣。式服龍章之寵，永增馬鬣之榮。崇禎二年月日。』（黄興朝輯《寧德博陵崔氏宗譜》卷首）

崇禎三年庚午（一六三〇）　六十四歲

正月，在桂東縣。元宵，當地風俗以龍燈爲樂。

作《元日》《桂東俗，元宵競以龍燈爲樂，有賦》（《秋谷集》下）。

正、二月間，兄世聘有寄懷詩，和之。

作《和徵伯兄寄懷韵》：『春草池塘今正好，總憑詩句寫相思。』（《秋谷集》下）

作《聞南路復開志喜，用兄徵伯韵》（《秋谷集》下）。

三月，晦日有詩。

作《三月晦日》（《秋谷集》下）。

夏，往郴州參謁，雨過八面山。贈詩同姓、上官、下僚。

作《初夏，往郴州參謁，雨過八面山》（《秋谷集》上）。

作《橘井》，自注：『蘇耽遺迹，在郴郡西。』（《秋谷集》上）

作《遊蘇仙岩》（《秋谷集》上）。

作《郴州有同姓諸生來謁，乃故少司空君瞻公之後也，作詩以贈之》《寄何太瀛方伯山東人》《和蔡朝居徵君詩却寄》《送宋廣文之蜀》（《秋谷集》下）。

七月，初度，有詩。

作《漚川初度，和黃素翁韵》（《秋谷集》下）。

按：桂東縣境内有漚江，故稱漚川。

作《和周榮我韵》：『犬馬齒增秋色老，斗牛光借劍精芒。』（《秋谷集》下）

按：細玩詩意，周有詩壽世召，和之。

七、八月間，修桂東八面山山道，道成，並建憩庵其上，題詩於壁。有詩和黃素翁。遊觀音巖、中洞。

作《憩庵新成，和黃素翁韵》：『何年悲廢址，小憩忽新庵……六度津梁事，唯君可共參。』（《秋

谷集》上）

作《書憇庵壁二首》，其一：『爲問庵成□憇否，忙忙牛馬可能閑。』其二：『青天難上千盤路，莫訝庵前八面山。』（《秋谷集》下）

按：參見次歲正月。

作《中洞》，其《自序》云：『在桂東四十里，向不知名，偶有導余遊者，幽奇古邃，得未曾有。豈山靈有待今日始發皇耶？因作詩紀之。』（《秋谷集》上）

八月，十一日，過耒陽縣，宿小庵，遊鋤雲洞。過永興縣，遊雞峰岩；甯知縣招飲問仙洞。中秋，有詩懷西谷。

作《肥江道中，見小澗數舟上下，悠然有致，賦此》（《秋谷集》上）。

按：肥江，又作淝江，源出湖南永興縣，注入耒水。

作《肥江公館》（《秋谷集》下）。

作《過耒陽宿小菴中》《再入衡州，喜袁稺圭亦至》（《秋谷集》上）。

作《花藥寺，爲王、郭二仙採藥得名，雨中紀遊》（《秋谷集》上）。

按：花藥寺，故址在湖南衡陽花藥山。

作《登寺後山亭遠眺》（《秋谷集》上）。

作《過永興縣，柬甯令君》（《秋谷集》上）。

按：永興縣，郴州下屬縣。

作《觀音巖在永興縣三里》（《秋谷集》上）。

作《八月十一日，過永興，甯明府招同甄宜章集飲問仙洞，是夜宿菴中》（《秋谷集》上）。

作《直釣崖鋤雲洞廿二韵在耒陽上六十里》（《秋谷集》上）。

按：鋤雲洞，在湖南耒陽縣南，相傳漢張良曾隱於此。

作《再過鋤雲洞》（《秋谷集》上）。

作《遊問仙洞，洞與鷄峰相對，皆曾蘭若所闢，排律十八韵》（《秋谷集》上）。

作《寄黄新會明府》《遊永興雞峰岩》（《秋谷集》下）。

作《晚行》《曉行》（《秋谷集》上）。

作《中秋，懷西谷，拈避園便韵二首》，其二略云：『月語桂以東，杳如隔天半。老松與瘦鶴，夜夜相招喚。歸興徒渺茫，吏情何漶漫。』（《秋谷集》上）

八、九月間，過興寧縣。種菊數十本。

作《過興寧，陳尉國常携酒榼，署中對月分賦，得奇字》（《秋谷集》下）。

按：陳憲，字國常，當塗（今屬安徽）人。時爲興寧典史。

作《陳尉雅擅武藝，是夜酒酣，爲余舞數具，顧盼自雄，宿將不及也，有才如此，而令之屈下僚，余甚壯而悲之，時方入覲，因作詩以贈，又得風字》（《秋谷集》下）。

作《爲徐錫餘明府題太夫人節孝卷》(《秋谷集》下)。

按：徐開禧，字錫餘，昆山(今屬江蘇)人。崇禎元年(一六二八)進士，時爲臨武知縣。

作《得三城恢復報二首》，其一略云：『聞道王師利，天驕遁赫連。』(《秋谷集》上)

作《放衙後，自鋤小園，種菊數十本，未至重陽先放萼，作詩喜之，情見乎詞》(《秋谷集》上)。

九月，重陽前數日，撰《秋谷集》自序。九日，登鳳凰山小飲。

作《〈秋谷〉自序》：『嗟乎！西叟雖別秋谷，顧枕上所遊，謖謖松風，亂崖飛瀑之趣，何時不挂叟夢魂哉！無情世態，能窘我以折腰，不能使我眉頭不揚、舌本不靈。蓋自蒙難以前，起廢以後，都此一副肝腸，學楚客悲秋語而已。因弁之曰《秋谷集》。歲在庚午，近重陽，西叟崔世召書于桂署菊籬邊。』(《秋谷集》卷首)

作《九日，招黃素翁登鳳凰山小飲，得勝寨，因作詩送北上》《又用前韻》(《秋谷集》下)。

按：(同治)《桂東縣志》卷二：『鳳凰山，縣治主山。峰巒秀峙，如鳳飛集。舊《志》載：土人相傳，曾有鳳凰翔鳴其巔。』

秋、冬間，讀別駕吴文憲《郴江詠》，和之。豫章詩人彭次嘉過訪，世召及子嵸與之酬倡；次嘉有《明詩輯韵》，題之。次嘉返豫章，留別之。

作《讀萬爲別駕〈郴江詠〉，和韵五首却寄》《彭次嘉過訪，用韵和答》《次嘉以詩贈嵸兒，和韵》《次嘉過署中小集，與嵸兒譚詩竟日，用韵》《又和韵》(《秋谷集》下)。

作《題次嘉〈明詩輯韵〉》：『可是詞林第一流，珊瑚片片袖中收。千秋伯仲徐高士，四韵摩挲沈隱侯。』（《秋谷集》下）

作《和次嘉僧房飲酒之作》《送次嘉返洪都，用其留别韵》（《秋谷集》下）。

十一月，初四，立冬，有詩示桂東鄉紳。

作《庚午立冬，示桂東鄉紳》（《秋谷集》上）。

十二月，五子崧至桂東。除夕前二日同子崔崧詠雪用坡公韵。

作《喜崧兒至》：『孺子至何暮，依依繞膝憑。』（《秋谷集》上）

作《舟泊觀音巖下，曾方伯結庵處》（《秋谷集》上）。

按：曾方伯，即曾紹芳。

作《歲晚，得張海月老師書志喜二首》（《秋谷集》上）。

按：張海月，張南翀。

作《寄廖而上司馬，兼懷黄元公司理，得烟字》：『霜花亂綻一溪烟，歲晏懷人苦月前。』（《秋谷集》下）

按：黄端伯，字元公，號迎祥，新城（今江西黎川）人。崇禎元年（一六二八）進士，時爲寧波推官。

作《除歲前二日，咏雪同崧兒，用坡公韵》二首（《秋谷集》下）。

是歲，割俸修桂東縣高橋，改其名爲『高車橋』，題之。

作《題高車橋新成》，其《序》云：『桂東之有高橋，古也，高車非古也，閩人崔令以其名不韵，增而顔之者也。一邑群溪亂流，至此而滙，砰砰下瀉。神女橋兩崖對踞受之，橋横而跨水上，望若龍門飛沫，故曰高也。橋創於何年，不暇考，至今而剥破者半邑，豈無令傳舍匆匆，未聞過而問焉。視溱洧乘輿之惠，抑又遠矣。崔令每停車，輒惻然作津梁想。乃割如水之俸，鳩工庀木，不日告成事。爰易以高車而繫以詩，夫亦喟焉於山川盛衰之故也耶。萬里橋以司馬長卿高車一語艷名千古。桂東雖小，豪傑生不擇地，後有作者當以余一字之增爲地識矣。』（《秋谷集》上）

崇禎四年辛未（一六三一） 六十五歲

正月，五日，立春。六日，宿桂東中洞公館。人日，過八面山。世召曾修路八面山，並題聯。邑人感而鎸石曰『崔公路』。

作《辛未元日，祝聖退衙賦，時五日立春也》（《秋谷集》下）。

作《立春後一日，喜晴宿中洞公館》（《秋谷集》上）。

作《人日，度八面山》（《秋谷集》下）。

按：〔同治〕《桂東縣志》卷二《山川》：『八面山，《省志》：在縣西七十里……此山危險，故延袤二百里。登之，則郴、衡、贛、韶諸山皆可見……邑令崔世召修路，題庵聯云：「峰高八面路何崎，鷲嶺中分一壑；佛在寸心修即是，普陀遥指諸天。」兩邑行者咸佩德，鎸石於爛柴坑，顔曰「崔公路」。』

作《遍熊羆嶺，和馬霖汝方伯韵》：『滿路晴霞照客未，櫻桃花發感春初。』（《秋谷集》下）

按：熊羆嶺，在湖南祁陽縣北。

又按：馬人龍，字霖汝，太湖（今屬安徽）人。萬曆三十二年（一六〇四）進士，時爲湖廣右參政。

作《排律十八韵贈馬霖汝先生》（《秋谷集》下）。

作《阻風》（《秋谷集》上）。

作《過梧桐寺》：『春生獅子座，江浣水田衣。』（《秋谷集》上）

作《元宵，宿路口公館》（《秋谷集》上）。

作《漫言效長慶體》（《秋谷集》下）。

作《正月十六日，爲永嚴史觀察華誕壽三十韵》（《秋谷集》下）。

按：史起元，字藎卿，江都（今屬江蘇）人。萬曆三十二年（一六〇四）進士，時爲湖廣按察副使，備兵衡永郴道。

正、二月間，過祁陽。

作《過祁陽，贈丁明府》：『當春裁錦樹，對客理冰弦。』（《秋谷集》上）

按：丁永初，字宛懷，南昌（今屬江西）人。舉人。祁陽知縣。

作《用韵送魏克繩歸閩》（《秋谷集》上）。

二月，花朝，小集桂東南城樓。

作《花朝，小集南城樓》（《秋谷集》下）。

三月，清明，崔嵸遊中洞歸。上巳，雅集文昌閣。

作《清明，送嵸兒遊中洞歸呈二首》（《秋谷集》上）。

作《上巳，集飲文昌閣》（《秋谷集》下）。

春、夏間，遊興寧兜率洞。

作《遊兜率洞》，自注：『大蘇曾遊此，在興寧縣。』（《秋谷集》上）

五月，兼攝桂陽，五日，於衡陽得遷報，量移兩浙副鹺。

作《衡山歌》：『衡山高，拂燭龍。乃在震旦之炎服，大楚之南封。千萬億年真日月，九十二片青芙蓉。帝命司氏曰祝融，紫烟丹氣羅峰峰。』（《秋谷集》上）

作《龐居士墓相傳在石鼓山半崖》《青草橋出衡州五里》（《秋谷集》上）。

按：龐居士墓、青草橋，都在衡陽，附繫於此。

作《遊石鼓書院，和韓昌黎公碑中韵》（《秋谷集》上）。

作《石鼓書院禹碑榻本最古，而模糊難辯，詢爲榻工塗飾，殊不足寶，吾輩存其意可耳》（《秋谷集》下）。

作《五日，衡陽得遷報》（《秋谷集》下）。

按：〔乾隆〕《寧德縣志》卷七《人物志》：『辛未，轉浙江鹽運副使，釐清宿弊。』

六月，將赴浙江監運副使任，留别彬州守。遊桂陽白石崖、西禪寺。

作《贈郴守趙質夫，六月誕日廿八韵，併以留别》（《秋谷集》上）。

作《桂陽邑西有白石崖空洞，容百人，州回，乘興觀之，寺僧云洞爲先達砌閉，遂空返，悵焉》（《秋谷集》下）。

按：白石崖，即白石岩。

作《季夏，飲西禪寺即事時兼攝桂陽兩月將歸》（《秋谷集》下）。

七月，七夕，遊七祖岩。

作《七夕，遊七祖岩》（《秋谷集》下）。

按：七祖岩，在衡山磨鏡臺側，有七祖懷讓墓塔。

八月，遷兩浙副鹾，留别桂東吏民。

作《留别吴萬爲别駕》二首，其二略云：『鹽官水國是君家，我作鹽官傍水涯。』（《秋谷集》下）

按：水國是君家，吴文憲，浙江人。鹽官，世召遷兩浙副鹾。

作《别桂東》《和黄素翁扇頭韵併以留别》(《秋谷集》下)。

作《留别蔣自澹吏部》(《秋谷集》下)。

按:蔣向榮,字自澹,零陵(今屬湖南)人。萬曆四十七年(一六一九)進士,歷吏部主事、吏部郎中。

作《再宿問仙洞》:『去年八月此銜盃,今度劉郎又一迴。』(《秋谷集》下)

按:問仙洞,在永興縣。

作《留别甯永興併别駕河州》:『清風久庇蘇天重,畏景欣寬趙日威。郴守姓趙,甚嚴刻。』(《秋谷集》下)

按:郴州守趙,即趙質夫。

作《和史觀察桃花洞詩二首》(《秋谷集》下)。

作《過郵佛庵,贈若隱上人,偶用王馬石大令韵,時候風吴城也》(《秋谷集》下)。

按:王士譽,字永叔,號馬石,桃源(今屬湖南)人。天啓五年(一六二五)進士,崇禎間爲建安縣(治今建甌市)知縣。

九月,舟行北上,經浯溪、遂溪、廬陵、滕王閣下。又沿江順流而下,由南昌往白下(南京)。

作《重九野泊》(《秋谷集》上)。

作《題浯溪石鏡》(《秋谷集》上)。

按：浯溪，在湖南祁陽縣。石鏡，在浯溪崖岸。

作《讀中興頌山中石刻甚多，可憎》（《秋谷集》上）。

作《客遂溪，過張永甫體仁春舍，悵焉空返》（《秋谷集》上）。

按：遂溪，在遂川縣。

作《金灘守風》（《秋谷集》上）。

按：金灘，在江西吉水縣。

作《茶洋公館咏，壁間韵咏竹》、《舟次望麻姑山》（四首）（《秋谷集》下）。

作《過廬陵白鷺洲》：『秋水碧于油，空明映遠洲。』（《秋谷集》上）

按：廬陵，江西吉安。白鷺洲，在吉安贛江中。

作《舟次滕王閣下》，其《序》：『閣中余舊題聯尚懸無恙，念昔年前被逮，亦在此時，爲之惻然，有賦。』詩云：『茫茫章水白，又復近重陽。舊恨魂猶壯，悲歌夢不忘。傷秋嗤楚客，瀝酒酹滕王。題柱何年筆，誰憐故態狂。』（《秋谷集》上）

作《彭次嘉同乃婿夢得王孫過舟中，以所刻明七言律傳見示，賦贈》：『憑將雙眼力，掠盡七言工。』（《秋谷集》上）

按：彭次嘉輯《明詩輯韵》多採世召詩，參見天啓七年（一六二七）、崇禎三年（一六三〇）。

又按：朱統鍷，字夢得，新建（今屬江西）人。明王室。崇禎七年（一六三四）進士，授行人。

作《過宿遷湖二首》（《秋谷集》下）。

作《龍沙寺，同湛如、不疑二上人看竹却贈》（《秋谷集》上）。

　　按：龍沙寺，故址在今南昌德勝門外。

作《望五老峰》《望九華山》《瀦溪遣悶》《舟中臨帖賦》（《秋谷集》上）。

九、十月間，在金陵弔江寧傅汝舟[二]。

作《過白下弔傅遠度四首》（《秋谷集》上）。

　　按：傅汝舟，字遠度，自署江東酬蛟、唾心道人、步天長，江寧（今南京）人。與艾容並稱『金陵二奇士』。有《步天集》《英雄失路集》《拔劍集》等。

　　又按：《秋谷集》詩至過白下止，宦浙、宦連州及辭官歸諸詩集均佚。

閏十一月，爲浙江鹽運副使。與聞啓祥、王昭平、繆沅等人泛湖，晚步西湖放鶴亭探梅。

作《余于己巳楚游，偶步感花巖，讀壁上子瞻詩，忽忽有感，兹復官此地，豈重來之句是其讖耶？因作詩以紀之》（陳景鐘《清波三志》卷中引，光緒刻本）。

　　按：參見崇禎二年（一六二九）。

作《仲冬閏月，同聞子將、王昭平、繆湘芷泛湖，晚步放鶴亭探梅，分得蒸韵》：『湖光千頃綺霞

[二] 明有兩傅汝舟，另一爲福建侯官人，一名丹，字木虛，號丁戊山人，有《傅山人集》《續傅山人集》。

蒸，放艇橋西又短藤。尚友風流呼處士，微官牢落似孤僧。淒涼滿眼悲無限，詞賦當場謝未能。恍惚巖頭歸鶴唳，冷雲扶醉助軒騰。』（汪汝謙《隨喜庵集》引）

按：聞啓祥，字子將，錢塘（今杭州）人。萬曆四十年（一六一二）舉人，曾從馮夢禎學。有《自娱齋集》。錢謙益爲之作《墓誌銘》。

又按：繆沅，字湘芷，錢塘（今杭州）人。崇禎十年（一六三七）進士。授禮部主事。

又按：〔乾隆〕《寧德縣志》卷七《人物志》：『（世召）葺湖心、放鶴二亭，與東南詞客嘯詠其中。』

是歲，五子崧隨世召宦遊杭州，所作詩漸近自然。

杭世駿《榕城詩話》卷中：『（崧）從父徵仲宦遊吾杭。刊有《畊秋詩》一卷。古詩摹形長吉，文深義淺，近體尤纖微瘱瘁。……又《舟行》云：「春到江聲掃碧天，漁船不繫入孤烟。開窗依舊山無雪，水鴨呼寒宿柳邊。」殊有畫理。《寒食》五言云：「晨磬全瘖雨，春巒半養烟。」乃爲漸近自然。』

崇禎五年壬申（一六三二）　六十六歲

七、八月間，兩浙鹽運副使任上，曹學佺有詩寄之。

曹學佺《寄崔徵仲》：『鹺署多羶爾獨清，寄銜惟在武林城。賜環未見優强項，前席虛勞問

賈生。三竺每聽僧梵遠，孤山時看鶴來輕。浮沉吏隱猶堪樂，漫道閒居遂稱情。』（《西峰集
詩》卷中）

八月，招方以智、陳則梁、藍瑛等人集西湖湖舫，議修放鶴亭。

是歲，重建湖心、放鶴亭。

陳繼儒有《放鶴亭記》：『崔使君重建放鶴亭於暗香、疎影之内，直將湖山邇年之遺穢，蕩滌
而祓除之。雖謂崔使君爲和靖招魂可，爲和靖招隱亦可，爲和靖起懦而廉頑亦可。如此韵
事，豈容復留以遜後人也！崔使君初宰崇仁，不肯作魏祠詩，借漕事中傷，遣緹騎提銀璫逮
至淮。四日，聞熹宗宴駕，得生還。今皇帝賜環未久，分司浙中，操守峻而詩文潔。和靖快
心於使君，將無邀蘇、白諸公，拍肩把袖而還，嬉於此亭之上下乎！若種梅寵鶴，歌詠而流傳
之，或孤山拾遺補闕，則有使君之子殿生、徐仲菱、陳則梁、顔霖調、汪然明、吴今生在，皆鶴
背上人也。是不可以無記。』（《明文海》卷三百三十九）

按：陳繼儒（一五五八—一六三九），字仲醇，號眉公，華亭（今上海）人。兼工詩書畫，編
有《寶顔堂秘笈》，著有《陳眉公全集》。

又按：陳梁，字則梁，法名廣籍，自稱散木子，人稱莧園公，海鹽（今屬浙江）人。有《莧園
詩》等。

又按：汪汝謙（一五七七—一六五五），字然明，歙縣（今屬安徽）人。移家武林（今杭州）

西湖，題曰『不繫園』。與文徵明、董其昌、陳繼儒爲湖山詩酒之會。有《隨喜庵集》《不繫園集》《西湖韵事》等。

又按：劉家謀《鶴場漫志》卷下：『葺湖心、放鶴二亭，與東南詞客嘯詠其中。韓求仲太史爲作《西子艷妝記》，李君實太僕、陳眉公徵君爲作《放鶴亭記》。詳崔摐《湖隱吟跋》。然余兩過湖上，尠譚及者。陵谷之感，詎獨征南耶？』

作《集鶴亭與陳槎翁、楊若木、徐仲陵、趙雪舟、顧霖調、崔非石限字分韵，得五言古》（鄭方坤《全閩詩話》卷八，文淵閣《四庫全書》本。題箋者所擬）。

按：陳梁，字則梁，號槎翁，鹽官（今浙江海寧）人。

又按：楊瑞枝，字若木，秀水（今浙江嘉興）人。國子生。

是歲，韓敬爲《秋谷集》撰序。

韓敬《〈秋谷集〉序》：『使君家在霍童之陽，靈島懸虹，名山駐鶴，雲入囊而化彩，石煮釜而可抄，即上玉清平之天，仇池小有之室，亦不是過也。軺車雖出，歸夢常縈，其惓惓以「秋谷」名篇，蓋有捲舒自如之意。余戲語徵仲：「子大夫兩仕劇邑，率羸馬懸魚而歸，今日孤山梅榆，不亦用清水點清鹽耶？詩日益富，官日益貧，恐谷底秋事，未是公垂簾點易時也？」』（《秋谷集》卷首）

按：韓敬，字求仲，歸安（今浙江湖州）人。萬曆三十八年（一六一〇）進士，廷試第一，授翰林院修撰。後被謫爲行人司副。

是歲或次歲，留别杭州。

作《留别林和靖處士》：『十錦塘坳處士家，擬將栖托老烟霞。一官難繫登山屐，萬里終歸泛漢槎。無復清緣過鶴塚，不禁寒夢到梅花。獨吟短句留亭子，付與閑雲懶月遐。』（乾隆）《寧德縣志》卷九《藝文志》）

崇禎六年癸酉（一六三三） 六十七歲

是歲，陞任連州太守。

按：（乾隆）《寧德縣志》卷七《人物志》：『癸酉，陞廣東連州知州。州多猺寇，世召恩威並行，猺衆懾服，州俗以熙。』

又按：李賢《大明一統志》卷七十九《廣東・廣州府》『連州』條：『在府城西北五百六十里。本秦長沙郡南境之地……唐爲連州……元置連州路，隷湖南道，大德中降路爲州，隷英德路。本朝洪武初省，十四年復置，隷廣州府。』

崇禎七年甲戌（一六三四） 六十八歲

正月，之連州任。曹學佺、徐𤊹、陳鴻等有詩送之。

按：〔同治〕《連州志》卷五《職官志》：『崔世召，福建舉人，崇禎七年任，有傳。』

曹學佺《送崔徵仲之任連州》：『君今適粵豈浮湘，州境依然在桂陽。燕喜亭光連洞壑，楞伽峽影倒滄涯。伏波路戍聲名壯，新野胡公德澤長。此是三遷異三黜，聽猿何必斷愁腸。劉禹錫再授連州，有『三黜斷腸』之句。而徵仲自桂東賜環，量移兩浙副鹺，仍陞今職，故云。』（《西峰六一草》）

徐𤊹有《送崔徵仲守連州》：『新典名州到嶺西，參差五馬躍霜蹄。兩崖束峽危難棹，四面環山峻可梯。前守風流追夢得，古碑零落問昌黎。此邦過化多詞客，公暇詩成處處題。』（鈔本《鼇峰集》）

陳鴻有《送崔徵仲明府之西江》：『明時何必隱，墨綬又之官。父老待應久，賓朋留實難。蒸車粳稻熟，充饌荔支丹。西去秋江月，清琴再一彈。』（《秋室編》卷四）

六月，商梅往連州訪世召，同社送之江滸，曹學佺有別詩，以爲粵東風土可樂，唱和定有新詩。

曹學佺有《送商孟和之連州》：『買山已有資，營造未就緒。更急於飢寒，因之役道路。炎海饒鬱蒸，跋涉歎深阻。所賴連州牧，鳴琴有地主。地主今之人，却與古人伍。予聞劉中山，領郡亦其處。海内稱詩豪，云得江山助。洞前燕喜亭，留題剩佳句。聞猿斷離腸，似厭遷謫苦。君今與崔守，天涯展歡聚。閩粵東南陬，相宜自風土。唱和新詩篇，更收諸圖譜。同社別友生，折柳在江滸。雖堅歲寒盟，秋光日延佇。』（《西峰六一草》）

按：世召爲崇仁知縣，天啓七年（一六二七），商梅亦造訪之。

十二月，謝肇澍同陳白生往連州訪世召，徐𤊹有詩送之。徐𤊹患瘧，彌月乃愈，有書致崔世召，談及謝肇淛身後景況：肇緗物故，肇澍擬往粵西請世召指引。

徐𤊹有《送謝在梓同陳生白之連州訪崔徵仲》：『貧來無有薄田畊，漂泊依人粵嶠行。孤嶂刺天梅嶺路，一州如斗桂陽城。旅途作客同良友，仕路何人念阿兄。知有博陵崔子玉，不將生死替交情。』（鈔本《鼇峰集》）

按：謝肇澍，字梓生，肇淛季弟，長樂人。

徐𤊹《寄崔徵仲》：『馬福生還，知宦况清嘉，足慰遠懷。孟和長遊而不我告，有缺修候，徒有此心而已。弟老病侵，尋杜門寡出，興致索然，近復患瘧，伏枕閲月，氣血衰耗，覽鏡自驚。緬想尊兄驅五馬，佩緋魚，猶然壯夫行徑□□羨羨。謝在杭往矣。歷官三十餘年，宦橐如水，諸郎僅僅餬其口，而仲甥肇湘不幸物故，獨季甥肇澍，猶能振家風以不墜。年來爲其姊丈所累，盡罄田屋，□償夙逋，今賃屋以居，貸粟而炊，情甚可憫。舊冬弟已面托尊兄濡沫之，曾承許可。舍甥向未作客，且粵地艱危，難於獨往，兹同令表陳生白共載，知尊兄篤念在杭，必不薄于其愛弟。倘鋏中有魚，即弟身被之，豈獨在杭結草于九地哉！舍甥尚欲走西粵，訪劉容縣，凡百路途，惟尊兄指引之。』（《紅雨樓集　鼇峰文集》册三，《上海圖書館未刊古籍稿本》第四二册，第三七五—三七六頁）

崇禎八年乙亥（一六三五） 六十九歲

是歲，在連州任上。世召在連州可書者三事：濬以德威，帖服猺衆；浚天澤泉，民爲立亭碑；捐俸重修連州學宫。

按：〔同治〕《連州志》卷五《名宦》：『崔世召，字徵仲，福寧人。萬曆己巳舉人，知連州。時適猺爲害，世召濟以德威，猺衆帖服。居恒清廉自守，嘗浚天澤泉，引爲溉田之利。去後州人於泉傍築亭碑之曰「崔公清德泉」。』

作《觀瀾亭》：『誰鑿清泓瀉碧崖，尋源不用泛張槎。自標天澤存千古，乞取瓢樽汲萬家。如砥石能盤地肺，猶龍雲欲濮巖花。官閑恣意編幽壑，灑酒新亭坐月斜。』（〔同治〕《連州志》卷十一《藝文志·詩》）

按：天澤，即天澤泉。疑浚泉畢，世召又爲之建亭，名『觀瀾』。

又按：世召在連州所作詩僅存此篇。

作《重修連州學記明崇禎八年》：『居無何，而殿前楹檐俄焉摧毁。雖先余吏者，聊且傳舍，以至今日而失。今不修，余何所逃罪？乃亟出不腆之俸，佐以矢金，爰付首事者，若而人夙夜奔走，修葺靡懈，舊貫雖仍，而輝華過之。欞星門外地偪側而襟水，餘氣差縮，乃鳩工具畚鍤，聚土石，臨坻築，延丈許，一眄𩔖流盤汪，若雲路凝碧，焕焉壯觀。中逵更樹木屏左右，翼以欄楯，勿使乘輿馬者突而馳，過廟必趨，人望而知敬矣。是役也，不動官帑一錢，不虚役民間一力，未數月

而告竣事。』（〔同治〕《連州志》卷十《藝文志·記》）

崇禎九年丙子（一六三六）　七十歲

春、夏間，致仕，連州民衆遮道涕泣。崇祀連州名宦祠。

按：〔乾隆〕《寧德縣志》卷七《人物志》：『致仕歸，連民遮道涕泣，如失怙恃。崇祀連之四賢祠。內祀麻城李公、南軒張公、端甫林公，與世召而四。』

五月，自連州任回閩，與曹學佺等觀競渡。

作《仲夏朔日，西湖觀競渡，時歸自連州，各賦十韵》（詩佚，題筆者所擬）。

曹學佺《仲夏朔日，西湖觀競渡，喜崔徵仲刺史歸自連州，各賦十韵》：『歸輿發湘潭，詞場喜盍簪。天中逢令節，林下豈虚談。出郭途俱隘，登臺戰乍酣。群龍猶作陣，五馬已辭驂。標建城頭赤，帆傾水面藍。急流誰肯退，少却亦懷慚。泛蟻喧中駛，盟鷗静裏探。蘭橈聚仍散，蓮唱北過南。水月眠堪拾，金銀氣不貪。詩豪劉禹錫，今古幾人参。劉中山任連州，稱詩豪。』

（《西峰六三草》）

中秋，作《效〈擊壤〉作》（詩佚，題筆者所擬），曹學佺答之。

曹學佺《答崔徵仲效〈擊壤〉作》：『乞休猶易乞閒難，不得閒時悔棄官。門禁常開無早暮，人來逼近少遮闌。祇須淡話尋僧了，莫把衰顔買妾歡。谷水入秋作何狀，杖藜仍許瀑簾看。』

十月，歸寧德。丘平子往訪之，曹學佺有詩紀其事。徐㶿有書致之，羡其西谷絶勝可以栖遲。時已非太平景象，天下多事。

（《西峰六三草》）

曹學佺《送丘平子之霍童訪崔徵仲》：『微霜應後夜，餘暖尚初冬。之子發游興，支提當幾峰。澗流多作瀑，樹隱但疑松。爲語崔亭伯，良朋好過從。』（《西峰六三草》）

徐㶿《答崔徵仲》：『虜警頻仍，中丞、兵憲督師入援，此非太平景象。江北一帶，黄巾擾動，而吾閩差爲偷安，苦今歲米貴如珠，興化連泉州一路，白晝劫商。頃承示，寧陽亦有此異，天下從此多事矣。垂老之年，何處可避，弟欲謀隱武夷，擇一處田園幽奥，須百金可購。年收子粒廿金，又屋可居，弟空囊莫辦，爲之奈何！緬想兄秋谷絶勝，［可］以終老，羡之，羡之！《廿一史》，南京板不甚善，一時難［覓］，容覓得奉報。《樊宗師集》領悉。諸容嗣布。十月初九日。』（《紅雨樓集　鼇峰文集》册七，《上海圖書館未刊古籍稿本》第四四册，第一二五一—一二六頁）

是歲，崔世召辭連州太守歸西谷，曹學佺爲作致政歸序。

曹學佺《賀連州守崔徵仲致政歸西谷序》：『曩丁卯歲，徵仲忤璫歸，將隱于西谷，不佞以文導之。未幾，被恩復其原職，赴補桂東縣令，稍遷判浙鹺事，又遷粤之連州。徵仲曰：「予遊倦矣。怵于功令，不敢遽辭。」予社中友趣之行，曰：「是劉中山所宦遊地也。劉爲三黜，子爲三遷，其所遭不既別乎？」徵仲之任，適值徭丁跳梁爲寇于邊，其區名九連，與嶺西之臨賀相通。醜類實繁，養癰已久，時將大潰，莫可救療。徵仲雖有去志，然不欲以難遺後人，而日討其軍實以芟除之。于是設奇鼓勇，間道先驅，浹旬之内，殲厥渠魁。叛者執之，服者舍之，仍頒文告，與之更始……公昔强起之日，無非欲歸之日。其出也，有所挾持而出；其歸也，無憾于心，而後即安。于是而知公歸之之日，適足以副其出之之日也。賜環之扃，于是而始完，西谷之隱于是而方善，是固「閉門造車，出門合轍」之之道也，可不謂之智乎？歲功歷西而萬物成，天德利貞而性情合。公于是而始得自稱其爲西叟矣，是固熙朝之盛事，而吾黨之有光也。諸子各爲詩以賀之，而屬余弁其大指如此。』（《西峰六三文·序》上）

陳衎《崔連州掛冠志喜却寄》：『松陰極目閉衡門，七十懸車古道存。海角流民懷刺史，山中芳草戀王孫。謝公少女多才技，柳氏諸郎擅討論。太姥峰前家慶集，玉笙瑶瑟醉金尊。』（《大江集》卷六）

崇禎十年丁丑（一六三七） 七十一歲

初夏，鄭孝直遊支提，曹學佺有詩送之兼寄崔世召。

曹學佺《送鄭孝直遊支提兼寄崔徵仲》：『頻年不赴霍童期，把筆空題送客詩。笠影幻傳浮海濕，茶烟香裊出林遲。遨遊踪迹何當少，雅俗胸懷便得知。谷口倘逢西叟問，躬耕尤與子

真宜。』(《西峰六四草》)

按：鄭遂，字孝直，閩縣人。有《漁隱集》。

七月，與曹學佺小集福州芝山龍首亭。

作《龍首亭同曹能始少集》(詩佚，題筆者所擬)。

曹學佺《龍首亭同崔徵仲少集》：『人是霍童家，尋真駕鹿車。坐來山際雨，談擷海東霞。奕思禪機透，詩情酒趣賒。夜觀河漢際，機杼任横斜。』(《西峰六四草》)

八月，與曹學佺、王伯山、陳仲溱(惟秦)、陳宏己(振狂)、董應舉(崇相)、馬欻(季聲)、楊瞿崍(穉實)、徐𤊹(興公)結『三山耆社』，集芝山龍首亭。

作《三山耆社詩》(詩佚，題筆者所擬)。

曹學佺《三山耆社詩敬述》：『老人有星，在狐之南。王者有道，明顯斯臨。皤皤黄髮，覃厚于天。或出或處，聿言同心。一言一動，民式以欽。帝其念之，逸我于林。秩秩初筵，以酒爲箴。夙敦其會，匪云自今。司馬君實，六十有四。耆英之社，固與其次。予丁兹年，恰與相值。德位莫崇，孰云攸企。惟是諸公，不我遐棄。用以祓塵，觴行舉觶。往者不追，來猶可冀。斯文在天，共扶罔墜。』附記：『是日與會者，王伯山文學，年八十四；陳惟秦居士，年八十三；陳振狂秘書，年八十二；董崇相司空，年八十一；馬季聲州佐，年七十七；楊穉實督學，年七十六；崔徵仲刺史，年七十一；徐興公鄉賓，年六十八；予學佺爲最少云。直社芝山之龍首亭自不佞始，願與諸公歲歲續茲盟焉。崇禎丁丑八月之十三日。』

又按：楊瞿崍，原名載蕁，字稺實，號商澹，晉江人。萬曆三十五年（一六〇七）進士。官督學。有《易林疑説》《嶺南文獻軌範補遺》《明文翼統》。

是歲，曹學佺爲崔世召詩作序，以爲必以禪而通于書與奕以論世召之詩，而始知世召詩有入處。

曹學佺《〈崔徵仲詩〉序》：『愚嘗以書喻詩，而禪家又以書喻禪也。……故必以書喻禪而書始妙，又必以書喻詩而詩始工；故必以奕喻禪而奕始神，又必以奕喻詩而詩始巧。要之，又必以禪喻詩，而詩始有入處；又必以禪而通于書與奕以論西叟之詩，而始知叟有入處。何則？叟固工書者也，又善奕者也。佛法，百法門中不捨一法，叟何以書與奕而分其神思爲病？乃叟之詩，則有不見一法而未始不見叟之法者。問擬豈不是類，直是不擬亦類。此叟之所以善學古人處。謂叟之詩不得于禪，不可；而謂其以禪資詩，則非但病詩，且病禪矣。何也？眼中着不得沙礫，亦着不得珍珠也。謂叟之詩不並通于書與奕，不可；而謂其以書、奕而妨詩，則非但惑詩，且惑書奕矣。何則？須彌固納芥子，芥子亦納須彌也。叟謂何？西谷之主人崔徵仲也，其以書與奕而通于禪。以序西叟之詩者，曹子學佺也。』（《西峰六四文》）

按：崔世召善弈，故學佺以弈喻詩。

崇禎十一年戊寅（一六三八） 七十二歲

八月，崔㴶以扇索曹學佺題贈。

曹學佺《與崔殿生、李輯五坐芝山新亭，殿生以扇索贈》二首，其一：『少年喜詞藻，及老始耽經。每切心中恨，非懷座右銘。相期來舊好，少酌在新亭。以此爲相勸，毋留異日聽。』其二《用殿生韵》：『芝眉爾自爽，心境我從開。博奕猶賢爾，艱危不盡才。但勤雙闕望，休動北門哀。千古燕昭地，猶存買駿臺。』（《西峰六五草》下）

按：李輯五，武林人。

崇禎十二年己卯（一六三九） 七十三歲

是歲，曹學佺爲劉仲藻《九潭》作序，將秋谷與石倉、福廬、百洞、秋谷並提，以爲皆手創而開闢之，得山川之靈，結人物之精英。

曹學佺《劉薦叔〈九潭〉序》：『古昔山川之靈，必有所凝結而爲人物。而人物之精英，亦以其大心手而運用之，有以闡發。夫山川所素積蓄之藴以表見于世，是兩者若相須爲奇也。遠不具論，如近日吾郡葉相國之福廬、董司空之百洞、崔徵仲之秋谷與予不佞之石倉，皆手創而開闢之者也。最後出爲薦叔劉君之九潭，境愈奇絶，以僻于人間，故世無有知之者。而薦叔創造經始，一木一石、一梁一澗，皆其親所披剔而位置之，必使其山川之無遺巧，而吾意匠之無遺能而後已。噫！斯已奇矣。』（《西峰用六文》）

按：劉中藻（？—一六四七），字薦叔，長溪（今福安）人。崇禎十三年（一六四〇）進士。唐王亡，拒清兵二年。服毒死。有《洞山九潭志》[一]。

是歲，卒，年七十三[二]。徐㶿有祭文，并有书致世召子崔從。

徐㶿《祭崔徵仲同社合奠》：『神廟中年，風雅大盛。翁起霍童，少嫻賦詠。主盟藝苑，結社三山。詩筒文櫝，不間往還。筮仕西江，政聲籍籍。忽罹璫殃，被逮褫職。今皇御宇，鑒翁樸忠。特旨召用，仍令桂東。再晉司鹺，宦遊兩浙。修葺湖山，名垂豐碣。一麾出守，拜命連州。踟躕五馬，繼軌韓劉。投牒乞休，栖遲秋谷。元亮高風，允追芳躅。年來九老，會締耆英。翁年逾七十，力健神清。飲酒賦詩，不減少壯。蔗境優遊，善飯無恙。今春乘輿，脂轄會城。倡予和汝，舊好尋盟。無何告歸，形色無異。二豎忽侵，倏然仙逝……己卯四月。』（《紅雨樓集 鼇峰文集》册四，《上海圖書館未刊古籍稿本》第四二册，第二五〇—二五一

[一] 劉中藻《洞山九潭志》今存。荆福生主編，胡秀林、顏素開編《寧德人傑》載其書已佚，誤。海風出版社，二〇〇〇年，第一七頁。

[二] 徐㶿《祭崔徵仲（同社合祭）》《寄崔玉生兄弟（弔）》兩文足證世召卒於是歲。袁冰凌編著《支提山華嚴寺志》記載世召生卒年爲：？—一六三三（福建人民出版社，二〇一三年，第一四二頁）。崇禎六年（一六三三），陞任連州太守；崇禎七年（一六三四），之任連州，徐㶿、曹學佺有詩送之；崇禎九年（一六三六），世召致仕，自連州任回閩，曹學佺有詩紀之；崇禎十年（一六三七），與徐㶿、曹學佺等結耆舊社；崇禎十二年（一六三九）四月，徐㶿尚有書致世召，可證是歲四月世召尚在世（詳各歲《譜》）。袁説誤。

頁）

徐㶿《寄崔玉生兄弟弔》：『不肖三月中抵舍，陡聞尊公凶問，不勝驚愕……尊公今春至三山，與同社盤桓纍月，精神强壯，無異平時，胡乃倏然物化……先賦挽詩一章，生芻一束，薄申哀忱，而同社諸公，僉謀舉奠。但邇時閩俗多循虚套，往往反擾喪家。弟爲概辭，衹相知數君合作祭文一軸，名香百炷，省昆玉欒欒之際，又增一番應酬也。尊公壽不滿德，然尼山聖人、考亭夫子，皆年七十三而化，以大聖大賢，但符此算，而尊公自有不朽大業，流芳百世，生榮死哀，夫何尤哉！』（《紅雨樓集　鼇峰文集》冊四，《上海圖書館未刊古籍稿本》第四三册，第四三—四四頁）

按：徐㶿亦七十三而化。

又按：謝肇淛有《崔徵仲像贊》：『君於余有一日之長，徵仲與余同年同月，而先一日。而余於君有知音之賞。余已白首爲郎，君且青雲獨上。自此以往，王事鞅掌，亦復憶龍井縋藤摩霄策杖，姑志君之像，作丘壑間想。』（《小草齋文集》卷二十三）

又按：謝肇淛卒於天啓四年（一六二四），《像贊》定作於此前，作年不詳，附於此。

崇禎十三年庚辰（一六四〇）　歿後一年

三月，江西峽江曾山人携崔嵸書謁曹學佺。曹學佺有詩挽世召。

曹學佺《曾山人携崔殿生書謁，即送之歸峽江人，移豐城》：『杖屨逍遥自霍童，雙魚隨到見情濃。博陵彦著金閨籍，淦水仙遊玉笥峰。傍斗豐城時看劍，送春蕭寺曉聞鐘。青山無恙牛眠穩，穿塚何年若蟻封。』（《西峰六七集·詩》）

曹學佺《耆社五君挽詩》五首，其《崔徵仲》云：『方州刺史遂初衣，秋谷盤桓賦采薇。七袠生雛如歲壯，三山跨鯉入雲飛。霍童地勝今誰主，禹錫詩豪也息機。莫是預知將永訣，臨行堅索序文歸。』（《西峰六七集·詩》）

按：五君：陳惟秦、崔徵仲、楊穉實、董崇相、王伯山（原文作『黄伯山』，誤）。

五月，徐𤊹致書崔從，憶世召。

徐𤊹《寄崔殿生》：『尊公化一年所矣，每每於夢寐見之，儼然生前笑語，不知有幽冥之隔也。耆社九人，已去其五，芝焚蕙歎，能無惧哉！去秋偶作漳游，吊顔中丞，即於漳中度歲。四月始抵舍。有爲我作曹丘於署州王公處，擬爲太姥游，方值炎蒸，不能遠度白鶴。或秋凉後過秋谷，拉兄同作遊侶，一傾倒耳。倚玉曾歸否？聞薛當世客死虎林，令人感悼不已。豚兒近刻二種，附呈教正。秋時或偕曹尊老行，晤不遠也。餘不一。五月望日。』（《紅雨樓集　鼇峰文集》册五，《上海圖書館未刊古籍稿本》第四三册，第一五三—一五四頁）

按：薛大志，字當世，寧德人。崇禎三年（一六三〇）舉人。磊落豪邁，自號狂生。卒，遺命以詩文殉。

七、八月間，崔嵸遊武夷，曹學佺、徐存永等有詩送之。

曹學佺《送崔殿生游武夷》：『何來鷄骨向牀支，唯有尋真不礙衰。爲問霍童岩洞勝，何如玉女翠鬟姿。客舟溪上驚鴻早，仙奕亭前步鶴遲。媿我游宗今寂莫，因君却憶少年時。』（《西峰六七集·詩》）

徐延壽《崔殿生遊武夷》：『春水盈盈上建灘，茗爐詩卷一船寬。千尋鐵纜攀梯險，百道珠簾掛壁寒。明月在天看彩幔，白雲迷路導黄冠。君家海畔乾魚美，珍重携來薦祀壇。漢武帝以乾魚祀武夷君。』（《尺木堂集·七言律詩》一，鈔本）

按：徐延壽，字存永，徐𤊹季子，鍾震叔，閩縣人。有《尺木堂集》。

崇禎十五年壬午（一六四二）　殁後三年

冬，子崔崑等爲世召下葬、立碑；墓及墓碑今存。

按：《廣東連州知州霍童崔公墓碑》首行『崇禎壬午冬吉旦』；中間一行『顯考奉直大夫廣東連州知州霍霞山崔公佳城』；中間左行『封妣黄氏宜人』；落款『男嶢崑岑同百拜立』。嶢、崑、岑由右至左書寫，崑居中，崑右爲嶢，崑左爲岑。次子崙早卒，未列；或爲書寫原因，五子嵸之名未列。

又按：墓地在寧德城西，與劉家謀所記自遵化門外至西山約二三里合。

清世祖福臨順治十六年（一六五九） 歿後二十年

是歲，五子崔嵸成舉人。

按：據（乾隆）《寧德縣志》卷七《人物志》。

清聖祖玄燁康熙八年己酉（一六六九） 歿後三十年

夏，崔嵸往寧德支提寺修山志，諸友有詩送之或寄之。

陳肇曾有《送崔五竺之支提修志，兼訊恒心、清瑞、雨生、無畏、寄生、誠誨、亘心諸上人》：『曩過苕溪白鵲寺，石門宋氏圖中志。名山十幅揮壁間，天下神區盡大地。吾閩奥窟屬武夷，太姥支提各位置。太姥榛蕪不可登，支提遊屐還能至。此地天冠千聖居，青蓮萬朵環蒼翠。曾聞寶刹引白猿，幻化金燈紀神異。更聞司馬與玉蟾，夙于童峰餐霞餌。寺古滄桑幾廢興，有時花雨虛空墜。何人猛臂奮天王，載睹靈光魯殿巋。山僧勤苦力負荷，不須募化土木費。虔修御藏千琅函，猶恐佚遺葺山志。吾友讚歎獨津津，臨風歌詠聊爲寄。何時裹糧事遠遊，垂老塵緣悉捐棄。』（崔嵸《支提寺志》卷五）

按：陳肇曾，字昌箕（又作昌基、昌期），一字豸石，聯芳曾孫，長樂人。天啓元年（一六二一）舉人。少負異才，操尚介潔，垂老尤困公車，南來教諭。有《佚句閒詠》《濯纓堂集》，又選輯《江田陳氏家集》。

徐鍾震有《聞崔五竺與寄生、弘瑞、知密、必可諸上人纂修支提山志，賦此寄之》：『嘗聞支提崒嵂神仙區，天冠眷屬千人俱。聖燈夜深出隱隱，禪關第一真無逾。當時説法群龍聽，臺繡蒼苔冷烟磬。霞光散彩客未來，松林月白僧初定。中宫曾説賜金身。寶軸琅函轉法輪。銀榜猶題唐宋舊，化成誰是再來人？憶予昨過兹山下，舉目巖巒徒駐馬。上方紺殿幾重開，自笑塵凡未了者。君賁勝具窮山陬，雲壑千層一筆收。從此按圖堪寄興，何須幻作夢中遊。山間耆宿幾人在，練若清修證三昧。燈傳了悟繼宗風，不朽名山應有待。』（崔從《支提寺志》卷五）

按：徐鍾震，字器之，徐𤊹孫，延壽侄，閩縣人。有《徐器之集》。

高兆有《聞支提補藏經畢，請崔五竺續志，喜賦古篇，兼致無畏、寄生二上人》：『東南大山俯赤縣，萬壑千峰抱海甸。風雲霜雪浩蕩生，元氣靈神呼吸見。此中但有群帝遊，尋常豈與世人踐。當時天子孝兩宫，釋氏傳經降禁中。西番貝葉翻霞紫，中使龍幡射紅日。兹山六見迎黄紙，彷彿猶能説老翁。滄海紅塵事已久，碧瓦朱甍亦同朽。山僧垂泪檢殘篇，亥豕龍蛇痛心手。劫灰洗出玉柙文，天花焕發金泥牖。龍宫遺物一朝新，鐘鼓能鳴事豈偶。九達禪師至之夕，鐘鼓自鳴。霍童峰下崔丈人，二酉文章五嶽身。去將淋漓造化筆，一寫支提華藏真。丈人我友文力健，此意良厚無逡巡。隻字要須芟惡札，斷碑細爲收沉淪。轉盼書成寄茆屋，卧看青山應有神。寄語山中湯休輩，巾拂無徒苦相對。但教飽飯坐南峰，長護此山天地内。』

（崔嵸《支提寺志》卷五）

按：高兆，字雲客，一字子固，號固齋，侯官人。

陳子欽有《送崔五竺歸支提纂修山志，兼簡寄生上人》：『竺叟高栖寄蘭若，斗篷倏自支提下。筇投赤地驅炎雲，忽見秋風滿平野。入城相見發秋聲，當前落雁懸河瀉。憶君契闊將三年，且問支提巔復巔。君言此山出雲頂，佛皆飛渡衲齊褰。石上衣痕灑雲水，至今苔冷烟蒼然。法幢自闢華鬘裹，辭客高僧叠叢趾。搜前山志讀遺文，傍剔香苔檢殘紙。山雲澗瀑君携來，霍見雙童矗雲起。快讀君書把君酒，眼底無多舊時友。幾年秋月同娑娑，霜白蒙頭各掻首。昨宵風雨連床猛，説君還山心耿耿。長歌一醉奔何方，祇束窮文度愁嶺。幸得深山可匿名，支提月下增君影。君返君山豈寥索，仍搜山草詳參略。秋茗香寒露白中，遍卧山寮躡僧閣。佛火光中注石泉，爲計書成霜始落。語君此志山中酬，將來綺語還應收。老思清悟向何處，一聲磬落前峰秋。爲余峰中語耆宿，先截峰頭老筇竹。待我尋君上此峰，掃起茶烟滿山緑。相依結廬雙童肩，何事挑雲下巖谷。』（崔嵸《支提寺志》卷五）

按：陳子欽，長樂人。

六月，崔嵸避暑寧德霍童山中，見聖燈現瑞。

崔嵸《支提寺志》卷六『聖燈現瑞』條：『康熙己酉六月十九日，五竺崔居士避暑山中，現三燈。』

夏、秋間，應支提寺清瑞、無畏、一湛、亘心諸上人之請，崔嵸續修《支提寺志》成。

陳璜《支提山纂修志序》：『支提舊有《志》，兵燹之後簡乘脱落。吾友崔五竺先生，藝林之班、范也，清瑞、無畏、一湛、亘心諸上人禮請纂修，自夏迄秋而書成，問序於予。不佞，遷客也，家山桐柏桃源，何以忘世驅走風塵，復遇名勝，於山水之緣，似有天分。夏雨濛濛，過霍童，登支提，僅涉其膚。今讀其《志》，伐毛易髓，潔而不蕪，簡而能備，爲閩嶠之良史，實遊覽之名乘也。山水諸境，世代沿革，《志》備載之，無煩予辭。仙佛有靈，亦應讚歎無量也。至於確守清規，大暢宗風，爲國家頌祝，爲生民利益，是在於諸釋子羽人，庶無負於仙佛開山一片心也……時己酉桂月既朔。』（崔嵸《支提寺志》卷四）

八月，崔嵸爲《募慧日庵疏》作《引》。

崔嵸《募慧日庵疏引》：『按舊《志》：慧日庵者，元泰定間，林茆洋居民黄、柴二姓因感夢兆，捐捨與支提德杲禪師爲静修蘭若，並施山場，是爲支提下院也。《志》載：始誅茅時，東方未曙，林間有光，赫如晨曦，因名「慧日」焉。蓋從來天冠演法，現無量光，開智慧眼，因知此地環繞，三千法界，盡佛寶所；隨處曼陁華燦，瑞磬聲長，盡人皈依，爲浄信地。故不獨霍童、辟支，咫尺祇林也。迄明鍾奎之誣，庵同寺廢，業浸民間，而玆地屢現光芒，時多神異，居民咸訝曰：「此伽藍舊迹也。」仍結茅延僧以居。既而僧復他往。康熙元年，柏容長老與徒無畏上人，募都督吴公贖回庵址、田産、山場，小構精舍，依然菩薩浄土耳。但念一片袈裟，僅足以培香草；數椽茅屋，未堪供奉金容。兼之雲遊者衆，而荒畦石田，聊充晨昏祝誦，外此，則遠離市塵，無處托鉢，苾芻輩將以荷衣禦寒、木食當餐乎？將以梵聖不必莊嚴，諸天不必供養乎？雲來之衆可却掃，燈香之資可少缺乎？而無公勤修善行，茹苦自甘，不欲效世俗僧，望門持簿者。余因爲請曰：「若是，則黄面如來，所設之應器何用，毘沙長者之金板奚爲？愚意，世有宰官給孤其人者，則請以如來願行普化世間，弘發善信，拔除慳癡，隨其願海布金，輸誠捐粒。將見樓閣弘開，香臺頓現，此即宰官説法，檀施給孤等也。」無公首肯，廼持疏去，結歡喜緣。時康熙己酉仲秋日撰。』（崔嵸《支提寺志》卷四）

九月，崔嵸於支提寺中，復連續三夜見九燈現瑞。

崔嵸《支提寺志》卷六『聖燈現瑞』條：『康熙己酉……九月十五、十六、十七三夜，復現九燈，忽升騰於天半，倏隱現於林間，一衆共睹。予獲瞻禮，非自聽聞云。』

參考文獻

〔明〕崔世召著，《問月樓詩集》，明萬曆刻本，日本宫内廳書陵部藏
〔明〕崔世召著，《問月樓詩二集》，明萬曆刻本，日本宫内廳書陵部藏
〔明〕崔世召著，《問月樓文集》，明萬曆刻本，日本宫内廳書陵部藏
〔明〕崔世召著，《問月樓啓集》，明萬曆刻本，日本宫内廳書陵部藏
〔明〕崔世召著，《秋谷集》，明崇禎刻本
〔明〕崔世召纂，余式高等編注，《華蓋山志》，長春：長春出版社，二〇〇四年
黄興朝輯，《寧德博陵崔氏宗譜》，一九九九年輯本
〔宋〕陳普著，《石堂先生遺集》，明萬曆三年薛孔洵刻本，日本内閣文庫藏
〔宋〕陳普著，〔明〕阮光寧選，《選鎸石堂先生遺集》，明天啓刻本
〔明〕董應舉著，《崇相集》，明崇禎刻本
〔明〕陳一元著，《漱石山房集》，明崇禎刻本
〔明〕徐㶿著，《鼇峰集》，明天啓刻本

〔明〕徐𤊹著，《鼇峰集》，舊鈔本，福建師範大學圖書館藏
〔明〕徐𤊹著，陳慶元、陳煒編著，《鼇峰集》，揚州：廣陵書社，二〇一二年
〔明〕徐𤊹著，《紅雨樓文集》，鈔本，福建師範大學圖書館藏
〔明〕徐𤊹著，沈文倬校點，《紅雨樓序跋》，福州：福建人民出版社，一九九三年
〔明〕徐𤊹著，《紅雨樓集　鼇峰文集》，《上海圖書館未刊古籍稿本》，上海：復旦大學出版社，二〇〇九年
〔明〕徐𤊹著，《筆精》，福州：福建人民出版社，一九九七年
〔明〕徐𤊹著，《續筆精》，鈔本，福建師範大學圖書館藏
〔明〕徐𤊹著，《榕陰新檢》，明萬曆刻本
〔明〕徐𤊹著，《徐氏家藏書目》，清道光七年劉氏味經書屋鈔本
〔明〕徐𤊹著，《徐氏紅雨樓書目》，上海：古典文學出版社，一九五七年
〔明〕徐𤊹著，馬泰來整理，《新輯紅雨樓題記　徐氏家藏書目》，上海：上海古籍出版社，二〇一四年
〔明〕張燮著，《霏雲居集》，明萬曆刻本
〔明〕張燮著，《霏雲居續集》，明天啓刻本
〔明〕張燮著，《群玉樓集》，明崇禎刻本

〔明〕曹學佺著，《石倉全集》，明末遞刻本，日本内閣文庫藏
〔明〕曹學佺著，《曹大理集》八卷、《石倉文稿》八卷，明萬曆刻本，中國科學院圖書館藏
〔明〕曹學佺著，《石倉三稿》十九卷，明末刻本，北京大學圖書館藏
〔明〕曹學佺著，夏雲鼎選，《曹能始詩》六卷，《前八大家詩選》，明崇禎刻本
〔明〕曹學佺著，清曹岱華輯，《石倉詩稿》三十三卷，清乾隆刻本
〔明〕曹學佺選，《石倉十二代詩選》，明末遞刻本，中國國家圖書館藏
〔明〕曹學佺選，《石倉十二代詩選》，明末遞刻本，上海圖書館藏
〔明〕曹學佺選，《明詩存》，鈔稿本，山東省圖書館藏
〔明〕曹學佺選，《石倉歷代詩選》，文淵閣《四庫全書》本
〔明〕曹學佺著，《大明一統名勝志》，明崇禎刻本
〔明〕葛一龍著，《葛震甫詩集》，明崇禎刻本
〔明〕陳鴻著，《秋室編》，清順治刻本
〔明〕林古度著，〔清〕王士禛選，《林茂之詩選》，清康熙刻本
〔明〕林古度著，陳慶元、陳雅男輯，《林古度佚詩》，《中國文學研究》一〇輯，北京：中國文聯出版社，二〇〇七年
〔明〕周之夔著，《棄草集》，明崇禎刻本

〔明〕商梅著，《彙選那菴全集》，明崇禎刻本，日本内閣文庫藏
〔明〕商梅著，陳慶元點校，《彙選那菴全集》，揚州：廣陵書社，二〇一九年
〔明〕陳衎著，《玄冰集》，鈔本，福建師範大學圖書館藏
〔明〕陳衎著，《大江集》，明崇禎刻本
〔明〕陳衎著，《大江草堂二集》，南明弘光刻本
〔明〕劉中藻著，《葛衣集》，鈔本，福建師範大學圖書館藏
〔明〕熊明遇著，《文直行書》，清順治十七年熊人霖刻本
〔明〕徐鍾震著，《徐器之集》，崇禎至康熙遞刻本
〔明〕徐鍾震著，《雪樵文集》，鈔本，國家圖書館藏
〔明〕徐延壽著，《尺木堂集》，鈔本，福建師範大學圖書館藏
〔清〕周亮工著，《賴古堂集》，清康熙刻本
〔清〕周亮工著，《閩小紀》，清康熙刻本
〔清〕黄宗羲纂，《明文海》，北京：中華書局，一九八七年
〔清〕錢謙益編纂，《列朝詩集》，北京：中華書局，二〇〇七年
〔清〕錢謙益著，《列朝詩集小傳》，上海：上海古籍出版社，一九八三年
〔清〕朱彝尊輯録，《明詩綜》，北京：中華書局，二〇〇七年

〔清〕王夫之評選，陳新校點，《明詩評選》，北京：文化藝術出版社，一九九七年

〔清〕沈德潛、周準編，《明詩別裁集》，上海：上海古籍出版社，一九七九年

〔清〕鄭杰等輯録，《全閩詩録》，福州：福建人民出版社，二〇一一年

〔清〕鄭杰原輯，郭柏蒼編纂，《全閩明詩傳》，清光緒刻本

〔清〕鄭王臣輯，《莆風清籟集》，清乾隆刻本

〔清〕陳田撰輯，《明詩紀事》，上海：上海古籍出版社，一九九三年

荆福生主編，劉少輝、繆品枚編，《寧德詩文》，福州：海風出版社，二〇〇〇年

〔明〕謝肇淛著，《小草齋詩話》，日本天保二年（一八三一）據明林氏耕讀齋刊本摹刻本

〔清〕朱彝尊著，《静志居詩話》，清嘉慶刻本

〔清〕杭世駿著，《榕城詩話》，清乾隆刻本

〔清〕徐祚永著，《閩遊詩話》，清乾隆刻本

〔清〕鄭方坤編輯，《全閩詩話》，文淵閣《四庫全書》本

〔清〕鄭方坤編輯，陳節、劉大治點校，《全閩詩話》，福州：福建人民出版社，二〇〇六年

〔清〕梁章鉅著，《東南嶠外詩話》，清道光刻本

郭紹虞、錢仲聯、王遽常編，《萬首論詩絶句》，北京：人民文學出版社，一九九一年

陳衍著，鄭朝宗、石文英校點，《石遺室詩話》，北京：人民文學出版社，二〇〇四年

吴文治主编,《明詩話全編》,南京：江蘇古籍出版社,一九九七年
〔清〕張廷玉等撰,《明史》,北京：中華書局,一九七四年
〔清〕萬斯同撰,《明史》,清鈔本
〔明〕沈德符著,《萬曆野獲編·補遺》,清道光七年姚氏刻同治八年補修本
錢海岳撰,《南明史》,北京：中華書局,二〇〇六年
〔明〕黄仲昭修纂,《八閩通志》,福州：福建人民出版社,一九九〇年
〔明〕何喬遠編撰,《閩書》,福州：福建人民出版社,一九九四年
〔明〕何喬遠纂,《名山藏》,明崇禎刻本
〔民國〕沈瑜慶、陳衍等修纂,《福建通志》,一九三八年刻本
〔明〕喻政修,林烴、謝肇淛纂,《福州府志》,明萬曆刻本
〔明〕王應山纂,《閩都記》,北京：方志出版社,二〇〇二年
〔明〕王應山纂,《閩大記》,北京：中國社會科學出版社,二〇〇五年
〔明〕馮夢龍纂,《壽寧待志》,福州：福建人民出版社,一九八三年
〔清〕李拔纂,《福寧府志》,清乾隆修光緒重刊本
〔清〕盧建其修,《寧德縣志》,清乾隆刻本
〔清〕王琛等修,《邵武府志》,清光緒刻本

〔清〕宫兆麟等修，《興化府莆田縣志》，清乾隆刻本
〔清〕胡啓植等修，《仙遊縣志》，清乾隆刻本
〔清〕黄任、郭賡武修，《泉州府志》，清乾隆刻本
〔清〕周學曾等纂修，《晉江縣志》，福州：福建人民出版社，一九九〇年
〔明〕閔夢得、袁業泗修，〔萬曆癸丑〕《漳州府志》，明萬曆刻本
〔清〕袁泳錫、單興詩纂，《連州志》，清同治刻本
〔清〕劉華邦、郭岐勳纂，《桂東縣志》，清同治刻本
〔清〕劉家謀著，《鶴場漫志》，清道光刻本
〔明〕劉中藻纂，《洞山九潭志》，舊鈔本
卓劍舟纂，《太姥山全志》，福州：福建人民出版社，二〇〇八年
〔清〕崔崧纂，《支提寺志》，清同治刻本
袁冰凌編纂，《支提山華嚴寺志》，福州：福建人民出版社，二〇一三年
陳慶元著，《福建文學發展史》，福州：福建教育出版社，一九九六年
陳慶元著，《福建文學發展史》，臺北：萬卷樓，二〇一五年
陳書録著，《明代詩文的演變》，南京：江蘇教育出版社，一九九六年

冷東著,《葉向高與明末政壇》,汕頭:汕頭大學出版社,一九九六年
鄭振鐸著,吴曉鈴整理,《西諦書跋》,北京:文物出版社,一九九八年
左東嶺著,《李贄與晚明文學思想》,天津:天津人民出版社,一九九七年
李聖華著,《晚明詩歌研究》,北京:人民文學出版社,二〇〇二年
鄭利華著,《王世貞研究》,上海:學林出版社,二〇〇二年
林文斌主編,《福建寺院》,厦門:鷺江出版社,二〇〇二年
何宗美著,《明末清初文人結社研究》,天津:南開大學出版社,二〇〇三年
陳慶元著,《文學:地域的觀照》,上海:上海遠東出版社、上海三聯書店,二〇〇三年
李竹深輯校,《漳州古代詩詞選》,福州:海峽文藝出版社,二〇〇四年
黄仁生著,《日本現藏稀見元明文集考證與提要》,長沙:岳麓書社,二〇〇四年
黄卓越著,《明中後期文學思想研究》,北京:北京大學出版社,二〇〇五年
朱萬曙、徐道彬編,《明代文學與地域文化研究》,合肥:黄山書社,二〇〇五年
羅宗强著,《明代後期士人心態研究》,天津:南開大學出版社,二〇〇六年
陳廣宏著,《竟陵派研究》,上海:復旦大學出版社,二〇〇六年
謝國楨著,《晚明史籍考》,上海:華東師範大學出版社,二〇一一年
何宗美著,《文人結社與明代文學的演進》,北京:人民出版社,二〇一一年

尹恭弘著，《明代詩文發展史》，北京：社會科學文獻出版社，二〇一二年
陳慶元著，《徐熥年譜》，揚州：廣陵書社，二〇一四年
鄭利華著，《前後七子研究》，上海：上海古籍出版社，二〇一五年
黄霖、陳廣宏、鄭利華主編，《二〇一三年明代文學國際學術研討會論文集》，南京：鳳凰出版社，二〇一五年
鄭珊珊著，《明清福建家族文學研究——以侯官許氏爲中心》，北京：社會科學文獻出版社，二〇一六年
陳慶元著，《晚明閩海文獻梳理》，北京：人民出版社，二〇一七年
李時人編著，《中國文學家大辭典·明代卷》，北京：中華書局，二〇一八年
陳慶元撰，《徐𤊹著述編年考證》，《文獻》，二〇〇七年第四期
陳慶元撰，《謝肇淛年表》，《小草齋集》附録，福州：福建人民出版社，二〇〇九年
陳慶元撰，《徐𤊹年表》，《福州大學學報（哲學社會科學版）》，二〇一〇年第三期
陳慶元撰，《徐𤊹序跋補遺考證》，《文獻》，二〇〇九年第三期
陳慶元撰，《林古度年表》，《南京師範大學文學院學報》，二〇一〇年四期
陳慶元撰，《林古度年譜簡編》，《中國文學研究》第十六輯，北京：中國文聯出版社，二〇一〇年

陳慶元撰,《張燮著述考》,《漳州師範學院學報(哲學社會科學版)》,二〇一〇年第四期

陳慶元撰,《明代作家徐𤊹生卒年詳考——兼論作家生卒年考證方法》,《文學遺産》,二〇一一年第二期

陳慶元撰,《曹學佺年表》,《福州大學學報(哲學社會科學版)》,二〇一二年第五期

陳慶元撰,《徐𤊹年譜簡編》,《鼇峰集》附録,揚州:廣陵書社,二〇一二年

陳慶元撰,《金門蔡復一年譜初稿》,《二〇一二年金門學國際學術研討會論文集》,金門縣文化局、成功大學人文社會科學中心,二〇一二年

陳慶元撰,《日本内閣文庫藏曹學佺〈石倉全集〉編年考證》,《文獻》,二〇一三年第二期

陳慶元撰,《張燮年表》,《南京師範大學文學院學報》,二〇一三年第一期

鄭珊珊撰,《明清侯官許氏家族文學考論》,《福州大學學報(哲學社會科學版)》,二〇一三年第二期

陳慶元撰,《何喬遠年表》,《福建文史》,二〇一三年第四期

陳慶元撰,《徐熥年表》,《福州大學學報(哲學社會科學版)》,二〇一四年第五期

于莉莉撰,《鄭振鐸舊藏明抄本〈芝山集〉作者考論》,《文獻》,二〇一五年第一期

陳慶元撰,《新輯詩話摭議——以若干晚明詩話爲例》,《文獻》,二〇一五年第六期

陳慶元撰,《曹學佺生平及其著作考述》,《福州大學學報(哲學社會科學版)》,二〇一六年

第二期
陳慶元撰，《閩人楚派商梅年表》，《古籍研究》總第六八卷，南京：鳳凰出版社，二〇一八年
魏寧楠、陳慶元撰，《『六先生』〈彙選商孟和那菴全集〉引發的思考》，《東南學術》，二〇一九年第一期
陳慶元撰，《論商梅與〈彙選那菴全集〉》，《閩學研究》，二〇一九年第二期
張明琛撰，《晚明閩籍作家旅遊與遊記研究》，福建師範大學二〇一六年博士學位論文
趙瑩瑩撰，《葉向高文學研究》，福建師範大學二〇一五年博士學位論文
于莉莉撰，《石倉烟雨自風騷——曹學佺後期家居文學活動考論》，福建師範大學二〇一七年
博士學位論文
曾文莉撰，《崔世召研究》，福建師範大學二〇一五年碩士學位論文
王倩撰，《董應舉研究》，福建師範大學二〇一六年碩士學位論文

後記

崔世召（一五六七—一六三九），字徵仲，福建寧德人。萬曆三十七年（一六〇九）舉人，先後任江西崇仁知縣、湖南桂東知縣、浙江鹽運副使、廣東連州知州。六七年前，我指導寧德籍學生曾文莉作《崔世召研究》碩士論文，當年看到的崔氏詩文集衹有《西谷集》上下兩卷，我們以未見到藏於日本宫内廳書陵部的《問月樓詩集》《問月樓文集》《問月樓啓集》爲憾。文莉的論文於二〇一四年完成後，吉林大學中文系主任沈文凡教授恰好到日本擔任教職，文凡曾經隨我從事博士後研究工作，我便請他代印一部。文凡從日本寄來複印件，我如獲至寶，摩挲不忍釋手。

十多年前，某市一位明代歷史名人研究會會長來訪，説請我做顧問。我問他名人研究會都做哪些工作，他説研究名人的傳説、故事；會長是這位名人的裔孫，縣處級副職。我説，爲何不把這位名人的詩文集點校出版？從名人的詩文入手，研究其生平、事迹、思想、文學。他説，没有本子。第二天，我把複印好的古本交給他，然而從此没有下文。這位歷史名人，還是福建作家中少有的、名列《中國文學史》的重要詩人。近三十年來，我到閩臺各大學和研究機構演講，都極力鼓吹地方文獻，特别是詩文集的整理出版。通常我會説，這項工作應由政府相關部門出面主持；如果政府相關部門一時關注不到，應當請所在學校主持，如果學校一時關注不到，我們不妨自己做。

二十年多來，我整理的地方詩文集已經出版的有《蔡襄集》、《謝章鋌集》、徐𤊹《鼇峰集》、商梅《彙選那菴全集》、黄景昉《甌安館詩集》，已經交給出版社正在排印的有《曹學佺全集》，再下來就是這部《崔世召集》了。蔡襄、徐𤊹、曹學佺、謝肇淛在文學史，至少在斷代文學史上有一席地位，黄景昉當過明代大學士、首輔，歷史上也有較重要的地位，南明文學史也有他的地位；商梅的名字，但凡研究竟陵詩派的學者大多知道他是閩人楚派詩人，况且他和錢謙益的關係也不一般，多少還有學者注意他。比起上述幾位，崔世召甚不爲人所知[一]。記得明代地方史家徐𤊹説過這樣的話：一省、一府名人多，省志、府志的人物志選人擇人不能不稍嚴，而且省志還應當嚴於府志；到了縣這一級，尤其是一些不太發達的縣，縣志中的人物志選人擇人不妨寬一些，篇幅也不妨大一些[二]。文學研究似也應當如此，一省、一府、一縣，對作家、詩人的認定，有省、府、縣的各自的標準。况且，詩文集没有經過整理，甚至失傳數百年之久，有些作家、詩人不爲人所知，怎麽知道它有無價值、或者價值的大小？僅從敬重鄉賢的角度來説，一部詩文集的發現，對這個縣（市）來説，有時也是一件大事。二十世紀九十年代，金門縣發現了一部從海外帶回來的明代蔡獻臣《清白堂稿》清同

［一］荆福生主编，胡秀林、顔素開編《寧德人杰》（福州：海風出版社，二〇〇〇年）一書，未爲崔世召立傳。

［二］如果從『政績』的角度看，崔世召的名聲也很不錯，《桂東縣志》《廣東通志》《連州府志》的《人物志》都爲他立傳，記載他捐薪俸修橋鋪路的善舉。

治間鈔本（缺兩卷），讓當地政府、學人興奮不已，旋即以金門縣政府的名義影印出版，裝潢精美大方。寧德市得知《問月樓詩集》等藏在日本宮内廳書陵部，二〇一八年也想方設法影印一部回來，並且很隆重地開了一個發佈會，影印若干頁分送給與會人員。寧德市傳世的詩文集遠沒有福州、泉州、莆田等地豐富，因此從異國印回《問月樓詩集》的發佈會，其熱烈的場景可以想象，明代詩人崔世召在寧德民衆心目中的地位也可想而知。

中國幅員廣闊，區域之間經濟、文化發展不可能做到完全的均衡，就是今天的一個省，古代其府與府、州與州、縣與縣之間，也很不均衡。今天的福建，唐代屬江南東道，福州所管轄的地域比現在大得多。今天的寧德市所轄之區縣，唐代都在福州轄區之内。唐代的福州，經濟和文化已經趕上建州，今天福建轄區内的第一位進士薛令之，即産生在當年的福州長溪縣，也就是今天寧德大市所轄的福安市。科舉文化是古代文化發展程度的一個重要指標，以這個指標來審視今天的寧德市，寧德在唐代文化的發展並不落後。南宋末年的謝翺，福安人，著有《晞髮集》，編有《天地間集》。其《登西臺慟哭記》，一百年多年來各種《中國文學史》幾乎都提及這篇作品，驚天地，動鬼神，與文天祥的愛國精神一起長留人間。南宋還有一位遺民理學家陳普（一二四四—一三二八），字尚德，寧德人，居石堂山下，人稱石堂先生，有《石堂先生遺集》等。陳普還爲朱熹《武夷棹歌》作注。元末明初，張以寧（一三〇一—一三七〇），古田（明屬福州，今屬寧德市）人，元泰定四年（一三二七）進士。入明後以近七十的高齡出使安南，有《翠屏集》。明代寧德人崔世召任江西崇仁知縣時，拒絶爲魏璫生祠題詩，被逮至淮，幸璫敗，得免。他的《五人墓二十韵》，精神與張溥《五人墓碑記》相通，『操守峻而詩文潔』（陳繼儒語）。萬曆、崇禎間，寧德一帶還有數位詩人。這裏舉兩位爲例，一位是游朴，字太初，號少澗，柘洋（今柘榮縣）人，萬曆二年（一五七四）進士，官至湖廣參政，有《藏山集》。另一位是劉中藻（？—一六四七），字薦叔，長溪（今福安）人，崇禎十三年（一六四〇）進士，南明唐王亡，中藻拒清兵二年，服毒死，有《洞山九潭志》。曹學佺採其詩入《石倉十二代詩選》。馮夢龍崇禎七年（一六三四）到壽寧任知縣，十年（一六三七）離任。馮夢龍寫過一部字數不多的《壽寧待志》，中國國内失傳，三十多年前，福建人民出版社從日本影印回來並點校出版，在寧德地區掀起研究馮氏小高潮，熱度一直延宕至今，經久不衰。作爲明代重要的小説家，馮夢龍擔任壽寧知縣三四年，當然應當重視。而唐代薛令之以下的寧德作家、詩人，更應納入寧德文化、文學的研究範疇。薛令之傳世作品太少，不足成集且不説。宋代謝翱以降的作家、詩人的詩文集，理應納入寧德典籍的出版規劃。本人主編的《閩海文獻叢書》，已經整理出版了張以寧的《翠屏集》[一]，這次，我們再把《崔世召集》整理出來，後續寧德典籍的整理出版規劃也正在推進中。

我們整理的這部《崔世召集》，其實衹包括崔氏的兩種集子，即《問月樓集》和《秋谷集》。崔

[一] 游友基整理《翠屏集》，廣陵書社，二〇一六年。

世召還有《半矚窩集》《湖心亭别集》《連嘯》《湖隱吟》《腋齋遺稿》數種至今尚未訪得，可能已經亡佚，只能付諸闕如。集子整理花了很長時間，詩的部分，由碩士生曾文莉録入，内人温惠愛校；文的部分由温惠愛録校。整理本附録六種：詩文拾遺，諸家序，傳記、祭文，徐㶿尺牘，集評，崔世召年譜。前言、附録的字數與《問月樓集》和《秋谷集》兩集相當。詩文輯佚，詩多達數十首，或是萬曆三十七年（一六〇九）之前，或是崇禎四年（一六三一）之後的作品，可補早期家居及後期任浙江鹽運副使、連州知州之不足。年譜盡量勾勒出譜主一生的主要事迹、交遊狀況，並對主要作品繫年，存録友朋酬倡之作。《年譜》是本書用功較勤的一部分，爲了弄清譜主的事迹，我們搜集參考了福建本省的多種方志、山志和寺廟志，也搜集了《桂東縣志》和《連州志》。崔世召一生詩友上百，重要的十幾二十家，凡能搜集到詩友相關的作品，我們也盡量將其録入，以便參照比較，瞭解崔氏的活動和創作。除了詩文集，在江西崇仁知縣任上，崔世召還纂著一部《華蓋山志》。華蓋山，在崇仁，亦道家勝地，此書爲徐㶿訪崇仁時協助崔氏所修，《華蓋山志》諸論，收入徐㶿文集，故本書未加輯録。

曾文莉碩士贈《寧德博陵崔氏宗譜》影印本，苗健青博士先後贈兩件《支提寺志》，一種《支提山華嚴寺志》，十分難得；吴伯雄博士協助搜集部分方志，謝謝！

感謝廣陵書社二十多年的合作。本書的出版，得到社長曾學文、審校室主任王志娟和責任編輯方慧君等的大力支持，他們爲此書出版付出了辛苦的勞動。慧君是厦門大學劉榮平教授的碩士生。榮平將近二十年前曾隨從我從事博士後研究工作，在閩詞和閩人典籍研究方面卓然成家，出版了分量很重的《全閩詞》五大册，這部書恰好也在廣陵書社出版，傳世之作，非常難得。在此一併表示感謝！

陳慶元

二〇一九年六月二十日